BASTEI LÜBBE

Über die Autorin:

Isolde Martyn wurde in Warwickshire geboren und wuchs in London auf. Schon in frühen Jahren verspürte sie den Wunsch, Romanschriftstellerin zu werden, aber es sollte eine Weile dauern, bis sich dieser Wunsch erfüllte. In der Zwischenzeit spezialisierte sie sich auf die Geschichte von York, arbeitete als Universitätstutorin, Herausgeberin, Archivarin, Ehefrau und Mutter. Inzwischen lebt sie in Sydney.
Ihr erster Roman, *Krieg der Herzen* (Band 18 233), gewann in Australien den Preis »Romantic Novel of the Year 1999«. *In jener Nacht voll Zärtlichkeit* ist ihr zweiter Roman.

ISOLDE MARTYN

In jener Nacht voller Zärtlichkeit

Roman

Ins Deutsche übertragen
von Susanne Kregeloh

BASTEI LÜBBE

BASTEI LÜBBE TASCHENBUCH
Band 18 276

1. Auflage: Juni 2001

Vollständige Taschenbuchausgabe

Bastei Lübbe Taschenbücher ist ein Imprint der Verlagsgruppe Lübbe

Deutsche Erstveröffentlichung
Titel der australischen Originalausgabe: The Knight and the Rose

Titelillustration: Don Case, Agentur Thomas Schlück GmbH
Umschlaggestaltung: Beate Stefer
Satz: KCS GmbH, Buchholz/Hamburg
Druck und Verarbeitung:
Firmin-Didot, Mesnil-sur-l'Estrée, Frankreich
Printed in France
ISBN: 3-404-18276-6

Personen 1322–1327, aufgeführt in der Reihenfolge ihres Auftretens; die mit einem Stern versehenen Personen haben tatsächlich gelebt.

Sir Fulk de Enderby »The Mallet«	Verheiratet mit Lady Johanna FitzHenry; Veteran der Kriege gegen Schottland
Lady Johanna FitzHenry	dritte Ehefrau von Sir Fulk de Enderby; jüngste Tochter von Lord Alan FitzHenry, dem Konnetabel von Conisthorpe
Agnes	ihre Dienerin
Geraint (Gervase de Laval)	ein Rebell, der seit der Schlacht von Boroughbridge auf der Flucht ist
Sir Edmund Mortimer*	Sohn des Marcher Lords Sir Roger Mortimer of Wigmore; nach der Schlacht von Boroughbridge auf der Flucht
Father Gilbert	Kaplan im Dienste von Lady Constance von Conisthorpe
Lady Constance	Ehefrau von Alan FitzHenry und Mutter von Lady Johanna
Yolonya	Kammerfrau von Lady Constance
Sir Geoffrey	Seneschall auf Conisthorpe Castle
Lady Edyth de Enderby	die unverheiratete Schwester von Sir Fulk
Sir Edgar de Laverton	Ritter im Dienst von Sir Fulk
Dame Christiana	eine Heilkundige und Einsiedlerin, die unter dem Schutz von Lady Constance steht
Jankyn (Watkyn)	Narr von Thomas, Earl of Lancaster

Miles FitzHenry	jüngerer Bruder von Lady Johanna und Erbe von Lord Alan FitzHenry
Lord Alan FitzHenry	Johannas Vater und vom König eingesetzter Konnetabel auf Conisthorpe Castle
Aidan	Lord Alans Diener
Sir Ralph de Middlesbrough	Deputy Sheriff im Dienst von Sir Roger de Somerville, dem High Sheriff von Yorkshire
Amice	Ehefrau von Ranulf Weaver, Tochter von Yolonya
Peter	Sohn von Amice, Schützling von Father Gilbert
Stephen de Norwood	Prokurator des Kirchengerichts des Archidiakons; Advokat von Geraint/Gervase und Johanna
Maud de Roos	eine verwitwete Adlige
William de Bedford	Richter des Kirchengerichts des Archidiakons
Martin de Scruton	Examinator am Kirchengericht des Archidiakons
Avice Mercer, Margery Fuller	Bürgerinnen aus Conisthorpe
John de Dreux, Earl of Richmond	Duke of Brittany und Konnetabel von Richmond Castle
Hugh Despenser der Jüngere*	Günstling von König Edward II.
Hugh Despenser der Ältere*	Earl of Winchester, Vater von Hugh
Königin Isabella*	Königin von England, Gemahlin von König Edward II. und Schwester von König Charles IV. von Frankreich, später bekannt als »die Wölfin von Frankreich«

Edward, Prinz von Wales*	Sohn von König Edward II. und Königin Isabella; zukünftiger König Edward III.
Sir Roger Mortimer*	aufständischer Marcher Lord, der im Tower von London gefangen gehalten wurde; Vater von Sir Edmund Mortimer und Günstling von Königin Isabella
Cecilia de Leygrave	Hofdame von Königin Isabella
Lady Elizabeth Baddlesmere	Gattin von Sir Edmund Mortimer; Tochter des als Verräter hingerichteten Sir Bartholomew Baddlesmere; Hofdame der Königin
Adam Orleton, Bischof von Hereford	Anhänger von Königin Isabelle und Feind Edward II.
Henry, Earl of Leicester	Bruder von Thomas, Earl of Leicester

Prolog

16. März 1322, Tag des heiligen Bonifatius

»Wie oft muss ich Euch noch sagen, welche Pflichten Ihr mir gegenüber zu erfüllen habt?!«

Fulk de Enderby versetzte Johanna einen Faustschlag ins Gesicht. Sie hörte die Sporen seiner Stiefel klirren, als er die steinerne Treppe hinunterging. Verzweifelt sank Johanna auf die Knie und kauerte sich neben ihrem Bett auf den Boden. Die Wunden auf ihrer Wange brannten.

Das Lachen und die Lebensfreude, die einmal ihre Natur gewesen waren, hatte man längst aus ihr herausgeprügelt. Fulk, diesem so genannten ehrenwerten Lord, den zu heiraten ihr Vater sie gezwungen hatte, war es fast gelungen, auch ihren Lebenswillen zu brechen. Doch ein Rest von Mut war ihr noch geblieben. Diesen Teufel umzubringen wäre ein Segen für die Menschheit, auch wenn man sie dafür hängen würde. Sie würde alles tun, um seiner Grausamkeit und seinen Schlägen zu entfliehen.

Cob, ihr kleiner Schoßhund, winselte und drückte sich gegen Johannas Füße. Sie richtete sich auf und nahm ihn liebevoll auf den Arm. Es ist nur noch eine Frage von Wochen, dachte sie, dann halte ich es nicht mehr aus und stürze mich vom Bergfried in die Tiefe.

»Oh, Mylady, was hat dieser Unmensch Euch dieses Mal angetan?«

Ihre junge Dienerin Agnes hatte leise das Schlafgemach betreten und kniete sich nun neben ihre zitternde Herrin. Fulk hatte ihr Agnes nicht genommen, noch nicht.

Das junge Mädchen drehte Johannas Gesicht behutsam in das Licht, das durch den offen stehenden Fensterladen fiel, und schüttelte mitleidig den Kopf. »Dieser schreckliche Ort! Ich verfluche Euren Vater dafür, dass er Euch hierher geschickt hat. Es gab genug Gerüchte, aber ihn hat das alles nicht gekümmert!«

»Sie haben Unrecht!« Aufgebracht wischte Johanna die Tränen fort.

»Wer, Madam?«

»Diese verdammten Troubadoure mit ihren Liedern über Ritterlichkeit und Liebe. Alles gelogen!«

Den kleinen Hund kümmerte das Unglück seiner Herrin weniger, und er fing ungeduldig zu zappeln an. Johanna setzte ihn zurück auf den Boden. »Meinst du, meine Haut wird von den vielen Schlägen so schwielig und schrumplig werden wie eine Walnuss? Vielleicht wird dieses Ungeheuer dann aufhören, mich zu begehren.«

Sie erhob sich und trat an den schmalen Mauerspalt, der als Fenster diente. Eine Amsel, die auf einer der Zinnen gesessen hatte, flog davon, als sie Johanna bemerkte. Jeden Singvogel in der Burg hatte die junge Frau freigelassen; nun war sie die einzige Gefangene.

Sie presste die Hände gegen die harte Steinmauer und starrte voller Sehnsucht durch die kleine Fensteröffnung zu den braunen kahlen Hügeln hinüber, deren Kuppen sich am Horizont über dem Dorf Enderby erhoben.

»Wenn er mich wenigstens ausreiten lassen würde. Einfach nur, damit ich dem allen hier für ein paar Stunden entfliehen und den Wind spüren kann.«

»Er glaubt, Ihr werdet eher ein Kind empfangen, wenn Ihr auf das Ausreiten verzichtet.«

»Ha, welche Wahrheit will er denn damit beschönigen? Und außerdem …«

Agnes kam zu ihr und legte schwesterlich den Arm um ihre Herrin. »Ich weiß.«

Die Glocke der Kapelle läutete zur Morgenmesse, und ihr Klang legte sich wie ein Schatten auf das einträchtige Schweigen der beiden Frauen. »Zünde eine Kerze für mich an und sag dem Kaplan, warum ich nicht zur Messe kommen kann.« Johanna ballte die Fäuste und schlug damit auf den tiefen Fenstersims. »Oh, bei unserem barmherzigen Erlöser, was ich brauche, ist ein Wunder – oder ein Blitz, den Gott auf die Erde niederfahren lässt.«

»Nun, man kann nie wissen, Mylady, vielleicht schickt Gott ja beides.«

Teil 1

1

18. März, der Tag des heiligen Edward des Märtyrers

»Weiter kann ich Euch nicht mitnehmen, Master Studiosus.«

Geraint erwachte von einem kräftigen Stoß in die Rippen. Er spürte das Gewicht von Edmunds schlaffem Körper auf seinen Oberschenkeln lasten und wusste, dass der Albtraum noch nicht vorüber war.

Der Fuhrmann kletterte vom Kutschbock, stellte sich vor einen Haufen aufgeschichteter Steine und verrichtete seine Notdurft. Das gab Geraint die Gelegenheit, wieder einen klaren Kopf zu bekommen, ehe der Mann um den Karren herumkam und die Lumpen wegzog, die seinen beiden Fahrgästen einen mehr als dürftigen Schutz gegen den kalten Nebel geboten hatten.

Als Geraint sich mit Daumen und Zeigefinger den Schlaf aus den erschöpften Augen rieb, fragte er sich, wie er es überhaupt fertig gebracht hatte, einzudösen, so unbequem eingepfercht zwischen festgezurrten Fässern mit Bordeaux und den Kisten mit Stockfisch aus der Nordsee.

»Wird wohl mächtiges Schädelbrummen bekommen, wenn er aufwacht«, frotzelte der Fuhrmann und warf einen abschätzenden Blick auf den jungen Mann, der in Geraints Armen ruhte und den ein dicker Umhang wie ein Kokon einhüllte. »Hat er wohl beim Würfeln gewonnen, he?« Er befühlte den Stoff des Umhanges und rieb ihn zwischen den Fingern.

»Aye, hat er«, murmelte Geraint und strich sich das helle Haar aus der Stirn, während er mit Unbehagen den undurchdringlichen Wald betrachtete, der schemenhaft im Nebel vor ihnen auftauchte. »Wo sind wir hier?«

Seit sie Ripon verlassen hatten, waren sie stundenlang durch eine dunstverhüllte, gottverlassene Moorlandschaft geholpert, aber jetzt hörte er einen Fluss, dessen Wasser gegen Felsen plätscherten, und er wusste, dass sie das Hochland jetzt hinter sich gelassen hatten.

»Die Straße da drüben führt direkt nach Osten, wieder rauf zum Hochmoor, aber ich glaube, die wollt Ihr sicherlich nicht nehmen. Geht immer geradeaus weiter; am Ende der Straße liegt Skipton. Wenn Ihr ins nächste Dorf wollt, dann geht über die Brücke und schlagt die rechte Abzweigung ein. Dann folgt Ihr immer dem Fluss. Wie ich vorhin schon gesagt hab, muss ich mit meiner Fuhre weiter nach Bardon. Wahrscheinlich kann ich bei den Cliffords Rast machen, aber die sehen es nicht gern, dass ich noch Leute mitbringe. Ich hab da so meine Erfahrungen gemacht.«

»Ist schon gut«, meinte Geraint. »Helft mir, ihn herunterzuholen.« Nicht zum ersten Mal kam ihm der Gedanke, dem Fuhrmann ein Messer in die Rippen zu stechen, um Pferde und Wagen in seinen Besitz zu bringen, aber in den vergangenen Tagen war ihm der Tod so oft begegnet, dass er kein Verlangen nach weiterem Blutvergießen verspürte.

»Möglich, dass Ihr einen anderen Händler findet, der Euch mitnehmen kann«, brummelte der Fuhrmann, der offensichtlich ein schlechtes Gewissen hatte, weil er sie wie die Abfallsäcke eines Gerbers einfach ablud und sich selbst überließ. Gemeinsam hoben sie den stöhnenden Erben des eingekerkerten Rebellen Sir Roger Mortimer an. »Beim Allmächtigen, der ist nicht gerade Leichtgewicht.«

Geraint ächzte. Obwohl der Fuhrmann und er von kräftiger Statur waren, kostete es sie einige Mühe, Edmund herunterzuheben. Er war verflucht schwer. Geraint richtete sich auf und reckte seinen schmerzenden Rücken, wobei er nur mit Mühe verbergen konnte, dass seine eigene Wunde wie das Höllenfeuer brannte. Er zog sich die zerrissene Kapuze weit in die Stirn und stampfte mit den Füßen auf, um die Durchblutung seiner von der langen Fahrt steifen Glieder wieder in Gang zu setzen.

»Ich stecke meine Nase nicht gern in Sachen, die mich nichts angehen«, brummelte der Fuhrmann und kratzte sich das Stoppelkinn. »Aber Euer Freund scheint ziemlich krank zu sein.«

»Pah«, schnaubte sein Fahrgast wegwerfend, »wenn Ihr damit meint, dass er etwas blass um die Nase aussieht, dann hättet Ihr ihn einmal vor zwei Tagen sehen müssen, als er in der Schänke unterm Tisch lag. Eigentlich sind wir auf dem Rückweg zu seiner Familie«, fügte er dann hinzu. »Zumindest werden wir das sein, wenn er wieder nüchtern genug ist, um mir die Richtung zu sagen.«

Der mittlere Teil der soeben erfundenen Geschichte entsprach sogar der Wahrheit – das hieß, falls König Edwards bewaffnete Schergen inzwischen nicht auch die Mitglieder der Familie Mortimer zusammengetrieben hatten, die sich noch auf freiem Fuß befunden hatten.

»Und ich hab schon gehofft, er wäre einer von den Rebellen, die bei Boroughbridge gegen die Männer des Königs gekämpft haben und dabei verwundet worden sind. Sollte mich nicht wundern, wenn es für ein paar von denen eine Belohnung gibt.« Also hatte der Bursche statt einer Rübe doch ein Hirn im Schädel.

Geraint rümpfte die Nase in – wie er meinte – überzeugender Ungläubigkeit und schüttelte den Kopf. »Der doch nicht, mein Leben darauf!« Verstohlen musterte er das Gesicht des Fuhrmannes und hoffte, dass der Mann ihm glaubte.

»Na gut«, der Fuhrmann zuckte die Schultern. »Ich mach mich dann wieder auf den Weg. Gott mit Euch und Eurem betrunkenen Freund. Er sieht aus, als würd es bald mit ihm zu Ende gehen. Unten im Tal ist eine Priorei – für den Fall, dass ihm doch nicht nur sein Schädel wehtut.« Ein vernünftiger Rat, wenn man davon absah, dass seine Feinde um jedes religiöse Haus herumschnüffeln würden wie Hunde um einen Kaninchenbau.

»Morgen sitzt er bestimmt schon wieder am Würfeltisch.« Geraint grinste. *Falls er nicht vor Sonnenuntergang tot ist*. »Gott segne Euch und nehmt meinen Dank.«

»War froh, Gesellschaft zu haben, junger Mann, auch wenn Ihr nicht sehr gesprächig gewesen seid. Aber es ist immer gut, wenn ein paar starke Arme mit anpacken können, falls bei der Fahrt übers Hochland mal ein Rad in die Brüche geht. Und wir wären zu zweit gewesen, falls ich auf einen von diesen Rebellen gestoßen wäre.« Mit diesen Worten schlug der Fuhrmann herzlich auf Geraints verletzte Schulter und überprüfte dann glücklicherweise die Gurte und Hufe seiner Pferde, denn sein Fahrgast stand mit vor Schmerz zusammengebissenen Zähnen da und war einer Ohnmacht nahe.

Endlich schnalzte der Fuhrmann mit der Zunge, und die Pferde setzten sich wieder in Bewegung. Erleichtert schaute Geraint ihm nach.

Armer Edmund. Die Natur hatte ihn mit nur einem Löffel voll dessen abgespeist, was sein Vater mit unbändigem Appetit auskostete: das Leben zu leben und es bis zur Neige auszuschöpfen. Dennoch hatte der Junge sein Bestes versucht, um in Rogers Interesse zu handeln und die Lords von Hereford und Lancaster gegen den König zu unterstützen.

Geraint hatte nicht vorgehabt, die Amme für Edmund zu spielen, doch war ihm keine andere Wahl geblieben. Als er in das Lager zurückgekehrt war – nachdem er im nächsten Dorf versucht hatte, etwas zu essen aufzutreiben und Neuigkeiten aufzuschnappen –, hatte er seine Gefährten ermordet und ihrer Kleider beraubt neben dem Lagerfeuer gefunden. Nur der Junge hatte noch gelebt. Würde er tot sein, noch bevor die Nacht hereinbrach?

Er beschloss, sich auf die Suche nach einem Stall zu machen, auf dessen Heuboden er Edmund bei Einbruch der Dunkelheit unterbringen konnte.

Das Unterholz aus noch unbelaubten Eschen und kahlem Weißdorn bot so gut wie keine Deckung, deshalb schlug Geraint Äste von den nahebei stehenden Büschen ab, um daraus eine Art Schutzwand zu bauen. Dann wob er Zweige zwischen die Äste, sodass Edmund wie unter einer Decke einigermaßen windgeschützt lag. Zum Schluss raffte er trockenes Laub zusammen und stopfte es rings um Edmund fest.

Geraint wollte zurück zur Wegkreuzung und folgte deshalb der Landstraße, die, so weit wie er sehen konnte, parallel zum Waldrand verlief. Eher das Reiten gewohnt, begleitete ihn auf seinem Fußmarsch ein Gefühl der Unsicherheit. Vielleicht rührte sein Unbehagen aber auch daher, dass er bei jedem Schritt einen stechenden Schmerz in seiner Schulter fühlte.

Die Straße war von Pfützen übersät, und tiefe Radspuren zogen sich durch den Schlamm, der das Gehen beschwerlich machte. Deshalb suchte Geraint sich seinen Weg durch das verfilzte Gras am Rand, wobei er ständig auf der Hut sein musste, nicht in den Graben zu rutschen, der wie ein Band neben der Straße herlief.

Stampfende Hufe und das Klirren von Pferdegeschirr vertrieben seine Abgeschlagenheit. Mochte der Allmächtige ihn davor bewahren, dass das Häscher waren! Fluchend sprang er in das Dickicht und presste sich in das Gewirr aus Efeu und Brennnesseln. Ungefähr zehn bewaffnete Reiter kamen herangeritten und hielten im Galopp auf das Dorf zu. Ihre Waffenröcke konnte Geraint nicht erkennen, dazu waren sie noch zu weit entfernt.

Er drückte sich gegen die Wegböschung, bekreuzigte sich und sandte ein Stoßgebet zum heiligen Judas, als die Erde von den Hufen der vorbeijagenden Pferde zu dröhnen begann. Oder war es sein Herz, das so heftig schlug, außer sich vor Furcht, sie würden ihn zu einem Verhör fortschleppen, ehe sie ihn hängten?

Der Heilige musste sein verzweifeltes Gebet um Beistand erhört haben. Seine Beinlinge klitschnass und dreckig, die Hände prickelnd und brennend von den Nesseln, kletterte Geraint schließlich die Wegböschung wieder hinauf.

Für den Fall, dass die Soldaten das Dorf durchsuchten oder bei einer Schankwirtin einkehrten, wäre es besser für ihn, bei Leuten Hilfe zu suchen, die nicht so nah am Dorf lebten. Kurz entschlossen verließ er die Straße, um sich einen Weg durch den Wald zu suchen, wobei er sich in südlicher Richtung hielt. Angst kroch langsam seinen Rücken hinunter. Das verräterische Flügelschlagen aufgeschreckter Tauben bestätigte seine Ahnung: Er wurde gejagt.

Im oberen Turmgeschoss von Enderby Castle griff Johanna nach dem Brief, den ihr Mann ihr hinhielt.

»Was steht in dem Brief? Um Christi willen, sagt es mir!«

Eifrig und wie ein junger Hund darauf bedacht zu gefallen, mischte sich der gut aussehende, blonde Stallbursche ihrer Mutter ein, der gerade aus Conisthorpe eingetroffen war, um die Nachricht zu überbringen: »Mylady, Euer Vater liegt im Sterben, und Eure Frau Mutter bittet Euch inständig, sofort zu ihr zu kommen.«

Sir Fulk de Enderby riss Johanna das Papier aus den Händen und fuhr zu dem Stallburschen herum. Dabei machte er ein Gesicht, das seinen eigenen Bediensteten für gewöhnlich nichts Gutes verhieß. Der junge Mann erkannte sein Vergehen. Er wurde knallrot und zupfte nervös an seiner Stirnlocke, ehe er den Blick senkte und seine Schuhspitzen so eingehend betrachtete, als wären ihm dort plötzlich Fortsätze gewachsen.

»Sagt er die Wahrheit?«, fragte Johanna rasch, um Fulk von einem Zornesausbruch abzulenken.

Ihr Mann nickte knapp, faltete das Schreiben zusammen und steckte es zur sicheren Aufbewahrung in seinen Gürtel.

Disziplin und Gehorsam bedeuteten Fulk alles. Was auch der Grund dafür war, dass Johanna, seine junge dritte Frau, bei jeder Prüfung, der er sie unterzogen hatte, versagt hatte. Ihr größter Fehler aber war, dass sie unfruchtbar war, dass ihr Schoß sich als für seinen Samen unempfänglich erwiesen hatte. Das konnte ihr Ehemann ihr nicht vergeben. Er hatte versucht, Gehorsam in sie hineinzuprügeln und Fruchtbarkeit in sie hineinzustoßen, bis sie sowohl äußerlich wie auch innerlich von den Spuren der Misshandlungen übersät war. Aber dennoch hatten ihre Seele und ihr Körper sich geweigert, sich ihm zu fügen.

Und ihr Vater und ihre Mutter hatten sich, nachdem sie sie zu dieser Ehe gezwungen und fortgeschickt hatten, gleichgültig verhalten, und das, obwohl Johanna ihnen eine Nachricht hatte zukommen lassen, in der sie ihnen von ihrem Unglück berichtet hatte. Ein mitfühlender Mönch auf der Durchreise hatte ihren Eltern heimlich den Brief mit ihren Klagen überbracht, aber eine Antwort war nicht gekommen. Obgleich ein Pair von normannischer Abstammung und von weit höherem Rang als ihr Ehemann, hatte ihr Vater, Lord Alan FitzHenry, sich nicht die Mühe gemacht, seinen alten Freund Fulk zu ermahnen. Sie waren einst Kampfgefährten gewesen, und diese Bindung war ihrem Vater offensichtlich wichtiger, als seine jüngste Tochter, die einst sein Liebling gewesen war, gegen ihren Ehemann in Schutz zu nehmen.

»Nun, Weib, was gedenkt Ihr zu tun? Ihr seid ja plötzlich so ungewohnt stumm.«

Johanna schluckte nervös. »Mein Vater kann ohne mich sterben«, erklärte sie. »Ich habe nicht den Wunsch, ihn jemals wiederzusehen.« Sie wandte sich zu der gepolsterten Fensterbank um und kreuzte, verborgen durch ihren Hängeärmel, zwei Finger. Dann wartete sie auf Fulks Zornesausbruch.

Ihr Mann packte sie an der Schulter und riss sie zu sich herum. »Was bezweckt Ihr mit diesem verwerflichen Benehmen? Ihr macht meinem Namen Schande, Weib.«

Johanna zuckte unter seinem Griff zusammen. »Ich werde nicht gehen.«

Abrupt wandte er sich dem Boten ihrer Mutter zu. »Warte draußen!«

Finger, so scharf wie Krallen, bohrten sich in die weiche Haut ihrer Unterarme.

»Du unverschämte Hexe!«

»Ich soll auf Reisen gehen? Etwa *damit*?«, stieß sie hervor und schlug den hauchfeinen Schleier zurück, um ihm zu zeigen, welche Spuren seine Schläge am Vortag hinterlassen hatten. »Ich verfluche meinen Vater, weil er mich an Euch verheiratet hat! Soll er allein sterben und von mir aus auch ohne seine Letzte Ölung.«

Fulk zeigte sich wie immer unbeeindruckt von Schuld oder Scham. »Flucht, so viel Ihr wollt, Weib, aber Euer Vater hat noch nicht den Restbetrag Eurer Mitgift gezahlt, und den will ich haben.« Er stieß sie von sich und ging auf die Kohlenpfanne zu. Plötzlich drehte er sich zu Johanna um und zeigte mit dem Finger auf sie. »Ich sage, Ihr werdet zu Eurem Vater reisen. Und Ihr werdet Euch mit ihm aussöhnen und ihn auf Knien um das bitten, was er mir noch schuldet. Sagt ihm, Ihr wäret schwanger.«

»Von *Euch*!«, höhnte sie.

Anspielungen auf Fulks Alter und seine Kinderlosigkeit waren die einzigen Waffen in ihrem Arsenal, abgesehen von ihrer Klugheit.

Mit einem Schritt war er bei ihr, griff nach ihrem Kinn und zwang sie, ihn anzusehen. Johanna zitterte über die Wut, die sich in seinen kalten Augen spiegelte.

»Mit dir habe ich ein schlechtes Geschäft gemacht, Mädchen. Wie viel Prügel braucht es noch, um deine vorlaute Zunge im Zaum zu halten?« Er strich mit den Fingern über ihre Kehle.

»Ich glaubte, Eure Jugend und Kraft würden ein fruchtbarer Boden für meinen Samen sein, aber Ihr seid ungehorsam, Johanna. Ihr gebt Euch mir nicht so hin, wie eine gute Frau es tun sollte.« Nicht jetzt, betete sie verzweifelt. Nicht hier, wenn der Diener meiner Mutter vor der Tür wartet.

»Ich werde nicht gehen!«, stieß sie hervor. »Was wollt Ihr dagegen tun? Mich an die Sänfte binden?«

»Euch persönlich dorthin eskortieren und hinter Euch stehen, um zuzusehen, wie Ihr auf Knien um Euer Erbe bettelt.«

»Ihr könnt ja gehen und vor meinem Vater zu Kreuze kriechen. Mir ist das egal.«

Sein Daumen und sein Zeigefinger umschlossen ihren Hals. »Ich denke, ich werde mir eine neue Strafe für Eure Widerspenstigkeit einfallen lassen. Eine Demütigung in aller Öffentlichkeit. Vielleicht sollte ich Euch Zaumzeug anlegen lassen, damit *Euch* das Zanken vergeht.« Er bluffte. Kein Edelmann würde seine Dame vor aller Augen demütigen, obwohl er es in Anwesenheit von Bediensteten ständig tat. »Oder wäre Euch das härene Hemd lieber? Oder wollt Ihr die Peitsche schmecken?«

Es gelang ihr, ihm Furchtlosigkeit zu zeigen.

»Es ist mein Ernst, Weib. Vielleicht würde es Euch aber auch gefallen, wenn ich Eure geliebte Agnes fortschicken würde.«

»Ihr Teufel!« Sie senkte den Kopf, schien besiegt.

»Ausgezeichnet, ich sehe, zu guter Letzt verstehen wir uns doch noch.« Er ließ sie los und riss die Tür auf. »Reite zurück zu Lady Constance, Bursche, und sage ihr, dass ihre Tochter morgen beim ersten Tageslicht aufbrechen wird. Johanna, mein Herz, das werdet Ihr doch, nicht wahr?«

Johanna sah ihn finster an und drehte ihm den Rücken zu. Als die Tür hinter ihm zufiel und sie allein war, wagte sie es endlich, triumphierend zu lächeln.

2

Geraint lehnte sich gegen den Stamm einer Eiche, um Atem zu schöpfen, und lauschte. Wie viele Häscher mochten hinter ihm her sein? Er konnte Edmund nicht länger allein lassen. Gott bewahre, dass ihre Feinde ihn inzwischen aufgespürt hatten.

Er taumelte weiter und kam schließlich an einen ausgetretenen Saumpfad, der ein Stück weit in vielen Windungen bergan führte, ehe er Geraint hinunter an einen Bachlauf führte. Eine Brücke aus grob gezimmerten Planken führte hinüber. Auf der anderen Uferseite verschwand der Pfad hinter einem Hügel. Es war ein idealer Platz, um einen Mann zu überfallen. Nervös, weil er sicher war, verfolgt zu werden, neigte sich Geraint zum Wasser hinunter und gab vor zu trinken. Verstohlen zog er dabei sein Messer.

Zweige knackten.

Geraint rollte sich zur Seite, als ein Knüppel heruntergesaust kam, um ihm den Schädel einzuschlagen, und sprang dann auf. Er stand einem untersetzten, schwarzhaarigen Mann gegenüber, der ihn durch einen zotteligen Bart hindurch angrinste. Erleichterung durchströmte Geraint. Das war kein Häscher aus Boroughbridge, denn der Halunke trug weder Kettenhemd noch ein Stück von einer gestohlenen Rüstung. Er hielt ihn für einen Gesetzlosen.

»Meine Börse ist schon leer«, sagte Geraint und warf einen begierigen Blick auf das schwarze Schaffell, das sein Gegenüber trug.

»Dein Messer und deine Stiefel kommen mir aber auch gerade recht, Fremder«, erwiderte der Gauner vergnügt.

Geraint bereitete sich auf den Angriff vor, doch der blieb aus. Stattdessen legte der Gesetzlose den Kopf auf die Seite und lauschte angestrengt. Vom Pfad her war Hufgeklapper zu hören.

»Da kommt lohnendere Beute!«, sagte er dann erfreut. »Ich werde den Gewinn mit dir teilen. Frieden?«

Diese unerwartete Gnadenfrist erstaunte Geraint, aber noch ehe er seinen Widerspruch anmelden konnte, hatte der Spitzbube sich bereits hinter einem Baum versteckt.

Ein kraushaariger Priester, der einen Esel am Zügel führte, kam um die Wegbiegung. Der schon etwas ältliche Kirchenmann warf einen entsetzten Blick auf Geraint, der mit gezücktem Messer auf der anderen Seite des Baches stand. Geraint blieb keine Zeit, den Priester zu warnen, denn der Gesetzlose stürmte über den Brückensteg auf den Geistlichen zu. Der schmächtige Gottesmann stieß einen Schrei trotziger Wut aus und stieß dem Angreifer das Ende seines Bauernspießes in das rechte Auge. Dann wirbelte er mit der Geschicklichkeit eines schottischen Kriegsveteranen den Spieß herum und beförderte seinen Widersacher rückwärts in den Bach. Ehe Geraint seine Unschuld beteuern konnte, kam der Priester über die Planken gesaust, hieb ihm den Spieß erst in die Seite und dann gegen seine verletzte Schulter. Und die Welt um Geraint wurde schwarz.

Geraint öffnete mühsam die Augen, als er eine warme Atemwolke auf seinem Mund spürte. Die feuchte schwarze Nase eines Jagdhundes beschnüffelte ihn. Jemand hatte ihn gegen einen Baumstumpf gelehnt, und seine Handgelenke waren gefesselt. Geraint sah jetzt vor sich drei Paar Füße stehen.

»Keine Spur von dem anderen«, sagte jemand, und ein viertes Fußpaar gesellte sich zu den anderen.

Einige Leute schienen sich ihn jetzt genauer anzuschauen, geradeso wie vereidigte Geschworene. Bis auf den Priester kannte er keinen von ihnen, und von dem Gesetzlosen war auch nichts zu sehen. War der Geistliche den anderen als Vorhut vorausgegangen?

»Er ist verletzt. Aber das da stammt nicht von mir.« Die blauen Augen des alten Kirchenmannes musterten ihn interessiert.

Geraint starrte auf den dunkler werdenden Fleck auf seiner Brust, während ein anderer Mann – ein Ritter mit grauen Haaren und grauem Bart – sich vor ihm hinkniete, Geraints Gürtel öffnete und den dünnen Stoff seiner Tunika hochhob, um die Verletzung zu begutachten. Der Mann verzog das Gesicht und atmete zischend ein.

Geraint blickte auf die scharlachrote blutige Masse, die sich vom Schlüsselbein bis zum Bauch hinzog, und befeuchtete seine trockenen Lippen.

»Das wird eine interessante Narbe geben, meint Ihr nicht auch?«, sagte er heiser und setzte ein gewinnendes Grinsen auf.

Der Ritter sah den Geistlichen unschlüssig an, offensichtlich ratlos, welche Art von Tier ihnen hier ins Netz gegangen war. »Aye, falls sie sofort behandelt wird«, erwiderte er. »Habt Ihr noch mehr davon?«

Ihr Gefangener hob die gefesselten Hände. Eine hässliche, ungefähr handbreite Wunde zog sich unterhalb seines Ellbogens hin, halb verdeckt vom Ärmel.

»Meint Ihr, das wird meine Enkel beeindrucken, falls ich so lange lebe?« Sein Galgenhumor kehrte zurück.

Ein hellblauer Rock mit grauem Rand raschelte, als die Frau zu ihm trat. Geraint bemerkte, dass die Lady des Ritters auf ihn herunterstarrte – eine ältere Frau mit dem Leibesumfang, wie er vom Kinderkriegen und von einem gut gedeckten Tisch herrührte. Sein Blick glitt flüchtig über sie hin, bevor er an ihr vorbeisah, um das Gesicht des Ritters zu beobachten. In dessen Hand lag sein Schicksal.

Nach der Kleidung zu urteilen, war Geraints Gegenüber nicht übermäßig wohlhabend.

»Yolonya, haben wir irgendetwas da, womit wir die Blutung stillen können?«, fragte die Lady über die Schulter hinweg. Ein Geräusch, das klang, als zerrisse jemand Stoff, war zu hören.

Eine noch umfangreichere Frau, die wie eine Dienerin gekleidet war und Arme von der Stärke von Hammelkeulen hatte, beugte sich über Geraint und drückte einige Leinentücher grob gegen seine Wunde, schlang einen weiteren Streifen darum und unter seinem Arm hindurch und zog ihn fest zu.

»Und jetzt – was tut Ihr auf meinem Besitz?« Es war die Lady, die fragte.

Geraint fluchte im Stillen über seine Dummheit und leistete ihr im Stillen Abbitte. In ihren Augen erkannte er Klugheit und Verstand, verdammt aber auch! Er war überzeugt, dass sie ihn so eingehend betrachtete, um den Gewinn abzuschätzen, den sie aus seiner Gefangennahme schlagen könnte.

»Es tut mir leid, es zu sagen, junger Mann, aber ich denke, Ihr solltet Eure Ambitionen, den Robin Hood zu spielen, fahren lassen. Bewahrt Euch das für das Frühlingsfest auf, hm? Der nötige Leichtsinn ist zweifellos vorhanden, aber …« Sie machte eine entschuldigende Geste, als wollte sie ihn mit einer noch schneidenderen Bemerkung verschonen.

»– aber mir fehlt dazu die Geschicklichkeit«, beendete er den Satz für sie. »Ja, so scheint es wohl.« Er war sich seiner Bartstoppeln bewusst, der schmutzstarrenden blonden Haare, die eine Wäsche dringend nötig hatten. Sauber und adrett gekleidet, frisch barbiert und mit gesunden guten Zähnen konnte er normalerweise das Herz einer jeden Frau mit seinem Lächeln erweichen. Er versuchte es auch jetzt. »Ich bin ein armer Student aus Oxford, Mylady, und ich appelliere an Eure Mildtätigkeit, mir ein paar Pennys und etwas zu essen zu schenken, und ich werde so schnell, wie ich nur kann, von hier wieder verschwunden sein.«

»Und Eure Verletzungen? Erzählt mir nicht, dass die Herren Professoren in Oxford ihre weisen Worte mit solch heftiger Grausamkeit auf ihre Studenten schleudern.«

»Das ist wohl wahr, Madam, aber ich wurde in einen Hinterhalt gelockt, als ich aus dem Bach etwas trinken wollte. Von demselben Schurken, der auch den Priester angegriffen hat. Ihr wart beeindruckend, Hochwürden. Ist der Gesetzlose auch so fest verschnürt wie ich?« Weder antworteten sie ihm, noch zeigten sie ihm den Schurken. Geraint befeuchtete nervös seine Lippen. Das war ungünstig; man hätte den Burschen dazu bringen können, Geraints Geschichte zu bestätigen.

Die Dame schaute ihre Begleiter auffordernd an.

»Bindet ihn los, Sir Geoffrey.« Sie verschränkte die Arme und betrachtete Geraint ernst, während der Ritter seine Fesseln entfernte und Geraint dann auf die Beine half. Er schwankte unsicher.

»Ich flehe Euch an, habt Ihr etwas zu essen?«

Mitleidig nickte die Frau dem Priester zu. Nach längerem Herumkramen in dem Korb, der hinter dem Sattel seines Esels befestigt war, zog der Priester einen

Krug hervor. War das alles, womit der Mann aufwarten konnte? Weder Brot noch Käse?

Die Dame bemerkte, wie gierig Geraint zum Krug blickte. Sie legte die Hand auf den Arm des Geistlichen, um ihn davon abzuhalten, den Krug zu öffnen. »Wer hat Euch angegriffen?«, fragte sie, nahm das Gefäß vorsichtig zwischen ihre behandschuhten Hände und hielt es, als wollte sie es als Siegestrophäe in einem Turnier überreichen.

»Gute Dame, um Christi willen.« Geraint streckte die Hand nach dem Krug aus, doch sie hielt ihn zurück. »Hätte ich nach seinem Namen fragen sollen, Madam, ehe er mich angriff?« Ihr Mund verzog sich unwillig über seinen Sarkasmus, und er verfluchte sein Temperament. »Entschuldigt bitte. Ich hätte nicht so reden dürfen.«

Den Krug gegen ihren Busen gedrückt, umkreiste die Lady Tyrannin Geraint einmal und musterte ihn dabei wie einen Leibeigenen, der zum Kauf angeboten wurde. »Wie werdet Ihr genannt?«

»Ger…« Bei Gott, er brauchte einen Namen! »Gervase de … Laval.« Gebe Gott, dass sie noch nie jenseits des Meeres gewesen war.

Zufrieden mit dieser Antwort reichte sie ihm den Steinkrug. Geraint zog den Pfropfen aus dessen Tülle und steckte seine Finger hinein. Honig. Besser als nichts. Hungrig holte er etwas von der klebrigen Masse heraus und leckte sie schnell ab. Die Lady, die vorauszuahnen schien, welches Bedürfnis noch gestillt werden musste, zeigte auf die Lederflasche am Gürtel des Ritters, und Sir Geoffrey reichte sie ihr zögernd.

»Vielen Dank, Sir. Gott und alle seine Engel mögen Euch dafür segnen, Mylady.« Er nickte ihr zu und setzte die Flasche an den Mund. Das Bier rann durch seine Kehle und schmeckte ihm besser als der beste

Wein. Dann fuhr er sich mit dem Handrücken über den Mund und verschloss die Kruke. »Ich bitte Euch, kann ich es behalten?«, fragte er rau.

Sie sahen ihn überrascht und mit einem Übermaß an Neugier an, und Geraint fluchte im Stillen. Es war verlockend, diese Leute um Hilfe für Edmund zu bitten, doch das Risiko schien zu groß. Er musste sie loswerden. Leicht schwankend beugte er das Knie und hob den Rocksaum der Lady an seine Lippen. »Ich bin ein armer Student, Mylady, und ich danke Euch für diese Geste der Güte und Nächstenliebe. Gott sei mit Euch.« Er erhob sich und wandte sich zum Gehen, doch dann fiel ihm ein, dass sie ihm seine Waffe abgenommen hatten. »Würde es Euch etwas ausmachen, mir mein Messer zurückzugeben?«, fragte er demütig.

Auch dieser Bitte wurde nachgekommen. Er verneigte sich vor der Lady, murmelte auch in Richtung der anderen noch einmal seinen Dank und humpelte davon. Wie er hoffte, in die falsche Richtung.

Es dauerte verflucht lange, Edmund zu finden, denn er hatte einen weiten Umweg genommen, falls der Gesetzlose ihm folgen sollte, aber weder ein aufgescheuchter Vogel noch das Brechen eines Zweiges verrieten ungebetene Begleitung.

»Edmund, Edmund! Kannst du mich hören?«

Er tastete am Hals des Jungen nach dessen Puls. Er fühlte ihn schwach unter seinen Fingern.

»Lebt er noch?«

Geraint fuhr herum und zog fluchend sein Messer. Es war der Priester, der ihm nachgegangen war, seine Schritte so unhörbar wie die von Katzenpfoten.

»Es wäre besser gewesen, Ihr hättet Euch aus dieser Sache herausgehalten, Hochwürden. Denn jetzt werde ich Euch töten müssen«, knurrte er, doch der zart gebaute Geistliche kam unbeeindruckt von dieser Drohung näher.

»Mich töten?« Er verzog den Mund zu einem schiefen Grinsen. »Ich habe Euch schon einmal besiegt, soweit ich mich erinnere.« Der Blick des Geistlichen glitt vielsagend über Geraints verwundete Schulter. »Ihr habt nicht das Aussehen eines Mörders, mein Sohn, und Mylady würde ihre Hundemeute loslassen und Euch zur Strecke bringen lassen. Lasst mich einmal nach ihm sehen.« Ohne eine Antwort abzuwarten, neigte sich der Geistliche zu Edmund hinunter und streckte eine mitfühlende, von vielen Adern überzogene Hand aus, um dessen Stirn zu fühlen.

Der Geistliche ging um Edmund herum und betrachtete das blutige Hemd unter dem Umhang. Was er sah, gefiel ihm nicht, und er runzelte die Stirn und deckte ihn rasch wieder zu.

»Ein kleines Stück weiter westlich von hier lebt eine Heilkundige, eine Witwe, auf Myladys Besitz. Wir kommen gerade von dort. Ohne deren Hilfe wird Euer Freund nicht mehr lange zu leben haben.«

»Wie weit ist es?«

»Wir könnten ihn bis zum Einbruch der Dunkelheit dorthin gebracht haben. Wir müssten ihn in einer Sänfte transportieren. Mit meinem Esel und noch einem Pferd sollte uns das gelingen. Ich werde die Tiere herholen, so schnell ich kann. Haltet Euren Freund warm und betet für ihn.«

»Könnt Ihr diese Heilerin nicht hierher holen?« Sicherlich konnte sich die Frau der Aufforderung des Priesters nicht widersetzen.

»Christiana? Nein, das geht nicht.« Der Geistliche betrachtete Geraints Gesicht, dann sagte er: »Ihr fürchtet, dass ich Euch verraten werde? Ist es das, was Euch beunruhigt? Ich weiß, wie Wunden aussehen, die man aus einer Schlacht davonträgt, *Master Scholar*. Und ich habe gehört, dass sich eine Rebellenarmee auf dem Rückzug vom Trent befindet, der König Edwards Soldaten auf den Fersen sind.«

Geraint wandte den Blick ab. Beim Allmächtigen, dieser Mann wusste mehr, als für ihn gut war. »Und das hier sind die Löwen der Mortimers, wenn mich nicht alles täuscht.« Der Priester beugte sich vor und strich mit dem Finger über die Stickerei auf Edmunds Hemdkragen, wo die Bänder des Umhangs sich gelockert hatten.

»Ihr seid wirklich allwissend«, erwiderte Geraint kalt und packte sein Messer fester. Er würde es gebrauchen müssen; dieser Priester hatte gerade sein eigenes Todesurteil unterschrieben. Dennoch war seine Neugier geweckt. »Es ist gefährlich, sich in unserer Begleitung zu befinden. Warum solltet Ihr uns helfen wollen?«

»Weil …« Der Blick aus den blauen Auges des Geistlichen glitt von Edmunds Gesicht ab und verweilte dann prüfend auf Geraint. »Weil König Edward die Gesetze Gottes gebrochen hat.« Er warf einen weiteren interessierten Blick auf den am Boden liegenden jungen Ritter. »Ihr habt ihn Edmund genannt, nicht wahr? Er ist nicht ganz so stattlich wie sein Vater. Ja, ich glaube, ich kann erraten, wessen Sohn das ist. Vertraut mir. Euch bleibt auch kaum eine andere Wahl.« Als könnte er das Misstrauen auf Geraints Gesicht weiter wachsen sehen, fuhr er fort: »Oh, ich erkenne einen Mortimer, wenn ich einen sehe. Drei von Sir Roger Mortimers Brüdern sind Priester, und Walter ist Pfarrer in Radnor und überdies ein guter Freund von mir. Wurde Sir Roger nicht im Januar auf Befehl des Königs in Shrewsbury eingekerkert?«

Geraint war überrascht, wie gut der Mann informiert war, und starrte ihn an. »Aye, er wurde eingekerkert, nachdem ihm sicheres Geleit zu König Edward nach Westminster zugesichert worden war.«

»Lebt Sir Roger noch?«

»Einstweilen ja. Der König hat ihn in den Tower von London bringen lassen.«

»Dann schlage ich vor, dass wir alles in unserer Macht Stehende tun, um das Leben seines Erben zu retten.« Während er Geraints Entscheidung abwartete, stand er angespannt da, als stünde er einem Zähne fletschenden Hund mit gesträubtem Nackenfell gegenüber.

Geraints Griff um den Messerschaft lockerte sich, und langsam steckte er die Waffe in deren Scheide zurück. »Wir sind losgeritten, um Sir Roger während dessen Überstellung auf der Straße von Shrewsbury nach London zu befreien. Aber die Übermacht war zu groß. Das war vor zwei Monaten.«

Der Priester atmete erleichtert tief durch. Er wusste, dass sein Leben nicht länger in Gefahr war, und antwortete: »Glücklicherweise, würde ich sagen, denn ansonsten würdet Ihr und Sir Edmund jetzt ebenfalls im Tower sitzen oder vom Galgen in Shrewsbury baumeln. Wir haben Gerüchte über ein Scharmützel nördlich von York gehört. Seid Ihr dabei gewesen?«

»*Scharmützel!*« Also war die Kunde von dem, was sich zugetragen hatte, noch nicht bis hierher vorgedrungen. »Wohl eher ein blutiges Gemetzel. Der Lord of Hereford ist ermordet worden, und Thomas of Lancaster hat in der Kirche von Boroughbridge um Asyl gebeten.«

»Gott schütze ihn!« Der Priester bekreuzigte sich. Obwohl Geraint sein Messer weggesteckt hatte, sah der Geistliche ihn jetzt mit mehr Respekt und noch größerer Besorgnis an. »Wisst Ihr, wer noch unter den

Anführern der rebellischen Lords gewesen ist, mein Sohn? War Sir Roger Clifford unter ihnen?«

Natürlich, *am Ende der Straße liegt Skipton*. Geraint wurde klar, dass er sich in der Nähe der Ländereien der Cliffords befinden musste, der angesehensten Lords in dieser Gegend. Somit war anzunehmen, dass die Männer des Königs in diesen Tälern umso gründlicher suchen würden. Clifford und seine Männer – oder irgendein anderer von den glücklichen Burschen, die überlebt hatten – könnten hierher fliehen.

»Clifford ist ein auffallend großer Mann, größer noch, als Ihr es seid. Er ist mit der Tochter des Lords of Hereford verheiratet«, sagte der Priester.

»Ich glaube, er war mit dem Lord of Hereford zusammen, aber ob er fliehen konnte …« Geraint schluckte gequält. »Ich fürchte, der König wird schlimme Rache an all denen nehmen, die er gefangen genommen hat. Wir sind nur mit knapper Not entkommen, und dann wurde unsere Abteilung östlich von Ripon von Häschern angegriffen. Falls Edmund gefangen genommen und des Verrats angeklagt wird, wird es auch seinem Vater im Tower übel ergehen.«

»Dann sollte er sich bei der Heilerin versteckt halten … falls er die Nacht überlebt. Und Ihr auch, junger Mann. Ihr seht aus, als könnte Euch ein Spatz umwerfen!«

3

Drei Hunde unterschiedlicher Größe sprangen Geraint bellend entgegen und schnüffelten misstrauisch an seinen Fersen, als er Hochwürden Gilbert zögernd in die Hütte der Heilerin folgte.

Bevor Geraint Gelegenheit für Beobachtungen hatte, kam eine verhutzelte, kleine Frau hinter der Tür hervor. Der Prister erklärte ihr, was vorgefallen war, und kurz darauf betteten sie Edmund auf einen Strohsack in der Hütte. Die Alte drückte dem Priester eine Kerze in die Hand und tastete den verletzten Mann mit ihren knorrigen Händen behutsam ab. »Ein Jagdunfall? Oder hat es eine Schlacht gegeben?« Ihr Blick glitt neugierig von dem Priester zu dem jungen Fremden.

Obwohl die Kerze nur ein schwaches Licht spendete, empfand Geraint es als angebracht, sich um einen offenen Gesichtsausdruck zu bemühen. »Mir wäre es lieber, ich müsste Euch nicht anlügen, gute Frau.«

»Könnt Ihr ihn retten?«, unterbrach Father Gilbert. »Mylady wäre froh, wenn Ihr Euch um ihn und den jungen Burschen hier kümmern würdet.«

»Ich werde tun, was ich kann.« Sie fuhr zu Geraint herum. »Du da, zieh dein Hemd aus! Was gaffst du denn so, Bürschchen? Dort drüben – aber nimm den Schädel vorher vom Hocker.«

Geraint hob das Ding auf, das vermutlich einmal der Kopf eines Dachses gewesen war, und legte es neben die Kochstelle, wo bereits zwei weitere Schädel lagen.

»Ihr solltet Euch zuerst um die Wunden meines Begleiters kümmern, Lady.«

»Nein, Jungchen, lass mich erst sehen, welche Blessuren du erlitten hast. Du kannst dann gleich Holz holen gehen und das Feuer am Brennen halten. Wir werden heißes Wasser brauchen, um die Wunden auszuwaschen.«

»Das werde ich erledigen.« Father Gilbert entzündete einen Holzspan an der Kerzenflamme, griff nach dem Weidenkorb, der neben der Kochstelle stand, und ging hinaus.

»Meine Augen sind nicht mehr die besten, aber ich werde mein Möglichstes tun.«

Wie ein erschöpftes Kind schickte sich Geraint drein, als Christiana ihn rasch und geschickt untersuchte. Er war erleichtert, für eine kurze Weile alle Entscheidungen einem anderen überlassen zu können.

»Wann ist das geschehen?«

»Vor zwei Tagen, glaube ich.« Eine unzureichende Antwort.

»Ach, ist das so, mein Schöner? Nun, eine Nacht darüber schlafen wird dir gut tun und außerdem deinem Gedächtnis auf die Sprünge helfen. Ich bin gespannt, was für eine Geschichte du dir ausdenken wirst, um sie mir morgen früh zu erzählen.« Ihre Stimme verlor ihren Spott. »Was war es, das deine Schulter verletzt hat? Du kannst von mir aus weiterlügen, aber ich kann dir nur raten, vernünftig zu sein; wenn ich weiß, womit ich es zu tun habe, kann ich Euch besser helfen.«

Geraint zögerte. »Die Wunde an meinem Arm stammt von einer Heugabel.«

»Und Eure andere Verletzung?«

»Von einer Streitaxt«, erwiderte er leise.

Christiana stieß einen Pfiff aus. »Weht der Wind aus der Richtung, eh? Sind es viele Feinde, die Ihr da draußen habt?«

»Nein, und das hier hat jemand getan, der auf meiner Seite stand.« Er griff nach ihren Händen und zwang sie, ihm ins Gesicht zu sehen. »Wird mein Gefährte am Leben bleiben?«

Sie machte sich von seinem Griff los.

»Nein«, entgegnete sie. »Ich fürchte, nein.«

Zum Schutz gegen den feuchtkalten Nebel in einen dicken Pelzumhang gehüllt und dessen Kragen hochgeschlagen, gab Fulk das Zeichen, die Falltore hochzuziehen, und setzte dann Johanna in die Sänfte, die im Burghof bereitstand. Ihre Dienerin Agnes saß bereits zu Pferde auf dem Sattelkissen hinter einem der Reiter der Eskorte. Fulk machte keine Anstalten, Johanna die Decke aus Kaninchenpelz über die Beine zu legen. Ein alter, in seine junge Ehefrau vernarrter Ehemann hätte das vielleicht getan, er reichte stattdessen seiner jüngeren Schwester Edyth die Hand, die daraufhin mit dem ihr eigenen selbstgefälligen Gesichtsausdruck neben Johanna Platz nahm.

»Ihr habt mir nichts davon gesagt, dass sie mitkommt«, platzte Johanna heraus. Es würde eine Reise wie vom Teufel geplant werden; das zahme Eichhörnchen, das ihre Schwägerin am Halsband hielt, hockte auf der Schulter seiner Herrin, eingeschüchtert von Johannas Hund.

»Edyth wird Euch an Eure Pflicht erinnern, Madam. Und bleibt nicht zu lange dort. Ich erwarte Euch umgehend zurück, sobald Euer Vater zugesagt hat, den Rest von dem Geld zu zahlen, das er mir schuldet. Sorgt dafür, dass meine Schwester Zeugin seiner Zusage ist.« Johanna gab keine Antwort, sie ignorierte ihn, während sie die Aufmerksamkeit ihres kleinen Hundes von dem Eichhörnchen ablenkte und ihn dazu brachte, sich auf ihrem Schoß zusammenzurollen.

Fulk sah zu seiner Schwester hinüber. »Denk an das, was ich dir gesagt habe, Edyth! Achte darauf, dass außer dir noch andere Zeugen anwesend sind. Wir könnten deren Bestätigung später brauchen.«

»Ich bin kein Dummkopf, Bruder«, erwiderte Edyth scharf. Ihr bedeutungsvoller Blick lenkte Fulks Aufmerksamkeit auf Cob, den kleinen Schoßhund.

»Diese Kreatur bleibt hier.« Der Welpe jaulte vor Schmerz auf, als Fulk ihn grob aus Johannas Händen riss und ihn auf das nasse Kopfsteinpflaster warf, wo er winselnd hocken blieb.

In zorniger Ohnmacht ballte Johanna die Fäuste und schluckte die Tränen hinunter.

»Versucht, Euch anständig zu benehmen, Johanna«, ermahnte Fulk sie, als er ihr mit einem anzüglichen Grinsen in die Wange kniff. »Aber Ihr werdet ja kaum eine andere Wahl haben, nicht wahr?«

»Möge Gott dich strafen, Fulk!«, flüsterte sie. Es war alles, was sie sich zu sagen traute.

Er lachte und ließ den Vorhang der Sänfte zufallen.

»Reite voran, Edgar.« Ein weiterer Dolchstoß in ihren Rücken, aber in diesem Falle einer, dessen Fulk sich wahrscheinlich nicht bewusst war. Seitdem sie auf Enderby lebte, verfolgte Edgar de Laverton, einer von Fulks Rittern, sie mit seinen Blicken. Mit den verschlagenen Blicken eines Iltises, der ein Eichhörnchen belauerte. Verdammter Fulk! Die Hälfte ihrer Probleme hatte er ihr mit auf den Weg gegeben, aber wenigstens würde sie frei von ihm sein.

Entschlossen richtete sich Johanna auf, als die hölzerne Zugbrücke hinter ihnen hochgezogen wurde.

Was immer auch geschehen wird, schwor sie sich, ich werde *niemals* zurückgehen.

Am nächsten Morgen warf Geraint einen düsteren Blick gen Himmel, ehe er sich zusammennahm und eine Miene voller Dankbarkeit und Demut aufsetzte, um die Lady of Conisthorpe zu begrüßen. Die Arme voll Brennholz stand er vor ihr und fühlte sich ungepflegt angesichts ihrer eleganten Erscheinung.

Lächelnd schlug sie die pelzverbrämte Kapuze mit einer Hand zurück, die in einem Handschuh aus feinstem maurischem Leder steckte, und ließ ihr Pferd auf ihn zutänzeln.

»Ich fragte, wie es Eurem Freund geht«, wiederholte sie und sah mit der Würde einer Göttin aus dem Sattel auf ihn herab. »Befindet er sich auf dem Weg der Besserung?«

Geraint seufzte, lud seine Holzlast im Schutz der Hüttenwand ab und wandte sich dann pflichtgemäß der Lady zu, um die Zügel ihres Pferdes zu halten. »Nein, Mylady, aber er lebt noch.«

Die Dame gab keine Antwort, sondern ließ sich aus dem Sattel gleiten und ging mit energischen Schritten auf die Hütte zu. Wobei sie es ihm überließ, die Aufgabe des Pferdeknechtes zu übernehmen. Geraint nahm sich Zeit, das Pferd anzubinden, während er seine Gedanken ordnete. Ist sie ohne Begleitung ausgeritten?, fragte er sich und schaute sich unbehaglich nach ihren Dienern um. Wer wusste inzwischen von seiner Anwesenheit?

Entschlossen, sich einige Antworten zu holen, ging er ihr nach. Sie stand an Edmunds Lager und betrachtete ihn.

»Du hast ihn also am Leben gehalten«, stellte sie fest

und sah prüfend in das Gesicht des Jungen, während sie der alten Christiana einen herzlichen Kuss auf die faltige Wange gab, als wäre diese eine alte Tante. Vielleicht war sie es ja auch.

»Gerade so, gottlob«, brummelte die alte Frau, unbeeindruckt von der Umarmung.

»Ich nehme an, auch wenn er sich ganz erholt, wird es eine Weile dauern, bis er reisefähig ist.«

»Ja, Kind.«

»Ausgezeichnet.«

»Madam?« Ärgerlich presste Geraint die Lippen zusammen.

»Ich hätte vielleicht eine Aufgabe für Euch, Gervase«, erklärte die Lady. »Ich werde morgen wiederkommen. Hast du alles, was du brauchst, Christiana?«

»Ha, außer Frieden und Einsamkeit, meinst du? Mehr sauberes Leinen fürs Verbinden wäre nötig und auch Heilmoos.«

»Ja, natürlich, Christiana, ich werde sofort einen Diener danach ausschicken, und die anderen Sachen wird dir der gute Father Gilbert am Nachmittag bringen.«

»Madam.« Geraint eilte ihr in den hellen Sonnenschein nach. Sie wartete, damit er das Pferd für sie losband. »Ich ...« Er wollte sie darum bitten, Stillschweigen zu bewahren.

»Ja?«

»Sicher ... sicherlich ist es gefährlich für Euch, ohne Eskorte auszureiten, Mylady. Dieser Gesetzlose, der mich ...«

»O ja, der!« Ihre Augen funkelten, als sie Geraints noch unrasiertes Kinn betrachtete. »Haltet Ihr mich für eine Närrin, Master Scholar?«

»Nein, Madam.«

»Meine Diener erwarten mich in der Nähe, macht

Euch keine Gedanken.« Sie schaute zu Christiana hinüber und beschrieb mit der Reitgerte einen weiten Bogen, der die Hütte und die umstehenden Bäume umfasste. »Ihr wisst, was für ein Ort dies hier ist?« Geraint schüttelte den Kopf. Er hatte bei seiner Ankunft während der Abenddämmerung wenig von seiner Umgebung erkennen können. »Es ist ein Park für unser Hochwild. Ich habe Dame Christiana die Erlaubnis gegeben, hier zu wohnen, damit sie in dieser Abgeschiedenheit ihre Gebete verrichten und ihre frommen Betrachtungen anstellen kann. Und da sie Störungen verabscheut, haben meine Leute Anweisung, nicht hierher zu kommen. Unser Kaplan, Father Gilbert, kommt zweimal die Woche hierher, um ihr das heilige Abendmahl zu spenden.« Sie hatte ihn also durchschaut. »Beruhigt Euch das, *Master Studiosus*?«

»Ja, Mylady.«

»Was macht Eure Schulter?«

»Sie heilt, aber ich fürchte, mein Arm ist schlimmer dran.« Leinenbinden bedeckten die entzündete Wunde.

»Glücklicherweise ist es Euer linker Arm. Ich dachte, dass Ihr Dame Christiana dabei behilflich sein könntet, ihre Visionen niederzuschreiben. Immerhin habt Ihr von Euch behauptet, gelehrt zu sein.« Ihr Blick glitt abschätzend von seinen Schuhkappen zu seinem Schlüsselbein. »Sie hat oft Schmerzen in den Händen, die arme Seele, und für Euch wäre es eine Möglichkeit, ihr ihre Mildtätigkeit zu vergelten. Ich nehme an,das dürfte kein Problem für Euch sein?« An ihrem Tonfall merkte man, dass sie ihn eher für ungebildet hielt.

»Nein, Madam.« Geraint sah Überraschung in ihren Augen aufblitzen.

»Ein Student, in der Tat«, murmelte sie. »Nun, sehr

gut, in Euch steckt scheint's mehr, als man Euch ansieht. Eure Hände, Sir.«

Er starrte sie perplex an und brauchte einen Moment, bis er begriff, dass sie darauf wartete, dass er die Hände ineinander verschränkte, um ihren Fuß hineinsetzen und auf ihr Pferd steigen zu können. Als sie im Sattel saß, lächelte sie huldvoll auf ihn herunter, ehe sie eine Sattelrolle löste und ihm diese in einer schwungvollen Geste zuwarf. Überrascht fing Geraint das Bündel auf.

»Diese Kleider werden Euch besser zu Gesicht stehen, denke ich.«

Es waren ein lohfarbenes Hemd und lederne Beinlinge. Bevor er ihr danken konnte, trieb sie ihr Pferd schon in vollem Galopp den Weg hinauf.

»Sie tut, was ihr gefällt, jetzt, da seine Lordschaft leidend ist.« Christiana war unbemerkt neben ihn getreten.

»Leidend?« Bislang war es Geraint gar nicht in den Sinn gekommen, dass Lady Constance noch eine verheiratete Frau war. Könnte sie ihrem Mann von ihm und Edmund erzählt haben? »Was ist denn mit ihrem Mann?« Litt er an Aussatz oder Krätze? Oder an der lähmenden Steifheit, die mit dem Alter kam?

»Es scheint, als wäre Lord Alan von Gott geschlagen worden. Sie sagt, dass er die Sprache verloren hat und alles Gefühl in seiner rechten Körperhälfte.«

»Wann ist das geschehen?«

»Vor ungefähr einer Woche.«

»Und könnt Ihr ihm helfen?«

Christiana schüttelte den Kopf. »Es ist Gottes Wille. Solche Dinge geschehen.«

4

Die Eskorte aus Enderby näherte sich dem Torhaus von Conisthorpe,

»Mein Liebes!« Johannes Mutter kam die Stufen der neuen Halle heruntergeeilt, so schnell es ihre langen Röcke zuließen. Üblicherweise wartete eine adelige Dame beherrscht und diszipliniert an der Tür, um den Willkommenskuss entgegenzunehmen, doch die Lady von Conisthorpe schuf sich ihre eigenen Regeln. Sie nahm ihre Tochter ungestüm in die Arme, doch als sie deren Widerstand spürte, ließ sie sie wieder los. Nur mit Mühe konnte sie ihre Bestürzung verbergen.

Johanna hatte den unbändigen Wunsch, die Wärme und die Stärke ihrer Mutter zu fühlen, doch während ihres Exils auf Enderby war ihr nicht ein Wort des Erbarmens übermittelt worden, und das Schweigen ihrer Mutter hatte Johanna misstrauisch gemacht – und nachtragend.

»Was ist los?«, flüsterte Lady Constance, die einige Schritt zurückgetreten war.

»Oh, es ist gut, zu Hause zu sein.« Johannas Stimme klang brüchig. Sie raffte ihre Röcke und stieg vor ihrer Mutter die Stufen hinauf. Auf halber Höhe wandte sie sich zu ihr um.

Ihre Mutter war wie festgenagelt auf der untersten Stufe stehen geblieben. Es hatte ihr die Sprache verschlagen.

»Johanna.« Ihre Mutter rang um Fassung, an ihren

Wimpern hingen Tränen. Sie war also doch vermisst worden.

»Ich fühle mich, als wäre ich ein Millenium weit weg gewesen, Madam«, sagte Johanna leise. Es war ein Zugeständnis, ein erster Schritt.

Ermutigt ging Lady Constance die trennenden Stufen hinauf und streckte die Hand aus, um den störenden Schleier zurückzuschlagen.

»Nicht jetzt«, wehrte Johanna rasch und mit gespielter Leichtigkeit ab, wobei sie bedeutungsvoll zur Sänfte hinübersah, um ihre Mutter abzulenken. Mit gekrauster Stirn wandte sich Lady Constance gehorsam um. Und ihre Aufmerksamkeit wurde augenblicklich von Edyth gefesselt, die, ihr Eichhörnchen im Arm, im Burghof stand.

»Bei allen Heiligen, musstest du ausgerechnet *sie* mitbringen?«

»Oh, *er* hat sie mitgeschickt, damit sie über mich berichten kann. Sie klebt wie ein Klumpen Lehm an meinem Leben. Vielleicht können wir irgendwo einen Eimer Wasser auftreiben.«

Ihre Mutter zog eine Augenbraue hoch, atmete tief durch, setzte ein nichtssagendes Lächeln auf und eilte die Stufen wieder hinunter, um Edyth zu begrüßen.

Für Johanna war es wunderbar, wieder eine Verbündete zu haben. Da Edyth nicht erwartet worden war und erst noch eine geeignete Bettkammer für sie hergerichtet werden musste, schickte ihre organisationsbegabte Mutter den Kaplan von Conisthorpe mit dem unerwarteten Gast in den Garten. Sie trug ihm auf, Edyth alles, wirklich *alles* Sehenswerte zu zeigen und nichts davon auszulassen. Nachdem sie Johanna in eine der Schlafkammern geführt hatte, die über der neuen Halle eingerichtet worden waren, eilte ihre Mutter davon, um den Rest des Reisegefolges unterzubringen und darauf vorzubereiten, dass man erwartete, dass sie am nächsten Tag nach Enderby zurückkehren würden.

Johanna wollte sich wieder wie das junge Mädchen fühlen, das sie einmal gewesen war. Sie löste das Band aus cremefarbener Seide, das ihr perlenbesticktes Stirnband zusammenhielt, legte den Schleier ab und zog die Nadeln aus den aufgesteckten dunklen Haarflechten, um ihren Kopfschmerz zu lindern.

»Soll ich sie neu flechten, Mylady?«, fragte Agnes beflissen, während ihre Herrin ihre Zöpfe löste.

Johanna schüttelte den Kopf und stieß den Fensterladen auf. Müßig stand sie da und schaute auf den Fluss, der unterhalb der Burg über eine breite Felsenkante hinabstürzte. Der frostkalte Atem des Windes war wie eine körperlich spürbare Bestätigung. Er blies von den Hochmooren herunter, die den Horizont dieser kleinen Welt bildeten.

»Johanna?« Ihre Mutter war zurückgekommen und stand abwartend in der Tür. Sie wirkte nicht so sicher wie sonst.

Johanna schloss den Fensterladen und wandte sich langsam um. Die ganze Schrecklichkeit ihres Aussehens spiegelte sich im entsetzten Gesichtsausdruck ihrer Mutter.

»Allmächtiger Gott!«, rief Lady Constance und bekreuzigte sich. Sie hielt die Hand vor den Mund geschlagen, als sie auf Johanna zuging. »Oh, mein Liebling«, wisperte sie, »tut es sehr weh?«

»Mein ganzer Körper tut mir weh«, entgegnete Johanna kalt. Sie kam rasch auf die Ursache ihres Grolls zu sprechen. »Warum habt Ihr mir nie geschrieben?«

»Aber das habe ich doch.« Lady Constance hob zögernd die Hand, um ihre Tochter zu berühren, ließ sie aber wieder sinken, als sie spürte, wie unwillkommen diese Berührung war. »Du glaubst also –« Sie ging einige Schritte und wandte sich dann wieder Johanna zu. »Lass mich nachrechnen«, sagte sie und tippte mit den Fingerspitzen an ihren Rock, »ja, ein halbes Dutzend Briefe hättest du bekommen müssen. Ich habe sie Father Gilbert diktiert. Frag ihn, wenn du mir nicht glaubst.«

Ihre Tochter schüttelte verzweifelt den Kopf. Fulk oder Edyth mussten die Briefe abgefangen und sie ihr vorenthalten haben.

»Oh, Lämmchen.« Ihre Mutter ahnte, was geschehen war, und öffnete ihre Arme. Johanna warf sich hinein, und die Tränen stürzten hervor, als würde sie innerlich vor Kummer zerfließen.

»Es war schrecklich, Madam, ganz schrecklich. Fragt Agnes. Wenn Ihr doch nur verstehen könntet, wie gut es tut, wieder zu Hause zu sein. Frei zu sein.«

»Aye, Mylady«, schniefte Agnes, »wenn Ihr meine Herrin nur einmal anschaut, Madam, dünn wie eine Haarnadel ist sie geworden. Und fast blind durch die Schuld dieses Teufels.«

Lady Constance wirkte nachdenklich, während sie ihrer Tochter liebevoll den Rücken streichelte.

»Ist er inzwischen tot, dieser Tyrann, der mich unterjocht und zu diesem Satan geschickt hat?« Sie sah, wie ihre Mutter ob der Bitterkeit in ihrer Stimme zusammenzuckte.

»Sprichst du von deinem armen Vater?«

»Ja, von meinem Vater, der immer geschworen hat, dass er mich liebt. Vermutlich hat er meine Klagen für übertrieben gehalten. Es ist eine Schande, dass er erst sterben muss, damit du mich nach Hause holen konntest.«

Ihre Mutter hob das Kinn. »Aber ich habe es geschafft! Du bist doch hier, oder nicht?« Johanna starrte sie aufgebracht an, und Lady Constance sprach rasch weiter: »So wahr Gott mein Zeuge ist, Kind, ich habe es schon früher versucht, aber Lord Alen hat jedes Argument beiseite geschoben, das ich vorgebracht habe: ›Der Ehe muss man Zeit geben‹«, machte sie nach. »›Ihr habt das Mädchen verzogen und verweichlicht. Es wird ihr gut tun, Gehorsam zu lernen – sie ist viel zu eigensinnig.‹ Du weißt, wie er war … wie er ist.«

»*War? Ist?*« Johanna starrte ihr Mutter an. »In Gottes Namen, so sagt mir doch endlich, was mit ihm los ist! Wie nah daran ist er, dem Teufel seine abscheuliche Gesellschaft aufzuzwingen?«

Lady Constance wurde traurig. »Er stirbt nicht und doch –«

Panik schoss wieder in Johanna hoch. Sollte es nötig sein, würde sie die Tür zu diesem Schlafgemach verriegeln und sich das Leben nehmen. In ohnmächtiger Verzweiflung ballte sie die Fäuste. »Gott gebe mir die Stärke!«, rief sie zu den gemalten Sternen auf der weiß gekalkten Decke empor. »Entweder man stirbt oder man stirbt nicht!«

»Nein, mein Liebling, versteh doch, es ist eine Art von … Heimsuchung. Es war …« Ihre Mutter zuckte mit den Schultern, ihre Handflächen öffneten sich, als vertraute sie darauf, dass der Allmächtige ihr die rechten Worte hineinlegen würde. »Johanna, es war … ein Blitz. Eben noch war er ganz gesund und dann … plötzlich … Was ist los?«

Als Johanna bewusst wurde, dass sie ihre Mutter mit offenem Mund anstarrte, presste sie die Lippen fest zusammen und versuchte, den Wunsch zu unterdrücken, ihre Röcke hochzuheben und in die Kapelle zu laufen, um Gott einen überschwänglichen Dank zu sagen.

Ihre Mutter wirkte ratlos. »Dein Vater war den ganzen Tag mit dem neuen Verwalter ausgeritten – es ging um irgendwelche Schwierigkeiten mit den Dörflern in Kirkbridge –, und er kam in guter Stimmung zurück, gerade rechtzeitig zum Abendmahl. Er ging in die Halle und verlangte nach einem Bier, gesund und munter. Und in der nächsten Sekunde brach er zusammen. Es gab nichts, was wir tun konnten. Ich schickte nach dem Arzt der Cliffords in Skipton, und er kam auch, so schnell er konnte. Aber er sagte, dass man nichts tun könnte. Er ist auf einer Seite gelähmt und kann nicht sprechen.«

»Kann er schreiben?«

»Was für eine seltsame Frage! Ich glaube nicht. Also, um es genauer zu sagen, mein Liebling, es ist nicht leicht zu beurteilen, ob die arme Seele überhaupt ein Wort von dem versteht, was wir sagen. Um ehrlich zu sein – wir haben bis jetzt nicht daran gedacht, ihm Papier und Feder zu geben. Aber sein Schwertarm ist gewiss unbrauchbar. Vielleicht ist er in der Lage, mit der linken Hand ein Kreuz zu machen – falls sich eine Besserung einstellt –, aber ich bezweifle, dass er begreifen wird, was er tut. Oh, ich selbst kann das alles kaum fassen. Es ist schon vor einer Woche passiert, und seitdem war so vieles zu tun. Ich habe an deine Schwester Petronella und an Sir John geschrieben, aber ich denke, ihre Schwangerschaft ist schon zu weit fortgeschritten, um noch zu reisen, und von Sir John habe ich bislang keine Antwort erhalten, ich rechne aber jeden Tag damit. Und ich versichere dir, ich habe auch sofort nach dir geschickt.«

Johanna empfand Schuldgefühle, je an ihrer Mutter gezweifelt zu haben; sie streckte die Hand aus und nahm sie in die Arme.

»Gott sei Dank habt Ihr das getan, *Maman*«, flüsterte sie und küsste sie auf die Wange, »und mit einer solchen Nachricht! Nichts anderes hätte Fulk zu seinem Einverständnis bewegen können. Er hat mir nur deshalb erlaubt, hierher zu reisen, um den Rest meiner Mitgift einzufordern. Aus diesem Grund ist auch diese niederträchtige Edyth mitgekommen – sie soll dafür sorgen, dass ich mit beladenen Packpferden zurückkehre. Verflucht seien sie, alle beide! Agnes, geh und finde heraus, wo sie jetzt ist. Dieses verfluchte Weib schleicht überall herum – wie eine Katze in Menschengestalt.«

Ihre Mutter ließ sich mit einem lauten Seufzer auf dem Bett nieder. Johanna trat an das Fenster. Nachdenklich starrte sie hinaus, während sie mit der Hand über die Schnitzereien fuhr. »Ihr müsst mir helfen, *Maman*. Ich *kann* nicht zurückgehen. Sollte mein Vater je wieder gesund werden …«

Ihre Mutter nahm ein Gewand aus der Truhe, eines, das ihre eigene Stickerei trug, und streichelte geistesabwesend die weiche Seide.

»*Falls* er sich je wieder erholt. Dame Christiana rechnet damit, dass er jahrelang so liegen wird, wenn er nicht bald stirbt. Wohlgemerkt, sie hat ihn nicht gesehen, aber der Arzt sagt dasselbe.« Sie legte das Kleid auf das Bett. »Du musst nicht zurückgehen, das verspreche ich dir.«

»Aber was können wir gegen Fulk ausrichten? Spätestens in einer Woche wird er nach mir schicken oder selbst kommen, um zu sehen, warum ich noch nicht zurückgekehrt bin. Meinst du, ich sollte zu den Benediktinerinnen nach St. Clement reiten und sie bitten, mir Asyl zu gewähren? Ich werde mit Freuden mein Gelübde ablegen. Und falls ich für den Rest meines Lebens keinen anderen Mann sehen werde – das wird mir nicht schwer fallen.«

»Oh, Johanna, du Wirrkopf, das wird dir nichts nützen. Hat Fulk auf dem Hochzeitsfest nicht davon gesprochen, dass die Äbtissin, Agnes de Methelay, entfernt mit ihm verwandt ist? Natürlich gibt es noch die Zisterzienser, aber wenn du wirklich ins Kloster gehen willst, dann solltest du dir eine der großen Abteien im Süden aussuchen, weit außerhalb von Fulks Einfluss und Macht. Was hältst du von Shaftesbury? Ich kenne die Äbtissin, Margaret Aucher.«

»Dann will ich keine Zeit vergeuden. Bitte, könntet Ihr noch heute Nachmittag in meinem Namen an sie schreiben?«

Lady Constance erhob sich plötzlich und ging zur Tür, sie hatte die Spitze ihres Zeigefingers an die Lippen gelegt. »Ja, das könnte ich machen, gewiss, aber mir ist da gerade ein Gedanke gekommen. Er gefällt dir vielleicht nicht, aber ich ... ich glaube, es gibt noch einen anderen Weg, allerdings brauche ich dazu die Hilfe von einer ganz bestimmten Person.«

»Was muss ich tun?«

Lady Constance ließ ihre Frage unbeantwortet. »Lass mir Zeit bis morgen Mittag ...«

Lady Constance schien Dame Christianas Behausung bis in den letzten Winkel mit ihrer Präsens auszufüllen. Einige Augenblicke zuvor war Geraint bei dem Geräusch von Pferdehufen von Edmunds Bettkante hochgeschreckt und hatte sein Messer gezogen. Jetzt war er erleichtert, weil es nur die Lady of Conisthorpe war.

»Dame Christiana sammelt Kräuter, Madam. Wollt Ihr, dass ich ihr etwas ausrichte?«

Lady Constance ging schweigend auf und ab. »Ich hatte gestern erwähnt, dass ich eine Aufgabe für Euch hätte. Geht es ihm besser?« Sie deutete mit einem Kopfnicken auf Edmund.

»Nein, Madam.« Wie viel wusste sie? Hatte Father Gilbert ihr von Edmunds Abstammung erzählt?

»Kommt, lasst uns nach draußen gehen. Diese vielen Tierschädel – grässlich. Oh, Dame Christiana, da seid Ihr ja wieder.« Sie half der alten Dame, die Körbe abzustellen, die bis zum Rand mit Brennnesseln und wilder Petersilie gefüllt waren, und führte ihn dann außerhalb von Christianas Hörweite, die sich einen Schemel aus der Hütte holte und sich damit in die Sonne setzte. Dabei ließ sie die beiden nicht aus den Augen.

»Meine jüngste Tochter hat ein Problem. Ihr Ehemann, Sir Fulk, ist sehr grausam gegen sie. Ich liebe Johanna von ganzem Herzen und kann es nicht ertragen, sie leiden zu sehen. Ich will die Fesseln dieser Ehe auseinander reißen, und um das zu können, brauche ich einen Mann, der ledig ist. Um auf den Punkt zu kommen, Gervase de Laval, ich möchte, dass Ihr vor einem Kirchengericht schwört, dass Ihr und meine Tochter das Ehegelübde abgelegt habt, ehe sie Sir Fulk geheiratet hat.«

Geraint fehlten nur selten die Worte, doch genau das hatte Lady Constance jetzt geschafft. »Einen Meineid schwören, meint Ihr?«, brachte er endlich heraus.

Sie lächelte. »Ich verlange nur Worte, keine Taten, junger Mann. Sind ein paar Wochen länger im Fegefeuer zu teuer? Ihr befreit damit eine arme Seele aus fortwährender Knechtschaft, und der Status Eurer Ehelosigkeit bleibt völlig unbeschadet.«

»Erzählt mir mehr über diesen Sir Fulk.«

»Sir Fulk de Enderby. Sein Besitz liegt einen Tagesritt von hier entfernt. Wenn man gemächlich reitet. Er ist nicht so wohlhabend wie unsere Familie. Seine

Burg ist älter als Conisthorpe. Sie hat einen runden Hauptturm, Ihr wisst schon, die Art, wie man sie zur Zeit Henrys I. gebaut hat. Sir Fulk ist gut dreißig Jahre älter als meine Johanna und war in den Kriegen gegen Schottland ein Kampfgefährte meines Gatten. Er ist ein Heuchler. Ich hielt ihn für liebenswürdig, aber …« Ihre Stimme wurde leiser. »Johanna war schon immer eigensinnig, aber er schlägt sie jeden Tag.«

»Ich fühle Mitleid mit ihr, aber es verstößt nicht gegen das Gesetz, dass Ehemänner ihre Ehefrauen züchtigen.«

»Zweifelt Ihr an meiner Einschätzung?« Er las den eisernen Willen in ihren Augen; sie mochte es nicht, wenn jemand ihre Pläne durchkreuzte.

Geraint schüttelte den Kopf. Er war durch ihren plötzlichen Stimmungswechsel vorsichtiger geworden, aber er wollte verdammt sein, wenn er sich in diese Intrige hineinziehen lassen würde. »Und was soll ich dabei tun, Madam? Soll ich in Sir Fulks Burghalle spazieren und sagen: ›Guten Tag, ich bin ein mittelloser Student, der Eurer Frau die Jungfräulichkeit genommen hat, bevor Ihr sie geheiratet habt, und mir ist gerade eingefallen, dass ich sie zurückhaben möchte?‹«

»Ja, so in etwa. Aber es ist weitaus einfacher. Johanna ist gerade nach Conisthorpe zurückgekehrt.«

»Mit ihrem Gatten?«

»Nein.« Sie zog hoffnungsvoll die Augenbraue hoch.

»Nein, Mylady, es tut mir leid, aber so wird es nicht laufen. Großer Gott, Madam, ich bin nur ein Student. Dieser Sir Fulk wird mich wie einen Fisch aufspießen, ehe diese Angelegenheit dem nächsten Bischof auch nur zu Ohren gekommen sein wird.«

»Ein paar Tage der Täuschung, das ist alles, was ich

erbitte. Der Gerichtshof des Archidiakons wird in einer Woche in Conisthorpe zusammentreten.«

Geraint starrte sie entgeistert an. »Das kann nicht Euer Ernst sein, Mylady. Das ist ein Fall für den Bischof. Kein Archidiakon würde es wagen, sich mit einem Ehestreit zwischen Adligen zu befassen.« Er fuhr sich mit der Hand durch das Haar. »Bei allen Heiligen, Madam, Euer ganzer Plan ist unglaublich. Als ob Eure Tochter sich dazu hergeben würde, einen mittellosen Schulmeister ohne Zukunftsperspektiven zu heiraten.«

Lady Constance versuchte es noch einmal. »Es könnte funktionieren. Ihr seid ein Fremder, das ist entscheidend, und Ihr seid von angenehmer Erscheinung – jedenfalls reicht es aus, um das Herz einer jungen Frau zu erobern. Und ich bin sicher, Ihr seid gescheit genug, Euren Fall vor Gericht zu vertreten. Es gibt außer Euch niemanden, der infrage käme, und wenn ich diese Chance nicht nutze, die Gott mir gesandt hat …« Sie schüttelte traurig den Kopf. »Johanna hat damit gedroht, sich das Leben zu nehmen, wenn ich sie zurückschicke. Ihr seid unsere einzige Hoffnung. Gott hat Euch zu diesem Zweck hierher geschickt, das weiß ich.« Ihre Augen glitzerten von ungeweinten Tränen, ihr Mund verzog sich flehend.

»Nun, der Allmächtige hat mich davon leider nicht in Kenntnis gesetzt«, brummte Geraint. »Und meine Antwort lautet nein.«

Lady Constance zog hörbar die Luft ein, und Geraint verschränkte die Arme vor der Brust. Jetzt, da das gute Zureden nichts genützt hatte, erwartete er von ihr, dass sie ein ganzes Arsenal von Drohungen parat halten würde, das sie auf ihn abschießen würde. Gott im Himmel! Wenn diese verfluchte Frau wüsste, wer er wirklich war, sie würde ihn nicht so dreist bedrängen.

»Mylady, es gibt ... Dinge, die Ihr nicht versteht. Ich würde Euch helfen, wenn ich könnte, aber ...«

»Ihr würdet die Grafschaft natürlich danach verlassen. Johanna würde nicht erwarten, dass Ihr bleibt. Alles, was wir wollen, ist, dass das Kirchengericht diese Ehe auflöst. Eine Woche und ein Eid, um mehr bitten wir Euch nicht.«

»Wenn es in meiner Macht läge ...«

Als sie sich ihm zuwandte, wirkte ihr Gesicht hart und unnachgiebig. »Ich weiß, wer *er* ist.« Sie deutete mit einem Kopfnicken zur Hütte hinüber. »Und Ihr, wer immer Ihr auch seid, nun, Ihr seid ebenso wenig ein Student, wie ich eine Fischersfrau bin. Lasst mich offen sein, junger Mann: Wenn Ihr nicht tut, was ich verlange, dann werde ich umgehend einen Boten zum König schicken. Ich glaube, er weilt zurzeit in York. Das ist nicht sehr weit.«

Geraint atmete tief durch. »Ich habe ein Messer, Mylady. Ich werde töten, um den Erben von Sir Roger Mortimer zu beschützen, und ich werde nicht zögern, Euer Leben und das der alten Frau auszulöschen.«

»Mit einem sterbenden Mann werdet Ihr nicht weit kommen, und mein Pferd kennt man überall hier in der Gegend.«

»Ich werde beides riskieren müssen.«

»Oh, mein Lieber«, sagte sie sanft. »Aber was geschieht, wenn er den morgigen Tag nicht mehr erlebt? Werdet Ihr dann Eure Meinung ändern? Ihr werdet großzügig entlohnt werden. Ihr seid anspruchsvoll, nicht wahr?« Ihr Blick glitt anzüglich über seine Stiefel.

Geraint betrachtete sie unglücklich.

»Welche Strafe steht auf Verschwörung gegen den König?«, hakte sie beharrlich nach. »Sie werden Euch aufhängen, bis ihr halb tot seid, dann werden sie Euch abschneiden und Euch die Eingeweide herausschneiden und dann –«

»Richtig. Und was noch schlimmer ist, falls sie mich fangen, werden sie auch Edmund bekommen. Wenn sie ihn für schuldig befinden, dann werden sie seinen Vater zum Galgen auf dem Tower Hill bringen und – großer Gott, Mylady, würdet Ihr es wirklich auf dem Gewissen haben wollen, dass man einen so großartigen Mann wie Sir Roger Mortimer aufhängt?«

»Und würdet Ihr den Tod meiner Tochter auf dem Euren haben wollen?« Geraint wandte sich von ihr ab, die Arme fest verschränkt. »Bitte«, flehte sie, aller Stolz und jede Drohung war aus ihrer Stimme verschwunden.

Geraint schluckte. Es war ein Jammer, dass Edmund noch so weit von einer Besserung entfernt war. Er brauchte Zeit. Wenn er den Jungen nur sicher von hier wegbringen konnte.

»Ich werde darüber nachdenken, Mylady. Gebt mir einen Tag Bedenkzeit. Mit einem sterbenden Mann würde ich nicht weit kommen.«

»Aber allein schon.« Ihre Stimme sank zu einem Flüstern herab. »Wenn Ihr ihn hier zurücklasst, ich schwöre es Euch, dann werde ich ihn dem High Sheriff übergeben, tot oder lebendig.« Ihr Gesichtsausdruck wurde mit jedem Herzschlag unerbittlicher. »Ihr habt keine Wahl! Ihr müsst es tun!«

5

»Mutter, habt Ihr den Verstand verloren?« Johanna ließ sich im Gemach ihrer Mutter auf die Wäschetruhe sinken; ihre Gedanken wirbelten wild durcheinander. Sie sah ihre Mutter ungläubig an. »Habe ich es richtig verstanden, dass Ihr heute Morgen im Wald einen wildfremden Mann aufgelesen habt und ihm eine Bezahlung angeboten habt, wenn er meinen Ehemann spielt?! Du lieber Gott, Madam, dieser Bursche könnte diese Geschichte inzwischen in der halben Grafschaft herumerzählt haben. Wahrscheinlich braucht es nur eine ausreichende Menge Ale, um ihn zum Plappern zu bringen. Was hat Euch nur dazu getrieben?«

»Vor allen Dingen dein Wohlergehen«, erwiderte ihre Mutter tadelnd. »Außerdem habe ich ihn nicht aufgelesen. Wir sind uns zum ersten Mal vor einigen Tagen begegnet, als er versucht hat, Father Gilbert zu überfallen.«

Johannas Augen wurden noch größer. Einen Augenblick lang fehlten ihr die Worte, ihre Entrüstung auszudrücken. »Nur *versucht*!«, rief sie aus. »Gott steh mir bei, Ihr gebt jetzt also zu, dass er nicht nur ein Gesetzloser ist, sondern obendrein auch noch ein recht dummer.«

Ihre Mutter hob besänftigend die Hand. »Er ist ein armer Student, und er war schrecklich hungrig.« Ließ das Johanna etwas freundlicher über den Mann denken?

»Und zudem ein ziemlich missratener, so wie es

sich anhört.« Johanna erhob sich und ging zwischen Bett und Tür hin und her. Lady Constance war normalerweise nicht so leichtsinnig. Ganz sicher führte sie Conisthorpe mit ebenso viel Geschick, wie Lord Alan es immer getan hatte, und meistens suchte sie ihre Dienerschaft sehr sorgfältig aus. Hatte dieser Gesetzlose eine so beredte Zunge? Vermutlich hatte er sich das Wohlwollen ihrer Mutter damit erschlichen.

»Und noch etwas.« Johanna fuhr herum. »Warum unterrichtet Euer Student nicht die Söhne eines reichen Mannes? Oder ist er irgendwo als ehrenhafter Schulmeister in Lohn und Brot? Was tut er eigentlich noch, außer dass er versucht, wehrlose Priester zu überfallen? Unsere Rehe wildern?«

Lady Constance griff nach Johannas Hand und hielt sie fest. »Ich bin nicht eine solche Närrin, wie du anzunehmen scheinst. Dieser Mann wird uns zu Diensten sein, vertrau mir nur. Wie sonst sollte ich so schnell einen Fremden auftreiben, einen, der bereit ist zu beschwören, dass er dich geheiratet hat, bevor du die Ehe mit Fulk eingegangen bist?«

Johanna zog die Hand weg. »Madam, begreift Ihr wirklich nicht die Tragweite dessen, was Ihr da sagt? Ihr habt einen dahergelaufenen Schwindler aufgefordert, hierher zu kommen und sich als mein Gemahl auszugeben. Denkt doch einmal nach! Warum sollte eine Frau meines Standes mit einem armen Studenten die Ehe eingehen?«

»Du könntest erklären, dass du dich verliebt hast. Außerdem hast du ihn noch nicht gesehen. Du urteilst über einen Wein, den du nicht gekostet hast.«

»Natürlich tue ich das.« Johanna hob abwehrend die Arme und gestikulierte heftig. »Ich hätte diesen sauren Wein von vornherein gar nicht erst gekauft.« Sie seufzte aufgebracht und sammelte ihre Näharbeit und die Stickseide zusammen.

»Angenommen, ich würde es für dich arrangieren, ihn zu treffen, Johanna?« Ihre Mutter legte ihr die Hand auf den Arm. »Nein, hör zu, reite morgen früh zur heiligen Quelle, um dein Gesicht darin zu waschen. Der junge Mann kann dich dort treffen. Und *dann* sag mir, ob ja oder nein.«

»Was, ich soll in den Wald gehen, um mir dort Gewalt antun zu lassen? Nein, danke, Mutter, mir reichen die Erfahrungen, die ich mit meinem Ehemann gemacht habe.«

Ihre Mutter hielt Johannas empörtem Blick unbeeindruckt stand. »Father Gilbert kann dich begleiten. Er kennt den Studenten schon.«

»Der Priester weiß also über diese Sache Bescheid?« Das zügelte Johannas vehemente Entrüstung ein wenig. Sie presste die Lippen zusammen; nachdenklich drückte sie ihre Stickarbeit gegen die Brust. Was konnte es schaden? Der alte Wagemut in ihr erwachte zum Leben. »Ich hatte auch schon daran gedacht, die heilige Quelle aufzusuchen. Es hilft vielleicht, meine Wunden schneller heilen zu lassen.« Dann seufzte sie. »Aber es wird nicht gehen. Edyth wird darauf bestehen, mich zu begleiten … sie ist wie mein Schatten.«

»Ich werde den Mann warnen.« Lady Constance begann, ihren Schleier zu lösen. »Ich beeile mich besser, wenn ich ihm noch heute Nachmittag Bescheid geben will. Ich hoffe, er wird einverstanden sein. Um ehrlich zu sein, er ist von meinem Vorhaben ebenso wenig begeistert wie du.« Das war immerhin ein schwacher Trost.

»Aber klingende Münze löst selbstverständlich die Bänder, die sein Gewissen binden.«

»Du hast vermutlich Recht, Lämmchen. Wo ist meine Haube?« Sie durchwühlte den unordentlichen Stapel von Kleidungsstücken auf ihrem Bett. »Ich bin dankbar, dass du schließlich doch noch eingelenkt hast. Dieser Mann ist perfekt für unsere Zwecke geeignet, und lass uns den Tatsachen ins Auge sehen, Johanna: Wir sind in dieser Sache die Bettler und müssen uns auf jedes Pferd setzen, das wir kriegen können.«

»Mutter, er ist ein Bettler, und er wird uns auf der Nase herumtanzen, wenn wir nicht auf der Hut sind.«

Das Erste, was Geraint an dem Mann auffiel, der plötzlich aus dem Wald auftauchte, war, dass die Spanne zwischen Schultern und Hals kaum als Nacken bezeichnet werden konnte. Das Zweite war, dass dessen Haut so braun gefärbt war wie ein Hühnerei. Man mochte glauben, Gott hätte seinen Daumen auf den Kopf des Burschen gedrückt, um ihn am Weiterwachsen zu hindern, ehe er ihn in einen Färberbottich hatte fallen lassen.

Der Bursche scharwenzelte um Dame Christiana herum, während sie versuchte, ihm auszuweichen und sich in den Frieden ihrer Hütte zu flüchten. Geraint hätte sich ohne weiteres bemerkbar machen und den Kerl mit einem kräftigen Hieb auf die Nase zu Boden schicken können, aber er war neugierig. Wer würde bei dieser Begegnung besser abschneiden?

»Gebt mir Arbeit, liebliche Madam«, flehte der Mann. »Ich hacke ganz vorzüglich Holz, ich hüte die Kühe getreu den Gesetzen des Pythagoras', ich diskutiere mit Schafen über die Metaphysik, ich jongliere, schlage Purzelbäume, rezitiere unschickliche Verse, und ich habe eine ungewöhnlich geschickte Hand.« Er wackelte mit der Hand hin und her und versteckte sie dann plötzlich – als wäre ihm das alles sehr peinlich –

mit einem unterwürfigen Achselzucken hinter seinem Rücken

Christianas Blick hätte ihn durchbohren können. »Könnt Ihr auch Knoten in Eure Zunge knüpfen?« Wie Partner in einem Schreittanz erreichten sie die Türschwelle der Hütte gemeinsam.

»Leider nicht, gute Dame.«

»Schade.« Christiana schlug die Tür heftig hinter sich zu, doch er hatte blitzschnell seinen Fuß dazwischengeschoben.

»Ach! Habt Mitleid, Mistress, nur ein Stück Brot, und ich werde im Handumdrehen wieder verschwunden sein.«

»Nein, wenn man Euch einmal füttert, dann werdet Ihr noch tagelang wie ein schlechter Geruch in der Luft hängen.« Sie versuchte, die Tür zuzudrücken, doch der Mann zog seinen Fuß nicht zurück.

»Holde Mistress, es fehlt Euch doch sicherlich an Gesellschaft, wenn Ihr hier so ganz allein lebt, und diese Hände hier würden keine Mühe scheuen, um Euch zu erfreuen. Autsch!«

Die alte Christiana hatte den Burschen beim Ohr gepackt, aber er zappelte heftig. Jetzt machte sich Geraint bemerkbar, wenn auch nur widerstrebend, denn so verriet er seine Anwesenheit, aber er konnte nicht zulassen, dass die Frau verletzt wurde.

Sich so unerwartet mit einem großen kräftigen Mann konfrontiert zu sehen erstickte das prahlerische Benehmen des Burschen, wenn auch nur für kurze Zeit. »Mitleid, Master, bittet Euer Weib, mich loszulassen! Meine Mutter sagt, meine Ohren seien lang genug.«

»Weib!«, riefen Geraint und Christiana wie aus einem Munde.

»Ja, ist sie denn nicht Euer Weib, Sir? Noch nie sah

ich so ein schönes blondes Bauernmädchen. Haltet ein, meine Schöne. Autsch!« Eine Ohrfeige klatschte auf die Wange des Schurken.

Geraint begann zu lachen, als der Mann sich im Schneidersitz zu Boden sinken ließ und die Hände über den Kopf hielt, um weitere Hiebe abzuwehren.

»Wer bist du, außer einem Tunichtgut?«, fragte Geraint, während er den Arm beschützend um Dame Christianas Schultern legte. Der Witz des Mannes gefiel ihm. Eines musste man dieser Kreatur lassen, seit Boroughbridge hatte ihn nichts anderes zum Lachen bringen können.

»Ich würde mich geschmeichelt fühlen, wenn Ihr mich für einen Narren halten würdet, aber leider, Sir, wir Ihr schon sagtet, bin ich zu nichts gut, ein Vagabund.«

»Was tut Ihr denn noch, außer Eure Zunge Amok laufen zu lassen?« Christiana verschränkte die Arme und musterte den Fremden eingehend.

»Tun?«, rief der Bursche und ließ sich mit einem hoffnungsvollen hündisch-ergebenen Gesichtsausdruck auf die Knie fallen. »Ich krieche zu Kreuze, ich flehe, ich bete, damit Gott mildtätige, gütige Menschen schickt, die mir beistehen und mich vor dem Teufel beschützen.«

»Woher kommst du?«, fragte Geraint mit wachsender Neugier. Dem Dialekt nach stammte der Mann aus dem Süden, vielleicht aus Kent.

»Ich wurde im Schatten des Turmes geboren, den Wilhelm der Eroberer erbauen ließ, Herr, und seitdem bin ich wahrlich auch im Schatten gewandelt, stets auf der Suche nach meinem Glück.«

»Ach, lass ihn seines Weges ziehen«, brummelte Christiane Geraint zu und machte eine wegwerfende Handbewegung. »Aus dem da wirst du nie eine Antwort herausbekommen, die nicht durch eine Lüge verkappt ist. Du Wurm, pack dich fort!« Sie verschwand in ihre Hütte und schloss nachdrücklich die Tür hinter sich.

Der Mann sprang auf die Füße und klopfte sich sorgfältig die Erde von einer Hose, die keinerlei Ausbesserungen aufwies. Dieses rasche Aufspringen rief in Geraint eine Erinnerung wach. Hatte der Mann »Narr« gesagt?

»Beim Himmel, jetzt weiß ich, wer du bist«, rief Geraint aus. »Du bist der Narr des Lords von Lancaster!«

Der Kopf des Mannes zuckte vor Schreck hoch, und er hätte Fersengeld gegeben, hätte Geraint ihn nicht blitzschnell gepackt.

»Wie könnt Ihr es wagen, mich zu beschuldigen, mit Rebellen unter einer Decke zu stecken!«, rief der Mann schrill, als er sich wie ein Wurm wand, um sich aus dem Zugriff zu befreien. »Was würde ein Narr an diesem gottverlassenen Ort zu suchen haben? Und was Lancaster angeht, so weiß alle Welt, dass er ein Verräter ist.«

»Sei still, du Halunke!«, knurrte Geraint. »Glaubst du denn, die Männer des Königs geben sich mit solchen Kerlen wie dir ab?«

»König Edward würde, ohne mit der Wimper zu zucken, jeden in Ketten legen lassen, der in Boroughbridge dabei war. Das habe ich gehört.« Die harten Blicke, mit denen die beiden sich maßen, schwächten sich ab und machten verstehendem Begreifen Platz. Langsam ließ Geraint den Fremden los, obwohl er wachsam blieb, um einen Fluchtversuch verhindern zu können. Nur die Hände des kleineren Mannes, die sich wie paarende Schlangen ineinander verschlungen hatten, verrieten dessen Furcht.

»Der Earl ist ein ehrenhafter Mann«, bemerkte Geraint ruhig.

Der Narr schluckte und schwieg. Wie die Finger eines Blinden glitt sein Blick über die Gesichtszüge seines Gegenübers. Der stumme Kampf schien zu seinen Ungunsten auszugehen, denn er ließ die Schultern sinken. »Ach, guter Sir, ich bin für Lancaster in die Schlacht gezogen, zweimal verfluchter Narr, der ich bin.« Das Leid ließ seine Stimme kalt und hart klingen.

»Das habt Ihr getan?« Geraint packte ihn wieder am Umhang. »Was gibt es an Nachrichten von Eurem Lord? Ist er nach London gebracht worden? Hat man ihn wie Sir Roger Mortimer eingekerkert?«

Der kleine Mann schwieg. Furchtsam richtete er die braunen Augen auf seinen Inquisitor. »Ist diese Neuigkeit denn nicht wie ein Pfeil durch den Wald gezischt?«, fragte er zurück und schluckte nervös. »Mein Herr ist in Eisen gelegt und mit dem Schiff zum König nach York gebracht worden. Sie haben ihn aus der Kirche von Boroughbridge gezerrt, haben ihm meine Narrenkappe aufgesetzt und ihn die Hauptstraße entlanggetrieben bis zum Fluss.«

Geraint ließ ihn in einer Mischung aus Unglauben und Verwirrung los.

Der Blick des Narren überflog Geraints Gestalt, von den Stiefeln bis zum Kragen. »Wie ich sehe, missfallen Euch diese Neuigkeiten, Sir.«

»Ich war auch in Boroughbridge dabei, und wenn du mir gegenüber nicht ehrlich gewesen bist ...«

Stirnrunzelnd sah ihn der Narr an. »Eine ausgezeichnete, aber tollkühne Enthüllung von Euch, die einiges an Gold wert sein dürfte. Ihr seid ein größerer Narr als ich, mir davon zu erzählen.« Dann fügte er ernst hinzu: »Ich dachte, niemand wäre entkommen, nicht einmal die, die ihre Waffen weggeworfen und sich Weiberröcke von den Hecken gestohlen haben.«

»Wieso bist du entkommen?«

Er seufzte. »Carlisles Männer schlugen mich im Kirchhof schlimm zusammen, als sie mir meine Narrenkappe und meine Schellen abnahmen haben. Ich konnte sie zum Lachen bringen, und sie ließen sich erweichen.«

»In Gottes Namen, Mann, was hattest du bei dieser Schlacht überhaupt zu suchen?«

»Ich bin meinem Herrn wie ein treuer Hund gefolgt, aber ich werde jetzt nicht darüber reden.« Er schüttelte sich heftig.

»O doch, du wirst darüber reden, wenn dir dein Leben lieb ist.«

»Nicht jetzt«, bat der Narr und machte einen weiten Satz nach hinten. Wie ein nasser Hund, der sich schüttelte, streifte er seine Niedergeschlagenheit ab. »Lasst uns dieses Boot in eine andere Richtung steuern. Ihr seid nicht das, was Ihr zu sein scheint, großer Meister. Ihr braucht vielleicht einen Diener.«

Ah, das war ein Gedanke. Der Narr würde noch von heiligen Quellen, eigensinnigen Frauen und der beeindruckenden, ränkeschmiedenden Lady Constance zu hören bekommen, die nach dem Mittagsmahl hergeritten war, um von Geraint dessen widerspruchslose Mitwirkung zu verlangen.

Der Narr bemerkte Geraints selbstzufriedenes Grinsen und schien dadurch plötzlich aus der Fassung gebracht. »Ihr braucht tatsächlich einen?«, fragte er ungläubig.

»O ja.«

»Nun, wie sehe ich aus?«

Jankyn, der Narr, wiegte sich in den Hüften wie eine Dirne im Badehaus zu Southwark. Er hatte sich Geraints abgelegten schwarzen Beinling über den Kopf gezogen und den weiten Studentenumhang umgelegt, den er mit einem Gurt über seinem Bauch zusammenhielt.

»Wie ein echter Spitzbube«, bemerkte Christiana. Mit den Schlitzen für die Augen, die er in die ungewöhnliche Kopfbedeckung geschnitten hatte, sah Jankyn ausreichend böse aus. Zusammen mit dem Umhang verbarg sie das auffällige Fehlen seines Nackens und verlieh ihm zusätzlich ein paar extra Zentimeter an Körpergröße. Nicht, dass er klein und schwächlich war, aber wenn er einen Gesetzlosen spielen wollte, musste er auch dementsprechend furchteinflößend aussehen.

»Und ich?«, fragte Geraint, wobei er die schwarze Kapuze herunterzog, die Lady Constance ihm gebracht hatte.

»Eine Verbesserung, Sir.«

»Wenn wir uns von der guten Christiana ihren Dolch ausleihen und ihn in deinen Gürtel stecken, Jankyn, könnte das ausreichen.«

»Was denn, zwei Dolche, Sir? Ich werde aussehen wie der Gehilfe eines Messerschmieds.«

Geraint zuckte die Schultern. »Das kannst du halten, wie du willst. Du bist ja auch so ein wahrer Hüne von Gestalt, und niemandem würde es auch nur im Traum einfallen, dich für jemand anderen als den Robin Hood von Wharfedale zu halten.« Diese spöttische Bemerkung war ein klein wenig unfair, aber Jankyn wusste schließlich nichts von seinem früheren Ausflug in Gesetzlosigkeit und seine Demütigung durch Father Gilbert. Geraint hatte beschlossen, dem Narren den Part des Anführers zu überlassen. Das bot ihm, Geraint, eine bessere Chance, das weibliche Gift namens Lady Johanna zu beobachten, und des Narren

Gewandtheit im Umgang mit Worten konnte nicht schaden.

»Danke«, erklärte Jankyn und überging die Beleidigung damit. Er hob die Hand und wedelte sie ganz in der Weise, wie es der Günstling des Königs zu tun pflegte, der junge Hugh Despenser. Jankyn hielt verdutzt damit inne, als er Geraints rechte Hand an seiner Kehle fühlte.

»Pass auf, Kerl! Ich weiß, wen du da nachäffst. Für solch einen Scherz könnte man dir die Eingeweide herausschneiden.«

»Aye, richtig, aber dann könnte man uns beide, Euch und mich, dafür aufhängen, dass wir Gesetzlose nachmachen. Was, wenn wir sozusagen im Revier eines anderen Räubers wildern, zum Beispiel in dem dieses zotteligen Schurken, dem Ihr über den Weg gelaufen seid? Und falls uns irgendwelche anderen Fremden ins Netz gehen, werden wir die dann schnell einmal ausrauben, um Übung zu bekommen?«

»In dem Fall nehmen wir Reißaus – wie die Hirsche es tun.«

»Ihr habt darauf bestanden, mitzukommen, Edyth, also hört jetzt auf, Euch zu beklagen«, rief Johanna über die Schulter zurück und trieb ihre Stute mit den Fersen noch härter. Absichtlich hatte sie ihre beiden Begleiter einige Pferdelängen auf dem Waldpfad hinter sich gelassen und bereits den Weg zum Fluss eingeschlagen. Sie wollte eher an der St.-Roberts-Quelle sein als der Fremde. Die Quelle war für sie ein verzauberter Ort, und sie hasste den Gedanken, ihn mit jemandem teilen zu müssen, besonders mit Edyth. Obwohl es in Begleitung sicherer war, wünschte Johanna sich einige Augenblicke des Friedens für sich allein, um in der Abgeschiedenheit des Ortes zu beten.

Wilder Knoblauch und Sauerklee überzogen die baumbestandenen Böschungen. Zu ihrer Rechten, am Bach entlang, stand eine Reihe von Kopfweiden mit ersten zarten Blättern. Einige Schritte vor Johanna verengte sich der gut ausgetretene Pfad. Sie schreckte eine Schar Bergfinken auf, als sie vom Pferd stieg, um zu Fuß weiterzugehen. Sie führte ihr Pferd zu einer kleinen hellen Lichtung, auf der ein umgestürzter Baum lag. Aus dessen dicken Ästen hatte irgendwann jemand einen Steg gebaut, der über ein kleines Wildwasser führte, das sich hier mit dem Fluss vereinte. Es war ein beglückendes Gefühl, ganz allein für sich zu sein, wenn auch nur für wenige Momente. Rasch, um keine Zeit zu vergeuden, band Johanna ihr Pferd an einem der jungen Uferbäume fest und gab dem Tier einen verschrumpelten Apfel zum Knabbern. Dann raffte sie ihre Röcke zusammen und überquerte leichtfüßig den Steg.

An der Quelle kniete Johanna nieder, um mit den zur Schale geformten Händen von dem Wasser zu schöpfen und ein stummes Gebet an den Heiligen zu sprechen. Das Wasser war eiskalt, und als Johanna damit mehrere Male ihr Gesicht unter dem Schleier benetzt hatte, glaubte sie, es könnte ihre Wunden fortfrieren. Als sich der Arm eines Mannes um ihre Taille legte, keuchte Johanna erschreckt auf. Ehe sie den anderen eine Warnung zurufen konnte, wurde ihr der Mund zugehalten.

Als Edyth und der Priester um die Wegbiegung ritten, sprang ein zweiter, kleinerer Mann, der eine Kapuze wie ein Scharfrichter trug, hinter Father Gilbert aus dem Gebüsch und schnitt ihnen so den Weg ab.

»Hier kommt unser Zeitvertreib, pass auf!«, verkündete der kleinere der beiden Banditen mit walisischem Akzent und versetzte dabei dem Priester einen Stoß, dass dieser vorwärts taumelte. Sie standen jetzt an der Stelle, an der der Pfad neben der Quelle breiter wurde. »Was haben wir denn da? Zwei Ladys, die St. Rob darum anflehen, dass er ihnen ihre Pickel nimmt und stattdessen Schönheit schenkt. Aber Eitelkeit ist eine Sünde, sagt man. Ihr werdet ohne Euren Schmuck viel besser aussehen, Demoiselles.«

Edyth drehte sich zu ihm um. »Feiglinge! Wegelagerer! Überfallt wehrlose Frauen und einen armen alten Priester.«

»Kein Ehering, mein Täubchen? Ah, nun wird mir klar, warum du hierher gekommen bist und um Schönheit bittest«, erwiderte zungenfertig die Stimme mit dem walisischen Akzent. »Bitte den Heiligen auch um das Geschenk des Schweigenkönnens, dann findest du vielleicht auch noch einen braven Ehemann. Was meinst du?« Er grinste seinen Kumpan breit an.

Dieses grobe Anpacken war nicht abgesprochen. Und es sollten nicht zwei sein. Was für Narren, sich zu maskieren und als Gesetzlose auszugeben. So würde es ihr nicht möglich sein, ein angemessenes Urteil zu fällen. Fluchend stieß Johanna ihre Ellbogen nach hinten, aber der Mann, der sie noch immer festhielt, wich diesen Schlägen geschickt aus. Der Teufel sollte ihn holen! Der Mann war ungewöhnlich groß und schien aus Stein zu sein. Sie konnte seinen Körper spüren, der sich unnachgiebig gegen ihren Rücken drückte, als sie versuchte, sich aus seinem Griff herauszuwinden.

Geraint hatte nichts dagegen, das Mädchen festzuhalten. Es musste Lady Johanna sein, die sich da so heftig gegen ihn sträubte. Ihre Brüste, die sich gegen seinen Unterarm pressten, fühlten sich keck an, und sie würden ihre Festigkeit auch durch eine Schwangerschaft nicht verlieren. Außerdem hatten sie nach seinem Geschmack die perfekte Größe. Und ihr Körper, eng gegen ihn gepresst, schien wie für ihn gemacht.

Er drängte den rechten Oberschenkel zwischen ihre Beine. Das verflixte Frauenzimmer krümmte und wand sich daraufhin noch heftiger unter seinem Griff, doch dann spürte er, wie ihre Finger nach seinem Dolch tasteten. Da ihm kaum eine andere Wahl blieb, nahm er die Hand vom Mund der Lady, um zu verhindern, dass sie ihm die Waffe wegnahm. Nun zog er selbst den Dolch und hielt ihn ihr an die Brust.

Johanna erstarrte zu Stein. Es war nicht nur das Entsetzen über die scharfe Klinge, sondern vielmehr das Bewusstsein, dass sie die Härte seines Oberschenkels und seiner Männlichkeit durch ihr Kleid hindurch spüren konnte. Was dieser Mann, der sich als Gesetzloser ausgab, hier mit ihr anstellte, war höchst ungehörig.

Obwohl vollauf mit einer strampelnden und zappelnden Johanna beschäftigt, ließ Geraint Jankyn nicht aus den Augen. »Auf den Boden, alle beide, Gesicht nach unten!« Jankyn fuchtelte mit seinem Schwert.

Father Gilbert fiel auf die Knie, bekreuzigte sich und berührte dann mit der Stirn die Erde.

»Nein!«, schrie Edyth wütend. »Ich werfe mich nicht vor einem Waliser in den Staub!«

»Tu es, oder Black John wird das Frauenzimmer töten.«

Johanna versteifte sich, als der Mann, der sie festhielt, seinen Dolch höher schob, sodass dessen Spitze jetzt gegen ihre Kehle zielte.

»Tut, was er sagt!«, presste sie heraus. Sie war auf einmal davon überzeugt, dass der Mann, der sie festhielt, ein echter Gesetzloser sein könnte.

Edyth murrte, aber sie kniete sich hin und beugte

sich vor. Übermütig setzte der kleine Anführer den Fuß auf ihren Rücken. »Wenn doch alle englischen Frauen so gehorsam wären.« Seine Augen funkelten Johanna durch die Schlitze an. »Und nun, süßes Herzchen, bist du dran.«

Der Schurke stieß sein Schwert drohend in den Boden und gab Johanna damit zu verstehen, dass auch sie sich hinknien sollte, und das behagte ihr kein bisschen.

»Mir wäre es lieber, Ihr tötet mich, als dass Ihr mich vergewaltigt«, erklärte sie mit einer Tapferkeit, die sich im Handumdrehen wieder verflüchtigen könnte.

Der kleinere Bandit grinste seinen Kumpan an, bevor er Johanna lüstern betrachtete. »Vielleicht tun wir auch beides, wart's ab.« Seine Schwertspitze glitt provozierend über ihre Rockfalten. Plötzlich kümmerte es Johanna nicht länger, ob er vielleicht sogar ein echter Gesetzloser war. Seine Unverschämtheit war intolerabel, und um nichts auf der Welt würde sie damit einverstanden sein, dass er ihren Ehemann spielte.

»Macht schon, tötet mich!«, fauchte sie. »Ihr tut mir damit einen Gefallen. Es gibt nichts, für das es sich zu leben lohnt.«

Der Anführer schien einen Augenblick lang verwirrt, dann riss er sich zusammen.

»Zeig uns dein Gesicht, Lady, oder bist du so hässlich wie die da?«

Edyth stieß einen protestierenden Laut aus, und er bedachte das mit einem leichten Fußtritt zwischen ihre Schulterblätter.

»Oh, ich brauche das heilige Wasser«, erklärte Johanna leidenschaftlich und schlug den Schleier zurück.

Für eine Sekunde vergaß der Mann seinen walisischen Akzent, als er einen Fluch im breitesten Angelsächsisch ausstieß. Mit offenem Mund stand er da und starrte die entstellenden Verletzungen an. Dann schaute er den Mann an, den er Black John genannt hatte und der immer noch stumm wie eine Vogelscheuche war. Sie hatte sie schockiert. Es herrschte ein unbehagliches Schweigen.

Johanna biss sich auf die Lippen. Der arme Student ihrer Mutter fühlte sich eindeutig unbehaglich, während der andere, der größere der beiden, nur abwartend dastand.

»Hier«, rief sie. Sie zog ihre Ringe ab und warf sie ihm vor die Füße. »Nehmt meine Ringe. Ich habe keine Verwendung für sie. Für keinen davon!« Der Ehering fiel auf Edyths Rücken und rollte dann bis vor die Füße des hoch gewachsenen Banditen, wo er liegen blieb.

Sein Blick hing unverwandt auf ihrem Gesicht, während der walisische Gesetzlose sich bückte und sie aufhob. Er ignorierte den goldenen Ring.

»Und Ihr könnt mir auch das Leben nehmen.«

»Nein, mein Liebling.« Der Mann spielte wieder seine walisische Rolle. »Es sieht so aus, als hätte das schon irgendein englischer Schuft versucht. In diesen Wäldern gibt es noch immer so etwas wie Ritterlichkeit, müsst Ihr wissen. Erlaubt mir, dass ich Euch zu Eurem Pferd geleite.«

Johanna erhob sich mühsam, wobei sie die ausgestreckte Hand des Mannes geflissentlich übersah. Auf der Lichtung, außerhalb der Hörweite der anderen, fuhr sie zu ihm herum.

»Sagt mir nicht, dass Ihr der arme Student seid, von dem meine Mutter mir erzählt hat.«

Ihr Ton war ätzend. Der klein gewachsene Schurke schluckte verlegen unter ihrem Blick.

»In Oxford gibt es uns in allen Formen und Größen, Mylady.«

»Das war die reine Zeitverschwendung! Und noch etwas – Ihr habt Eure Rolle hoffnungslos schlecht gespielt. Ihr solltet uns berauben, nicht den Prahlhans spielen.«

Der Mann, der Black John genannt wurde, kam den Pfad entlang und murmelte seinem Gefährten etwas Unverständliches in Walisisch zu, wobei er mit dem Daumen zu den Bäumen zeigte, die sich auf dem Hügel erhoben.

»Und obendrein habt Ihr Euch einen hohlköpfigen beschränkten Simpel als Komplizen ausgesucht«, zischte Johanna. Der Kopf des großen Mannes zuckte zurück, als hätte sie ihn geschlagen. »Am besten, Ihr verschwindet aus Yorkshire! Ich will Eure Dienste nicht. Verkauft meine Ringe. Ich werde meiner Mutter sagen, dass ich Euch ausgezahlt habe. Ihr könntet nicht einmal ein Weib davon überzeugen, dass Ihr ein ganzer Mann seid, ganz zu schweigen einen Archidiakon davon, dass Ihr mein Ehemann seid. Geht!«

»Johanna!«, hörten sie Edyth laut rufen.

Der große Mann gab Fersengeld.

»Pardon, Mylady«, brummte der Waliser. »Aber –«

»Lasst mich allein, Ihr Esel! Um Gottes willen, geht!« Er verschwand behände zwischen den Bäumen und folgte seinem Kameraden.

Geraint stocherte so heftig im Herdfeuer in Dame Christianas Hütte herum, dass sie ihn fragte, ob er es darauf anlege, seine Schulterwunde zum Aufbrechen zu bringen. Sein Zorn würde ihn noch umbringen. Sie wartete die Antwort nicht ab. Als sie hinausging, wischte sich Geraint mit dem Ärmel den Schweiß von der Stirn.

Beschränkt – war er das? Nun, er würde es ihr zeigen. Nein, das würde er nicht! Er würde eher fortgehen und Lady Johanna im Sumpf ihrer Schwierigkeiten stecken lassen, als sich in Lug und Betrug verwickeln zu lassen. Aber die Erinnerung an ihre schrecklichen Blessuren und ihre Scham darüber ließ ihn nicht los. In ihrem Flehen, sie zu töten, hatte Wahrheit gelegen, und dennoch war sie einen Moment später verächtlich und beleidigend gewesen. Diese Johanna hatte Mut, auch wenn sie ihm für eine Frau viel zu eigensinnig war.

Hinter ihm öffnete sich die Tür der Hütte. »Muss ich denn den ganzen Tag auf dich warten?«, schimpfte Dame Christiana. Geraint hatte sein Versprechen vergessen, ihr Sekretär zu sein. »Hast du inzwischen eine Entscheidung getroffen, oder musst du erst den ganzen Wald zu Feuerholz schlagen, um deinen Zorn abzureagieren?«

»Das würde ich in der Zeit, die ich noch hier sein werde, gar nicht schaffen.«

Die Klausnerin verzog unwillig den Mund. »Der junge Mortimer ist noch zu krank, um zu reiten. Aber du, du bist sicherlich kräftig genug, um fortzugehen.«

»Ich weiß … und trotzdem …« Er trat nach der Türstufe. »Glaubt Ihr, Lady Constance würde ihre Drohung wahr machen?«

»Wer weiß schon so genau, welche verrückten Gedanken Mylady noch haben wird? Wie findet du die Tochter? Sie ist sehr schön, nicht wahr?«

»Nicht das, was ich von ihr gesehen habe. Kennt Ihr sie denn?«

»Ich kannte sie als Mädchen, und ich habe ihr nicht gewünscht, mit Fulk von Enderby verheiratet zu werden. Hat er ihren Willen inzwischen gebrochen?« Einen Augenblick lang sah Christiana ihn so eindringlich an, als wollte sie in seine Seele sehen. »Aber was zählt das im Stundenglas der Zeit? Komm herein und setz dich. Wir wollen uns den geistigen Dingen zuwenden. Ich habe einige Federkiele für dich gespitzt.«

Fast eine Stunde lang schrieb Geraint nach Christianas Diktat, als er das Pferdewiehern hörte, das er gefürchtet hatte. Lady Constances Pferd stieß immer dieses Schnauben aus, wenn es angebunden wurde.

Seine Gastgeberin fluchte leise. »Werde ich das jemals zu Ende bekommen? Mylady kommt immer zu unpassenden Zeiten. Jetzt gibt es wohl noch mehr Ärger für dich, Jungchen. Eine Strafpredigt wegen eurer Vorstellung im Wald, würde ich vermuten.« Sie erhob sich, um die Tür zu öffnen.

»Hoffentlich gibt sie mir den Gnadenstoß«, brummte Geraint.

Lady Constance rauschte herein. Ihr auf dem Fuße folgte Father Gilbert. Er trug einen Korb, der ein Durcheinander von Federn und Schnäbeln enthielt und das – wie sich herausstellte – zwei Hühner waren, die vermutlich Dame Christianas bissigen Humor besänftigen sollten.

Die Lady trat zu Geraint an den Tisch. »Im Umgang mit dem Federkiel seid Ihr weniger feige, wie ich sehe.« Über ihrem Kopf krächzte die Dohle. »Und der dort muss der walisische Gockel sein.«

Jankyn, gerade erwacht aus einem Nickerchen, schwang sich geschickt die Leiter zum Dachboden hinunter, wobei er allerdings, sehr zum Ärger der alten Christiana, einen der irdenen Krüge umwarf.

»Oder«, Lady Constance zog eine Augenbraue hoch, »seid Ihr der beschränkte Simpel?«

»Sprecht mich frei von dieser Anklage, Göttin«, rief der Narr und kniete nieder, um nach ihrem bestickten Rocksaum zu greifen und ihn an seine Lippen zu führen.

Lady Constance warf Geraint einen wissenden Blick zu, als vermutete sie, dass er seinen Gefährten dazu ermutigt hatte, ihre Bekanntschaft zu machen. Genau das hatte er; und wenn Gott gnädig war, würde sie Jankyn als Bräutigam akzeptieren. Aber nein …

»Iiigitt!«, rief Lady Constance und entzog ihre behandschuhte Hand Jankyns hingebungsvollen Küssen, dann sah sie ihre erste Wahl stirnrunzelnd an. »Meine Tochter sagt, Ihr wäret beide hoffnungslose Fälle.«

Geraint legte den Federkiel aus der Hand. Respektvoll und mit einem ergebenen Seufzer erhob er sich, trotzdem davon überzeugt, aus ihren Diensten entlassen zu werden. »Ja, Madam, das ist richtig. Ich werde weiterziehen, sobald Sir Edmund genesen ist.«

Lady Constance hob das Kinn. »Ich bin zu dem Schluss gekommen, dass es keinen Grund gibt, warum meine Tochter sich ausgerechnet in einen armen Studenten verliebt haben sollte. Dazu wäre sie zu eigensinnig. Ich denke, Ihr würdet einen ausgezeichneten Ritter abgeben. Eure Rüstung und alles, was sonst noch nötig ist, wird Euch morgen gebracht werden.« Wie eine Königin schritt sie hinaus.

Die Unbeschwertheit fiel von Geraint ab wie ein geöffneter Gürtel, und Lady Constance bestieg inzwischen ohne Hilfe ihr Pferd.

»Madam«, protestierte Geraint und lief zu ihr. Er versuchte, nach ihrer Reitgerte zu greifen, doch Lady Constance lenkte das Pferd herum. Als sie ihn ansah, funkelten ihre Augen wie harte Diamanten.

»Meine Tochter mag Euch entlassen haben, aber ich nicht.« Und sie drückte die Fersen in die Flanken des Pferdes.

6

Edyth stieß einen Schrei aus, und Johanna verstummte mitten im Satz. Ihr Mund öffnete sich vor Staunen angesichts der Gestalt, die auf der Schwelle der großen Halle stand. Sprachlos starrte Johanna den großen blonden Ritter an. In der Armbeuge trug er seinen federgeschmückten Helm, der Johanna aus den Augenschlitzen böse anzusehen schien. Gebieterisch übergab der Fremde den Helm nun dem überraschten Haushofmeister, während er selbst den Blick arrogant und entschlossen über die am hohen Tisch sitzenden Personen gleiten ließ. Dann blieb sein Blick auf Johanna hängen – der Wolf hatte das Lamm ausgeguckt. Er verzog zufrieden den Mund und wartete.

Johanna glaubte, ihre Welt sei aus den Angeln gehoben worden; Panik stieg in ihr auf. Das war nicht der Waliser, dem sie im Wald begegnet war. Das musste der größere der beiden Männer sein, der Grobian, der ihr das Messer an die Kehle gehalten hatte.

Sie sprang auf, schaute zu ihrer Mutter hinüber, sah, dass diese ihr zublinzelte, als wollte sie Johanna drängen, etwas zu sagen. Ja, natürlich, er wartete darauf, dass sie ihn wiedererkannte. »Ich …«

Lieber Gott, hilf mir, sie hatten nicht einmal einen Namen ausgemacht! Unmut und Ungeduld flammten in seinem Gesicht auf, als er dastand, und sie spürte, dass sich seine wachsende Verärgerung wie ein gespannter Bogen auf sie richtete. »S-Sir …«, setzte sie zu einem neuen Versuch an, aber die Rüstung des

Fremden strahlte heller als alle Sterne. Ein blauer Vorhang senkte sich herab, verbarg ihn vor ihrem Blick, und als ob jemand ihr den Boden unter den Füßen weggezogen hätte, sank Johanna anmutig zu Boden.

Verdammtes Frauenzimmer! Innerlich fluchend, aber äußerlich ein Bild der Gelassenheit stand Geraint mitten in der Halle, während eine Schar aufgeregt durcheinander redender Frauen sein so genanntes Eheweib hinaustrugen. Erwartete man von ihm, dass er ihr sporenklirrend folgte, sich auf seine eisenbewehrten Knie warf und ihr seine Liebe bekannte? Oder dass er sie um Vergebung dafür bat, dass er sie verlassen hatte? Oder hatte sie ihn absichtlich allein gelassen, damit er dem Rest des Haushalts *seine* Version von der heimlichen Eheschließung erzählte?

Es war Father Gilbert, der vom Podium, auf dem der Tisch stand, heruntertrat, um ihn willkommen zu heißen. Die gefalteten Hände verbarg er in den weiten Ärmeln seines Habitats.

»Ihr seid uns ein Fremder, Sir …«

»Sir Gervase de Laval.« Geraint neigte knapp den Kopf. Er tat es auf die höfliche und herablassende Art, mit der alle Angehörigen des hohen Adels Klerikern gegenüber aufzutreten schienen. »Ich suche meine Frau, Johanna, die Tochter von Lord Alan FitzHenry.«

»*Eure Frau!* Das ist eine sehr ernste Behauptung, die Ihr da aufstellt, Sir Gervase«, entgegnete er würdevoll, und seine Stimme hallte laut durch die Halle, in der alle Gespräche verstummt waren. »Mylady Johanna ist seit fast einem Jahr die Gemahlin von Sir Fulk de Enderby.«

Geraint sah ihn in gespieltem Erstaunen an.

»Aber die Lady Johanna und ich haben vor etwas mehr als zwei Jahren vor einem Priester das Ehegelübde abgelegt.« Er fuhr herum und starrte die Anwesenden an. »Wo ist Euer Lord? Lasst mich sofort mit ihm sprechen!«

Unter dem Publikum erhob sich ein aufgeregtes Tuscheln. Ein Mann erhob sich zögernd vom hohen Tisch, und Geraint stellte mit Erleichterung fest, dass es Sir Geoffrey war, der Seneschall.

»Ähem.« Der Ritter strich sich über den grauen Bart, als befände er sich in einem schrecklichen Dilemma, und wich der scheinbar so misslichen Lage aus, indem er den Weg der Beschwichtigung einschlug. »Sir Gervase, wollt Ihr nicht an unserer Tafel Platz nehmen, bis sich Lady Constance zu uns gesellen wird? Wir müssen diese Angelegenheit klären.«

»Die Mutter meiner Frau?« Geraint sprach geringschätzig. »Ist denn ihr Vater nicht anwesend?«

Wieder dieses Tuscheln, die raschen Blicke untereinander, als fiele es schwer zu entscheiden, wer antworten sollte.

Der Seneschall räusperte sich. »Lord Alan ist indisponiert, Sir. Ich bitte Euch, Herr Ritter, kommt und nehmt Platz.«

Die Frauen müssen mich in den Raum neben der Halle getragen haben, zu dieser Feststellung gelangte Johanna, als ihre Lebensgeister zurückkehrten und das Geschnatter des zahmen Affen ihrer Mutter an ihr Ohr drang. Aber was sie schlagartig wieder in die Realität zurückholte, war der scharfe, unangenehme Geruch, den sie plötzlich wahrnahm. Yolonya, verflucht sollte sie sein, versengte Federn und hielt sie ihr unter die Nase, während ihre Mutter vollauf damit beschäftigt war, Edyth und die anderen Frauen hinauszuscheuchen. Die Frauen hatten Johanna auf das Ruhebett unter dem Fenster gelegt und ihr ein Kissen unter den Kopf gestopft.

»Sie ist wieder bei uns, Mylady«, verkündete Yolonya freudig.

»Ich kann keinen Puls fühlen.« Die Finger ihrer Mutter strichen Johanna durch das Haar. Sie hatten ihr den Schleier abgenommen.

In Johannas Kopf drehte sich alles, als sie versuchte, sich aufzurichten. Agnes' Hände zwangen sie sanft wieder zurück. Sie roch den Rosenwasserduft, der dem Kleid aus schwerer, golddurchwirkter Seide anhaftete, das ihre Mutter trug. »Deshalb also habt Ihr Euch heute Abend so herausgeputzt«, flüsterte sie mit einem wütenden Blick. »Warum, im Namen aller Heiligen, habt Ihr mich nicht vorgewarnt, dass Ihr den anderen Banditen fragen werdet.«

»Es geht eben nichts über eine echte Überraschung.« Mit kühler Hand befühlte die Mutter Johannas Stirn. »Ich finde, die Rüstung steht ihm sehr gut.«

»Ist er noch da?«

»Das hoffe ich.«

»Oh, lieber Gott, was habt ihr ihm erzählt?« Johanna legte die Hand an die Stirn.

»Bis jetzt noch nicht viel. Ich vermute, das war eine echte Ohnmacht?«

Johanna zog die Stirn kraus, kniff die Augen fest zu und wünschte sich, sie würde von der ganzen Welt nichts mehr sehen müssen, ganz besonders nichts von diesem Gesetzlosen.

»Bei der heiligen Mutter Gottes, aber das ist Euch doch noch nie passiert«, brummelte Yolonya. »Agnes, isst sie auch vernünftig?«

»Johanna, sieh mich an!« Ihre Mutter schüttelte sie. »Bist du sicher, dass du kein Kind erwartest? Was hast du benutzt, in Essig getränkte Schwämme? Bei meiner

Seele, Johanna, wenn du schwanger bist, werden wir diese Farce sofort beenden.«

»Nein, nein, ich bin nicht schwanger!«, brauste Johanna auf, riss aber dann in einem Moment der Panik die Augen weit auf. Da mochte Gott vor sein! Ein Kind von Fulk! Ihr Elend ließ sie hervorstoßen: »Und wenn ich es wäre, Madam, was würdet Ihr tun? Nach da draußen gehen und ihm sagen: ›Oh, Sir, Ihr habt die falsche Burg erwischt. Ihr müsst Lady Johanna Fitz*booth* meinen; sie wohnt in der fünften Burg auf der linken Seite an der Straße, die nach Norden führt. Aber seid auf der Hut vor ihrem Ehemann, er ist sehr geschickt im Umgang mit der Lanze.‹«

»Johanna!« Die verzweifelte Stimme ihrer Mutter ließ sie verstummen. »Sei jetzt vernünftig! *Was* soll ich ihm sagen?« Sie warf einen fragenden Blick zur Tür.

Agnes, die das Ohr gegen die hölzerne Wand presste, um zu lauschen, kicherte. »Da drinnen ist alles in Ordnung. Ich würde sagen, Ihr könnt Euch Zeit lassen, Mylady.«

Es gab kein Entkommen. Johanna rieb sich die Schläfen und versuchte, nachzudenken. Wie sollte sie sich verhalten? »Wenn er mich vor zwei Jahren geheiratet hat …« Dann meldete sich ihr Verstand zurück. »Ha, ich weiß. Das ist es, was du denen da draußen erzählen musst.«

»Liebes!« Die Augen ihrer Mutter waren rund und groß, als Johanna zu Ende gesprochen hatte. »Ich kann doch nicht …« Sie verstummte und sah ihre Tochter erst voller Unglauben, dann voller Begreifen an. »O ja, ich kann«, rief Lady Constance und strahlte Johanna bewundernd an, ehe sie ihre Lippen befeuchtete und die Arme um sich schlang, um den in der Halle Versammelten gegenüberzutreten.

»Ihr könnt Euch denken, welch eine Überraschung das für uns alle ist.« Der Priester hatte einen mürrisch dreinblickenden Jungen, der vermutlich von adliger Herkunft war, von dessen Platz neben Geraint beiseite geschoben, um dem Gast Flankenschutz zu geben.

»Ich habe Johanna gewarnt, dass sie Geduld haben muss«, erklärte Geraint gereizt, wobei er hoffte, seine Rolle des wütenden, heimgekehrten Ehemannes nicht zu übertreiben. »Ich habe ihr gesagt, dass ich wiederkommen würde.«

»Ähm, es scheint sich wohl um eine Verrücktheit unserer Lady Johanna zu handeln. Sie war schon als Kind eine ziemliche Range«, mischte sich Sir Geoffrey ein.

»Verrücktheit!«, rief Geraint und setzte seinen Becher so heftig auf den Tisch, dass selbst das Podium erbebte. »Sie hat mir vor einem Priester Gehorsam und Treue gelobt! Ist denn der Segen der heiligen Kirche in dieser Gegend nichts mehr wert?«

Der bissige Tonfall musste wohl doch übertrieben geklungen haben, denn Father Gilbert brummte gereizt: »Mäßigt Euch, junger Herr. Wir haben in dieser Angelegenheit bis jetzt nur Euer Wort, und ich versichere Euch, wir werden Eure Behauptungen und Lady Johannas Zeugnis zu dieser Sache sehr gründlich nachprüfen.« Geraint sah, dass der Blick des Priesters über die an der Tafel Sitzenden glitt und dann bei einer hageren Frau blieb, die ihm bekannt vorkam. Die Frau starrte zu ihnen herüber. Es war die Lady, auf deren Rücken Jankyn den Fuß gestellt hatte. Mit wachsendem Unbehagen fragte sich Geraint, ob sie sich wohl noch an die auffallend große Gestalt von Jankyns Komplizen erinnern konnte.

»Entschuldigt, Hochwürden, was habt Ihr gesagt?«

»Ich sagte, Sir Fulk de Enderby wird in dieser Angelegenheit auch ein Wörtchen mitzureden haben«, wiederholte Father Gilbert scharf.

»Und ob er das hat!« Die Frau – Edyth, hieß sie so? – beugte sich vor, das Kinn ärgerlich vorgestreckt »Wenn ich Ihr wäre, wer immer Ihr auch sein mögt«, höhnte sie, »würde ich sofort von hier verschwinden und alle Versprechen vergessen – das heißt, falls überhaupt welche gemacht wurden.«

Geraint zog die Augenbrauen hoch. »Wer seid Ihr, Mylady?«

»Ich bin Edyth de Enderby, Ihr Blender, und ich sage Euch, dass mein Bruder in Anwesenheit von fünfzig Zeugen vor der Kapelle dieser Burg mit Lady Johanna vermählt wurde. Wenn ich Ihr wäre, Sir, würde ich noch in dieser Stunde davonreiten, denn bei allen Heiligen, wenn meinem Bruder Eure Behauptung zu Ohren kommt, wird er Euch für Eure Lügen züchtigen.«

Ohne mit der Wimper zu zucken, hielt Geraint ihrem bösen Blick stand. »Wenn ich gelogen habe, dann soll er das einmal versuchen, Lady.« Zum ersten Mal lächelte er, ganz so, als gefiele ihm ihr Auftreten. Galant sah er ihr in die stechenden dunklen Augen. »Ihr tut recht daran, Euren Bruder so mutig zu unterstützen.«

Lieber Himmel, sein Charme wirkte. Entwaffnet schlug die Lady demütig die Augen nieder, ihr Mund verzog sich zu einem blasierten Lächeln. Aber Geraint war noch nicht fertig.

»Klärt mich auf, Hochwürden«, sagte er ruhig. »Ist es zulässig, dass dieses Problem durch einen Zweikampf beigelegt wird? Wenn ja, so ist es schnell aus der Welt geschafft.« Es war das Letzte, was er zu tun beabsichtigte, aber es stand einem Ritter gut an, es zumindest vorzuschlagen.

Das spitze Kinn der Frau reckte sich erneut gekränkt vor. »Und mein Bruder wird dabei gewinnen.« Aber sie sprach weniger bissig als vorher, eher herausfordernd, als glaubte sie, er würde sie auch dafür bewundern.

»Nein!« Der Priester fuchtelte mit den Händen, als wollte er so die Diskussion beenden. »Das ist eine Angelegenheit der heiligen Kirche.« Aus mehr als nur einem Grund drückte Father Gilberts Gesicht eine Warnung aus, und als Geraint das begriff, fluchte er insgeheim. Es war ein Fehler gewesen, Lady Edyth aufzuhetzen. Er war hier, um Lady Johanna aus einer abscheulichen Ehe zu retten, um Gutes zu tun, nicht, um weiteren Schaden anzurichten.

Die verspätete Ankunft seines einstweiligen Knappen ersparte Geraint weitere Antworten. Bereitwillig rückte man an den niederen Tischen zusammen, um für Jankyn Platz auf der Bank zu machen. Ohne Zweifel würde man ihn mit Fragen durchlöchern. Der einstige Narr grinste seinen Herrn an und hob einen Humpen. Geraint hoffte nur, der eingebildete Halunke würde nüchtern bleiben und seine Zunge im Zaum halten. Nicht zum ersten Mal wünschte Geraint sich von ganzem Herzen, mindestens hundert Meilen von hier entfernt zu sein.

Alle Köpfe fuhren herum, als sich hinter der hohen Tafel knarrend die schmale Tür zum Empfangszimmer des Burgherren öffnete. Lady Constance schloss diese sorgsam hinter sich und stand einen Moment lang da, als müsste sie ihre Fassung zurückgewinnen. Dann atmete sie tief durch, ihr Blick suchte Geraint.

Er und die anderen Männer an der Tafel erhoben sich. Sie raffte ihre rostbraunen Röcke zusammen und schritt majestätisch zu Father Gilbert hinüber, dem sie, wie in der Bitte um dessen Unterstützung, die

Hand auf den Arm legte, bevor sie das Wort an Geraint richtete.

»Es ist wahr, Ihr habt Anlass, hier zu sein, Sir.« Sie schaute auf, um die an der hohen Tafel Sitzenden in ihren Blick einzuschließen, aber ihre Worte waren dazu gedacht, von allen Anwesenden gehört zu werden. »Ihr seht mich verwirrt und bestürzt. Es scheint, dass wir alle uns getäuscht haben und dass wir den Protesten meiner Tochter gegen ihre Heirat mit Sir Fulk mehr Beachtung hätten schenken sollen.«

Ein aufgeregtes Stimmengewirr setzte ein.

»Doch meine Tochter bittet Euch, zu gehen, Sir. Sie erklärt, dass Ihr sie vor mehr als zwei Jahren am Hochzeitstag verlassen habt und sie seitdem nie wieder von Euch gehört hat. Sie ist jetzt mit einem anderen Mann verheiratet. Ich soll Euch sagen, dass Sie Euch für einen Schurken hält und nichts mehr mit Euch zu tun haben will.«

Geraint stöhnte unterdrückt. »Das werden wir noch sehen!«, knurrte er und machte sich auf den Weg zum Nebenzimmer, in das man Johanna getragen hatte. Lady Constance hob die Hände, um ihn davon abzuhalten.

»Tretet zur Seite, Mylady!«, donnerte Geraint. »Ich bin nicht den langen Weg von Westminster hierher geritten, um wie ein abgetragenes Paar Schuhe beiseite gestellt zu werden.«

Ein beeindrucktes Raunen setzte bei der Erwähnung Westminsters ein.

Wie zu erwarten, war es Lady Edyth, die sich ihm in den Weg stellte, gerade als Geraint die Hand nach der Tür ausstreckte. Ihre Schultern fühlten sich dünn und knochig an.

»Zwei Jahre?« Es war ein verächtliches Zischeln. »Schert Euch fort, wir wollen Euch hier nicht haben!

So haltet ihn auf!« Ihr schrille Stimme überschlug sich, und ihre Faust schoss vor, um ihm ins Gesicht zu schlagen. Kurz entschlossen schob Geraint die Frau zur Seite.

Mit der Hand am Schwertgriff fuhr er herum und grinste die Umstehenden an. »Komme her, wer der Tapferste von Euch ist, um mich aufzuhalten. Niemand? Das hatte ich mir fast gedacht!«

Er war wirklich. Johanna hatte sich ihn nicht eingebildet. Der Fremde stieß die Tür auf und stand vor ihr, drohend und wütend wie ein Mann, dem man eröffnet hatte, dass das erwartete Erbe an jemand anderen gegangen war.

Überheblich verschränkte er die Arme, als er fragend die Augenbrauen hochzog und mit einem Kopfnicken auf ihre Mutter und Agnes deutete, die Johanna wie zwei treu ergebene Soldaten flankierten.

»Sie haben mir gesagt, dass Ihr einen anderen geheiratet habt, Mylady. Wie kann das sein? *Ich* habe Euch geheiratet!« Seine Stimme, fest und entschlossen, klang wie Donnergrollen.

Sie sollte jetzt etwas sagen, aber keine Silbe kam ihr über die Lippen.

Geraint fluchte innerlich, dass dieses Frauenzimmer ihm allein das Reden überließ.

Das Gesicht der jungen Frau – ihre unverletzte Seite – war unnatürlich blass. »Johanna!«, rief er streng und ging auf sie zu. Einen Schritt vor ihr hielt er, und sie zitterte unter seinem wütenden Blick, als hätte sie wirklich Angst vor ihm. War die hübsche Dienstmagd in das Komplott eingeweiht? Konnte er offen sprechen? Nein, besser war es, vorsichtig zu sein und seine Rolle weiterzuspielen. Was sollte er als Nächstes tun? Vermutlich sollte er darüber Auskunft verlangen, wer sie so verunstaltet hatte, aber zunächst gab es wichtigere Dinge zu klären. »Mylady, habt Ihr nun vor zwei Jahren mit mir das Ehegelübde abgelegt oder habt Ihr es nicht?«

Aufgeregte Stimmen, ein lautes Klatschen und die Geräusche einer handgreiflichen Auseinandersetzung vor der Tür vereitelten ihre Antwort. Ehe die kräftig gebaute Yolonya die Tür verschließen konnte, erzwang sich Edyth Zutritt in das Zimmer, ihr auf den Fersen folgte eine Schar von Menschen, darunter der Seneschall und Jankyn.

Geraint ignorierte Edyth und sah seine vermeintliche Frau stirnrunzelnd an. *Nun mach schon, oder der Teufel soll dich holen! Antworte endlich!* Lady Johanna schluckte, ihre Finger nestelten an dem schmalen goldenen Kreuz, das sie um den Hals trug und das sich auf ihrem Dekolleté hob und senkte. Er hätte es verführerisch gefunden, wäre da mehr Fleisch an ihr gewesen. Johanna brachte es fertig, schwach zu nicken, dann sank sie mit geschlossenen Augen zurück in die Kissen, und ihre Lider flatterten. Hinter ihm setzte ein aufgeregtes Tuscheln ein. Was sollte er jetzt tun?

Ein gezwungenes Lächeln auf den Lippen, beobachtete er gleichgültig die Frauen, ganz so, als ob sie ihn langweilten. »Lady Constance, bitte befehlt Eure Diener wieder hinaus. Ich habe meiner untreuen Frau etwas zu sagen, und ich habe gewiss nicht vor, sie vor aller Augen zu beschämen.«

Er verstand die Unsicherheit, die sich in Lady Constances Miene spiegelte. Als Fremder hatte er nicht das Recht zu verlangen, mit Lady Johanna allein zu sein. Sich ihrer Zuhörerschaft bewusst, trat Lady Constance jetzt vor, ihr Blick flammend wie ein Blitz. »Legt Hand an meine Tochter, und ich werde dafür sorgen, dass Ihr mit einem Fußtritt über die Zugbrücke geschickt werdet, ob Ihr ein Ritter seid oder nicht.«

»Hand an *sie* legen? Nein, aber ich werde den Hurensohn erwürgen, der ihr das Gesicht entstellt hat. Bleibt, falls Ihr darauf besteht, Madam, aber alle anderen sollen gehen. Verlasst uns!« Er ging auf die Tür zu, und die neugierigen Gaffer traten augenblicklich den Rückzug an.

Lady Constance gab sich den Anschein des Nachdenkens. Sie biss sich auf die Lippen und nickte dann bedachtsam den anderen Frauen zu. Geraint wartete arrogant, während alle an ihm vorbeizogen. Die hübsche Dienstmagd machte einen tiefen Knicks vor ihm. Aufgeweckt und klug, die Kleine, und obendrein mit guter Figur.

Wie vorauszusehen war, rührte nur Edyth sich nicht von der Stelle, wie festgeklebt verharrte sie auf ihrem Platz. »Ich werde gewiss nicht gehen. Sie ist mit meinem Bruder verheiratet.«

Geraint musterte sie mit einem Blick von Kopf bis Fuß, der schon manchem aufsässigen Diener Mores gelehrt hatte. »Dann habe ich eine Nachricht für Euren Bruder. *Aber erst später!*« Wie der Wolf das Lamm umkreiste er sie, bis sie zwischen ihm und der Tür stand. Er bewegte sich auf sie zu wie eine drohende Welle, die auf ein Boot aus Weidengeflecht zurollte. Stocksteif und starr wich Edyth zurück, und Geraint warf ihr die Tür vor der Nase zu. Jetzt war nur noch Jankyn da, der sich hereingequetscht hatte und darauf hoffte, bleiben zu dürfen.

»Hinaus!«, befahl Geraint. »Pass auf, dass wir nicht gestört werden!« Der Narr verbarg seine Enttäuschung hinter einer übertrieben tiefen Verbeugung und verließ ebenfalls das Gemach.

Geraint wandte sich um, sein Grinsen wurde zu

einer starren Maske. »Beim heiligen Georg, Mylady, Ihr seid mir aber keine besonders große Hilfe gewesen.«

Verärgert richtete sich Johanna auf. »Euer Auftritt war einfach lächerlich!« Sein Gesichtsausdruck ließ sie hastig hinzufügen: »Aber sehr wirksam.«

»Was war lächerlich?« Die Stimme des Fremden klang wie ein gefährliches Schnurren.

»Niemand hat mir gesagt, dass Ihr in dieser Aufmachung hier auftauchen werdet, mitten beim Essen.« Ihre Stimme wurde leiser. »Ich meine, Euch vor all diesen Leuten begrüßen zu müssen. Ich weiß nicht einmal Euren Namen. Ich hatte keine Ahnung, w-wie ich Euch nennen sollte. Ich …«

Heilige Mutter Gottes, wie war ihre Mutter nur an diesen Mann geraten? Er war offensichtlich nicht nur so unkontrollierbar wie Fulk, sondern er schien genauso grob und selbstgefällig zu sein wie der Rest seiner Geschlechtsgenossen.

»Gervase de Laval – zu Euren Diensten, Madam Ehefrau.« Das Rascheln eines Ärmels erinnerte ihn daran, dass Lady Constance noch anwesend war. Sie stellte sich jetzt zwischen die beiden und wirkte so ausgelassen wie ein Earl, der vorhatte, Frankreich zu überfallen.

»Ihr seid ein Wunder, Master Studiosus«, rief sie. »Und so wunderbar imposant in Eurer Rüstung. Ich bin froh, dass sie so gut passt. Wie klug von Euch, so voll aufgeputzt aufzutreten.«

Studiosus! *Das* also war der Student und *nicht* der andere Mann? Hatte dieser Schuft absichtlich den schweigsamen Gesetzlosen gespielt, um Zeit zu haben, sie genau in Augenschein zu nehmen?

»Die Sache ist noch nicht beschlossen«, mahnte Johanna ihre Mutter, wobei sie den Fremden stirnrunzelnd ansah. »Ich habe noch nicht gesagt, dass ich bei diesem Spiel mitmachen werde.« Wie viel hatte ihre Mutter ihm geboten?

»Hätte es denn überhaupt noch besser laufen können?« Ihre Mutter wirbelte zu ihr herum. »Ich bezweifle das. Deine Ohnmacht, die Rüstung und eure Reaktion aufeinander. Ausgezeichnet, ganz ausgezeichnet!«

Der Mann stützte die Hand gegen die Wand neben dem Kamin, und seine Haltung verlor etwas von ihrer Unnachgiebigkeit. »War das echt, Euer Zusammenbruch, oder übt Ihr das einmal pro Woche?« Offensichtlich musste die Neugier des Schurken befriedigt werden, doch sein Ton klang sarkastisch. Sicherlich hatte er doch gesehen, wie ungraziös sie umgesunken war. Konnte er da noch Zweifel haben?

»Meine Ohnmacht? Die war so echt wie die Liebe eines Geizkragens zum Gold. Und es gibt Narben, die das beweisen«, fügte Johanna gereizt hinzu. Als sie sich jetzt aus den Kissen erhob, versteckte sie die Zehen in ihren Lederpantoffeln. »Wahrscheinlich habe ich inzwischen eine ansehnliche Sammlung davon beisammen – wie Juwelen.« Er sah sie neugierig an, ehe er den Blick rasch wieder abwandte, doch sie hatte die Ungläubigkeit auf seinem Gesicht bemerkt.

»Warum seid Ihr hier?«, fragte sie scharf. »Ich dachte, Ihr hättet Euch dagegen entschieden, mir zu helfen. Ich schätze, meine Mutter musste den Lohn erhöhen – oder musste sie die Rüstung als Handgeld noch drauflegen, *Gervase*?«

»Johanna«, zischte ihre Mutter.

Der angebliche Student unterbrach seine nachdenkliche Betrachtung des Kaminfeuers und musterte stattdessen ihre Schuhspitzen, ehe er sich gestattete, Johanna ein weiteres Mal in Augenschein zu nehmen.

Der stählerne Blick, der sich schließlich mit ihrem traf, war überheblich und abschätzend.

»Das geht nur Eure Mutter und mich etwas an. Das Geld wird vorerst genügen.« Er ging zur Sitzbank unter dem Fenster hinüber und drehte sich dann zu Johanna um. Die Eisen- und Lederteile knarrten vernehmlich. »War ich ausreichend *simpel* für Eure Zwecke?«

Das also hatte ihn gekränkt? Johanna unterdrückte Häme, die in ihr aufwallen wollte, und gab sich dafür der stillen Hoffnung hin, dass er einen ganzen Tag in seinem Ärger über diese Bemerkung geschmort haben mochte. Ganz unerwartet hatte sie im Kettenhemd dieses Mannes das Loch gefunden, durch das sie ihn in seiner Ehre treffen konnte, und sie erlag der Versuchung, ihn weiter herauszufordern.

»Ihr hättet mir sagen können, dass Ihr Euren Handel mit diesem Dämlack abgeschlossen habt, Madam«, sagte sie zu ihrer Mutter.

Augenblicklich trafen ihre Blicke aufeinander, und in seinem flackerte Zorn auf, aber ihre Bemerkung verleitete ihn dennoch nicht zu Fortsetzung ihrer verbalen Schlacht. Zwar zog er missbilligend die Augenbrauen hoch, doch sein Mund verschloss sich mit einem belustigten Lächeln. Das überraschte Johanna; vielleicht schmeckte der Inhalt dieser Schale doch besser, als sie geglaubt hatte. Und war wohl nicht ganz so einfältig wie befürchtet, aber es war offensichtlich, dass auch dieser – so wie alle Männer – von seiner eigenen Einbildung so aufgeblasen war, dass er zu zerplatzen drohte.

»Frieden, Tochter, oder willst du die Hand beißen, die dir hilft?«

»Eure Vergebung, Master Studiosus.« Bei den tadelnden Worten ihrer Mutter senkte Johanna demütig den Kopf, doch in Gedanken fluchte sie, dass man von ihr erwartete, diesem Halunken dankbar zu sein. Vielleicht war diese Schelte gerechtfertigt, aber der Mann wurde schließlich für seine Hilfe bezahlt. Das Schweigen zwischen ihnen wurde peinlich, und Johanna brach es mit der Erörterung der praktischen Details.

»Bis zur Gerichtsverhandlung bleiben uns noch einige Tage, was machen wir bis dahin? Oder was machen wir *jetzt*?« Sie wies zur Halle, wo man auf eine Erklärung wartete.

Der Fremde kam auf sie zu, bei jedem Schritt schepperte der Stahl seiner Rüstung. »Jetzt, Mylady? Nun, Ihr und ich müssen uns die Geschichte unserer angeblichen Liebe zurechtlegen.« Sein Ton war herablassend.

Johanna spürte, wie sie errötete, und senkte den Blick. Aber er hatte Recht, verflixt noch mal. »Ja, das müssen wir wohl.« Sie ließ sich auf die gepolsterte Sitzbank sinken.

Das hat dieser kleinen Hexe einen Dämpfer versetzt, ging es Geraint durch den Kopf. Er wandte sich an Lady Constance. »Wäre es Euch recht, nach etwas zu essen zu schicken, liebste *Mutter*?« Wie erwartet, stieß Lady Johanna einen ärgerlichen Laut aus, wohingegen ihre Mutter ihn erstaunt anblinzelte. Er schenkte Lady Constance sein charmantestes Lächeln. »Ich habe nicht den Wunsch, dieser Edyth noch einmal mit leerem Magen gegenüberzutreten.«

»Natürlich.« Lady Constance erholte sich von ihrer Überraschung und straffte die Schultern. »Ich werde sofort zurück sein. Johanna, benimm dich!« Mit dieser Ermahnung verließ sie das Zimmer.

Vielleicht bewirkte das Essen bei ihm eine bessere Laune. Geraint ignorierte den weiblichen Rücken, der sich ihm mürrisch zukehrte, und seufzte leise. Dieses

Abenteuer würde sich vielleicht doch für ihn lohnen. An den Mitteln, ihn zu bezahlen, schien kein Mangel zu herrschen, wenn man sich die Ausstattung des Zimmers ansah. Die Kissen bestanden aus purpurrotem Taft und waren mit blau abgesetzten Bändern geschmückt. Auf einem großen Wandteppich war ein Hengst dargestellt, der Geraint ausnehmend gut gefiel – ein edles Tier, frei und wild, dessen milchweißes Fell sich scharf von einem schieferfarbenen Hintergrund abhob. Der Rand des Behangs war kunstfertig aus vergoldeten Lederstreifen gewebt, sodass er wirkte wie ein goldener Rahmen. Auf dem Boden lagen Pelzbälger ausgebreitet, und den Platz vor dem Stuhl des Burgherren schmückte ein kleiner braunroter Teppich.

Auf dem Lesepult lag aufgeschlagen ein Buch, was Geraint erfreulich fand, doch er runzelte die Stirn, als er an den Bildern erkannte, dass es lediglich ein Bestiarium war. Ein Bilderbuch für eine Frau. Befand er sich denn hier auf ausschließlich weiblichem Territorium? Es gab keinen Hinweis darauf, dass ein Mann hier seine Mußestunden verbrachte. Auf einen hölzernen Knüpfrahmen war ein kaum begonnenes Altarstück aufgezogen, und auf einer hohen Sitzstange hinter dem Ehrenstuhl hockte ein kleiner Affe, der Geraint aus dunklen Knopfaugen ansah. Wahrscheinlich war er sein Gewicht in Gold wert, wenn man diese Geschöpfe mochte. Überall standen, wie auf dem Verkaufsstand eines Kurzwarenhändlers, Weidenkörbe herum, die von Näh- und Stickarbeiten überquollen. Aus einem davon hing der Ärmel eines Untergewandes für einen Jungen heraus. Der bestickte Aufschlag war zur Hälfte fertig.

An der gegenüberliegenden Wand hing ein Teppich, der das Urteil des Salomon darstellte, aber der

König sah aus, als hätten die beiden knienden Frauen ihn aus der Fassung gebracht. Geraint ließ den Blick weiterschweifen und entdeckte zu guter Letzt doch noch einen Mann, der es fertig gebracht zu haben schien, sich an diesem Weiberort zu behaupten. Dort hing ein Bild von Orpheus, die Lyra in der Hand, der fröhlichen Blickes zusah, wie die Dämonen sein Weib Eurydike zurück in den Hades zerrten. Glücklicher Bursche! Er stellte sich gerade vor, wie Lady Johanna mit entsetztem Gesichtsausdruck in einem Dachsbau versank, als er bemerkte, dass dieses grässliche Frauenzimmer ihn offenbar keine Sekunde aus den Augen gelassen hatte.

»Ist das Eure Handarbeit, Mylady?« Er deutete auf den Schemel, der neben ihm stand. Dessen Bespannung zeigte drei blutrote Löwen, die sich farbenfroh in dem Wappen wiederholten, das über der Kaminhaube hing.

»Nein, aber das Pferd ist von mir.« Es überraschte ihn. »Versucht Ihr gerade abzuschätzen, ob wir in der Lage sind, Euch zu bezahlen?«

Er betrachtete Johanna mit kaum verhohlenem Unmut, der deutlich machte, wie sehr ihm die ganze Angelegenheit zuwider war.

»Ja.«

»Welchen Preis?«, stieß sie hervor und sprang auf. »Wie viel?«

Jetzt, allein mit ihr, war es schwierig, das Gespräch in eine andere Richtung zu lenken. Er hatte mit Lady Constance vereinbart, dass Edmund Mortimer ihrer Tochter gegenüber nicht erwähnt werden sollte, aber das ließ ihn nun wie einen skrupellosen Abenteurer dastehen. Er blickte sie nicht an, und sein Ton war kalt und arrogant, als er mit einer Gegenfrage antwortete. »Wie viel ist Euch Euer Glück denn wert, Lady?

Wünscht Ihr Euch an der Entlohnung zu beteiligen, um den Anteil Eurer Mutter zu mindern?«

Ein lasziver blauer Blick strich über ihr Gesicht. Johanna spürte, wie ihr das Blut in die Wangen schoss, und wandte sich ab, um ihre Verlegenheit zu verbergen. Sie hielt es für besser, es bei diesem Missverständnis zu belassen. Er würde die Worte sonst nur als Waffe gegen sie benutzen. Offensichtlich besaß dieser Zotenreißer ein Übermaß an Stolz, daher musste der Umstand, von ihrer Mutter Befehle entgegennehmen zu müssen, ihn umso wütender machen.

Kühle Vernunft muss die Oberhand haben, sagte sich Johanna und nahm ihre ganze Selbstbeherrschung zusammen.

Sie atmete tief durch. Es war notwendig, die Angelegenheit sachlich-kühl anzugehen. »Lasst uns kein Missverständnis aufkommen, Master Scholar. Mir gefällt der Gedanke, diesen … diesen Meineid zu schwören, ebenso wenig wie Euch, und ich bin Euch dankbar, dass Ihr einverstanden seid, dies alles auf Euch zu nehmen. Wir müssen so sorgfältig und bedachtsam wie irgend möglich vorgehen, damit Ihr nicht länger als unbedingt nötig in Anspruch genommen werdet. Wie Ihr schon richtig gesagt habt, müssen wir uns an den beiden kommenden Tagen genau überlegen, was das Kirchengericht von uns wird wissen wollen. Wir müssen dafür sorgen, dass wir dieselbe Geschichte erzählen.«

Der Fremde wirkte angesichts Johannas Sachlichkeit erleichtert. Er hatte sich bis jetzt lässig gegen den Kaminsims gestützt, doch nun richtete er sich auf. »Was ich nicht verstehe, ist, warum wir nicht den Bischof aufsuchen und die Sache von ihm klären lassen.«

»Hat Mutter das nicht erwähnt? Mein Mann hat den Bischof in der Hand.« Als Geraint fluchte, fügte sie hinzu: »Ich stimme zu, dass es für Leute *unseres* Standes üblich ist, so etwas unter Ausschluss der Öffentlichkeit und ohne Aufsehen zu regeln, und mir ist klar, dass vor dem Gericht des Archidiakons normalerweise Fälle verhandelt werden, die die gemeinen Leuten betreffen. Aber Father Gilbert glaubt, wir sollten besser diesen Weg gehen. Alle werden davon erfahren, und das bedeutet, dass man diese Gerichtsentscheidung nicht einfach wird ignorieren können, falls mein Mann dieses Urteil in Zweifel ziehen sollte.«

»So weit ganz gut«, murrte er.

»Jetzt müssen wir den nächsten Schritt überlegen. Ihr seid nach zwei Jahren zurückgekehrt. Ihr seid wütend, dass ich noch einmal geheiratet habe. Ich hingegen bin verbittert, dass Ihr mir nie ein Wort habt zukommen lassen. Was sollen wir jetzt tun?«

Ein seltsames Lächeln lag auf seinen Lippen. »Benutzt Eure Fantasie, Mylady. Ich wüsste schon, was ich wollte, wenn ich zwei Jahre fort gewesen wäre.« Sein Blick glitt mit kalkulierter Anzüglichkeit über ihr Dekolleté.

»Ja, natürlich«, rief Johanna errötend. »Aber ich bin noch immer sehr wütend auf Euch.«

»Seid Ihr das?« Sein Charme war beinahe unwiderstehlich.

»Hört auf, Euch über mich lustig machen«, brauste sie auf. »Ihr würdet versuchen –«

»Euch zu küssen? Ich würde es nicht *versuchen*, Madam, ich würde es –«

»– es einfach tun?« Sie schluckte nervös angesichts seines betörend-zerstörerischen Lächelns. »Nein, Ihr müsst bedenken, dass mein Gesicht verletzt und sehr empfindlich ist.«

»Mylady, wenn Ihr mir Eure Lippen verbietet, dann sollte ich mich auf den Rest von Euch konzentrieren.«

»Oh!« Die Lady setzte sich wieder, um mit einem so tiefen Stirnrunzeln über seine Worte nachzudenken, dass Geraint Gefahr lief, seinen Missmut über diese Scharade beiseite zu schieben und über die Absurdität der Situation zu lachen.

»Hier ist Euer Mahl, Sir.« Lady Constance fegte herein, gefolgt von ihrer Kammerfrau. Yolonya trug ein Tablett, das sie auf einem kleinen Tisch aus dunklem Eichenholz abstellte. Dann entzündete sie pflichtbewusst eine dünne Wachskerze an der Feuerstelle und steckte damit die Kerzen in den Wandleuchtern an.

»Ich dachte, du könntest das hier gebrauchen, Johanna.« Lady Constance suchte in dem kleinen Beutel, der an ihrem Gürtel hing, und brachte triumphierend eine kleine Zwiebel zum Vorschein. Sie schien leicht verwirrt, als die beiden sie verständnislos anstarrten. »Damit dir die Tränen kommen, dachte ich.«

Johanna nahm die Zwiebel und zuckte dann die Schulter, während sie das kümmerliche Früchtchen betrachtete. »Sehr umsichtig«, bemerkte sie trocken. »Aber warum soll ich denn weinen?«

»Liegt das nicht auf der Hand?« Ihre Mutter, die eben ihren Plan enthüllen wollte, hielt inne. Der Fremde war eindeutig zu hungrig, um zuzuhören. Ohne ein »Mit Verlaub!« griff er sich die Pastete vom Tablett und biss herzhaft hinein. Er kaute in aller Ruhe und mit Genuss, ehe er stolz den Kopf neigte.

»Ja, bitte, Madam, erzählt uns davon. Denn meine frühere Vorstellung weicht doch weit von der Realität ab.« Sein kühler Blick machte Johanna wütend, doch sie überhörte die Stichelei. Ihre Aufmerksamkeit war jetzt ganz und gar auf ihre Mutter gerichtet.

Lady Constance hob die Hände. »Oh, ihr müsst Euch gleich lautstark streiten, und dann, Johanna, musst du ihm ins Gesicht schlagen.« Zwei erstaunte

Augenpaare wandten sich ihr zu. Der Mann schien über diesen Vorschlag wütend zu sein, denn die Pastete verharrte auf halbem Wege zu seinem Mund. »Und Ihr, Gervase, müsst dann erst einmal gehen. Ich kann nicht gestatten, dass Ihr heute Nacht hier bleibt. Trotz allem wäre das höchst unschicklich.«

Er brach ein Stück vom Brot ab und stippte es in die Soße, steckte sich den Happen in den Mund und aß erst einmal, ehe er antwortete. »Unschicklich! Madam, die Lady ist immerhin mit mir verheiratet.« Er wischte sich eine Brotkrume von der Unterlippe und bedachte Johanna mit einem hochmütigen Blick. Oh, dieser Mann ist so schlüpfrig wie ein Aal, dachte sie, als sie spürte, wie ihr Gesicht sich unter seinem Blick unangenehm rötete. Aber die Logik ihrer Mutter klang vernünftig.

»Ich werde ganz bestimmt nicht fest zuschlagen«, versicherte Johanna ihm mit einem Gesichtsausdruck, der Angriffslust verriet, während sie die Zwiebel unbekümmert hinter sich in die Kissen warf. »Schließlich weiß ich, wie sich das anfühlt.«

»Ihr werdet es überhaupt nicht tun, Lady.« Sorgfältig wischte er mit der Serviette seine Finger ab, ehe er aufsah. Seine Augen waren hart wie Diamanten. »Immerhin glaubt man, dass Ihr närrisch genug gewesen seid, mich aus Liebe zu heiraten, vergesst das nicht.«

Dieser selbstgefällige Schuft! Was für ein Vergnügen würde es ihr sein, diesen Mann von seiner überhöhten Selbsteinschätzung so zu kurieren, dass er mit einem Plumps auf dem Boden landete.

Lady Constance hob beschwichtigend die Hand. »Frieden, ihr beiden. Wir müssen vorsichtig zu Werke gehen. Ich muss erst sehen, ob ich Euch voll und ganz vertrauen kann, junger Mann, und bis dahin lasse ich Euch nicht unter meinem Dach nächtigen.«

Johanna sah erfreut, wie er bei dieser Zurückweisung die Stirn runzelte.

»Was erwartet Ihr, was ich tun soll? In meine Behausung zurückgehen?«

»O nein, dorthin müsst Ihr nicht zurück, jedenfalls nicht, bis die Verhandlung vorüber ist. Mietet Euch in der Stadt in der Herberge ein und kommt morgen früh wieder, um unsere Entscheidung zu hören.«

Er dachte darüber nach, während er in kleinen Schlucken von seinem Wein nippte. »Aye, das macht Sinn.«

»Ich denke, Ihr solltet sofort gehen. Aber seid vorsichtig, Sir Gervase. Ohne Zweifel wird Lady Edyth eine Nachricht beim ersten Tageslicht nach Enderby schicken, und ihr Bruder wird Euer Blut wollen. Er kann sehr schnell reiten, wenn er einen Grund dazu hat. Und jetzt – die Masken aufgesetzt, ihr beiden.«

Einen Augenblick lang starrten der Fremde und Johanna sich trotzig an wie zwei Kampfhähne, die in den Ring geworfen worden waren.

»Lasst uns damit aufhören«, schlug er gönnerhaft vor, als wäre sie ein Kind, das eine bittere Medizin schlucken sollte.

»Ach je, wo ist denn nur die Zwiebel?« Ihr Ton sollte ihn reizen, doch er wandte kaum den Kopf zur Sitzbank. Mit einem stummen Fluch auf den Lippen fischte Johanna die Zwiebel unter den Kissen hervor und ritzte mit den Fingernägeln an der papierdünnen Schale. Sie gestand sich ein, dass sie viel lieber ihn gekratzt hätte.

»Gebt her, lasst mich das machen.« Seine Stimme klang ungeduldig, als er die Hand ausstreckte und ihr die Zwiebel wegnahm, aber allein die Berührung seiner Fingerspitzen raubte ihr den Atem. Sie sah zu, wie er die Zwiebel mit dem Messer teilte, um ihr, als wäre es Mondstein, mit einer spöttischen Verbeugung die eine Hälfte zu überreichen.

»W-was sollen wir sagen? Ich meine, w-wenn wir uns streiten?« Johanna nahm sie mit einer Befangenheit entgegen, die sie noch nie zuvor empfunden hatte. Die Augen, die sie beobachteten, verhärteten sich wie die eines Adlers, der seine Beute ausgemacht hatte.

Plötzlich ergriff er ihr Handgelenk und presste ihr die Zwiebel an die Nase. »Denkt an den Mann, der Euer Gesicht so zugerichtet hat, Mylady. Stellt Euch vor, Ihr würdet ihm diese Misshandlung heimzahlen. Eurem geliebten Fulk. Atmet richtig ein. Tiefer.«

Es war nicht nötig gewesen, durch die Erwähnung von Fulks Namen die Wut in ihr zum Kochen zu bringen, aber, bei Gott, es wirkte. »Tut so, als sei ich er, Mylady. Stellt Euch vor, er will Euch küssen.«

Mit einem Fingerschnippen gab er Lady Constance ein Zeichen, dann nahm er Johanna die Zwiebel aus der Hand und warf sie achtlos fort. Lady Constance riss die Tür auf und rannte hinaus. Sie schien außer sich zu sein und hielt die Hand vor den Mund geschlagen.

»Fasst mich nicht an!«, schrie Johanna. »Wie könnt Ihr es wagen!«

»Dirne!«, knurrte Geraint.

Es ist ungerecht, bäumte sich Johannas Seele auf, während sie es genoss, auf ihn loszugehen. Eine Dirne war sie? Er ging zu weit! Sie griff nach der Schüssel und warf sie nach ihm. Die Soße tropfte von seinem Brustpanzer und versickerte im Maschengeflecht seines Kettenhemdes.

In echter Überraschung starrte der Mann auf die zähe Flüssigkeit, die ihn getroffen hatte, und als er aufschaute, hatte Johanna ihm auch schon den Becher Wein ins Gesicht geschüttet.

»Schwindler!« Sie holte mit der Hand aus und schlug ihm hart auf die linke Wange.

Geraint zuckte zurück. Er schien so fassungslos, dass Johanna fast in Lachen ausgebrochen wäre.

»Ich werde zurückkommen, Madam«, keuchte er und wischte sich den Wein aus den Augen. Mit großen Schritten und mit vor echter Verlegenheit hochrotem Kopf durchquerte Geraint die Halle, in der tiefes Schweigen herrschte. Die Leute starrten ihn an wie eine Erscheinung.

Johanna schmetterte die Tür zu und warf sich in die Kissen, ihre Schultern bebend.

»Ach, du wunderbares Mädchen, das war grandios!« Die Röcke ihrer Mutter streiften Johannas Beine. Dann legte Lady Constance den Arm um ihre Tochter. »Liebes?«

Johanna setzte sich auf, mit dem Handrücken wischte sie die Tränen fort.

Ihre Mutter keuchte erschrocken auf. »Ich dachte, du würdest lachen. Was ist denn los?«

»Er hat mich eine ... ›Dirne‹ genannt, Mutter. Und genau das bin ich, denn ich habe dem einen Mann Gehorsam gelobt und dann einen anderen geheiratet.«

Ihre Mutter seufzte. »O Lämmchen, wenn du ein Ei essen willst, musst du zuerst die Schale brechen. Willst du von Fulk freikommen oder willst du es nicht?«

»Ja ... aber *›Dirne‹*! Das denkt er von mir! Und ... und er hat gesagt, wenn wir wirklich verheiratet wären, dann würde er mich in den Armen halten wollen und er würde ... O *Maman*, ich kann den Gedanken nicht ertragen, jemals wieder auf diese Weise von irgendeinem Mann berührt zu werden.«

»Ruhig, mein Liebstes, ganz ruhig.« Johanna ließ

sich von ihrer Mutter in den Armen wiegen. Es gab ihr ein wenig Trost. Nicht einmal ihrer beherzten Mutter war es möglich gewesen, die Hochzeit mit Fulk zu verhindern, und jetzt schien es, dass Johanna den Launen eines anderen Mannes ausgeliefert sein würde. Wenn sie irgendetwas taten, was ihm missfiel, konnte Gervase de Laval sie fallen lassen und ihre Lügen aufdecken.

Als hätte sie Johannas Gedanken gelesen, flüsterte ihre Mutter: »Er wird zurückkommen. Er hat keine andere Wahl.«

7

»Nun, habt Ihr Euch inzwischen mit Eurem Schicksal ausgesöhnt, großer Meister?«

Jankyn hatte sich mit verschränkten Armen vor Geraint aufgebaut.

Der Besitzer des Wirtshauses am Marktplatz von Conisthorpe, gesegnet mit einem untrüglichen Instinkt und einem ebenso ausgeprägten Despotismus, hatte kurzerhand zwei Reisende – einen Pferdehändler und einen vor Schmutz starrenden Ablasskrämer – aus seinem besten Gästezimmer ausquartiert, um dem vermeintlichen Schwiegersohn von Lady Constance eine Gefälligkeit zu erweisen. Was wiederum der Grund dafür war, dass Geraint nun finster dreinblickend auf dem überstürzt geräumten Bett saß und sich unter anderem fragte, ob die vorigen Bewohner des Zimmers vielleicht noch andere Lebewesen als sich selbst befördert hatten.

»Welche Wahl habe ich denn?« Er stand auf. »Was ist mit dir, Jankyn? Wenn du dir das Pferd schnappen und dich beim ersten Tageslicht aus dem Staub machen willst, kann ich dir sicher einen Vorsprung verschaffen, indem ich Lady Constance einige Stunden hinhalte.«

Der Narr schüttelte den Kopf. »Wohin soll ich denn gehen? Die Freunde, die ich hatte, sind wie die Scherben eines zerbrochenen Pisspotts über das ganze Königreich verstreut. Ich könnte in den Süden gehen, nach Redhill, um zu sehen, ob Lady Lancaster mir Arbeit geben könnte – wenigstens war sie dort, bis sie mit de Warenne durchgebrannt ist.« Er schüttelte den Kopf. »Nein, sie werden ihren eigenen Narren haben. Was haltet Ihr davon, mich weiterhin zu beschäftigen? Habe ich Euch in den wenigen Stunden meiner Lehrjahre nicht treu gedient?« Theatralisch umklammerte er Geraints Stiefel.

»Bei allen Heiligen, Kerl!«, brüllte Geraint und griff Halt suchend nach dem Strohsack, ehe er umgerissen wurde und auf die nicht sonderlich sauberen Binsen fiel, die als Bodenbelag dienten. »Ich war heute Abend froh um deine Gesellschaft, aber willst du wirklich die Schlinge mit mir teilen, wenn sie mich am höchsten Galgen der Gegend aufhängen werden?«

»Master Gervase, ich könnte ebenso Euer anderes Los mit Euch teilen. Ein Knappe zu sein ist einfach. Man muss volltrunkene Ritter zu Bett bringen, ihnen einen Gutenachtkuss geben, ihnen das Blut von den Schwertern waschen, ihr Erbrochenes von den Kleidern kratzen und ihnen versichern, wie sehr die Damen sie bewundern, wenn sie niedergeschlagen sind. Und falls ich einmal passen muss, könnt Ihr mir sicherlich noch einiges beibringen.« Er schaute auf, seine dunklen Augen glänzten. »Seid doch ehrlich, Ihr werdet am Ende eines jeden Tages einen Narren als Arsch für Euren Ärger brauchen, und glaubt mir, meine Absolution kommt Euch billiger als eine Dirne mit Krätze.«

»Richtig.« Auf Geraints Gesicht breitete sich ein Lächeln aus.

»Und was die Schlinge angeht, Lordy – ich habe mit angesehen, wie meine Freunde in Burton und Boroughbridge von Schwertern aufgespießt worden sind. Kopf hoch, wir laufen hier viel eher Gefahr, mit einer abgeketteten Bibel eins über den Schädel zu kriegen und exkommuniziert zu werden. Und was sagt uns das? Das sagt uns, dass Priester auch nur Menschen sind, wenn sie ihren Kirchenkram erledigt haben. Prophezeiungen erschrecken mich nicht. Wahrlich, der liebe Gott und der Teufel sollen sich um sich selbst kümmern.« Er streckte die Hand aus. »Also abgemacht? Bin ich wieder Watkyn? So wie gestern Abend?«

»Aye«, Geraint spuckte in seine Hand und schlug ein. »Abgemacht!«

Mit knurrendem Magen machte sich Geraint am nächsten Morgen auf den Weg zur Burg. Sein Verärgerung war im Vergleich zum Vortag noch gewachsen, seine Beklommenheit hingegen kaum weniger geworden. Er hatte schlecht geschlafen. Der schwere Regen, der während der ganzen Nacht gegen die Fensterläden geprasselt hatte, und eine Vielzahl nächtlicher Dämonen, die seiner eigenen Ängste, hatten ihn nicht zur Ruhe kommen lassen. Aber nun, gewaschen und barbiert und mit einer Brise des Märzwindes im Gesicht, der noch mehr Regen ankündigte, fühlte er sich einigermaßen wiederhergestellt. Sicherlich lag das zum Teil auch daran, dass er heute bequem gekleidet war. Die geliehene Rüstung war auf dem Packpferd verstaut, das Jankyn mit sich führte. Der verlockende Duft von frisch gebackenem Brot war trotz des Rauches, der von den zahllosen Holz- und Steinkohlefeuern aufstieg, deutlich wahrzunehmen, was Geraints Appetit nur noch mehr anregte. Er fluchte, als sie stehen bleiben und eine Herde quiekender und grunzender Mastschweine vorbeilassen mussten, die auf den Marktplatz getrieben wurde.

Unter dem Butterkreuz herrschte schon reger Handel. Die Händler von einem halben Dutzend Ständen boten schon ihre Erzeugnisse feil und hatten damit all den Kaufmannsgehilfen den Rang abgelaufen, die sich erst jetzt anschickten, die Verkaufstische herunterzuklappen, die gleichzeitig als Fensterläden für die unteren Fenster dienten, und die Körbe mit den Waren aufzustellen. Der Bierbrauer stand auf einer Holzleiter und befestigte eine frische Blumengirlande über der Tür zu seiner Schänke. Dabei bekam er Anweisungen von einer vollbusigen Frau, die Jankyn unerklärlicherweise mit ihren Blicken zu verschlingen schien, als dieser über die Hauptstraße ritt. Der Narr warf ihr eine Kusshand zu.

»Hm, wenn das dein Geschmack ist, dann ist es ein Wunder, dass du nicht so dünn wie ausgerollter Pastetenteig bist«, spottete Geraint.

»Pah, ich liebe solide gebaute Türme. Wenn ich mir diese winzigen Türmchen vorstelle, die Lady Jo –« Er stieß einen Schmerzenslaut aus, aber Geraint hatte die Faust abrupt sinken lassen, weil er den Priester bemerkte hatte, der unter dem Portal seiner Kirche stand und sich gegen die Morgenkälte die Hände rieb, während er dem Treiben auf der Straße zusah.

Geraint stieß einen deftigen Fluch aus, als er nur knapp einem hoch mit Porree beladenen Karren ausweichen konnte. Gewiss, Jankyns Gesellschaft würde ein wahrer Segen für ihn sein. Es konnte nur nützlich sein, auf Conisthorpe Castle einen Verbündeten an seiner Seite zu wissen, aber trotzdem gehörte diesem Kerl ein Knebel verpasst, damit er mit seinem Geplappere aufhörte. Seine witzigen Bonmots waren mit Geraints Morgenmuffeligkeit kollidiert, aber schließlich musste Jankyn ja auch nicht seinen Schwiegereltern gegenübertreten.

»Sie haben alle Wimpel für Euch gehisst«, stellte Jankyn munter fest, als ihre Pferde die Straße entlangtrotteten, die zur Burg hinaufführte. »Hättet Ihr nicht ein paar Blumen kaufen sollen?«

»Vielleicht«, knurrte Geraint knapp. Er rechtfertigte seine Unterlassung damit, dass Lady Johanna bis jetzt nichts getan hatte, sich diese zu verdienen, und er würde ganz bestimmt nicht noch einmal den grunzenden Schweinen die Stirn bieten, nur um wegen ein paar Blumen zum Markt zurückzureiten.

»Wenn die Narben der Lady erst einmal verheilt sind, wird sie sich als umgänglicher erweisen«, bemerkte Jankyn besänftigend.

»Ja, und ich mich als der rechtmäßige König von England«, erwiderte Geraint gereizt.

»Schaut auf die angenehme Seite, Sir. Sie ist noch jung und hofft vielleicht auf einen charmanten Liebhaber. Dieser Fulk de Enderby – die Leute sagen, er hat wie eine Geißel unter den Schotten gewütet. Nach allem, was man so hört, trägt er deswegen noch immer den Beinamen ›The Mallet‹, der Hammer.«

»Was?« Geraints Pferd scheute bei dem plötzlichen Ruck an den Zügeln. »Der Teufel soll dich holen, Jankyn. Wer hat dir das erzählt?«

»Die Schankwirtin, zwischen hingebungsvollen Küssen.«

»Pah, der ›Hammer‹. Was heißt das schon? Jeder Mann, der eine Frau schlägt, ist ein Schwächling.«

»Das ist eine bemerkenswert philosophische Feststellung für Euer Alter, Sir, obwohl eine, die Ihr in einer Schankstube nicht laut aussprechen solltet, wenn Ihr mich fragt.« Jankyn war geradezu boshaft munter. »Mir ist gestern Abend eine ganze Menge zu Ohren gekommen, und nicht alles davon sind nur Gerüchte.« Die dunklen Halbmonde unter seinen Augen verliehen seinem anzüglichen Grinsen Nachdruck. »Die Wirtin hat mir erzählt, dass Lady Johanna immer ziemlich viel Ärger gemacht hat.« Da Geraints Kommentar in einem unwilligen Knurren bestand, fügte er rasch hinzu: »Nicht, dass die Wirtin über die Tugend der Lady schlecht gesprochen hat, ganz im Gegenteil. Sie sagt, dass es Lord Alan Jahre gekostet hat, einen Ehemann für die junge Demoiselle aufzutreiben. Sie war zu pingelig und hat keinen von ihnen genommen, bis ihr Vater die Geduld verloren und sie ›The Mallet‹ gegeben hat.«

»Ich wünschte, du würdest aufhören, ihn so zu nennen«, schäumte Geraint. »Wo war eigentlich der Braumeister, während du seiner Frau schöne Augen gemacht hast?«

»Hat sich mit dem Schankmädchen amüsiert, glaube ich.« Jankyn parierte diese Anspielung mit einer weiteren verbalen Attacke. »Solltet Ihr heute Morgen nicht besser Euren Helm tragen? Er ist weitaus besser als Eure Stirn dazu geeignet, fliegende Humpen abzuwehren.«

»Du«, murrte sein neuer Herr, »kannst draußen vorm Stall sitzen und die Erbsen aus meinem Kettenhemd klauben.«

»Nun, ich würde mich glücklich schätzen. Einen ganzen Morgen damit zu verbringen, die Essensbrocken herauszupopeln, die noch immer in Eurem gestrickten Stahl stecken, wird bei weitem angenehmer sein, als mit einer Xanthippe das Morgenbrot einzunehmen.« Jankyn drängte rasch sein Pferd zur Seite, ehe Geraint ihn am Ohr packen konnte. Allerdings stieß er sich bei diesem Ausweichmanöver am vorspringenden Schild eines Pfeilmachers fast den Schädel ein. »Ich wette einen Silberpenny, dass sie Euch, noch bevor der Tag um ist, wieder einen Dämlack nennt.«

Geraint weigerte sich, auf diese spöttische Bemerkung einzugehen, und obwohl er ein wenig entmutigt war, hatte er nicht die Absicht umzukehren, um das Morgenbrot im Gasthaus einzunehmen. Sein Magen knurrte, und die Tafel auf Conisthorpe Castle war sicherlich großzügig bestückt, zumindest nach gestern Abend zu urteilen. Er würde nicht in einer Schänke sein gutes Geld für einen abscheulichen Haferschleim ausgeben, wenn Lady Constance ihm ein weitaus schmackhafteres Mahl vorsetzte.

Vom Vorwerk der Burg wurde sein Name gerufen, dann hörte man ein Lachen.

»Wie wunderbar, dass Ihr wieder hierher kommt, Herr Ritter. Habt Ihr schon Eure Rüstung gereinigt?« Die Stimme des unsichtbaren Sprechers klang munter und wenig ehrerbietig, doch nachdem sich die Zugbrücke rasselnd gesenkt hatte, verneigte sich der kahlköpfige Torwächter respektvoll vor den Ankömmlingen. »Lady Constance sagte, dass Ihr kommen werdet, Sir.«

»So, hat sie das gesagt«, schnaubte Geraint. Er schaute zu den aufstrebenden Türmen des Bergfrieds.

Als sie den Torweg durchritten hatten, kam ein Stalljunge herbeigelaufen, um die Besucher zu führen. Sie fühlten sich in ein Dorf mit Wohnhütten und Werkstätten versetzt. Die Burg war weitaus größer, als Geraint gestern wahrgenommen hatte. Und sie wurde offensichtlich gut geführt, denn sie machte einen geschäftigen, blühenden Eindruck. Alles war gut instand gehalten. Das Reet auf den Hausdächern war so sauber geschnitten, dass Geraint unwillkürlich an die exakte Arbeit eines Barbiers erinnert wurde. Nicht ein einziger Fensterladen hing windschief oder ausgerissen in seinen Angeln. Und während, wie auf jeder Burg, der übliche Geruch nach Viehdung und Kochdämpfen wahrzunehmen war, fehlte hier der Gestank der Latrinen. Vermutlich wehte der Wind gerade aus der anderen Richtung.

Als Geraint vor dem schmalen Treppenaufgang zur Halle vom Pferd stieg, versammelte er in Windeseile ein Gefolge von zwanzig neugierigen Zuschauern um sich. Der Haushofmeister, dazu abgestellt, ihn in Empfang zu nehmen, klatschte in die Hände, um die Menge der Gaffer zu verscheuchen.

Geraint folgte dem Mann hinauf in den überdachten Vorbau der Halle und übergab sein Schwert und seinen Umhang Jankyns Obhut. Von jenseits der nagelbeschlagenen großen Tür wehte ihm ein angenehmer Duft nach frisch gebackenem Brot entgegen. Eher vom Hunger als von Begeisterung getrieben, atmete Geraint tief durch und trat ein. Er wartete, während der Hofmeister zur hohen Tafel eilte, um Geraint anzumelden.

Bei Tage bot die Halle einen hellen und freundlichen Anblick. Die Steinfliesen, auf denen die Morgensonne großzügig Lichtsprenkel verteilte, waren sauber gefegt. Ein Diener wollte gerade die Halle durch den Nebeneingang zu Geraints Rechten verlassen, der zur Küche führte. Er blieb stehen und verbeugte sich ehrerbietig vor dem Gast, und auch ein anderer Diener, der eben die Halle betrat, um eine Schüssel Suppe aufzutragen, neigte zur Begrüßung höflich den Kopf. Der Haushalt war also auf der Hut.

Das hübsche Kammermädchen, das ihm schon gestern aufgefallen war, erhob sich von ihrem Platz an einem der niederen Tische und huschte zur Nebentür hinaus, zweifelsohne wollte sie ihre Mistress vorwarnen.

Nur eine Hand voll Leute saß beim Morgenbrot an der hohen Tafel. Sir Fulks Schwester war gnädigerweise abwesend, aber Geraint erkannte den Jungen wieder, der gestern Abend seinen Platz für ihn hatte räumen müssen.

Lady Constance war mit ihrem Mahl – in Wein getunkte Brotstückchen – zur Hälfte fertig. Erst sah sie dem Gast mit vorgetäuschter Bestürzung entgegen, dann erhob sie sich und kam würdevoll in die Mitte der Halle geschritten, um ihn willkommen zu heißen. Als sie das Wort an ihn richtete, klang ihre Stimme laut und tragend.

»Also scheint es, dass ich gestern Abend doch nicht geträumt habe, Sir Gervase. Ihr seid hierher zurückgekommen, um uns erneut mit dieser Angelegenheit zu konfrontieren.«

»Es geht um eine ernste Sache, Mylady«, grummelte er, als er sich über ihre Hand beugte. »Ich würde kaum einer Bagatelle wegen den weiten Weg von London auf mich nehmen.«

»Dann schlage ich vor, dass Ihr uns an der Tafel Gesellschaft leistet. Diese Frage muss schnellstens geklärt werden.«

Er folgte ihr zu den Stufen zum Podium und fragte rau: »Und wo ist der Fluch meines Lebens? Noch im Bett?«

»Nein.« Also hatte die Lady gewartet. Wie aufs Stichwort tauchte sie in der Tür hinter ihm auf.

In der Halle verstummten die Gespräche, als alle das Paar beobachteten. Gebieterisch bot Geraint ihr den Arm. »Kommt! Ich will das Morgenbrot mit Euch essen.«

Als er sie an den Tisch führte, bemerkte er: »Eigentlich habe ich darauf gewartet, dass Ihr Euch mit einem Knicks bei mir entschuldigt. Mein Diener murrt noch immer.«

»Seid froh, dass Euer Gesicht unverwüstlicher ist als meines«, erwiderte sie scharf. Ihr Ton war für eine Ehefrau entschieden zu respektlos, der Schleier hob und senkte sich heftig, als sie sprach. Geraint ignorierte ihre Unverschämtheit. Ihr Eigensinn war so haltbar wie Salzhering.

Ein Page brachte ihm einen Wasserkrug und ein Tuch, und Geraint, dankbar für die Gelegenheit, das Schweigen beenden zu können, tauchte die Finger in das parfümierte Wasser und hoffte, dass die Leute endlich damit aufhörten, ihn anzustarren, als hätte er sechs Feuer speiende Köpfe.

Lady Constance bedeutete ihm, sich zu setzen, und die Spannung stieg.

Aufs Neue über seine Rückkehr irritiert, stellte Johanna beunruhigt fest, dass der Fremde ohne die Rüstung ebenso groß und genauso unfreundlich war wie am Tag zuvor. Sie beobachtete mit Erstaunen, wie Gervase de Laval, ohne zu zögern, sein Schwert und sein Waffengehenk ablegte und es selbstgefällig über die Lehne des einzigen Stuhles warf, gerade so, als sei er in dieser Burg der Herr. Es war der Ehrenstuhl ihres Vaters.

Lady Constance räusperte sich. »Wie Ihr Euch denken könnt, Sir Gervase, habe ich heute Nacht kaum geschlafen, weil mir diese Angelegenheit nicht aus dem Sinn gegangen ist. Der Kopf schmerzt mir vom vielen Nachdenken. Deshalb habe ich unseren Kaplan zurate gezogen, den Ihr gestern kennen gelernt habt. Ich habe ihm berichtet, was Ihr und meine Tochter mir erzählt habt.« Sie seufzte und legte wie in Erschöpfung die Finger an die Schläfen. »Ich bin der Meinung, dass ihr beide die Wahrheit gesprochen habt, aber ich werde in dieser Sache Father Gilberts Rat folgen … und natürlich auch deinen Wünschen, Johanna. Man hat mich davon in Kenntnis gesetzt, dass in wenigen Tagen das Gericht des Archidiakons zusammentritt, und deshalb werdet Ihr, Sir, wenn Hochwürden Gilbert zustimmt, dort gegen Johanna eine Klage dahin gehend vorbringen müssen, dass Ihr im Recht seid.«

»Wer ist dieser Mann?« Ehe Geraint Lady Constance antworten konnte, stellte sich der dunkelhaarige Junge vor ihn hin. Die kostbaren Glasknöpfe, die in einer langen Reihe seine baumwollene Tunika schmückten, und die mit Eichenblättern bestickten weiten Überärmel bestätigten Geraints Vermutung, dass dies Lord Alans Sohn und Erbe sein musste, obwohl sich die Frage stellte, warum er in seinem Alter noch hier auf Conisthorpe war. »Warum sitzt er auf dem Stuhl meines Vaters?«, fragte der Knabe schrill. »Ihr habt mir verboten, darauf zu sitzen, obwohl es mein Recht ist – warum darf er es?«

Geraint schätzte den Jungen auf zwölf Jahre, aber wenn man dieses vorlaute Bürschchen statt an seiner Körpergröße an seinen Manieren maß, musste er doch jünger sein. Lady Constance legte den Arm um die Taille des Jungen, aber er schüttelte ihn mit sichtbarer Verlegenheit ab.

»Nicht jetzt, Miles«, murmelte Johanna. »Geh und iss dein Brot auf.«

»Ich habe gefragt, wer Ihr seid! Ich habe Euch noch nie gesehen!«, beharrte der Junge.

»Du vielleicht nicht, aber ich«, brauste Johanna auf, »und das reicht jetzt. Madam!« Lady Constance schickte ihren Sohn auf seinen Platz zurück. Mürrisch gehorchte der Junge und starrte Johanna finster an.

»Ich werde nachher Zeit haben, mit dir zu reden, junger Mann«, bot Geraint leichtsinnigerweise an. »Wenn ich mich unter vier Augen mit deiner Schwester und dem Priester unterhalten habe.« Hoffentlich hatte er damit die Fragen dieses Knaben fürs Erste unterbunden, denn sonst würde der vielleicht noch das fragen, was sich bislang keiner getraut hatte.

»Mein älterer Bruder Hal, Gott gebe seiner Seele Frieden, ist in der Schlacht um Bannockburn gefallen.« Johanna bekreuzigte sich traurig. »Darum verzieht Mutter Miles ganz schrecklich.«

»Ja, ich kann sehen, dass sie aus ihren Fehlern nichts gelernt hat«, erwiderte Geraint. Offensichtlich war die Lady an derartige Neckereien nicht gewöhnt, denn sie reagierte ganz und gar nicht amüsiert. »Nein, bitte, werft jetzt nicht mit dem Weinbecher nach mir, meine Liebe«, fügte er hastig hinzu. Was würde es kosten, ihr ein Lächeln zu entlocken? Er hob den Becher und trank ihr zu. Dann reichte er ihn an Johanna weiter und drehte ihn dabei herausfordernd so, dass sie von derselben Seite trinken musste.

Er sah ihr Zögern, und ganz offensichtlich verabscheute sie die Intimität dieser Geste. Andererseits war sie sich bewusst, dass der gesamte Haushalt sie so wachsam beäugte wie eine Hundemeute, die nach einem Leckerbissen geiferte. Johanna hob jedoch den Becher und schien, nachdem sie ihren Schleier sparsamst gelüftet hatte, einen Schluck zu trinken.

Was erwartet man jetzt von mir, fragte sich Johanna, die in der Rolle der liebenden Ehefrau so völlig ungeübt war.

»Ich bin sehr ungehalten darüber, dass Ihr mich gestern Abend eine Dirne geschimpft habt«, nahm sie das Gespräch wieder auf. Ihre Stimme klang gefährlich sanft.

Aus seinen blauen Augen musterte er sie ungerührt. »Ihr könnt Euch glücklich schätzen, Mylady, dass ich Euch nicht für das, was Ihr getan habt, vor der versammelten Dienerschaft übers Knie gelegt habe.«

Johanna spürte Panik in sich aufsteigen und zuckte, als hätte er sie geschlagen. Hätte er sie nicht am Handgelenk gepackt, wäre sie aufgesprungen und davongelaufen.

Verdammt, zum Teufel mit ihr! Geraint war bis jetzt nicht bewusst gewesen, wie empfindlich sie war. »Pardon, Mylady.« Zerknirscht ergriff er ihre Hand und hauchte einen Kuss auf die Innenseite.

Johanna schäumte innerlich. Ja, vermutlich erwartete man von ihm, dass er sich so verhielt, um alle Welt davon zu überzeugen, dass sie sich einmal geliebt hatten. Sie entzog ihm die Hand und sprang auf, ihre Stimme klang weinerlich und anklagend.

»Wo wart Ihr, als ich Euch brauchte? Niemand hat mir geglaubt. Zwei Jahre!« Sie wandte den Blick zum Gebälk der hohen Halle. »Was sollte ich denn davon halten?«

Die Diener, die geschäftig in der Halle hin und her geeilt waren, hielten in ihrer Beschäftigung inne, ganz erpicht auf die Unterhaltung, die ihnen da von ihren Herrschaften geboten wurde. Das Kinn ihres Bruders klappte herunter wie ein Fallgitter, dessen Seil zerrissen war.

»Ich bin *jetzt* hier, Lady.« Der Stuhl ihres Vaters kratzte über den Steinboden, als Sir Gervase sich erhob, um sich vor Johanna aufzubauen. »Ich hatte Euch mein Wort gegeben, dass ich zurückkommen werde.«

Als hätte sie das besänftigt, ließ sie sich langsam auf den Hocker zurücksinken und tupfte unter dem Schleier mit einem Taschentuch die Augen.

Geraint kehrte zu seinem Mahl zurück. Noch wusste er nicht, ob er sie lieber jetzt sofort oder erst später erwürgen sollte. In schmollendem Schweigen verzehrte er die Reste seines Morgenbrotes. Ratlos fragte er sich, was er als Nächstes sagen oder tun sollte. Seine so genannte Frau war ihm ohnehin keine Hilfe.

Erleichtert sah er Father Gilbert auf die Tafel zukommen. Nachdem er Lady Constance begrüßt hatte, nickte der Priester Geraint und Johanna zu. »Sir, Mylady, wenn Ihr mir nach dem Essen in meine Zelle folgen wolltet, würde ich gern von Euch hören, was Ihr in dieser Sache zu sagen habt.«

»Das gefällt mir sehr gut«, erklärte Geraint aus vollem Herzen und winkte den Pagen mit dem Wasserkrug herbei. Nachdem er sich die Hände gewaschen hatte, bot er diesem schrecklichen Frauenzimmer den Arm. »Kommt mit, Madam.«

Ärgerlich legte die so Aufgeforderte die Fingerspitzen auf sein Handgelenk. Geraint wusste nicht, dass sie ihm unter dem Schleier die Zunge herausstreckte und sich wünschte, dass ihn die Beulenpest holen möge, noch bevor diese Woche zu Ende wäre.

In Father Gilberts Zelle herrschte nicht der Apothekergeruch, den Geraint erwartet hatte, sondern es roch nach Bienenwachs und Tinte.

»Und nun, meine Kinder, werde ich Euch allein lassen und meine Gebete verrichten. Nutzt diese Zeit, um zu überdenken, was vor zwei Jahren zwischen Euch geschehen ist. Wenn Ihr Euch einig geworden seid, werden wir es gemeinsam durchsprechen und so tun, als sei ich der Beamte des Archidiakons.«

Der Priester schloss die Tür des Zimmers. Sie waren allein.

Als hätte der Schiedsrichter eines Turniers das Zeichen zum Beginn gegeben und das Tuch geworfen, setzte Johanna zum Galopp an.

»Wie äußerst feinfühlend«, spottete sie und lief vor dem Fenstersims mit den aufgereihten Pflanzen hin und her. »Also gut, Sir, die Jagd ist eröffnet, und wir können uns ganz ohne Zuschauer in Stücke reißen. Schließlich machen wir ja beide nur unfreiwillig bei diesem Mummenschanz mit.«

Geraint runzelte die Stirn. »Ich bin sozusagen in Eurer Hand, Mylady. Dies ist Euer Besitz. Ihr müsst mir schon sagen, wie und wann wir uns begegnet sind.«

»Mutter und ich hielten es für das Beste zu sagen, dass unsere … Heirat vor zwei Jahren gewesen ist. Damals starb der Gemeindepriester, und wir können behaupten, dass wir unsere Ehegelübde vor ihm abgelegt haben. Es hätte so sein können –«

»Bitte beschreibt mir den Priester.«

»Der Name des Priesters war Father Benedict, und er war sechzig Jahre alt. Er hatte himmelblaue Augen und drei Warzen – hier, hier und hier.« Sie wurde sich des intensiven Blickes des Mannes auf ihr Gesicht bewusst, und sie errötete. Verschämt senkte sie den Kopf. »Er … er hatte einen dünnen weißen Haarkranz, ansonsten war sein Schädel ganz kahl. Seine Handrücken waren stark geädert, viel mehr als die von Father Gilbert.« Sie fuhr fort, die Erscheinung des Geistlichen in allen ihr erinnerlichen Einzelheiten aufzuzählen, dann hieß sie Geraint, alles zu wiederholen. Dabei zählte sie die einzelnen Punkte an ihren Fingern mit.

»Wo sind wir uns begegnet?«, wollte er dann wissen.

»Im Wald. Ihr habt dort Rast gemacht. Ihr wart zur St.-Roberts-Quelle gekommen, weil Ihr gehört hattet, der Heilige ließe Wunder geschehen. Ihr hattet einen sehr schlimmen Hautausschlag und fürchtetet, es wäre Aussatz, und weil ein Freund von Euch durch den Heiligen Hilfe bei einer ähnlichen Hautkrankheit erfahren hat, seid Ihr –«

»Gott bewahre mich«, Geraint bekreuzigte sich.

»Und Ihr verliebtet Euch auf den ersten Blick in mich und wolltet mich kennen lernen. Deshalb seid Ihr noch zwei Tage länger im Wald geblieben und habt jeden Nachmittag auf mich gewartet.«

»Und wie habt Ihr es geschafft, Eure Treffen geheim zu halten, Mylady?«

»Agnes, mein Mädchen, hat allen erzählt, ich sei krank.«

Er seufzte. Es klang plausibel.

»Agnes hat mir ihren Umhang und ihr Kleid ausgeborgt.«

»Könnten wir uns nicht in London kennen gelernt haben oder irgendwo anders? Weit weg von hier? In einem anderen Haushalt? Am Königshof?«

»Ich habe den Haushalt von Lord Despenser besucht, als König Edward und Königin Isabella dort waren – ja, das war vor ungefähr zwei Jahren.«

Die Schultern des Mannes spannten sich sekundenlang an. »Ihr meint die Burg in Caerphilly?«

»Nein.« Johanna blickte ihn verständnislos an. »Oh, Ihr sprecht von seinem Sohn, Hugh Despenser dem Jüngeren. Nein, ich meinte den älteren Despenser. Er hat ein schönes Haus in Bristol, aber vielleicht seid Ihr wirklich einmal –«

»Was für ein bemerkenswerter Zufall. Ja, ich bin tatsächlich im Haus des älteren Despenser in Bristol gewesen, und auf seinem Anwesen in London auch. Ich habe zu der Zeit einige Schreibarbeiten für ihn ausgeführt.«

»Für einen Studenten seid Ihr weit gereist.« Sie gab einen leisen, neiderfüllten Seufzer von sich. »Aber ich bin auch in Westminster gewesen. Wir waren zu Pfingsten dort, und es war gerade während dieses Aufenthalts, dass der König durch einen seltsamen Brief verunglimpft wurde und –«

Er unterbrach sie. »Ich denke, wir kommen jetzt endlich einen Schritt weiter. Also, angenommen Sir Gervase trifft Lady Johanna in Bristol, als der König dort zu Besuch weilt. Gab es eine Gelegenheit für eine Liebelei, während sie dort war?«

»O ja, es gab Feste und viel Kurzweil. Vielleicht hat er sich auf den ersten Blick in sie verliebt und hat ihr ein Gedicht geschrieben. Er hat ihre Kammerfrau bestochen, es unter Lady Johannas Kopfkissen zu verstecken, und sie war darüber so entzückt, dass sie ihn angesprochen hat und … oh, es ist viel leichter, es so unpersönlich auszudrücken.« Ihr Selbstbewusstsein kehrte langsam zurück, und Johanna senkte den Blick. »Ich bitte um Entschuldigung, dass meine Fantasie mit mir durchgegangen ist, aber klingt das nicht sehr logisch?«

»Es klingt glaubhaft, und dann ist er ihr wie ein Jäger bis zu ihr nach Hause gefolgt, den Kopf voller romantischer Gedanken.« Sicherlich war Lady Johanna so etwas schon widerfahren? Liebreizend genug war sie ja. Hatte denn noch kein Mann ihr mit einem Gedicht den Kopf verdreht?

Johanna sah an ihm vorbei. Trotz seiner männlichen Überheblichkeit gab er sich Mühe, konstruktiv zu sein, und Johanna wusste das zu schätzen. Ja, dieser Mann könnte das Kirchengericht von seiner Hartnäckigkeit überzeugen. Man würde ihm abnehmen, dass er das Objekt seiner Begierde verfolgt und für sich gewonnen hatte.

Ermutigt sprach sie weiter. »Ach, ich weiß, er schickt ihr einen Brief, dass er vor Liebe zu ihr sterben wird und dass nur ihre Gegenwart ihn retten könnte. Und sie kann nicht widerstehen. Ja, das gefällt mir.« Sie klatschte in die Hände. »Verliebte Männer tun oft närrische Dinge, und dazu zählt auch, dass sie quer durch das Königreich reisen, um ihre Angebetete zu suchen.« Plötzlich errötete Johanna. »Wenigstens ist das immer in den Liedern so.«

Sie warf ihm einen verstohlenen Blick zu. Einen Augenblick lang hatte sie dummerweise das Misstrauen vergessen, das sie gegen ihn hegte. Aber er saß da und lächelte, und dieses Lächeln wirkte aufrichtig.

Die Versuchung war unwiderstehlich. »Seid Ihr jemals so liebeskrank gewesen, Master Studiosus?«

Hinter dem Geschoss sitzt Wucht, dachte Geraint, und sein Langmut ihr gegenüber verflüchtigte sich rasch, während er ihren scheuen Blick auffing. An seinem Schweigen schien sie zu erkennen, dass sie sich auf unsicheren Boden vorgewagt hatte. Nervös nestelte sie am Saum ihres Schleiers. »Ich bitte Euch um Entschuldigung, Sir, aber es würde mir helfen, es zu wissen. Es lag mir fern, gehässig zu sein.« Ihre Stimme war frei von jeglicher Koketterie, aber er könnte es ihr trotzdem mit gleicher Münze heimzahlen.

»Ja, ich habe diesen Kummer sehr tief gefühlt. Und Ihr?«

»Nein!«

Geraint war so klug, die Ausschmückung ihrer Geschichte voranzutreiben, denn das plötzlich herrschende Schweigen war so unbehaglich geworden wie ein zu harter Sattel Er stand auf, um ein vertrocknetes Blatt aus einem der Pflanzentöpfe zu entfernen. »Also hat sich dieses eigensinnige Mädchen mit einem Mann im Wald getroffen. Wie oft? Dreimal?«

»Er hat um sie geworben und ihr seine Liebe erklärt. Und da sie dumm und unerfahren war – und eigensinnig –, hat sie ihm geglaubt.« Zum Rücken dieses Mannes zu sprechen fiel Johanna weitaus leichter, als seinem strengen, klugen Blick ausgesetzt zu sein.

»Wie alt seid Ihr gewesen, Mylady?«

Ihr Alter preisgeben? Eine sehr intime Frage, aber wohl berechtigt.

»Sieb… fast achtzehn«, antwortete sie ehrlich. »Und Ihr?«

»Ich schätze zweiundzwanzig.«

Er schnippte müßig gegen ein Spinnennetz. »Statt krank danieder zu liegen, habt Ihr also diesem Mann Eure Küsse geschenkt. Ich wette, er hatte nichts anderes im Sinn, als bei ihr zu liegen.«

»Nein, er hat sie geliebt«, beharrte Johanna und verschränkte nervös die Hände, die sie in den Schoß gelegt hatte. »Sie haben es sich geschworen.«

Er wandte sich um und beugte sich zu ihr vor, seine Hände umfassten die Tischkante. »Aber er ist nie zurückgekommen.«

»Doch! Er ist gekommen! Ihr seid gekommen!«

Ihre Blicke trafen sich und hielten sich fest. Allmächtiger, sein Instinkt sagte ihm, dass es Qual und Pein bedeutete, diesen Stoff aus Lügen mit ihr weiterzuweben. Seine Brust hob sich mit einem Seufzer, als er sich wieder aufrichtete. »Ja, das bin ich.«

Ihr Herz schlug unerklärlicherweise schneller, und Johanna sprach hastig weiter.

»Sie haben ihre feierlichen Gelübde vor Father Benedict abgelegt. Sir Gervase hat ihr versprochen, dass er eines Tages zurückkommen würde, aber er hat ihr auch gesagt, dass er vielleicht erst seinem Lord dienen müsste, wenn er von seiner Pilgerreise zurück wäre.«

»Pilgerreise? Was denn für eine Pilgerreise?«, fragte er gereizt. Ein weiterer ihrer kreativen Höhenflüge.

»Rom? Jerusalem?«, schlug sie hoffnungsvoll vor. »Ich versuche, mir Gründe auszudenken, warum er so lange weggewesen sein könnte.«

Er musste sein Temperament einmal mehr zügeln. »Ich war in Compostela, aber nicht weiter. Und jetzt lasst es genug sein.« Er ging einige Male auf und ab, dann blieb er stehen. »Verzeiht die Taktlosigkeit, Mylady, aber dieser Punkt muss zur Sprache gebracht werden. Hat er mit ihr gelegen?«

Sie würde nicht aufsehen. »O nein«, antwortete sie zu rasch, tiefes Rot überflutete ihre Wangen.

»Sie lügt.« Er verschränkte die Arme. »Natürlich hat sie bei ihm gelegen. Kein gesunder normaler Mann würde diese Gelegenheit auslassen.«

»Er war edel und ritterlich und hielt die Tugenden der höfischen Liebe aufrecht.«

»Unsinn, Lady, das könnt Ihr vielleicht einem Träumer weismachen. Die Wirklichkeit ist Unkeuschheit. Ritterlichkeit gibt es nur im Märchen. Die wirkliche Welt ist Fulk de Enderby.«

8

Wie ein Tier in Panik sprang Johanna auf, um davonzulaufen, aber der Fremde packte sie mit einer Hand am Arm, bevor sie die Tür erreichte. Er schlang sich ihren Hängeärmel um die andere Hand.

Es ist, als müsste man eine ungezähme Stute bändigen, dachte Geraint, eine, die ihn treten konnte, doch er ließ nicht los. »Sir Gervase muss bei ihr gelegen haben, Mylady. Sie hatten den Segen der heiligen Kirche.«

»Lasst mich los!«, kreischte sie und schlug hysterisch um sich. »Fasst mich nicht an!«

»Um Gottes willen, Mylady, seid still!« Er drückte sie auf die Bank, damit sie sich setzte. Gott sei Dank ließ sie es geschehen, aber sie atmete heftig und hatte die Hände zu Fäusten geballt.

»Was um alles –« Father Gilbert kam aus dem Nebenzimmer hereingestürzt und blieb stehen, als Geraint ihm mit erhobener Hand Einhalt gebot.

»Es ist nichts, Hochwürden. Es ist nichts geschehen.«

Johannas Atem ging wieder ruhiger. Auch wenn sie langsam ihre Selbstbeherrschung zurückgewann, so war sie doch den Tränen nahe. »Es tut mir leid.« Sie presste die Finger an die Schläfen, als müsste sie einen Schmerz aus ihrem Kopf vertreiben. »Dieses Schiff wird sinken. Ich weiß, dass es das wird. Geht, Sir, bevor wir Euch mit uns in die Tiefe ziehen.«

»Darf ich fragen, was das zu bedeuten hat?« Der Priester sah Geraint ernst an.

Dieser antwortete prompt: »Oh, schnöde Wirklichkeit, eine Ehe im Angesicht Gottes geschlossen. Wenn Gervase de Laval seine Lady vor zwei Jahren geheiratet hat, dann hat er auch bei ihr gelegen, um die Ehe zu vollziehen. Andererseits könnte ihre Gültigkeit angezweifelt werden, habe ich Recht?«

Father Gilbert musterte prüfend Johanna, die das Gesicht abgewandt hatte. »Ah ja.«

Johanna argwöhnisch im Auge behaltend, erklärte Geraint: »Lasst mich Euch eine Hypothese darlegen, Hochwürden. Wenn die heilige Kirche einem Mann und einer Frau ihren Segen gegeben hat, dann gibt es für die beiden keinen Hinderungsgrund, beieinander zu liegen.«

»Aber wir reden nicht hypothetisch, mein Sohn. Wir reden über Euer Verhalten, oder nicht? Sprecht Ihr von der Gegenwart oder von der Vergangenheit?«

Geraint sah, dass Johannas grüngraue Augen so groß wie Karrenräder wurden.

»Von beidem.« Er wusste die Antwort, aber er brauchte den Priester, um Johanna zu überzeugen.

»In beiden Fällen gibt es keinen Hinderungsgrund.«

»Das hätte sie nicht getan!« Johanna sprang auf. Dieses Mal war er auf ihre Flucht vorbereitet, aber vorsichtig genug, sie nicht anzufassen. Er postierte sich vor der Tür. »Ich muss nachdenken, Sir«, protestierte sie. Wenigstens hielt sie jetzt ihre Gefühle im Zaum.

»Ist jetzt noch die Zeit dafür, Mylady? Wenn Ihr Sir Fulk überlisten wollt, dann müsst ihr auch Euch selbst eingestehen, dass Ihr Euer Ehegelöbnis auch *de facto* bekräftigt habt, nicht nur *de jure*.«

Der Priester nickte. »So ist der Lauf der Welt, Johanna. Mein Sohn, vielleicht würdet Ihr gehen und Euren Knappen bitten, uns einen heißen Würzwein aus der Küche zu bringen? In meiner Zelle ist es kalt, und meine Knochen sind steif. Eine kleine Schwäche von mir, fürchte ich.«

Geraint nahm diese Gelegenheit wahr wie ein Ertrinkender, dem ein Seil zugeworfen wird.

Düster blickend ließ sich Johanna auf die Bank sinken, als die Tür sich hinter ihm geschlossen hatte. »Wie äußerst taktvoll von Euch, Hochwürden. Schaut ihn Euch an! Schnell wie ein Hund, der nicht erwarten kann, dass man ihn hinauslässt.« Sie schlug auf den Tisch. »Gott helfe mir, aber ich weiß nicht, ob ich dieses Spiel noch weitermachen kann. Ihr habt wohl das meiste mit angehört, während Ihr Eure Gebete verrichtet habt.«

Ihr Spott perlte von ihm ab wie Regentropfen vom Entengefieder. »Ihr kommt gut voran, Tochter. Es kann gelingen, wenn Ihr alles sorgfältig bedenkt.« Er lehnte sich gegen den Tisch. »Lasst uns offen miteinander sein. Eure Mutter sagte mir, dass jeder, der sich daran erinnert, wie eigensinnig Ihr als kleines Mädchen gewesen seid, über diese heimliche Heirat nicht überrascht sein wird.«

»Ich wäre es. Sollte ich dieses Mädchen je wiedertreffen, würde ich mich nicht mehr in ihm erkennen.« Johanna fuhr mit dem Finger über den Ledereinband des Buches. »Ich habe mich verändert, Hochwürden. Die Frau, die ich jetzt bin, hätte sich niemals mit diesem Mann auf ein Stelldichein im Wald eingelassen. Und auch vor zwei Jahren hätte ich niemals etwas … Unkeusches getan. Ich war eigensinnig, das mag sein, aber ich war nie leichtfertig. Ich habe immer versucht, Gottes Geboten zu folgen, jedem einzelnen.«

Father Gilbert setzte sich neben sie auf die Bank und nahm ihre rechte Hand in seine. »Aber das ist doch unstreitig, Mylady. Ihr müsst vergessen, wie Ihr *jetzt* über Ehe denkt. Um Euren Fall zu gewinnen, müsst Ihr die Juroren davon überzeugen, dass Ihr diesen Mann, der damals völlig mittellos und ohne Grundbesitz war, heimlich geheiratet habt, weil Ihr ihn so sehr geliebt habt, dass Ihr bereit gewesen seid, den Zorn Eures Vaters auf Euch zu nehmen. Ihr wolltet ihn durch den heiligen Schwur an Euch binden, und als Gegengabe habt Ihr ihm Eure Liebe geschenkt, Eure Ergebenheit und auch Euren Körper.«

Sie spannte sich an. »Ja, das verstehe ich. Aber ich will nicht in diesem Sinne an diesen Mann denken. Für Euch als Geistlichen ist es schwer zu verstehen, und ich denke nicht, dass ich Euch auch nur im Entferntesten erklären kann, was ich fühle, oder«, sie entzog ihm ihre Hand, »was es vielleicht sein könnte, was ich niemals habe fühlen können.«

Sein Gesicht drückte Mitgefühl aus. »Meine Tochter, lasst nicht zu, dass die Verletzungen, die Sir Fulk Eurem Körper zugefügt hat, als Narben auf Eurer Seele haften bleiben. Vor zwei Jahren müsst Ihr daran geglaubt haben, dass es Liebe gibt. Vor zwei Jahren hättet Ihr es zugelassen, dass dieser Mann bei Euch liegt, weil Ihr ihn liebtet und an seine Treue glaubtet. Ihr müsst diesen Glauben wieder aufleben lassen, Kind. Läutert Euer Herz und glaubt fest daran, dass Ihr hättet lieben können.«

Wie sollte er auch begreifen, wie zerstört sie war – dass die Ehe mit Fulk wie ein Leben in grauer Asche gewesen war, die jeden Augenblick zu einem schrecklichen Feuer aufflammen konnte, das alles, was in seinem Weg lag, verbrannte. »Denkt daran, was unser geliebter Herr gesagt hat: Man muss wieder wie ein Kind sein, um in das Himmelreich zu gelangen. Versucht, es unter diesem Aspekt zu sehen. Befreit Euch von dieser Ehe, reißt die Mauern ein, die Ihr errichtet habt, und fangt neu an.«

Sie stand auf und wünschte sich einen Augenblick des Alleinseins, um sich über sich selbst klar zu werden, bevor sie dem Fremden wieder gegenübertrat. Irgendetwas am Gesichtsausdruck des Priesters störte sie. Father Gilbert war absolut vertrauenswürdig, doch lag jetzt ein selbstgefälliger Zug um seinen Mund.

»Warum helft Ihr uns bei diesen Lügen?«, wollte sie wissen. »Ihr, ein Priester, ermutigt diesen Mann, einen Meineid zu leisten, und ratet mir, Gelübde zu brechen, die vor Gott abgelegt wurden. Das macht überhaupt keinen Sinn. Der Erzbischof würde diese Geschichte nicht anerkennen, nicht wahr?«

»Warum ich Euch helfe, Kind? Weil ich Euch von Sir Fulk befreit sehen möchte, bevor er Euch völlig zerstört.« Unzufrieden mit dieser Antwort wandte sie sich ab. Sie wusste, dass der Geistliche vollkommen abhängig von ihrer Mutter war, was seinen Lebensunterhalt anging. Tat er es nur, um Lady Constance zu gefallen und ihr seine Loyalität zu beweisen? Sicherlich trugen sein Alter und die damit einhergehende Trägheit ihren Teil dazu bei, dass er zögerte, die Mühe der Suche nach neuen Pfründen auf sich zu nehmen.

»Ihr denkt, Ihr könnt das Pferd in eine andere Richtung lenken, indem ihr solche Dinge fragt, Johanna. Wenn Ihr Euch selbst nicht versteht, wie könnt Ihr dann mich oder irgendein anderes menschliches Wesen begreifen?« Er erhob sich und trat hinter sie. »Seit Eurer Rückkehr sehe ich die Verzweiflung in Euch, spüre ich, dass Ihr es auf Euch nehmen würdet, in einem ungeweihten Grab zu ruhen.« Ihr Kopf flog hoch. So klar hatte er in ihrer Seele gelesen! »Ihr könnt Euer Leben zu Besserem nutzen. Weiht Euch Gott. Scheut nicht vor dieser Hürde zurück, meine Tochter, oder Ihr werdet sonst für immer in einer schrecklichen Hölle gefangen sein.«

»Oh, ich sichere mir in beiden Fällen einen Platz in der Hölle«, korrigierte sie ihn. »Nun, was soll's. Aber werdet Ihr auch dort sein, um mich hineinzuführen, wenn der Teufel uns sein Willkommen entbietet? Meine Lügen beflecken Euch und Mutter. Lässt sich das rechtfertigen?«

Sein Gesicht verhärtete sich. »Ich erkenne die Hand Gottes in allem, was geschieht, und ich weiß eines: Nachdem Eure Mutter und ich darum gebetet haben, dass Er Euch retten möge, wurde Lord Alan von Gott geschlagen, und dieser Fremde tauchte im Wald auf.«

»Ein Wunder und ein Blitzstrahl. Wie tröstlich.« Sie hasste den Zynismus ihrer Worte und seufzte. »Ja, vielleicht habt Ihr Recht, Hochwürden.«

»Mein Kind, lasst uns zu diesem Punkt zurückkehren, der Euch so erschreckt. Ihr müsst eingestehen, mit Gervase de Laval die Ehe vollzogen zu haben, oder das Kirchengericht wird Euch keinen Glauben schenken.« Er hob die Hand, um ihren Protest abzuwehren. »Ich habe auch geliebt. Ich weiß um die Macht der Liebe, meine Tochter. Die Liebe hätte Euch damals dazu gebracht, alles aufs Spiel zu setzen, um in den Armen dieses Mannes liegen zu können. Und das Gericht muss glauben, dass es auch heute diese Liebe ist, für die Ihr alles riskiert. Und, Johanna, in diesem Fall hättet Ihr Euch nicht wie eine Dirne benommen, sondern wie eine Ehefrau. Seht mich an, Mylady. Traut meinem Urteil.«

Sie las das Mitgefühl in seinen Augen.

»Wie ist es für einen Mann, zu lieben?«

Schmerzvoll verzog er das Gesicht, als hätte sie ihm kaltes Wasser hineingeschüttet. »Nein, bitte vergesst, dass ich das gefragt habe, Father. Ich hatte kein Recht, neugierig zu sein.« Aber seine Reaktion hatte sie in ihrem Argwohn bestärkt. Zu lieben tat weh. Weil sie ihren kleinen Hund liebte, machte es sie verletzlich, wenn Fulk ihn misshandelte.

»Mein Kind.« Der Priester legte väterlich den Arm um ihre Schultern und veranlasste Johanna, sich wieder mit ihm auf die Bank zu setzen. »Ich war einmal der glücklichste und zugleich der unglücklichste Mann auf Erden. Wenn meine Liebste mich anlächelte, schwebte ich wie auf Wolken, aber wenn sie die Stirn kraus zog, dann schien es für mich keine Freude mehr auf der Welt zu geben. Ich kenne fleischliche Lust. Ich verzehrte mich nach dieser Frau, ich brannte wie eine Seele im Fegefeuer …«

»Habt Ihr …«

»Bei ihr gelegen? Nein, ich war noch sehr grün hinter den Ohren, und sie war die Frau eines jungen Lords. Nein, ich wagte es nicht, sie zu berühren.«

»Hat sie Euch geliebt?«

Father Gilbert lächelte, und Johanna spürte, dass es eine törichte Frage war, aber dennoch antwortete er ihr. »Ich bezweifle es, aber ich dachte immer nur an sie, bis ich irgendwann begriff, wie sehr ich Gott durch diese Leidenschaft betrog. Deshalb betete ich um Seinen Beistand, und Er gab mir die Kraft, aus jenem Haushalt fortzugehen. Und dennoch – ich bin froh, den Pfeil der Liebe gespürt zu haben, trotz all des Leidens. Ihr seht, es hilft mir zu verstehen, warum verliebte Leute sich so und nicht anders benehmen. Und Ihr, meine Tochter, Ihr habt diesen Pfeil bislang noch nicht gespürt.«

»Warum straft Gott uns so sehr?« Sie erhob sich und öffnete ratlos die Hände, als hoffte sie darauf, die Antwort auf diese Frage würde wie ein Ball hineinfallen.

»Oh, vergebt mir.« Sie entfernte sich einige Schritte und drehte sich dann zu Father Gilbert um. »Warum gibt es in uns solch ein Durcheinander von Gefühlen? Manchmal wünschte ich mir, eines dieser kleinen Geschöpfe des Waldes sein zu können, die so leben, wie die Natur es ihnen vorgibt.« Sie ballte die Fäuste. »Ich muss einen anderen Weg finden, mich aus dieser Ehe zu befreien.«

»Dazu ist es zu spät. Ihr seid in den Sattel gestiegen und müsst jetzt auch reiten.« Ein neues Sprichwort! Jedenfalls hatte der kluge Geistliche damit taktvoll umschrieben, was er eigentlich sagen wollte: Wie man sich bettet, so liegt man.

Der Riegel wurde zurückgeschoben. »Ah, da kommt unsere Stärkung.«

Geraint kehrte zurück, einer der Küchenjungen folgte ihm. Dem Gesichtsausdruck des Priesters nach zu urteilen, hatte er das Gespräch zu früh unterbrochen. Doch der Würzwein war bereits ziemlich abgekühlt, weil Geraint ihn über den ganzen Burghof hatte tragen müssen. Außerdem hatte er Lady Edyth erspäht, die draußen herumspionierte. Es hieß also, keine Zeit mehr zu verschwenden. Er schloss die Tür, nachdem der Küchenjunge gegangen war, und erhob seinen Becher. Dabei setzte er den Fuß auf die Bank. Als Father Gilbert ihn tadelnd ansah, nahm Geraint ihn wieder herunter.

»Nun, macht unsere Geschichte Fortschritte, Hochwürden?«

Der Geistliche schien nicht sehr glücklich. »Ich will Euch noch einiges fragen, ehe die Messe beginnt, also lasst uns wieder an die Arbeit gehen.«

Geraint reichte Johanna einen Becher mit Wein und sah ihr zu, wie sie in kleinen Schlucken davon trank.

Sie hob eine Augenbraue. »Wollt Ihr nicht Eure

Rüstung anlegen? Ihr fühlt Euch darin vielleicht sicherer, solange ich noch nicht ausgetrunken habe.«

Sie hätte beschwören mögen, dass seine Mundwinkel sich ganz leicht verzogen, doch Geraint sah sie an, ohne zu lächeln. »Vielleicht werde ich meinen Wein erst trinken, wenn Ihr Euren getrunken habt. Und jetzt sollten wir besser weitermachen, Mylady. Also, wir haben bis jetzt den Rahmen, und wir haben den Priester, aber das braucht alles noch mehr Farbe –«

»Die Gelübde sind wichtig«, unterbrach Father Gilbert ihn und stellte seinen leeren Becher ab. Er fuhr sich mit der Hand durch das dünne ergrauende Haar, während er seinen Einwurf begründete. »Jedes Wort ist dabei entscheidend. Versteht Ihr, Sir Gervase, wenn Ihr zu Lady Johanna gesagt habt ›Ich werde Euch nehmen‹ statt ›Ich werde Euch haben‹ oder ›Ich werde Euch zur Frau nehmen‹, könnte das Kirchengericht einwenden, dass die Absicht, nicht aber das Handeln vorhanden war und dass Ihr mit diesen Worten lediglich ausgedrückt habt, dass Ihr mit der Lady nur schöntun und sie zur Sünde verleiten wolltet.«

»Dann sagt uns die richtigen Worte, Father Gilbert«, forderte Johanna brüsk. Das Gerede über Wenn und Aber quälte sie – besonders jenes, ob sie nun bei diesem Mann gelegen hatte oder nicht.

»›Ego volo habere te pro uxore mea quantum vita mea durare poterit‹: Ich, Gervase, nehme Euch, Johanna, zu meiner Frau für den Rest meines Lebens.«

Ihr vorgeblicher Ehemann wiederholte die lateinischen Worte leise. In Johanna weckte dies eine schmerzvolle Erinnerung. Denselben Schwur hatte Fulk abgelegt, als er neben ihr vor dem Portal zur Kapelle gestanden hatte.

»Und ich würde dasselbe zu sagen haben?«, fragte sie.

»In Latein?«, bezweifelte der Student skeptisch und sah Father Gilbert fragend an.

»Glaubt Ihr, weil ich eine Frau bin, sei ich völlig unwissend?«, konterte Johanna.

Gervase de Laval blickte sie gleichmütig an. »Ja.«

Johanna drehte sich abrupt weg und bedachte ihn mit einem gemurmelten lateinischen Fluch, als sie auf die Tür zuging.

Der Priester erhob sich. »Wo, in Gottes Namen, habt Ihr das gelernt, Tochter?«

Sie sah die Überraschung auf beiden Gesichtern. Es war ihr ein schrecklicher Gedanke, den armen Father Gilbert schockiert zu haben, doch der arme Student ihrer Mutter trug ein Grinsen zur Schau, so breit wie das Westportal einer Kathedrale.

»Wisst Ihr, was Ihr da gerade gesagt habt?«, fragte er.

»Ja«, schwindelte sie wacker. Der Schuft presste die Lippen zusammen, um nicht in Lachen auszubrechen, aber es misslang. »Also gut, Master Studiosus, *was* habe ich denn gesagt?« Die Hände wie eine Marktfrau in die Hüften gestemmt, stand sie ihm gegenüber.

Geraint musste sich erst einmal die Lachtränen aus den Augen wischen. »Die Übersetzung lautet: ›Himmel, Arsch und Zwirn, ich hab vergessen, mein Mittagsbrot in die Satteltasche zu packen.‹«

»Oh!« Ihre Enttäuschung schien ihm zu gefallen.

»Wo habt Ihr nur einen solch wunderbar unflätigen Fluch gelernt, Mylady?«

»Von Father Benedict«, erwiderte sie eingeschnappt. »Ich habe ihn das einmal sagen hören, als ich noch ein Kind war. Er hat sich danach heftig bekreuzigt, deshalb dachte ich immer, es wäre etwas sehr Profanes.«

Angesichts seines entwaffnenden Lächelns glättete sich Johanna gesträubtes Gefieder, auch wenn es auf

Kosten ihres Stolzes ging. Und dieses Lächeln schien aufrichtig gemeint und nicht nur oberflächlich zu sein.

Sie setzte sich hin und nahm den Gesprächsfaden wieder auf. »Ich dachte, Sir Gervase könnte einen Liebesbrief geschrieben haben, um sie in Father Benedicts Hütte zu treffen, aber –«

»Ihr könnt nicht lesen, nicht wahr?«, unterbrach Geraint. Bedauernd schüttelte sie den Kopf. »Nun, dann werde ich es Euch wohl beibringen müssen.«

»Es gefällt Euch wohl sehr, mich zu necken«, brauste sie auf und bedauerte es sofort, denn als Student schätzte er das Lernen bestimmt hoch ein, aber es war selten, dass ein Mann ein solches Angebot machte.

Father Gilbert klopfte Geraint auf die Schulter. »Ein ausgezeichneter Gedanke, aber Ihr habt keine Zeit, den Lehrer zu spielen. Ein Brief, ja, das wäre ein nettes Beweisstück. Der alte Father Benedict hätte ihn Lady Johanna vorlesen müssen. Wollen wir doch mal sehen, ob wir das jetzt nachholen können.« Er griff in den Kragen seines Habitats und zog eine Kette hervor, an der ein Schlüssel baumelte. Dann bat er Geraint, ihm eine hölzerne Truhe herunterzuheben. »Ich brauche ein Schriftstück, das zwei Jahre alt ist«, murmelte er, während er darin herumkramte.

Johanna wechselte einen verständnislosen Blick mit Geraint, als der Priester sich jedes Dokument auf Armlänge vor die Augen hielt, um es zu lesen.

»Würde Mylady einen Brief vorziehen, in dem Ihr lediglich ein Treffpunkt vorgeschlagen wird, oder eher einen mit einem Gedicht, worin sie mit einer Gazelle verglichen wird?« Ein mutwilliges Funkeln hatte das kalte Stahlblau aus den Augen des Studenten verdrängt.

»Das ist kein Grund, König Salomon zu verspotten, junger Mann.« Der Priester schnalzte mit der Zunge.

»Vielleicht wäre eine Verbindung aus beidem angemessen«, erklärte Johanna ernst und senkte den Blick. »Ich bin sicher, Ihr habt genügend Übung darin. Wie wäre es, wenn Sir Gervase seiner Dame ein Treffen in Father Benedicts Hütte vorschlägt, um dort eine ehrbare Frau aus ihr zu machen? Hochwürden, wir brauchen einen Kalender, am Tag welches Heiligen das war.«

»Eines nach dem anderen. Nein, von diesen Papieren ist keines geeignet. Ich werde wohl nach Bainham hinunterreiten müssen, in die Abtei.« Er sah die Frage auf ihren Gesichtern. »Ich brauche ein Stück Papier von einem Dokument, das vor zwei Jahren geschrieben worden ist. Neues Papier würde man erkennen. Glücklicherweise habe ich noch eine Phiole mit alter Tinte, die für unsere Zwecke genügen dürfte. Ja, ich denke, ich werde einmal einen kleinen Plausch mit Bruder Ambrose halten.«

»Halt, Hochwürden.« Warnend legte Geraint die Hand auf den Arm des Geistlichen. »Je weniger Leute davon wissen, umso besser.«

»Unsinn, Bruder Ambrose ersetzt alle Dokumente der Priorei, wenn eines beschädigt oder abhanden gekommen ist. Ich werde ihm den eigentlichen Grund natürlich nicht verraten.«

»Aber das ist –« Über den Kopf des Priesters hinweg sahen sich Johanna und Geraint an. Ihr Blick drückte Entrüstung aus, seiner Überraschung. »– das ist mir neu. Ich wusste nichts von dieser Gepflogenheit«, führte sie den Satz zu Ende. Sie hatte sich entschieden, ihren ersten Gedanken besser nicht auszusprechen.

»Father Ambrose könnte den Brief für Euch schreiben, wenn Ihr mir eine Schriftprobe von Euch überlasst. Ich würde Euch mit dorthin nehmen, mein Sohn, aber Ihr solltet Euch besser im Schutze der Burg aufhalten. Abgesehen davon würdet Ihr Euch doch sicher nicht so bald schon wieder trennen wollen.«

»Vielen Dank, aber ich werde diese Liebesbotschaft selbst aufsetzen.« Geraint nahm wieder auf der Bank Platz, legte ein Bein über das andere und schaute gleichgültig zu Johanna hinüber. Als wollte er den Geistlichen besänftigen, fügte er in weniger abweisendem Ton hinzu: »Euer Rat hinsichtlich des Papiers zeugt von großer Voraussicht, Hochwürden.«

»Gut, gut, und vergesst nicht, den Tag festzulegen, an dem Ihr getraut wurdet.«

»Nicht zu erwähnen, wann und wo wir unsere Ehe vollzogen haben.« Gereizt stand Geraint wieder auf und schien wie ein angreifender Raubvogel auf Johanna hinabzusehen. »In Gottes Namen, Mylady, haltet Ihr es für machbar, damit aufzuhören, jedes Mal wie eine Äbtissin zu erröten, wenn ich diese Sache zur Sprache bringe? So wird Euch doch niemand glauben, dass Ihr verheiratet seid und das Bett mit Eurem Mann geteilt habt.«

Johannas Wangen färbten sich jetzt dunkelrot, und unübersehbar wütend verfiel sie in trotziges Schweigen. Er ignorierte ihr Schmollen und begann stattdessen, mit Father Gilbert die erforderlichen Überlegungen darüber anzustellen, wann und wo er Johanna entjungfert haben könnte. Da jedoch Geraint nicht mit den Örtlichkeiten der Gegend vertraut war und es nicht zu den Gewohnheiten des Priesters zählte, Töchter von Burgherren zu verführen, gelangten die beiden schließlich an einen toten Punkt. Sie schauten abwartend zu Johanna hinüber, ganz so, als gestatteten sie ihr nun auch ein Wort zu dieser Angelegenheit.

Sie ignorierte diese Blicke und spielte mit dem

Saum ihres Schleiers. Father Gilbert legte beruhigend die Hand auf ihre Schulter.

»Ich muss gehen und mich auf die Messe vorbereiten, Kind. Versucht, darüber nachzudenken. Überlegt auch, wer Eure Angaben bezeugen könnte. Dann kommt beide zu mir in die Kapelle, um vor Gott niederzuknien und um seine Führung zu bitten.«

Kaum war die Tür hinter dem Priester zugefallen, als der zu Ritterwürden aufgestiegene, vor Selbstgefälligkeit berstende Student zum neuerlichen Angriff überging: »Wenn Ihr aus Eurem Schmollwinkel herausgekommen seid, Mylady, vielleicht könntet Ihr Euch dann die Mühe machen, etwas Sinnvolles zu diesem Gespräch über unsere so genannte Vereinigung beizutragen.«

Es gibt Zeiten, in denen jedes Wort eines zu viel ist. Johanna packte ihren Becher und schlug ihn auf den Tisch.

Geraint lachte ihr ins Gesicht. »Wollt Ihr mir wieder mit lateinischen Zitaten kommen?«, spottete er und warf in gespieltem Entsetzen die Arme hoch, als Johanna sich vor ihm aufpflanzte – der kleine Terrier forderte den großen Wolfshund heraus. Zu spät erkannte Geraint, dass er zu weit gegangen war.

»Ich habe genug! Verspottet und verlacht mich, wenn es Euch amüsiert, Ihr arroganter Parvenü, aber eines solltet Ihr begreifen! Es ist mir ein Gräuel, mit Euch über den Vollzug unserer vorgeblichen Ehe zu diskutieren! Ich bin von Fulk de Enderby öfter vergewaltigt worden, als ich mich zu erinnern wage. Entweder Ihr gebt endlich Ruhe, oder Ihr geht mir aus den Augen. Seht mich an, verflucht noch mal!«

Das Grinsen war von Geraints Gesicht wie fortgewischt, fast als hätten ihre Worte ihn körperlich getroffen. Er zwang sich, in ihr zerschundenes Antlitz zu schauen. Jetzt den Blick abzuwenden hieße, ein Feigling zu sein, und das hätte sie beide mit Scham erfüllt.

Er schluckte, suchte nach Worten. »Werdet Ihr meine aufrichtige Entschuldigung annehmen?« Allmächtiger, alles, was er jetzt herausbringen würde, klänge mitleidig und unangebracht.

Wenigstens gab ihr Blick ihn frei, als sie sich abwandte. »Worte sind so bedeutungslos wie Luft. Sie müssen es sein, anderenfalls hättet Ihr nicht eingewilligt, einen Meineid zu leisten.«

»Mylady …« Selbst sein Tonfall klang nichtssagend.

»Dies ist kein Spiel, Sir. Ich habe geschworen, mir eher das Leben zu nehmen, als jemals wieder eine solche Demütigung zu erdulden.«

Er zerrte an seinem Kragen, als säße dieser plötzlich viel zu eng und drohte, ihn zu erdrosseln. »Ich … ich weiß nicht, wie ich es wieder gutmachen kann. Ihr wisst, ich wollte nie –«

»– bei diesem Narrenspiel mitmachen. Wir alle haben unseren Preis, und meine Mutter kennt den Euren.«

»Mylady, Ihr irrt Euch in mir!«

»Ha! Erzählt mir nicht, Ihr tut es im Namen der Ritterlichkeit, die Ihr doch so sehr verachtet. Wollt Ihr die Jungfrau vor dem schrecklichen Drachen retten? Wie edel!«

Er sah zu Boden und rang um seine Beherrschung. Doch es gelang ihm nicht, ihren Hohn hinzunehmen, und so entlud sich sein Zorn. Er war nicht bereit, so etwas von einer Frau hinzunehmen, und wenn sie vom halben Königreich vergewaltigt worden war.

»Ihr wisst überhaupt nichts, Mylady«, brauste er auf. »Es gibt viele Arten des Leidens, und Ihr habt nicht das Monopol darauf.« Sie war nicht in Boroughbridge gewesen; sie hatte ihre Kameraden nicht mit durchschnittener Kehle gefunden, in den Lachen ihres Blutes liegend. Nie würde er ihr anvertrauen, warum er aus dem Kloster geflohen war. Nie würde er ihr von den Mönchen erzählen, die mit lüsternen Blicken zugesehen hatten, wie man ihn peinigte.

Etwas von seinem Schmerz musste sich auf seinem Gesicht gespiegelt haben, denn ihr Zorn verließ sie plötzlich, und Johanna ließ sich auf die Bank sinken, die Hände vor das Gesicht geschlagen.

»Mylady«, sagte er sanft und setzte sich so vorsichtig auf die Bank, als wäre diese ein Zauntritt. »Ich weiß, dass Ihr und ich einen Weg aus diesem Morast finden werden. Es liegt in unserer Natur zu kämpfen, also lasst es uns akzeptieren. Ich glaube, unserer beider Schutzengel stehen jetzt Seite an Seite, um mit uns allen Widrigkeiten zu trotzen.«

Johanna richtete sich auf und sah ihn aus tränennassen Augen an. »Ich glaube das auch«, schniefte sie.

Seine Hand, groß wie die Pranke eines Löwen, legte sich auf ihre und drückte sie tröstend. »Seid guten Mutes. Mit Gottes Gnade wird diese Sache in einer Woche vorüber sein, und dann werdet Ihr Eurer beiden Ehemänner frei und ledig sein.«

Sie wischte die Tränen fort und nickte. »Ich denke, wir sollten jetzt zusammen zur Messe gehen.«

Geraint löste ihren Schleier aus dem Haarnetz, sodass er wieder ihr Gesicht verhüllte. Seine Berührung war sanft und leicht. Dann stand er auf und streckte Johanna die Hand hin.

»Waffenstillstand?«

9

»Hure! Ihr seid es nicht würdig, Gottes Haus zu betreten!« Mit der Unbarmherzigkeit einer halb verhungerten, auf Beute lauernden Katze stürzte Edyth herbei, als Johanna und ihr vorgeblicher Ehemann die Kapelle betreten wollten. »Ihr widerliche Metze!« Sie spuckte ihrer Schwägerin in das verschleierte Gesicht.

Ich hätte damit rechnen sollen, dachte Johanna, als sie den beschmutzten Schleier mit einer Gelassenheit zurückschlug, die sie nicht empfand.

»Wollt Ihr mich auch schlagen, Lady Edyth? Euer Bruder tut es fortwährend.« Die um sie Herumstehenden murmelten beifällig.

Edyth ignorierte Johanna und stieß ihr spitzes Kinn vor – in Richtung Geraint. »Was denn, Ihr Hurenbock, habt Ihr Eure besudelte Rüstung schon wieder abgelegt? Sprecht Eure Gebete, denn ich habe Nachricht an meinen Bruder geschickt.«

Johannas hoch gewachsener Begleiter wirkte äußerst amüsiert. »Um welche Stunde erwartet Ihr ihn, Lady? Er wird mich bereit finden. Kommt er, um die Spuren seiner Handarbeit auf dem Gesicht meiner Frau zu bewundern?« Er erstaunte Johanna, denn seine Fingerspitzen berührten ihre zerschundene Wange mit einer solch unerwarteten Sanftheit, dass sie hätte weinen können. Es gab ihr neuen Mut, sich der Feindseligkeit ihrer Schwägerin zu stellen.

Edyths Finger krümmten sich zu Klauen. »Oh, das

werdet Ihr bereuen, Ihr Ausgeburt der Hölle! Wäre Lord Alan bei klarem Verstand, dann würde er –«

»Was ist mit Euch, meine Kinder? Kommt denn niemand zur Messe?« Father Gilbert trat rasch durch den Türbogen und unterbrach Edyth, indem er die Hand fest auf ihre Schulter legte.

»Exkommuniziert sie!«, schrie Edyth, als fühlte sie die Macht der heiligen Kirche hinter sich. »Sie beschmutzen uns mit ihrer Anwesenheit.«

»Hier ist immer eine große Zahl derer versammelt, die der Vergebung unseres Herrn bedürfen«, entgegnete der Geistliche vermittelnd und nahm Edyth kurzentschlossen zur Seite. »Sucht nicht nach dem Splitter im Auge Eures Nächsten, meine Tochter, denn es könnte auch ein Splitter in Eurem Auge sein, meine Tochter!«

»Was!« Aufgebracht und mit wild funkelndem Blick umkreiste Edyth den Geistlichen. »Ihr, ein ehrwürdiger Priester, glaubt deren Lügengeschichten?«

»Demoiselle!« Lady Constances verschaffte sich mit lauter Stimme Gehör, und die Menschenmenge teilte sich vor ihr. »Lasst ab von diesem unziemlichen Benehmen! Wenn Ihr wünscht, uns in die Messe zu begleiten, so tut das! Wenn nicht, dann zieht Euch zurück! Ich dulde es nicht, dass in meinem Haushalt so geredet wird.«

Edyths Schultern bebten vor Wut, und den anderen voran marschierte sie in die Kapelle, als führte sie einen Kreuzzug zur Rettung Jerusalems an.

Es war nicht leicht, sich auf die Gebete zu konzentrieren; der ganze Haushalt schien heute von religiöser Hingabe erfasst worden zu sein. Sogar die rüpelhaftesten unter den Stallknechten, die normalerweise von

Father Gilbert zur Messe getrieben werden mussten, waren gekommen und glotzten Johanna an. Sie hatte gehofft, während des Gottesdienstes ein wenig Zeit zu finden, ihre aufgewühlten Gefühle zu beruhigen. Dass sie von allen unablässig beobachtet werden würde, das hatte sie nicht erwartet.

»Das muss eines der größten Ereignisse sein, die Conisthorpe seit Jahren erlebt hat«, raunte Geraint Johanna zu, als sie endlich die Kapelle verließen. »Vielleicht sollten wir unserem Publikum noch etwas bieten! Was meint Ihr, schaffe ich es, Euch in die Luft zu schleudern und als Zugabe wieder aufzufangen?« Fast hatte er sie zum Lächeln gebracht.

Stattdessen fragte sie: »Habt Ihr den Wunsch, die Küche zu inspizieren?«

Sie blieben vor dem rechteckigen Fachwerkhaus stehen, das durch einen Arkadengang mit der Speisekammer am Ende der Halle verbunden war. »Nein.«

»Wohin würdet Ihr dann gern gehen?«

»Ich habe nicht die leiseste Ahnung. Irgendwohin, wo ich nicht beobachtet werden kann. Ich komme mir vor, als sei ich der Spielzeugesel Eurer Mutter. Wie wäre es mit dort oben?« Sein Blick ging zum Festungswall hoch. »Oder zieht Ihr es vor, mich Eurem Hufschmied vorzustellen?« Johanna sah zu dem kräftig gebauten Schmied hinüber, der, mit umgebundener Lederschürze und gespreizten Beinen, vor der Werkstatt stand und das unschlüssige Paar neugierig ansah.

»Ihr macht Euch Sorgen über unsere Verteidigungsmöglichkeiten?«, antwortete sie mit einer Gegenfrage.

»Aber nein, wo denkt Ihr hin! Wie viele Männer könnten denn ans Tor klopfen und Einlass begehren? Was schätzt Ihr?« Sorgen machen? Geraint hoffte, der liebe Gott würde ein Seil vom Himmel herunterlassen, um ihn daran über den Kanal hinwegzutragen.

»Fulk hat in Boroughbridge drei Männer verloren«, erklärte Johanna.

Er schwieg einen Moment und sagte dann: »Steigen wir zur Brustwehr hinauf – mit der Erlaubnis Eurer Frau Mutter.« Johanna wandte sich um und folgte seinem Blick. Lady Constance stand noch vor der Kapelle und hörte Father Gilbert zu, während Edyth hinter ihnen stand und so tat, als gäbe sie ihrer Kammerzofe Anweisungen. Es war offensichtlich, dass sie versuchte, etwas von der Unterhaltung aufzuschnappen, die Haltung ihres Kopfes verriet dies. »Ich denke, Mylady, Ihr solltet Eurer Mutter raten, Eure Schwägerin ständig im Auge zu behalten. Sie könnte sich ansonsten als sehr geschickt im Umgang mit der Torwinde erweisen. Solltet Ihr nicht nach Eurem Umhang schicken?«

Johanna widerstrebte es, dass der Mann Anweisungen gab, aber er hatte Recht. Edyth würde sicherlich die Zugbrücke hochziehen, wenn sie es könnte, und ja, auf der Brustwehr könnte es kalt werden.

Die Zeit bis zum Mittagsmahl verbrachte Johanna damit, dem zum Ritter aufgestiegenen Studenten wie ein gehorsamer Hund zu folgen, während er die Wallanlagen inspizierte und die Wehrhaftigkeit der Burg abschätzte. Hin und wieder richtete er eine Frage an sie, zum Beispiel über die Größe der Burgmannschaft, deren Ausbildung und deren Waffen und welche Lebensmittel vorrätig gehalten wurden. Da Johanna eine Zeit lang von Conisthorpe fort gewesen war, wusste sie nicht auf alles eine Antwort. Diese Fragen fielen jetzt in die Domäne ihrer Mutter oder Sir Geoffreys. Wann immer sie nicht sofort mit einer Antwort aufwarten konnte, verzog Geraint leicht gereizt den Mund und begann, Johanna über die Wichtigkeit von Verteidigungsanlagen zu belehren. Dieser Besserwisser, dachte sie, das muss der Schulmeister in ihm sein.

Nein, sie war ungenau, denn eigentlich erklärte er eher als dass er belehrte, und für einen armen Studenten schien er sehr viel vom Befestigungswerk einer Burg zu verstehen. Natürlich war es möglich, dass er sein Wissen lediglich vortäuschte, und dass er diesen autoritären Ton anschlug – nun, das taten Männer oft, wenn sie es mit offensichtlich unwissenden Zuhörern zu tun hatten. Doch alles, was er sagte, klang vernünftig, und Johanna ertappte sich dabei, dass es ihr Freude machte, über dieses Thema etwas zu lernen. Auch wenn der Anlass zu dieser Lektion sie mit großer Sorge erfüllte. Sie konnte nur hoffen, dass Fulk die Burg nicht belagern und deren Bewohner damit zwingen würde, Ratten zu essen oder ihr zahmes Schwein. Oder das Äffchen ihrer Mutter.

Nun wollte ihr Begleiter wissen, was sich unter den Dächern befand, auf die sie von hier oben hinunterschauten.

»Dann wird der Hauptturm von Eurer Familie nur wenig genutzt«, stellte er fest, während er den dreistöckigen Turm mit den geraden Wänden und den türmchenbewehrten Ecken betrachtete. »Wer hat ihn bauen lassen? Hamelin Plantagenet?«

»Nein, König Henry II. Er hat ihn auf dem ehemaligen Burggraben errichten lassen. Die alte Halle dient jetzt als Wachraum, und im obersten Turmzimmer bewahren wir unsere Urkunden auf. In seinem unterirdischen Gewölbe befindet sich ein Brunnen, aus dem man vom ersten Geschoss aus das Wasser heraufholen kann. Wir haben aber auch noch einen anderen Brunnen, im Burghof. Wir sind daran vorbeigekommen, er befindet sich in der Nähe der östlichen Außenmauer. Aber ich bin seit meiner Rückkehr nicht im Hauptturm gewesen. Ich habe mich dort nie wohlgefühlt, drinnen ist es dunkel und karg. Aber die neue Halle ist wunderschön. Kamine und große Fenster zu haben macht einen großen Unterschied.«

Geraint lehnte sich gegen eine der Schießscharten, wobei er sorgsam darauf achtete, jede Berührung mit den Hinterlassenschaften der Bewohner des nahe gelegenen Taubenschlags zu vermeiden.

»Eure Familie schläft über der Halle?«

Johanna fand es unpassend, wie ein Schuljunge vor ihm zu stehen, deshalb lehnte auch sie sich gegen die Mauer und versuchte, entspannt auszusehen. Ein Taubenpaar landete in einem Durcheinanderwirbeln von Federn auf dem Boden des Wehrganges. Die Taubendame untersuchte hoffnungsvoll die Spitzen von Johannas Schnabelschuhen, während ihr liebestoller Verfolger seinen Kopf vorstreckte, seine prächtigen weißen Federn zu einem Fächer aufstellte und versuchte, durch sein Gurren die Aufmerksamkeit der angebeteten Vogeldame zu erringen. Ein Mensch, dem Zynismus fremd war, hätte das sicherlich als gutes Omen gewertet; solch ein Turteltaubenpärchen symbolisierte eine glückliche Ehe.

»Über dem großen Wohngemach liegen Schlafkammern, und unter der Halle gibt es einige Gewölbe, in denen Gewürze, Arzneien und Stoffballen aufbewahrt werden. Wir haben noch ein Schlafgemach für Gäste, es liegt über der Vorratskammer. Man gelangt über eine Treppe dorthin, die vom Gang abgeht, der von der Halle zur Küche führt.«

»Und wo schläft Euer Seneschall?«

»Sir Geoffrey bewohnt eine Kammer im Hauptturm und –«

Sie bemerkte, dass er ihr nicht zuhörte. Seine Aufmerksamkeit hatte sich auf einen der Diener gerichtet, der einen Korb mit zerknüllten Betttüchern aus einem Turm in der Westmauer trug.

»Wer wohnt dort drüben, Mylady?«

»Ich ... dort ist mein Vater untergebracht.«

Der Gesichtsausdruck des Studenten blieb ohne sichtbare Regung, als er sie leise aufforderte: »Erzählt mir von ihm.«

»Er ... er kann nicht mehr sprechen oder sich selbst versorgen. Ein Diener wäscht und füttert ihn. Er stutzt ihm die Haare und kürzt ihm die Fingernägel, aber ... nun ... Gott vergebe mir«, sie bekreuzigte sich, »ich kann nicht sagen, dass es mir leidtut.«

»Ich würde ihn gern sehen.« Diese Bitte überraschte Johanna, aber in Anbetracht der Rolle, die er spielte, schien es eine durchaus angebrachte Höflichkeit zu sein. »Jetzt gleich, wenn Ihr nichts dagegen habt.«

Im Gemach des Lords of Conisthorpe waren die Fensterläden geschlossen, die Luft war stickig vom reichlichen Gebrauch von Lavendel und Sandelholzöl. Eine dünne Wachskerze verbreitete in einer Ecke ihr trübes Licht.

»Schläft er, Aidan? Autsch!« Ihr Schienbein war im Halbdunkel kräftig mit einem Hocker kollidiert.

Der Diener eilte, ihn wieder aufzurichten. »Schwer zu sagen, Mylady.«

Es war Geraint, der die Fensterläden aufstieß. Die Gestalt auf dem Bett rührte sich nicht, schien aber die beiden Besucher aus weit aufgerissenen Augen anzustarren. Die Pupillen waren groß und starr. Einen Augenblick lang glaubte Johanna, eine Spur von Wildheit, von Verzweiflung in den einst so wachen grünen Augen ihres Vaters aufflackern zu sehen. Sein Kopf war wie der eines alten Mannes mit einer weißen Haube bedeckt, die unter dem Kinn zugebunden war. Das darunter hervorschauende Haar, rabenschwarz wie das Johannas, lag matt und kurz gestutzt um das eingefallene Gesicht. Sein Bauch zeichnete sich wie ein Hügel unter den Betttüchern ab, die man ihm zum Kinn heraufgezogen hatte. Speichel tröpfelte aus seinem herabhängendem rechten Mundwinkel.

»Das ist mein Ehemann, Mylord«, verkündete Johanna, wobei sie jedes Wort genüsslich betonte. »Das ist der Mann, mit dem ich heimlich das Ehegelübde abgelegt hatte, bevor Ihr mich in die Ehe mit Eurem verabscheuungswürdigen Waffenbruder gezwungen habt. Schaut her, Vater, was Fulk meinem Gesicht angetan hat.« Sie zog den Schleier zurück und beugte sich vor.

»Habt Ihr ihm von den anderen Misshandlungen erzählt, die Ihr erlitten habt?«, wollte Geraint wissen.

»O ja, ich kam hierher, um mich davon zu überzeugen, wie sehr Gott meinen Vater gestraft hat. Ich saß allein mit ihm in der Dunkelheit und erzählte ihm, wie Fulk mich leiden ließ. Es hat mir ein wenig von meiner Bitterkeit genommen, aber viel hat es nicht genutzt, denn er konnte mich ja nicht hören.«

Als sei er ein ungewöhnlich gezeichneter Stein, den der Pflug zutage gefördert hatte, betrachtete Geraint Lord Alan prüfend. Wie ein Arzt beugte er sich vor, um ihm in die Augen zu sehen.

»Er kann blinzeln«, stellte er fest. Seine feste Stimme ließ Johannas Dämonen in einem unentschlossenen Schwebezustand verharren.

»Ja, aber die Laute, die er von sich gibt, sind unverständlich, und er kann seine rechten Gliedmaßen nicht bewegen.«

»Nimmt er ausreichend Nahrung zu sich?«, fragte Geraint Aidan.

»Nicht viel, Sir. Nur gesüßten Gerstenaufguss und Suppe.«

»Ich kenne einen Haushalt, in dem eine Frau auch so von Gott geschlagen wurde. Ihre Tochter hoffte immer, sie werde wieder zu Verstand kommen. Sie hat die arme Seele in die Halle bringen lassen. Dort hat sie auf einem Stuhl neben der Feuerstelle gesessen, sodass sie beobachten konnte, was um sie herum vorging.«

»Ist sie gesund geworden?«

Er richtete sich auf und schüttelte den Kopf. »Die Sprache hat sie nie mehr zurückerlangt, aber manchmal war mir, als könnte man die Dankbarkeit in ihren Augen lesen.«

»Nun, Conisthorpe ist ohne ihn ein glücklicherer Ort.« In der Absicht zu gehen, hielt Johanna die Tür auf. Als Geraint zögerte und nicht aufhörte, ihren Vater nachdenklich anzusehen, fragte sie: »Ich nehme an, Euer Vater ist noch am Leben und erfreut sich bester Gesundheit, Sir?«

»Mein Vater?« Langsam hob er den Kopf. »O ja, aber für mich ist er tot. Ich wünschte, alles wäre anders gekommen.«

Taktvoll widerstand Johanna der Versuchung, ihn auszufragen. Vielleicht war er ein Bastard und hatte den Namen seines Vater nie gekannt. Oder er hatte sich den Versuchen seines Vaters widersetzt, ihn nach seinen Vorstellungen zu formen, und war deshalb enterbt worden. Als er sich vorbeugte und mit einem Tuch den Speichel vom Kinn ihres Vaters tupfte, lag Mitgefühl auf seinem Gesicht.

»Ich wünsche Euch einen guten Tag, Mylord«, sagte er zu dem mitleiderregenden Bündel unter der Bettdecke. Mit einer höflichen Verbeugung trat er zurück.

Die Ehrerbietung, die der Fremde ihrem Vater erwies, sollte Johanna sicherlich nicht für ihre Haltung tadeln. Dennoch bewirkte es, dass sie sich schuldig fühlte, ihrem Vater bis jetzt nicht vergeben zu haben.

»Lass die Fensterläden eine Weile offen«, befahl sie Aidan. »Von jetzt an öffnest du sie jeden Tag für eine Stunde, wenn das Wetter mild genug ist.« Sie spürte die Zustimmung ihres Begleiters und schämte sich, dass sie diese Anweisung nicht aus Gründen der Fürsorge gegeben hatte. *Lieber Gott, gib mir Zeit, ihm zu vergeben*, betete sie. *Lass die Liebe zurückkehren, die uns einmal verbunden hat.*

»Was ist dort oben?« Die sporenbesetzten Stiefel des Mannes klirrten, als er die Wendeltreppe weiter hinaufstieg. Johanna folgte ihm. Inzwischen hatte Geraint schon die Tür entriegelt, die nach draußen auf die Brustwehr führte. Bitte nicht noch mehr Verteidigungsstrategien, dachte Johanna widerstrebend. Ihr Magen knurrte bereits vor Hunger. Geraint wandte sich so abrupt um, dass sie fast in ihn hineingelaufen wäre. Er stand mit dem Rücken zu den Zinnen und betrachtete Johanna nachdenklich.

»Ja, das müsste gehen. Wenn wir so stehen bleiben, verdecke ich Euch fast ganz. Und Eure Arme – Ihr müsst sie so halten.« Er nahm ihre Hände und legte sie auf seine Schultern.

»W-was soll das? W-was tut Ihr denn da?«, stotterte sie, ihre Stimme schrill vor Argwohn.

»Wir werden Euren Haushalt davon überzeugen, dass wir Liebende sind, ohne Euch dabei in Verlegenheit zu bringen.«

Johanna spähte an der Schulter des Fremden vorbei. Unten im Burghof war Aidan damit beschäftigt, einen Eimer Wasser aus dem Brunnen heraufzuholen. Neugierig starrte er dabei zu ihnen herauf. Dann war da noch Father Gilbert, der ein ungewöhnliches Interesse an den Wolken zeigte, und Bart, der Schmied, und sein Gehilfe, die eine große Sache daraus machten, einen zerbrochenen Spaten zu inspizieren.

Johannas Sinn fürs Praktische siegte über ihre Entrüstung, zumal der Fremde seine Arme verschränkte, ohne sie zu berühren. Durch diese Haltung spannten sich seine Muskeln unter ihren Händen noch stärker an. Sie hielt den Blick fest auf den blauen Kragen seines Gewandes gerichtet. Auch wenn Johanna es nicht wollte, so musste sie an ihre erste Begegnung im Wald denken. An den vorgetäuschten Überfall, und wie fest und eng an sich gepresst er sie gehalten hatte. Und welche Gefühle dabei in ihr wach geworden waren.

»Wie lange müssen wir so stehen bleiben?«, fragte sie leise.

Er seufzte. »Noch ein wenig länger.«

Sie versuchte, überall hinzuschauen, nur nicht in sein Gesicht, auch wenn ihr die Betrachtung ihrer Schuhspitzen allmählich langweilig wurde. »Seid Ihr verheiratet, Master Studiosus? Ich hätte Euch das schon früher fragen sollen, und Mutter hat nichts darüber erzählt.«

Geraints Finger legten sich um ihre Handgelenke, und er streifte ihre Hände ab. »Ha, jetzt zwickt Euch Euer Gewissen, oder?« Gereizt wandte er sich ab und starrte finster über die Wiesen, die sich entlang des abschüssigen Flussufers ausbreiteten. »Hätte es Eure Frau Mutter gekümmert, wenn ich es wäre? Ich bezweifle es. Nein, bis jetzt bin ich zu arm gewesen, um eine Frau zu haben.« Er wandte sich zu ihr, um ihre Reaktion zu sehen. Er erwartete, dass sie vor Scham über ihre Neugier rot geworden wäre, doch die Lady schien sich nicht bewusst zu sein, wie dreist eine derart intime Frage war.

»Eine Geliebte würde Euch vermutlich ebenso teuer kommen«, bemerkte sie so würdevoll, dass es ihm schwer fiel, nicht zu lachen.

»Vermutlich. Würde es Euch gefallen, darum nachzusuchen?« Ihre grünen Augen sprühten vor Zorn. »Nein? Tretet mich nicht noch einmal, Mylady, oder ich werde mich rächen, das verspreche ich Euch.«

Vielleicht, dachte Geraint, war das nicht gerade der feinste Ton, um ihr deutlich zu machen, wie undelikat sie sich benommen hatte. Aber andererseits mussten gewisse Dinge einfach gesagt werden. Sie schien genauso zu denken.

Johanna legte die Hände auf die dicken Steinmauern. »Wenn diese Sache ausgestanden ist, Sir«, erklärte sie ihm, »werde ich ein Keuschheitsgelübde ablegen.«

Sich noch immer ihrer vielen Zuschauer bewusst, stellte sich Geraint dicht hinter Johanna, als wollte er sie vor dem Wind schützen. Für jene, die vom Burghof heraufsahen, mochte es aussehen, als umarmte er sie.

»Nicht schon vorher?«, neckte er sie. Er schlug seinen Umhang um Johanna, um sie vor dem böiger werdenden Westwind zu schützen.

Sie schaute ernst zu ihm auf, versuchte in seinem Gesicht zu lesen, doch Geraint gelang es, wenn auch mit Mühe, sein Amüsement zu verbergen. Gleichgültig hielt er den Blick auf die dunstverhangenen Hügel gerichtet. »Mylady, Ihr solltet Euch einen Liebhaber nehmen, wenn Ihr den Fall gewinnt.«

Johanna wandte abrupt das Gesicht ab. Dann reckte sie das Kinn vor und richtete sich auf. »Ich bin an solchen Dingen nicht interessiert.«

Es war gefährlich, aber er musste es sagen. »Wahrscheinlich denkt Ihr so, weil Ihr, wie Ihr ja schon zugegeben habt, unwissend seid, was die Freuden des

Schlafgemachs angeht.« Er hielt den Atem an, während er auf die Salve wütenden Protestes wartete, aber dieses Mal bewahrte Johanna hochmütig Kontrolle.

»Dort gibt es keine Freuden, Master Studiosus, nur Niederlagen und Demütigungen, und ich werde nie etwas anderes glauben.«

Es gab also außer dem Alphabet noch weitere Dinge, die er ihr beibringen könnte. Eine interessante Herausforderung, aber viel zu gefährlich. Außerdem blieb dafür keine Zeit. So Gott wollte, würde er Conisthorpe in dem Augenblick verlassen, in dem diese leidige Sache erledigt und Edmund kräftig genug war, um sich auf einem Pferd halten zu können.

Er seufzte. »Ich bin hungrig.« Und damit ließ er es auf sich beruhen.

Geraint freute sich, ein wenig Farbe auf Lady Johannas Wangen zu sehen, als sie die hohe Tafel erreichten. Jeder konnte sehen, dass das Mädchen viel zu blass für sein Alter war; es sollte vor Lebenskraft sprühen. Eine Heimatlose. Nun, das war ihr Problem. Vielleicht gehörte sie zu den Frauen, die wie ein Zaunkönig aßen. Er für seinen Teil war ausgehungert. Ohne zu zögern, setzte er sich auf den Stuhl des Burgherren und hoffte, es würde beim Auftragen der Speisen keine Verzögerung geben. Er irrte sich. Demoiselle Edyth kam in die Halle stolziert und blieb vor Geraint stehen.

In Lady Constances Stimme schwang ein Seufzer mit. »Lady Edyth, falls Ihr wünscht mit uns zu essen, dann setzt Euch – und tut das in Schweigen. Ich will nicht in meiner eigenen Halle von Euch getadelt werden.«

»*Eure* Halle, Lady Constance? Hier ist eine Verschwörung im Gange, um Euch hinters Licht zu führen. Wenn Ihr diesem Fremden Glauben schenkt, wird er Euch und Eurem Sohn Euer ganzes Hab und Gut nehmen.« Edyth hätte ihre Theorie wohl noch liebend gern weiter ausgeführt, aber Geraint stützte das Kinn auf seine Hände und betrachtete sie mit einem spöttischen Lächeln. Augenblicklich verlor sie die Fassung.

Lady Constance gab Sir Geoffrey ein Zeichen. Als er sich erhob, machte er ein Gesicht, als sei er zu einer Woche bei Wasser und Brot verdammt worden.

»Demoiselle«, er beugte sich über den Tisch vor, »meine Herrin wünscht, dass Ihr die Halle verlasst.«

Edyth rümpfte die Nase. »Oh, ich würde an diesem Tisch ohnehin keinen Happen ohne einen Vorkoster zu mir nehmen. Pass auf, was du isst, Junge«, warnte sie Johannas Bruder. »Einige hier sähen es gern, wenn du nicht sehr viel älter werden würdest.«

»Edyth, wie könnt Ihr solche Lügen verbreiten!«, rief Johanna. Als sie empört aufsprang, fiel ihr Hocker krachend um. Geraint richtete ihn wieder auf.

Miles' Mund verzog sich, als hätte er unreife Stachelbeeren gegessen. »Wovon schwatzt sie da, Johanna? Das ist meine Halle. *Ich* werde erben, nicht du. Wenn du einen Sohn hast, wird er Enderby bekommen; aber Conisthorpe gehört mir, hast du mich verstanden?«

»Ich will Conisthorpe nicht«, verkündete Johanna laut und dachte, dass jemand ihrem Bruder erklären müsste, dass sein Vater nur der Konnetabel war, der diesen Besitz für den König verwaltete. »Und ich habe gewiss nicht vor, irgendjemanden zu vergiften. Sir Gervase hat eigenes Land in … in Laval.«

»Schnell, um Gottes willen, wo ist das?«, wisperte sie und beugte sich zu ihm.

»Südlich der Normandie, aber …«

»In der Normandie!«, erklärte sie Miles.

»Nicht Normandie. Südlich davon –«

»Im Süden der Normandie, genau gesagt, Miles. Und jetzt sei still!«

Sir Geoffrey räusperte sich, strich sich über den Bart und wandte sich zögernd an Lady Constance. »Lady Edyth hat etwas zur Sprache gebracht, das auch mich beunruhigt, Mylady. Es würde scheinen, dass Sir Gervase, wenn seine Geschichte sich als wahr herausstellt, während der Dauer seines Aufenthalts auf Conisthorpe die Befehlsgewalt über die Garnison hätte.«

Johanna war überzeugt, dass ihre Mutter diese Konsequenz nicht bedacht hatte. Denn ihre Mutter schürzte die Lippen, eine Angewohnheit, die sich immer dann zeigte, wenn sie irritiert war.

»Richtig, Sir Geoffrey.«

»Sagt, dass Ihr mich in die Normandie mitnehmen werdet, wenn das hier vorbei ist«, raunte Johanna Geraint zu.

»Aber das werde ich nicht«, stieß dieser hervor. Er biss die Zähne zusammen und zwang sich zu einem Lächeln.

»Nun sagt es schon …« Ihr Stoß mit dem Ellbogen wirkte.

»Lady Constance, Sir Geoffrey, Ihr habt nichts von mir zu befürchten. Der einzige Gegenstand, den ich fordere, ist diese Lady.« Er legte den Arm um Johanna und umarmte sie übertrieben. Diese Anmaßung und die unfreiwillige Intimität empörten und verwirrten Johanna, aber sie wagte es nicht, sich aus dieser Umarmung zu befreien. Es war allerdings höchst unglücklich, dass er spüren würde, wie ihr Herz raste. Ihr einziger Trost war Edyths angewiderter Blick.

Lady Constance setzte wieder eine würdevolle Miene auf. Ihr Lächeln wirkte allerdings ein wenig gezwungen eingedenk des Dolches, den sie sich da selbst an die Kehle gesetzt hatte. »Ich denke, Ihr sagt diese Dinge nur, um Unruhe zu stiften, Lady Edyth.«

»Pah, Ihr glaubt Betrügern, ihr alle.« Spöttische Bemerkungen folgten ihr, als sie durch die nächstgelegene Tür hinausrauschte.

Die an der hohen Tafel Sitzenden schwiegen unbehaglich. Johanna ignorierte den Blick ihres Bruders. »Ich bin kein Gegenstand, Sir«, wies sie Geraint energisch zurecht und streifte seinen Arm ab. »Und dass Ihr Euren Anspruch anmeldet, ist längst überfällig.«

»Morgen wird es Ärger geben, noch vor dem Abendläuten«, murmelte Sir Geoffrey. »Sollen wir Sir Fulk hereinlassen, wenn er Einlass begehrt?«

»Bitte, Sir Geoffrey, lasst uns erst dieses Mahl ohne weiteren Verdruss beenden. Wir werden später darüber sprechen.« Lady Constance gab den Bediensteten das Zeichen, die Platten aufzutragen. Hier und da lebten an den Tischen die Gespräche wieder auf, und bald schon plätscherte die Unterhaltung in ihren gewohnten Bahnen dahin.

»Ihr esst nicht genug, Mylady.« Geraint verabscheute wählerische Edelfrauen, die gutes Essen nicht zu schätzen wussten. Wie es für ein frisch verheiratetes Ehepaar Brauch war, aßen sie von einem Teller, und er konnte nicht umhin, Johanna zu beobachten. Sie war mäkelig wie ein Schoßhündchen.

»Ja, in der Tat, Sir Gervase«, stimmte ihre Mutter zu.

Johanna seufzte. Es war schon schwer genug vorzutäuschen, die Frau dieses Mannes zu sein, aber jetzt nahm er sich das Recht heraus, sie wie ein echter Ehemann zu kritisieren. »Ich versuche, durch das Fasten eine spirituellere Ebene meines Daseins zu erreichen, Sir.« Diese Antwort war ehrlich, Johanna verzichtete jedoch darauf zu erwähnen, dass es auch noch andere

Gründe gab, profanere. »Die heilige Kirche scheint nur Frauen zu respektieren, die –«

Er weigerte sich, sie aussprechen zu lassen. »Ich denke, Ihr solltet diese Narrheit aufgeben. Wenn Ihr mit mir nach Laval kommt, erwarte ich von Euch, dass Ihr mir einen gesunden Erben gebärt, so es Gottes Wille ist. Welchen Zweck sollte es da haben, für den Rest der Woche an diesem Fasten festzuhalten. Oder hat Sir Fulk versucht, Euch durch Hungern gefügig zu machen?«, setzte er im Flüstern hinzu

Johanna erstarrte. Tiefe Röte überzog ihre Wangen. Ihm einen Erben gebären, also wirklich! Diese Impertinenz war unerträglich! Nicht bereit, ihn anzusehen, starrte sie auf das unberührte Essen auf dem Teller, ehe sie schließlich doch etwas entgegnete. Ihr Ton war gefährlich sanft. »Ich vergaß, dass es einige Dinge über mich gibt, die zu erfahren Ihr Euch niemals die Zeit genommen habt, Sir. Wir hatten nur wenige Stunden miteinander, weil Ihr darauf bestanden habt, mich so überstürzt zu verlassen.« Herausfordernd hob sie den Kopf – und gab Geraint damit die Gelegenheit, ihr ein Stück Aal zwischen die geöffneten Lippen zu schieben.

»Esst, Mylady. Ich will wieder Rosen auf Euren Wangen blühen sehen.«

Sie konnte den Bissen nicht gut ausspucken, also war sie gezwungen, ihn herunterzuschlucken. In gespielter Scheu den Blick senkend, fauchte sie so leise, dass nur er es hören konnte: »Wagt das noch einmal, und Ihr werdet es bereuen.«

»Ihr seid närrisch, zu hungern. Habt Ihr denn keinen Spiegel?«, murrte er, und augenblicklich wünschte er sich, er könnte die Worte ungesagt machen.

Ihre Antwort war bitter wie Galle. »Wäre ich hässlicher, Sir, hätte Fulk niemals um mich geworben, und sollte ich meinen, es würde ihn davon abhalten hierher zu kommen und mich zurückzuholen, so würde ich mir mit den Fingernägeln das Gesicht zerkratzen.«

Er legte die Hand auf ihre, und seine Antwort konnte auch an den niederen Tischen gehört werden. »Lasst uns nicht mehr von der Hässlichkeit sprechen, Mylady, denn jede Hand, die Eure Schönheit verletzt, begeht einen Frevel. Mir geht es um nichts anderes als um Euer Wohlergehen.« Am liebsten hätte sie die Hand weggezogen, doch er hielt sie wie eine Maus gefangen. »Meine Liebe, seid nicht böse mit mir. Ich habe unsere Trennung nicht zwei lange Jahre erduldet, um jetzt zu erleben, dass Ihr mir Eure Hand entzieht.« Sie war gezwungen, zuzulassen, dass er ihre Finger an seine Lippen hob. Sein Blick ruhte liebevoll auf ihrem abgewandten Gesicht. Geraint war sich der neugierigen Blicke nur allzu bewusst, und daran würde sich auch, verflucht noch mal, für den Rest der Woche nichts ändern. Er wünschte, er würde mit dieser Scharade nichts mehr zu tun haben. Der Freitag konnte für ihn gar nicht schnell genug kommen. »Ich kann es kaum erwarten, bis die Dinge zwischen uns geklärt sind.« Seine Stimme klang wie ein Schnurren, doch seine Finger kniffen sie.

»Ich auch nicht, Sir.« Inbrünstig wiederholte Johanna seine doppeldeutige Bemerkung und trat ihn vors Schienbein. Wie er es schaffte, den derben Fluch zu unterdrücken, der ihm auf der Zunge lag, war ein Wunder der Selbstdisziplin.

»Für zwei Liebende«, bemerkte er leise und nur für ihre Ohren bestimmt, »benehmen wir uns, fürchte ich, viel zu beherrscht. Jetzt, da Ihr über Euren Zorn hinweg seid, sollte Eure Haltung mir gegenüber weicher und nachgiebiger sein.«

»Ich bin noch nicht darüber hinweg«, widersprach

sie. Sittsam wie eine Jungfrau schlug sie die Augen nieder. Die langen Wimpern verbargen den Ausdruck darin. »Und könntet Ihr endlich damit aufhören, mich zu provozieren? Ein Erbe für Laval!«

»Euch provozieren, Johanna?« Er rieb sein schmerzendes Schienbein. »Das war erst der Anfang.«

10

Johanna stürmte in das große Zimmer wie ein Wikinger in ein Nonnenkloster.

»Ich werde diesem Mann den Hals umdrehen!«

»Das bezweifle ich«, erwiderte ihre Mutter gelassen. »Er könnte dich mit einer Hand erwürgen. Wie dem auch sei, ich denke, Gervase spielt seine Rolle überraschend gut. Solltest du jetzt nicht bei ihm sein, damit man Euch zusammen sieht?

»Ich habe genug davon.« Sie nahm ihre Stickarbeit auf und legte sie wieder fort. »Gervase«, ahmte sie säuerlich nach. »Vielleicht solltet Ihr einmal versuchen, seine Frau zu sein.«

»Das ist ein hübscher Gedanke, aber es wäre nicht gerade schicklich. Wobei mir die Frage einfällt, wo er heute Nacht schlafen wird. Ich kann ihn nicht in das Gasthaus zurückschicken.«

»Nun, bestimmt nicht in meinem Bett.«

»Dann – oh, Sir Gervase, bitte tretet ein.«

»Störe ich?«

»Nein.« Ihre Mutter bedeutete ihm, sich zu setzen; doch er blieb, typisch für ihn, stehen. »Meinen Glückwunsch! Es läuft außerordentlich gut. Aber sagt, da Ihr und Johanna jetzt Eure Standpunkte dargelegt und Euch ausgesöhnt habt, könntet Ihr da nicht – wie soll ich es ausdrücken – weniger zurückhaltend im Umgang miteinander sein?«

»Oh, das waren wir«, murmelte Johanna.

»Das bezweifle ich, Liebes. Du solltest ein wenig

entgegenkommender sein, so als ob … als ob du es nicht erwarten könntest, mit …« Sie machte eine hilflose Geste und fügte dann aufgebracht hinzu: »Hör auf, mich so anzusehen, Johanna!«

»Nun gut«, Geraint sprach, ohne zu lächeln, »es sieht aus, als müssten wir am Abend noch einmal auf die Brustwehr hinaufsteigen, Mylady.« Er wandte sich an Lady Constance. »Haben wir heute Vollmond, Madam, oder soll ich sie unter einer der Fackeln umarmen?«

»Ich werde Euch nirgendwo umarmen«, knurrte Johanna. »Um es deutlicher zu sagen, ich habe soeben allen Umarmungen abgeschworen. Alles, was man bekommt, ist schlechter Atem und … Herumgefummele.« Weil Geraint aussah wie ein Drache, der drauf und dran war abzuheben, um eine Stadt in Schutt und Asche zu legen, fügte sie hastig hinzu: »Ich meine das nicht persönlich. Aber das heute Morgen … das reicht. Wie ich Euch schon sagte, mag ich solche Dinge nicht.«

»Unsinn, Johanna«, mischte sich ihre Mutter ein. »Wir alle haben Opfer zu bringen. Es ist sehr wichtig, dass jeder hier auf Conisthorpe mitbekommt, dass du verliebt bist.«

»Warum?« Geraint und Johanna stellten diese Frage unisono.

»Für die Gerichtsverhandlung brauchen wir das Wohlwollen aller. Wenn sich jedermann gegen Sir Fulk auf eure Seite stellt, dann werden die Beamten des Archidiakons und die Prokuratoren davon erfahren. Oh, Sir Geoffrey, tretet ein.«

»Mesdames.« Der Gesichtsausdruck des Seneschalls war besorgter als sonst. »Ein Trupp von Sir Fulk de Enderbys Männern kommt über die Brücke geritten.«

»Gott sei uns gnädig!«, rief Lady Constance. »Jetzt

schon! Wie viele Tiere mag er zuschanden geritten haben, um so schnell hier zu sein?« Sie erhob sich und strich ihre Röcke glatt. Hinter dieser Geste verbarg sich ihre Aufregung. »Ich halte es für das Beste, wenn Sir Geoffrey und ich mit ihm verhandeln, Johanna. Und Ihr, Sir Gervase, lasst Euch am besten gar nicht sehen. Wir wollen nicht, dass Euch der verirrte Pfeil einer Armbrust trifft.«

Johanna versuchte, ihre Panik nicht zu zeigen. »Seid Ihr sicher, dass Ihr damit fertig werdet, *Maman*? Und was werdet Ihr wegen Edyth unternehmen? Sie wie St. Paul in einem Korb über die Brustwehr hinunterlassen?«

»Nun, wir könnten sie als Faustpfand behalten, damit ihr Bruder sich gut benimmt. Schon gut, Johanna, ich sehe, dass dieser Vorschlag dir nicht gefällt. Vielleicht macht es dir ja mehr Vergnügen, sie packen zu schicken.«

»Mit dem größten Vergnügen.«

Geraint konnte nicht widerstehen, mit seiner vorgeblichen Schwiegermutter eine Auseinandersetzung vom Zaune zu brechen. Sich zu verstecken stank nach Feigheit, auch wenn er einsah, dass es vorteilhafter war, wenn Sir Fulk ihn nicht zu Gesicht bekam. So würde er ihn nicht wiedererkennen können, sollte er ihm wider Erwarten einmal über den Weg laufen. Doch seine Worte fielen auf unfruchtbaren Boden. Schließlich ließ er Lady Constance allein, damit diese sich noch etwas sammeln konnte, und wartete darauf, dass Lady Edyth in den Burghof gestürzt kam.

»Sie warten mit den Verhandlungen, bis Ihr über die Zugbrücke seid«, teilte er ihr mit, während sie die Hallentreppe hinunterlief.

»Angst?«, erwiderte sie scharf. Sie dachte nicht im

Traum daran, ihrer Kammerfrau zu helfen, die, schwer bepackt mit einer Reisekiste, hinter ihrer Herrin herwankte.

»Nein, Mylady«, erwiderte Geraint kühl. Galant nahm er dem dankbaren Dienstmädchen die Last ab und eilte Edyth nach.

»Die Schotten fürchten ihn, habt Ihr davon gehört?« Sie warf ihm diesen Brocken wie Salz über die linke Schulter zu, mit dem man den Satan vertreiben wollte.

»Ja.« Endlich gelang es ihm, ihr den Weg zu verstellen, doch sie ging um ihn herum, und Geraint war gezwungen, neben ihr herzulaufen und mit ihr Schritt zu halten. »Hört zu, Demoiselle, Ihr solltet Lady Johanna nicht hassen. Habt Mitleid mit ihr. Wenn überhaupt irgendjemandem die Schuld zu geben ist, dann mir, weil ich sie der Gnade ihres Vaters ausgeliefert habe. Wir sind rechtmäßig getraut worden, Ihr müsst das glauben und Eurem Bruder dementsprechend davon berichten.«

Verächtlich zog sie die Augenbrauen hoch. »Spart Euren Atem.«

»Mylady, ich werde eine Eingabe an das Kirchengericht machen und mich nach dessen Urteil richten. Ich vertraue darauf, dass Euer Bruder das auch tun wird. Wenn das Urteil zu meinen Ungunsten ausfällt, dann werde ich … dann werde ich Yorkshire sofort verlassen.«

»Euer Wort in Gottes Ohr!«

Es gab nichts mehr zu sagen. Mit einer knappen Verbeugung lud er der Kammerfrau wieder die Reisekiste auf und ließ die beiden Frauen am Seitentor zurück. Er konnte bereits Sir Geoffreys Stimme oben auf dem Wehrgang des Turmes hören. Wenn er sich diesen Fulk »The Mallet« einmal durch eine der kreuzförmigen Schießscharten näher ansehen wollte, durfte er nicht zögern.

Die Männer der Burgmannschaft, die nicht im Dienst waren, saßen in der Halle des Wohnturmes beisammen. Mit roten Gesichtern sprangen sie auf, als Geraint eintrat. Hier sind zu viele Leute, dachte er. Auf halbem Wege hinauf zum nächsten Stockwerk blieb er stehen und schaute durch den Sehschlitz in der Mauer. Johanna überquerte mit Father Gilbert gerade den Burghof, offensichtlich wollten sie zur Kapelle. Johanna hatte Angst, das erkannte Geraint an ihrer Haltung. Er eilte weiter die Stufen hinauf. Doch die Tür zum zweiten Geschoss war mit einem Eisenschloss gesichert. Der Raum diente als Aufbewahrungsort für die Familiendokumente, wie ihm Johanna erzählt hatte. Schließlich fand Geraint in einer der Nischen neben der Treppe eine Schießscharte, durch die er einen guten Blick auf die Zugbrücke hatte.

Eine Gruppe von acht bewaffneten Reitern näherte sich dem Torhaus. Das Wappen war Geraint unbekannt – gelb mit einem diagonal verlaufenden Streifen aus schwarzem Zobel. Rechts und links davon je ein schwarzer Kreis.

Der Anführer der Gruppe, vermutlich Sir Fulk, trug seinen Helm unter dem Arm. Der Mann war groß und hager und sah bei weitem älter aus, als Geraint erwartet hatte. Sein Schädel war fast kahl, nur noch einige spärliche stahlgraue Haarsträhnen bedeckten ihn.

Es war unmöglich zu verstehen, was Lady Constance zu ihm hinunterrief, aber Fulks Pferd scheute, als dieser mit wütendem Griff die Zügel fester zog. Er sprach mit dem jüngeren Mann an seiner Seite, einem Burschen mit rötlich braunem Haupt- und Barthaar, der nun den Blick über die Zinnen schweifen ließ, als suchte er jemanden.

Die Reiter zogen sich jetzt ein Stück zurück. Geraint spürte das Rumpeln der hochgehenden Fallgitter in den Steinen unter seinen Füßen, dann war das Aufschlagen der Zugbrücke auf dem Boden zu hören.

Sir Fulk und sein Hauptmann ritten vor, und Geraint konnte Lady Edyth sehen, die den beiden Reitern entgegenschaute. Als die Zugbrücke wieder hochgezogen wurde, machte Lady Edyth notgedrungen einen Satz nach vorn, um sich in Sicherheit zu bringen. Ihre Kammerfrau rettete sich mit einem Sprung zur Seite. Dabei ließ sie die Reisekiste los, und deren Inhalt lag verstreut auf dem Boden. Edyth versetzte ihrer Dienerin einen Fußtritt, und diese machte sich daran, Edyths Besitztümer hastig wieder einzusammeln. Unterdessen schienen Bruder und Schwester so etwas wie einen Streit miteinander auszutragen; denn Fulk gab seinem Pferd die Sporen, wendete es und galoppierte davon. Seine Männer sprengten ihm nach. Einsam wie eine Aussätzige stand Edyth vor der Burg; Johanna würde außer sich vor Freude sein.

Geraint wartete, bis Lady Constance mit ihrer kleinen Schar vom Turm heruntergestiegen und an ihm vorbeigegangen war, ehe er sich ihnen anschloss. Als sie wieder im Tageslicht standen, sah Johannas Mutter aus, als hätte sie einen mentalen Sturm überlebt.

»O Madam, ist er schon wieder fort?«, rief Johanna, die über den Burghof auf sie zugelaufen kam. »Der König sollte in Zukunft Euch schicken, um mit den Schotten zu verhandeln.«

»Sir Fulk wird dem Gericht am Freitag eine Gegenklage vorlegen, aber das stand ja zu erwarten. Er sagt, er wird sich beim High Sheriff beschweren, und droht damit, einen Boten nach York zu schicken, um die Beamten des Erzbischofs einzuschüchtern. Wenn dieser Fall dem Archidiakon aus den Händen genommen wird, dann ist unser Schiff so gut wie gesunken.«

Father Gilbert tätschelte den Arm der Burgherrin. »Habt Vertrauen, Madam, Erzbischof Melton und der Archidiakon sind geübt in Wortgefechten. Mit Eurer Erlaubnis, Madam, möchte ich mich gern zurückziehen. Ich habe in der Priorei zu tun, und das Wetter sieht ganz danach aus, als wollte es wieder schlechter werden.«

»Und Lady Edyth?«, fragte Geraint. Dafür bedachte Johanna ihn mit einem Blick, der Geraints Zurechnungsfähigkeit infrage zu stellen schien. »Nun, ich bezweifle, dass die Lady da draußen steht, um auf einen passenden Freier zu warten.«

Johanna fluchte: »O nein, vermutlich hat dieser Teufel sie hier gelassen, damit sie uns ausspioniert. Glaubt Ihr, unser Torwächter könnte sich für eine Stunde taub stellen? Oder die Winde schmieren?«

»Oh, warum nicht«, meinte Lady Constance, und Johanna lief rasch zum Seitentor hinüber. Edyths Kammerfrau hatte gerade damit begonnen, gegen das Tor zu klopfen.

Geraint machte sich auf die Suche nach Jankyn und war erleichtert, als er ihn im Stall antraf.

»Was glaubt Ihr, Sir? Wird Euch dieser griesgrämige und verehrungswürdige alte ›Mallet‹ einige Dellen in Euren Schild hauen?«

»So wie er aussieht, betet er wahrscheinlich den Kriegsgott an und würde am liebsten uns alle miteinander auf dessen Altar opfern. Lady Johanna hat mir erzählt, dass er in Boroughbridge war, möge Gott – warum ziehst du so ein komisches Gesicht?«

»Ihr habt einen Besucher, Sir«, erklärte Jankyn.

Geraint schaute über die Schulter und entdeckte

Johannas Bruder, der sich an der Stalltür herumdrückte.

»Nun, Miles«, Geraint drehte sich zu dem Jungen um und klatschte dabei vergnügt in die Hände, »welcher Gifttrank würde dir denn zusagen? Ein abscheulich schmeckendes Gebräu, das deine Zunge purpurrot färbt und sie dir aus dem Mund herausquellen lässt, während du dich in Krämpfen windest? Oder etwas noch Scheußlicheres? Ich wüsste da etwas, das langsam und schleichend wirkt, es dauert ungefähr drei Wochen. Aber das wäre nicht sehr beeindruckend – denn man würde annehmen, du lägst im Fieber.«

»Keines.«

»Keines! Du verdirbst mir den Spaß! Jeder auf dieser Burg erwartet es, und Lady Edyth wird schrecklich enttäuscht sein. Sie ist extra hier geblieben, um dich in ihre Gebete einzuschließen.«

»Dieses alte Weib.« Der Junge lächelte zwar nicht, doch wenigstens nahm er Geraints humorige Bemerkungen nicht für bare Münze.

»Zumindest darin sind wir einer Meinung. Vielleicht hast du Recht damit, Ja … ähm, Watkyn, dass hinter der mürrischen Laune dieses Knaben ein wacher Verstand schlummert.«

Der Junge betrat den Stall. Geraint fiel auf, dass die Pferdepfleger und Stalljungen plötzlich alle in unmittelbarer Nähe zu tun hatten und ihre Arbeiten sehr leise verrichteten.

»Seid Ihr wirklich Johannas Ehemann?«

»Ja. Hat das deine Billigung?«

»Nun, vermutlich seid Ihr besser als der alte Fulk. Warum wollt Ihr Johanna überhaupt wieder heiraten? Sie ist so langweilig.«

»Ich heirate sie nicht *wieder*, Miles. Ich *bin* mit ihr verheiratet. Aber ich gebe zu, dass sie eine der streitbarsten Frauen ist, denen ich je begegnet bin, und ich fühle einiges Mitleid mit dir, dass du sie zur Schwester hast. Aber andererseits brauche ich einen Sohn. Und zwar nicht, wie ich hinzufügen möchte, um dich von hier zu verdrängen. Aber ganz allein und ohne Mitwirkung einer Frau kann ich das nicht bewerkstelligen.«

Eines der Pferde keilte aus und schlug mit dem Huf gegen die Stallwand, ansonsten herrschte völlige Stille.

»Müsst Ihr *sie* haben, um einen Sohn zu kriegen?«

Jankyn hielt sich den Arm vor den Mund und wandte sich mit einem unterdrückten Hüsteln ab.

»Sie ist dazu so gut wie jede andere.« Geraint zuckte die Schultern und bedachte seine Zuhörerschar mit einem breiten Grinsen. Die Stallburschen hatten längst aufgehört so zu tun, als würden sie Mist schaufeln oder Futtersäcke füllen.

»Sicherlich besser, Sir«, rief Jankyn, der sich wieder unter Kontrolle hatte. »Wisst Ihr, junger Lord, Ihr müsst auf ihre Hinterbacken schauen.« Er zeigte auf den hin und her schlagenden Schweif einer der Stuten, die das Maul in ihren Futtertrog versenkt hatte und glücklich mampfte. »Man braucht ein Weibchen, das breit genug gebaut ist, damit sie erfolgreich ein Fohlen werfen kann. Betrachtet auch ihre Zähne. Denkt daran, wenn Ihr Euch eines Tages eine Frau aussucht, junger Mann.«

»Habt Ihr Euch denn die Zähne meiner Schwester angesehen?« Der Junge schaute zu seinem neuen Schwager auf. Die Unverschämtheit dieser Frage strafte seinen unschuldigen Blick Lügen.

Geraint schaute kurz zu Jankyn hinüber, bevor er den Jungen mit feierlichem Blick ansah. »Aber ja – vor zwei Jahren –, und natürlich auch ihren Hintern.«

Das schallende Gelächter der Männer erschreckte die Pferde.

Miles, der ahnte, dass die Erwachsenen über etwas lachten, was er nicht verstand, richtete sich beleidigt auf. »Ich will, dass Ihr geht. Ihr seid insub… insubordinär.«

»Ich glaube, Ihr meint ›insubordinant‹«, sprang Jankyn helfend ein. »Wer hat Euch denn dieses Wort in den Mund gelegt?«

Das Kind ignorierte den Knappen und sah Geraint finster an. »Also, aber Ihr seid es, oder nicht?«

»Ja«, erklärte Geraint. »Ich mache mir das zur Gewohnheit, genau wie du. Sag mir, Miles, wie lange ist es her, seit dein Vater vom Schlag getroffen wurde?« Er begegnete Jankyns Grinsen. Sie beide dachten dasselbe: Der Junge war ohne Lehrer, saß zu Hause herum und hatte Langeweile. Burschen seines Alters dienten üblicherweise als Pagen im Haushalt eines anderen Lords, aber Miles war noch immer auf Conisthorpe.

Der Junge zuckte die Achseln.

»Eine Stechpuppe!«, rief Jankyn, und die Augen des Jungen wurde so rund wie Münzen. Er hatte Schwierigkeiten, der sprunghaften Unterhaltung zu folgen.

Geraint sah Jankyn nachdenklich an. »Vielleicht wäre das besser als die Knute. Aye, ich stimme dir zu, Mann. Zeig mir den Weg zum Zimmermann, Miles.«

»Wollt Ihr Euch Euren eigenen Galgen bauen lassen?« Der Junge streckte die Zunge heraus, und ehe Geraint ihn packen und in eines der Futterfässer werfen konnte, hatte er sich aus dem Staub gemacht.

»Dieses Gör müsste dringend den Gürtel eines Vaters auf seinem Podex zu spüren bekommen«, knurrte Jankyn. Die umstehenden Männer murmelten zustimmend.

»Das ist wohl wahr, aber dein erster Vorschlag ist besser. Wir werden ihn stattdessen mit Freundlichkeit mürbe machen.«

»Bis vor einigen Jahren hatten wir eine Stechpuppe, Mylord«, sagte jemand. »Sie muss irgendwo herumliegen. Sir Geoffrey könnte das wissen.«

»Dann such und frag ihn, wenn du willst. Die Soldaten könnten mittun. So, wie sie aussehen, könnten sie ein wenig Übung gebrauchen. Kann mir einer von Euch sagen, warum Lord Alans Sohn noch immer hier auf Conisthorpe wohnt?«

»Er war in Helmsley, Sir, aber als da irgendeine Krankheit grassierte, haben sie ihn nach Hause geschickt.«

»Aye, dankbar ihn loszuwerden«, gluckste einer der Stallknechte.

Glücklicher Miles, dachte Geraint. Zumindest hat seine Familie ihn wieder aufgenommen. Er ist nicht verbannt worden, so, wie es mir widerfahren ist.

Von weiblicher Seite gab es keine Störung, als die Männer die Stechpuppe aufstellten. Lady Constance hatte sich in ihr Schlafgemach zurückgezogen, Johanna war irgendwohin verschwunden, und Edyth stand noch immer draußen vor dem Torhaus – wie eine Schale mit Sahne, die man für die Elfen dort zurückgelassen hatte.

Sir Geoffrey zeigte sich von dem Vorhaben so begeistert, wie sein ernstes Naturell es zuließ, und der Zimmermann stellte die Arbeit an dem Karren ein, den er gerade reparierte. Stattdessen machte er sich daran, das Holzpferd glatt zu hobeln und auszubessern, das der Seneschall aus einem verborgenen Winkel des Westturms hervorgeholt hatte, von Spinnenweben überzogen und leicht abgesplittert. Inzwischen stopfte einer der Stallknechte Stroh in einen großen

Sack, band diesen zu und befestigte einen Schild daran, wobei ihm die Bemerkung entschlüpfte, dass dieses Ding in jeder Beziehung einem Ritter ähnelte. Die Männer der Garnison hatten ihre Pferde gesattelt und warteten nun darauf, ihr hervorragendes Können unter Beweis stellen zu können.

Johanna kam, um zu sehen, was das fröhliche Treiben zu bedeuten hatte, und stellte fest, dass die Burg einen Festtag erlebte – ausgenommen die Streitrösser. Die Männer hatten in der Mitte des Burghofes einen freien Platz geschaffen. Kinder und Hühner waren verscheucht, ein Karren mit einem gebrochenen Rad zur Seite geschoben worden, um den drehbaren Pfosten der Stechpuppe aufstellen zu können. Auf der einen Seite des Holzgestells hing der mit Stroh ausgestopfte Sack, an der anderen baumelte ein an einem Seil festgeknüpfter Metallring. Es war eine Vorrichtung, an der man seine Geschicklichkeit, wie sie in einem Turnier erforderlich war, erproben und vervollkommnen konnte. Fehlte ein Ritter oder ein Knappe darin, den Ring mit seiner Lanze zu durchstechen, so schwang der Sack herum und versetzte ihm einen Stoß, ganz so, wie es ein Feind mit seiner Waffe tun würde.

Zu ihrem Erstaunen sah Johanna ihren Vater. Zum Schutz gegen den Wind in dicke Decken gehüllt, eine Kapuze auf dem Kopf, hatte man ihn mit Kissen zum Sitzen hochgestützt. So saß er neben Aidan auf einer Bank in der hellen Vorfrühlingssonne. Ihr lästiger Bruder war auch dort. Sein junges Gesicht glühte vor gespannter Konzentration, als er, einen Holzstecken unter dem Arm, auf einem hölzernen Ungetüm über den Burghof rumpelte, das von zwei Stallknechten gezogen wurde. Und ihr vorgeblicher Ehemann stand dabei und brüllte ihm Anweisungen zu. Jetzt schaute er auf, entdeckte Johanna und winkte. War das alles seine Idee?

Durch den Aufprall des Sackes von seinem Pferdevehikel geworfen, ließ Miles ergeben eine Lektion seines neuen Schwagers über sich ergehen. Johanna kannte das Gefühl.

»Wenn er etwas geübter ist, kann er mit seinem Pony gegen die Puppe reiten.« Geraint stand plötzlich neben ihr und betrachtete wohlgefällig sein Werk.

»Ich vermute, es ist schwerer, als es aussieht«, murmelte sie, während sie zusah, wie einer der Burgmannen auf sein Ziel zugaloppierte.

»Wollt Ihr es versuchen?«

Sie starrte ihn an und glaubte, er neckte sie wieder, doch zu ihrer Überraschung rief er seinem Knappen zu, er solle ihm sein Pferd bringen. Ehe Johanna protestieren konnte, hatte Geraint sie auf das Pferd gehoben und schwang sich nun vor ihr in den Sattel. Eine Welle von Gelächter brandete um sie herum auf, als jemand ihm eine hölzerne Übungslanze reichte.

»Ihr könnt den Schlag besser abfangen, wenn Ihr Euch an meinem Gürtel festhaltet, Mylady.«

»Sir Gervase, ich muss protestieren.« Der Seneschall lief keuchend auf sie zu und griff, Einhalt gebietend, in die Zügel. »Lady Johanna könnte sich verletzen.«

»Ihr habt Recht, Sir Geoffrey.« Geraints Antwort wurde von einem genau kalkulierten Seufzen untermalt. »Bitte helft Mylady herunter.«

»Nein!«, rief Johanna aufsässig. »Es wird mir nichts geschehen. Und es gibt kein Gesetz, das es einer Frau verbietet, gegen eine Stechpuppe zu reiten.«

»Nein«, schnappte Sir Geoffrey ein, »aber, beim Allmächtigen, das sollte es geben. Sei es auf Eure Verantwortung, Madam!« Empört ließ er die Zügel los. Mit verschränkten Armen stand er da und starrte die beiden finster an.

Geraint grinste wie ein gutmütiger Narr und richtete seine Aufmerksamkeit auf das Bündel angespannter Weiblichkeit hinter sich. »Nein, noch fester«, korrigierte er Johannas Haltung, »legt Eure Arme um mich. Wenigstens werdet Ihr auf diese Weise erleben, was für ein Gefühl das ist.«

Was für ein Gefühl das ist. Eng an den Körper des Fremden geschmiegt, spürte Johanna eine unerklärliche Erregung in sich.

»Sitzt still!« Ihr Ritter mit der glänzenden Rüstung war von einem gereizten, ungeduldigen Mann verdrängt worden – so sah die Realität aus.

»Bitte, Ihr müsst das nicht tun. Es war dumm von mir«, protestierte sie, als er das Pferd mit den Knien zu einer Kehrtwendung dirigierte und zum Ende des Hofes ritt. Wenn er das Ziel verfehlte, würde der Sack vermutlich sie beide aus dem Sattel werfen.

»Angst?« Sie fühlte sich ruhiger, weil sie wieder das Lachen in seiner Stimme hörte.

»Nein, aber meine Mutter wird wütend sein, wenn wir am Freitag nicht vor dem Gericht erscheinen können. Habt Ihr so etwas schon einmal gemacht?«

»Mit einer Frau? Nein. Ich fürchte, ich war nicht ganz bei Verstand. Es wird einen Aufprall geben. Haltet Euch gut fest.«

Sie konnte nichts erwidern, denn Geraint hatte das Ross in Position gebracht, und die Männer riefen ihm aufmunternd zu. Johanna hielt den Atem an, als sie auf die Stechpuppe zuritten. So also fühlte es sich an, in einem Turnier anzutreten. Er traf genau in das Ziel. Als Geraint die Lanze fallen ließ und das Pferd zügelte, wurde Johanna hart gegen ihn gedrückt. Dann war der Augenblick vorüber, und Geraint hob sie unter dem Lachen und den Beifallsrufen der Zuschauer vom Pferd.

Obwohl sie kräftig durchgeschüttelt worden war, fühlte Johanna sich wunderbar, wie ein Kind, vor das man eine Schale mit Naschwerk gestellt hatte.

Doch später wandelte sich Johannas Heiterkeit zu unverhohlenem Argwohn. Dieser Mann hatte es gewagt, den gesamten Haushalt von seinen Pflichten abzuhalten – ohne die Erlaubnis ihrer Mutter –, und jetzt spukte ihm offenbar noch mehr Unsinn im Kopf herum.

Er grinste sie an. »Waren wir nicht übereingekommen, dass ich Euch lehren werde, Eure Briefe zu lesen?«

Tatsächlich brannte sie darauf, lesen und schreiben zu können.

Ehe sie recht wusste, wie ihr geschah, hatte Geraint sie zu einem windgeschützten, noch sonnigen Flecken abseits des mit Flusssand bestreuten Pfades geführt, der sich von der neuen Halle zum Kräutergarten ihrer Mutter wand. Unter einem knospenden Birnbaum stand eine hölzerne Bank, die Geraint nun hochhob und quer über den Weg stellte. Verwirrt nahm Johanna darauf Platz, während er einige Schritte ging und dann mit einem langen Zweig zurückkehrte, den er triumphierend hochhielt. Er schien absolut entschlossen, sie zu erziehen.

»Ich fürchte, für den Augenblick muss der Sand als Schiefertafel herhalten. Und jetzt …«

Nachdem Johanna sich in die Rolle der Schülerin eingefunden hatte, schien es keine Schwierigkeiten zu machen, seinen Anleitungen zu folgen. Für eine Frau lernte die Lady ausgesprochen schnell; wie ein kostbarer Seeschwamm die Wassertropfen saugte sie seine Worte auf. Wohl gestaltete sich das Lernen schwerer, weil sie die Buchstaben nicht mit Tinte geschrieben vor sich sah, aber für den Anfang musste es so gehen. Die Zeit verging wie im Flug.

Zu Johannas Erleichterung wurde ihre Lehrstunde nur einmal von einer verdrießlich klingenden Stimme unterbrochen, die von der anderen Seite der Mauer zu hören war.

»Es scheint, als hätte sich doch jemand erbarmt und die gute Lady Edyth wieder hereingelassen«, bemerkte Geraint.

Den Brief an Johanna aufzusetzen ließ sich schwieriger an, als Geraint vermutet hatte. Hätte seine Seele vor unerfüllter Leidenschaft gebrannt, wäre es einfach gewesen. Doch so saß er da und nagte nachdenklich an seinem Fingerknöchel. Die Worte mussten stimmen, ehe er sie auf das kostbare, zwei Jahre alte Stück Pergament übertrug, das der nicht ganz so pflichtbewusste Bruder Ambrose aus dem unteren Teil eines Klosterdokumentes herausgerissen und unwissentlich ihrem Komplott beigesteuert hatte.

Eine Stunde später war ihm noch immer keine passende Formulierung eingefallen, und die gestohlene Ziegenhaut lag noch immer unbeschrieben vor ihm. Er war also in der schlechtesten aller Stimmungen, als Jankyn in Father Gilberts Zelle geschlendert kam.

»Draußen schüttet es wie aus Kübeln«, verkündete sein Knappe und wurde mit einem deftigen Fluch bedacht, als er sich zu nahe am Pergament wie ein nasser Hund schüttelte. »Entdecke ich da auf Eurer edlen Stirn die Regentropfen der Natur oder die Perlen schweißtreibender Arbeit? Was ist los? Ihr schuftet ja an diesem Brief wie ein Ochse, der einen Karren Gold ziehen soll. Macht Euch ein paar sündige Gedanken heißen Begehrens, und die Worte werden nur so aus Eurer Feder fließen.«

Vom heftigen Regen bis auf die Haut durchnässt, betrat einige Zeit später Father Gilbert die Kammer. Geraint war erschöpft, aber fast fertig mit dem Schreiben, und Gott sei Dank gab der Priester seine Zustimmung zum Wortlaut. Mit einem Gefühl der Erleichterung machten sich Geraint und Jankyn auf den Weg in die Halle, wo sie den Brotmeister überredeten, ihnen die Speisekammer zu öffnen. Mit einem Fässchen Bier zogen sie sich in einen entlegenen Winkel zurück, um sich an dem Gebräu gütlich zu tun. Da Geraint vergessen hatte zu fragen, wo er schlafen sollte, wickelte er sich in seinen Umhang und legte sich zu Jankyn vor den Kamin. Rücken an Rücken mit seinem Knappen und zweien der Hunde, die sich neben seinen Beinen zusammengerollt hatten, schlief er den Schlaf des Gerechten.

Mit tauben Gliedern und benebeltem Kopf wachte er auf. Eine Stimme, die wie die Johannas klang, beklagte sich bei jemanden darüber, dass einige Leute neben ihrem Schlafgemach des Nachts einen Heidenlärm veranstaltet und lauthals gesungen hatten. Geraint zog sich die Kapuze über die Ohren. Was für ein Narr war er doch gewesen, auf Jankyn gehört zu haben! Gebe Gott, dass sie in ihrem Rausch keine Geheimnisse preisgegeben hatten.

»Sollte er nicht eigentlich in Eurem Bett liegen, Mylady?« Das war Jankyn, der unwillig knurrte, als er sich zur Seite rollte.

Geraint fröstelte in der kühlen Morgenluft und öffnete widerstrebend die Augen. Johanna stand vor ihm. Die Zöpfe so adrett und glatt geflochten wie zwei

Glockenseile und in einem Kleid, dessen rote Farbe ihm abscheulich in die Augen stach. Mit einem ärgerlichen Brummen richtete Geraint sich auf.

»Verzeiht, Sir, dass ich Euch wecke, aber der Deputy Sheriff wird bald hier eintreffen, um mit Euch zu sprechen«, sagte Johanna mit honigsüßer Stimme – und goss ihm einen Eimer eiskalten Wassers über den Kopf.

11

Die High Sheriffs und ihre Männer waren die Räder am Streitwagen König Edwards II.; das gesamte Königreich stützte sich auf ihre Loyalität. Sie hielten den Frieden im Land aufrecht, sie sammelten Gerüchte und Informationen, damit Steuern rasch und effizient erhoben werden konnten.

Rasch barbiert von Sir Geoffreys Pagen – Jankyns Hand war an diesem Morgen nicht ruhig genug – und gestärkt von einem heißen Würzwein, der ihm fast den Gaumen weggebrannt hatte, stand Geraint jetzt, zwischen zwei Regenschauern und durchgeschüttelt vom rauen Wind, hinter Lady Constance am Eingang zur neuen Halle. Sir Ralph de Middlesbrough, Deputy des High Sheriffs von Yorkshire, ritt in diesem Moment mit ungefähr zwanzig Soldaten in seinem Gefolge in den Burghof.

»Möge Gott uns beistehen«, wisperte Lady Constance, als die Männer abstiegen. Das Klirren ihrer Rüstungen war dazu angetan, zu beeindrucken und Schrecken zu verbreiten. »Das schmeckt mir ganz und gar nicht.« Geraint ging es nicht anders. Er wünschte sich einen klareren Kopf und hoffte inbrünstig, dass Jankyn so viel Verstand hatte, sich nicht blicken zu lassen.

Sir Ralph war ein Mann von kräftiger Statur. Über dem Kettenhemd trug er einen scharlachroten Seidenumhang. Während er die Treppe hinaufstapfte, streifte er die Helmbrünne zurück. Sein Haar hatte die Farbe von schmutzigem Schnee.

»Ich habe Euch noch nie in dieser Gegend gesehen, Sir«, richtete er direkt das Wort an Geraint, nachdem er Lady Constance begrüßt hatte. Er musterte Geraint mit unverhohlener Neugier, dessen zum Gruß ausgestreckte Hand ignorierte er.

Ohne sich von dieser schroffen Abfuhr eingeschüchtert zu zeigen, hakte Geraint die Daumen in seinen Gürtel. »Nun, Sir Fulk hält mich für einen Usurpator, aber da wir uns nie begegnet sind, kann er es von mir aus halten, wie er will. Ich erhebe keinerlei Anspruch auf seinen Besitz, nur auf meine mir rechtmäßig angetraute Frau. Kommt herein an den Kamin, Mylord, und urteilt selbst, wie er Lady Johanna behandelt hat.«

Konfrontiert mit dieser Rede, wirkte Sir Ralph ein wenig unschlüssig, ließ sich aber in die Halle führen.

Johanna saß auf dem Podium in der Halle. Man hatte einen Wandschirm aufgestellt, ein Stück zwischen zwei gedrechselte dicke Stangen gespanntes Leinen, um Johannas unverschleiertes Gesicht vor der Hitze des Kaminfeuers zu schützen. Einer der alten Hunde ihrer Mutter schlief, mit dem Bauch nach oben, zu ihren Füßen. Johanna arbeitete an ihrem Stickrahmen. Sie schien ganz in diese Beschäftigung vertieft zu sein, und niemand hätte geargwöhnt, welcher Aufruhr in ihr tobte. Als die Besucher eintraten, erhob sie sich anmutig und begrüßte sie mit einem Knicks.

Geraint fuhr mit den Fingerspitzen zärtlich über die Narben auf ihrer Wange. Nur widerstrebend wandte er schließlich seine Aufmerksamkeit Sir Ralph zu.

Lady Constance schnippte mit den Fingern, damit die Diener Glühwein herbeischafften, und kam dann ohne Umschweife auf den heiklen Punkt zu sprechen. »Seid Ihr gekommen, um ihn wie einen Pferdedieb in Augenschein zu nehmen, Sir Ralph?«

Ihre Offenheit irritierte den Deputy Sheriff offenbar, denn er geriet ins Stottern.

»N-nein, Mylady.«

»Als Mann des Königs müsst Ihr ehrlich sein. Bedauerlicherweise ist diese unangenehme Geschichte wahr. Meine Tochter hat Sir Gervase vor zwei Jahren geheiratet, als er nichts weiter war als ein mittelloser Knappe. Es ist allgemein bekannt, dass sie sich heftig gegen die Ehe mit Sir Fulk gewehrt hat. Lord Alan hat sie eingesperrt und ihre Zustimmung letztlich mit der Knute erzwungen.«

Sir Ralph blinzelte die drei an, als wären sie dem Wahnsinn anheim gefallen. »Ich … also eigentlich … eigentlich, Madam, bin ich aus einem ganz anderen Grund hier.« Vollkommen aus der Fassung gebracht, starrte er Johannas geschundenes Gesicht an. »Um diese Sache werde ich mich anschließend kümmern. Wer, sagtet Ihr, seid Ihr?« Fast Hilfe suchend sah er Geraint an, als wäre dieser das Rettungsseil, an dem er sich aus diesem Sumpf herausziehen könnte.

»Das ist mein richtiger Ehemann, Sir Gervase de Laval«, erklärte Johanna und hakte sich bei Geraint ein. Ihre Mutter stand hinter dem Deputy Sheriff und machte Johanna Zeichen. »O … dann … dann habt Ihr noch keine Botschaft von meinem … von Sir Fulk erhalten, Mylord?«

Er schüttelte den Kopf. »Nein, Madam, seit ich den König und den High Sheriff in York verlassen habe, bin ich ununterbrochen unterwegs. Ich muss nach Skipton. Ihr habt die Neuigkeiten doch sicher auch gehört.«

»Wir haben gehört, dass es eine Schlacht gegeben hat, Sir Ralph«, antwortete Lady Constance rasch.

»Ja, oben bei Boroughbridge. Lancaster, Gott verfluche ihn, hat versucht, der Armee des Königs zu entkommen und sich in seine Festung bei Dunstanburgh abzusetzen. Vermutlich wollte er diese schottischen Barbaren zu einem Pakt gegen unseren guten König überreden. Auf jeden Fall hat jetzt alles wieder seine Ordnung. Sir Andrew de Harcla, der Sheriff von Carlisle, ist uns rechtzeitig zu Hilfe gekommen. Wir konnten die Brücke halten und die Rebellen daran hindern, den Fluss zu überqueren.«

Johanna fragte sich, ob es nur ihre Einbildung war oder ob die Finger des Fremden sich wirklich sekundenlang anspannten. Sie schaute auf. Er lächelte ihr beruhigend zu.

»Ah, Hochwürden, ich wünsche Euch einen guten Morgen.« Sir Ralph reichte Father Gilbert die Hand. Der Priester gesellte sich zu ihnen, offensichtlich wollte er sich nichts von diesen Neuigkeiten entgehen lassen. »Wo war ich stehen geblieben … ach ja, dieser Rebell, Sir Roger Clifford, hat den feindlichen Angriff bei der Brücke geführt. Er ist dabei verwundet worden. Einer unserer Männer, ein gescheiter kleiner Waliser, hat sich unter den Bohlen der Brücke versteckt und diesem Verräter seine Pike in den Leib getrieben.« Bei dieser Schilderung bissen seine Zuhörer unwillkürlich die Zähne zusammen. »Dieses verdammte Rebellenpack war ohne Anführer, und sie ergriffen wie die Hasen die Flucht. Es war eine ziemlich wilde Jagd. Einige von ihnen flüchteten den Fluss hinunter. Lancaster versuchte, sich mit seinen Reitern die Überfahrt mit einer Fähre zu erzwingen, aber er wurde zurückgetrieben. Harcla hatte nicht genügend Soldaten, um ihn gleich an Ort und Stelle gefangen zu nehmen, und so konnte er entkommen. Bei den Rebellen war jeder Mann auf sich selbst gestellt. Lancaster flüchtete sich während der Nacht in die Kirche von Boroughbridge und verlangte Kirchenasyl, aber am Morgen, nachdem der Kirchhof umstellt worden war, ergab er sich der Gnade des Königs. Falls er je wieder auf freien Fuß gelangen sollte, wird er sich an Sir Andrew de Harcla bitter rächen, das steht zu … Oh, ich fürchte, das ist für die Damen zu langweilig.«

Nicht langweilig, aber … Johanna bemerkte, dass Father Gilbert eingehend den Studenten betrachtete. Versuchte er dessen Chancen abzuschätzen, als Ritter durchzugehen?

»Und was ist dann mit Lancaster geschehen?«, fragte der Priester.

»Man hat ihn nach Pomfret auf seine Burg gebracht. Dort halten sich jetzt auch der König und Hugh Despenser der Ältere auf, zusammen mit den anderen Lords.«

Geraint, blass und vom Zechgelage der vorhergehenden Nacht etwas schwindelig im Kopf, ließ Johannas Hand los. Er sah aus, als wäre ihm schlecht, und Lady Constance begann, ungeduldig mit dem Fuß aufzutippen. Sie schaute sich um, wo die Diener mit dem Wein blieben.

Johanna versuchte ihren Mangel an Begeisterung wettzumachen. »Und ist der Rest der Rebellen dann ausgehoben worden, Mylord?«

»Eine ganze Reihe davon, Mylady. Viele der unwichtigeren Männer sind nach Ripon in den Kerker des Erzbischofs gebracht worden. Der König hat auch eine Belohnung auf jeden toten Rebellen ausgesetzt, den man ihm bringt. Ich kann Euch sagen, es ist gar nicht einfach zu entscheiden, wer ein Rebell ist und wer nicht, wenn eine splitternackte Leiche vor einem liegt. Und, Mylady, Ihr würdet nicht glauben, was uns alles an Kriegsbeute in die Hände gefallen ist – nicht nur Pferde und Rüstungen, sondern auch Betten, Pelze und Hammel, sogar zwei Mastschweine. Kein Wunder, dass diese ausgemachten Dummköpfe nur so langsam vorangekommen sind.«

Johanna war sich bewusst, dass Gervase starr wie ein Stein neben ihr stand, während ihre Mutter sich unentwegt Luft zufächelte, als wollte sie zum Ausdruck bringen, dass eine solche Unterhaltung in Anwesenheit von Damen unangebracht wäre. Doch Sir Ralph sprach unbekümmert weiter.

»Die meisten dieser Kerle sind in Panik geraten. Einige der Ritter haben sich das Haar abgeschnitten, damit man sie für Hintersassen hält. Ein paar haben sogar Frauenkleider gestohlen und sie sich angezogen. Würdet Ihr glauben, dass man hinter einer Fischerhütte einen Mann fand, der sich dort so lange im Schilf versteckt hatte, bis er an Unterkühlung starb?«

»Möge Gott all diesen Seelen gnädig sein«, murmelte Vater Gilbert.

»Um es kurz zu machen, Lady Constance, ich bin hier, um Lord Alan die Befehle aus York zu überbringen. Jeder Fremde, der auf seinem Land angetroffen wird, ist gefangen zu nehmen. Ihr könnt sicher sein, dass sich ein paar der gerissensten Rebellen so lange versteckt halten, bis die Lage sich beruhigt hat. Was würdet Ihr an deren Stelle tun, Sir Gervase?«

Johanna sah, dass Gervases Augen so hart wie Granit geworden waren. Er schien es mit der Antwort nicht eilig zu haben, sondern dachte über diese Frage ausgiebig nach. »Vielleicht würde ich versuchen, mich nach Middlesbrough durchzuschlagen«, erwiderte er schließlich, »oder zu irgendeinem anderen Hafen. Dort gibt es jede Menge Schänken und elende Hütten an den Quais, in denen ein Mann Unterschlupf finden kann und wo ihm keine Fragen gestellt werden. Vorausgesetzt, er hat genügend Geld, sich das Schweigen der Leute zu erkaufen.«

»Aye, eine gute Überlegung, Sir, aber Ihr könnt sicher sein, dass die Offiziere des Königs jedes dunkle Loch von Tynemouth bis hinunter nach Winchelsea durchsuchen werden.« Endlich wurde der Wein gebracht. »Ein wirklich vorzüglicher Bordeaux, Madam. Ja, unser König hat genug von Verrat und Hinterlist, und er will, dass jeder verdammte Rebell ein für alle Mal zum Schweigen gebracht wird, und wenn er dafür das ganze Königreich umkrempeln muss. Die Wortführer der Rebellen hat man übrigens in ihre Grafschaften gebracht, um sie dort zu hängen.«

»Wisst Ihr, welche von den Anführern man noch nicht gefasst hat?«, fragte Johanna.

»Aye, die Verhöre sind jetzt abgeschlossen, und deshalb wissen wir es. Obwohl wir uns bei einigen nicht sicher sind, was wir von ihnen zu halten haben. Nehmt zum Beispiel Sir Roger Mortimers Sohn. Wir wissen, dass er am Trent mit einer Kompanie Soldaten zu Lancaster gestoßen ist. Es steht also zu vermuten, dass er ebenfalls nach Norden geflohen ist. Auf jeden Fall hat man auch auf seinen Kopf eine Belohnung ausgesetzt.« Er trank noch einen Schluck von dem Würzwein, kratzte sich an der Nase und fuhr fort: »Wie der Vater, so der Sohn, eh? Meiner Meinung nach kann Sir Roger sich glücklich preisen, diese letzte Woche im Tower gesessen zu haben. Wäre dieser Schuft auf freiem Fuß gewesen, mein Leben darauf, er hätte mit den Rebellen gemeinsame Sache gemacht und stünde jetzt auch kurz davor, seinen Kopf zu verlieren – Oh, Lady Edyth, ich hatte Euch gar nicht bemerkt.« Er beugte sich über die ihm dargebotene Hand.

»Ich bin sehr erfreut, Euch zu sehen, Sir Ralph. Seid Ihr gekommen, um die Gesetzlosen zur Strecke zu bringen, die in dieser Gegend ihr Unwesen treiben? Sie fallen über hilflose Frauen her und berauben wehrlose Geistliche. Ich nehme an, mein Bruder hat Euch wegen dieser anderen schändlichen Angelegenheit eine Nachricht geschickt hat, und –«

»Ihr unterbrecht uns, Edyth«, fiel Lady Constance ihr rasch ins Wort. »Unser Gast ist weit mehr daran interessiert, die Rebellen von Boroughbridge aus dem Dickicht herauszutreiben, als ein paar gemeine Gesetzlose aufzustöbern. Noch etwas Wein, Sir Ralph?«

Mit einer heftigen Bewegung warf Edyth ihren Schleier über die Schulter zurück. »Nun, vielleicht ist Sir Gervase ein Rebell. Er ist erst vor zwei Tagen hier eingetroffen.«

Johanna starrte ihre Schwägerin entsetzt an. Wie ein Henker bei einer öffentlichen Hinrichtung, genoss Edyth es ganz offensichtlich, die Schlinge immer fester zu ziehen. »Immerhin ist es ein interessanter Zufall, findet Ihr nicht auch?«

»Weil die Interessen Eures Bruders in Widerspruch zu meinen stehen, glaube ich, dass aus Euch nichts als Feindseligkeit spricht, Lady Edyth«, erwiderte Geraint ruhig. Sein Blick suchte den des Deputy Sheriffs, ganz so, als wollte er sich mit ihm von Mann zu Mann verständigen. Es war ein brillanter kaltblütiger Schachzug von seiner Seite, wenn man bedachte, dass ihm die eigene Stimme wie ein Glockenklöppel im Kopf widerhallte.

»*Woher* seid Ihr denn gekommen, Sir Gervase?«, konterte Edyth und warf Johanna einen triumphierenden Blick zu.

Geraint machte aus seinem Missvergnügen keinen Hehl. »Das sagte ich bereits. Aus Westminster.«

Vielleicht war dies eine dumme Wahl gewesen, aber nun konnte er sie nicht mehr rückgängig machen. Die Heiligen mochten ihm beistehen! Würde Sir Ralph zum Essen bleiben? Die Dienstboten legten bereits die Schneidebretter auf den hohen Tisch, und die Burgmannen von Conisthorpe versammelten sich mit Sir Ralphs Männern unter dem überdachten Vorbau der Halle. Falls er fliehen müsste, wie sollte das gehen? Die Treppe hinauf in Lady Constances Schlafgemach? Dort könnte er zumindest einen nach dem anderen wegputzen, wenn sie die Treppen hochkamen. Ewige Verdammnis! Sein Schwert war noch in Jankyns Obhut! Hingen da nicht auch irgendwelche Waffen an den Wänden des großen Gemachs?

»Tatsächlich?«

»Verzeihung, Sir Ralph?«

»Ich sagte ›tatsächlich‹, Sir. Westminster, eh?« Das Interesse des Deputy Sheriffs hatte sich unübersehbar vertieft. Er sog die Luft ein und zupfte an seinem Bart. »Also, solange Lord Alan indisponiert ist, werdet Ihr wohl den Ritterdienst übernehmen, Sir Gervase? Der König hat uns befohlen, für einen Waffengang im Sommer Truppen zu rekrutieren. Es soll gegen die Schotten gehen. Ich weiß nicht, ob Ihr bereits mit dem High Sheriff bekannt seid, mit Sir Roger de Somerville, aber ich versichere Euch, er wird jeden erfahrenen Ritter mit Freuden willkommen heißen.«

»Umarmt er auch erfahrene Verräter?«, zischte Edyth.

Geraint ignorierte diesen Seitenhieb und zog Johanna enger an sich. Wenn er sie bei seiner Flucht über die Treppe als Schild benutzte, würden Sir Ralphs Männer es nicht riskieren, sie zu verletzen. »Diese Bitte bringt mich in eine schwierige Lage, Sir Ralph. Ihr dürft nicht außer Acht lassen, dass zunächst einmal die etwas … heiklen Umstände meines Ehegelübdes geklärt sein müssen. Und diese Klärung steht noch aus.«

»Der Fall muss noch vor Gericht verhandelt werden«, erklärte Lady Constance.

Der Deputy Sheriff kam noch einmal auf den Zweck seines Besuches zu sprechen. »Aye, aber solch ein Fall kann auch in Eurer Abwesenheit verhandelt werden, Herr Ritter, und sich die Gunst des Königs verdienen zu können wäre allemal ein ausreichender Grund.«

Sollte das eine Warnung sein? Er musste diesen Beamten davon überzeugen, ein verliebter Mann zu sein. »Wäre es ein Fall des Zivilrechts, Sir Ralph, dann müssten die Kompanien des High Sheriffs meine Anwesenheit nicht entbehren. Ihr müsst wissen, dass ich, seit ich meine liebe Frau zuletzt gesehen habe, ständig in Diensten gestanden habe.« Er drückte Johanna so fest an sich, dass es ihr fast die Luft aus den Lungen presste. »Und ich halte es nicht für sehr klug, sie schon wieder allein zu lassen.« Er legte den Finger unter ihr Kinn, und bevor sich Johanna zurückziehen konnte, hauchte er ihr einen Kuss auf den Mund.

Überrumpelt und sich der vielen Zuschauer bewusst, leistete Johanna keinen Widerstand. Ihr Mund war weich und verlockend, ihr Atem süß. Dafür, dass es eine überaus zarte Berührung gewesen war und er um sein Leben bangen musste, fand Geraint es fast komisch, wie sehr er diesen Kuss genossen hatte. Und sollte dazu noch Sir Ralph den Ausdruck sinnlicher Lust auf seinem Gesicht bemerkt haben, konnte das nur gut sein. Natürlich konnte es sein, dass er damit den Sinn des älteren Mannes für Sitte und Anstand verletzt hatte, aber schließlich erwartete man von einem Verliebten eine gewisse Verrücktheit.

»Nein«, erklärte er, »ich werde nicht gehen. Zumindest nicht, bis der Disput mit Sir Fulk vom Gericht beigelegt ist.« Er legte den Arm um Johanna, die einmal mehr errötete und steif wie gefrorenes Tuch dastand, das man im Frost draußen zurückgelassen hatte. Er versuchte, nicht zusammenzuzucken, als sie ihm auf die Zehen trat.

»Da hört Ihr, welch ein Süßholz dieser Betrüger raspelt«, knurrte Edyth. »Man sollte ihn in Ketten legen. Es ist höchst bedauerlich, dass in dieser Grafschaft mehr Zeit darauf verwendet wird, Söldner anzuwerben, als Recht und Ordnung aufrechtzuerhalten. Ein dahergelaufener Fremder kann hier hereinschlendern und Anspruch auf die Frau eines anderen Mannes erheben, und draußen im Wald läuft eine tugendhafte Frau Gefahr, vergewaltigt zu werden und –«

»Vergewaltigt?!«, rief Johanna und versuchte, sich möglichst unauffällig aus seiner Umarmung zu befreien. »Wenn Ihr damit den jämmerlichen Versuch dieser beiden Dummköpfe meint, uns zu berauben, Edyth …«

Geraint hatte Johanna abrupt losgelassen. Ihm war plötzlich bewusst geworden, dass Fulks Schwester seine Ähnlichkeit mit einem ganz bestimmten Gesetzlosen auffallen könnte, wenn er Johanna auf diese Weise festhielt.

»Lady Edyth spricht klug«, stimmte er rasch zu. »Ich habe vor, diese Banditen aufzuspüren.«

Edyth wirkte durch diese Unterstützung von seiner Seite etwas besänftigt. Zumindest nahm es ihr einen gut Teil Rachsucht aus ihren Segeln.

»Hat einer dieser Vogelfreien einen Angriff auf Eure Person unternommen, Mylady?«, fragte Sir Ralph Johanna.

Johanna zögerte. »Sie haben meine Ringe genommen.«

»Einer von ihnen hat Euch auf höchst unschickliche Weise festgehalten«, half ihre Schwägerin nach.

»Ja, das ist richtig.« Johanna war dunkelrot im Gesicht, als sie ihren vermeintlichen Ehemann mit um

Verzeihung heischender Mädchenhaftigkeit ansah. Mit ihm würde sie sich später befassen; bei allen Heiligen, wie konnte er es wagen, sie auf den Mund zu küssen! Vor all diesen Leuten!

»Ich werde diesen Burschen verprügeln, wenn ich ihn zu fassen kriege«, äußerte Geraint ungerührt.

»Aber es ist mir gelungen, ihn zu treten«, rühmte Johanna sich stolz. »Können *das* Rebellen gewesen sein?«

Fulks Schwester schnaubte. »Gott, nur ein Narr würde das glauben. Sie waren viel zu feige, um auf irgendeinem Schlachtfeld zu kämpfen.«

Lady Constance blickte sie unbehaglich an. »Ich finde dieses Gerede über Gesetzlose beängstigend. Ich kann Gott nur dafür danken, dass sich diese verfluchten Schotten in diesem Jahr noch nicht bis hierher vorgewagt haben, um uns zu überfallen.«

»Ihr habt vergessen, die Rebellen zu erwähnen, Madam«, erinnerte Edyth sie giftig. »Oder versucht jemand von uns, das Boot in eine andere Richtung zu steuern?«

»Das reicht jetzt, Lady Edyth«, wies Lady Constance sie zurecht. »Eure Anwesenheit auf Conisthorpe ist nur geduldet, also hütet von jetzt an freundlicherweise Eure Zunge.«

Sir Ralph übernahm nun taktvoll wieder das Ruder, aber einige von Edyths Bemerkungen hatten offenbar seinen Argwohn geweckt.

»Sagt mir, Sir Gervase, wo seid Ihr Lady Johanna das erste Mal begegnet?«

Der vorgebliche Ehemann sah Johanna zuversichtlich an. Wie gut, dass wir darüber schon gesprochen haben, sagten seine Augen.

»In Lord Hugh Despensers Haus in Bristol, Mylord.«

Der Blick des Deputy Sheriffs wanderte zu den geschnitzten Querbalken über dem Fenster, das sich rechts von ihnen befand. »Ah ja, in der Nähe der St.-Thomas-Kirche.«

Sie wurden auf die Probe gestellt. Zumindest war Geraint davon überzeugt. »Nein, Sir, Ihr meint St. Nicholas'.«

»Ist es das Haus, in dem dieser wunderbare Wandbehang hängt, der König Artus darstellt?« O ja, dies war ganz sicher ein Verhör.

Der Student zögerte, aber Johanna, die sich auf einem Terrain bewegte, auf dem sie sich auskannte, erwiderte: »Nein, nicht als ich das letzte Mal dort war. Aber dort hing ein Wandbehang, der Judith zeigt, wie sie den Holofernes erschlägt –«

»Ja, Ihr habt Recht«, erklärte Geraint, »und war da nicht links von der Galerie für die Spielleute noch ein kleiner Wandteppich? Mit einem Hirschen und mit Jägern?«

Sir Ralphs Blick verlor die Strenge.

»Und es hat einen sehr schönen Garten«, fügte Johanna hinzu. »Denkt nur an die vielen Gitterbögen. Und an den verschwiegenen Pfad hinter dem –«

Der Deputy Sheriff hüstelte. »Hmm, nun ja, ich glaube nicht, dass wir noch länger bei diesem Thema verweilen müssen.«

»Müssen wir nicht?« Geraint beschloss, dass es an der Zeit war, sich etwas selbstbewusster zu geben. »Gestattet mir ein privates Wort, Mylord, selbstverständlich nur mit Myladys Erlaubnis.«

Lady Constance nickte, und Geraint, über die eigene Unverfrorenheit erstaunt, zog den älteren Mann mit sich hinüber zu der langen Steinbank, die unterhalb des Fensters verlief. Das Gelächter der Burgsoldaten war lauter geworden, und Sir Ralphs Männer sahen ihn neugierig an.

»Misstraut Ihr uns, Sir?«

»Nein, nein.« Der Deputy Sheriff winkte ab. »Ganz und gar nicht. Aber wisst Ihr –«

»Lasst mich offen sein, Sir Ralph, ich bin genau zum richtigen Zeitpunkt zurückgekehrt. Ihr könnt Euch mit eigenen Augen davon überzeugen, dass Sir Fulk Lady Johanna das Leben zur Hölle gemacht hat. Ich gebe unumwunden zu, dass sie manchmal recht dickköpfig sein kann, aber meine Herzensdame so grausam zu schlagen, weil sie keinen Sohn empfangen kann … Dass Gott ihn straft, ist offensichtlich. Der Mann ist noch immer kinderlos, weil seine Ehe widerrechtlich ist. Und jetzt ist auch noch Lord Alan vom Schlag getroffen worden.«

»Vom Schlag getroffen?«

Er hatte nicht vorgehabt, so deutlich zu werden. »Nun … nicht gerade vom Schlag getroffen … aber krank.«

»Ja, er ist ja auch nicht anwesend. Ich habe ihm noch gar nicht meine Aufwartung gemacht. Mylady wird mich für unhöflich halten, wenn ich nicht –« Er stockte, als Geraint die Hand hob.

»Mylord, ich bitte Euch, verzichtet darauf, ihn zu sehen. Es hat Lady Constance viel Mühe bereitet, ihn zum Schlafen zu bewegen. Aber noch ein Wort zu dem Streit zwischen mir und Sir Fulk …«

Dem Deputy Sheriff schien es zu widerstreben, sich in diese häusliche Auseinandersetzung hineinziehen zu lassen oder ein vorschnelles Urteil darüber abzugeben, für wen der Allmächtige in dieser Sache Partei ergreifen werde. »Nun ja, ich kenne Sir Fulk und den Ruf, in dem er steht. Ich beneide denjenigen nicht, der diese Frage wird klären müssen.«

Geraint sah den älteren Mann ernst an. »Meine Frau befürchtet, dass Sir Fulk Gewalt anwenden könnte – oder auch Bestechung, um das Gericht zu beeinflussen.« Wie das Glück es wollte, stand Johanna gerade in diesem Augenblick ein wenig abseits von den anderen und schaute zu ihnen hinüber. Sie hatte die Stirn gefurcht und wirkte besorgt.

Wohlwollend zog Sir Ralph eine Augenbraue hoch. »Da es eine Angelegenheit des kanonischen Rechts ist, junger Mann, kann ich nicht für die Aufrichtigkeit der Kirche sprechen. Was mich selbst angeht, ich versuche immer dafür Sorge zu tragen, dass die Gerechtigkeit zum Zuge kommt – in allen Dingen.« Nachdenklich ruhte sein Blick auf Geraint.

Genug gesagt! »Kommt her, Weib!« Er war erleichtert, dass sie in scheinbarem Gehorsam an seine Seite kam.

»Weib! Lebt Ihr denn jetzt wie Mann und Frau?«

Johanna legte den Arm um Geraints Taille und steckte die Finger in seinen Gürtel. »Nein, wir warten die Entscheidung des Gerichts ab, aber, bei meinem Leben, Mylord, Sir Gervase war mein Ehemann in Wort und Tat, ehe Sir Fulk um meine Hand anhielt.« Sie schaute zu ihrem Gatten auf und schmiegte sich in den Schutz seines Armes. »Jetzt habe ich meinen wahren Lord zurückbekommen, und ich will keinen anderen.«

Perfekt. Geraint legte liebevoll das Kinn auf das perlenbestickte Haarnetz, das die festgesteckten Zöpfe bedeckte.

»Wenn das Gericht gegen Euch entscheidet –«

»Wie kann es das, wenn wir die Wahrheit sagen?«, antwortete Geraint.

Sir Ralph bemerkte, dass Edyth vom hohen Tisch zu ihnen herunterstarrte. »Ihr habt gar nicht erwähnt, wo Ihr in diesen letzten beiden Jahre Euren Ritterdienst geleistet habt, Sir Gervase.« Ein weiterer forschender Vorstoß.

»Jenseits des Kanals, Mylord.«

»Was wird aus Thomas von Lancaster werden, Sir Ralph?« Lady Constance war herangekommen, um sich zu ihnen zu gesellen. Dass sie dabei die für die Konversation geltenden Etikette durchbrach, schien ihr unwichtig zu sein.

Geraint stieß einen unhörbaren Seufzer der Erleichterung aus und räusperte sich. »Ich denke«, ergriff er das Wort, »dass das ein schwieriges Geschäft ist, Sir Ralph. Ich wette, es gibt in ganz England nicht einen Mann, der leugnen könnte, dass der Earl dem Land aufrichtig gedient hat.«

Der Deputy Sheriff ließ sich tatsächlich ablenken. »Das mag wohl sein, aber er hat sein Schwert gegen den König erhoben, Cousin oder nicht Cousin. Das darf man nicht zulassen, Sir Gervase. Sonst geschieht es demnächst, dass jeder Lord von sich glauben wird, besser herrschen zu können, oder, noch schlimmer, die Gemeinen gelangen zu der Überzeugung, besser regieren zu können als unsere Majestät, der König. Stellt Euch einmal dieses Gorgonenhaupt aus zischelnden Schlangen vor. Jeder würde seine Meinung durchsetzen wollen, und ein Konsens wäre unmöglich.«

»Aber, hypothetisch betrachtet, Mylord, was geschieht, wenn Ihr einen König mit schlechten Beratern habt?«

»Man befreit ihn von diesen Beratern, gerade so, wie wir mit Piers Gaveston verfahren sind.«

»Vergebt mir, dass ich den *advocatus diaboli* spiele, aber genau das hat Lord Lancaster behauptet zu tun: den König von seinen schlechten Beratern zu befreien.«

»Ah, wie ich sehe, schätzt Ihr ein gutes Streitgespräch, junger Mann. Aber lasst Euch sagen, dass es eine feine Linie gibt zwischen Verrat und dem, was für das Königreich das Beste ist.«

Er musste diese Frage stellen. »Was macht den Unterschied, ob der Rebell Lancaster die Welt von einem Gaveston befreit oder ob er seine Truppen gegen die Despensers ins Feld führt?«

Lady Constance spannte sich sichtbar an, als sie Geraint wütend ansah, aber der Deputy Sheriff hielt sich vor Lachen die Seiten.

»Die Art und Weise macht den Unterschied, mein Freund. Die Art und Weise. In einer Schlacht gegen den König zu Felde zu ziehen ist Verrat, aber sich in einem günstigen Augenblick seinen Günstling zu schnappen und einzukerkern, das ist keiner.«

Geraint lächelte, auch wenn es ihm wehtat. »Ich ziehe mich zurück und verlasse den Turnierplatz, Sir Ralph. Ihr habt mich aus dem Sattel geworfen.«

Johanna hatte der Unterhaltung aufmerksam zugehört. »Aber in beiden Fällen ist doch die Machtgier die Triebfeder, oder nicht?«, fragte sie herausfordernd.

Ihre Frage kam so unerwartet, dass sie wie ein Schlag auf die beiden Männer wirkte. Einen Augenblick lang sahen sie Johanna wie einen unliebsamen Störenfried an, dann begann ihr so genannter Ehemann milde zu lächeln. Er erinnerte sich wohl gerade wieder daran, dass er wie ein vernarrter Ehemann auszusehen hatte.

»Sprecht nur weiter, meine Liebe.« Der Ton war gönnerhaft.

»Danke, Sir«, erwiderte sie trocken. »Nach meiner unmaßgeblichen Meinung scheint es doch so zu sein, dass die, die in der Gunst des Königs stehen, gegen jene intrigieren, die sein Wohlwollen nicht genießen. Wäre der Lord of Lancaster der Überzeugung gewesen, der König würde ihm zuhören, hätte er nicht die

Waffe gegen die Despensers erhoben; und wenn die Despensers ihrerseits bereit gewesen wären, dem Lord of Lancaster Gehör zu schenken und nicht darauf beharrt hätten, die ausschließlichen Ratgeber des Königs zu sein, dann –«

»Ganz so einfach ist es nicht, mein Herzblatt.« Diese niederträchtige Laus warf Sir Ralph diesen vielsagenden Vergebt-Ihr-aber-sie-versucht-alles-zu-verstehen-Blick zu, und der verfluchte Deputy Sheriff schmunzelte nachsichtig.

»Ganz recht, ganz recht, Lady Johanna.« Dann besaß er die Unverschämtheit, einfach das Thema zu wechseln. »Wo waren wir stehen geblieben, Sir Gervase? Jenseits des Kanals, sagtet Ihr. Wer war –«

»Sir Walrand de Carentan.« Johanna warf diesen Namen schneller in die Unterhaltung, als Geraint eine Antwort herausbringen konnte.

»Ich kann für mich selbst antworten, mein Liebe.« Oh, er konnte kaum noch seinen Ärger verbergen. Nun, das geschah ihm recht. »Kennt Ihr ihn zufällig, Mylord?«, fragte sie Sir Ralph mit honigsüßer Stimme.

»Nein, noch nie gehört von dem Burschen. Ein Normanne, richtig?«

»Ah, da kommt der Haushofmeister, um uns zu sagen, dass das Essen bereitsteht.« Lady Constance hob rasch die Hand und legte sie auf Sir Ralphs Handgelenk. »Bitte, Sir, lasst uns unsere Plätze einnehmen. Da kommt ja Sir Geoffrey, um uns Gesellschaft zu leisten.«

Während die kleine Prozession die Halle durchquerte, bedachte Geraint Johanna mit einem Blick, aus dem sie unschwer schließen konnte, dass er sie am liebsten erwürgt hätte.

»Einen Augenblick, Lady«, knurrte er und legte die Hand auf ihren Arm, damit sie die anderen ein Stück voraus gehen ließ. »Wer, in Gottes Namen, ist Walrand de Carentan?«

»Ich habe nicht die leiseste Ahnung. Hattet Ihr denn einen besseren Namen parat, Master Studiosus?«

Als wäre er überaus davon fasziniert, starrte er über Johannas Kopf hinweg auf die tote Fliege, die auf der unteren vorstehenden Kante des Fensterglases lag. »Ja, natürlich hatte ich einen«, stieß er hervor.

»Aber Carentan liegt in der Normandie?«

»Ja, in der Nähe von Cherbourg, genauer gesagt, aber … Hölle und Finsternis, Lady, von wem habt Ihr dieses Wissen?«

»Von Father Gilbert.«

»Ich muss wohl dankbar sein, dass Ihr diese Angelegenheit nicht mit der ganzen Garnison besprochen habt! Ich bin ernstlich wütend auf Euch, Madam. Wenn Ihr wünscht, dass ich diesen Mummenschanz weiterhin mitmache, dann werdet Ihr solche Dinge in Zukunft zuerst mit mir besprechen.«

Johannas Gesicht spiegelte Trotz wider, doch sie zuckte zusammen. Geraint sah sie ungläubig an.

»Ich wollte Miles nicht wehtun«, stieß er heiser hervor. »Die Stechpuppe …« Er brach ab. Die seefarbenen Augen hatten sich verschleiert. »Darum geht es gar nicht, habe ich recht?« Ihre Antwort bestand in einem kaum wahrnehmbaren Neigen des Kopfes.

Mindestens zehn Herzschläge lang dauerte es, bis Geraint weitersprechen konnte. »Bei der Seele meiner Mutter«, sagte er schließlich, die Worte sorgsam wählend, als wären es Edelsteine, die es zu erwerben galt, »ich werde Euch nicht schlagen, Mylady. Ich habe noch nie in meinem Leben eine Frau geschlagen.« Er streckte ihr die Hand hin, seine Miene drückte Reue aus.

Johanna legte ihre Fingerspitzen auf sein Handgelenk und spürte das feine Kitzeln der goldenen Härchen auf seinem Handrücken. Leicht und anmutig ging sie neben ihm her. »Seid Ihr ebenso ein Rebell, wie Ihr ein Student seid?«

Einen Moment lang hielt Geraint inne. Dann strich er sich das hellblonde Haar zurück und blickte auf Johanna hinunter. In seinen Augen lagen Zorn und Entschlossenheit. »Sagt noch ein Wort, und ich werde zum Mörder. Wollt Ihr, dass ich gehe – jetzt sofort?«

»Nein, Master Studiosus«, sagte sie. Ihre Lippen bebten, aber dieses Mal vor unterdrücktem Lachen. »Nicht vor Freitag.«

12

Nachdem Sir Geoffreys Männer murrend im feinen Sprühregen davongeritten waren, fand Geraint die Ställe dankenswerterweise leer vor. Nur Jankyn hockte im Schneidersitz auf einem Strohballen und pfiff munter vor sich hin, während er Geraints Schwert polierte.

»Verlangt es Euch nach Absolution, großer Meister? Wir sind ganz allein, es sei denn, Ihr zählt das Schwein mit.«

Geraint wandte sich übellaunig um. »Grrrr!« Das Schwein, konfrontiert mit diesem großen Menschen, der mit den Armen winkte und wie eine gigantische Fledermaus aussah, zog sich mit dem Ausdruck tödlicher Langeweile auf dem Schweinegesicht zurück.

»Vermutlich schläft es am Fußende ihres Bettes, um ihre Tugend zu bewachen.«

»Ihr habt überlebt?«

»Gott sei Dank, ja, und ich war heilfroh, dass du unserem Besucher aus dem Weg gegangen bist.«

Jankyn nickte und hauchte auf das Metall. »Irgendwelche Neuigkeiten von meinem Earl?«

»Von Lancaster? Nur, dass sie ihn nach Pomfret gebracht haben. Denk nicht einmal daran, dorthin zu gehen, hast du gehört? Das wäre in der augenblicklichen Lage sehr unklug.« Er glaubte die Gedanken zu kennen, die dem Narren durch den Kopf huschten. »Ich brauche jetzt das Schwert, mein Freund; und kann ich mir deinen Umhang ausleihen? Ich will zu Dame Christiana.«

Der Narr steckte das Schwert in die Lederscheide und hielt es Geraint mit ernstem Gesicht hin. »Man sagt, Schwerter und Narren passen gut zusammen.«

»Nein, das tun sie nicht!« Nachdem er sich durch einen raschen Blick davon überzeugt hatte, dass kein Lauscher in der Nähe war, hockte sich Geraint vor Jankyn hin und sagte leise: »Gott steh uns bei, Jankyn, es ist das geschehen, was wir erwartet haben. Die Männer des Deputy Sheriffs haben Befehl, jeden Fremden gefangen zu nehmen, und auf Edmund Mortimers Kopf ist eine Prämie ausgesetzt. Ich muss nachsehen, wie es unserem Freund geht. Wenn ihm das denkbar Schlimmste zugestoßen ist, werde ich so schnell von hier verschwinden wie eine Ratte von einem brennenden Strohdach.«

Sein Knappe entwirrte sich und stand auf. »Jesus, Mann, wenn sich aber nun da draußen irgendwelche Kerle rumdrücken und Euch nachgehen? Dann führt Ihr sie auf direktem Weg zu ihrer Belohnung. Wenn es getan werden muss, dann lasst mich es sein, der das Risiko auf sich nimmt.«

Geraint richtete sich auf und befestigte das Schwert an seinem Wehrgehenk. »Danke, guter Freund, aber ich muss zu Dame Christiana, damit sie einen Blick auf meine Wunde wirft. Zudem bezweifle ich, dass bei diesem Wetter eine große Gefahr für mich besteht.« Er deutete hinaus in den strömenden Regen, der den Burghof in eine einzige Pfütze verwandelt hatte, die so groß wie der Fuß eines Riesen war. »Außerdem muss ich dieser infernalischen Burg entrinnen. In dem Augenblick, in dem die Zugbrücke heruntergeht, um Sir Geoffreys Leute einzulassen, mache ich mich davon. Du musst den Torwächter ablenken. Kriegst du das hin?«

Jankyn nickte, aber er hatte die Stirn gerunzelt.

Bevor er den Wald erreichte, hielt Geraint an einem neben dem Weg aufgestellten Kruzifix, um ein Gebet für die Seelen seiner toten Waffengefährten und für Edmunds Genesung zu sprechen. Die alten Schuldgefühle darüber, dass es ihm nicht gelungen war, den Jungen zu beschützen, überfielen ihn wieder, als er im strömenden Regen vor dem Kreuz stand und auf die Figur des leidenden Christus starrte. Das war sein Versprechen an Sir Roger Mortimer und seine Frau Joan de Geneville gewesen, und er hatte sie im Stich gelassen. Eine schlechte Bezahlung für die vielen Jahre, in denen sie ihm ein Dach über den Kopf geboten hatten und die Ausbildung zum Ritter hatten angedeihen lassen.

Armer verwöhnter Edmund. Wenn er bedachte, wie sein eigenes Erwachsenwerden verlaufen war, so hatte er es zunächst als Buße angesehen, den um einige Jahre jüngeren Knaben zu bedienen. Aber es war eine Buße, die er gern auf sich nahm. In den Haushalt der Mortimers in Ludlow einzutreten war ihm nach der Hölle des Klosters wie das Paradies erschienen. Das Kloster und der verfluchte Novizenmeister mit seiner Vorliebe für kleine Jungen und für körperliche Züchtigungen gehörten seitdem der Vergangenheit an.

»Ha, du kommst also zurück wie ein streunender Kater.« Mit überaus selbstgefälliger Miene begrüßte Dame Christiana Geraint und ließ ihn in die gesegnete Wärme ihrer Hütte eintreten. »Es ist alles in Ordnung. Er ist wieder auf den Beinen, Jungchen. Gott sei Dank dafür.«

»Ja, von ganzem Herzen Dank!«, rief Geraint und bekreuzigte sich. »Und Seinen Segen für Euch, gute Frau.« Er packte sie an der Taille und wirbelte sie herum, ehe er sie auf den Tisch setzte. »Ihr seid ein Wunder! Das sind fabelhafte Neuigkeiten!«

»Steh still, du Zungendrescher! Du tropfst auf meine Offenbarungen!«

Sein Missgeschick zutiefst bedauernd, trat er sofort zurück, während sie sich auf den Boden hinuntergleiten ließ. In fast hündischer Folgsamkeit hängte Geraint seinen Umhang an einen Nagel und strich sich das tropfnasse Haar aus der Stirn. »Kann ich ihn jetzt sehen?« Er wollte schon den Vorhang aus grobem Leinen zurückschlagen, hinter dem Edmund auf seinem Strohsack lag, doch Dame Christiana hielt ihn zurück.

»Lass ihn von selbst aufwachen. Willst du einen Becher Honigwein?«

»Aye, ich kann aber nicht lange bleiben.« Er betrachte das Stück Pergament, dessen eine Ecke unter den Kerzenständer geschoben war, während sie die Lederflasche aufschraubte. »Wie geht es mit dem Schreiben voran?«

»Überhaupt nicht, dank Mortimers Brut.«

»Er führt wohl wieder das große Wort, stimmt's?«

»Und ob er das tut!«, fauchte sie. »Mürrisches Gör. Hat den ganzen Morgen nach dir gequakt wie ein verhätscheltes Wickelkind.«

»Gott sei gepriesen! Das klingt ganz nach Edmund. Er ist also ganz wiederhergestellt?« Er nahm den Lederbecher mit Honigwein, den sie ihm reichte.

»Davon kannst du dich ja selbst überzeugen, Jungchen. Aber lass ihn ruhig noch einen Augenblick warten. Wie geht es deiner Schulter?«

»Schlecht. Das ist der andere Grund, aus dem ich gekommen bin, gute Christiana. Ich brauche einen neuen Verband. Auf Conisthorpe habe ich die Wunde verborgen gehalten, ich hielt das für klüger. So, wie die Dinge stehen, begegnet man mir schon mit genügend Argwohn.«

»Dann werde ich mir erst einmal die Sache ansehen.« Sie warf einen Blick hinter den Vorhang. »Er schläft noch, aber es ist ein guter Schlaf, wohlgemerkt. Wir werden mehr Licht brauchen.«

Sie zündete eine weitere Kerze an und untersuchte Geraints Verletzung, so gut sie konnte. »Die Haut heilt, aber darunter sitzt eine Entzündung. Ein scheußlicher Abszess, sieh hier.« Er konnte es nicht, weil die Stelle zu nah an seinem Hals war. »Hast du noch andere Beschwerden?«

»In der letzten Nacht hatte ich Schweißausbrüche, und mein Herz begann zu rasen.«

»Ja, das gehört dazu. Man muss ihn aufschneiden, damit der Eiter austreten kann. Und danach muss täglich Heilmoos aufgelegt werden. Die Stelle darf nicht nass werden, und halt die Schulter möglichst ruhig.« Klare Worte.

»Dann stecht es jetzt auf«, knurrte er und straffte sich. »Und rasch, ich bitte Euch.«

»Nein, ich würde das nur sehr ungern tun, und schon gar nicht bei diesem schlechten Licht. Abgesehen davon, wirst du bis auf die Haut nass sein, noch bevor du wieder in der Burg bist. Ich lege dir einen Polsterverband auf, dann scheuern deine Kleider und dein Wehrgehenk nicht darauf herum.«

»Gute Frau, ich flehe Euch an!«

»Nein, Jungchen. Bitte die kleine Johanna darum, deine Krankenpflegerin zu spielen. Sie kann das.« Edmund war aufgewacht und rief nach ihm. Wie Geraint erwartet hatte, war er noch sehr schwach, aber im Tageslicht, das durch die Ritzen drang, erkannte er, dass die Gesichtsfarbe seines Schützlings die erschreckende Blässe verloren hatte, die sonst den Tod ankündigte.

Der Erbe des Geschlechts der Mortimers war überglücklich, Geraint zu sehen. »Wo, zum Teufel, bist du gewesen, du Hurensohn? Hast mich einfach in diesem dunklen Loch liegen lassen und mich der Gnade der alten Xanthippe ausgeliefert!«

»Seid ihr dankbar, Edmund, sie hat Euch das Leben gerettet.«

»Kann schon sein, aber ich will hier weg.«

»Wenn Eure Beine Euch wieder tragen. Und dann, glaubt mir, werden wir schnell wie ein Blitz von diesem Ort verschwinden.«

»Du bist ein Lügner, Geraint, du siehst aus, als lebtest du in Fortunas Schoß. Ich habe noch nie solche Stickereien gesehen.« Er beäugte Geraints Tunika.

»Oh, das ist das Werk meiner Frau.« Eine kleine Lüge.

Es freute ihn zu sehen, wie Sir Edmunds Gesicht immer mehr dem eines Fisches ähnlich wurde, der seine Kiemen aufblähte.

»Frau! Du hattest keine Erlaubnis zum Heiraten.«

»Beruhigt Euch. Ich bin nicht verheiratet, ich tue nur so.«

Edmund zog streng die Augenbrauen hoch und drehte verstimmt den Kopf zur Wand. »Ich glaube das einfach nicht. Du stolzierst in Kleidern herum, die extra für dich genäht worden sind, und genießt die Dienste einer Frau, während ich schwach und krank daniederliege. Ich fühle mich wie festgenagelt an diesen verdammten Strohsack. Und dazu dieses zahnlose alte Weib, das mich ständig auszankt! Ich bin doch kein Säugling! Wo bleibt deine Loyalität, Mann?«

Sein Gefährte zog sich einen Hocker heran. »Genau genommen tue ich es Euretwegen.«

»Meinetwegen! Eine feine Lüge!« In Mortimers blauen Augen lag ein mürrischer Ausdruck. »Die alte Hexe hat mir erzählt, dass es einige Tage her ist, seit du mich zu ihr gebracht hast. Warum gerade hierher, du

Lump? Wir können uns Besseres als das hier leisten. Gibt es keine Abtei in der Nähe?«

»Erinnert Ihr Euch an die Schlacht?«

»Vage, aber ...« Edmund runzelte die Stirn. »Das Letzte, woran ich mich erinnere, ist, dass du sagtest, alles wäre verloren und ... und unsere Kompanie sollte besser fliehen. Aber dann ... wo sind die anderen, Geraint?«

Geraints Miene verriet die schreckliche Wahrheit. »Was geschehen ist, sollt Ihr erfahren. Aber nicht jetzt, die Zeit ist zu kostbar.«

»*Tot!* Sie sind tot! Alle?«

»Seid still und hört mir zu, Edmund! Ich bin gekommen, um Euch zu warnen.« Er löste die Finger des jungen Mannes von seinem Ärmel. »In Gottes Namen, hört zu. Es ist zu Eurem eigenen Besten! Ihr seid hier sicher. Lady Constance, auf deren Besitz wir sind, hat Euch erkannt, aber sie wird schweigen. Der König hat eine Belohnung auf alle Rebellen ausgesetzt, tot oder lebendig, und auch auf Euren Kopf steht eine Belohnung ...« Und dann unterrichtete Geraint Edmund, was sich in den letzten Stunden und Tagen ereignet hatte.

Als das Licht zu schlecht wurde, legte Johanna Father Gilberts Messgewand aus der Hand, das sie ausgebessert hatte.

»Sir Geoffrey und die Männer werden bis auf die Haut nass sein, wenn sie zurückkommen«, bemerkte Agnes. »Soll ich die Kerzen anzünden, Mylady?«

Johanna schüttelte den Kopf und schaute aus dem Fenster ihres Schlafgemachs hinaus in die trübe Nässe. Unterhalb der Burgmauern hörte sie das wütend tobende Wasser des Flusses.

»Allmächtiger Gott! Die Weber! Wenn der Regen anhält und das Wasser weiter steigt, werden sie zwischen dem Fluss und dem Wildbach eingeschlossen werden.«

Agnes trat zu ihr. »Das sieht schlimm aus, aber sie können bestimmt für sich selbst sorgen, auch wenn ihr Wortführer nicht gerade mit einem großen Verstand gesegnet ist. Ranulf ist ein verfluchter dickköpfiger Sturkopf!«

»Ist er jetzt ihr Sprecher? O Agnes, ich wollte, Sir Geoffrey wäre schon zurück. Am besten reite ich selbst hinunter und warne sie.«

»Nein, Madam«, protestierte das Kammermädchen und hielt Johanna am Arm fest, als diese sich umwandte. »Es wäre töricht von Euch, die Burg zu verlassen.«

Auch wenn Johanna dabei in Fulks Fänge zu geraten drohte, konnte sie nicht untätig dastehen und zusehen, wie die Gefahr einer Flut immer größer wurde. »Noch törichter wäre es, die Hände in den Schoß zu legen und hier herumzusitzen, während Menschen in Gefahr schweben. Es sind unsere Leute, und sie müssen in Sicherheit gebracht werden. Ich werde sofort losreiten.«

»Dann lasst Euch, um Jesu willen, von Sir Gervase und seinem Knappen begleiten. Es ist deren Pflicht, Euch zu beschützen.«

»Ha!« Aber so wie die Dinge lagen, blieb ihr kaum eine andere Wahl. Ihre Mutter, die Ärger mit Fulks Männern erwartete, war vor Stunden mit zweien ihrer Vögte, Yolonya und den Stallburschen als Begleitung weggeritten. Ihr Ziel waren die nördlich der Stadt gelegenen Dörfer. Sie wollte deren Bewohner vorwarnen und gleichzeitig überfällige Pachtgelder einsammeln.

Johanna traf den Knappen Watkyn im Stall an. Er sattelte gerade das einzige noch im Stall stehende

Pferd, einen spindeldürren Klepper. Dass der Mann augenblicklich schuldbewusst errötete, verriet ihr, dass irgendeine Schändlichkeit im Busche war; der Hengst, den man Gervase zur Verfügung gestellt hatte, war nicht da. »Er ist fort, habe ich Recht?«, zischte sie und drängte den Kerl in eine Ecke. Dass er unbehaglich zu den Heugabeln hinüberschielte, die neben ihm an der Wand lehnten, verwirrte Johanna etwas. Der Himmel mochte ihr beistehen, aber wollte dieser Feigling etwa mit einer davon auf sie losgehen?

Watkyn verdrückte sich aus der Nähe dieser Arbeitsgeräte und wedelte mit den Händen in der Luft herum, als wollte er Johanna so besänftigen. »Ruhig, ich b-bitte Euch, Madam, Lady Edyth kann jeden Moment hereinkommen.«

»Und Ihr wollt Euch auch gerade aus dem Staub machen!«

Er duckte sich. »N-nein, Mylady.«

»Lügner! Wohin ist er geritten?«

»S-Sir Gervase?«

»Wer sonst? Mein Schwein? Hör auf, mir auszuweichen, Watkyn. Ich habe schließlich keine Erbsen im Hirn. Ist der Feigling davongelaufen?«

»Nein, Mylady. I-ich ...« Er schluckte und starrte in die Luft, als suchte er nach einer Geschichte, mit der er sie beschwichtigen könnte.

»Oh, die Pocken über ihn!« Sie ließ sich von seinem dummen, einfältigen Gesichtsausdruck nicht täuschen. »Nun, dann werde ich dich mitnehmen. Wir müssen die Weber und die Fischersleute warnen. Leg rasch einen Damensattel auf, Mann. Wir haben keine Zeit zu verlieren.«

Gervases Knappe wirkte höchst erschrocken, als ihm aufging, wie entschlossen sie war. »Aber das könnt Ihr nicht tun, Mylady«, stotterte er. Widerstrebend hob den hölzernen Sattel von der Wand. »Wenn Sir Fulk –« Er holte tief Luft und setzte erneut an: »Mylady, ich bitte Euch, bleibt hier, begebt Euch nicht in Gefahr. Ich werde losreiten und die Leute warnen.«

Ach ja? Nun, sie traute ihm nicht. Unverschämter Kerl! Sollte er wie sein Herr in der Hölle schmoren! Und wenn die beiden glaubten, sie könnten sich im Regen davonstehlen, dann würde dieser verfluchte Gervase de Laval diesen Tag noch bitter bereuen. Sie würde die ganze Garnison hinter ihm herschicken. Nein, der Teufel sollte ihn holen, das konnte sie nicht! Die öffentliche Schande, dass sie ihren ersten Ehemann mithilfe der Soldaten zwingen musste, an ihre Seite zurückzukehren, nachdem er sie vor zwei Jahren schon einmal verlassen hatte, wäre zu demütigend. Das könnte sie nicht ertragen! Und obendrein würde sie auch vor Gericht verlieren.

Sie wickelte sich in ihren Umhang, zog sich die Kapuze über den Kopf und wartete, dass Watkyn ihr in den ungepolsterten Damensattel half.

»Beeil dich, Watkyn! Lass uns losreiten! Sofort! Wir nehmen die Hauptstraße hinunter nach Bridgegate!«

Es gab keine weiteren Diskussionen, auch nicht am Torhaus, denn der Wächter hatte es eilig, in seine warme Kammer zurückzukommen. Er versuchte nicht einmal, sie mit seinem üblichen Geschwätz aufzuhalten, während er das Fallgitter hochzog. Aber das Wetter war gnadenlos, der Regen peitschte sie mit grausamer Härte, als sie die Zugbrücke überquerten.

Hinter Watkyns Rücken, den Kopf tief geduckt, die Kapuze weit ins Gesicht gezogen, traf die Wucht des Windes sie nicht ganz so stark, aber noch ehe sie die Kapelle passiert hatten, trieften ihre Rocksäume vor Nässe. Bei jedem Schritt des Pferdes wurden Schlammspritzer aus den Pfützen hochgeschleudert. Jede Bewegung des Tieres war ein weiterer Angriff auf Johannas ohnehin malträtierten Körper.

Klugerweise ließ ihr Begleiter den Klepper nur in verhaltenem Schritt gehen, denn das Kopfsteinpflaster der abschüssigen Straße war glatt und rutschig. Watkyn wischte sich mit seinem klitschnassen Ärmel die Regentropfen von der Nasenspitze und knurrte dabei: »Ich hoffe nur, Sir Fulk de Enderby lungert hier nicht irgendwo herum.«

Als sie in die Unterstadt kamen, wurde der Wind heftiger. Es war jetzt stockfinster in den Gassen. An keinem der Häuser brannte ein Licht. Der böige Wind hätte eine der Laternen losreißen und gegen eines der Strohdächer treiben können.

»Madam, seht!«

Johanna wischte sich den Regen aus den Augen und spähte in die Richtung, in die Watkyn deutete. Am unteren Ende der Hauptstraße stand Gervases Pferd, angebunden vor der Schänke, die den übelsten Ruf in der ganzen Grafschaft hatte. Johanna schnaubte entrüstet, aber ihr Herz sank vor Enttäuschung.

»Soll ich hineingehen und ihn holen, Mylady?«

Stolz schüttelte sie den Kopf, doch Watkyn ignorierte es, tätschelte ihre Hand, ließ sich aus dem Sattel gleiten und platschte durch die Pfützen zur Schänke.

Johanna stieg vom Pferd und führte es neben die Mauer der Taverne, um dort Schutz vor dem Regen zu finden. Doch das Wasser strömte wie ein Wasserfall aus der überlaufenden Traufe.

»Sieh mal an, das nenne ich Glück.« Sie hatte den Mann nicht kommen hören. Einen Augenblick lang hielt sie ihn für einen der Pächter ihrer Mutter. Aber er saß zu Pferde. Es muss einer von Sir Ralphs Männern sein, war ihre nächste Überlegung. Doch dann erkannte sie ihn an seinem roten Bart. Sie fluchte im Stillen. Er gehörte zu Fulk, es war Edgar de Laverton.

»Watkyn!«, schrie sie. *»A moi! A moi!«*

13

In Panik zerrte Johanna an den Zügeln und versuchte, in den Sattel zu kommen, doch Edgar versetzte dem Pferd einen heftigen Schlag. Der Klepper scheute und stieg hoch. Mit einem Angstschrei ließ sie das Zaumzeug los, um den herunterkrachenden Hufen zu entgehen.

Warum kam Watkyn nicht? Ihren Gegner nicht aus den Augen lassend, presste sich Johanna gegen die schmutzige Hauswand und tastete sich an ihr entlang. Edgar lachte höhnisch und drängte sein Pferd zwischen Johanna und die Tür zur Schänke, dann beugte er sich blitzschnell herunter und packte sie. Sie entwand sich seinem Griff, rutschte aus und landete im Schlamm. Fluchend stieg er vom Pferd – und gab Johanna damit die Zeit, ihren Dolch zu ziehen.

»Sir Fulk wird gut dafür zahlen, Euch zurückzubekommen, Mylady«, brüllte er.

»Ich zahle Euch mehr, wenn Ihr mich gehen lasst.«

Im Schlamm kniend, wischte sie sich mit dem linken Arm den Regen aus den Augen. Die verfluchten nassen Röcke hingen schwer wie Blei an ihr. Geschützt durch sein Kettenhemd könnte er sie leicht überwältigen, wenn es ihm gelang, ihrer Klinge auszuweichen.

»Legt Euch für mich hin, Lady, das ist mein Preis. Ich kann dem alten Fulk den Sohn geben, den er will.«

»Niemals!«

Blitzschnell packte er von unten ihr Handgelenk und schüttelte es heftig, damit sie die Waffe losließ.

Dann presste er den freien Arm auf Johannas Kehle und würgte sie, um sie am Schreien zu hindern. Sie ließ das Messer fallen.

Ihre Fußtritte gegen seine festen Stiefel blieben wirkungslos. Sie trug nur dünne Lederschuhe. Sie biss und sie kratzte. Schluchzend packte sie eine Hand voll Schlamm und schleuderte sie ihm ins Gesicht. Sie musste getroffen haben, denn sein Griff lockerte sich ein wenig. Wie eine wahnsinnige Kreatur schrie Johanna um Hilfe, doch der Wind, wild und ungebärdig, zerriss ihrer Schreie.

»Beim Satansarsch!« Ihr Angreifer hob den Arm, um seinen Kopf vor den Rutenbündeln zu schützen, die der Wind vom Dach heruntergerissen hatte. Darauf folgte flatternd und gackernd eine Schar Hühner, die der Wind fast mit sich fortriss. Johannas alter Klepper wieherte vor Angst und galoppierte davon. Sie versuchte, sich unter Edgar herauszuwinden. Er riss ihren Kopf hoch und versetzte ihr einen Schlag gegen die Schläfe. Halb besinnungslos blieb Johanna im Schlamm liegen. Mit groben Händen packte er sie an den Unterarmen und zerrte sie hoch. Dann warf er sie sich über die Schulter und schleppte seine Last zu seinem Pferd. Johanna trat nach dem Tier, und es wich zurück. Fluchend stapfte Edgar hinterher, während Johanna pausenlos auf seinen Bauch und seinen Unterleib einschlug.

Plötzlich tauchten von überall her Leute auf. Wie Ale aus einer umgeworfenen Lederflasche quollen sie aus der Schänke heraus. Raues Lachen aus Männerkehlen drang zu ihr herüber. Niemand half ihr; sie genossen das Spektakel. Keiner von ihnen hatte sie erkannt. Dann hörte sie lautes Fluchen, es gab ein Handgemenge, und irgendjemand verpasste Edgar einen Tritt in die Kniekehlen, der ihn zu Boden schickte. Mit weit ausgebreiteten Armen fiel er auf Johanna, und sie glaubte, ersticken zu müssen. Kräftige Hände packten ihren Angreifer und hoben ihn hoch, als wäre er ein Fliegengewicht.

Geraints Gesicht war eine Maske aus Zorn und sardonischem Vergnügen, als er den Kerl herumriss und ihm einen gewaltigen Schlag gegen das Kinn versetzte. Edgar de Laverton flog ein Stück weit die Straße entlang, rutschte durch den Schlamm und krachte in die Wand eines Schuppens. Nach noch mehr Prügel stand dem Schuft offenbar nicht der Sinn, denn er packte sein Pferd am Zügel, schwang sich in den Sattel und preschte davon, als wäre der Teufel hinter seiner Seele her.

Wütend wandte sich Johannas Retter an die Schaulustigen.

»Warum steht ihr noch da und haltet Maulaffen feil, ihr Dummköpfe! Setzt Euch endlich in Bewegung!«

Johanna rappelte sich mühsam hoch und starrte Geraint an. Der Mann, der ihre Ehre verteidigt hatte, ignorierte sie, als wäre es eine alltägliche Sache, ihre Angreifer abzuwehren. Es war Watkyn, der seinen Arm um sie legte, ihr die Kapuze in die Stirn zog und sie vor den neugierigen Blicken schützte, indem er sie gegen seine Brust drückte. Geraint ging zu den abwartend dastehenden Männern hinüber, und als hätte er das Sagen, brüllte er ihnen Befehle zu, bis sie sich schließlich zerstreuten. Laut rufend liefen sie die Straße hinunter.

Die ersten Bewohner waren schon aus ihren Häusern gekommen. Man brüllte sich Warnungen zu. Eine Gruppe von Kindern stolperte aus einer der Hütten heraus in den Schlamm, und die Kleinen drückten sich ängstlich gegen die Wand. Aus weit aufgerissenen Augen sahen sie ihrer Mutter nach, die in verzweifelter Hast in die Hütte zurücklief, um ihr Baby zu holen.

Geraint fasste seinen Knappen am Arm und zog ihn von Johanna fort. Grimmig schaute er die beiden an.

»In Gottes Namen! Watkyn, bring sie sofort zurück zur Burg. Ich weiß nicht, welche Tollerei Euch dazu –«

Von ihrem Schmerz und ihrem Kummer überwältigt, sah Johanna ihn fassungslos an.

»Tollerei!«, fiel sie ihm ins Wort. *»Tollerei?«*, wiederholte sie noch einmal indigniert und dieses Mal so laut, dass ihre Stimme das Heulen des Windes übertönte. Sie vergaß ihren Kummer und den wütenden Sturm, der an ihren schmutzstarrenden Röcken zerrte. »Jenseits der Brücke lebt ein Dutzend Familien, die in Sicherheit gebracht werden müssen. Die Fischer unten am Fluss wissen sich vielleicht eher zu helfen, aber –«

»Schon gut«, brauste er auf. »Ich werde mich darum kümmern. Bring sie zurück, Mann!«

Johanna strich sich das nasse Haar aus den Augen. »Nein, *Ihr* geht zurück! Wärmt Euch von mir aus die Hände am Feuer, aber haltet Euch da raus. Das sind *meine* Leute, und ich bin hier bei – um Gottes willen!«

Das Dach hatte sich bewegt! Sie rief eine Warnung, als es ins Rutschen geriet. Geraint packte sie und schleuderte sie gegen die Mauer der Schänke. Schützend stellte er sich vor sie, als der Dachstuhl an ihnen vorbeirauschte und sich in den Nachbarschuppen bohrte.

Das Frauenzimmer hat Mut, räumte Geraint widerwillig ein, als sie sich in seinen Armen umwandte und ihn trotzig ansah.

»Wie Ihr wollt, Lady!«, sagte er, ehe sie ihn weiter beschimpfen konnte. »Nehmt mein Pferd und setzt ein paar Kinder drauf. Watkyn, du begleitest sie!«

Sie lief die rutschige Straße hinunter, das verschreckte Pferd hinter sich herziehend. Auf der Straße, vor einer kurzen Weile noch leer, liefen jetzt in panischer Eile die Menschen hin und her, die sich verzweifelt bemühten, ihre Habe auf höher gelegenes Gelände zu schaffen, wo es in Sicherheit war.

Die Holzplanken der Brücke waren rutschig, der Wasserstand des Flusses stieg bedrohlich. Ein kleiner Ast verfehlte Johanna um Haaresbreite. Er fiel in den reißenden Strom und verschwand, fortgerissen von der dunklen Flut. Als Johanna das sich sträubende Pferd über die Brücke führte, gerieten seine Hufe ins Rutschen. Sie fluchte lautstark. Johanna kämpfte sich den schlammtriefenden Weg hinauf, der zu der kleinen Anhöhe führte, auf der die Weberhütten standen. Seit sie auf Conisthorpe zu Hause war, lebten die Weber auf der kleinen Erhebung inmitten der Flusswiesen. Wenn der Nebenfluss auch noch anstieg, würde der Hügel wie eine Insel in einer Wasserwüste liegen.

Watkyn war schneller als sie gewesen und schlug an die erste Tür. Er brüllte dabei lauthals.

»Pah!« Der stämmige Weber, der die Tür geöffnet und Watkyn übellaunig zugehört hatte, bedachte diesen nun statt des erwarteten Dankes mit einem kräftigen Hieb auf die Schulter, der den Knappen fast ins Wanken brachte. »Flut! Das wär ja was ganz Neues. Hier gab's noch nie eine Flut, nicht so lang ich denken kann. Nicht mal vor sieb'n Jahrn, als die Ernte so schlecht war, hatten wir Ärger mit'm Wasser. Scher dich von meiner Tür, du Klugscheißer!«

»Bring sofort deine Familie über die Brücke, Ranulf!«, mischte sich nun Johanna ein, um den Mann zur Vernunft zu bringen.

»Wer bist du denn, du dreckige Schlampe, dass du mir Befehle gibst?«

»Lasst ihn!«, brüllte Watkyn ihr ins Ohr und wollte sie mit sich zur nächsten Hütte fortziehen.

»Mylady! Euer Gesicht!« Amice, Yolonyas jüngste Tochter und Ehefrau des Webers, hatte sie erkannt. Offensichtlich hatte der Regen ihr den Schlamm und Dreck vom Gesicht gewaschen.

»Das Wasser steigt, Mistress!«, rief Watkyn. »Flieht in die Stadt!«

Amice hatte zum Glück mehr Verstand als ihr Mann. In aller Eile zog sie das Stroh beiseite, in dem ihre Kinder zusammengekuschelt wie ein Wurf Ferkel friedlich schlummerten.

»Weck die anderen, Watkyn. Ich werde die hier nehmen.« Johanna nahm ein etwa vierjähriges Kind an die Hand und ein jüngeres auf den Arm, während Amice mit Watkyn losrannte, um die Nachbarn zu wecken.

Erschreckt von der schlammbespritzten, triefnassen Erscheinung begannen die Kinder zu jammern, und Johanna hatte ihre liebe Mühe, sie zu überreden, mit ihr in das tobende Unwetter hinauszugehen. Der Weber ignorierte Johanna, aber er begann, seine Siebensachen zusammenzusuchen. Er fluchte unablässig.

Die Straße war abscheulich glatt, und die scharfen Steine schnitten in Johannas dünne Sohlen. Als sie mit den Kindern die Brücke erreichte, wurde sie von vier Männern zur Seite gedrängt, die Amices schwergewichtige, bettlägerige Schwiegermutter schleppten. Zwei der Männer hatten ihre Hände über Kreuz gelegt. Auf diesem Tragesitz thronte die alte Frau, während die beiden anderen Männer sie an je einem Bein gepackt hatten und daran zerrten, als gelte es, einen Ochsenkarren zu ziehen. Keuchend stolperten sie über die Brücke, die alte Frau trieb sie dabei mit angstschriller Stimme an. Vielleicht fürchtete sie, die Männer könnten sie in den Fluss fallen lassen.

Johannas Arm schmerzte von der ungewohnten Last. Das sich windende Kind weigerte sich, stillzuhalten, und das kleine Mädchen an ihrer Hand war gescheit genug, die drohende Gefahr zu erkennen. Am ganzen Leib zitternd und zu Tode erschreckt blieb es stehen, als der abgerissene Ast einer Weide ihm wie eine Peitsche ins Gesicht schlug. Zweige und Blätter prasselten wie in böser Absicht geworfene Steine auf sie herunter.

»Weiter, ihr Dummköpfe!« Ein älterer Mann, gut doppelt so schwer beladen wie er groß war, schwankte mit seiner Last auf die Brücke zu und gab den Kindern einen Schubs, um sie auf die glatten Bohlen zu treiben. Johanna verlor fast das Gleichgewicht.

»He, du da. Pack mal mit an!«, rief einer der Männer, die die alte Frau trugen, Johanna zu. Mit diesen Worten warf er ihr das Kleiderbündel der Frau vor die Füße. Johanna, Lady die sie war, stand einen Augenblick lang starr vor Überraschung, dann zuckte sie die Schultern, warf sich das Bündel über die Schulter, setzte sich das eine Kind auf ihrem Arm zurecht und nahm das andere wieder an die Hand. Das Kind weigerte sich, weiterzugehen. Es blieb einfach stehen und schrie nach Amice.

»Dir wird nichts geschehen«, versprach Johanna dem kleinen Mädchen. »Wenn ich Mylady bitte, dir einmal ihren schönen silbernen Spiegel zu zeigen, damit du dich darin anschauen kannst, kommst du dann mit auf die Burg?« Jeder hatte seinen Preis.

Sie zog das kleine Mädchen aus dem Regen in den Eingang eines der Steinhäuser und rief Amices Namen in die Menschenmenge, die sich vom Fluss heraufarbeitete.

»Mylady!« Yolonyas Tochter erkannte ihre Stimme.

Johanna ließ das Bündel von ihren Schultern gleiten. »Das hier gehört Ranulfs Mutter.« Die Frau hievte es hoch und nahm ihr Kind.

»Wir sind Euch so dankbar.«

Wie gut, dass Amice nicht gesehen hatte, wie sich Lord Alans Tochter mit einem Mann im Straßenschmutz gerauft hatte. Aber Johanna war vor dem Leben genug zu Kreuze gekrochen. Sie würde diesem Schulmeister beweisen, dass sie die Verantwortung, die ihre Familie trug, mittragen konnte.

»Frag in der Burg nach deiner Mutter, Amice. Sag dem Torwächter, dass ich dich geschickt habe und, ich bitte dich, lass meine Mutter wissen, wo ich bin.«

Auf den Brustwehren der Burg sah man jetzt brennende Fackeln, die sich hin und her bewegten.

Die Rettungsanktion dauerte die halbe Nacht und kostete Geraint und Johanna alle Kraft …

14

Die starre Haltung der Lady begann zu bröckeln. Nach den nächtlichen Ereignissen am Fluss wäre Geraint fast damit durchgekommen, sich den Badezuber mit Johanna zu teilen – eine Wohltat nach der Kälte und dem Schmutz! –, aber er wollte keine Fragen nach seiner Schulterwunde riskieren. Er hatte höllische Schmerzen, verflucht noch mal! Irgendein spitzer Gegenstand hatte ihn an der Schulter getroffen. In seiner Kammer, die vor der von Sir Geoffrey lag, half Jankyn ihm aus der Tunika. Geraint wurde blass, als er im Schein der Kerze den großen dunklen Fleck sah, der sich auf seinem Hemd ausgebreitet hatte.

»Ich wünschte, Dame Christiana wäre hier, großer Meister. Ich habe neue Kleider stibitzt, aber was meine Heilkräfte angeht, so sind die nur aus Worten gemacht.«

»Schon gut, Jankyn, verbinde mich, so gut du kannst.«

Die Wunde mit sauberen Tüchern verbunden und mit einem erhitzten Stein für die Füße, ließ sich Geraint erschöpft auf sein Lager nieder. Dann schickte er Jankyn noch einmal fort, um mehr Würzwein zu holen.

Nachdem Jankyn mit dem Wein zurückgekehrt war, streckte er sich auf dem Strohsack aus, der quer zum Fußende von Geraints Lagerstatt lag. »Das habt Ihr sehr gut gemacht, Freund, und die Lady auch. Sie war glücklich heute Abend, dass sie helfen konnte.«

»Aye, bis ich ihr angeboten habe, ihr den Rücken zu

waschen. Vielleicht ist es dumm, diese Frage zu stellen, aber welcher Wurm hat dir eigentlich das Hirn zerfressen, dass du ihr erlaubt hast, sich in solche Gefahr zu begeben.«

»Heugabeln.«

»Dummkopf! Eines sage ich dir, Jankyn, wenn wir alle diesen Tag überstanden haben, ohne fieberkrank zu werden, dann zünde ich eine Dankkerze an.«

»Wir geben ein ausgezeichnetes Dreiergespann ab, die Lady, Ihr und ich.«

»Ich könnte mir keinen besseren Knappen als dich wünschen, aber den Kopf werde ich dir trotzdem erst morgen früh kraulen. Einen gesegneten Schlaf, Jankyn!«

Geraint lag noch wach, als Sir Geoffrey sich zu später Stunde wie ein verirrter Geist auf der Suche nach einem Grab auf Zehenspitzen durch die Kammer schlich.

»Ist alles in Ordnung?«, fragte Geraint.

»Aye, Junge, alles ruhig draußen. Wirklich schade, dass Ihr nicht länger bleibt.«

Geraint lächelte schmerzlich und schloss die Augen.

Das Klopfen an der Tür ihres Schlafgemaches klang dringend. Bevor Johanna etwas sagen konnte, wurde die Tür aufgerissen, und der hoch gewachsene Student stand auf der Schwelle zu ihrem kleinen Reich. Seine Stiefel waren lehmverschmiert, und ihre Dienerin Agnes brachte den Samt in Sicherheit, den sie gerade zuschnitt.

Geraint sah aus, als hätte er schlecht geschlafen. Die Schatten unter seinen blauen Augen waren tief und ausgeprägt, und sein Haar schimmerte nicht so goldfarben wie sonst.

»Ich bin gerade unten in der Stadt gewesen, um mir die Schäden anzusehen.« Er teilte es ihr unaufgefordert mit, und es hörte sich an, als wäre er ohne ihre Mutter oder Sir Geoffrey unterwegs gewesen. »Ein alter Fischer sagte mir, dass das Wasser des Wharfe in den sechs Jahren der Regentschaft unseres Königs noch nie so hoch gewesen ist.«

Das stimmte mit ihrer eigenen Feststellung überein.

»Soweit man es von der Brustwehr und von der Uferböschung aus beurteilen kann, stehen die Weberhütten alle unter Wasser«, fuhr er fort.

»Dann werden wir sehr viel Arbeit haben.« Sie verriet Geraint nicht, dass sie bereits unten in der Halle gewesen war, um mit Father Gilbert und den Stadtbewohnern die nötigen Reparaturen zu besprechen. »Danke, dass Ihr mich informiert habt. Wenn Ihr nun damit fertig seid, den Stadtschreier zu spielen, hättet Ihr dann vielleicht die Freundlichkeit, Eure Glocke anderswo zu läuten? Wie Ihr seht, bin ich mit Nähen beschäftigt, und diese Arbeit erfordert viel Aufmerksamkeit –«

Mit einer gebieterischen Handbewegung hieß er sie schweigen. »Ich brauche Eure Hilfe«, sagte er barsch und sah dabei auf sie herunter, als erwartete er, dass sie sofort aufsprang, um ihm zu Diensten zu sein.

»Ich brauche eine zarte, heilkundige Hand …« Er zögerte und wandte sich an Agnes. »Wir brauchen auch Tücher und frisches Moos, aber bitte hol zuerst das Wasser.«

Die Dienerin wartete auf die Erlaubnis ihrer Herrin. Offensichtlich misstraut der Student meinen *pflegerischen* Fähigkeiten nicht, dachte Johanna. Sie wollte sich erheben, doch ihr Fuß hatte sich im Kleidersaum verfangen. Moos! »Ach geh, Agnes, tu, was er sagt!«

Das Mädchen strahlte Geraint an, knickste und lief, das Gewünschte zu holen.

»Setzt Euch auf das Bett. Wartet, ich will das hier erst zur Seite legen.« Während sie den Stoff ordentlich gefaltet auf die Sitzbank legte, gewannen ihr praktischer Sinn und ihre Neugier die Oberhand über ihre Furcht, und mit der Ergebenheit ausdrückenden Miene weiblicher Sittsamkeit brachte sie es fertig, Geraint beim Ablegen des Obergewandes zu helfen. Das zerknitterte Hemd darunter war blutbefleckt. Also war er gestern Nacht verletzt worden.

Den rechten Ärmel hatte er selbst abgestreift, nun versuchte er, den linken herunterzuziehen. Als es ihm nicht gelang, kam Johanna ihm zu Hilfe. Sie wich zurück, als sie die Wunde auf seiner Schulter sah. Voller Schrecken bemerkte sie die rote, angespannte Haut, unter der sich eine große Eiteransammlung gebildet hatte. Wie war das geschehen? Sie hörte kaum, was er sagte.

»Nichts für die Schwachbesaiteten, eh? Könnt Ihr und Agnes das hinbekommen? Wenn nicht, könnte Eure Mutter vielleicht nach der Heilerin im Wald … Mylady … hört Ihr mir zu? Ihr werdet doch nicht in Ohnmacht fallen, oder?«

»Nein. Und ja, das bekomme ich hin.«

Irgendetwas hatte ihn getroffen und ihm die Schulter aufgerissen. Auch sein Rücken war verletzt. Der äußere Rand heilte schon. Dieser Abszess unter seinem Schlüsselbein hatte mit Sicherheit Tage gebraucht, um sich zu bilden und so groß zu werden. »Bei meiner Seele, Master Studiosus! Das ist nicht heute Nacht geschehen!«

Unter seiner Bräune war Geraint blass geworden. »Und auch nicht durch Tinte und einen Gänsekiel. Habt Ihr des Rätsels Lösung noch immer nicht gefunden? Ich bin ein Gesetzloser mit besonderen Fähigkeiten.«

»Wartet einen Moment ... Sir Ralph sagte ... Lieber Gott, seid Ihr einer der Rebellen von Boroughbridge?«

»Boroughbridge, aber Mylady! Eurer Fantasie sind wohl Elfenflügel gewachsen! Denkt Ihr, wenn ich es geschafft hätte, mich von Boroughbridge bis hierher durchzuschlagen, wäre es mir auch nur im Traum eingefallen, auf diesen abwegigen Plan Eurer Mutter einzugehen? Dann hätte ich mich wohl besser verborgen gehalten. Würde ein Rebell hier lammfromm auf Eurem Bett sitzen?«

Johanna sah ihn nachsichtig und neugierig zugleich an. »*Was* würde denn ein Rebell tun?«

»Nun, er würde drohen, Euch den Hals umzudrehen, wenn Ihr auch nur ein Wort von Euren verrückten Mutmaßungen laut aussprecht. Aber, wie Ihr seht, tue ich das nicht. Obwohl für mich außer Zweifel steht, dass ich schon sehr bald den Wunsch haben werde, Euch zu erwürgen. Ich bin schon einige Male recht nahe davor gewesen.«

»Ihr könnt von mir aus auch weiterhin so tun, als wäret Ihr kein Rebell«, hielt sie dagegen. Sie wünschte, Agnes würde nicht so lange brauchen. »Aber welchen Grund sollte es sonst haben, dass Ihr damit zu *mir* kommt?«

Einen Moment lang bewunderte er sie. »Weil, Madam Eheweib, Ihr dazu da seid, meinen Bedürfnissen dienlich zu sein. An wen sonst sollte sich ein Ehemann wenden?« Für sein anzügliches Grinsen hätte sie ihm am liebsten eine Maulschelle verpasst, aber die Schwere seiner Verletzung beunruhigte sie viel zu sehr. Sie stammte von zwei verschiedenen Waffen, dessen war Johanna sicher, und sie bezweifelte, dass ein Angreifer … Mit einem Fluch wich sie vor ihm zurück und bekreuzigte sich.

»Jesus steh uns bei, Ihr *wart* in Borough –«

Mit einem Satz war Geraint auf den Beinen und packte Johannas Hand. »Zu irgendjemandem ein Wort darüber und ich werde …«

Der Mangel an Vertrauen kränkte sie mehr als sein schmerzhafter Griff um ihr Handgelenk.

»Bleibt sitzen! Sonst kann ich die Wunde nicht versorgen …«

Kurz darauf kam Agnes zurück, und Johanna begann zunächst, die Schulter zu säubern …

Endlich konnte sich Geraint einige Zeit später mit frischem Verband und zu Tode erschöpft auf die Bank legen. Johanna brachte ihm fürsorglich ein Kopfkissen und Decken.

Die Heiterkeit des sonnenhellen Schlafgemachs schien Johanna zu verspotten, als sie eine Stunde später auf der Bank unter dem Fenster saß. Eine halb fertige Näharbeit lag unbeachtet auf ihrem Schoß. Sie beneidete Agnes, die beim Nähen fröhlich vor sich hin summte. Eines Tages würde das Mädchen einen eigenen Herd und einen Ehemann haben, während sie … Es war schwer, die Tränen zurückzuhalten. Aber ihre Seele war so tief verletzt worden, dass sie niemals mehr heilen würde, und es tat weh, an die Dinge zu denken, die sie nie haben würde. Sie lauschte auf Geraints regelmäßige Atemzüge. Er schlief ganz ruhig, sein Brustkorb hob und senkte sich unter der Decke. Es war eine sehr innige Situation, die sie hier erlebte. Johanna wusste, dass ihr Schicksal ein ganz anderes hätte sein können, wenn Gott anders entschieden hätte. Deprimierendes Selbstmitleid nahm jetzt ihre Gedanken gefangen. Zwei Ehemänner, aber für sie gab es keine andere Zukunft als das Kloster und ein einsames Bett. Keine Kinder. So würde es sein! Denn sie würde nicht zulassen, dass ein Mann ihr je wieder das antat, was sie Nacht für Nacht in Fulks Bett erlitten hatte. Dieses Hineinstoßen, diese entwürdigende Inbesitznahme ihres Körpers. Nie mehr, niemals, niemals wieder würde sie das mit sich geschehen lassen!

»Johanna, ist Agnes –« Unerwartet wie eine Windbö stürmte Lady Constance herein. Sie blieb abrupt stehen, als sie Geraint auf dem Bett ihrer Tochter liegen sah.

»Psst, er braucht den Schlaf«, mahnte Johanna.

Ihre Mutter zog eine Augenbraue hoch. Ihr entging nicht, wie innig dieses Bild wirkte.

»Ich bin mehr als böse auf Euch, *Maman*. Warum habt Ihr mir nicht gesagt, dass er aus Boroughbridge geflohen ist?«

Unbeeindruckt von dieser Anklage winkte ihre Mutter ab. »Darüber können wir später reden. Weck ihn, der Prokurator ist eingetroffen. Komm mit, Agnes, ich brauche deine Hilfe.« Sie lief die Treppe hinunter, die zur Speisekammer führte. Agnes zuckte die Schultern und folgte ihr. Johanna blieb verstimmt zurück. Sie hatte keine Antwort bekommen.

»Sie denkt jetzt wahrscheinlich, ich hätte Euch verführt«, murmelte eine verschlafene Stimme, als die beiden Frauen das Gemach verlassen hatten. »Ich bitte um Entschuldigung, Mylady, ich hatte nicht die Absicht, einzuschlafen.«

»Aber das war genau das, was Ihr brauchtet«, erwiderte Johanna knapp. »Hier ist ein sauberes Hemd für Euch. Was macht die Wunde? Pocht sie noch?«

Wie eine große geschmeidige Raubkatze reckte er sich träge. Dann richtete er sich auf, stellte seinen bestrumpften Fuß auf die Erde und bewegte vorsichtig die Schulter. Er horchte in sich hinein. »Irgendetwas pocht da noch. Ich glaube, es ist mein Herz. Wollt Ihr einmal hören?«

Es war unüberhörbar, dass er sie neckte. »Nein, ganz bestimmt nicht«, antwortete sie so gleichmütig wie möglich, während sie sich bückte, um die Reste des blauen Stoffes vom Boden aufzusammeln. Sie überließ es absichtlich ihm allein, sich das Hemd anzuziehen.

»Meinen Dank für Eure Hilfe.« Im Aufstehen griff er nach seiner Tunika.

»Oh, sogar ich verfüge über einige Fertigkeiten«, erwiderte sie sarkastisch.

»Das habe ich nie bestritten. Übrigens habe ich vor, die meisten davon auszuprobieren.« Zumindest verstand Johanna seine Worte so, denn er zog sich gerade das Kleidungsstück über den Kopf.

»Was, um Himmels willen, meint Ihr damit?« Sie half ihm, die Tunika zu ordnen.

Er besaß den Anstand, sich bescheiden zu geben. »Ich meine, da Ihr mir helfen konntet, könnte ich vielleicht …«, er hob seinen Gürtel auf und legte ihn sich um, »… Euch helfen. Und wenn ich Conisthorpe verlassen habe, kommt sicher irgendwann ein besserer Mann des Weges daher und Ihr …«

Und diesen Menschen hatte sie auf ihrer Bank schlafen lassen! Der Gedanke war unerträglich. »Glaubt Ihr, es gäbe für eine Frau nichts Schöneres auf der Welt, als das Bett eines Mannes zu teilen?« Ihre Stimme klang heiser vor Empörung. »Verschwindet aus meinem Schlafgemach, Sir!«

Geraint hatte den Gürtel geschlossen. Er hob den Kopf und sah Johanna prüfend an.

»Haltet Ihr mich für blind, Johanna?« Er missachtete ihre Aufforderung zu gehen. »Ich beginne das Ausmaß dessen zu begreifen, was dieser Teufel Fulk Euch angetan hat.«

Jetzt hatte sie seine Absicht durchschaut! Dieser arrogante, eingebildete Mann wusste nur einen Bruchteil der schrecklichen Dinge, die in ihrer Ehe vorgefallen waren, und schon glaubte er, ihre Dämonen vertreiben zu können!

»Ich habe mich um Euch gekümmert, oder etwa nicht?«

»O ja, Mylady, aus Mitleid mit einer verletzten Kreatur. Aber wie steht es sonst um Euch? Euch ist bei meinem Anblick so übel geworden, dass ihr Euch am liebsten erbrochen hättet. Ihr habt Euch vor meiner Nacktheit geekelt.«

Um ihn nicht ansehen zu müssen, zupfte sie die blauen Fäden von ihrem Kleid, die dort hängen geblieben waren. »Ich bedauere, dass Ihr es bemerkt habt. Ihr müsst das verstehen. Umgekehrt wäre es genau dasselbe. Wollt Ihr meine verletzte Wange küssen?« Sie schaute auf und bemerkte den leisen Widerwillen auf seinem Gesicht. »Nein, wie ich sehe, wollt Ihr nicht. Es geht Euch nicht anders.«

»Euer Gesicht wird heilen.«

»Und mein Ekel wird es nicht, wollt Ihr das damit sagen?« Das darauf folgende Schweigen löste einen dumpfen Schmerz in ihr aus. Sie ging an das Fenster, fort von den blauen Augen, in denen sich ihr Bild widerspiegelte.

»Heilt Euch selbst, Mylady. Tut Ihr es nicht, lasst Ihr zu, dass Fulk Euch wie eine Blütenknospe mit seinem Absatz zertritt.«

Ihre Finger verkrampften sich verzweifelt ineinander. »Was hier geschieht, wenn Ihr Conisthorpe verlassen habt, ist nicht Eure Sache, Sir. Ihr werdet nur dafür bezahlt, einen Meineid zu leisten. Danach könnt

Ihr dahin zurückgehen, wo Ihr hergekommen seid oder wohin sonst es Euch beliebt.«

Sie hörte das Rascheln seiner Kleider, als er hinter sie trat, und spürte sein Zögern. »Ihr verachtet mich also«, stieß er hervor. Sein zorniger Atem strich über ihre Schläfe. »Für Euch bin ich eine Hure, die man bezahlt, damit sie ihre Rolle spielt, der es aber nicht gestattet ist, eine Meinung zu äußern.«

Seine Worte brachten bei Johanna das Fass zum Überlaufen. Sie schoss an ihm vorbei zur Tür und riss sie auf.

»Sir«, sagte sie kalt und wartete, dass er den Raum verließ. Sie wagte nicht aufzuschauen, als er auf sie zukam und vor ihr stehen blieb. Ihr Herz klopfte zum Zerspringen.

Geraint legte die Hände um ihr Gesicht, als wäre es eine kostbare Rose.

»Wenn wir beide die Augen schließen, dann vielleicht ...«

Johanna kniff die Augen zu. Nicht, um ihm zu gehorchen, sondern so brauchte sie nicht hinzusehen. Sie fühlte die zarte Berührung seiner Lippen auf ihrer verletzten Wange, dann legte sich sein Mund auf ihre Lippen, und instinktiv wehrte sie sich gegen die eisernen Arme, die sie hielten.

»Schon gut, aber es war den Versuch wert.«

Als sie die Augen öffnete, war sein Gesicht ganz nah vor ihr. Wenn er fühlte, wie heftig ihr Herz schlug, so verspotteten seine Augen sie nicht für ihre Verletzbarkeit. Es war eine grausame, aber für Johanna überlebenswichtige Reaktion, sich mit dem Handrücken den Mund abzuwischen.

Geraint ließ sie los. Gedemütigt durch ihre Geste und beschämt darüber, sie dazu gezwungen zu haben. Doch er spürte auch ein heftiges Verlangen. Und er spürte die Verlockung der Jagd. Er würde sich nicht entschuldigen, und er würde versuchen, das Vorgefallene aus seinen Gedanken zu verbannen.

»Ich erwarte Euch unten an der Treppe«, sagte er zu Johanna. »Zieht das scharlachrote Kleid an.«

15

»Versprecht mir, Euch zu benehmen, Johanna«, raunte Geraint ihr zu, als sie sich kurze Zeit später an der Schwelle zur Halle trafen.

»Ha!«

»Beherzigt eines, Lady, wenn Ihr mir noch einen Becher Wein an den Kopf werft, habe ich nichts Respektables anzuziehen.«

Lady Johanna legte zögernd die Hand auf sein Handgelenk, und Geraint musste unwillkürlich an einen Falken denken, der sich widerstrebend auf der Hand des Falkners niederließ. Sein Versuch, witzig zu sein, schien sie abzulenken, auch wenn sie auf ihrer Unterlippe nagte. Es war das verräterische Zeichen für ihre angespannten Nerven. Sie fürchtete das Zusammentreffen mit dem Prokurator.

Was Geraint betraf, so musste er sich ganz allein die Schuld daran geben, Johannas Probleme noch vergrößert zu haben. Aber schließlich warf man keinen Schuh fort, bei dem das Leder noch gut war; wenn nur das Futter zerrissen war, versuchte man, ihn zu reparieren.

Und die eine Hälfte ihres Gesichtes war höchst küssenswert.

Johanna hatte ihren Schleier so drapiert, dass er ihr Gesicht großzügig bedeckte. Auch die Zopfschnecken hatte sie so weit wie möglich in die Schläfen vorgezogen und festgesteckt.

»Ihr seht so verlockend aus wie eine Kirsche.« Geraints Kompliment bezog sich auf die unversehrte Seite ihres Gesichts und war aufrichtig gemeint. Bewundernd glitt sein Blick über ihr rotes Obergewand. Und genießen kann man Euch sicher auch, fügte er im Stillen hinzu. Ungeniert ließ er den Blick auf der Erhebung ihrer Brüste verweilen.

»Eine Frucht mit einem Stein in ihrem Herzen«, erwiderte Johanna liebenswürdig. »Wollen wir hineingehen, oder wollt Ihr den ganzen Morgen hier stehen bleiben und das Blaue vom Himmel herunterschwindeln?«

»Ihr habt Recht, liebster Schatz, das sollten wir uns für den Prokurator aufheben.« Er nahm ihre Hand, die auf seinem Arm ruhte, in seine, und so führte er Johanna in die Halle.

Ein ganz in Braun gekleideter Fremder unterhielt sich mit Lady Constance und Father Gilbert. Sie standen auf dem Podium und wärmten sich an der dort stehenden Kohlepfanne. Der Mann war von stattlichem Umfang.

Geraint zog Johanna ein Stück näher an sich heran und flüsterte: »Man kann die Redegewandtheit eines Prokurators nach dessen Taillenumfang beurteilen.« So kam es, dass Johanna lächelte, als sie den Vertreter des Kirchengerichts erreichten.

Stephen de Norwood mochte die heiligen Weihen empfangen haben, aber sein Auftreten war eher herzlich als heilig. Bruder Tuck hätte in ihm eine verwandte Seele erkannt.

»Sir Gervase.« Er schüttelte energisch Geraints Hand und neigte respektvoll den Kopf. »Und der wunderschöne Anlass unseres Zusammenkommens – Euer ergebener Diener, Madam.« Johannas skeptische Reaktion auf diesen etwas plumpen Versuch, liebenswürdig zu sein, war vorhersehbar. Sie entzog ihm rasch die Hand; bei der kleinsten Ermutigung hätte er Johanna sonst noch mit einem Handkuss begrüßt.

»Wie ich sehe, Bruder Stephen, habt Ihr es geschafft, unbeschadet hierher zu kommen«, bemerkte Geraint höflich. »Wie ich hörte, hatten Eure Amtsbrüder weniger Glück.«

»Nun ja, solche Dinge geschehen, Sir. Ich bin überzeugt, sie werden sich nur um wenige Tage verspäten, und glaubt mir, der Fluch des Wetters kann auch eine verkappte Gnade sein. Wir alle können uns jetzt viel besser vorbereiten. Wenn es auch unbescheiden von mir scheinen mag, es zu erwähnen, aber dadurch wird es mir möglich sein, Euch«, an dieser Stelle nickte der Prokurator eher Geraint als den Damen zu, »wertvolle Ratschläge zu geben, die Euch in Anbetracht der neuen Umstände möglicherweise gut zustatten kommen.«

»Neu?« Johanna verbiss sich in das Wort und schüttelte es, als wäre es ein Knochen. »Was meint Ihr damit, Master Prokurator?«

»Vielleicht nicht neu, aber da Ihr in diesen Dingen unerfahren seid, Mylady, habt Ihr vielleicht nicht erwartet, dass …« Er wedelte mit den Händen durch die Luft. »Vergebt mir, ich schweife ab. Um es kurz zu sagen, Madam, Euer Ehemann … verzeiht, will sagen, Sir Fulk hat ebenfalls eine Petition eingereicht.« Er wandte sich an Geraint: »Ihr und Sir Fulk seid nun das, was wir *competitiores* nennen: Jeder von Euch bringt eine Petition gegen diese liebreizende Lady ein.«

Geraint bemerkte die ersten Anzeichen von Missfallen bei Johanna. Selbst wenn sie Probleme erwartet hatte, diese Neuigkeit musste ihr Angst machen. Es würde ein Zweikampf mit Worten sein mit ihr als Preis.

Vorausgesetzt, ihr wirklicher Ehemann spielte ein ehrliches Spiel.

»Ich hätte an seiner Stelle dasselbe getan«, erwiderte Geraint und ließ seiner geliebten Frau ein ostentatives Lächeln zuteil werden.

»Ich habe Bruder Stephen gerade über die unglückseligen Umstände informiert, die diesen schrecklichen Streit verursacht haben«, sagte Lady Constance lebhaft. Sie musste die Spur von Panik in Johannas Augen und das Unbehagen in seinen gesehen haben, denn sie fügte rasch hinzu: »Natürlich sollt ihr ihm auch eure Sicht der Dinge darstellen, aber ich habe ihm erklärt, dass alles an Eurem geheimen Heiratsgelübde liegt. Und daran, dass Lord Alan sich geweigert hat, auf Johannas Einspruch zu hören.« Sie wandte sich dem Prokurator zu. »Mein Mann kann leider nichts beitragen. Ich sage es Euch im Vertrauen: Gott hat ihn geschlagen.«

Der Prokurator nickte und schnalzte mitfühlend mit der Zunge. »Ein großes Unglück für Lord Alan, obwohl der Allmächtige ihm natürlich auch aus einem ganz anderen Grund diese Strafe geschickt haben kann.« Er schaute abwägend zu Father Gilbert hinüber, als er hinzufügte: »Aber wie dem auch sei, es scheint, dass der Allmächtige eingeschritten ist und ihm für Sir Gervases sichere Rückkehr zu danken ist.« Father Gilbert nickte zustimmend und, dadurch ermutigt, drehte der Prokurator sich zu Geraint um. »*Dominus litis*, Sir Gervase. Ihr werdet gut beraten werden. Einige Prokuratoren, so wie ich, sind Bakkalaurei des kanonischen Rechts.«

»Vielleicht könntet Ihr uns Eure Stellung bei Gericht erläutern, Bruder Stephen«, schlug Geraint vor.

»Für die edlen Damen und zu deren besserem Verständnis, natürlich. Wie Ihr ohne Zweifel wisst, Sir

Gervase, ist ein Prokurator ein offizieller Beamter des Gerichts des Archidiakons – oder des Diözesangerichts, wie man es auch nennt. Unsere Aufgabe ist es, dem Gericht die Fakten eines Falles darzulegen und die Beweise zu sammeln und zu sichten. Wir legen dem Richter dar, welche gesetzliche Position die Rechtspartei innehat, die wir vertreten. Ein Prokurator kann aber auch als Advokat fungieren, so zum Beispiel in Fällen von komplizierter und …« er hüstelte, »… sehr delikater Natur. Ich stehe zur Verfügung, Euch zu beraten, Sir, aber wenn ich auch als Euer Advokat auftreten soll, müsste ich natürlich für diese meine Extradienste eine Bezahlung verlangen. Meine Gebühren sind allerdings sehr bescheiden, das versichere ich Euch.«

Lady Constance nickte Geraint unauffällig zu, dass sie mit diesem Angebot einverstanden war. Doch da er noch nie ein Mitglied des Adels erlebt hatte, das von dem Gedanken, Geld ausgeben zu müssen, begeistert war, spielte er seine Rolle so, wie die Wirklichkeit es vorgab. »Ich werde über Euren Vorschlag nachdenken«, erwiderte Geraint in einem Ton, als bestünde von seiner Seite kein allzu großes Interesse daran.

»Aber natürlich, Sir Gervase, und um Euch meiner Aufrichtigkeit und meiner Wertschätzung zu versichern, werde ich Euch jetzt einen kostenlosen Rat geben, als Kostprobe sozusagen.«

Geraint setzte eine gleichgültige Miene auf und wartete.

»Das Gericht könnte von Euch verlangen, den Namen des Priesters Eurer Kirchengemeinde zu nennen.« Der Prokurator wirkte von seiner Ausführung höchst begeistert. Hatte er ihnen diesen Brocken nur hingeworfen, um sie zu beeindrucken?

»Ah ja.« Father Gilbert nickte.

Geraint sah den Priester an. »Warum?«

Der Prokurator strahlte über das ganze Gesicht und erklärte es ihm. »So ist es dem Gericht möglich, an diesen Priester zu schreiben und sich von ihm bestätigen zu lassen, wer Ihr seid, ob Ihr dem Junggesellen- oder dem Witwerstand angehört und ob in Eurer Person keine Hindernisse liegen, die es unmöglich machen, mit dieser Lady das Ehegelübde abzulegen. Der Priester kann Eure Lauterkeit beeiden und dass Ihr ein tugendhafter Ritter seid.«

Johannas Mutter schwankte leicht. Glücklicherweise bemerkte Stephen de Norwood es nicht.

»Aber natürlich«, stimmte Geraint eilfertig zu, als hätte er es die ganze Zeit gewusst. Erwartungsvoll sah der Prokurator weiteren Fragen entgegen, doch die blieben aus. Falls er enttäuscht war, dass sein möglicher Klient sich weder erstaunt noch dankbar zeigte, verriet er es nicht

Johanna aber, durch die Gelassenheit ihres Ritters irritiert, beschäftigte dieser Hinweis etwas länger. »Warum sollte dieses Vorgehen nötig sein, Bruder Stephen? Sogar ein Dorftrottel kann sehen, dass Sir Gervase ein Ritter ist und aus guter Familie kommt.« Sie ignorierte das verhaltene Schmunzeln ihres so genannten Ehemannes.

Der Prokurator vermied es offensichtlich lieber, mit einer Frau Rechtsfragen zu erörtern, doch er war angemessen höflich. »Lady Johanna, eigentlich hätte der Priester, der Euch vermählt hat, diese Bestätigung von Euch verlangen müssen. Ich schätze, dass dies aufgrund der etwas … eiligen Natur Eures Ehegelübdes nicht geschehen ist.« Er bedachte Johanna mit einem ernsten Blick aus seinen kurzsichtigen Augen.

Johanna biss sich auf die Lippen und sah Geraint

vorwurfsvoll an, ehe sie den Kopf schüttelte – mit weniger Zerknirschung als zweckdienlich schien.

Selbstgefällig nahm der Prokurator den Faden seiner Ausführungen wieder auf. »Weil Sir Gervase in dieser Gegend nicht bekannt war, hätte sich der Priester, der Euch vermählt hat – Father Benedict, sagtet Ihr vorhin, Lady Constance? –, an Sir Gervases Kirchspiel wenden müssen. Er hätte die Bestätigung abwarten müssen, dass Sir Gervase kein Schwindler war, nur darauf aus, eine junge Desmoiselle zu betören und in sein Bett zu bekommen.«

Das leichte Zucken in seinem Mundwinkel verriet Johanna, dass Gervase ein Lachen unterdrückte. Ertappt lächelte er sie unschuldsvoll an, ehe er seine ganze Aufmerksamkeit wieder auf den Prokurator richtete.

»Hätte Father Benedict sich korrekt verhalten, hätte er das Aufgebot an drei aufeinander folgenden Sonntagen verlesen müssen«, erklärte Stephen de Norwood.

Johanna fiel ihm ins Wort. »Ich verstehe nicht, warum dieses ›Aufgebot‹ so wichtig sein soll.« Sie sah Father Gilbert an. »Wenn Father Benedict es bei unserer Vermählung verlesen hat, warum sollte das nicht ausreichend gewesen sein?«

»Der Gedanke, der hinter dem Aufgebot steht, meine Tochter, ist, dass jedem in der Gemeinde die Möglichkeit gegeben werden soll, berechtigte Bedenken gegen eine bevorstehende Heirat äußern zu können«, erklärte der Priester.

»Erlaubt mir, es zu demonstrieren, Mylady.« Stephen de Norwood hielt den Zeigefinger jeder Hand hoch. »Lasst uns einmal annehmen, dass Joan de Mickleford«, er wackelte mit dem linken Finger, »wünscht, Thomas de Ilkley zu heiraten.« Er wackelte mit dem rechten Finger. Seine Fingernägel könnten sauberer sein, dachte Johanna, und versuchte, aufmerksamer zuzuhören, als der Mann weitersprach. »Das Aufgebot wird zum ersten Mal verlesen, und ganz plötzlich erinnert sich die alte Mary daran, sie ist die älteste Einwohnerin des Dorfes Mickleford, dass Joans Großvater einst außerhalb seiner Ehe mit einer Frau aus Ilkley ein Kind gezeugt hat. Alle anderen im Dorf fangen nun auch an, sich an dies und jenes zu erinnern. Zusammen kommen sie zu dem Schluss, dass jene Frau aus Ilkley tatsächlich Thomas' Großmutter gewesen ist. Das junge Paar, Joan und Thomas, würde also in Blutschande leben. Sie müssten nun für die Eheschließung die Erlaubnis des Papstes einholen. Denn falls sie verheiratet wären und ein Kind bekämen, spräche alles dafür, dass dieses Kind verflucht sein könnte. Und angenommen, diese Heirat wäre nicht ganz legal, so könnte Thomas eines schönen Tages beschließen, Joan zu verstoßen. Er könnte sich eine reichere Frau ausgeguckt haben, oder eine, die ihm besser gefällt. Wünscht Ihr etwas hinzuzufügen, Hochwürden?«

»Es scheint mir so weit verständlich«, sagte Father Gilbert. »Aber ich fürchte, dass Father Benedict, Gott gebe seiner Seele Frieden, nicht immer so gewissenhaft war, wie er hätte sein sollen.«

Lady Constance tippte gereizt mit dem Fuß auf. »Aber, um Himmels willen, diese Prozedur, an Sir Gervases Gemeinde zu schreiben, würde eine Reihe von Problemen schaffen. Er hat die letzten beiden Jahre in der Gascogne zugebracht.«

»In der Gascogne?« Stephen de Norwood sah aus, als bäte er um Entschuldigung. »Aber es wäre dennoch klug, eine Anfrage dorthin zu schicken. Es ist unbedingt erforderlich, alle Eventualitäten zu bedenken und sich darauf vorzubereiten. Seht Ihr nicht, Mesdames«, er beliebte Johanna einzubeziehen, »dass es denkbar ist – verzeiht meine unglückliche Wortwahl –, dass einer von Sir Gervases Vorfahren jemanden aus Eurer Familie oder aus Lord Alans Sippe geheiratet haben könnte. Oder es könnte sein, dass Sir Gervase – verzeiht mir, Sir – ein Abenteurer ist. Dieser Ritter könnte schon verheiratet gewesen sein, oder er könnte exkommuniziert gewesen sein, als Ihr ihn geheiratet habt, Lady Johanna. Und in dem Fall hätten die heiligen Sakramente nicht gespendet werden können.«

»Was selbstredend nicht der Fall ist«, erklärte Johannas so genannter Ehemann ruhig. Er fuhr mit dem Finger über ihre gesunde Wange, um Zuneigung zu demonstrieren. Sie bemerkte den Ausdruck der Verärgerung in seinen Augen. Auch er hatte nicht mit diesem Problem gerechnet. Johanna versuchte, den Pessimismus zu unterdrücken, der in ihr aufstieg. Sie war davon ausgegangen, dass die Anhörung vor Gericht der schwierigste Teil ihres Planes wäre. Doch wenn das hier ein Vorgeschmack auf das war, was alles auf sie zukommen könnte, war im Grunde genommen schon jetzt alles zum Scheitern verurteilt. Selbst dieses einfache Prozedere war ihnen nicht bekannt gewesen.

»Das alles ist äußerst kompliziert, um nicht zu sagen ermüdend«, stöhnte Lady Constance. »Es können Monate vergehen, bis wir aus der Gascogne eine Antwort erhalten.«

»Ich hatte vorgeschlagen, das Gericht des Bischofs mit dem Fall zu befassen. Dort ginge es schneller«, erinnerte Geraint ihre Mutter. Er sprach ruhig und ohne Ironie, doch Johanna verstand die in diesen Worten enthaltene Rüge.

Der Prokurator nickte. »Ja, es überrascht mich, dass Ihr nicht um eine Audienz beim Erzbischof in York ersucht habt. Es ist recht ungewöhnlich, dass ein Fall vor das Diözesangericht gebracht wird, an dem Personen adliger Herkunft beteiligt sind.« Er lächelte Geraint demütig an. »In der Tat werden diesem Gericht normalerweise nur Streitfälle von Leuten niederen Standes vorgetragen.«

Lady Constance stieß einen ärgerlichen Seufzer aus. »Wir verfechten diese Sache in der Hoffnung auf Gerechtigkeit, Master Prokurator. Erzbischof Melton steht in Sir Fulks Schuld, weil der ihm einige Dienste erwiesen hat. Wir können also nicht auf die Objektivität seiner Lordschaft vertrauen.«

Stephen de Norwood schaute Father Gilbert fragend an, aber der Priester zeigte plötzlich ein großes Interesse an einem Fleck auf seinem Ärmel. Ein kluger Mann, dachte Johanna.

»Um es genauer zu sagen«, verkündete sie, »einige Teile der Kathedrale wären heute schmuckloser, hätte es nicht die Stiftungen meines Ehem – Sir Fulks gegeben.«

Ihren Worten folgte ein unbehagliches Schweigen. Geraint sah, wie sich Johannas Gesicht angesichts der zu erwartenden Missbilligung über diese dreiste Bemerkung rötete. Doch der Prokurator verfügte über die durch nichts zu erschütternde Entschlossenheit, seine Ausführungen fortzusetzen.

»Ich sage nicht, dass das Gericht unbedingt verlangen wird, ein Schreiben in die Gascogne zu schicken. Nur, dass es eine Forderung ist, auf die Ihr gefasst sein solltet. Nun, Sir Gervase«, er verbeugte sich erneut respektvoll, »ich denke, ich habe Euch mein Können belegt. Ich würde mich glücklich schätzen, als Euer Advokat aufzutreten zu dürfen, ebenso wie es mir eine Ehre ist, als Prokurator dem Gericht Eure Argumente vorlegen zu können. Wie ich schon sagte, sind meine

Gebühren sehr bescheiden, aber der Mensch will leben, und der Archidiakon, wie Ihr vielleicht zu bedenken geneigt sein werdet, zahlt mir kein besonders großzügiges Salär. Bitte versteht, dass ich Euch weiteren Rat ohne ein entsprechendes Arrangement nicht erteilen kann. Vielleicht hättet Ihr gern etwas Zeit, um mein Angebot zu überdenken. Mit Eurer Erlaubnis, Sir, hochwerte Madam, werde ich mir ein wenig die Beine vertreten gehen.«

Lady Constance neigte zustimmend den Kopf, und der Prokurator zog sich zurück.

»Allmächtiger!«, rief Geraint. Er sah aus, als wollte er mit der Faust gegen die nächstbeste Tür schlagen.

»Wir könnten den Brief von Eurem Pfarrer fälschen«, schlug Johanna rasch vor.

»O ja, wir können sehr viel machen. Und was ist, wenn das Gericht diese verfluchte Bestätigung verlangt? Soll ich mir hier die Beine in den Bauch stehen, während dieser imaginäre Brief in die Gascogne und wieder zurück befördert wird? Ihr kennt meine Lage, Lady Constance. Selbst die eine Woche hier ist noch zu lang. Mit jedem Tag, der verstreicht, entwickelt sich diese Angelegenheit mehr und mehr zu einem Hornissennest.« Sein wütender Blick schloss besonders Johanna mit ein.

»Ihr werdet bleiben, bis alles geregelt ist«, brauste Lady Constance auf. Etwas versöhnlicher setzte sie hinzu: »Und außerdem, Gervase, wird es ein großes Geschrei und eine wilde Jagd auf Euch geben, wenn bekannt wird, dass Ihr Johanna habt sitzen lassen. Und Sir Fulk und Sir Ralph werden die Meute anführen.«

Diese Wahrheit schmeckte ihm ganz und gar nicht. Er fluchte und wandte ihr den Rücken zu.

»Dann werden wir also die Dienste dieses Mannes in Anspruch nehmen, Madam?« Johanna hoffte auf die

Einwilligung ihrer Mutter, diese Ausgabe zu tragen. Zu versuchen, ohne den Rat Stephen de Norwoods zurechtzukommen, hieße, den gefährlichen Morast des kanonischen Rechts ohne Führer durchqueren zu müssen.

Geraint drehte sich abrupt um. »Ich werde ganz bestimmt ohne rechtlichen Beistand weitermachen«, erklärte er schroff.

»Ich denke, Ihr solltet ihn engagieren, Madam«, murmelte Father Gilbert.

»Ja, das sollte ich wohl«, stimmte Lady Constance aufseufzend zu. Ohne Zweifel war sie enttäuscht, dass diese Angelegenheit sich nicht so einfach regeln ließ, wie sie es sich vorgestellt hatte. »Ruft den Mann wieder herein und lasst uns über sein Extrahonorar verhandeln.«

»Ich werde ihn holen«, knurrte Geraint. »Ich brauche dringend etwas frische Luft, um einen klaren Kopf zu bekommen.« Drei Wochen dauerte es mindestens, bis diese Briefgeschichte geregelt war! Und Geraint kam es vor, als hätte er schon jetzt einen ganzen verfluchten Monat mit diesen Leuten verbracht.

Der Prokurator saß in der Sonne auf der Mauer, die die Stufen flankierte. Er hörte auf, vor sich hin zu summen, als Geraint sich näherte, und erhob sich respektvoll.

»Ich habe beschlossen, Eure Dienste in Anspruch zu nehmen, Prokurator. Wir können gleich über Euer Salär verhandeln, und ich würde Euch dann auch gleich konsultieren wollen, aber … wie Ihr wisst, befinden wir uns auf dem Besitz der Lady von Conisthorpe, und sie wird bei jedem Gespräch anwesend sein wollen. Es würde sie oder meine Frau kränken, würde ich sie ausschließen. Wenn wir es daher arrangieren könnten, unter vier Augen miteinander zu sprechen …«

»Natürlich, das verstehe ich, Sir Gervase. Schließlich ist Lady Johanna die Beklagte, und zudem sind Frauen von Natur aus wetterwendisch. Und wenn es …« Er verstummte und hüstelte höflich.

Geraint war von der Rückkehr Sir Geoffreys abgelenkt worden. Der Seneschall ritt gerade über die Zugbrücke. Geraint entschuldigte sich bei Stephen de Norwood für seine Unaufmerksamkeit. Der schien ein wenig aus dem Konzept gebracht worden zu sein, denn er schürzte kurz die Lippen. »Ich sagte, Sir, es spielt keine Rolle, wie ergeben Ihr Lady Johanna und ihrer Frau Mutter seid. Das Beste ist es ohnehin, niemandem außer mir zu vertrauen, bis diese Verhandlung vorüber ist.«

Wenn ich das nur könnte, dachte Geraint, als er nickte. Vielleicht konnte dieser Gesetzesmann einen schnellen Ausweg aus dieser höllisch vertrackten Situation finden.

»Sagt jetzt nichts mehr, Sir. Vielleicht können wir uns heute Nachmittag treffen? Kennt Ihr die Schänke bei der Bainham-Priorei unten im Tal?«

»Nein, aber ich werde sie finden«, knurrte Geraint verbissen, während sie die Stufen hochgestiegen. O ja, er musste wieder einmal frei atmen können. Und er musste überdenken, wo genau er stand.

Der Schulmeister – nein, sie musste aufhören, ihn so zu nennen – wirkte mächtig von sich angetan, als er sich zum Essen niedersetzte. Jedenfalls hatte Johanna diesen Eindruck. Vielleicht hatte seine Wunde zu schmerzen aufgehört. Er erstaunte sie noch mehr, als er am Tisch einen Witz über die Schotten zum Besten gab, den noch keiner zuvor gehört hatte. Er stocherte auch nicht im Stockfisch herum, wie er es am Tag zuvor gemacht hatte. Ihre Mutter, zu seiner Rechten, schien von seinem Auftreten sehr angetan zu sein.

Als Sir Geoffrey und Bruder Stephen, die Lady Constance gegenübersaßen, ein Gespräch über die Hasenjagd begannen, wobei sie sich mit ihren waidmännischen Erlebnissen wechselseitig zu übertrumpfen versuchten, lehnte sich Geraint im Stuhl des Burgherren zurück. Johanna spürte, dass er sie von der Seite her ansah.

»Ich kann nicht unbedingt sagen, dass ich sie vermisse, aber wo ist Lady Edyth?«

Johanna zögerte mit der Antwort. Der leere Platz neben ihr verlangte eine Erklärung. Ihr Bruder war schon vor dem Auftragen des letzten Ganges, Obst und Oblaten, zu seinem Unterricht zurückgeschickt worden.

»Mutter hat sie für den Vormittag im Turm eingesperrt. Aber wir haben die beiden schönsten Männer der Garnison zur ihrer Bewachung abgestellt.«

»Glückliche Edyth«, nickte Geraint beifällig. »Erinnert mich daran, Euch den Brief zu geben, den ich Euch vor unserer Heirat geschrieben habe. Dann könnt Ihr ihn in den nächsten Tagen an Eurem Herzen tragen. Ihr werdet zugeben, dass es nicht schaden kann, wenn er nach Rosenwasser duftet und die Spuren Eurer Tränen trägt.«

»In diesen paar Tagen? Vielleicht sollte ich ihn in mein Badewasser fallen lassen, oder ich könnte wieder einmal eine von Mutters Zwiebeln zu Hilfe nehmen.«

»Aber dann könnte er ein recht gemischtes Aroma annehmen.«

»Ich hoffe, es steht nichts darin, was mir vor Gericht

die Schamröte in die Wangen treiben wird«, entgegnete sie spröde.

»Nun, die linke könnte er sicherlich in einen Regenbogen verwandeln.« Rasch zog er sein Bein aus Johannas Trittweite. Er ließ den Blick über die am Tisch Sitzenden schweifen und meinte dann: »Sollten wir unserem Publikum nicht etwas bieten? Vielleicht eine kleine Turtelei zwischen Eheleuten?« Ehe Johanna den Kopf abwenden konnte, legte er mit dem Recht des Ehemannes die Hand unter ihr Kinn. Johanna verübelte ihm die Selbstverständlichkeit dieser Geste. Außerdem schien er das zur Gewohnheit werden zu lassen.

»Lasst mich los!«, zischte sie, ein honigsüßes Lächeln auf den Lippen.

Geraint fuhr mit dem Daumen über die Narben auf ihrer Wange. »Beruhigt Euch, Liebste. Es verschwindet so schnell wie ... Helft mir doch, Johanna, ich versuche, wie ein vernarrter, glückstrahlender Liebender auszusehen. Wie ein ...«

»Wie eine Pfütze, die am Austrocknen ist«, bot sie ihm an. Es war der Versuch, seinen Mutwillen zu ersticken.

»Nein!« Lachend ließ er sie los. »Habt Ihr denn keine Seele? Ich habe versucht, schmeichelndere Worte zu finden.«

Sie leckte sich einen Tropfen Bratensoße aus dem Mundwinkel und sah, wie die Fröhlichkeit in seinen blauen Augen sich in einen unergründlich tiefen Ozean verwandelte, in dem sie sich verlieren konnte. In Fulks Blick hatte sie nur Berechnung erkennen können, und Grausamkeit und Verdammnis im Überfluss – aber die Augen dieses Mannes waren wie schimmernde Wasser, deren Oberfläche sich ständig veränderte. Sie wollte sein Vertrauen gewinnen. *Du willst ihn an deinem Finger tragen wie einen Ring,* warnte ihr Unterbewusstsein sie. Johanna gestand sich ehrlich ein, dass sie an dieser Scharade Gefallen zu finden begann. Vielleicht waren ihr diese Gedanken anzusehen, denn Geraint wandte plötzlich den Blick ab. Seine Stirn hatte sich umwölkt, als hätte er in etwas hineingebissen, das ihm nicht schmeckte.

Rasch bemühte sich Johanna, das zerrissene Band wieder zu knüpfen, aber es schien, als wollte sie ein Spinnennetz flicken: Der Silberfaden, der sie einen Augenblick lang miteinander verwoben hatte, war fortgeweht worden. So war Johanna gezwungen, stattdessen auf machbarere Dinge zurückzugreifen.

»Ich habe nachgedacht«, baute sie ihm eine Brücke und hoffte, er würde sie betreten. »Könnte Father Gilbert nicht plötzlich einfallen, dass er noch einige Dokumente hat, die Father Benedict gehörten? Darunter könnte sich doch eine Antwort von einem ausgedachten Priester aus der Gascogne oder aus Laval finden.«

»*Noch* einen Brief fälschen, meint Ihr?«, fragte Geraint leise. Er schüttelte den Kopf. »Ich denke, Father Gilbert hat die Grenze des guten Willen seines Bekannten vermutlich erreicht, aber wir können ihn fragen – wenn Eure Mutter das nicht bereits getan hat. Bei der Art, wie diese Grafschaft verwaltet wird, mag allein der Himmel wissen, von wie vielen Dokumenten der Priorei im Laufe der Jahre der untere Teil abgeschnitten worden ist.«

»Ihr könnt noch drei Wochen erübrigen, nicht wahr?« Ihr Ton war bittend und kam ihr aus dem Herzen. Während sie sprach, hatte sie den Blick demütig gesenkt. Sein Schweigen verunsicherte sie. *Bitte sei nett zu mir,* flehte sie ihn stumm an. Sie wollte nicht betteln müssen.

Es war enttäuschend. Der Schuft machte sich nicht einmal die Mühe, sie anzusehen. Arrogant starrte er auf den Wandteppich am Ende der Halle.

»Ich will nicht mehr darüber sprechen.«

Es war das unausgesprochene Gebot, zu schweigen. Sowohl Fulk als auch ihr Vater hatten es benutzt, und jetzt wandte auch dieser Mann es an. Seine Weigerung, ihre Frage zu beantworten, empfand Johanna wie einen Fußtritt in die Seite.

»Der Himmel soll Euch verfluchen! Ihr versucht, Euren Preis zu erhöhen.«

Geraints Kopf fuhr herum. Er wollte bei dieser Beleidigung aufbrausen, erinnerte sich aber daran, dass sie nicht allein waren. Rasch musterte er die Anwesenden, ob jemand sie beobachtet hatte.

»Beim Allmächtigen, Weib!«, knurrte er. »Wollt Ihr wirklich hier und jetzt einen Streit mit mir vom Zaune brechen?«

»Verzeiht mir, Gervase.« Sie legte eine gehässige Betonung auf seinen Namen. Doch als sie weitersprach, klang es bitter: »Das Problem ist, dass ich sehr wütend werde, wenn ein Mann mir sagt, er will über etwas nicht mit mir sprechen. Eigentlich sollte ich als Frau daran gewöhnt sein, mit solcher Missachtung behandelt zu werden. Ich bezweifle, Sir, dass Ihr eine Unterhaltung mit Father Gilbert oder mit Sir Geoffrey auf solch respektlose Weise beenden würdet. Antwortet mir: Wenn meine Mutter Euch nicht mehr zahlt, werdet Ihr dann gehen?«

Solange zwei Diener das mit Bratensoße befleckte Tischtuch abnahmen und ein reines vor ihnen ausbreiteten, war Johanna gezwungen, seine Antwort ungeduldig abzuwarten. Als diese dann kam, war es offensichtlich, dass er sein Temperament wieder gezügelt hatte. Auf seine arrogante Art warf er sein langes Haar zurück. »Ich werde diesen Ort verlassen, sobald ich kann, Mylady.«

Die Direktheit seiner Antwort ließ Johanna frösteln. Irgendwo in der erschreckenden Dunkelheit ihres Innern hatte wie ein winziger Funke noch die Hoffnung geglüht, der Glaube, dass er ihr wirklich helfen wollte – dass es nicht die Goldmünzen und eine glänzende Rüstung waren, die ihn wie einen dahergelaufenen Abenteurer gelockt hatten.

»Ich wusste, dass Ihr feige seid«, zischte sie. »Aber solche Pfeile wie Ihr fliegen nicht weit.«

Er sah Johanna nicht an. Gleichmütig fuhr er mit den Fingern über eine unebene Stelle im Tisch. »Jetzt weiß ich auch, warum Father Gilbert Euch zuredet, Euch in ein Kloster zurückzuziehen. Ihr habt eine Zunge wie eine Geißel und die Seele eines Geizkragens. Aber wie sagt man so treffend: Auf einen groben Klotz gehört ein grober Keil!«

Das war unverzeihlich. Sie sprang auf, um vor der Wahrheit in diesen Worten davonzulaufen. Aber wo konnte sie sich vor sich selbst verstecken?

»Johanna, stimmt etwas nicht?«, rief ihre Mutter, als sie das Kratzen der Hockerbeine auf den Steinfliesen hörte.

»Mylady.« Geraint schaffte es, Johanna mit einer Hand am Arm zu packen und mit der anderen den Hocker hinter ihr festzuhalten, sodass sie nicht fort konnte. Sie versuchte, sich von ihm loszureißen, ohne die Aufmerksamkeit aller auf diesen zähen Kampf zu lenken, doch er zwang sie mit eiserner Hand, sich wieder hinzusetzen. »Ich fürchte, ich habe sie ein wenig zu sehr geneckt, Lady Constance«, rief er über den Tisch hinweg.

Den Rücken so gerade wie einen Maßstock, saß Johanna am ganzen Leib zitternd auf ihrem Hocker. Sie legte die verschränkten Hände auf den Tisch und holte tief Luft.

Im Stillen tadelte sie sich dafür, dass sie es zugelassen hatte, dass die schrecklichen Monate mit Fulk sie so verletzlich gemacht hatten – und so dumm, dass sie immer zunächst wütend wurde und dann erst nachdachte.

Mit einem Aufseufzen bedeckte Geraint ihre Hände mit seiner großen Rechten. »Ich schwöre Euch, dass es nicht das Geld ist, Johanna, das mich hier hält.« Ihr Blick flog hoch. Sie suchte in seinem Gesicht zu lesen, aber sie fand darin nur Mitgefühl, keine Antwort. »Glaubt mir, es ist nicht das Geld.«

Johanna hoffte auf eine Erklärung von ihm, aber ihre Mutter klopfte auf den Tisch und bat um Aufmerksamkeit.

»Wir können uns auch hier zusammensetzen.« Lady Constance tauchte ihre Hände in den Eimer, der zu jedem der an der hohen Tafel Sitzenden gebracht wurde. »Da Ihr Sir Gervase vertreten werdet, Bruder Stephen, erklärt uns bitte den genauen Ablauf.«

Johanna zwang sich mit einem Seufzer zur Aufmerksamkeit. Sie wollte mit Gervase allein sein und seine Beweggründe herausbekommen; stattdessen musste sie mit ansehen, wie Stephen de Norwood sich wichtigtuerisch auf seinem Hocker zurechtsetzte – wie eine Glucke, die sich auf ihrem Nest niederließ –, ehe er das Wort ergriff.

»Am ersten Tag der Verhandlung legen die Prokuratoren des Gerichts ihren Eid ab, und der Kläger, also Ihr, Sir Gervase, werdet Eure Klage gegen Lady Johanna, die Beklagte, vorbringen. Und natürlich wird Sir Fulk dasselbe tun. Am zweiten Tag wird Lady Johanna auf die Klagen jedes Ehemannes antworten.«

Geraint hatte den Arm um Johannas Schultern gelegt, und er streichelte sie müßig.

Johanna rückte auf ihrem Hocker nach vorn, um sich dieser ablenkenden Zärtlichkeit zu entziehen. Sie bedeutete dem Prokurator innezuhalten. »Wie lautet eigentlich diese Klage, die Sir Gervase gegen mich vorbringt?«

»Es ist eine Art Eingabe, Madam. Manche Kläger, zum Beispiel die, die des Schreibens nicht mächtig sind, unterbreiten sie mündlich, aber im Allgemeinen ist es ein kurz gefasstes Dokument. In diesem Fall wird Sir Gervase vorbringen, dass Ihr gesetzeswidrig die Ehe mit Sir Fulk eingegangen seid, da Ihr bereits mit ihm verheiratet gewesen seid. Für gewöhnlich wird dem dann noch ein Antrag hinzugefügt. Sir Gervase wird fordern, dass Ihr das Ehegelübde einhaltet, das Ihr mit ihm abgelegt habt.«

Als wollte Geraint den Worten des Prokurators Nachdruck verleihen, ließ er die Hand unter den Kragen ihres Kleides gleiten und berührte ihre nackte Haut. Johanna versuchte angestrengt, Stephen de Norwoods weiteren Ausführungen zuzuhören, doch die besitzergreifende Berührung machte dies zu einem erfolglosen Unterfangen.

»Zweifellos wird Sir Fulk in seiner Eingabe ausführen, dass Eure Ehe mit Sir Gervase entweder gesetzwidrig war oder dass sie niemals geschlossen worden ist. In seinem Antrag wird er fordern, dass das Gericht seine Heirat mit Euch als bindend anerkennen und dahin gehend entscheiden soll, dass Ihr zu ihm zurückkehrt.«

Johanna fing Geraints zuversichtliches Lächeln auf, das dazu bestimmt war, den Prokurator zu beeindrucken. Seine Hand lag jetzt an ihrer Halsbeuge. Natürlich war es nötig, den Anschein der Vertrautheit zwischen ihnen zu verbreiten, und Geraint verfolgte damit einen Teil ihrer Strategie. Dennoch irritierte und ärgerte sein Benehmen Johanna. Sie war daher versucht, ihm in einem unbeobachteten Augenblick den Ellbogen in die Rippen zu stoßen.

Stephen de Norwood nahm seine Erklärung wieder auf. »Wie ich schon sagte, Mylady, werdet Ihr auf beide Klagen antworten. Am dritten Tag dann werde ich die Fragen vorlegen, die den vom Kläger, also Sir Gervase, benannten Zeugen gestellt werden sollen. Sir Fulk wird ebenfalls Zeugen benennen, um die Gültigkeit Eurer zweiten Eheschließung zu bestätigen, und gegebenenfalls wird man einen Advokaten damit beauftragen, diese Zeugen zu befragen. Ich werde Euren Standpunkt darlegen, Sir – das heißt, ich werde alle zu Euren Gunsten sprechenden Fakten aufführen. Im weiteren Verlauf der Verhandlung wird es Befragungen geben, und zwar durch den Richter wie auch durch den Examinator.«

»Examinator?« Geraint richtete sich beunruhigt auf, gnädigerweise ließ er Johanna jetzt los. Sein Blick streifte sie rasch, er sah die Angst in ihren Augen. Allein der Name verkündete schon Unheil.

»Ein Teil des üblichen Prozedere, Sir. Der Examinator ist ein Beauftragter des Gerichts, der den Klägern die schriftlich vorliegenden Fragen stellen wird, ebenso wie der Beklagten und den Zeugen. Er wird sie nach dem Tag Eurer Heirat fragen, nach der Zeit, dem Ort, ob die Sonne schien und so weiter. Er wird sich überdies davon überzeugen, dass die Zeugen mit ihrer Aussage keine eigenen Interessen verfolgen, zum Beispiel auch davon, dass sie nicht bestochen worden sind.«

Johanna biss sich auf die Lippen, sie spürte Geraints Seitenblick, als er seine nächste Frage stellte: »Wie geschieht das? Stellt der Examinator die Fragen während der Verhandlung?«

»Im Gerichtssaal, meint Ihr? Nein, Sir, dies geschieht alles außerhalb des Saales.« Johanna empfand ein Gefühl der Erleichterung. »Die eidlichen Aussagen werden jedoch protokolliert und später im Gerichtssaal verlesen. Wenn all das geschehen ist, wird der Richter den Urteilsspruch verkünden. Habt Ihr noch weitere Fragen zum Ablauf, Sir, Mesdames? Wenn nicht, bitte ich Euch, mich zu entschuldigen. Der Prior von Bainham erwartet mich. Er hat mich in einer dringenden kirchlichen Angelegenheit um mein Urteil gebeten.«

»Wird es lange dauern, Prokurator?«, fragte Geraint. Er runzelte unwillig die Stirn. »Ich brauche dringend weiteren Rat von Euch. Wer weiß, wie bald die Beamten des Archidiakons eintreffen werden. Ich bin bereit, Euch heute Nachmittag in der Priorei aufzusuchen. Wir können uns unterhalten, wenn Ihr Eure Angelegenheiten mit dem Prior erledigt habt.«

»Selbstverständlich, Sir Gervase.«

»Kann ich mitkommen?«, fragte Johanna, als sie ein wenig später, den Schein wahrend, gemeinsam die Halle verließen.

Geraint zögerte mit der Antwort. Er war offensichtlich bemüht, sie nicht noch einmal vor den Kopf zu stoßen. »Ich denke, Stephen de Norwood wird offener mit mir reden, wenn ich allein bin.«

Das stimmte vermutlich. »Aber ich brauche auch Rat.«

»Das verstehe ich«, erwiderte Geraint freundlich. Er blieb am Fuß der Treppe stehen, die in Johannas Schlafgemach hinaufführte. »Nennt mir Eure Fragen, Mylady, und ich werde sie ihm stellen.«

»Im Augenblick habe ich nur eine.« Es war eine einfache, klare Frage, doch sie drang bis ins Mark dieser Angelegenheit vor.

»Fragt ihn«, sagte Johanna, »mit wem ich während der Dauer des Gerichtsverfahrens verheiratet bin.«

16

War das nicht die Kernfrage?, überlegte Geraint, als er mit Jankyn und zwei Männern der Burgmannschaft als Eskorte die Burg verließ.

Im Galopp dauerte es nicht lange, bis Bainham in Sichtweite kam, das ungefähr zwei Meilen von Conisthorpe entfernt lag.

Die Klänge eines Wechselgesanges erhoben sich aus dem hinter den Mauern verborgenen Altarraum der Priorei.

Wie viele Augustinerklöster lag auch die Priorei von Bainham bei einem Dorf, das sich wie ein Schwamm darum ausgebreitet hatte und von der Ehrbarkeit und der Arbeit, die das Kloster bot, zehrte. Die Mönche boten dem müden Reisenden Tisch und Bett, aber der Schankwirt des Dorfes hatte dennoch sein Einkommen. Geraint betrat die Schankstube und stellte erstaunt fest, wie geräumig diese war. Die Bänke waren alle besetzt, und es herrschte eine beachtliche Lautstärke, wenn es Geraint auch so vorkam, als würde das Stimmengewirr etwas leiser, als er eintrat.

Stephen de Norwood hatte an einem der blank gescheuerten Tische gesessen und hob sich respektvoll. Er wischte sich die Hand an seinem Gewand ab und bot sie Geraint zum Gruß. Zwei Männer, die neben dem Prokurator auf der Bank gesessen hatten, standen rasch auf, um Platz zu machen, und Geraint setzte sich. Zufrieden stellte er fest, dass die anderen am Tisch ebenfalls ehrerbietig zur Seite gerückt waren, um ihm ausreichende Ellenbogenfreiheit zu lassen.

Seine Eskorte war schnell untergebracht. Ein Blick von Sir Geoffreys Männern, und sie hatten sich an einem Tisch Platz verschafft. Zwei reisende Kaufleute und deren schlaksiger Gehilfe hatten sich erhoben, um wieder ihren Geschäften nachzugehen. Einer der Conisthorpe-Männer holte Würfel hervor, und zufrieden vertieften sie sich mit Jankyn in ein Spiel, nachdem dieser Geraint noch rasch einen schalkhaften Blick unter hochgezogenen Augenbrauen zugeworfen hatte.

»Ein Krug Ale, Sir?« Das Schankmädchen zupfte bedeutungsvoll am tiefen Ausschnitt seines Kleides, während es den Blick aus hübschen mandelförmigen Augen über Geraint gleiten ließ, um dessen Bereitschaft abzuschätzen, seine ganz persönlichen Dienste in Anspruch zu nehmen. Das blaue Band eines anderen Mannes schmückte ihr üppiges goldblondes Haar, und ein viereckiger Glasanhänger an einem Lederbändchen hob und senkte sich zwischen ihren üppigen Brüsten.

Oh, es war schön, in der Welt zurück zu sein und Geld in seiner Tasche zu haben.

»Aye, meine Schöne.« Er grinste, und laut, um sich über den Lärm hinweg verständlich zu machen, sagte er zum Prokurator: »Wir werden unser Geschäft woanders bereden müssen, wo es ruhiger ist.«

Der Prokurator nickte, und beide Männer bewunderten den wiegenden Hüftschwung des Mädchens, das ging, um das Bier zu holen.

»Sie ist sauber und dementsprechend teuer«, Bruder Stephen beugte sich vor, um es Geraint ins Ohr zu brüllen, »und ich rate Euch, auf derartige Vergnügungen zu verzichten, solange Euer Fall anhängig ist.« Die

Warnung war vermessen, aber hätte er sie nicht ausgesprochen, hätte der Advokat seine Pflicht vernachlässigt.

»Natürlich«, erwiderte Geraint friedfertig und streckte die langen Beine von sich. Seine Ruhe wurde nur einmal gestört, als ein weiterer Gast eintraf, der den Conisthorpe-Männern aber bekannt war, denn er schloss sich deren Würfelspiel an. Der Neuankömmling verkündete lauthals, dass er in der Stadt eine Zwangspause hatte einlegen müssen, weil sein Pferd gelahmt hatte – eine verfluchte alte Schindmähre, die eigentlich nur noch dazu taugte, das Gnadenbrot zu bekommen –, und das hätte seine Pläne zunichte gemacht, sich ausgiebig zu amüsieren, bis der Wasserstand sank und er sich wieder Sir Ralphs Truppe anschließen konnte. Ein Dummkopf hätte ihm diesen Sack Lügen vermutlich abgenommen, aber … Jankyn bemerkte, dass Geraint aus zusammengekniffenen Augen warnend zu ihm herübersah. Ihm würde ganz sicher keine Indiskretion entschlüpfen.

»Bitte, Sir«, flötete eine fröhliche Stimme. Das Schankmädchen setzte den Lederbecher vor Geraint hin und tat so, als würde es anmutig über seine großen Füße stolpern. Mit einem leisen Aufschrei landete sie mitten auf seinem Schoß.

»Nicht jetzt, meine Süße.« Er hob sie von sich herunter und gab ihr einen sanften Klaps. Sie zog einen Schmollmund, der die Nähte einer Männerhose zum Platzen hätte bringen können, und es kostete Geraint ein gerüttelt Maß an Mühe, seine Gedanken wieder auf wichtige Dinge zu konzentrieren. Zum Beispiel auf dieses Bündel weiblicher Widersprüchlichkeit, das jetzt auf Conisthorpe sicherlich damit beschäftigt war, ihm ein neues Samtgewand zu nähen.

»Ich will diese Verhandlung so schnell wie möglich

hinter mich bringen, Prokurator. Wie lange wird sie voraussichtlich dauern?«

»Wir haben für Euren Fall sechs Monate angesetzt. Aber nun, da Sir Fulk eine Gegenklage erhebt, kann es länger dauern. Ich weiß von einem Fall, der drei Jahre gedauert hat.«

»Sechs Monate!« Geraint schlug so hart auf den Tisch, dass die Männer am anderen Ende des Tisches verstummten und der Schäferhund, der unter der Bank gedöst hatte, mit wütendem Gebell aufsprang. Jankyns Würfel flogen in hohem Bogen zu Boden und mussten dem Hund erst wieder abgeschmeichelt werden.

Geraint beugte sich rasch vornüber, als wollte er sich vor Lachen über einen köstlichen Witz ausschütten, den sein Begleiter soeben zum Besten gegeben hatte. Das Stimmengewirr um ihn herum setzte wieder ein, und mit einem stillen Gebet richtete sich Geraint auf und tat so, als wischte er sich die Augen. Er spürte, dass Jankyn, gegenüber am anderen Tisch, mit seinen Gedanken nicht beim Würfelspiel war.

»Ich sehe, der Gedanke beunruhigt Euch«, bemerkte der Prokurator trocken. Wäre es ein allgemein üblicher Zeitvertreib, Untertreibungen von sich zu geben, hätte er mit dieser einen Preis gewinnen können.

»Oh, überhaupt nicht«, knurrte Geraint ätzend und trank einen großen Schluck Bier. Wie viele Überraschungen dieser rechtsgelehrte Mönch wohl noch bereithalten mochte, um sie ihm eine nach der anderen – jede einzelne maßgeschneidert und hübsch verpackt – zu servieren? »Aber ich bin wegen Eures Rates gekommen, nicht wegen des Biers.«

»Ist alles zu Eurer Zufriedenheit, Sir?« Der Schankwirt trat zu ihnen an den Tisch. Sein gutes Zeitgefühl hatte ihn einige Herzschläge lang abwarten lassen, ehe er nun kam, um nachzufragen.

»Ja, Herr Wirt, alles ist höchst zufrieden stellend, aber ich muss jetzt gehen.« Mit vorgetäuschtem Gleichmut trank Geraint den Becher leer und bezahlte in die ausgestreckte Hand des Mannes. *Zu seiner Zufriedenheit?* Es war eine Lüge; der Boden unter seinen Füßen versuchte, ihn auf die Knie zu zwingen. *Ja, ich muss gehen,* dachte er.

»Sir.« Etwas zu schnell für einen Knappen hatte sich Jankyn ebenfalls erhoben und kam nun auf Geraints Zeichen hin zu ihm geeilt. Vor der Tür drückte Geraint ihm eine Münze in die Hand. »Wir verlassen Conisthorpe«, erklärte er dem erstaunten Jankyn entschlossen. »Sorg dafür, dass deine Freundc dem Bier tüchtig zusprechen. In einer halben Stunde treffen wir uns mit den Pferden dort drüben hinter der Kirche. Kriegst du das hin?«

»Verlasst Euch auf mich, ich habe mehr Saufspiele in meinem Repertoire als unsere Mutter Kirche Heilige hat. Aber wir werden darüber noch reden, Freund, dessen seid versichert!«

»Mach dich an deine Aufgabe.«

Geraint musste diese Heuchelei noch ein wenig länger durchhalten, aber er brannte darauf, fortzugehen. Es hatte in seinem Leben schon vorher Augenblicke gegeben, in denen es erforderlich gewesen war, sich rasch von allem loszusagen und in den Himmel hinauf »Genug!« zu rufen. Sechs Monate lang den liebeskranken Ehemann spielen! Er musste von hier fort – er und Edmund. Es war das Beste, die Gelegenheit dieses Nachmittags zu ergreifen und sich davonzumachen. Wenn er Ludlow erreichen konnte, würde er Edmunds Frau eine Nachricht senden können und vielleicht Rat bei seinem Mentor suchen, dem Bischof Adam Orleton von Hereford, dem Mann, der ihn im Haushalt der Mortimers untergebracht hatte. Immer vorausgesetzt, der König hatte den Bischof nicht auch in den Tower werfen lassen.

Einige Schritte hinter seinem Klienten stand Stephen de Norwood in der Tür der Schänke und ließ sich die Sonne auf den Leib scheinen. Er steckte die Hände in seinen Gürtel und streckte den Rücken wie eine träge Katze nach dem Aufwachen. »Es liegt ein Hauch von Frühling in der Luft, Sir.«

»Meint Ihr?« Wenn es diesen Hauch gab, dann stand er im Wettstreit mit dem Rauch, der von den Kochstellen der Priorei aufstieg, und dem Gestank, den der im Graben liegende Kadaver eines Hundes verströmte.

Zwei Männer kamen auf sie zu. Sie suchten sich ihren Weg über die spärliche, von Schafskot übersäte Grasnarbe neben der Straße, deren schlammiger Boden von tiefen Radspuren durchfurcht war.

»Die Pocken darauf!«, knurrte Geraint. »Kann man denn nichts tun, damit sich dieser verfluchte Mahlstein schneller bewegt? Sechs Monate!«

»Ihr könntet Sir Fulk beim Erzbischof ausstechen. Wie wär's mit einem Rosettenfenster für das westliche Querschiff?«, schlug der Prokurator humorvoll vor. »Natürlich müsst Ihr und Eure Lady nicht bei der Verhandlung dabei sein, Sir Gervase. Eure Anwesenheit ist nur an den ersten beiden Tagen erforderlich, und möglicherweise noch einmal, wenn Eure eidlichen Aussagen überprüft werden. Aber in Anbetracht der Umstände und der Natur Sir Fulks wäret Ihr auch schlecht beraten, würdet Ihr fernbleiben.«

Geraint dachte darüber nach, während er schweigend die Straße entlangging, die auf Höhe eines Steinkreuzes einen scharfen Knick machte und zur Kirche hinaufführte. Das Dorf hatte ebenso viel Schaden wie

Conisthorpe genommen, und bei nicht wenigen Häusern mussten die Dächer neu gerichtet werden. Auch der Kirchhof hatte gelitten; der Sturmwind hatte die Überdachung des Friedhoftores fortgerissen und arg in den Bäumen gewütet. Unzählige Äste und Zweige lagen auf den Gräbern verstreut. Der Prokurator bummelte über den Gottesacker, wobei er möglichst den Schatten mied, der von den hohen, den Kirchhof säumenden Eiben geworfen wurde. An einem sonnenbeschienenen Fleckchen Erde blieb er neben der von dicken Moospolstern überzogenen Friedhofsmauer stehen. Abgesehen von zwei Totengräbern, die in einiger Entfernung fröhlich pfeifend ein Grab aushoben, waren sie allein.

»Sagt mir, Sir, seid Ihr und Lady Johanna als Mann und Frau zusammen gewesen?«

Geraint hielt in dem Versuch inne, mit der Stiefelspitze einen faustgroßen Kieselstein aus seinem Grasnest zu heben, und hob überrascht den Kopf. Vielleicht würde Johannas Frage beantwortet werden, ohne dass er sie dem Prokurator stellen musste. Einmal abgesehen davon, dass er ihr die Antwort ohnehin nicht mehr überbringen würde.

»Wir wohnen unter dem Dach der Mutter meiner Frau zusammen.«

»Das ist nicht ganz dasselbe, nicht wahr, Sir Gervase? Lasst mich die Frage anders formulieren. Lebt Ihr und die Lady *in delectatio*?«

»Wie bitte?«

»Habt Ihr geschlechtlichen Umgang miteinander? Teilt Ihr das Bett? Ist die Lady bereitwillig und pflichtergeben? Ihr müsst auf solche Fragen vorbereitet sein, Sir Gervase. Sie werden wie Steingeschosse auf Euch herabprasseln.«

»Also gut«, brauste Geraint auf. »Nein!«

»Nun, das ist ein Nachteil, Sir. Gibt es einen Grund für Eure Entscheidung?«

»Ich ... Mylady ... nun, wir hielten es für das Beste, keusch zu bleiben, solange wir auf die Entscheidung des Gerichts warten. Falls Lady Johanna ... falls wir ... ein Bett teilen würden ... und wenn ...« Geraint spürte die Belustigung des Prokurators über sein Gestammel. »Und falls das Gericht unsere Heirat für ungültig erklären würde, dann würde es ihre Sünde noch verschlimmern, wenn sie mit mir zusammen gewesen wäre. Ich ... nun ... sie ist eine tugendhafte Frau. Sie wünscht nicht, dass die Welt sie dafür verdammt, Unzucht getrieben zu haben ...«

Stephen de Norwood schnalzte missbilligend mit der Zunge. »So zu sprechen ist nicht der richtige Weg, Sir – als ob Ihr bereit wäret, aufzugeben.« Er ging ein paar Schritte, dann wandte er sich um und stieß aufmunternd die Faust in die Luft. »Entrollt Euer Banner, Sir! Richtet Eure Lanze! Wenn Ihr über Eure Heirat sprecht, muss es klingen, als ginge es um die Ehre eines Heiligen! Mit einem Wort: Ihr solltet Eure Frau zu Euch ins Bett nehmen, und das so schnell wie möglich.«

Geraint schluckte und errötete wie eine Jungfrau. Johanna zu sich ins Bett nehmen! O ja, und am nächsten Morgen würde man in der Westminsterabtei die Krönungsfeier für ihn abhalten.

»Sir Gervase«, drängte Stephen verständnisvoll. »Denkt Euch Euer Weib wie ein Haus.«

»Wie ein Haus?« Doch wohl eher wie ein aus der Bahn geratenes Geschoss, aber ...

»Ja, wie ein schönes, begehrenswertes Haus. Wenn es leer steht und der Eigentümer abwesend ist, kann jeder Vorbeigehende es betreten und sagen: ›Das ist jetzt mein Haus.‹ Wenn Ihr jedoch in dem Haus wohnt, Sir, wird es niemandem so leicht gelingen, Euch daraus zu vertreiben. Eure Feinde werden ihr Besitzrecht erst beweisen müssen, um Euch daraus zu entfernen. Eigentum, Sir Gervase!«

Sie standen jetzt im Schatten. Der wohlbeleibte Advokat ging einige Schritte weiter, um dem Sonnenschein zu folgen.

»Wartet, Master Prokurator, wollt Ihr damit sagen, das Gericht würde unseren Fall in einem günstigeren Licht sehen, wenn wir … *in delectatio* lebten?«

»Ja, Sir, gut nachgedacht!« Stephen de Norwood wandte sich um und strahlte ihn wie ein zufriedener Tutor an. »Alles, was die heilige Kirche wünscht, ist, ihren Segen zu den intimen Beziehungen zwischen einem Mann und einer Frau zu geben. Wenn ein Paar sich für immer aneinander zu binden wünscht und diese Beziehung vollkommen werden soll, dann ist die Kirche dazu da, ihnen zu helfen. Sie gibt ihrem Gelübde vor aller Öffentlichkeit Geltung und reinigt diese Beziehung von allen Sünden.«

»Aber Johanna hat Sir Fulk vor aller Welt geheiratet, obwohl sie und ich …«

»Wenn Ihr Zeugen dafür benennen könnt und wenn Ihr die richtigen Worte gesprochen und den Bund vollzogen habt, dann wird alles rechtens sein. Und wenn Ihr während der Dauer der Verhandlung intim miteinander lebt und Eure Lady ein Kind von Euch empfängt, sollte es mit dem Urteil keine Probleme geben. Diese Dinge liegen in Gottes Hand … aber ein gestandener Mann wie Ihr, Sir, sollte doch in der Lage sein, innerhalb von sechs Monaten ein Baby in ihren Schoß zu pflanzen.«

In Geraints Kopf drehte sich alles. Geraint presste die Hände gegen die Schläfen und lehnte sich gegen die Mauer.

»Hat Lady Johanna bereits empfangen, während sie mit Sir Fulk gelebt hat?« Geraint musste ihn verständnislos angesehen haben, denn der Anwalt schürzte die Lippen über solche Unwissenheit. »Hmm, die Lady könnte also unfruchtbar sein. Hat dieser Fulk Kinder aus früheren Ehen?«

»Das kann ich nicht sagen. Nicht, dass ich wüsste.« Er beobachtete Stephen, der die Finger aneinander legte und nachdenklich einen Kreis daraus formte, als beschwöre er eine Zauberformel.

»Über die Umstände der Empfängnis wird viel debattiert. Die einen sagen, dass eine Frau nur empfängt, wenn sie Freude an der Vereinigung hat, was nach meiner Vermutung einer der Gründe ist, warum unsere Freudenhäuser voll von unfruchtbaren Frauen sind. Wenn die Lady Euch liebt und ehrt ...« Er kicherte und zuckte die Schultern. »Euch bleibt nur der Versuch.«

Geraint fragte sich, ob zurzeit Vollmond war und sich das auf ihn auswirkte. Am liebsten hätte er lauthals losgelacht, so verrückt kam ihm das alles vor. Er stellte sich vor, mit dieser Empfehlung nach Conisthorpe zurückzukehren. Der Ausdruck auf den Gesichtern der edlen Damen würde das Gold der gesamten Christenheit wert sein. Das Lachen brach aus ihm heraus, ein reines erschöpfendes Lachen, das die Fenster seiner Seele aufstieß und sein Herz und seinen Kopf freimachte.

»I-ich ...«, stieß er hervor. »Aber was ... was ist, wenn ... Was ich zu sagen versuche, ist, dass Lady Johanna sehr tugendhaft ist und dass sie von Fulk misshandelt wurde.«

Der Prokurator begriff, was Geraint damit sagen wollte. »Und deswegen ist sie ein wenig zurückhaltend, oder?« Gott segne den Mann für seine rasche

Auffassungsgabe. Es war eine Erleichterung, einmal offen darüber sprechen zu können. »Kommt, Sir Gervase, ich muss doch einem so gut aussehenden Ritter wie Euch nicht erklären, wie er vorgehen muss. Buhlt um Sie oder befehlt ihr, ganz wie es Euch beliebt. Tugend ist bei jeder Frau höchst löblich, aber die Essenz des Argumentes ist sicherlich, dass sie, sollte sie Euch Sir Fulk vorziehen, sie auch ihrer Pflicht nachkommen muss, die sie gegen Euch hat. Es ist unbestritten, dass sie mit einem von Euch verheiratet ist. Die Lady muss sich entscheiden.«

»Also wer hat nun das Feuer da gelegt, wo er es nicht sollte?«, stichelte Jankyn, als Geraint sich gerade anschickte, den Fuß in den Steigbügel zu stellen. Sie hatten sich später getroffen, als es Geraints Absicht gewesen war, und er hatte es eilig. Sein steinerner Blick beeindruckte Jankyn in keiner Weise. »Und es ist wohl noch mehr Zunder dazugekommen. Ich würde meinen ganzen Gewinn wetten, dass der Priester dort drüben Euch um ein neues Dach für das Kirchhofportal gebeten hat.«

»Ja«, schäumte Geraint und bedachte den hartnäckigen Kirchenmann mit einem finsteren Blick. Dieser war, so lästig wie eine Küchenschabe auf einer Pastete, unvermutet aufgetaucht, nachdem Stephen de Norwood sich von Geraint verabschiedet hatte. »Ich habe gerade eine Kerze für den heiligen Judas angezündet. Und jetzt, in des heiligen Namen, lass uns von hier verschwinden!«

Falls die Engel himmlische Brieftauben benutzen, um die Gebete zum Himmel hinauf zu transportieren, dann muss der Schutzheilige der hoffnungslosen Fälle über und über mit Federn bedeckt und der beschäftigste Heilige dort oben sein, dachte Geraint, als er seinem Pferd die Sporen gab und den Weg hinuntergaloppierte.

»Ihr seid inzwischen also auch zu dem Schluss gekommen, dass Eure Entscheidung strohdumm gewesen ist.«

»Später, Jankyn!«

»Kluger Prokurator, Euer Gewissen in Brand zu stecken. Wisst Ihr, wohin wir jetzt reiten?«

»Nein. Ja, zu Dame Christiana, hoffe ich. Nördlich von Conisthorpe soll es einen Saumpfad geben, der irgendwann auf den Weg stößt, der durch den Park führt. Bist du sicher, dass du diese Kerle betrunken genug gemacht hast, Jankyn?«

»Unsere Eskorte? Aye, die sind abgefüllt bis zum Kragen.«

Geraint trieb sein Pferd an. Er dachte an den dritten Mann, der mit Jankyn gewürfelt hatte. Sollte der Deputy Sheriff den Mann losgeschickt haben, um ihn im Auge zu behalten, musste er Conisthorpe verlassen, solange der Fluss Hochwasser führte und bevor die Gerichtsverhandlung begann. Ihm war unbehaglich zumute, denn ohne ein Wort fortzugehen bereitete ihm Schuldgefühle. Johanna im Stich zu lassen missfiel ihm, als stünde er tatsächlich in ihrer Huld.

»Nehmt es nicht so schwer, großer Meister!«, tröstete Jankyn und sah Geraint damit dessen Ungeduld nach. Sie hatten sich einige Male verirrt, bis sie endlich auf die Umpfählung und den Graben des Parks stießen. Sie folgten dem Zaun zum Tor.

»Falls wir Edmund nicht mitnehmen können, werde ich dieses Frauenzimmer zwingen, Farbe zu bekennen«, drohte Geraint, als er den Sperrriegel der Pforte hinter sich wieder auflegte.

»Daher weht also der Wind, he? Ich glaube, Ihr

schuldet mir eine Erklärung. Was hat der fröhliche Prokurator gesagt? Warum musste ich meine liebenswerten Würfelmitspieler unter den Tisch saufen?«

»Advokaten! Der Kerl schätzt, dass die Verhandlung mindestens sechs Monate dauern wird – wenn nicht sogar Jahre. Er hat mich gedrängt, Lady Johanna so bald als möglich ein Kind zu machen. Wenn du jetzt lachst, werfe ich dich in den tiefsten Graben, den ich finden kann.«

Also setzte Jankyn eine so übertrieben gleichmütige Miene auf, dass Geraint ihm, auch wenn seine Stimmung sich ein wenig gebessert hatte, trotzdem einen leichten Klaps versetzte. In vorsichtiger Entfernung von Dame Christianas Hütte verhielten sie die Pferde und stiegen ab.

Ein unangenehm strenger Kräutergeruch, der die Nase einer jeden Hexe in höchstes Entzücken versetzt hätte, erfüllte die Luft. Jankyn gab das übliche Pfeifsignal, und hinter der grünen Wand des Unterholzes ertönte die Antwort: Dame Christiana schlug mit einem Löffel gegen einen Eisentopf.

»Sie haben ihn fortgeholt, Jungchen«, rief sie und lief auf die beiden zu. Aufgeregt winkte sie mit den Armen.

Geraint stürzte an ihr vorbei in die Hütte. »Wer war das?«, verlangte er zu wissen. Edmund lag nicht auf seinem Strohsack.

»Ich war zum Kräutersammeln, aber sieh, Jungchen, es wurde nichts gestohlen, nichts durcheinander geworfen. Wahrscheinlich hat Lady Constance sich wieder einmal eingemischt. Es gibt nicht den leisesten Hinweis, dass es die Männer des High Sheriffs oder andere Fremde gewesen sind.«

»Es sind Radspuren da.« Jankyn kam zu ihnen. »Wäre es eine Gefangennahme gewesen, hätten sie ihn ohne Rücksicht auf seine Wunden einfach über ein Pferd geworfen.«

»Sir Geoffrey, würde ich wetten«, knurrte Geraint. »Mögen sie dafür in der Hölle rösten! Wenn er stirbt …«

»Irgendeine Idee, wohin sie ihn gebracht haben könnten?«, fragte Jankyn.

Die alte Frau schüttelte den Kopf. »Wenn Mylady erst herausfindet, was für eine Plage dein Freund ist, schickt sie ihn vielleicht vor seiner Zeit zum lieben Gott, damit er den ärgern kann. Wirst du das Risiko auf dich nehmen und gehen? Ich kann euch im Handumdrehen Bier und Brot einpacken, und da ist noch ein Futtersack, den ihr für die Pferde nehmen könnt.« Sie eilte ins Haus, nachdem Geraint grimmig genickt hatte.

»Vermutlich erwartet Ihr, dass ich Euch wie ein treuer Hund hinterherlaufe?« Jankyn betrachtete bedrückt die länger werdenden Schatten.

»Bleib nur, wenn du es vorziehst, aufgespießt vom Schwert eines hiesigen Lords zu enden«, erwiderte Geraint gereizt, während er die Sattelgurte seines Hengstes nachzog. »Mach, was du willst, ich werde auf jeden Fall Edmunds Frau aufsuchen, Elizabeth Badlesmere. Sie könnte ein Lösegeld für ihn anbieten.«

»Vielleicht will sie ihn gar nicht zurückhaben.« Jankyn machte keine Anstalten, Geraint zu begleiten, auch nicht, als die alte Christiana mit einer Lederflasche und einem großen Bündel mit Proviant zurückkam.

»Also was ist nun?«, fragte Geraint herausfordernd.

»Ich denke, Ihr lauft davon, mein Freund.«

Geraints Knöchel wurden weiß, als er die Zügel fester umklammerte. »Ich habe keine Lust mehr, mich von einem Haufen Weiber herumkommandieren zu lassen. Wenn sie glauben, ich werde für Gott weiß wie lange auf Conisthorpe hocken und geduldig die Däumchen drehen, haben sie sich in mir getäuscht.«

Es war dasselbe Gefühl, das er als Junge im Kloster empfunden hatte, das Gefühl, auf dem falschen Weg zu sein. Er richtete sich auf und sah dem kleineren Mann ins Gesicht. »Ich kann nicht hier bleiben, Jankyn.« Er hatte jetzt zwei Zuhörer, denn Christiana hatte sich neben den Narren gestellt. Geraint bemühte sich, die richtigen Worte zu finden, damit sie seinen Entschluss verstanden. »Mein ganzes Leben lang haben Menschen versucht, mich zu kontrollieren, mich in eine Form zu pressen, und der einzige Ausweg ist, fortzugehen. Ich will mein eigener Herr sein. Bei den Mortimers bin ich geblieben, weil ich es so für mich entschieden hatte. Und jetzt sieht es so aus, dass ich für Edmund mehr tun kann, wenn ich von hier verschwinde. Ich habe den Schwur abgelegt, Sir Roger zu befreien, und den kann ich schwerlich erfüllen, wenn Lady Constance mich am Gängelband führt.«

Jankyn hakte die Daumen in den Gürtel und musterte Geraint nachdenklich. »Geht es nur darum, mein Freund?«, sagte er schließlich. »Ich frage mich wirklich, ob Ihr Euch diesen Entschluss reiflich überlegt habt.«

»Hmm, du solltest am besten hier bleiben und eine Nacht darüber schlafen.« Es schien, als suchte Christianas eindringlicher Blick nach einer versteckten Erklärung. Sie drückte den Proviantbeutel an ihre magere Brust.

Um morgen von Sir Geoffrey und seinen Männern nach Conisthorpe zurückeskortiert zu werden? Er wusste, dass Christiana und Jankyn es gut mit ihm meinten. Ratlos starrte Geraint auf das Paar hinunter, die Gedanken wirbelten durch seinen Kopf. Hielten sie ihn für einen Feigling? Wie sollte er ihnen erklären, dass der Zauber von Conisthorpe begonnen hatte, wie giftiger Efeu nach ihm zu greifen? Oder dass – abgesehen von der Gefahr, als Rebell entdeckt und gefangen genommen zu werden – etwas anderes seine Freiheitsliebe bedrohte? Er biss die Zähne zusammen. »Es tut mir leid«, sagte er dann. »Ich muss gehen.«

Blass und angespannt wartete Johanna darauf, dass Geraint nach Conisthorpe zurückkehrte. Zwei Männer der Garnison, betrunken bis zum Umfallen, waren vom Stadtkommandanten in die Burg gebracht worden, und man hatte sie im Keller des Turms in zwei Zellen eingesperrt. Dort sollten sie erst einmal bleiben, bis Sir Geoffrey sich mit ihnen beschäftigen würde. Der Fremde, der sich als Sir Gervase de Laval ausgab, und sein ungewöhnlicher Knappe waren nicht zurückgekommen, und deshalb war ein Bote zum Prokurator geschickt worden, um diesen zu holen.

Johanna stieg die Treppen zur Brustwehr hinauf. Froh über den ungemütlichen Wind, der die Tränen auf ihren Wangen trocknete, hielt sie in der Dämmerung Ausschau. Es war nicht der Verrat, der sie schmerzte, nicht die Tatsache, dass der Fremde begonnen hatte, mehr zu erwarten, als sie geben konnte – diese Dinge verzieh Johanna ihm, denn Männer verhielten sich nun einmal so. Nein, was sie ärgerte, war, dass sie das Sonnenlicht auf ihren Händen gespürt hatte, weich und fließend, und dass sie es nicht festhalten konnte wie ein bunt schillerndes Insekt. Diese Erkenntnis tat weh. Hand in Hand mit einem schrecklichen Schicksal war die Einsamkeit zu ihr zurückgekehrt. Sie wünschte, sie hätte nicht gelernt, wieder zu lächeln.

»Johanna?« Father Gilbert war ihr nachgegangen, aber sie wollte nicht gefunden werden, nicht jetzt. »Ich weiß, dass Ihr hier seid, meine Tochter.«

»Befürchtet Ihr, dass ich mich hinunterstürzen werde?«

»Nein.« Er wartete, bis er wieder zu Atem gekommen war. »Junge Männer sind oft gedankenlos, seht ihm das nach. Die Stechpuppe, Euren Vater herunterzuholen, damit er zusehen kann, Peter aus dem reißenden Strom zu retten … er handelt impulsiv, aber aus der Güte seiner Seele heraus, und es gibt vermutlich noch andere Gründe, von denen er zu niemandem hier sprechen würde.«

»Ihr meint, dass er es verdient, gehängt zu werden.« Sie überließ es dem Geistlichen zu entscheiden, wie er diese zweideutige Antwort verstehen wollte. Sie hatte ohne Bitterkeit gesprochen, doch sie klang verwirrt und traurig, als sie hinzufügte: »Gervase hat felsenfest behauptet, dass er uns nicht nur deswegen hilft, weil wir ihn dafür bezahlen. Glaubt Ihr, er hat hier nur einen Unterschlupf gesucht, bis die Wölfe sich davongemacht haben, um anderswo zu jagen? Ich weiß, dass es ihm um die Dinge geht, die im Königreich zurzeit geschehen, und dass er sich als Teil dieser Ereignisse versteht.«

»Ich weiß die Antwort darauf wirklich nicht, meine Tochter, aber vertraut auf Eure Gebete. Wir werden für Euch einen Weg auftun, Euer Leben Gott zu weihen und Euren Frieden zu finden. Wie ich Euch schon sagte, gibt es im Süden einige Klöster, die Euch aufnehmen würden. Kommt jetzt in die Kapelle, und vergebt Euren Feinden.«

Er schlug das Kreuz über ihr und ging. Johanna zögerte, ihm zu folgen. Sie lehnte sich gegen die harte Mauer und schaute zu einem nadelkissengroßen Flecken weit entfernter Sterne hinauf. Ungeweinte Tränen stiegen in ihrer Kehle auf, und sie schluckte sie mühsam wieder hinunter. Sie wollte nicht in Selbstmitleid ertrinken. Sie war ein ungehorsames Kind gewesen, eine unfruchtbare Ehefrau, und jetzt hatte sie keinen Versuch gemacht, den Mann zu halten, der ihre Rettung hätte sein können. Vielleicht wollte Gott sie auch nicht. Das Kloster? Zahllose Gebete und strenges Fasten hatten sie weder dem Himmel ein Stück näher gebracht, noch sie von ihrer Pein hier auf Erden befreit.

Wenn der kalte Wind auch ihren schwermütigen Geist leichter machte, so setzte er der Selbstkasteiung eine Grenze, die aus Frösteln und Gänsehaut bestand. Johanna fror plötzlich ganz erbärmlich.

Als sie die Stufen hinabstieg und an einer der offenen Schießscharten vorbeiging, sah sie, dass sich ein Lichtschein hinter dem Turmfenster ihres Vaters bewegte. Sie blieb stehen. Um diese Zeit holte Aidan für ihren Vater das Abendessen aus der Küche. Normalerweise hielt er sich dabei ein wenig länger als nötig in der behaglichen Wärme auf, um die Küchenjungen zu hänseln und sich den neuesten Klatsch anzuhören.

Johannas Neugier war geweckt, und rasch überquerte sie den dunkler werdenden Burghof. Leise stieg sie die wenigen Stufen in das Gemach ihres Vaters hinauf. Auf dem Treppenabsatz blieb sie stehen, holte tief Luft, legte beide Hände auf den Schließring und stieß die Tür auf.

»*Merde!*«, rief Edyth, die erschreckt aufsprang. Dabei warf sie eine Kerze zu Boden. Die Binsen fingen sofort Feuer, und Edyth schrie auf, als um sie herum helle Flammen aufflackerten. Geistesgegenwärtig riss Johanna die Pelzdecke vom Bett, warf sie auf die Flammen und trat das Feuer aus. Vorwurfsvoll sah sie Edyth an, die erstaunlich verlegen wirkte. *Warum versteckte sie ihre Hände?*

»Beim Allmächtigen, was tut Ihr hier?«

»Ich lese dieser armen vernachlässigten Seele vor«, erwiderte ihre Schwägerin in dem scheinheiligen Ton, den sie normalerweise gegenüber zu Besuch kommenden Bischöfen anschlug.

»Vorlesen!«, rief Johanna, die gerade das umgeworfene Tintenglas entdeckte, als sie die versengte Decke aufhob. Edyth lief zur Tür, aber Johanna hielt sie fest und wand ihr ein Pergament aus der Hand.

»Was in Gottes Namen ...« Sie warf einen entsetzten Blick auf ihren Vater, der sie aus den Kissen heraus anstarrte. Sein Atem ging schwer. »Aber das ist ...« Ihr geringes Wissen über Buchstaben reichte, um ein oder zwei Worte zu entziffern, die Zahlen jedoch konnte sie lesen. Erschreckt sah sie das krakelige Kreuz über dem Namen ihres Vaters. »Teufelin! Deshalb also hat Fulk Euch hier gelassen. Nicht nur um zu spionieren, sondern auch um meinen Vater zu überlisten, dass –«

Edyth trat an den Kamin. »– dass er die Auszahlung der Mitgift veranlasst, die meinem Bruder rechtmäßig zusteht. Dieser Geizhals«, sie warf einen verächtlichen Blick auf den kranken Mann, »hat Fulk dazu überredet, Euch zu nehmen, als niemand anderes das wollte, und wofür?« Sie beugte sich über das Feuer und sah Johanna an. »Seht Euch doch an – eine unfruchtbare, ungehorsame Hure. Mein Bruder verdient jeden Penny, und glaubt mir, er wird ihn auch bekommen! Gebt mir das!«

Entsetzt starrte Johanna auf den glühenden Holzscheit, den Edyth plötzlich in der Hand hielt. Ihr Schatten an der Wand wirkte schwarz und bedrohlich.

»Dafür müsst Ihr mich töten!«

»Schamlose Hure!«, fauchte Edyth, das Gesicht so

verzerrt wie das einer Hexe. »Gebt es mir, oder ich werde Euch das Gesicht zerkratzen.«

Johanna tastete sich am Bett entlang, sie hielt das Schriftstück hinter ihrem Rücken. Sie musste die Treppe erreichen oder –

»Aaagghh!« Der gewürgte Laut vom Bett her genügte, um Edyth abzulenken. Im selben Augenblick warf sich Johanna quer über das Bett und hielt das Schriftstück in die Flamme der Wandfackel.

»Du intrigantes Weibsstück!« Edyth machte eine Bewegung, um nach dem Pergament zu greifen, aber Johanna bekam es als Erste zu fassen. Sie hielt das schwelende Papier in Händen und wedelte damit hin und her, zum einen, um sich so gegen Edyths Angriff zu schützen, zum anderen, um das Verbrennen zu beschleunigen. Dann warf sie es durch den halb geöffneten Fensterladen hinaus in den Burggraben.

Edyth stieß ihr den glühenden Scheit vor das Gesicht.

Den Schrei, den Johanna hörte, musste sie selbst ausgestoßen haben, als sie in panischer Angst ihren Schleier packte, damit die leckende Flamme ihn nicht entzündete. Plötzlich kam eine Metallschale durch die Luft gesaust, und deren Inhalt ergoss sich über die beiden Frauen.

»Mylady!« Aidan stand in der Tür, sein Blick war starr auf Edyth gerichtet.

»Danke, Aidan«, Johannas Atem normalisierte sich. Gott sei Dank war sie unverletzt geblieben. Edyth nicht aus den Augen lassend, wich sie rückwärts zurück, bis sie neben dem Diener stand.

Mit einem brüsken Schulterzucken warf Edyth den Holzscheit zurück in den Kamin und schürte, als wäre nichts gewesen, das Feuer. »Habt Ihr Euch heute schon im Spiegel betrachtet, Schwägerin?«

»Hinaus!«, rief Johanna. Sie wandte sich an den Diener. »Begleite diese … diese Ausgeburt der Hölle zurück in den Palas, Aidan, und dann holst du am besten noch einmal eine Schale Suppe für meinen Vater. Von heute an muss er bewacht werden.«

»Oh, das werdet Ihr bereuen, das verspreche ich Euch. Wo steckt er denn, Euer großspuriger Maulheld? Er ist weg, nicht wahr? Konntet seine Lust nicht befriedigen, habe ich Recht? Fulk hat das kommen sehen.« Edyth raffte ihre Röcke zusammen und verließ wie eine wütende Prinzessin mit hocherhobenem Kopf das Gemach.

Ihr Vater gab einen grunzenden Laut von sich, und Johanna wandte sich um. »So gibt es also doch etwas, wofür ich Euch danken kann, Vater«, sagte sie, zog ihm seine Decken bis hoch unter die Arme und strich sie glatt. »Dieses eine Mal habt Ihr gütig an mir gehandelt. Ich frage mich, ob Ihr wirklich verstanden habt, was Edyth von Euch wollte.« Das Gesicht auf dem Kissen sah sie blicklos an, und mit einem Seufzen beugte Johanna sich vor und küsste ihren Vater sanft auf eine Augenbraue, ehe sie den umgestürzten Hocker aufhob und wieder neben das Bett stellte.

»Dank der lieblichen Christiana müssen wir wenigstens nichts kaufen oder stehlen«, bemerkte Jankyn, als sie bei Einbruch der Dämmerung kurz die Zügel verhielten, um ihren Hunger zu stillen. Es war verlockend abzusteigen, aber Geraint war so nervös wie ein Wildkaninchen, dem der Zugang in seine Höhle versperrt worden war.

Jankyn wischte sich die Krümel vom Mund und schaute die Straße entlang. »Verzeiht mir, aber ich bin in ständiger Sorge, dass es nicht mehr lange dauern wird, bis wir die Damen Johanna und Constance besenstielschwingend am Horizont auftauchen sehen werden. Lady Edyth könnte es sogar fertig bringen, hierher zu *fliegen*.«

Geraint schnaubte. »Viel wahrscheinlicher ist, dass die Männer des Sheriffs uns in einem plötzlichen Anflug von übertriebenem Eifer angreifen werden.«

»Dieses Eheweib von Sir Edmund, das Ihr sucht, ist sie nicht die Tochter von Sir Bartholomew of Blean, aus der Nähe von Canterbury?«

»Aye, genau die. Er war Konnetabel auf Leeds Castle, bis seine Frau Königin Isabella den Zutritt zur Burg verweigerte und der König gegen ihn Krieg führte.«

»Aber wird es von dieser Seite Hilfe geben, mein Freund? Ich habe gehört, dass Sir Bartholomew im Gefängnis sein soll.«

»Was willst du damit andeuten, Jankyn? Dass ich ein Dummkopf bin und wir umkehren sollten, um Edmund zu suchen?«

»Was ist, wenn Lady Elizabeth sich nicht in Ludlow aufhält?«

Geraint seufzte. Er hatte nicht vor, seine Bekanntschaft mit dem als oppositionell bekannten Bischof Orleton preiszugeben. »Dann werde ich nach Kent reiten und sie dort suchen. Ich muss frei sein von Conisthorpe.« Er hatte diesen Satz schon so oft wiederholt, dass er wie eine Litanei klang, aber Jankyn zog lediglich die Augenbraue hoch und schwieg dazu.

Aus dem Schutz der Bäume konnten sie die Straße überblicken, auf der sie gekommen waren. Abgesehen von einem Mann, der unter lautem Fluchen seinen hoch bepackten Esel den Hügel hinauftrieb, und zwei Bettelmönchen, die, mit Stöcken bewaffnet, in die entgegengesetzte Richtung marschierten, war alles ruhig – noch.

In der Nacht überquerten sie bei Ilkley die Brücke über den Wharfe und ritten weiter über das Rombalds-Moor. Beim ersten Hahnenschrei wechselten sie am nächsten Morgen bei einem Pferdehändler ihre erschöpften Tiere. Solche Stationen waren ein Umschlagplatz für Neuigkeiten. Wie in den Tentakeln eines Seeungeheuers blieben Wahres und Unwahres hier hängen. Geraint, der mit dem redseligen Pferdehändler verhandelte, war darauf bedacht, seine Angelegenheiten für sich zu behalten. Müde und schlammbespritzt, wie er war, brachte er es dennoch fertig, sich den Anschein von Munterkeit zu geben. Er hoffte nur, dass sich Jankyn, der im Hof mit einem reisenden Händler schwatzte, nicht verplappern würde.

Der Narr war ungewöhnlich schweigsam, als sie weiterritten, und Geraint betrachtete ihn besorgt. Dunkle Schatten der Müdigkeit lagen unter Jankyns Augen, und die auf seinem Kinn sprießenden schwarzen Stoppeln verliehen ihm ein fast schurkenhaftes Aussehen. Geraint kratzte sich das juckende Kinn. Er war schmutzig und stank nach Schweiß – seinem eigenen und dem des Pferdes –, und er vermutete, dass Jankyn die matschige, von tiefen Radspuren durchfurchte Straße ebenso leid war wie er. An einem Bächlein machten sie Rast und nahmen ihr Morgenmahl ein, das aus den Resten des Proviants bestand, den Dame Christiana ihnen mitgegeben hatte. Sie waren allein mit den traurigen Rufen der Brachvögel und dem entfernten Krächzen von nistenden Krähen.

Daran gewöhnt, dass Jankyn mit Worten jonglierte wie ein Gaukler mit seinen Bällen, empfand Geraint dessen Schweigen als beunruhigend. Der Narr hockte da, die Arme fest um die Knie geschlungen, den Blick auf den Boden gerichtet und düster wie ein bezahlter Trauernder.

»Was ist los, Mann? Hab ich dich irgendwie beleidigt?« Wassertropfen fielen dem Narren auf die Hände. Geraint schaute prüfend zu den dicken grauen Wolken empor. Es regnete nicht. »Um Gottes willen, Jankyn, was bedrückt dich?«

»Solch schlimme Neuigkeiten und das Jahr noch keinen Tag alt. Glaubt Ihr, Mylady wusste es und hat uns nichts davon gesagt?«, murmelte sein Gefährte und blinzelte mit tränenerfüllten Augen in den Himmel. »Ich hätte in Pomfret dabei sein müssen, stattdessen war ich auf Conisthorpe und habe die Hände in den Schoß gelegt. Mein Herr ist jetzt kopflos. Ich bin am Leben, und er ist nicht mehr.«

Sein gegenwärtiger Herr verlor für einen Augenblick die Fassung, dann straffte sich sein Kinn. »Was?! Der König hat Thomas von Lancaster hinrichten lassen?« Obwohl er nicht gläubig war, bekreuzigte er sich. »Komm, bist du sicher, dass das kein dummes Gerücht ist?«

Der Narr schüttelte den Kopf, nur mühsam hielt er die Tränen zurück. »Der Händler war in Pomfret und hat alles mit angesehen. Sie brachten meinen Lord dorthin, und der Dreck, mit dem die ehrenwerten Bürger von York ihn bewarfen, hing ihm noch im Bart. Der König verweigerte es ihm, sich zu reinigen und saubere Kleider anzulegen. Er ließ ihn in den Turm sperren, den mein Lord vor kurzem erst hatte errichten lassen. Ach, wie stolz er auf diese Burg war.«

»Dann war der König also auch dort?«

»Aye, das war er, und er hat die Lords von Pembroke, Kent und Brittany zu sich gerufen, damit sie zusammen mit Sir Robert de Malmethorpe und Sir Hugh Despenser den Fall verhandeln.«

»Welcher Despenser?« Geraints Stimme klang scharf.

»Ist das wichtig? Der ältere Hugh, glaube ich, hat der Bursche gesagt. Mein Herr war in Ketten gelegt und nur mit einem Hemd und Beinlingen bekleidet, als sie ihn in seine eigenen Palas hinunterbrachten, um die Anklage zu hören. Die Menschen standen dort so dicht gedrängt, dass eine Frau zu Tode gequetscht worden ist, als die Menge vorwärts drängte. Sir Robert verkündete, dass mein Herr sterben müsse, auch wenn er der Cousin König Edwards sei und der angesehenste unter den Lords. Der Händler hat gesagt, sie waren wie eine Meute Straßenköter, die einen edlen Jagdhund anbellte und anknurrte. Und dass es kein richtiger Prozess war, denn der König«, Jankyn spuckte aus, »erlaubte meinem Lord nicht, sich zu verteidigen. Und als sie das Urteil verkündet hatten, sah mein Lord sie an und fragte mit vernichtender Stimme, wie ein Gericht sich angesehen und gerecht nennen könne, wenn es nicht einmal eine Verteidigung zuließe.«

»Aber wann ist Lancaster hingerichtet worden? Sie müssen sehr rasch gehandelt haben.«

»Sofort. Irgendein Gascogner, der Händler vermutet, ein Freund von Gaveston, drückte meinem Herrn eine zerrissene, schmutzige Kappe auf den Kopf, bevor sie ihn ohne Sattel auf eine armselige weiße Mähre setzten und zu dem kleinen Hügel führten, der südlich von der Burgmauer liegt. Ich kenne diesen Platz gut. Dort werden die Diebe und Mörder aufgehängt.«

»Aber sicherlich hat man ihm einen Priester geschickt, damit er die Beichte ablegen kann?«

»Aye, sie ließen einen Mönch rufen, und mein Herr betete während der ganzen Zeit, als sie ihn hinausführten, aber dann ...«, Jankyn wischte sich die nassen Lippen, »dann schleuderten die Stadtbewohner – seine eigenen Leute, verflucht sollen sie sein – Mistbrocken auf ihn. Mein Lord kniete nieder und machte seinen Frieden, aber gerade als der Scharfrichter, irgendein Leibeigener aus London, seine Axt hob, um meinem Herrn den Kopf abzuschlagen, rief einer von Sir Andrew de Harclas Männern, ein Bursche aus Muston, der einer seiner Bewacher gewesen war: ›Nein, lasst den Verräter gen Schottland schauen!‹ Also zwang man ihn dazu, bevor sie ihn köpften. Ich hätte dort sein müssen.« Jankyn barg das Gesicht an seinen Knien und schluchzte.

»Und was hättest du dabei tun können, mein Freund?«, wandte Geraint ein. »Sei froh, dass sein Ende schnell und gnädig war. Hätten sie ihn wie einen Verräter hingerichtet, wäre alles noch viel schlimmer gewesen.«

Aber der Narr schüttelte Geraints Hand ab und weigerte sich, sich trösten zu lassen. Geraint überließ ihn seinem Kummer und ging ein paar Schritte. Dann blieb er stehen. Mit verschränkten Armen stand er da und betrachtete nachdenklich die Schafe, die am Wegesrand weideten. Er konnte um Thomas von Lancaster nicht trauern, auch wenn er auf dessen Seite gekämpft hatte. Auch wenn sein Narr ihm große Bewunderung entgegenbrachte. Der Earl war kein Heiliger gewesen. Sein verzweifelter Versuch, König Edward seinen Willen dadurch aufzuzwingen, dass er mit Englands ärgstem Feind, den Schotten, ein Bündnis einging, war ein Zeichen der Schwäche gewesen. Und Thomas war mit schuld daran, dass Sir Roger Mortimer gefangen im Tower saß, weil er den Marcher Lords nicht zu Hilfe gekommen war, als diese ihn gebraucht hatten.

Geraint war überzeugt, dass er am Abend des Debakels von Boroughbridge nicht der Einzige gewesen war, der die Aufrichtigkeit von Lancasters vollmundigen Ausfällen gegen seinen königlichen Verwandten bezweifelt hatte. Auf dem Weg herauf vom Trent hatte Geraint mit eigenen Ohren gehört, wie neidisch der Earl geworden war: Ständig hatte er erinnert, dass in seinen Adern Plantagenet-Blut floss und er England besser regieren könnte. Besser regieren! König Edmund hatte an keiner Sitzung seines Kronrates teilgenommen. In gewisser Weise war die Entwicklung unausweichlich gewesen, außer, dass niemand geglaubt hatte, dass König Edward tatsächlich den eigenen Cousin würde hinrichten lassen. Jeder im Königreich wusste, dass der König Lancaster die Schuld für die Hinrichtung seines Freundes Gaveston gab. Und Geraint hatte eine Vermutung, wer König Edward in dieser Entscheidung bestärkt und dazu aufgestachelt hatte – der junge Hugh Despenser, der von Adligen und Gemeinen gleichermaßen gehasst wurde. Wobei nicht vergessen werden durfte, dass es nicht vieler mit Bedacht zugetragener Verleumdungen bedurft hatte, um die königliche Rache zu nähren.

Und so hatte sich innerhalb einer knappen Woche die Welt auf den Kopf gestellt. Fröstelnd zog sich Geraint die Kapuze tiefer in die Stirn. Seine Wunde brauchte einen neuen Verband von kundiger Hand. Nicht nur seine Schulter machte ihm zu schaffen, auch seine Seele tat ihm weh. Was sollte er jetzt machen?

Da Lancaster nicht mehr lebte, waren die Rebellen nicht nur in alle Winde verstreut, sondern genau genommen auch führerlos. Roger Mortimer, der einzige andere Mann, der fähig war, sie zu führen, saß gefangen im Tower. Die Nachrichten waren schlimm. Der nach Vergeltung trachtende König würde alle seine Feinde vom Tisch wischen. Sicher, Edmund Mortimers Zukunft war im Augenblick keinen lumpigen Farthing wert. Und falls Sir Roger hingerichtet wurde, was sollte Geraint dann tun? Sich einen neuen Lord suchen? Oder alle Prinzipien vergessen und auch nach dem Glücksrad greifen, das Hugh Glanz und Einfluss gebracht hatte?

Es war eine machtgierige Welt, in der jeder versuchen musste zu überleben. Lohnte es, sich durch die *Marches* zu kämpfen? Irgendwie bezweifelte Geraint, dass Edmunds junge Frau in der Lage sein würde, das Lösegeld aufzutreiben, um das Leben ihres Mannes von Lady Constance freizukaufen. Oh, er wettete eine ganze Grafschaft darum, dass Despensers Advokaten schon an ihre und die Tür Bischofs Orleton klopften, um Inventarlisten zu erstellen. Und Wales lag jetzt wie ein Hund an Hugh Despensers Kette, bereit, jederzeit auf dessen Befehl hin loszuspringen. Das stand außer Frage. Die Despensers würden alle bestrafen, die sich gegen sie gestellt hatten – Lords, Bischöfe und Frauen.

Was hatte er zu Johanna gesagt? Es gibt keine Ritterlichkeit. Um seine Pläne in die Tat umzusetzen, brauchte er einen einflussreichen Lord – und eine reiche Erbin. Und auf der anderen Seite gab es Johanna, geschlagen und misshandelt, im Streit um ihre Mitgift, die da nicht mithalten konnte. Aber wenigstens könnte er ihr helfen, sich von ihren Fesseln zu befreien. Es war falsch gewesen, fortzugehen.

»Lass uns nach Conisthorpe zurückreiten, Jankyn!«, rief er und wandte sich entschlossen um. Er war jetzt hellwach. Doch Jankyn hatte sich in seinen Umhang gehüllt und lag zusammengerollt wie ein Baby auf dem Boden und schlief. Er atmete regelmäßig, nicht mehr so unruhig wie zuvor. Schlaf nur, dachte Geraint grollend. Er fühlte sich mit seinen Ängsten allein gelassen. Schlaf weiter.

Das Schweigen begleitete sie als dritter Gefährte, während sie über das Moor nach Norden zurück nach Conisthorpe ritten. Die graue Feuchtigkeit, die sie wie eine Decke umschloss, legte sich auf ihren Atem. Ohne die Sonne als Orientierungshilfe stießen sie schließlich auf einen schmalen steinigen Weg, der ihnen unbekannt war und dem sie folgten. Angelockt von der Laterne einer Schankwirtschaft, die den düsteren Morgen ein wenig erhellte, hielten sie im ersten Dorf an, um nach dem Weg zu fragen. Was sie erfuhren, während sie das süße Würzbier tranken, vertrieb ihren Durst – das Dorf hieß Enderby. Sie befanden sich auf Fulks Besitz.

Die Neuigkeit, dass Sir Fulks Männer alle Dörfer abritten und dort fragten, ob Reiter von ihrem Aussehen und ihrer Statur gesehen worden wären, wurde ihnen von der Schankwirtin freimütig mitgeteilt. Es brauchte aber, außer der Bezahlung für ihr Essen, eine weitere Münze, sich das Schweigen der Frau zu erkaufen. Geraint und Jankyn verloren kein Wort über ihren kapitalen Fehler, als sie weitab von der Straße weiterritten. Sie durchquerten zahllose Entwässerungsgräben, die die Felder und Wiesen durchzogen, schlugen sich, so weit Efeu und Brombeerranken es zuließen, durch das Unterholz und hielten sich in Deckung, so gut es ging, bis die Türme von Enderby Castle außer Sicht waren. Der Wind trieb die Wolken wie umgestürzte Korngarben über den Himmel, und die blasse Sonne stand in ihrem Rücken. Sie vertrauten darauf, bald an den Wharfe zu kommen, dem sie dann nur folgen mussten, bis sie auf eine Furt stießen.

»Eine höchst famose Taktik – umzukehren«, bemerkte Jankyn trocken. »Wenigstens wird der gute Sir Fulk keine Wachen an den Brücken aufgestellt haben, falls er annimmt, dass wir davonlaufen wollen.

Sie werden ihre Erkundigungen weiter südlich einziehen.«

»So Gott will!« Geraint bekreuzigte sich. »Es sei denn, die Bierbrauerin hat uns angeschwindelt.«

Der Saumpfad führte sie auf einen schlechten, aber breiteren Weg, der einen Hügel hinaufführte. Nach gut zweihundert Yards erreichten sie eine Schmiede, vor der der mit Fässern hoch beladene Karren eines Böttchers stand. Jankyn spann eine Geschichte, dass sie in Fulk de Enderbys Dienste eintreten wollten. Der Schmied erblasste, als er den Namen hörte, schüttelte stumm den Kopf und starrte dann erschrocken den Weg entlang, den sie heraufgekommen waren. Bewaffnete Reiter in gelb-schwarzer Livree galoppierten den Weg hinauf.

Geraint zog sein Schwert, beugte sich vor und zerhackte das Seil, das die Fässer auf dem Wagen hielt. Polternd rollten sie den Hügel hinunter und lösten unter den hügelan stürmenden Pferden eine Panik aus. Fulks Männer wurden in alle Richtungen versprengt und gaben so den Verfolgten die Gelegenheit, über das offene Gelände die Flucht zu ergreifen. Aber die Pferde waren müde.

»Wir brauchen eine Zufluchtsstätte«, japste Geraint und zuckte vor Schmerz zusammen. »Irgendeinen Altar, hinter dem wir uns verkriechen können und, bitte, Gott, einen Heiler.«

»Vielleicht würde eine Menschenansammlung es stattdessen auch tun. Wir kommen auf eine Brücke zu und auf eine Stadt. Seid frohen Mutes, Sir, seht! Da vorn!«

Mit einem Gebet auf den Lippen gab Geraint seinem Pferd die Sporen und hielt auf die Brücke zu, die von Menschen und Karren verstopft war.

Die Stadt aus dunkelgrauem Stein verdankte ihre

Existenz offensichtlich der Brücke und ihren Wohlstand dem unverschämt hohen Brückenzoll, den sie entrichten mussten, um sie überqueren zu dürfen. Auf dem Marktplatz herrschte geschäftiges Gedränge, bunte Wimpel und Fähnlein flatterten im Wind, und in der Luft lag der verführerische Duft von gesottenem Spanferkel. Sie stiegen ab und führten die Pferde durch die Reihen der Verkaufsstände. Es gab fliegende Händler, Pastetenverkäufer, Zauberkünstler und Quacksalber, die Tinkturen und Salben verkauften, die gegen Furunkel und Warzen helfen sollten.

Als jemand ihn am Ärmel festhielt, fuhr Geraint in hochmütiger Haltung, aber mit einer Gänsehaut auf dem Rücken, herum. Er sah eine magere kleine Hure, die – ihren kleinen Brüsten nach zu urteilen – kaum dem Kindesalter entwachsen sein konnte und ihm zahnlos zulächelte. Als er sie abblitzen ließ, spuckte sie ihm vor die Füße.

»Sie hätte für uns ein Versteck auftreiben können.«

»In einer Mauernische?«, knurrte Geraint. »Geh ihr doch nach, wenn du willst.«

»Ich wünschte, ich könnte, aber –«

Geraint folgte seinem Blick und duckte sich rasch. Um sich nicht durch seine Körpergröße zu verraten, tat er, als müsste er seine Sporen befestigen.

»Großer Gott im Himmel! Jankyn, rette dich! Sie wollen nur mich!«

Ungefähr acht Ritter trieben ihre Pferde durch die Menschenmenge. Mit ihren Lederpeitschen hieben sie auf die Menschen ein, deren lautes Rufen und Fluchen sich zu einem Stimmengewirr senkte. Ein Kind weinte und wurde zur Stille gemahnt.

»Sirs!« Schätzungsweise war es der Bürgermeister, der sich beherzt neben Geraint stellte, um den herum sich ein freier Kreis gebildet hatte. Er wandte sich an die bewaffneten Reiter. »Sir Edgar, ich bitte Euch, brecht nicht den Frieden des Königs.«

Auf ein Zeichen ihres Anführers hin stiegen die Reiter ab, und der Ritter, der im Sattel sitzen geblieben war, schob sein Visier hoch. Der rötlich braune Bart und die engstehenden Augen sagten Geraint nichts, aber das verhöhnende Neigen des Kopfes erinnerte ihn an Fulks Gefolgsmann, der ihn in der Nacht der Flut angegriffen hatte. Bei allen Heiligen, sie waren wie eigensinnige Lämmer aufgespürt worden, und jetzt geiferte die Hundemeute danach, ihnen die Eingeweide herauszureißen.

»Master Bürgermeister, wir verfolgen diese Verräter bereits seit gestern. Es sind Rebellen aus Boroughbridge.«

Die Menge murrte. »Wer ist das?«, fragte jemand.

Geraint ließ den Blick über das Gesichtermeer schweifen und trug eine Heiterkeit zur Schau, die er nicht empfand. »Sehe ich etwa wie ein Rebell aus?«, fragte er grinsend, griff sich eine Apfelpastete vom Verkaufsstand hinter sich und biss herzhaft hinein.

»Du siehst mir wie ein strammer Bursche aus!«, rief eine weibliche Stimme, und Geraint warf seiner unbekannten Bewunderin eine Kusshand zu.

»Tue ich das?«, fragte Jankyn kess, stemmte die Fäuste in die Hüften und ging mit wiegendem Gang auf und ab.

Einer der bewaffneten Männer ging auf den Stand zu und warf ihn mit einem gewaltigen Hieb um. Die Menge schrie auf und zog sich zurück, ohne die verstreut liegenden Waren aufzuheben. Der Bürgermeister schluckte und rieb sich unsicher die Hände. Sir Edgar ließ sich aus dem Sattel gleiten. Seine Männer stellten sich ihm zur Seite und drängten langsam,

Schritt um Schritt und einer nach dem anderen, wie in einer vorher festgelegten Taktik, vor.

Geraint schien der bedrohliche Ring, den seine Feinde um ihn schlossen, nicht mehr zu beeindrucken als ein paar lästige Fliegen, die ihn umschwirrten. Er zielte mit der Pastete auf den Anführer. Sie traf Edgar an der Brust und hinterließ eine Spur aus Äpfeln auf dem Kettenhemd.

Die Daumen in den Gürtel gehakt, lachte Geraint laut auf und richtete das Wort an die Bürger. »Er täuscht euch, gute Leute. Ignoriert die Männer einfach, Bürgermeister. Hier geht's um einen Streit wegen einer Frau.«

»Hab ich's nicht gesagt«, sagte eine Stimme.

»Ich bin bereit, mich einem Zweikampf zu stellen, aber nicht einer Herde von Feiglingen, die glauben, dass sie über den Gesetzen der heiligen Kirche stehen.« Er zog seinen Handschuh aus und warf ihn Edgar geringschätzig vor die Füße.

»Aye, gleich gibt's was zu sehen!«, rief jemand. »Ich setze auf den jungen Prahlhans.«

Edgar de Laverton trat den Handschuh mit seinem Absatz in den Staub und schnipste dann mit den Fingern. Als die Männer das erste Mal mit den gezogenen Schwertern gegen ihre Schilde schlugen, geschah dies noch nicht im Gleichklang, aber beim dritten Schlag gelang es ihnen perfekt.

»Möge der heilige Judas uns beistehen!«, stieß Jankyn hervor, als die Stadtleute sich zurückzogen und die immer noch auf ihre Schilde schlagenden Enderby-Männer den Kreis enger schlossen.

Aus den hinteren Reihen der Menge wurden Rufe gegen Edgar laut, als hätten die bedrängten Fremden und die Bürger einen gemeinsamen Feind – die Unterdrückten gegen die Privilegierten. Aber das Schlagen der Schwerter gegen die kleinen, runden Schilde ließ nicht nach.

Der Bürgermeister gab ein ersticktes Keuchen des Protestes von sich und hob blitzschnell die Hände, als zwei der Söldner ihr Schwert statt auf ihren Schild gegen ihn richteten.

»*Sie ignorieren?*«, stammelte Jankyn mit einem trockenen Lachen. »Oh, das fällt mir im Augenblick etwas schwer.« Die Männer waren schon viel zu nah, um noch Witze machen zu können. »Ihr könntet wenigstens zwei von ihnen mit uns zum Teufel nehmen.« Die Stimme des Narren war schrill vor Angst. »O Gott, rette mich, wer kommt da?«

Aller Augen richteten sich auf den in seiner Rüstung bedrohlich wirkenden Reiter, der langsam heranritt. Sein Visier war unverwandt auf Geraint gerichtet. Die Menschenmenge teilte sich so rasch vor ihm wie das Meer vor Moses. Der Ritter hatte den freien Platz erreicht, und bedächtig, mit dem Zeitgefühl eines erfahrenen Strategen, nahm er seinen Helm ab. Es war Sir Fulk de Enderby selbst.

Irgendjemand zischte seinen Namen, und man hörte einen Klacks Spucke auf der Erde landen.

»Wenigstens sind die Bürger auf unserer Seite.« Geraint verschränkte die Arme und wartete ab, Rücken an Rücken mit Jankyn. Noch hatte er sein Schwert nicht gezogen.

»Aye, und ungefähr so nützlich wie ein Korb voller Schnecken. Wollen wir im Zickzack zur Töpferbude laufen und die Krüge auf sie schleudern?«, schlug Jankyn vor.

Das dumpfe Schlagen der Schwerter erreichte sein Ziel; Geraint fühlte, dass seine Nerven inzwischen so dünn wie der Lendenschurz eines Bettlers waren, aber immer noch stand er mit verschränkten Armen da. Abrupt verstummte das Geräusch, doch die Stille war noch schlimmer. Jetzt schlug Geraints Herz dumpf und schwer. Die Menschenmenge hatte sich noch weiter zurückgezogen, die Leute drückten sich furchtsam gegen die Verkaufsstände.

Fulks Pferd tänzelte nervös vor ihnen. »Ich werde mich gnädig zeigen. Ich werde Euch sicheres Geleit bis zur Grenze der Grafschaft geben, und dann werden wir diese Angelegenheit vergessen.« O ja, und ohne Zweifel würden sie ihm hinter der nächsten Wegbiegung die Kehle durchschneiden.

»Aber ich habe *meiner* Frau kräftig beigelegen, Sir Fulk.«

Die metallisch kalten Augen begegneten der Heiterkeit seines Feindes, ohne zu zucken. »Das bezweifle ich. Das ist bei diesem Arrangement doch ausgeschlossen, oder?«

Bei dieser Antwort schüttelte es Geraint innerlich. Die kalkulierte Grausamkeit, von der Johanna gesprochen hatte – jetzt verstand er, was sie damit gemeint hatte. Dieser Mann war ein Reptil – eine zweiköpfige Schlange, die in beide Richtungen kriechen konnte und sich Gottes Willen entzog.

»Ihr wollt riskieren, meinen Bastard als Euren Erben aufzuziehen? Ziemlich töricht, Sir Fulk. Aber jetzt verstehe ich, dass man Euch nicht umsonst ›den Hammer‹ nennt: grob und obendrein dumm. Lasst das Kirchengericht entscheiden oder besser noch, lasst es uns Mann gegen Mann auskämpfen.«

Statt einer Antwort gab Sir Fulk dem Anführer seiner Männer ein Zeichen, und sie drängten vorwärts. Geraint blieb kaum Zeit, sein Schwert zu ziehen. Einen der Kerle schickte er krachend zu Boden, und einen zweiten konnte er zurückstoßen, ehe die anderen über ihn herfielen. Jankyn ging gleich zu Boden, aber er rollte sich zur Seite, sprang wieder auf und begann, Purzelbäume zu schlagen. Dem einen trat er gegen das Kinn, dem anderen sprang er auf den Rücken und klebte wie ein Buckel an ihm. Doch letztlich waren sie bei diesem Kampf hoffnungslos unterlegen. Zwei der Männer fielen hinterrücks über Geraint her und hängten sich mit ihrem ganzen Gewicht an ihn. Seine Wunde protestierte. Während er sich den Schmerz verbiss, fuhr er herum und versuchte, die Männer abzuschütteln, aber zwei weitere kamen ihren Kameraden zu Hilfe.

Sir Fulk stieg vom Pferd. Geraint schlang die Arme um den Leib, als ihn die Faust des Ritters in den Unterleib traf. Beim zweiten Schlag ballte Geraint die Faust. Tränen des Schmerzes nahmen ihm die Sicht, als die Männer ihn wieder hochzerrten, damit die in Panzerhandschuhen steckende Faust ihres Herrn noch einmal zuschlagen konnte. Dieses Mal bekam Geraint einen Schlag gegen das Kinn, der seinen Unterkiefer nach oben und seinen Kopf nach hinten schnellen ließ.

»Aufhören!« Plötzlich waren von irgendwoher Reiter zu hören.

»Teufel auch, Mann!«, brüllte eine Stimme, die wunderbar vertraut klang. Sir Ralph de Middlesbrough zügelte sein Pferd neben Sir Fulk. »Was treibt Ihr da?«

Geraint wurde losgelassen und fiel mit dem Gesicht voran auf den Boden.

»Fahr zur Hölle!«, knurrte Sir Fulk. »Ich werde ihm seine Männlichkeit abschneiden und meinem Weib das Ding schicken, das sie so sehr schätzt.«

»Legt noch einmal Hand an diesen Mann, und Ihr könnt Euer Mütchen in meinem Kerker kühlen. Ihr habt einen königlichen Erlass missachtet, Sir. Ich werde in dieser Grafschaft für Gerechtigkeit sorgen. Ihr habt mit Gewalt und mit Waffen den Frieden des Königs gebrochen, und das auch noch an einem Festtag unserer heiligen Kirche.«

»Gerechtigkeit?« Sir Fulk spuckte aus. »Dann ist keines unserer Eheweiber und keine unserer Töchter sicher. Jeder Halunke kann dahergeritten kommen und Anspruch auf sie erheben. Da, er gehört Euch.« Er stieß mit dem Bärlatsch in Geraints Rippen. »Ich kriege ihn ohnehin bald, ob er nun dem Archidiakon den Arsch küsst oder nicht.«

Geraint war halb bewusstlos, als kräftige Hände ihn auf den Rücken drehten.

»Ist sein Genick gebrochen?«, fragte jemand.

Eine Hand fühlte seinen Puls. »Nee, red doch keinen Quatsch. Er lebt.«

Geraint öffnete mühsam die Augen. Ein halbes Dutzend Gesichter beugte sich über ihn, darunter das des Deputy Sheriffs.

»Ich danke Euch«, keuchte er und rappelte sich zum Sitzen auf. Sein Kopf dröhnte. Geraint befühlte sein Kinn. Ein Zahn war locker, er konnte ihn mit der Zunge hin und her schieben. Sein Mund war voller Blut. »Wo ist mein Knappe?«

Jankyn, das Gesicht blutig geschlagen, ließ sich neben ihn auf die Knie fallen. »O Lordy, das war knapp. Sie wollten Euch wie einen Sack Pferdemist zu Lady Johanna zurückschleifen.« Geraint verstand. Nicht auf der Schleife des Verräters – noch nicht.

Ein anderes Beinpaar blieb neben ihm stehen, und ein Mann beugte sich herunter. Geraint blinzelte verwirrt in das Gesicht des Fremden, der im Alehaus von Bainham mit Jankyn gewürfelt hatte.

»Mann des Sheriffs, Ihr, ja?« Streitlustig stupste Geraint den Finger gegen das Bein des Mannes.

»Aye, und außerdem Agnes' Bruder. Aber eigentlich sollten mein Kamerad und ich gar nicht Euch im Auge behalten. Wir waren auf Edgar de Laverton angesetzt. Der macht 'ne Menge Ärger, vertreibt FitzHenrys Leibeigene, plündert und zündelt. Er ist Euch nach Bainham gefolgt, und die anderen Enderby-Banditen haben sich auch in der Gegend dort rumgedrückt. Hat Euch fast aus der Grafschaft vertrieben, was, Sir? Das war 'ne schöne Hetzjagd. Habt Glück gehabt, Sir, eh?«

Welcher gepriesene Heilige war der Schutzpatron der Dummköpfe und Einfältigen? Halb Yorkshire musste ihnen gefolgt sein. Zumindest war Lady Edyth ihnen nicht leibhaftig erschienen, aber in dieser höllischen Grafschaft war alles möglich. Geraint stöhnte. Seine Probleme reihten sich vor ihm auf wie Soldaten vor dem Zelt einer Dirne.

Agnes' hoch gewachsener Bruder grinste mit diabolischer Schadenfreude, die selbst Luzifer in den Schatten gestellt hätte. »Aber eines kann ich Euch sagen, Sir Gervase«, gluckste er, während er die Arme um Geraints Brust legte und ihn auf die Füße stemmte. »Bei meiner Seele, ich möchte nicht in Eurer Haut stecken, wenn Ihr nach Conisthorpe zurückkommt.«

17

Johanna, die niemandem gezeigt hatte, welch großen Riss Gervases Weggehen in ihrem Selbstvertrauen verursacht hatte, fasste sich ein Herz und ging nachschauen, ob er schon aufgewacht war. Ihre Mutter hatte ihm in der vergangenen Nacht einen Schlaftrunk aus mit Honig gesüßtem Klatschmohn verabreicht, mit dem man einen Karrengaul hätte betäuben können. Lang ausgestreckt auf ihrem Bett und mit geschlossenen Augen sah Gervase einigermaßen fügsam aus, trotzdem hielt sie einige Schritte Abstand.

Sie erwartete Feindseligkeit – Wut, die sich hinter beherrschter Zurückhaltung verbarg; er würde eine Standpauke von ihrer Mutter und auf ihrer Seite Tränen erwarten. Stattdessen fand sie ihn schlafend unter der Pelzdecke wie einen großen … nein, nicht wie ein Bären … wie ein stolzes, arg in Mitleidenschaft gezogenes, von der Schlacht erschöpftes Streitross.

»Wie Ihr seht, bin ich zurück, Mylady«, sagte er schläfrig und öffnete die Augen. Bevor Johanna Atem holen konnte, fügte er hinzu: »Der König hat Lord Lancaster hinrichten lassen, habt Ihr es schon gehört?« Es war, als fragte er sie um ihre Meinung, und einen Augenblick lang ließ sie sich täuschen. Bis er es verdarb, indem er hinzufügte: »Ich wäre dankbar, wenn Ihr mich wissen lassen könntet, ob es weitere Neuigkeiten gibt.«

Arroganter Hurensohn! Seine Worte verrieten ihr, wie wenig Bedeutung ihre Gefühle ihm bedeuteten.

Keine Zerknirschung, kein Wort der Entschuldigung, kein schüchtern-freches Lächeln, kein charmantes Lachen, kein mutwilliger Blick! Die einzige Facette seines Charakters, die sie gutheißen konnte, war Aufrichtigkeit. Er spielte ihr keine unechten Gefühle vor.

Oder – ein neuer Argwohn regte sich in ihr – war es ein Schachzug, um ihre Vorwürfe im Keim zu ersticken? Nun, dieses kleine Spiel konnten zwei spielen: Sie musste lediglich ihren Zornesausbruch auf einen späteren Zeitpunkt verschieben.

»Ja, gestern ist ein Bote gekommen, mit einer Bekanntmachung des High Sheriffs. Der König hat angeordnet, dass die führenden Rebellen in ihren Grafschaften … hingerichtet werden sollen.«

Sie beobachtete, dass er die Hand unter der Pelzdecke hervorzog und sich mit Daumen und Zeigefinger die Augenwinkel rieb. Diese wehmütig-sehnsuchtsvoll wirkende Geste strafte seinen scharfen fragenden Ton Lügen.

»Habt Ihr es auch gehört?«

»Wer hätte das nicht?«, erwiderte sie gereizt. »Es wurde vom Bürgermeister auf dem Marktplatz verkündet, und dann musste Mutter es dem gesamten Burghaushalt vorlesen.«

»Sind darin irgendwelche Namen genannt worden?« Er schlug den ungeduldigen Ton an, in dem ihr Vater und Fulk immer gesprochen hatten, aber sie unterdrückte ihren Widerwillen. Vielleicht hatte er einige von denen gekannt, die verurteilt worden waren.

»Henry de Montford und zwei weitere Henrys. De Willingford und –«

»Wilington. Die beiden gehörten der Truppe aus Bristol an.« Er schwieg, als spräche er ein stilles Gebet für die beiden Männer. »Weiter, Mylady. Noch andere Namen?«

»Henry de Tyesat und John de Gifford. Dann einer, den ich kannte, Bartholomew Baddles –«

»Großer Gott! Baddlesmere!« Geraint richtete sich auf und zuckte vor Schmerz zusammen. Edmunds Schwiegervater!

»Ja, er sollte von Pferden aus Canterbury geschleift werden und –«

»Aber er war nie in der Nähe von ...« Für einen Augenblick bedeckte er das Gesicht mit der Hand. »Ich muss Eure Frau Mutter sprechen«, sagte er barsch.

»Ich würde gern all das verstehen«, antwortete Johanna ruhig.

»Ich habe Euch versprochen, dass ich Euch erklären werde, warum wir Verrat begangen haben, Mylady, aber nicht jetzt. Dazu sind diese Neuigkeiten zu schlimm. Vergebt mir, wenigstens das.«

Fulks Kaplan hatte einmal zu ihr gesagt, dass die Seele einer Frau nicht so tief leiden könnte wie die eines Mannes. Was für ein Unsinn, doch sie schwieg, während Geraint blicklos auf die Decke starrte. Geistesabwesend fuhr er mit den Fingern über den Pelz, als wäre dessen Weichheit Balsam für seine qualvollen Gedanken. Plötzlich schüttelte er ungläubig den Kopf.

»Und Rom kehrte sich von der Republik ab und gab sich einen Kaiser. Diese Narren!«

»Was meint Ihr damit?«

»Damit meine ich, Mylady, dass wir uns selbst von einem Esel regieren lassen würden, solange er nur eine Krone trägt.« Mit gekrauster Stirn schüttelte er nochmals den Kopf und starrte hinauf in das Deckengebälk. Als würde er sich plötzlich ihrer Anwesenheit erinnern, wandte er den Kopf und blickte Johanna an.

Ihre Hände verkrampften sich in den Falten ihres Surkots. Die wichtigen Dinge waren abgehandelt worden, jetzt war sie die Nächste auf seiner Liste. »Wollt Ihr nicht wissen, wie ich mich fühle?«, fragte er sie.

»Nein.« Sie zupfte an einem losen Faden an ihrem Ärmelaufschlag und senkte den Kopf. »Ich bemühe mich, nicht kalkulierbar zu sein.«

»Damit habt Ihr Erfolg. Ich habe erwartet …« Er wandte den Blick ab, »… nun, das, was ich verdiene. Aber wenn es Euch gefällt, es auf später zu verschieben, wenn ich mich nicht länger fühle wie …«

»Fühle wie?«

»So steif wie ein Tuch voller Leim, dann werde ich unter der Wucht Eures Zorns zittern. Mir war klar, dass ich etwas unternehmen musste, damit Ihr mich in Euer Bett lasst.« Er versuchte über ihr frostiges Gesicht zu lachen, zog aber bei dieser Anstrengung eine Grimasse und stöhnte stattdessen. »Es gibt jetzt eine noch größere Auswahl an Verletzungen. Seht Sie Euch an – *bitte*.«

Er beobachtete ihr Gesicht, als sie sich zögernd zu ihm beugte, um seine Wunden in Augenschein zu nehmen. Die unverletzte Haut schimmerte in allen Farbschattierungen des Regenbogens. Soweit Johanna es sehen konnte, war die alte Wunde wieder aufgebrochen, aber erstaunlicherweise zeigte sich an deren Rand keine Gelbfärbung einer erneuten Entzündung, obwohl die Abszesshöhle neu verbunden werden musste. Sie drückte Geraint sanft in die Kissen zurück und tastete seinen Brustkorb ab. Bedachte man, welche Schläge er eingesteckt hatte, dann war es erstaunlich, dass seine Knochen heil geblieben waren.

Geraint stieß einen derben Fluch aus. »Ich hoffe, Ihr zieht etwas Befriedigung daraus«, knurrte er. »Den Arzt zu spielen, meine ich.« Wenigstens warf er ihr nicht vor, sich darüber zu freuen, dass er verprügelt worden war. »Ich habe versucht, normal zu atmen, wie man es mir immer geraten hat, aber es hat immer – *vorsichtig!* – geschmerzt.«

Also war es keine neue Erfahrung für ihn, in die Rippen getreten zu werden. Johanna schüttelte den Kopf über die männliche Art, Meinungsverschiedenheiten zu regeln. Sie betastete seine Brust und horchte, während er ein- und ausatmete. »Eure Rippen scheinen nicht gebrochen zu sein, Gott sei Dank.«

Er beobachtete den Pelz seiner Brusthaare, der sich hob und senkte, und suchte nach verräterischen Anzeichen für eine Verletzung. Als er nichts entdecken konnte, wollte er vor Erleichterung seufzen, doch das schmerzte zu sehr.

»Der Schmerz sitzt tiefer.« Eine Sekunde lang hatte er sie überrumpelt, dann wurde sie dunkelrot und ließ das Laken fallen. »Ich bin Eurem Ehemann begegnet«, sagte er rasch.

»Ja, ich weiß.« Sie schaute sich um, ob sich nicht eine Arbeit fand, mit der sie ihre verräterisch zitternden Hände beschäftigen konnte. Fulk würde gewinnen. Es war ein Wunder, dass man ihn davon hatte abhalten können, diesem großen Flegel einen Dolch zwischen die Rippen zu stoßen.

»Ihr seht abscheulich aus. Soll ich jemanden schicken, der Euch barbiert?«

»Meine Kehle durchschneiden, eh?« Vorsichtig schwang er sich aus dem Bett und setzte die Füße auf den Boden, wobei er sich von den Rippen bis zu den Knien bescheiden bedeckt hielt. »Ihr würdet Euch nicht die Mühe machen, ein Bad herrichten zu lassen und mich mit Rosenwasser zu beträufeln wie eine fügsame Magd? Nein, ich glaube nicht.«

Johanna fühlte, wie ihr die Röte in die Wangen stieg, weil er fast nackt vor ihr saß, und das einzige seiner Kleidungsstücke, das sie entdecken konnte, war ein

Paar eiserne Kniekacheln. Aus einem unerfindlichen Grund hatte man sie neben seiner Satteltasche liegen lassen. Mit einer davon könnte er sein Geschlecht statt seiner Kniescheibe bedecken, dachte sie und überraschte sich selbst bei dem Gefühl, loskichern zu wollen. Was war nur mit ihr? Warum fühlte sie sich wie auf Wolken gehend, wenn ihr wirklicher Ehemann sie zu Brei schlagen wollte und ihr angeblicher Ehemann ihr davongelaufen war?

»Wo habt Ihr geschlafen?« Sein Blick fiel auf die Strohmatte, die an die Wand des Schlafgemachs geschoben worden war. »Oh!« Er schien Schwierigkeiten zu haben, die Unterhaltung fortzusetzen.

»Yolonya hat die Nachtwache gehalten, nicht ich.«

Er zog die Augenbrauen hoch, als enttäuschte ihn diese Mitteilung. »Zwei Dinge müssen wir besprechen, Mylady«, knurrte er, während er sich nach dem Rest seiner Kleider umschaute. Er sah die Kniekacheln und schien nur mit Mühe einen Fluch zurückzuhalten.

Nur zwei? Sein Verhalten hatte alle Leichtigkeit aus ihr vertrieben; sie bedachte ihn mit einem Blick, der den Burggraben zum Zufrieren hätte bringen können.

»Ja, zwei Dinge. Was hat Eure Mutter den Leuten erzählt wegen meiner … meiner Abwesenheit?«

»Ihr wolltet Euch betrinken – wieder einmal.«

»Hmm, ziemlich schwachsinnig. Hat Euch der Prokurator vom Inhalt unseres Gesprächs berichtet?«

»O ja, er war sehr mitteilsam, als ihm schließlich dämmerte, dass Mutter es ist, die für seine Dienste bezahlt.«

Er überhörte ihren Sarkasmus. »Dann kennt Ihr also seinen Rat?«

»Ja. Seid Ihr deswegen davongelaufen?«

»Ich gehöre nicht hierher, Mylady. Anderswo gibt es

Angelegenheiten, die meine Aufmerksamkeit erfordern.« Er wollte helfen, ihr Selbstvertrauen wieder aufzurichten. »Einer der Gründe war, dass ich dachte, Sir Ralph hätte die Absicht, mich gefangen zu nehmen. Aber nicht allein dieser Gedanke hat mir zutiefst missfallen, sondern auch die Überlegung, dass Ihr und Eure Mutter ebenfalls bestraft oder ins Gefängnis geworfen werden könntet, weil Ihr mir geholfen habt. Vermutlich klingt Euch das zu sehr nach einer Rechtfertigung.«

»Allerdings.« Johanna wirkte gereizt. »Wirklich, Sir Gervase. Ihr unterschätzt unsere Fähigkeit zu denken bei weitem. Männer sind doch der Ansicht, dass eine Frau nicht mehr Verstand als ein Floh hat. Mutter hätte bloß Dummheit vorschützen müssen und dass sie überrumpelt worden wäre, und ich hätte eingestanden, Euch dafür bezahlt zu haben, den Archidiakon zum Narren zu halten.«

»Und wäret dann an Fulk zurückgeschickt worden?«

»Nur in einem Sarg«. Er wusste nicht, ob sie das ernst meinte.

»Wir müssen ausführlich darüber sprechen … über uns. Die Pocken darauf! Wo, zur Hölle, sind meine Kleider? Da hat wieder Eure Mutter ihre Hand im Spiel. Soll ich in einer Pelzdecke vor Gericht erscheinen?«

Seine übliche Pose imitierend, verschränkte Johanna die Arme vor der Brust und lächelte ihn kühl an. »Ausführlich sprechen über wen? Über uns oder über die beiden Menschen, die sich vor zwei Jahren ineinander verliebt haben?«

»Beides, würde ich vorschlagen.« Seine Miene verfinsterte sich zusehends. Vielleicht wollte er sein Gewissen erleichtern, oder er fühlte sich ihr gegenüber im Nachteil, weil er sich nicht wie ein Riese vor ihr aufbauen konnte. »Was mich auf den zweiten Punkt bringt. Wann ist diese verdammte Verhandlung?«

»Morgen.«

»*Morgen!* Großer Gott! Das lässt uns nicht mehr viel Zeit, und wir haben noch nicht alle Einzelheiten mit Jan- … Watkyn und Agnes abgesprochen. Morgen!« Plötzlich schlug er ungeduldig auf das Bett, was Johanna zusammenzucken ließ. »Bei meiner Seele, Johanna, ich wünschte, Ihr würdet Eurem Ärger Luft machen, und die Sache wäre erledigt. Ich kann griesgrämige Frauen nicht ausstehen, die immer nur hinter dem Rücken eines Mannes murren. Auch wenn ich beschwören könnte, dass Ihr und Eure Mutter Euer Vergnügen daran habt.«

»Oh, ich werde wütend auf Euch sein«, versprach sie.

»Schön, aber wartet nicht zu lange damit, Mylady«, schnaubte er und schaute sich um. Johanna machte keine Anstalten zu gehen, sie frohlockte, dass zur Abwechslung dieses eine Mal sie ihm die Flügel stutzen konnte.

Er bemerkte das unberührte Essen vom Vorabend und schaute, stirnrunzelnd, noch einmal auf die Strohmatte. »Habt Ihr schon wieder nichts gegessen? Meine Schuld vermutlich.« Johanna schwieg. Das ging ihn nichts an. Seine blauen Augen musterten sie beinahe mit dem Interesse eines besorgten Arztes. »Was wird das Gericht denken? Ihr müsst so rund und glücklich aussehen wie ein tragendes Schaf.«

Sie wandte sich ab zum Fenster. »Ich glaube nicht, dass Ihr es verstehen würdet.«

»Versucht es, Lady. Mit einem Fremden zu reden kann leichter sein, als Ihr Euch vorstellt.«

Reden? Glaubte er wirklich, er könnte durch Reden erreichen, sie in den ihm normal erscheinenden Zustand erduldender Weiblichkeit zu versetzen? So, wie die Bärinnen ihre Neugeborenen leckten, bis pelzige Kuscheltierchen daraus wurden? »Es tut mir leid«, sagte sie leise und betrachtete dabei eingehend das in Stein gehauene Ornamentband, das das Fenster zierte.

»Johanna.« Er wusste, dass sie nicht über Vertrauliches sprechen würde und dass ihr zum Weinen zumute war, weil er ihren Namen so sanft ausgesprochen hatte. »Johanna, ich kann nicht so tun, als sei ich glücklich, wieder hier zu sein, und dennoch … Es gab unterwegs Augenblicke, in denen mein Gewissen mich schmerzhaft gezwickt hat – wegen dem, was Ihr fühlen würdet. Ich hatte gehofft, Ihr würdet verstehen, dass es nichts mit Euch zu tun hat.«

»Hat es nicht? Ha, für welche Art von Wirrkopf haltet Ihr mich denn, Sir? Lügt mich nicht an. Der Prokurator hat Euch geraten, mich zu schwängern, und Ihr lauft davon, als ob –«

»Ihr solltet mich nicht unterbrechen! Ich tue mit Freuden, was immer auch nötig ist … « Sein Blick glitt aufreizend und mit solch wollüstiger Schurkenhaftigkeit über ihren Körper, dass Johanna die Spitzen ihrer Brüste hart werden spürte. Ihre Lippen öffneten sich protestierend über seine Unverschämtheit, aber er kam ihr mit einem fast schüchternen Lächeln zuvor. »Nun, genug der Worte … wir wissen nun beide, was getan werden muss … aber *sechs Monate*, Mylady! Ich fürchtete um mein Leben und Jank–«

»Wer, um alles in der Welt, ist Jank?«, fiel sie ihm atemlos und rasch ins Wort, froh, eine Frage zu haben, an der sie sich festhalten konnte. Worte, an die sich ihre Gedanken klammern konnten, solange ihr Körper von einer angsteinflößenden Welle überflutet wurde, die sich ihrer Kontrolle entzog.

»Oh!« Er seufzte und wandte den Blick ab, mit dem er sie verzaubert hatte. »Nun gut, was kann es schaden, wenn auch Ihr es wisst? Aber behaltet es für Euch: Watkyn – das heißt, Jankyn – war Thomas von Lancasters Narr.«

Diese Neuigkeit traf sie wie ein Giftpfeil. »Jesus, beschütze uns!« Sie biss sich auf die Lippen und wandte sich ab. Wie viel Verborgenes gab es noch? Und wer, in Gottes Namen, war dieser Mann, der da auf ihrem Bett saß? Unbedacht fuhr sie herum, als sie die Decke auf den Boden fallen hörte. Allmächtiger, was nun?

Geraint hatte es geschafft aufzustehen und knotete sich gerade das Laken um seine Hüften, ganz in der Art der heiligen Propheten. Sein Lächeln war spöttisch. »Seht, ich bin hier mit Euch, gefesselt mit seidenen Stickereien.«

»Wohl kaum«, erwiderte sie scharf und fragte sich, wie es möglich war, dass sie ihn einerseits als bedrohlich empfand, sich aber andererseits in seiner Gesellschaft geborgen fühlte. In plötzlich auftauchendem Schamgefühl senkte sie den Blick – und schaute auf seine kräftigen, muskulösen Beine, die von goldschimmernden Härchen bedeckt waren. Sich im Stillen dafür verfluchend, setzte sie ihre Betrachtung etwas tiefer fort. Füße waren nicht sündig, und seine waren so ganz anders als die von Fulk – groß und wohlgeformt mit einem zarten Glanz über dem Spann. »Ihr solltet Euer Glück in York als Komödiant versuchen. Auf dem Wagen der Salome könnte noch ein Platz für Johannes den Täufer frei sein. Ihr müsstet Euch natürlich ein wenig Mühe geben, um dort –«

»Mylady.« Seine Stimme zwang Johanna, ihn anzusehen. Oh, dieses gespielt scheue Lächeln könnte ihr Innerstes zum Schmelzen bringen, wenn ihre Gefühlswelt nicht so unrettbar zerstört wäre. »Ich kann Euch nicht versprechen, dass ich bleiben werde, bis das Gerichtsverfahren beendet ist, doch ich gebe Euch mein Wort, dass ich noch eine Woche hier bleiben werde. Allerdings könnte es sein, dass Ihr mich stützen müsst, wenn ich auch bezweifle, dass Ihr es tun würdet.« Er machte einen Schritt auf sie zu, wobei das Laken bedenklich ins Rutschen geriet. Johanna stieß einen Schrei aus und lief davon, um das Moos für seine Schulter zu holen.

Lady Constance schaute nicht auf, als Geraint das Turmzimmer betrat, in dem die Urkunden und Haushaltsbücher verwahrt wurden. Ein Kohlebecken spendete Wärme, aber trotzdem herrschte eine frostige Atmosphäre – frostig vor unausgesprochenem Groll. Es kümmerte Geraint weder, dass Lady Constance beschäftigt war und mit Sir Geoffrey eines der Pachtbücher durchsah, noch, dass draußen vor der Tür ein Trio von Vögten darauf wartete, der Burgherrin den wöchentlichen Bericht zu erstatten.

»Kann Euer Anliegen nicht warten, Sir?« Sie machte sich nicht die Mühe aufzuschauen.

»Ich kann mein Anliegen auch sehr laut vorbringen und Eure Pläne für morgen vereiteln, wenn Euch das lieber ist, Madam.«

Sie stieß einen Seufzer aus. »Die Ungeduld der Jugend. Er ist gekommen, sich zu entschuldigen, Sir Geoffrey, also lasst es uns hinter uns bringen, damit die liebe Seele Ruh hat. Wird Euer Bußgang länger dauern, Sir Gervase?

Nur mühsam einen Fluch unterdrückend, der selbst den Seneschall zum Erröten gebracht hätte, stieß Geraint einen verächtlichen Laut aus und drehte Lady

Constance den Rücken zu. Wütend verschränkte er die Arme vor der Brust.

Sir Geoffrey räusperte sich unnötigerweise und stand auf. »Verfahrt nicht zu streng mit dem Jungen, Madam«, riet er, die Belustigung, die in seiner Stimme mitschwang, brachte Geraint noch mehr in Wallung.

Kaum war die Tür geschlossen, wandte er sich zu Lady Constance um. Sie hatte die gefalteten Hände auf den Tisch gelegt und wartete.

»Wo ist er?«

»Euer übellauniger Freund? In Sicherheit.«

»Seid verflucht, Madam, wo?«

»Denkt an Aesops Fabel von der Sonne und dem Mond. Mit derben Worten erreicht man bei mir gar nichts, Gervase, also solltet Ihr vielleicht Eure Zunge hüten. Ich habe den Jungen in den Süden bringen lassen. Es war alles bestens arrangiert, und es ist ihm nichts geschehen. Es wird Euch sicherlich freuen zu hören, dass er gute Fortschritte macht.«

»Ihr hättet mich fragen müssen.« Er starrte sie an. *Sie manipulierte, sie mischte sich ein …*

»Ich habe beschlossen, mit Euch nicht über Euer Weglaufen zu sprechen. Ich werde die Worte ›Feigheit‹ und ›Verrat‹ nicht erwähnen, weil ich denke, dass es in Eurer Natur liegt, impulsiv zu handeln. Ihr seid noch jung, hoffentlich wird die Weisheit, die mit dem Alter und der Lebenserfahrung kommt, diese Kanten Eures Charakters glätten.«

Sie erhob sich und ordnete die Gänsekiele, die vor ihr lagen. Sorgsam achtete sie darauf, ihn nicht anzusehen. »Ich kann Eure Reaktion nachfühlen. Dass die Verhandlung möglicherweise länger als erwartet dauern kann, darauf waren wir alle nicht gefasst. Ich teile diese Voraussage des Prokurators nicht, und Ihr solltet das auch nicht tun.« Sie hob den Kopf, um Geraint prüfend anzusehen, wie einen Leibeigenen, der vor seiner Gutsherrin stand. »Ich denke, wir haben die Unstimmigkeiten damit geklärt – und sind quitt. Macht dort weiter, wo Ihr aufgehört habt.«

Geraint ließ die Arme sinken und trat an das Kohlebecken. Mit hochgezogenen Schultern stand er da. Er hatte einen ganzen Köcher voller Pfeile auf Lady Constance abschießen wollen, aber wozu wäre das gut, und ja, er war schuldig wie Judas. Johannas Nachsicht hatte bewirkt, dass er sich schlecht fühlte. Aber es gab noch etwas zu klären.

»Dieses Problem, wie Mann und Frau zu leben und ein Kind zu zeugen – wie können wir das lösen, ohne meiner Tochter noch mehr Kummer zu machen?«

Er starrte sie an. »Bei meiner Seele, Madam, was habt Ihr Euch jetzt wieder ausgedacht? Soll ich den Erzengel Gabriel bitten, für mich einzuspringen? Ich fürchte, so weit reicht mein Einfluss nicht.« Er beobachtete, wie sich ihr Mund bei diesen blasphemischen Worten bewundernd verzog. »Was wollt Ihr, dass ich tue? Sie verführen? Wollt Ihr das damit sagen? Soll ich Eure Tochter zur Dirne machen?« Wenigstens sah sie bei diesen Worten verletzt aus. »Oder steckt ein anderer Grund dahinter? Ein glückliches Ende? Ihr träumt, Madam.«

»Nein, das nicht, aber es gibt noch einen Grund«, erwiderte sie rätselhaft »Aber auch das wird sich finden. Wartet es ab!«

Die Männer erhoben sich, als Johanna in Agnes' Begleitung Father Gilberts Zelle betrat. Johanna sah, dass Gervase erstaunt die Augenbrauen hochzog, als das Mädchen zu ihrer Bequemlichkeit ein Kissen auf die Bank legte. Nun gut, sollte er sie für eine Mimose halten. Jemand hüstelte. Father Gilbert wartete, dass sie ihm ihre Aufmerksamkeit zuwandte, und pflichtschuldig schloss sie die Augen, während der Priester darum betete, dass Gott sie führte und mit Seiner Güte segnete.

Er schlug das Kreuz über ihnen und verbeugte sich flüchtig vor Johanna. »Ich werde bei Eurer Mutter sein, Mylady, solltet Ihr meinen Rat brauchen.« Johanna war froh, dass er sich zurückzog, denn er schien mit der missbilligenden Miene einer Novizenmeisterin über sie zu wachen. Er schien darauf zu warten, dass entweder sie oder Gervase einen Fehltritt machte. Außerdem würde Stephen de Norwood sich später zu ihnen gesellen, um ihre Aussagen durchzusprechen und die Klageschrift von Gervase unterzeichnen zu lassen.

»Setzt Euch«, sagte Geraint und begann, auf und ab zu gehen, als hielte er eine Lehrstunde ab. »Zuerst einmal, Agnes, musst du wissen, was man von dir erwarten wird. Es wird Befragungen durch einen Examinator geben. Er wird dir Fragen über deine Herrin stellen. Es ist seine Pflicht zu ergründen, ob wir alle ihm die Wahrheit sagen. Er wird von dir wissen wollen, was du über unser Ehegelübde erinnerst, das wir vor zwei Jahren abgelegt haben, und er wird fragen, wie deine Herrin und ich jetzt miteinander umgehen. Jeder von uns muss ihm seine persönliche Version ein- und derselben Wahrheit schildern.«

»Ich verstehe, Sir.«

»Du wirst einen Meineid schwören, Agnes. Wir alle werden das tun, um unsere Mistress aus dem Joch einer schrecklichen Ehe zu befreien. Aber wenn man es herausfindet, werden wir alle exkommuniziert und uns werden die Sakramente der heiligen Kirche verweigert werden.«

»Ihr macht ihr Angst«, protestierte Johanna.

»Nein, ich teile ihr die Fakten mit, Mylady. Wenn ihr dabei mulmig ist, dann muss sie sich jetzt zurückziehen.«

Agnes schüttelte den Kopf. »Nein, es geschieht aus einem sehr guten Grund, und wie auch immer, Sir, ich könnte mich nicht weigern, Mylady zu helfen. Es würde mein Gewissen belasten, Schuld daran zu tragen, dass sie zu diesem herzlosen Teufel zurückgeschickt wird. Ich bin sicher, Gott der Herr wird das am Tag des Jüngsten Gerichts berücksichtigen. Außerdem – wer sonst sollte ihr diesen Dienst erweisen? Ihr braucht mindestens zwei Zeugen, die den Ehevertrag bestätigen.«

»Agnes, ich danke dir. Wir stehen in deiner Schuld. Bevor wir uns gleich mit dem Wo und Wann unserer Eheschließung befassen, will ich dir sagen, was wir bis jetzt abgesprochen haben. Ich traf Mylady zum ersten Mal, als der König mit seinem Hof in Bristol weilte.«

»O ja, Sir, wir haben Lord Alan dorthin begleitet, wegen der Heirat von Lady Alice.«

»Meine Schwester«, erklärte Johanna und überließ dann wieder Geraint die Gesprächsführung.

»Später folgte ich Lady Johanna nach Yorkshire und traf mich zweimal heimlich mit ihr im Wald. Beide Male verließ sie die Burg verkleidet – mit deinem Umhang, Agnes. Ich habe Mylady gebeten, mit mir das Ehegelübde abzulegen, und ich sandte ihr einen Brief, in dem ich diese Bitte niederschrieb. Father Benedict hat ihr den Brief vorgelesen, und er war einverstanden, uns zu trauen. Ja, und dann haben Mylady und ich uns getroffen und das Gelübde abgelegt. Du, Agnes, bist mit Watkyn dabei gewesen, und ihr werdet euch an die Worte erinnern müssen, die Mylady und ich gesprochen haben – wir werden sie euch gleich sagen. Wie mir versichert wurde, ist es höchst wichtig, dass meine Worte waren ›ich werde dich als mein Weib *haben*‹ und nicht ›ich werde dich als mein Weib *nehmen*‹. Wahrscheinlich ist das Letztere weniger bindend. Wo war ich stehen geblieben? Ah ja, danach gingen wir zu der Hütte, in der jetzt Dame Christiana lebt. Sie war damals unbewohnt. Mylady und ich haben dort unsere Ehe vollzogen.« Er sprach so rasch und emotionslos, als ginge es um Reparaturen an den Burgmauern. »Ja, Agnes?«

»Bitte, Sir, wo waren Watkyn und ich, während Ihr Mylady … Vergnügen bereitet habt?«

Geraints kühler Blick glitt über Johannas Gesicht. Nenn es bei einem anderen Namen, und der feine Unterschied lässt es bedeutend erotischer klingen. Er verzog kaum merklich die Lippen. Johanna fühlte eine verräterische Röte in sich aufsteigen und ihre Wangen färben. Warum konnte dieser Mann mit einem einzigen Blick ihr Herz zum Klopfen bringen?

Jankyn setzte eine schockierte Miene auf. »Du meine Güte, Agnes, du süßes Kind, ich stelle mir vor, wir sind unten geblieben, wie gute und ergebene Diener.«

»Nein.« Johanna war der Gedanke peinlich, dass die beiden dann jeden Laut gehört hätten – auch wenn es nur eine ausgedachte Geschichte war. Sie schüttelte den Kopf. »Nein, ihr … ihr habt draußen gesessen, ja, da liegt ein umgestürzter Baum.«

Der Knappe stimmte ihr zu. »Und dort, liebste Agnes, habe ich dir Geschichten erzählt, über Ladys, die von ihrem Ritter umworben und erobert werden, und dabei konnte ich an nichts anderes denken, als –«

»Ach, was du auch immer so schwatzt!« Agnes versetzte ihm einen Klaps und wandte sich mit einem Lächeln an Geraint. »Und wie lange habt Ihr gebraucht, Sir? Mylady hätte bei Sonnenuntergang zurück sein müssen. Zumindest mich hätte man um diese Zeit in der Burg zurückerwartet.«

Johanna sträubten sich angesichts des kecken Benehmens ihres Mädchens die Haare. Und über die Tatsache, dass Agnes jedes Mal mit den Wimpern klimperte, wenn sie mit Gervase sprach.

Er schien nur mühsam ein Lachen zu unterdrücken, als er seinen Blick von Agnes abwandte und stattdessen Johanna musterte. Wenn er es wagt, mich danach zu fragen, dann werde ich sofort gehen, schäumte Johanna. Als Geraint zu einer Frage ansetzte, kam sie ihm hastig zuvor: »Dort gab es nur eine kurze … Tändelei, mehr nicht.«

Ihrem vermeintlichen Ehemann fiel es schwer, diese Kränkung seines Stolzes hinzunehmen. »Was mich angeht, *ich* habe nicht getändelt«, erwiderte er scharf. »Wo in dieser Hütte habt Ihr *getändelt*, Mylady?«

»Was hat das denn für eine Bedeutung?«

»Lasst es mich euch erklären. Es gibt in solchen Hütten üblicherweise eine einfache Leiter, ein Holzpfosten, auf den die Sprossen aufgenagelt werden, und die führt Euch zu einem niedrigen Raum unter den Dachbalken. Dort kann man nicht stehen, für den Fall, dass Ihr das nicht wisst, Madam. Worauf haben wir gelegen, Mylady?«

»Stroh?«

»Nein, Watkyn hat am Tag vorher Farn gesammelt, und ich habe meinen Umhang darüber gebreitet. Es war kein Federbett, aber schließlich waren wir mit unseren Gedanken bei weniger prosaischen Dingen. Was habt Ihr getragen?«

»I-ich … nun, mein –«

»O nein, Mylady«, korrigierte Agnes, die diesen seltenen Augenblick ihrer Überlegenheit genoss, »Ihr hättet *mein* bestes Kleid getragen. Es ist blau, Sir, mit sehr vielen –«

»Danke, Agnes«, unterbrach Geraint sie, obwohl er

versucht war, sie weiterreden zu lassen, einfach nur, um Johanna zu ärgern. »Und was trug ich?«

»Euer Adamskostüm, denke ich mir, Sir«, spöttelte der Narr. »Nämlich gar nichts.«

Geraint musste gesehen haben, dass Johanna das Kinn vorreckte, denn er schlug seinem Knappen so nachhaltig auf die Schulter, dass dieser halbwegs von der Bank rutschte. »Mach jetzt keine Witze! Wenn irgendetwas schief geht, wirst du die Geißel der heiligen Kirche ebenso hart zu spüren bekommen wie ich.«

Johanna bewegte sich unruhig und versuchte, die Geschichte weiterzuspinnen. »Grün, Sir, Ihr hättet etwas Grünes getragen, damit man Euch im Wald nicht so leicht erkennen könnte, und braune Beinlinge.«

»Das Wetter –« begann Geraint, doch sie fiel ihm ins Wort.

»Ich weiß ganz einfach nicht mehr, wie das Wetter war und –«

»Wir müssen uns an *alle* Einzelheiten erinnern. Dass ich mit meinen Gedanken nicht beim Wetter war, ist zu verstehen. Aber Watkyn und Agnes saßen auf dem Baumstamm, die haben es sicherlich bemerkt. Wir haben uns für den Abend des St.-Johns-Tages entschieden, aber wir müssen wissen, ob die Sonne schien. Falls es den ganzen Tag geregnet hat, könnten sie uns als Lügner überführen und als Kollaborateure, weil wir alle unter einer Decke stecken.«

»Vielleicht wäre es besser, einen Tag auszusuchen, dessen Wetter in Erinnerung geblieben ist«, schlug Johanna vor. »Dann wird jeder, der es hört, sagen: ›O ja, ich erinnere mich an den Tag …‹«

»Ich weiß, ich weiß«, Agnes wedelte eifrig mit den Händen. »Wie wäre es mit dem Sommertag, an dem der Turm der Bainham Priorei von einem Blitz getroffen worden ist? Ungefähr zwei Stunden nach Mittag, war es nicht so?«

»Aber welcher Tag war das, Agnes?«

»Es war im Juni. Der Abend vom Tag der Heiligen Maria Magdalena.«

»Mylady?« Geraint wartete, dass Johanna darüber entschied.

»Ja«, sagte sie langsam. »Das könnte gehen. Ich habe an dem Tag das Färben beaufsichtigt, und der heftige Regensturm am Morgen wusch die Farbe wieder heraus, weil die Menge an Beize nicht ausreichend gewesen war. Petronella fand das überhaupt nicht gut.«

Geraint sah sie in höflichem Erstaunen an. »Petronella ist meine ältere, verheiratete Schwester«, erklärte sie und fügte hinzu: »Ich weiß, das Färben ist keine respektable Beschäftigung für mich, und an mir ist vermutlich die Tochter eines Seidenhändlers oder Färbers verloren gegangen, aber die Farben von Conisthorpe gehören zu den schönsten und –«

»Können wir uns jetzt wieder dem Kern der Dinge zuwenden, Mylady? Ihr schweift ab.«

»Ja, vom Pfad der Tugend«, witzelte der Narr und schlug auf den Tisch, dass es schepperte. Ein Teil seiner alten Heiterkeit war zurückgekehrt. Mit einem Stirnrunzeln hieß Geraint ihn schweigen und fuhr dann fort, Johanna ins Kreuzverhör zu nehmen.

»Warum hattet Ihr nicht befohlen, die Stoffe nach drinnen zu bringen?«

»Lasst mich nachdenken. Ich bin eingeschlafen, in meinem Schlafgemach. Es war ein sehr schwüler Tag, so schwül, dass die Milch sauer wurde. Die Hunde lagen dösend im Schatten, und die Diener trugen angefeuchtete Kleider, um die Hitze ertragen zu können.«

»Hat niemand sonst daran gedacht, die Stoffe hineinzubringen oder Euch zu wecken? Eure Mutter –«

»Meine Mutter war später deswegen recht aufgebracht, aber sie hatte sich auch niedergelegt, und mein Vater war fort, im Parlament. Er kam in der darauf folgenden Woche zurück, zu Petronellas Hochzeit. Ich hätte mich wohl auch nur in seiner Abwesenheit getraut, mich auf eine solche Narrheit einzulassen.«

»Der Teufel soll mich holen, wenn solch ein im Gedächtnis bleibender Tag nicht auch seine Gefahren birgt«, unterbrach der Knappe. »Ihr wäret besser beraten, Sir, einen ganz normalen Tag auszusuchen. Wo war der Priester an diesem Tag? Das ist der springende Punkt. Wir können unsere Geschichten abstimmen, solange wir wollen, aber falls ein Dutzend Hintersassen beschwört, dass Father Benedict an diesem Tag betrunken wie ein Lord war – verzeiht den Vergleich, Sir – und wie ein Schwein grunzend durch den Regen getorkelt ist, was dann?«

»Du hast Recht. Hatte der Priester einen Diener?«

»Diener?« Agnes rümpfte verächtlich die Nase. »Leman, Sir, aber sie war ein widerlicher alter Besen. Die Alte ist kurz nach ihm gestorben. Der neue Priester hat sie an die Luft gesetzt, und man hat sie einige Wochen später tot in einem Graben gefunden, in der Nähe von Studleys up Ripon.«

»Das ist gut, und ich bitte Gott um Vergebung, dass ich das sage.« Johanna erhob sich und ging einige Schritte. »Aber was, wenn Father Benedict zu einer Beerdigung gerufen worden ist, oder zu einer anderen Amtshandlung?«

»Sir, Sir, das könnten wir Father Gilbert fragen, oder Aidan würde das sicher wissen – reiß einer Fliege einen Flügel aus, und bis zum Abendläuten weiß es die ganze Stadt«, rief Agnes.

»Der Himmel bewahre uns, Agnes, Burgklatsch ist das Letzte, auf das wir uns stützen sollten. Der gute

Priester wird genügen. Und jetzt lasst uns ganz genau festlegen, was wir sagen werden, und ich werde nachher den Prokurator bitten, uns zur Probe unsere Geschichten der Reihe nach abzuhören und uns auf Unstimmigkeiten hinzuweisen.«

»Mein Kopf fühlt sich an wie ausgedörrt«, murmelte Johanna nach der Morgenmesse und rieb sich die Augen.

»Der Rest von Euch anscheinend auch. Während der letzten Stunde habe ich versucht, Euer Magenknurren zu überhören.« Geraint blieb auf den Stufen stehen, die zur Halle hinaufführten. Die Lady war ihm ein Rätsel: Wenn sie hungrig war, warum aß sie sich dann nicht satt? Er war noch nie einer Frau begegnet, die so wenig gegessen hatte wie Johanna, und ihm missfiel das Ergebnis. Ihre unnatürliche Blässe war nicht zu übersehen. »Ich höre Reiter kommen. Das müssen Eure Burgwachen sein, die den Prokurator zum Essen herbringen. Ich weiß, es ist ermüdend, mit ihm alles noch einmal durchzugehen, aber Übung macht den Meister.«

»Ja, es tut mir leid. Es muss für Euch arg langweilig sein«, erwiderte sie ernst und stellte fest, dass er sie anlachte.

»Zu beschreiben, wo und wie ich mein Ehegelöbnis mit Euch vollzogen habe? Nein, langweilig finde ich das eigentlich nicht.« Er ließ ihr den Vortritt in die Halle.

»Nun, das wäre es aber gewesen«, versicherte Johanna ihm. »Jetzt sagt mir, welche Fragen der Prokurator in Bezug auf ... Fulk stellt.«

»Ihr meint die Anklagepunkte«, belehrte er sie herablassend und mit dem männlichen Anspruch, auf Genauigkeit zu bestehen. Eine Frau hätte genau gewusst, was gemeint war, und hätte einfach geantwortet. »Ich will, dass er dem Gericht darlegt, dass Euer Mangel an Gehorsam Fulk gegenüber Folge der Tatsache war, dass Ihr in diese Ehe hineingeprügelt und hineingezwungen worden seid. Dass Ihr heftigst Widerstand geleistet habt, da Ihr bereits an mich gebunden wart.« Er hob die Hand und zählte die einzelnen Punkte an den Fingern ab. »Ich habe folgende Fragen vorgeschlagen: Wusste Fulk, dass man Euch zu der Ehe gezwungen hat? Stimmt es, dass er Euch mehrmals in der Woche geprügelt hat, um Euch ihm gefügig zu machen?«

Johanna blieb vor dem Kamin stehen und hob ihre Röcke an, um die feuchten Säume zu trocknen. »Ist es wirklich nötig, dass das zur Sprache gebracht wird? *Sir*?« Geraint sah einen Augenblick lang verwirrt aus, als brächte der Anblick von wollsockenbedeckten Knöcheln ihn aus der Fassung. »Ich rede nicht darüber«, fuhr sie fort und schüttelte den Rocksaum.

»Es ist nicht nur die Frage der Wahrheit«, brummte er und sah ihr ins Gesicht, »sondern auch, ob das Gericht uns als aufrichtige Charaktere sieht. Und da auch wir nicht so rein wie frisch gefallener Schnee sind, könnte es nützen, Fulk anzuschwärzen. Ihr könnt aber auch eine angemessen lange Zeit verstreichen lassen, ungefähr acht Jahre oder so, und reicht dann schriftlich die Klage auf Scheidung *a mensa et thoro* ein – das heißt, die gerichtliche Trennung der Ehe aufgrund fortgesetzter und unangemessen grausamer körperlicher Gewalt.«

»Wenn ich das dann noch erlebe. Acht Jahre!«

»Aber glücklicherweise gibt es ja auch noch mich.« Nach dieser trockenen Bemerkung verfiel Geraint in düsteres Schweigen. Vermutlich dachte er an die morgige Verhandlung. Hinter ihnen wurden Stimmen laut, Lady Constance führte den Prokurator in die Halle, und Geraint wandte sich aufseufzend um.

Johanna wusste, dass er ihre Befürchtungen teilte. »Ich wünschte, morgen wäre schon vorbei«, flüsterte sie leise.

»Was uns morgen erwartet, ist noch der leichteste Teil der Übung.«

18

Nach den anstrengenden Stunden vor dem Mittagsmahl, in denen sie ihre Aussagen mit Stephen de Norwood durchgesprochen hatten, floh Johanna in ihr Schlafgemach. Ihre Mutter fand sie, als sie in der frühen Nachmittagssonne am Fenster saß, eine aufgetrennte Stickerei unbeachtet auf ihrem Schoß. Johanna hatte versucht zu schlafen, aber ihre Gedanken waren zu unruhig.

»Warum bist du nicht zum Essen heruntergekommen?«, wollte ihre Mutter wissen. Sie war vom Treppensteigen und einer üppigen Mahlzeit noch außer Atem.

»I-ich bin nicht hungrig.«

Von der Tür her war ein verächtliches Schnauben zu hören. Also glaubte dieser emporgekommene Knappe noch immer das Recht zu haben, jederzeit ihr Zimmer betreten und den Lord spielen zu können.

»Ha!« Johanna warf ihre Nadelarbeit auf das Bett und stand auf. »Kommt vielleicht noch jemand, um mich in meinem Schlafgemach zu stören? Vielleicht der Lordkanzler oder der Lieblingsjagdhund des Königs? Oder sind wir bereits eine geschlossene Gesellschaft?« Sie starrte Geraint böse an.

»Johanna.« Ihre Mutter sah aus, als beabsichtige sie, eine wichtige Mitteilung zu machen. Unbeeindruckt vom argwöhnischen Stirnrunzeln ihres Sprösslings verkündete Lady Constance: »Johanna, Gervase und ich haben eine Entscheidung getroffen. Da alle Welt von euch erwartet, dass ihr wie Mann und Frau zusammenlebt, sollten wir den Rat des Prokurators ohne weiteres Zaudern befolgen.«

»Wir!« Johanna warf ihrer Mutter einen wütenden Blick zu.

»Gervase hat einen höchst praktikablen Vorschlag gemacht.«

»Habt Ihr das, Gervase, mein Liebster? Was seid Ihr doch für ein Schatz.«

»Johanna«, mahnte ihre Mutter, die mit verschränkten Armen vor ihr stand und ungeduldig mit den Fingern klopfte, »darf ich dich daran erinnern, dass wir von Gervases Vorstellung im Gerichtssaal abhängig sind.«

»Ja, liebste Mutter, und *dafür* wird er bezahlt, nicht dafür, eine Vorstellung in meinem Schlafgemach zu geben.«

»Ich glaube, der Hunger macht Euch so übellaunig.« Geraint sah verdammenswert nach dem Gegenteil aus.

»Übellaunig!«

»Ja, weibisch, zänkisch, ohne gesunden Menschenverstand. Ihr vergeudet Zeit, Mylady. Wir müssen Eure Sachen von hier fortschaffen.« Er wandte ihr ärgerlich den Rücken zu.

»Meine Sachen fortschaffen!« Sie raffte ihre Röcke und baute sich kriegerisch vor ihrer Mutter auf. »Oh, ich dachte, Mylord Gervase würde hier bei mir einziehen. Immerhin hat er in letzter Zeit öfter als ich in meinem Bett geschlafen.«

Ihre Mutter schlug die Hände zusammen. »Sei still, Johanna! Ich bestehe darauf, dass du tust, was er vorschlägt.«

»Ich kann mir vorstellen, was er vorschlägt!«, zischte Johanna. »Nein! Ihr könnt nicht von mir erwarten, mich zu diesem arroganten Emporkömmling zu legen. Er könnte die Läuse haben, weiß man das?«

Geraint holte ärgerlich Luft und fuhr wütend zu ihr herum.

»Um Himmels willen, Johanna!«, rief ihre Mutter und trat zwischen die beiden Streithähne. »Willst du dir nicht erst einmal seinen Vorschlag anhören? Du musst doch nicht wirklich mit ihm liegen, Liebes.«

Johannas Blick drückte aus, dass sie etwas anderes glaubte. »Was erwartet Ihr dann von mir, Mutter? Sollen wir jeden Nachmittag für eine Stunde auf den Heuboden steigen und vorher den Ausrufer losschicken, um allen zu verkünden, dass wir Unzucht treiben?«

»Sehr einfallsreich«, knurrte Geraint giftig und kam auf sie zu. Wollte er sie mit seiner Größe und seiner Kraft einschüchtern? »Und woher soll ich wissen, dass *Ihr* keine Läuse habt?«

Lady Constance hob die Hände, um die beiden davon abzuhalten, sich gegenseitig zu erwürgen. »Ruhe, ihr beiden! Ich bin sicher, wir können das friedlich besprechen.«

»Friedlich! O ja, und Fulk verwandelt sich morgen in eine Süßspeise und wird seine Klage zurückziehen. Noch irgendwelche anderen unmöglichen Lösungen, Mutter?«

»Wir müssen das heute regeln, Johanna. Ich habe zugestimmt, dass der Südturm hergerichtet wird, damit ihr darin wohnen könnt. Du kannst das obere Gemach haben, und Gervase wird das untere nehmen. Es wird dort nicht sonderlich bequem sein, aber –«

»Nein!«

»Dann werde ich mich weigern, vor Gericht zu erscheinen«, erklärte Geraint. Johanna entging nicht das kalte, boshafte Glitzern in seinen Augen, als er vor dem

Kamin stand. »Lasst uns die Sache abkürzen, Mylady. Ich habe mit Eurem Haushofmeister abgesprochen, wie der Umzug so schnell wie möglich bewerkstelligt werden kann. Er wartet nur noch auf die Anweisung Eurer Mutter.« Wie ein stolzer Hengst warf er den Kopf zurück, sein Blick forderte sie heraus. Er hatte alles arrangiert, ach ja? Nun, wenn er glaubte, sie würde ihm dafür einen freundlichen Klaps und einen Apfel zur Belohnung geben, hatte er sich getäuscht.

»Geht mir aus den Augen, Ihr Lump! Ihr und Stephen de Norwood könnt von mir aus zum Henker gehen und –«

»Johanna, sprich leise.«

»Wenn er glaubt, er wird mir ein Kind machen können …« Sie zog ihre Schuhe aus und schleuderte einen gegen seine Lenden. Er traf ihn leicht im Bauch; den zweiten fing er ab, ehe dieser seinen Kopf traf.

Er verschränkte die Arme. »Pah, als würde ich mit einem Frauenzimmer liegen wollen, das nur Schweine bezirzen kann.« Das Nähkästchen brach auseinander, als es gegen seine Brust prallte, und Spulen und Fäden verteilten sich auf ihm. Er machte sich von dem bunten Spinnengewebe frei und ging ans Fenster, um die Läden ganz aufzustoßen. »Wollt Ihr jetzt laut ›Vergewaltigung‹ schreien? Tut es. Man wird sagen, dass Fulk de Enderby froh sein kann, Euch los zu sein!«

»Ich dachte, Ihr wäret ein Mann von Ehre!« Ihre Stimme sank zu einem Flüstern.

»Ich? O nein, wie könnte ich das sein? Ich bin einverstanden, für das Gold Eurer Mutter einen Meineid zu leisten.«

»Ich werde nicht Eure Hure sein.«

Er neigte den Kopf. »Nein, und mein Eheweib auch nicht, so wie es scheint. Waren wir uns nicht einig, den

Anschein zweier gurrender Turteltäubchen zu erwecken, ja oder nein?«

»Ihr Ausbund der Hölle!«

»Wir selbst müssen auch an unser Ehegelübde glauben, Johanna, wenn wir die Welt überzeugen wollen, dass wir Mann und Frau sind. Aber wie soll uns das gelingen, wenn alle Welt weiß, dass Ihr mein Bett meidet?«

»Oh, Ihr genießt es auch noch!«

»Meint Ihr? Also gut, Schluss, Ende, aus! « Er seufzte, und versuchte sich zu fassen. Als er sich an Lady Constance wandte, klang seine Stimme ernst: »Seid versichert, dass ich nicht die Absicht habe, mit dieser Furie das Lager zu teilen. Da wäre mir selbst die Gesellschaft einer Viper noch angenehmer.« Mit einer knappen Verbeugung vor Lady Constance verließ er die beiden Frauen, die sich anstarrten.

Lady Constance hielt ihre Lippen fest zusammengepresst, aber in ihren Augen funkelten die Lachtränen.

»Ooooh!« Das Nähkästchen unternahm noch einen Flug, dieses Mal durch das offene Fenster. »Soll er die Pocken kriegen!« Johanna lief zum Fenster und beugte sich über den Sims. Jankyn schaute verblüfft auf das Kästchen, das ihm vor die Füße gefallen war. Ihr angeblicher Ehemann, der gerade den Turm verließ und auf den Burghof hinaustrat, wurde aufgefordert, dieses seltsame Geschoss zu begutachten. Geraint schaute zum Fenster hinauf, warf Johanna eine Kusshand zu und nahm das Kästchen an sich.

»Ich werde ihn umbringen, bevor diese Sache vorbei ist!« Johanna richtete sich auf und drehte sich zu ihrer Mutter um. »Ich habe Euch gewarnt, er macht mehr Ärger, als er es wert ist.«

Lady Constance stieß einen leisen Seufzer aus, aber nicht wegen des Durcheinanders von seidenen Fäden auf dem Fußboden.

»Das bringe ich schon wieder in Ordnung.« Johanna schob ihre Mutter zur Seite und kniete sich hin, um das Wirrwarr zu sortieren. Verstohlen schaute sie ihre Mutter an und sah das Verstehen in deren Gesicht. »Würdet Ihr ihn als Liebhaber in Erwägung ziehen?«

»Gervase? An deiner Stelle wahrscheinlich ja.« Als sie bemerkte, dass Johanna diese Antwort nicht erheiternd fand, wurde sie ernst. »Nein, mein Liebling, niemand erwartet dergleichen von dir, am allerwenigsten ich. Nicht nach dem, was du erlitten hast. Und Gervase erwartet es auch nicht.« Sie schaute sich in Johannas Schlafgemach um. »Dies ist ein sehr schönes Zimmer, und ich kann verstehen, dass es dir schwer fällt, es aufzugeben, aber im Südturm seid ihr ganz unter euch, und niemand wird wissen, dass ihr nicht beieinander liegt.«

Johanna versuchte noch immer, sich Gervase als ihren Liebhaber vorzustellen. Wenn sie den Mut ihrer Mutter gehabt hätte, vielleicht dann, aber so...

»Ich wünschte, ich könnte es tun – aber ich kann nicht, *Maman*.« Ihre Augen verdunkelten sich, und sie schniefte. »Fulk hat –« Sie verstummte, Tränen erstickten ihre Stimme. »Heute Morgen, als ich über den Burghof ging, habe ich den blonden Stallburschen gesehen, den Ihr mir nach Enderby geschickt habt. Er hat sich an einem der Tröge gewaschen. Hätte ich es zugelassen, wäre Agnes stehen geblieben, um ihm zuzusehen, und ich ... ich habe weggesehen – ich bin fast schon weggerannt – weil ich seinen nackten Anblick nicht ertragen konnte.«

Ihre Mutter kniete sich neben sie. »Die Zeit wird dich heilen, mein Liebes.« Sanfte Hände umfassten tröstend ihre Schultern.

»I-ich glaube nicht.« Johanna wandte den Blick ab, um das Mitleid in den Augen ihrer Mutter nicht sehen zu müssen. »Außerdem ist dieser Emporkömmling unter seinem schillernden Gefieder genau wie jeder andere Mann.«

»Die Weber und die Fischer würden dir da nicht zustimmen. Was einen Mann ausmacht, das ist mehr als sein fröhlich krähender Sterz.«

»Mutter!«, tadelte Johanna, musste aber dennoch lachen.

Lady Constance seufzte und ließ sie los. »Gib dein Einverständnis, dass deine Sachen hinübergebracht werden, mein Liebes. Nach Bruder Stephens Rat geht es nur um ein Lippenbekenntnis. Denk daran, dass Gervase vorgeschlagen hat, den Turm mit ihm zu teilen, nicht sein Bett.«

»Er wird aber mehr erwarten. Kommt, Madam, Ihr wisst, dass Männer nur mit ihrem Unterleib denken, wenn die Wollust sie überkommt. Da sind selbst Priester keine Ausnahme. Nein, wahrhaftig. Ich war mit Eurem wahnwitzigen Plan einverstanden, aber jetzt verlangt Ihr zu viel.«

Ihre Mutter schien zu resignieren, denn sie nickte und erhob sich. Zum ersten Mal nahm Johanna bewusst die Spuren des Alters im Gesicht ihrer Mutter wahr, und schuldbewusst erkannte sie, wie schwer die Sorgen auf ihr lasteten.

»Habt Ihr daran gedacht, das Schreiben des Parlaments zu beantworten?«, fragte Johanna.

»O ja, das habe ich. Father Gilbert hat es ganz wundervoll in Worte gefasst. Eine vage Entschuldigung, dass dein Vater vorübergehend indisponiert ist. Natürlich werden sie das nicht ewig schlucken. Der König ist darauf aus, seinen Einfluss im Norden zu verstärken, und er braucht einen starken, wachsamen Konnetabel hier auf Conisthorpe, um das Tal gegen feindliche Übergriffe zu halten. Er wird bald einen anderen

Mann herschicken, damit der den Posten ausfüllt. O mein Liebling, wenn wir sie nur so lange aufhalten können, bis die Gerichtsverhandlung vorüber ist.« Sie setzte sich auf die Fensterbank und lehnte erschöpft den Kopf gegen die Wand der Sitznische. »Ich habe dir noch gar nicht erzählt, dass es gebrannt hat. In einer unserer Scheunen, in der Nähe der Fischteiche beim Franziskanerkloster. Außerdem haben Fulks Söldner versucht, Pacht von einem meiner Leibeigenen zu erzwingen, auf dem Land, das zu deiner Mitgift gehört.«

»Der Preis, den wir zahlen, ist viel zu hoch, nicht wahr?«

Ihre Mutter fuhr sich mit der Hand über die Augen. »Das wird er sein, wenn es länger als ein paar Wochen dauert. Außerdem geht das Gerücht um, dass die Schotten noch vor dem Herbst einen neuen Ausfall machen werden und wir mit Plünderungen rechnen müssen. Wenn Hal noch lebte ...«

Ihre Mutter grämte sich in stiller Trauer. Sie hatte einen Sohn geboren und zu einem gut aussehenden, fröhlichen jungen Mann heranwachsen sehen, einen Mann, den Gott mit Verstand und Mut gesegnet hatte. Und dann war er in der Schlacht bei Bannockburn von den Schotten abgeschlachtet worden. Würde er noch leben, wäre er jetzt kaum älter als Gervase.

Johanna kniete sich vor ihr hin und legte sich die Hand ihrer Mutter an die Wange. »Du hättest eine Kriegsprinzessin sein sollen, *Maman*. Vater hat dich nicht verdient und ich auch nicht. Wenn die anderen Desmoiselles in Richmond über ihre Eltern sprachen, ist mir jedes Mal bewusst geworden, dass du eine außergewöhnliche Frau bist.«

»Was sollen wir nur tun? Ich bin müde, Johanna, und du, du Range, sieh dich nur an! So blasse Wangen! Du solltest in die Sonne gehen, damit du morgen so gesund und frisch wie ein Milchmädchen aussiehst.« Sie strich Johanna über das Haar und zupfte mit einem wehmütigen Lächeln an einer Strähne, die sich aus den Zopfflechten gelöst hatte. »Dein Vater hat dich so sehr geliebt wie ich, weißt du, nur auf seine eigene Art.«

»Ja, so sehr, dass er schließlich sagte: ›Der nächste Mann, der um sie anhält, wird sie bekommen!‹ und mich seinem guten alten Freund Fulk gegeben hat.«

»Vergib ihm«, sagte die Mutter leise. »Ich weiß, dass du ihn verachtest, aber … weißt du noch, wie er in den Krieg mit den Schotten davongeritten ist, als du ein kleines Mädchen warst? Er sah so prachtvoll aus. Ich war stolz auf ihn, und dann kam er zurück – voller Scham und Leid über die Niederlage von Bannockburn und den Tod des armen Hal. Er legte seinen Kopf in meinen Schoß und weinte.«

»Aber wir brauchen ihn nicht. Es ist ungerecht, dass wir deswegen von hier fort müssen. Um Gottes willen, *Maman*, Ihr habt bewiesen, dass Ihr Conisthorpe besser als irgendein Mann führen könnt.«

»Aber ich kann die Ritter nicht in den Krieg führen. Davon hängt alles ab, darauf stützt sich das Königreich. Soldaten zu stellen, wenn der König mit dem Finger schnippt.«

»Mutter«, Johanna nahm ihre Hand. »Vermisst Ihr … jemals meinen Vater als … nun ja, als … Ihr wisst schon …«

»Es gibt Zeiten, mein Liebling, da können dich nur die Arme eines Mannes trösten.«

»Aber Frauen sind stark, wenn sie es sein wollen. Seht doch Euch an, Mutter, Ihr habt wie eine Tigerin um mich gekämpft.«

»Und ich werde das tun, solange ich atme, Liebes, aber dies ist eine Welt, die vom Schwert regiert wird, auch wenn die heilige Kirche es gern anders sähe. Außerdem ist alles viel komplizierter. Ich … ich brauchte deinen Vater, und ich vermisse ihn, auch wenn es manchmal recht schwer mit ihm war. Und mir gefällt der Gedanke, dass er mich brauchte.«

Johanna legte die Arme um sie. »Ich werde in den Südturm ziehen«, sagte sie leise. »Dir zuliebe und um das Gerichtsverfahren zu beschleunigen und ein günstiges Urteil zu bekommen. Aber ich werde ihm nicht erlauben, bei mir zu liegen.«

»Nein, ich habe das nie von dir erwartet«, schniefte ihre Mutter und suchte in ihrer seidenen Gürteltasche nach einem Taschentuch.

»Das weiß ich, *Maman*, aber wenn Ihr einem Mann einen Becher Wein reicht, habt Ihr jemals erlebt, dass er nicht davon probiert hätte?«

Johanna gehorchte ihrer Mutter. Etwas später saß sie auf der Steinbank im Burggarten. Um es bequemer zu haben, hatte sie sich ein Kissen und einen kleinen Teppich aus Pelzwerk untergelegt, ihre Füße ruhten zum Schutz vor dem feuchten Gras auf einem kleinen Holzschemel, und ein Umhang aus Kaninchenfell wärmte ihren Oberkörper. Der Wind wehte noch recht frisch, auch im Schutz des Kräutergartens ihrer Mutter. Nicht daran gewöhnt, untätig zu sein, hatte sie ein Hemd für Gervase mitgenommen, um es zu besticken. Aber nur die erste Reihe der Kragenstickerei war beendet, jetzt lag das Hemd unbeachtet neben ihr. In Augenblicken wie diesem vermisste sie ihren kleinen Hund. Er hätte jetzt auf ihrem Schoß gesessen und sich streicheln lassen. Als die Tränen kommen wollten, hielt Johanna sie zurück und versuchte angestrengt, keine Angst zu haben.

Der Spielmann ihrer Mutter kam und setzte sich auf einen Hocker zu Johannas Füßen. Er zog den Bogen hervor und entlockte einem Psalterium süße traurige Klänge, während Agnes damit beschäftigt war, unaufgefordert Gänseblümchen in das offene Haar ihrer Herrin zu stecken.

Für kurze Zeit gelang es Johanna, alles zu vergessen: die morgige Verhandlung, ihr Unbehagen, die beiden Ehemänner, die ihr den Frieden raubten. Sie löste sich von den bedrückenden Gedanken und vertiefte sich in die Lieblichkeit des Augenblicks. Weiße Gänseblümchen und gelbe Himmelsschlüssel sprenkelten die kleine Grasfläche, und unter der Weißdornhecke mit ihren sich öffnenden Blattknospen entfalteten sich Veilchen und Immergrün. Ein Gott, der solche Schönheit erschaffen hatte, konnte sie doch nicht zu Fulk und dessen Grausamkeit zurückschicken! Aber sie wusste, dass er morgen ihr Lügengespinst zerstören konnte. Vermutlich sollte sie ihre Mutter und Gervase vorwarnen, aber es gab nichts, was sie tun könnten. Fulk würde gewinnen.

Geraints Schatten fiel auf sie, und ehe Johanna ihnen verbieten konnte zu gehen, hatten die Diener schon seinem Nicken gehorcht und sich zurückgezogen. Blind für Johannas unmutiges Stirnrunzeln steckte der arrogante Emporkömmling die Hände in den Gürtel, reckte den Rücken und schaute in die Wolken. Auf seinem rechten Ärmel prangte ein großer Fleck Kalkfarbe, auf seinem linken Strumpf klebte ein Wirrwarr von Spinnweben, und sein Kinn wurde von einer Schramme geziert.

»Geht weg!«, sagte sie harsch.

Geraint ignorierte ihre Worte und betrachtete Johanna stattdessen. Bis jetzt hatte er seine vorgebliche Ehefrau kaum einmal anders als mit aufgesteckten

Haarflechten, einem Haarnetz und einem Schleier gesehen. Aber heute trug sie das Haar in zwei ungeflochtenen Zöpfen, in denen Blumen steckten. Ihr zarter Batistschleier wurde nur von einem dünnen Band gehalten. Unter dem Pelzumhang sah das Obergewand hervor, es war von demselben Grün wie ihre Augen. Kein Maler hätte eine vollkommenere Szene darstellen können, und ohne weiteres hätte sie das Modell für eine Heilige oder gar die Heilige Jungfrau sein können.

»Wollt Ihr wohl aufhören zu summen?«, befahl Johanna. Es klang nicht unfreundlich.

»Habe ich gesummt? Es ist fast fertig, Ihr solltet kommen und sagen, wo Eure Wandteppiche aufgehängt werden sollen. Das heißt, wenn Ihr dazu bereit seid.« Was er meinte, war, wenn ihre schlechte Laune sich gelegt hätte. Johanna runzelte die Stirn und schwieg. Das gewinnende Lächeln blieb liebenswürdig, aber sein Ton klang weniger freundlich: »Lady Edyth hat ihren Besenstiel satteln lassen. Wollt Ihr ihr nicht zum Abschied einen Kuss geben?«

»Nein, das Küssen überlasse ich Euch, zusammen mit dem Herumkommandieren meiner Diener. Ich dachte, meine Mutter bezahlt Euch dafür, ein ›edler‹ Gemahl zu sein und kein spinnenwebenbedeckter.«

Geraint schaute an sich herunter und wischte sich die Spinnenfäden von den Kleidern, dann schob er das Hemd und das reparierte Nadelkästchen beiseite und nahm unaufgefordert neben Johanna Platz. Schweigend sahen sie einem der Hintersassen zu, der mit der Schubkarre Mist zu einem der Kräuterbeete brachte. Der Geruch wehte zu ihnen herüber.

Geraint hatte bis morgen noch eine Reihe von Dingen zu erledigen. Eines dieser Dinge beschäftigte ihn vor allem, aber er verbat es sich, Johanna geradeheraus zu fragen. Stattdessen suchte er sich vorsichtig seinen Weg entlang diesem gefährlichen Klippenrand.

»Eine kurze Tändelei«, spottete er und erinnerte Johanna an ihre Worte über ihr angebliches Ehegelöbnis. »Euch fehlt es an Fantasie, wisst Ihr das?« Wie an einem Glockenstrang zog er sie am Zopf, der ihm am nächsten war. Ein Gänseblümchen fiel heraus.

»Wie lange habt *Ihr* gebraucht?«

Er wandte ihr sein Profil zu, aber seine Lippen verzogen sich amüsiert. »Wartet es ab und findet es heraus.«

Sie parierte seine Bemerkung. »Ihr meint, Ihr würdet mich warten lassen?«

Er kratzte an einem Kalkfleck auf seinem Knie herum. »Ich meine es natürlich rein theoretisch. Aber es könnte sein, dass ich angeben soll, wie lange wir in der Hütte waren. Lasst uns sagen zwei Stunden.«

Er sah, wie ihre Augen sich überrascht weiteten. »Zwei Stunden, Sir? Unmöglich! Oh, nun ja, Ihr könntet es mehrere Male getan haben, um sicher zu sein – aber zwei Stunden!«

Er brüllte vor Lachen. »Du lieber Gott, Johanna, Ihr seid ein Gänschen!«, rief er und schlug die Hände auf die Knie.

»Das bin ich nicht!«, fauchte sie und senkte die Stimme. »Was geschah während der restlichen Zeit, die wir auf dem Farnlager waren? Wenn wir uns unterhalten haben, müssen wir entscheiden, über was wir gesprochen haben.«

»Wir haben nicht sehr viel gesprochen.«

»Dann müssen wir die meiste Zeit über geschlafen haben.«

»Diese kostbare Zeit mit Schlafen verschwenden! Ihr habt keine Ahnung, oder, Johanna?« Sie konnte ihn nur verwirrt anblinzeln. »Wenn der Examinator fragt,

Mylady, könnt Ihr ihm dann sagen, was wir in dieser Zeit gemacht haben? Er könnte danach fragen, wisst Ihr. Ihr müsst Euch da etwas überlegen.«

»Richtig, aber es könnte eine Menge Umstände ersparen, wenn Ihr mir sagt, was Ihr ihm antworten werdet. *Er könnte danach fragen, wisst Ihr«*, ahmte sie ihn nach.

»Ihr wollt, dass ich Euch sage, was ich an jenem Nachmittag getan habe?«, fragte er skeptisch.

»Warum nicht? Wenn Ihr es auf feinfühlige Art erzählen könnt. Schließlich sind wir zwei erwachsene Menschen und ...«

»O Lady, das ist albern.«

»Bitte, Gervase, wie Ihr zu Recht hingewiesen habt, muss ich es wissen.«

»Ich bin mir nicht sicher, ob Eure Gründe ehrenhaft sind«, knurrte er argwöhnisch.

»Natürlich sind sie das«, protestierte Johanna und sah ihn unschuldig an, ehe sie den Blick abwandte. Die klare blaue Tiefe wirkte wie ein unergründlicher Sog auf sie.

Wenn sie ihn hinters Licht führen wollte und Schindluder mit ihm trieb, spielte sie die Unschuldige beeindruckend gut, aber Geraint beschloss, ihre Unwissenheit glaubwürdiger zu finden. So weit er Johannas Vergangenheit kannte, war es durchaus möglich, dass sie völlig unwissend war. Vielleicht half es, ihre Wunden zu heilen. Und dass er damit die Fragen beantwortete, die der Examinator stellen könnte, war ohnehin nützlich.

»Nun, fangt an, Sir!«

»Wir sind auf den Heuboden hinaufgestiegen. Ich ging voran und half Euch dann, ich habe Euch das letzte Stück hochgezogen. Es war kein Platz zum Aufrechtstehen, also seid Ihr über den Farn gekrabbelt.«

»Es muss dunkel gewesen sein.«

»Ja, aber da waren Risse, durch die Tageslicht hereinfiel.«

»Wenn das Licht durch das Dach kam, dann hätte es während des Sturmes durchgeregnet.« Es war eine treffende, wenn auch lästige Feststellung.

»Nein, das Licht kam durch die Risse in den Wänden.«

»Dann ist es sehr heiß gewesen.«

»Ja, aber der Regen hatte die Luft abgekühlt. Ich …« Er ließ den Blick über ihr Obergewand gleiten, dort wo der Pelzumhang sich geöffnet hatte. »Da Ihr sehr einfach gekleidet gewesen seid, so wie Agnes, habe ich Euch Euren Stirnreifen abgenommen und Euer Haar geöffnet. Ich drückte Euch sanft zurück, und Ihr legtet Euch hin. Ich begann Euch zu küssen und streifte Euch das Kleid herunter. Erst nur über die Schultern, um Eure Brüste zu entkleiden.« Er versuchte, nicht gerade jetzt auf ihren Busen zu schauen.

Die Lady schien unbeeindruckt. Lieber Himmel, vielleicht war es besser, aufzuhören; seine Fantasien fingen an, sein Blut in Wallung zu bringen.

»Nun, das geht doch schnell. Ich verstehe noch immer nicht, wieso es zwei Stunden gedauert haben soll, und Ihr habt mich doch bestimmt nicht dreimal ausgezogen.«

»Ich habe Euch die Schuhe ausgezogen, mit den Zähnen habe ich jedes Eurer Strumpfbänder ganz langsam geöffnet, und während ich mich Eure Oberschenkel hinaufküsste, rollte ich Eure Strümpfe herunter. Allmächtiger Gott, Johanna, hört auf, mich so anzusehen!« Die kleine Hexe dachte tatsächlich mit allem Ernst darüber nach, ob er beides zur selben Zeit hatte tun können. Auf Johanna hatten seine Worte keine Wirkung, aber ihn erregten sie.

»Und dann habe ich Euch die Röcke über den Kopf gezogen, damit Ihr aufhört, während der restlichen Zeit albernes Zeug zu plappern«, knurrte Geraint und verfiel in schmollendes Schweigen. Mit dem Daumen fuhr er über die Schrammen auf seinen Knöcheln.

»Ich glaube Euch nicht«, erklärte sie.

»Ich frage mich, warum nicht. Nun, wenn Ihr es genau wissen wollt, Johanna, ich hätte Euch gestreichelt und geküsst, bis ihr mich angefleht hättet.«

»Ja, ich weiß«, seufzte sie. »Euch angefleht, aufzuhören. Das tue ich immer.«

»Nein, mich angefleht, *weiter*zumachen.«

»Ha! Sehr unwahrscheinlich.«

»Ihr wart heiß und nass vor Verlangen, und Ihr habt mir Eure Hüften entgegengedrängt, weil Euch nach mehr verlangte.«

Sie runzelte die Stirn. »Tun einige Frauen das?«

»Alle Frauen, mit denen ich schlafe.«

Sie schüttelte den Kopf. »Ich bin überzeugt, dass Ihr nicht aufschneidet, aber ich glaube wirklich nicht, dass es so passiert sein könnte. Nicht mit mir.«

»Zweifellos hättet Ihr versucht, mir mein Begehren auszureden«, murrte er.

»Ich war damals eine andere«, Johanna sprach leise, »aber wir werden so tun, als wäre es so gewesen, wie Ihr sagt.«

»Bei allen Heiligen, Weib, ich kann nicht glauben, dass diese absurde Unterhaltung tatsächlich stattfindet.« Unfähig, dieser Herausforderung zu widerstehen, fuhr er rasch fort: »Ihr habt gestöhnt und geseufzt, habt verzweifelt danach verlangt, dass ich in Euch eindringe.«

»Ha!« Johanna versuchte aufzustehen, aber er hielt sie am Arm fest und zog sie zurück.

»Wenn Ihr noch einmal ›ha‹, sagt, werfe ich Euch in

den Burggraben, das schwöre ich Euch. Ihr wart heiß, nass und voller Lust, als ich Euch die Erfüllung schenkte.«

»Was meint Ihr damit?«

»O Johanna, wisst Ihr denn gar nichts?«, rief er und packte sie an den Unterarmen. »Habt Ihr denn noch nie … Johanna, nicht nur der Mann empfindet dabei Vergnügen, sondern auch die Frau. Es ist ein Loslassen, ein süßes Sichhingeben.«

»Ha!« Sie schloss den Mund mit einem vernehmbaren Schnappen, als Geraint sie freigab. »Die Worte, die Worte sind alle falsch. Es ist immer ein Bezwingen und Unterwerfen.« Sie griff nach dem Hemd, das neben ihm lag.

Er packte sie am Handgelenk. »Es kann auch ganz anders sein.«

»Wie denn, wenn der Mann in die Frau hineinstoßen und ihr Gewalt antun muss?«

Sein Blick begegnete ihrem voller Aufrichtigkeit. »Ich habe nie hinein*gestoßen* und nie einer Frau Gewalt angetan.«

Sie schluckte und presste das Hemd an sich, als würde es sie schützen. »Es tut mir leid.« Ihr Ton klang versonnen, als sie hinzufügte: »Ihr wart wahrscheinlich ritterlich und sanft.«

Er drehte sich zu ihr und hielt sie an ihren Zöpfen fest. »An jenem Nachmittag wart ihr glücklich und großzügig und voller Liebe. Ihr habt mich zwischen Euren Schenkeln empfangen, und es war für mich das Paradies, in Euch Erfüllung zu finden.«

Sie zitterte. »I-ich w-wünschte, ich könnte glauben, dass eine solche Leidenschaft möglich ist.«

Geraint konnte nicht anders, als es zu sagen, seine Stimme war rau. »Lasst es mich Euch beweisen. Ich kann es.« Er schlang ihre Zöpfe um seine Hände und zog Johanna näher.

»Nein«, wisperte sie und legte abwehrend die Hand auf seine Brust. »Ich bezweifle, dass Ihr das könnt. Auf jeden Fall wäre es für uns beide nicht gut. Ihr werdet fortgehen, und ich will meine Gelübde ablegen. Dieser Meineid ist schon schlimm genug, man muss nicht noch eine Sünde hin …«

Sein Mund legte sich auf ihren, und er zog Johanna an sich. Sie wehrte sich, doch Geraint hielt sie fest. Seine Lippen schmeichelten um Ergebung, seine Zunge forderte Unterwerfung. Ein Gefühl des Entzückens durchströmte Johanna bei seiner Berührung; aber ihr Verstand ließ sie zurückzucken. Als spürte er ihre Verwirrung, hob Geraint den Kopf.

»Das ist nicht feinfühlend«, wisperte sie ohne Groll.

»Nein.« Seine Stimme war ein verträumtes Murmeln, aber sein Blick zwang sie, seine Herrschaft über sie zu akzeptieren. »Wisst Ihr, wie sehr Ihr mich wünschen lasst, Euch zu berühren?«

Dies also war Verführung, die sündige Versuchung des Fleisches, vor der in den Predigten gewarnt wurde. Einen Augenblick lang gestattete Johanna es sich, die Gefühle zu genießen, die ihren Körper so schwach machten. Einen Atemzug lang ließ sie es zu, dass dieser Fremde ihr das Gefühl gab, begehrenswert zu sein. Aber in diesem warmen Gefühl von Sicherheit und Geborgenheit in seinen Armen lauerte die Gefahr. Seine Freundlichkeit war reine Verstellung, nur die Kapitulation vor seinem Verlangen. Binnen eines Monats würde sie nur noch eine Erinnerung für ihn sein, und Johanna konnte es nicht mehr ertragen, verletzt und fallen gelassen zu werden. Sie stemmte sich mit den Händen gegen ihn und versuchte, sich aus seiner Umarmung zu befreien. »Ich möchte Euch vertrauen können, Sir. Ich wünschte, Ihr würdet nicht solche Dinge zu mir sagen …«

Ein lautes »Ahem« ließ die beiden auseinander fahren. Jankyn, die Hände in die Hüften gestemmt, stand vor ihnen. Geraint bedachte ihn mit einem finsteren Blick, aber Johanna, wieder sicher im Sattel ihrer Gefühle sitzend, strich sich amüsiert die Röcke glatt.

»Was ist, Jankyn?«, fragte ihr Verehrer schroff. Es schien, als zöge ihm eine leichte Röte in die Wangen.

»Am Tor ist ein Bündel für die Lady abgegeben worden.«

»Ein Bündel!« Jankyn hatte ihre ungeteilte Aufmerksamkeit. Niemand sandte ihr Bündel … außer diesem einen Mal auf Enderby, als Fulk … Entsetzt sprang sie auf.

Mit geschürzten Röcken lief Johanna davon. Sie war schnell, sie kannte hier jeden Stein. Geraint holte sie erst ein, als sie das Vorwerk fast erreicht hatte. Sir Geoffrey stand mit dem Torwächter und zwei Männern der Garnison im Torgang.

»In Gottes Namen, haltet sie zurück!«, brüllte er Geraint zu.

Starke Hände packten sie um die Taille, aber sie trat und wehrte sich, laut schreiend wie eine Verrückte. Sie musste sich das von Maden bedeckte Bündel gar nicht ansehen, das aus dem Stoffsack herausgefallen war. Denn sie konnte den widerwärtigen Gestank von verwesendem Fleisch riechen.

Fulk hatte ihr ihren kleinen Hund geschickt.

19

Johanna taumelte zurück und presste die Faust gegen den Mund, um den Brechreiz zu unterdrücken. Als sie davonrannte, schluchzte sie, als wäre ihr Herz gebrochen.

Geraint, der ihr gefolgt war, blieb am Eingang zur Kapelle stehen. Johanna lag ausgestreckt auf dem Steinboden, das Gesicht in den Armen verborgen. Sie zitterte nicht mehr, aber ihre Hände verrieten den Aufruhr in ihr. Sie hielt die Finger wie Klauen gespreizt, die sich in die Hölle graben wollten. Das Knirschen von Leder hatte Father Gilbert verraten, dass ein unerwünschter Lauscher zugegen war. Er ging zu Geraint und zog ihn mit sich auf den Burghof. Es begann schon zu dämmern.

»Ich fühle mich so nutzlos wie eine Scheide ohne Schwert.«

»Sie hat Angst, mein Sohn, dass Barnabas der Nächste sein wird.«

»Barnabas? Wer ist Barnabas?«

»Der junge Page, der auf Enderby unter ihrem Schutz stand … Wusstet Ihr nicht, dass Sir Fulk das Kind als Druckmittel benutzt hat, um ihre Unterwürfigkeit zu erzwingen?«

»Bei Gott, ich hoffe, dieser Hurensohn wird auf ewig in der Hölle schmoren!« Er wollte Johanna in das Sonnenlicht tragen und sie in die Arme nehmen, aber jedes Versprechen, das er ihr jetzt voreilig geben würde, könnte er nicht einlösen. »Mit Verlaub, Hochwürden, Lady Constance hat mich gebeten, Lady Johanna in ihr Gemach zu führen, damit sie sich vor dem Essen etwas ausruht.« Nicht direkt eine Lüge, aber er konnte sich nicht einfach abwenden und sie auf dem kalten Steinboden liegen lassen. Der Haushalt erwartete von ihm, sie zu trösten.

Der Priester schien ihm seine Worte nicht ganz abzunehmen. »Also gut, mein Sohn, aber ich schlage vor, Ihr bittet Yolonya, Lady Johanna ein Mittel zu geben, damit sie heute Nacht schlafen kann. Und jetzt geht zu ihr.«

Geraint kniete sich neben Johanna nieder und war auf abweisende Worte gefasst, als er sie, behutsam die zerbrechlichen Schultern umfassend, zu sich umdrehte.

Erstaunlicherweise ließ sie sich widerstandslos von ihm aufhelfen und aus der halbdunklen, von Kerzen schwach beleuchteten Kapelle in das geschäftige Treiben des Burghofes hinausbegleiten. Er führte sie in den Garten, wo er den auf der Erde liegenden Pelzumhang aufhob, den Agnes vergessen hatte, und sich ihn über die gesunde Schulter legte. Sie gingen ein Stück den Gartenweg entlang bis an eine Stelle, von wo aus sie den Fluss sehen konnten. Er führte noch immer schlammig braunes Wasser und umtoste schäumend die großen Steine, die im Flussbett lagen. Geraint legte den Pelz um Johannas Schultern und stellte sich vor sie, um sie mit seinem Körper vor dem Ostwind zu schützen, der aufgekommen war.

»Ich habe immer geglaubt, dass Hunde eine Seele haben. Und Schweine auch«, sagte er.

Johanna sah ihn verstohlen von der Seite an. Geraint hatte nachdenklich zum gegenüberliegenden Ufer hinübergeschaut, doch jetzt wandte er den Blick ab, um Johanna anzusehen. Wollte er die Spuren der Zerstörung abschätzen, die ihre Tränen auf einem Gesicht hinterlassen hatten, das ohnehin schon viel zu blass und von tiefen Augenschatten gezeichnet war? Es ist unmöglich, die Last zu teilen, dachte sie unglücklich. Ich wünschte, ich könnte ihm sagen, was Fulk mir noch angetan hat, aber er kann auch nichts dagegen tun. Oder er würde impulsiv und unüberlegt handeln. Und trotz allem, was wir miteinander durchstehen, ist er ein Fremder.

»Ihr versucht, mich aufzuheitern. Aber es gibt eine feine Linie zwischen Plattheit und Freundlichkeit«, erwiderte sie schließlich. War es wirklich erst wenige Tage her, dass sie diesem Mann begegnet war? Es schien wie … sie versuchte, nicht zu denken, trotz dieses besonderen Augenblicks. Denken war zu schmerzlich.

»Ja, ich entschuldige mich, aber gegenwärtig sind meine Motive so rein wie Gold. Vermutlich werdet Ihr auch jetzt widersprechen – was die Qualität des Goldes angeht, meine ich.« Er hörte ihren leisen Seufzer und bemerkte: »Euch ist klar, dass die Leute Euch aus Mitgefühl jetzt mit Schoßhunden überschütten werden, wenn man das so sagen kann.« Beschützend legte er den Arm um ihre Schultern. »Ihr könntet eine ganze Armada davon in Eurem Kielwasser haben.« Dann fragte er sie: »Erwartet Ihr ein Kind?«

Die Frage war wohlüberlegt, und sie traf Johanna, als hätte er sie mit einer Nadel gestochen – absichtlich. Zorn wallte in ihr auf. Doch er war auf ihren Versuch davonzulaufen vorbereitet.

»Ihr!« Sie keuchte vor Empörung, aber Geraint blieb gelassen. Ha! Sein Mitgefühl – nichts als Kalkül! Eine hübsche Aussicht und ein paar nette Worte, um ihren Kummer zu lindern, und jetzt? Jetzt setzte er seinen eisernen Willen ein, um sie kleinzukriegen, genau wie Fulk. *Der* hatte sie immer geschüttelt.

»Es ist doch nicht nur Euer kleiner Hund, nicht

wahr, Johanna? Ihr habt schon vorher geweint. Ich muss wissen, warum.«

»Lasst mich gehen!«

»Ich bin Euer Ehemann, Lady, oder zumindest nimmt alle Welt das an. Antwortet mir! Warum wollt Ihr nichts essen?«

»Weil ich nicht will.«

»Antwortet mir!« Er drehte sie zu sich herum und zwang sie, ihn anzusehen. Die Augen, die sie ansahen, waren nicht blutunterlaufen, alt und wütend wie die Fulks, sondern bodenlos wie tiefes Wasser. Da lag kein grausamer Zug um seinen Mund, nur eine grimmige Entschlossenheit, aber dass er wie Fulk glaubte, ihre Unterwürfigkeit erzwingen zu können, ließ Johanna zittern. *»Erwartet Ihr ein Kind?«*

Sie schluckte und schüttelte den Kopf.

Zufrieden, diesen Tropfen Wahrheit aus ihr herausgepresst zu haben, verzog er den Mund zu einem Lächeln. Plötzlich gab er sie frei und trat einen Schritt zurück. Gehörte das auch zu seiner Taktik?

»Als Nächstes, Sir, werdet Ihr mir vermutlich versichern, dass Ihr mich nur aus liebevoller Freundlichkeit auszankt. Glaubt Ihr, ich könnte meine Trauer vergessen, indem Ihr mich wütend macht?«

»Es tut mir leid um Euren Kummer, Mylady, glaubt mir das, aber ich will nicht, dass Ihr morgen dem Gericht den Eindruck vermittelt, es mangele Euch von meiner Seite an Liebe.« Von den Lederschuhen bis zu den Haarspitzen ließ er langsam den Blick über sie gleiten, als wollte er sich bewusst machen, wie die Richter sie sehen würden. »Johanna, ich muss das wissen. Wenn Ihr kein Kind erwartet, warum dann die heimlichen Tränen heute Morgen? Seid Ihr krank? Oder ist das eine Art Traurigkeit, in die Ihr üblicherweise verfallt, wenn der Mond abnimmt?«

»Wie könnt Ihr euch unterstehen!«

»Also ein Gelübde«, fiel er ihr rasch ins Wort, sein Ton klang spöttisch. »Keine Nahrung während der Fastenzeit. Ihr versucht, Euren Körper auszutrocknen und einzuschrumpfen, um nur noch als Geistwesen zu existieren.« Er sprach jetzt leiser, eindringlicher. »Unterdrückt nicht die Frau in Euch, Mylady. Es macht Euch zu dem, was Ihr seid, zu dem, was Gott wollte, wie Ihr seid.«

»Haltet mir keine Predigten.« Sie sah den Mutwillen in seinen Augen funkeln, aber da hatte er sie auch schon ausgewählt: die nächste Waffe aus seinem Arsenal.

»Ach, vergesst es!« Er ging einige Schritte und wandte sich dann um, seine Miene wirkte beleidigt. »Gebt es zu, Ihr habt Euch in diesen reizenden, blondschöpfigen Stallburschen verliebt.«

Sekundenlang starrte Johanna ihn an, als hätte er verkündet, die Erde würde sich von nun an um die Sonne drehen. Doch dann versetzte sie sowohl sich als auch ihn in Erstaunen, denn sie lachte über diese abstruse Vermutung. Sie war froh über seine Nachsicht und darüber, dass seine Krämerseelennatur so leicht das Gegenmittel gefunden hatte, um das Gift wirkungslos zu machen, das in ihr gärte. »Ihr seid wirklich scharfsinnig. Ich schmachte jede Nacht nach ihm.«

»Ah ja.« Er verneigte sich galant und reichte ihr in sorgsam ausgewogener Balance zwischen Verführung und Befehl die Hand.

»Diese Erklärung wird mir für die Zeit, die ich hier bin, genügen. Und jetzt kommt und sagt mir, ob Euch die Einrichtung Eures Schlafgemaches so recht ist.«

Sie legte die Hand auf seine. Aber es war noch nicht vorbei; nichts war bis jetzt vorbei.

Die zwei Stufen hinauf zur Turmtür glänzten vor Feuchtigkeit, und alle Böden waren geschrubbt worden, um die Spritzer von weißer Kalktünche zu entfernen.

»Passt auf Eure Ärmel auf.« Geraint prüfte die Wand mit seinen Fingerspitzen.

Sein Knappe hatte das Aufstellen des Bettes durch zwei der Diener überwacht, wandte sich zu ihnen um und verneigte sich. »Es tut mir leid wegen Eures armen kleinen Hundes«, sagte er würdevoll. Als er den missbilligenden Blick seines Herrn auffing, weil er mit dieser Bemerkung Johannas Kummer wieder aufgewühlt hatte, verbeugte sich Jankyn ein zweites Mal vor ihr. »Sir Gervase schnarcht, Mylady.«

Johanna ließ es geschehen, dass Geraint sie mit sich in das obere Stockwerk zog. Ihr Bett war in dem hellen Gemach schon aufgestellt worden. Aber ebenso wie dessen Vorhänge fehlten auch noch die Wandteppiche an den Wänden. Agnes hatte das Feuer im Kohlebecken geschürt und zog sich jetzt zurück. Wenigstens gab es etwas Wärme, um den Fußboden zu trocknen. Während dieses Gemach nicht so modern und luxuriös eingerichtet war wie ihr Schlafgemach über der großen Halle, so wirkte es durch seine Beengtheit viel intimer, und Geraint füllte es mit seiner Anwesenheit auf beunruhigende Weise aus.

Dieses Arrangement musste bestehen bleiben, bis die Verhandlung vorüber war oder der König sie aufforderte, Conisthorpe zu verlassen. Es würde nur vorübergehend sein. Bald würde sie in der schlichten Zelle einer Nonne schlafen.

Geraint, ihr selbst ernannter Turmwächter, wartete auf ihre Reaktion; sein Lächeln wirkte gewinnend. Aber was Johanna stumm bleiben ließ, war die Erkenntnis, dass er die Kontrolle über ihre Privatsphäre gewonnen hatte, und das vermutlich in voller Absicht. Er würde über alles Kommen und Gehen in ihrem Schlafgemach Bescheid wissen.

Ihr Blick fiel auf die Tür. Es gab keinen Riegel, nur einen Holzpfosten, der dagegen gestützt werden konnte.

Seine blauen Augen sprachen Bände. O ja, er hatte ihre Gedanken gelesen.

»Ich hoffe, ich habe in allem Euer Einverständnis, Madam Eheweib.«

»Und wenn Ihr es nicht habt?«

»Die Würfel sind gefallen, aber wenn Ihr darauf besteht, kann ich Eure Sachen in Euer altes Gemach zurückbringen lassen.« Ich werde dich schon dazu bringen, mir aus der Hand zu fressen, sagte sein Gesichtsausdruck ihr.

»Für den Fall, dass Ihr es vergessen haben solltet, Master Knappe, ich bin sehr gut in der Lage, meine Diener selbst anzuweisen.« Sie hielt ihm die Tür auf. »Gott befohlen, Sir.«

Das Abendessen war eine kühle Angelegenheit. Was nicht am Essen lag, denn das war heiß, obwohl es von der Küche durch viele zugige Gänge in die Halle getragen worden war. Nein, es war die Unterhaltung, die lauwarm war. Geraint schnitt Miles eine Grimasse, die seine Ratlosigkeit ausdrückte, doch unglücklicherweise fehlte es dem Jungen an jeglichem Gefühl für Diskretion.

»Warum erzählst du uns nicht ein paar Witze, Johanna? So wie früher. Erinnerst du dich noch an den über die beiden Hühner?«

»Nein«, schnappte Johanna.

Ihr Bruder zog einen Schmollmund. »Seit du aus

Enderby zurückgekommen bist, sitzen hier alle mit langweiligen langen Gesichtern rum.« Er hatte sein Brot zu vielen Kügelchen geformt und sie zu einem Belagerungsturm aufgeschichtet, den er jetzt in einer Attacke auf das große Salzfass zuschob, einer Burg aus Silber.

»Sei still, Miles, und benimm dich!« Lady Constance machte diesem Angriff ein Ende, indem sie den Belagerungsturm flach drückte und ihn einem auf der Lauer nach Leckerbissen liegenden Hund zuwarf. »Und zeig etwas mehr Feingefühl! Deine Schwester ist traurig wegen ihres Hundes.«

»Ich werde dir ein Lied vorsingen, Miles«, verkündete Geraint. »Es wird dich so sehr langweilen, dass du froh sein wirst, gehen und dich anderswo beschäftigen zu können.«

»Oje«, murmelte Johanna.

Lady Constance schnippte mit den Fingern nach dem Spielmann der Burg.

»Sir Gervase möchte etwas Musik, um Lady Johannas Kummer zu vertreiben.«

Die Munterkeit in Person, griff der Spielmann nach seiner Laute und kam, um ihre Wünsche zu erfahren.

»Nein, nein, ich bestehe darauf, für die Unterhaltung zu sorgen«, beharrte Geraint.

»Wann tut Ihr das mal nicht«, murrte Johanna leise.

»Dieses Lied«, erklärte Geraint unbeirrt – vielleicht hatte er zu viel getrunken? – »wurde eigentlich von einem Dichter namens Vogelweide geschrieben, der im Reich des Heiligen Römischen Kaisers lebte. Es ist oft übersetzt worden. Diese Fassung habe ich von einem gasconischen Troubadour gehört.«

Der Spielmann strahlte, und seine Finger entlockten dem Instrument eine Kaskade süßer Töne. »Erlaubt mir, Euch zu begleiten.«

»Ausgezeichnet«, sagte Geraint. »Ich widme dieses Lied meiner geliebten Frau. Hör gut zu, mein Liebling, dies ist ein seltenes Ereignis.«

Er hoffte nur, dass er sich an den Text erinnern konnte. Er sang die ersten beiden Zeilen und lächelte, als sein Publikum still wurde und zuhörte. Überrascht von Geraints gesanglichem Talent fiel der Spielmann beim Refrain in das Lied ein und improvisierte die zweite Stimme.

Unter der Linden
bei der Heide,
wo unser zweier Bett gemacht,
da mögt Ihr finden,
wie wir beide
pflückten im Grase der Blumen Pracht.
Vor dem Wald im tiefen Tal,
Tandaradei!
lieblich sang die Nachtigall.

Ich kam gegangen
hin zur Aue –
mein Trauter harrte schon am Ort.
Wie ward ich empfangen,
o Himmelsfraue!
Des bin ich selig immerfort.
Ob er mich küsste? Wohl manche Stund'
Tandaradei!
Seht wie ist so rot mein Mund.

Da tät er machen
uns ein Bette
aus Blumen mannigfalt und bunt.
Darob wird lachen
wer an der Stätte

vorüberkommt, aus Herzensgrund:
Er wird sehn im Rosenhag,
Tandaradei!
sehen, wo das Haupt mir lag!

Wie ich da ruhte,
wenn man es wüsste,
barmherziger Gott – ich schämte mich,
wie mich der Gute
herzte und küsste,
keiner erfahr' es, als er und ich,
und ein kleines Vögelein –
Tandaradei!
das wird wohl verschwiegen sein!

Die einschmeichelnde und mit viel Gefühl vorgetragene Melodie berührte Johanna tief, und sie fühlte eine namenlose Sehnsucht in sich aufsteigen. Als Geraint geendet hatte, lächelte er sie herausfordernd an. Johanna ärgerte sich über Miles, der während der ganzen Zeit unruhig mit seinem Hocker hin- und hergerutscht war. Auch die anderen hatten nicht gerade still gesessen; folglich schien ihr auch der Beifall unangemessen laut.

»Es war langweilig«, maulte der Junge. »Warum handeln alle Lieder von der Liebe? Wen scheren diese belanglosen Dinge? Du hast doch immer das Lied über die Frösche gesungen, Johanna.«

»Das war, als ich dreizehn war.«

Geraint lachte und legte in ehemännlicher Vertrautheit den Arm um ihre Schultern

Johanna begriff zu spät, dass das Lied nur ein Teil der Scharade gewesen war, die sie aufführten. Für einen verschwindend kurzen Augenblick, für die Länge eines Seufzers, war sie dem Zauber des Sängers verfallen. Vielleicht war Meister Vogelweides Lied diese Erfahrung wert gewesen

Sie stützte das Kinn auf die Hand und starrte bedrückt auf das unberührte Schneidebrett vor ihr auf dem Tisch. Wenn ein Mann so etwas Schönes schreiben konnte, musste die Liebe etwas Wunderbares sein. Und dennoch – ihre zynische Natur setzte sich wieder durch – könnten diese Worte nur eine Beschönigung dessen sein, was lediglich so kurz und brutal ablief wie die Paarung der Wildenten. Sie hatte die Erpel auf den Weibchen landen, sie unter Wasser drücken sehen. Sie würden wieder auftauchen, der Erpel würde den Nacken der Ente mit dem Schnabel festhalten, er würde sie penetrieren, und es war vorbei. Nein, Ritterlichkeit war nur der Deckmantel, unter dem sich hässlicher Stahl verbarg. Er verbrämte Vergewaltigung, Raub und blutiges Niedermetzeln mit bedeutungslosen Worthülsen über Ehre und Anstand. Und ritterliche Minne hieß nichts anderes als widerwärtige Begattung. Eine Königin konnte des Tags einen liebeskranken Ritter zu ihren Füßen sitzen haben, der Gedichte über ihre Augen und ihre Lippen schrieb, doch des Nachts würde er heimgehen, um seine Frau zu schlagen, und die Königin würde in ihr leeres Bett zurückkehren.

»Es gefiel Euch nicht.«

Johanna, die nie irgendwelche Entzückungen des Tandaradeiens erfahren hatte, bemühte sich um Höflichkeit. Immerhin war er so tapfer gewesen, trotz seiner geschundenen Rippen zu singen.

»Ihr singt mit sehr viel … Gefühl, Sir.«

Er lächelte und hob ihr den Becher entgegen. »Auf Euch, meine süße Lady, und auf die ritterliche Minne.« O Jesus, musste dieser Mann so ein Lächeln haben, das ihr Herz hochhob und es so behutsam umfing, als wäre es ein zerbrechlicher, flaumbedeckter, eben flügge gewordener Vogel? Nach Fulks grausamem Regime war das alles so überwältigend.

»Ritterliche Minne«, sinnierte ihre Mutter, »ich frage mich, ob Eleanor von Aquitanien sie als Spiegel für ihre Eitelkeit benutzte. Ich habe sie immer bewundert, aber könnt Ihr Euch vorstellen, dass es ihr wirklich Freude gemacht hat, auf den Kreuzzug zu gehen? All dieser Sand«, fuhr sie prosaisch fort. »Ich bin sicher, dass Richard Löwenherz es als recht lästig empfunden haben muss, seine Mutter dabeizuhaben. Aber was für einen Mut sie hatte, in das heilige Land zu reisen.«

Geraint antwortete Lady Constance nicht. Er hatte mit Sorge beobachtet, dass Johanna während des Nachtmahls fast nichts gegessen hatte. Wenn er auch ihren Kummer verstehen und ihre Angst, morgen dem verhassten Ehemann gegenübertreten zu müssen, nachempfinden konnte, so gelangte er mehr und mehr zu der Überzeugung, dass hinter ihrem Fasten etwas anderes steckte.

Etwas Rätselhaftes, Verborgenes. Sie wurde von Tag zu Tag magerer, sie hatte tiefe Augenschatten und hohle Wangen. Wenn es wirklich ein Gelübde für die Dauer der Fastenzeit war, dann musste Father Gilbert ihm diese Fragen beantworten. Um Gottes willen, sie fiel fast vom Hocker! Sie musste vor Hunger ganz schwach sein!

»Madam, Eure Tochter!« Mit einem Satz sprang Geraint auf und trat hinter Johanna. Er legte ihr die Hände auf die Schultern und zog sie hoch.

Lady Constance warf einen besorgten Blick auf das bleiche Gesicht ihrer Tochter und drängte sie in das große Zimmer.

»Hat sie in dieser Woche überhaupt irgendetwas gegessen?«, fuhr Geraint die beiden Kammerfrauen an, als er ihnen in das Gemach folgte.

Yolonya, die Hände auf ihre breiten Hüften gestemmt, schüttelte den Kopf, während sie sich zu ihrer Herrin umdrehte. »Ich habe Euch gewarnt, Mylady, dass das Mädchen sich zu Tode hungert. Ihr müsst sie unter Eure Fittiche nehmen, Mylord.«

»Agnes, bring etwas von der Suppe, die man vorhin serviert hat!«

Von der Suppe, die man ihr eingeflößt hatte, etwas zu Kräften gekommen, versuchte Johanna zu mogeln, als Geraint ihr immer mehr davon in den Mund löffelte.

»Hört auf. Ich werde allein essen, danke.« Sie griff nach dem Löffel und aß die Schüssel leer. Sie wusste, dass er sie mit Argusaugen beobachtete, bis sie fertig war. Das Essen belebte sie, bis ihr vorgeblicher Ehemann mit seiner Strafpredigt begann.

»Was in Gottes Namen ist los mit Euch, Mylady? Ich habe Euch für vernünftig gehalten und nicht für ein dummes Ding, das statt Hirn Federn im Kopf hat.«

»Geht weg, alle!« Johanna verbarg das Gesicht in den Händen.

»Gervase!« Lady Constance hielt ihm die Tür auf.

»Nein, ich werde nicht hinausgehen. Seid ihr denn alle blind, ihr Gänse?« Unglücklicherweise traf Agnes und Yolonya die ganze Wucht seines Zorns, aber es war ihre Mutter, auf die er zielte. »Könnt Ihr denn nicht sehen, dass ihr irgendetwas zu schaffen macht, Madam?«

Mit einem Seufzen schloss Lady Constance die Tür wieder und sah ihre Tochter eindringlich an. »Johanna, Liebes, was ist los?«

»Diese Ohnmacht!« Geraint war im Zimmer hin und her gegangen. Plötzlich hob der die Hand und fuhr zu den Frauen herum. »Diese Ohnmacht … bei meiner Ankunft … diese Ohnmacht war echt.«

»Ja«, flüsterte Johanna. »Und jetzt lasst mich alle allein.«

»Es ist die Verhandlung, die uns bevorsteht«, erklärte Lady Constance.

»Tatsächlich? Johanna braucht Bewegung und frische Luft, und sie braucht Essen, und zwar in ihrem Magen, nicht nur auf ihrem Teller.« Er unterbrach sein Auf- und Abgehen. »Ihr bewegt nur Eure Finger, Mylady, Ihr führt nur immer diese kleine Nadel hin und her. Pah, da ist Euer Mangel an Appetit kein Wunder.« Er ging vor ihr in die Hocke. »Hört zu, Johanna, wenn wir die ganze Garnison als Eskorte mitnehmen, um Sitte und Anstand zu gewährleisten und um uns Wegelagerer vom Hals zu halten, kommt Ihr dann mit mir auf die Falkenjagd? Morgen Nachmittag, wenn uns der Richter bis dahin aus dem Spiel entlassen hat?« Sie schüttelte den Kopf und wischte sich die Tränen mit dem Handrücken ab. »Warum denn nicht? Es ist Frühling, Mylady, ein neues Jahr. Eure Wangen sollen die Farbe der Rosen tragen und …« Er verhaspelte sich. Stirnrunzelnd sah er sie an, als er noch einmal versuchte, sie zu überreden. »Und erzählt mir nicht, dass ich noch nicht gesund genug bin, das zu tun. Ich bin es, und ich spreche solche Einladungen nicht leichtfertig aus. Es ist ein Privileg, mit mir auf die Falkenjagd zu gehen.«

Johanna war wieder den Tränen nahe, aber sie lächelte, weil sie ablehnen musste. Seine Gesellschaft gab ihr Mut. Wenn sie ihm doch nur vertrauen könnte – aber die Angelegenheit war zu schamvoll, zu intim.

Verärgert ballte er die Fäuste. »Dann solltet Ihr Euch ausruhen, Mylady.«

»Geht jetzt, Sir, ich will versuchen, ein wenig zu schlafen. Ich weiß es zu schätzen, dass Ihr versucht, mich aufzuheitern. Und danke für Eure Fürsorge«, fügte sie hinzu, »die Suppe hat mich wieder zu Kräften kommen lassen.«

Ob diese Kräfte reichten, den morgigen Tag zu überstehen, das konnte sie nur hoffen.

20

Die Pfarrkirche am Markplatz war vollgestopfter als der Sack eines Plünderers auf Beutezug, und die Gefolgsleute von Conisthorpe und Enderby belauerten einander zwischen den normannischen Säulen wie angebundene, knurrende Hunde. Da ihr Herr noch nicht anwesend war und sie deshalb nicht zur Räson bringen konnte, machten sich Fulks Männer einen Spaß daraus, Geraint zu verhöhnen.

»Dies ist ein Haus Gottes, und wenn noch einmal irgendjemand ›Kuckuck‹, ruft, werde ich ihn sofort von hier entfernen lassen«, bellte der Barrister mit finsterer Miene die Enderby-Männer an.

Der als Kuckuck Titulierte drückte beruhigend Johannas Schulter. Er stand hinter der Bank, die für die Edelfrauen aufgestellt worden war, und sah von Kopf bis Fuß wie ein wirklicher Lord aus. Ganz anders hingegen Fulk, der Hahnrei, der vom Helm bis zum Bärlatsch in voller Rüstung in die Kirche geklirrt kam, um so seinem Ruf als einem Mann Nachdruck zu verleihen, dessen Reputation selbst durch die schändlichen Verluste bei Bannockburn nicht angekratzt worden war.

»Habt Ihr auch den Eindruck, dass wir einen Helden vor uns sehen?«, knurrte Geraint. »Vielleicht hätte ich dazu passend meine Six- und Acht-Penny-Panzerhandschuhe und eine Zehn-Schilling-Kesselhaube aufsetzen sollen.« Johanna war zu angespannt, um seinen Humor zu würdigen. Fulk, durch Geraints Arm um Johannas Schultern vor aller Augen zum gehörnten Ehemann abgestempelt, sah sie so böse wie ein grausamer, scharfschnäbeliger Raubvogel an.

»Wer ist das?« Lady Constance, die neben Johanna saß, warf über die Schulter einen kurzen Blick auf die wohlhabend gekleidete Frau, die eine gefältelte Rise trug.

»Das ist die Witwe von Sir Maurice, Maud de Roos«, wisperte Father Gilbert. »Man sagt, sie sei auf der Suche nach einem neuen Ehemann.«

»Mir ist egal, wer sie ist, auf jeden Fall ist es unverschämt von ihr, so hierher zu starren«, empörte sich Johanna, die den Eindruck hatte, dass ganz Yorkshire zum Gaffen gekommen war. Ein Horn erschallte, und sie erhoben sich für den Einzug der Richter.

Der Richtertisch, auf dem Gänsekiele, Tintenhörner und Pergament bereitlagen, war vor dem Lettner aufgestellt worden, aber das große Kruzifix, das darüber hing, erinnerte sie daran, dass allein Gottes Wille galt, wie auch immer das Ergebnis der Gerichtsverhandlung aussehen mochte.

William de Bedford, der als Vertreter des Archidiakons den Prozess leitete, stellte sich als schlanker Mann von nicht allzu großer Statur und schmucker Erscheinung heraus, der sie prüfend musterte, während er auf der Bank Platz nahm. Sein Gesichtsausdruck verkündete, dass sie sich in Gottes Haus befanden und dass es nicht ihre Absicht sein durfte, das Gesetz zu bagatellisieren.

Zunächst erfolgte die Einsetzung der Prokuratoren, danach wurden die Klageschriften verlesen. Johanna war schockiert, als der Richter sie aufforderte, den Schleier zurückzuschlagen, damit die beiden Männer, die Anspruch auf sie erhoben, bestätigen konnten, dass sie wirklich die Frau war, um die es ging. Fulks Eingabe gegen sie wurde dann in Schriftform vorgelegt, jedoch machte er von der Möglichkeit Gebrauch, eine mündliche Erklärung hinzuzufügen. Mit dem Selbstvertrauen eines Perikles oder Cicero trat Fulk in den freien Raum zwischen der Richterbank und den Zuschauerreihen vor. Es war ihm nicht bewusst, dass er seine Autorität eher seiner klirrenden Rüstung als seinen menschlichen Qualitäten zu verdanken hatte.

Geraint kannte andere Männer seiner Sorte – die Sorte, die es liebte, knappe, präzise Befehle herauszuschreien. Ein ungehorsamer, zwangsweise verpflichteter Hintersasse unter Fulks Befehl hatte gute Chancen, mit einer Schlinge um seinen Hals zu enden oder so lange geprügelt zu werden, bis kaum noch Leben in ihm war. Arme Johanna. Auch sie würde eine solche Strafe erwarten.

»Die meisten der Anwesenden, die sich heute hier eingefunden haben«, donnerte Fulk, »können bezeugen, dass ich diese Frau vor der Tür der Kapelle geheiratet habe und dass unsere Verbindung von dem Kirchenvertreter gesegnet wurde, der dort steht!« Father Gilberts Miene spannte sich an, während unter den Zuschauern beistimmendes Gemurmel einsetzte. »Es gibt keinen Zweifel daran, dass die Ehe vollzogen worden ist, und ich werde auf die Heilige Schrift schwören, dass diese ehebrecherische Frau«, feindselig wies er mit dem Finger auf Johanna, »noch Jungfrau war, als ich das erste Mal mit ihr gelegen habe.«

Johanna erbleichte. Irgendwo kicherte eine Frau, und Geraint zog kühl die Augenbrauen hoch, als er Fulk ansah.

»Glückliches Mädchen!«, feixte jemand höhnisch.

»Habt Ihr Eure Rüstung dabei abgelegt?«, rief eine andere Stimme aus dem Hintergrund. Es könnte die

Frau des Bierbrauers gewesen sein, denn Jankyn wurde unvermittelt von einem Hustenanfall geschüttelt.

William de Bedford musterte die Zuhörer leidenschaftslos. »Ich werde die Öffentlichkeit von der Verhandlung ausschließen, wenn es weitere Zwischenrufe geben sollte. Habt Ihr noch mehr vorzubringen, Sir Fulk?«

»Ja.« Fulk beugte sich so weit über den Tisch, dass seine Speicheltropfen fast den Richter trafen, während er knurrte: »Eine Unterredung mit dem Lord Erzbischof könnte diese Sache recht schnell zu einem Ende bringen. Mit dieser Verhandlung wird nicht nur die Zeit des Gerichts verschwendet, sondern auch meine.« Er hieb mit der Faust auf den Tisch, dass die Tintenhörner zu tanzen begannen und der erschreckte Notar das Pergament bekleckste. Fulk wandte sich um und ging an seinen Platz zurück. Sein Kettenhemd klirrte bei jeder Bewegung.

Es war ein Wunder, dass der Vertreter des Archidiakons angesichts dieser Beleidigung nicht in Zorn geriet. Es war allgemein bekannt, dass der Lord Erzbischof dessen Recht infrage stellte, in der halben Grafschaft Gerichtsfälle zu verhandeln. Doch er überhörte diese Anspielung.

»Sir Gervase.«

Stephen de Norwood legte die mit einem Band umwundene und versiegelte Petition mit einer Verneigung vor den Richter hin. Sie wurde entrollt und gelesen.

»Habt Ihr irgendetwas hinzuzufügen, Sir Gervase?«

Geraint verbeugte sich vor dem Richter. Johanna war stolz auf ihn. Ihre Mutter hatte mit ihm in der Tat eine gute Wahl getroffen. In seiner blauen Samttunika, deren Hals und Ärmel mit Sonnen aus gelber Seide abgesetzt waren, die sein blondes Haar und sein gut geschnittenes Gesicht betonten, schien er ein Stück Redlichkeit des weiten Himmels in die Kirche hineinzutragen.

»Nur dies, Mylord Richter und ihr hohen Herren, ich bitte Euch, stellt nicht die Ehre dieser edlen und gütigen Lady infrage. Lasst ihr eher Euer Mitleid und Euer Mitgefühl zuteil werden. Ich bin es, der die ganze Schuld für dieses unglückselige Durcheinander auf sich nehmen müsste. Die Umstände zwangen mich, von hier fortzugehen, ehe ich Lord Alan mitteilen konnte, dass ich seine Tochter geheiratet hatte. Aber ich schwöre vor Gott, dass Lady Johanna und ich unsere Ehegelübde rechtmäßig vor einem Priester und vor Zeugen abgelegt und unsere Ehe sogleich vollzogen haben. Ich verstehe Sir Fulks Verärgerung über die Schande, die über ihn gebracht worden ist, aber ich versichere höchst feierlich, dass die Lady vor Gottes Angesicht zuerst mich geheiratet hat und dass ich …«, er drehte sich zu Johanna um, »… sie ehre.«

Von Agnes war ein Aufschluchzen zu hören, Johannas Blick verschleierte sich, und Yolonya wischte sich die Augen mit dem Schürzenzipfel. Der Richter jedoch, falls er den gegen Fulk gerichteten Vorwurf überhaupt verstanden hatte, nickte Geraint lediglich zu, seinen Platz wieder einzunehmen. Dann forderte er Johanna auf, in zwei Tagen, am Mittwoch, am Tag des heiligen Benjamin, auf die Klageschriften zu antworten, und rief den nächsten Fall auf.

Johanna schlug den Schleier vor das Gesicht und erhob sich. Mit ihrer Mutter an der einen und Geraint zur anderen Seite ging sie das Mittelschiff hinunter, als Fulk ihr den Weg vertrat – eine bedrohliche Wand aus Hass und Eisen.

Johanna begann zu zittern. Sie hatte fast vergessen, wie sehr er sie schrecken konnte, aber von beiden Seiten streckten sich Hände nach ihr aus, um sie zu stützen und zu beruhigen. Sie dachte an Cob, ihren kleinen Hund, und spie Fulk vor die Füße. Sie wäre wortlos an ihm vorbeigegangen, aber er streckte die Hand aus, die in einem Panzerhandschuh steckte, und packte sie schmerzhaft an der Schulter.

»Nun, Weib! Ihr seht kaum aus wie eine Frau, die von Kupidos Pfeilen getroffen worden ist. Was zahlt Ihr diesem Jungen, damit er für Euch lügt? Ihr wisst so gut wie ich, dass dieser Feigling niemals *mit* Euch liegen kann.«

Johannas Wangen färbten sich flammend rot.

Geraint schob Johanna zur Seite und baute sich vor Fulk auf. Spöttisch sah er ihm in die Augen. »Warum sagt Ihr das, Fulk de Enderby, wenn ganz Conisthorpe es besser weiß? Vermutlich wollt Ihr wieder Eure Männer auf mich hetzen? Gewinnt diesen Prozess, und Ihr werdet ganz sicher ein Kuckucksei in Eurem Nest haben.«

»Verfluchter –«

»Weitergehen! Alle!« Sir Ralph stellte sich zwischen sie. »Ich will nicht, dass der Frieden des Königs gebrochen wird!«

Fulks Blick glitt über Johanna und verursachte ihr eine Gänsehaut. »Der Examinator wird Euch zu Fall bringen, Weib, Euch und den Jungen. Und was Eure Zeugen angeht«, er musterte Agnes mit eiskalter Boshaftigkeit, »wenn man sie der Lüge überführt, werden sie auf dem Marktplatz ausgepeitscht werden.«

»Ihr schüchtert die Zeugen ein«, erklärte Lady Constance.

»Ja«, knurrte Fulk, »genau das tue ich.«

»Was geschieht als Nächstes?«, wollte Geraint von Stephen de Norwood wissen. Sie standen auf dem Vorplatz der Kirche, und die Männer der Conisthorpe-Garnison bildeten einen Kreis um sie. Die Damen hatten bereits in der Sänfte Platz genommen, und alles wartete auf sein Zeichen, zur Burg zurückzukehren. Der Prokurator zog ihn zur Seite.

»Nun, nach dem St.-Benjamins-Tag wird Sir Fulks Prokurator seinen Standpunkt darlegen, und ich vermute, er wird einen Fall von *glossa ordinaria* geltend machen.«

»Klingt das volkstümlich ausgedrückt ebenso langweilig?«

»Es bedeutet Unkeuschheit, Sir. Es soll heißen, dass Ihr die Lady getäuscht habt und es lediglich Eure Absicht war, außerehelich geschlechtlichen Umgang mit ihr zu haben. Des Weiteren wird er vermutlich darauf plädieren, dass jeder Missbrauch der Lady von seiner, also Sir Fulks, Seite nur dem Zweck gedient hat, Lady Johanna von ihren Fehlern abzubringen.«

»Hmm, und ich sehe es richtig, dass Ihr die Fragen nicht zu Gesicht bekommt, die an Sir Fulks Zeugen von seinem Prokurator gestellt werden?«

»Korrekt, Sir. Aber ebenso wird Sir Fulks Advokat nicht die Fragen sehen, die ich zu stellen gedenke. Nur der Examinator wird sie lesen. Und was Euch betrifft, so werdet Ihr nicht ins Kreuzverhör genommen, ehe nicht die eidlichen Aussagen im Gericht verlesen worden sind.«

Eingedenk Johannas Befürchtungen bemerkte Geraint: »Nun, ich hoffe der Examinator ist ein ehrlicher, aufrechter Mann und keine Memme.«

»Befehlt Eurem Knappen, sich während der Verhandlung mit seinen Geistesergüssen zurückzuhalten. Es könnte den Examinator verärgern. Frauen sind solchen Fällen wie diesem immer stärker ausgesetzt. Wenn man sie ungeschickt befragt, kommt ihnen plötzlich kein Wort mehr über die Lippen. Da ist noch ein weiterer Punkt, den Ihr mit Eurer Lady klären müsst. Wie will sie Sir Fulks Behauptung entkräften, dass sie noch Jungfrau war, als er in der Hochzeitsnacht mit ihr zusammenlag?«

»Darüber haben wir nicht gesprochen.«

Stephen de Norwood tätschelte seinen Arm. »Hühnerblut. Da Ihr Lady Johanna bereits die Jungfräulichkeit genommen hattet, denke ich, dass ihre Mutter ihr gesagt hat, wie sie ihren Bräutigam täuschen kann. Oder diese ausladende Kammerfrau, die mir neulich eine höchst wirksame Pimpernellen-Mixtur für meine Verdauung gegeben hat, hat ihr dazu geraten. Ja?«

»Meinen Dank«. Geraint neigte höflich den Kopf. »Ich werde es ihr sagen und Lady Constance warnen.«

Stephen de Norwood nickte. »Übrigens, ich habe die Beamten des Gerichts und Sir Ralph über das gewaltsame Ableben von Myladys Hund in Kenntnis gesetzt. Seid vorsichtig, Sir. Ihr alle.«

»Ihr auch, Stephen«, sagte Geraint grimmig.

Das ist bei diesem Arrangement doch ausgeschlossen, oder? Während Geraint neben Sir Geoffrey an der Spitze ihrer Gesellschaft zurückritt, schwirrten ihm Fulks Worte wie Narrenschellen durch den Kopf. Irgendwie glaubte er nicht, dass Fulk grundlos solche Töne spuckte. Er schien sich verflucht sicher zu sein, dass Johanna und er nicht beieinander gelegen hatten. Warum konnte er so überzeugt sein? Sogar als Lady Edyth behauptet hatte, dass es zwischen ihnen keine Intimität gab, hatte sie ihrem Bruder das nicht beschwören können. Es war nur eine Vermutung gewesen. Schließlich hatte Geraint zweimal in Johannas Gemach geschlafen, wenn auch er allein in ihrem Bett gelegen hatte. Warum war sich Fulk so sicher? Glaubte er, Johanna so genau zu kennen – dass sie über ein normales Maß hinaus tugendhaft war? Oder frigide? *Er kann niemals mit Euch liegen.* Es ist an der Zeit, auf den Kern der Sache vorzustoßen, entschied Geraint, während er hinter der schwankenden Sänfte herritt.

»Ich will mit Euch sprechen«, sagte er leise zu Johanna. Sie waren auf Conisthorpe angekommen, und er half ihr beim Aussteigen aus der Sänfte. Sie zuckte zusammen, als hätte er den Arm um sie gelegt.

»Nein, bitte nicht. Ich danke Euch für das, was Ihr heute Morgen gesagt habt, Sir, aber ich muss jetzt etwas für mich sein. Ich werde mein Essen in meinem Schlafgemach einnehmen – allein.« So schaffe ich es nie, sie zum Essen zu bewegen, dachte Geraint resigniert.

»Wenn Euch das Beantworten der Klageschrift bedrückt, könntet Ihr dann nicht am Mittwoch darauf plädieren, indisponiert zu sein? Ich meine, Frauen bekommen doch, nun … sie fühlen sich von Zeit zu Zeit unwohl, und in solchen Zeiten der Anspannung …«

»Nein, ich werde dort sein.« Also litt sie nicht unter Krämpfen oder Beschwerden, von denen Frauen in der Zeit ihrer Periode geplagt werden konnten.

Agnes warf Geraint hinter dem Rücken ihrer Herrin einen verständnisvollen Blick zu. Agnes! Sie musste doch wissen, was los war!

Er folgte den beiden jungen Frauen hinüber zum Südturm und wartete in seinem Schlafgemach darauf, bis Agnes allein die Treppe herunterkam. Er packte sie sofort bei der Hand und zog sie mit sich hinauf zu dem schmalen Absatz vor Johannas Tür. Von dieser Offensive überrumpelt blieb Johanna keine Zeit, die Tür zu versperren. Seine angebliche Ehefrau straffte die Schultern und sah ihn mit würdevoller Beherrschung an.

»Was wollt Ihr?«

Er trat hinter das Kammermädchen und schob Agnes wie einen Spiegel vor Johanna hin. »Bei der Seele deiner Mutter, Agnes, sag mir, ob deine Herrin ihre monatliche Regel hat.«

»Ja, Sir, aber wenn sie weiterhin hungert, wird es nicht mehr lange so sein. Sagt es ihm, Mylady, oder wollt Ihr, dass er es selbst herausfindet?«

»Agnes, du gehst zu weit!«

»Ich will Euch doch nicht schaden, Mylady«, erwiderte das Mädchen beherzt. »Aber ich kann es nicht ertragen, dass Ihr Euch zu Tode hungert.«

Es war Geraint, der als Erster die Sprache wiederfand. »Lass uns allein, Agnes«, sagte er rau. Das Sprechen schien ihm schwer zu fallen.

Sein Blick war unverwandt auf Johanna gerichtet, während Agnes aufschluchzend die Hand auf den Mund presste und an ihm vorbei zur Tür hinauslief. Agnes' Befürchtung, dass Johanna sich Geraint gegen ihren Willen hingeben sollte, stand wie eine Drohung zwischen ihnen.

Er benutzte die Waffen, die Männer zu allen Zeiten benutzt hatten. Unheilverkündend stand er in seinen kostbaren Gewändern vor ihr, und seine Haltung drückte körperliche Kraft und männliche Autorität aus, während er Johanna musterte. Er hielt es für sein Recht, sie seinem Willen zu unterwerfen und zu bestimmen, was gut für sie war. Doch er beherrschte sich mit eiserner Disziplin.

Johanna hatte nicht die Absicht, ihm eine Erklärung zu geben. Er war noch immer der Fremde. Würdevoll zeigte sie auf die offen stehende Tür.

Geraint hob ratlos die Hände und ließ sie wieder sinken. Er kochte vor Zorn. »Ich danke Euch für Euer Vertrauen, Lady«, sagte er mit schneidender Stimme und ließ Johanna einsam und allein stehen.

»Es war sinnlos, denke ich mal«, sagte Agnes, als Geraint sie auf dem Weg in Johannas Zimmer abfing. Sie trug ein Tablett mit Essen. »Und sie behandelt das hier, als sei es vergiftet.«

»Sie denkt, Fulk versucht sie zu vergiften?«

Agnes kicherte über seinen schockierten Tonfall, als hätte er die Intelligenz einer Warze auf einer Hundenase. »Nein, Sir, natürlich nicht, sie ist doch nicht verrückt.«

»Also, du willst es mir auch nicht sagen.« Starrsinnig verschränkte er die Arme. »Nun, ich werde dich dennoch nicht wie ein Tuch ausschütteln. Sorg dafür, dass deine Herrin heute Nacht gut schläft. Bitte Yolonya um einen Schlaftrank für sie, und falls sie die Mahlzeiten in ihrem Schlafgemach einnehmen will, dann wird es in meiner Gegenwart sein. Ich werde dafür sorgen, dass sie von jetzt an anständig isst.«

»Aye, das könnt Ihr wohl sagen, Sir, aber wenn Ihr sie kontrolliert wie der alte Fulk, dann wird das die Dinge nicht ändern. Aber ich will Euch etwas sagen, Sir. Wenn Mylady sich nicht selbst helfen kann und weder Euch noch Ihrer Mutter etwas davon sagt, vielleicht kann ja der Priester einen Rat geben. Ich werde zu ihm gehen, wenn ich Mylady das hier gebracht habe.« Sie machte einen Knicks und setzte ihren Weg fort.

Geraint ließ die Arme sinken. »In Gottes Namen, Agnes, sag mir, was ihr fehlt. Bei meiner Ehre, ich werde tun, was nötig ist.« Er nahm ihr das Tablett ab. »Du zweifelst an meinem Wort? Sieh mich an, Agnes!«

Das Mädchen wich seinem Blick aus und nestelte unschlüssig an ihrem leinenen Haarnetz. Fahrig strich sie es glatt. »Meine Lippen sind versiegelt, Sir. Ich musste es Mylady schwören.«

»Agnes«, redete er ihr sanft zu, »es gibt Wege, einem Mann beim Raten zu helfen. Ich werde barfuß durch die Wüste laufen und mich den Sarazenen ausliefern, falls deine Herrin es von mir wünscht, solange sie nur nicht Fulk de Enderbys Samen in ihrem Schoß trägt.«

»O nein, Sir, nichts dergleichen.«

Sie hatte das so spontan und leichthin gesagt, dass er sich so irritiert fühlte wie eine Maus in der Käsekammer. Er gab ihr das Tablett zurück. »Denk nach, Agnes. Wie könnte ich es erraten?«

»Habt Ihr …« Sie wurde rot, schürzte die Lippen. »… habt Ihr mit Eurer Hand noch nie tiefer gefasst, Sir? Ihr seid doch so etwas wie Myladys Ehemann.«

»*Tiefer?* Sie möchte, dass ich sie *tiefer* anfasse?« Ungläubig fragte sich Geraint nicht nur, was Agnes eigentlich damit meinte, sondern ob eine Frau es je geschafft hatte, ihrer Rede Sinn zu geben. Nun sag mir nur nicht, dass meine Lady Eiszapfen weint, weil ich den höflichen Ritter gespielt habe, dachte er. Nein, eher würde Gott ihm einen Heiligenschein aufsetzen und auf seinem Rücken ein Paar Flügel wachsen lassen, bevor das jemals geschehen würde. Was das anging, hatte Johanna ihm *niemals* das leiseste Zeichen einer Ermutigung gegeben. Außerdem hatte dieses verdrehte Frauenzimmer doch beschlossen, Nonne zu werden!

Agnes zog die Nase kraus, und er konnte nicht sagen, ob das Schütteln ihres Kopfes ein Nicken oder eine Verneinung bedeutete. »Ich habe versprochen, es nicht zu verraten, Sir, aber wenn Ihr mich fragt, dann müssten diese Halunken in Florenz dafür Rede und

Antwort stehen«, sagte sie in weinerlichem Ton und lief wie ein erschrecktes Mutterschaf davon. In ihren Augen hatten Tränen gestanden.

Geraint blieb allein und in der Überzeugung zurück, dass er die Frauen niemals verstehen würde. Wo war ihr rationales Denken? Halunken? Florenz?

Jankyn tauchte neben ihm auf. »Wenn ich bunte Bänder an Euch festbinde, könnten wir Euch ebenso gut als Maibaum wie als Ehemann aufstellen. Ich frage mich das nur, weil Ihr hier so stocksteif in der Gegend herumsteht, und Faulheit ist eine verachtenswerte Sache. Hat die schöne Agnes Eure Füße an den Steinboden geklebt?«

»Was willst du, Jankyn?«

»Erst habe ich in den kostbaren Möbeln gestöbert, die im Turm eingelagert sind, und dann habe ich mir ein wenig den Wind um die Nase wehen lassen. Wollt Ihr kommen und mir sagen, welches der guten Stücke Ihr für Euch haben wollt?«

»Nein!«

Jankyn folgte ihm hinauf in sein Schlafgemach. »Da man Euch und die Lady sozusagen in denselben Sack geschoben habt, werdet Ihr jetzt die Beute fordern? Ihr könntet das Amt des Konnetabels bekommen.«

»Wer, ich?« Geraint seufzte und schloss die Tür. »Lady Constance will mich nicht faul hier herumliegen haben wie einen stinkenden Burggraben. In dem Augenblick, in dem das Urteil verkündet wird, wird sie vergessen, dass sie mich jemals gesehen hat.«

»Denkt Ihr, Ihr könntet es irgendwo noch besser treffen als hier, eh? Ihr habt mir noch immer nicht gesagt, wer Ihr wirklich seid. Der König der Elfen, der sich darauf vorbereitet, mit seiner Lady zwischen den Pilzen Liebe zu machen? Einer von Edward Longshanks Bastarden – oh, wascht mir den Mund aus! Ich weiß es! Ihr spioniert für Robert the Bruce und betet zum Schutzheiligen der Felltaschen.«

Der Narr spürte Geraints Hand schwer und beruhigend auf seiner Schulter. »Aye, du kannst die Schotten ja fragen, wann sie das nächste Mal zum Plündern kommen. Ich habe ein Rätsel für dich, Mann. Sag mir, für was ist Florenz berühmt?«

»Für seine schönen Frauen, für seine lauen Nächte, für … autsch!« Er tänzelte zurück, als Geraint ihm einen freundschaftlichen Klaps versetzte. »Also gut, Florenz – nun, Glas, Künstler, Gürtel, obwohl das Letztere wohl eher eine traurige Berühmtheit verdient.«

»Entweder musst du dich genauer ausdrücken, oder ich bin begriffsstutzig. Was faselst du denn da?«

»Florentiner Gürtel, mein Freund. Warum schaut Ihr mich an, als wäre es mir gelungen, Kuhfladen in Gold zu verwandeln?«

Sein Herr schlug triumphierend in die Hände und fühlte sich wie Alexander der Eroberer, nachdem er den gordischen Knoten durchgeschlagen hatte … Johanna trug einen Keuschheitsgürtel!

Geraint erwog, Agnes' Rat zu befolgen, aber eingedenk der Art, wie Johanna sich verhielt, könnte er sich schon glücklich schätzen, ihre Hände zu berühren, ganz zu schweigen von den verführerischeren Stellen der Lady. Jede Berührung, die in anderer Absicht als reiner Höflichkeit geschah, schien ein Gräuel für sie zu sein.

Da ließ sich mit Agnes schon leichter reden. Er legte die Hand auf ihren Ellbogen und hielt sie zurück. »Ich habe dein Rätsel gelöst, aber es ist schlimm für

Myladys Gesundheit, dass du nicht schon früher eine Andeutung gemacht hast.«

»Das sagt Ihr so einfach, aber Mylady hat mir verboten, mit irgendjemandem darüber zu sprechen, schon gar nicht mit einem Mann und einem Fremden obendrein. Es scheuert sie arg wund. Deshalb will sie nicht mit Euch ausreiten, und sie versucht, dünner zu werden, damit es ihr vielleicht dann gelingt, sich herauszuwinden.«

Geraint fluchte. Fulk de Enderby verdiente es, kastriert zu werden. »Wie lange trägt sie ihn schon?«

»Seit wir Enderby verlassen haben, aber es ist nicht das erste Mal. Dieses Ungeheuer«, sie spuckte aus, »hat sie gezwungen, den Gürtel immer dann zu tragen, wenn er nicht da war.«

»Und du sagst, ihre Mutter weiß nichts davon?«

»Nein, Sir, Lady Johanna ist sehr diskret gewesen, und sie hat niemandem außer mir erlaubt, ihr beim Baden oder beim Anziehen zu helfen. Wie auch immer, Sir, ich bin sehr froh, dass Ihr es jetzt wisst. Wir dachten daran, ihn aufzufeilen, aber Mylady kann wohl kaum einen der Zimmerleute oder den Schmied deswegen zu sich rufen. Es ist wirklich eine Sache für Euch, Sir, als Ihr Ehemann!«

Bei allen Heiligen! Geraint richtete seinen Blick himmelwärts. Gab es denn kein Ende für das, was ihn hier alles erwartete? Aber er musste etwas tun.

Das ist bei diesem Arrangement doch ausgeschlossen, oder? Fulk hatte ihn verhöhnt. So, wie die Dinge standen, war der Rat des Prokurators nutzlos. Die Behauptung der angeblichen Ehe mit Johanna würde nicht standhalten. Fulk, sollte er zur Hölle fahren, wusste, dass Geraint keinen geschlechtlichen Umgang mit Johanna haben konnte, selbst wenn er ein ganzes Jahr hier bliebe. Aber was konnte er tun, um ihr zu helfen? Nichts, es sei denn, er wüsste, wie dieses Ding aussah, um es einmal so auszudrücken. Er schaute zum Südturm hinüber, holte tief Luft und wappnete sich, dem kleinen weiblichen Drachen gegenüberzutreten.

Agnes legte mahnend den Finger auf den Mund, als sie Geraint hereinließ.

»*Maman?*« Johanna reckte sich und gähnte hingebungsvoll wie ein Kätzchen, bis sie die Augen aufschlug und ihn sah. »Was wollt Ihr hier?« Trotz ihrer Missstimmung schien sie tief geschlafen zu haben, und Geraint war darüber sehr erleichtert.

»Nichts, was Ihr nicht bereit seid zu geben«, erwiderte er und machte Agnes ein Zeichen zu bleiben. »Aber Ihr könntet es auch nicht, selbst wenn Ihr es wolltet. Angenommen, ich möchte Euch so berühren, wie ein Ehemann es tun sollte? Auf was würde ich stoßen, wenn ich meine Hand über Euren Leib gleiten ließe, um Eure Geheimnisse zu entdecken, Johanna?«

Im Handumdrehen war sie aus dem Bett gesprungen. »Fasst mich an, und ich werde Euch mit den Nägeln das Gesicht zerkratzen, das schwöre ich!«

»Lasst mich Euch eine Hypothese darlegen, Mylady.« Er lächelte sie unbeirrt an. »Nur einmal angenommen, Johanna, wir wären uns begegnet, bevor Ihr Fulk geheiratet habt, und wir hätten uns ineinander verliebt.« Er sah die Wachsamkeit in ihren Augen aufflackern. »Falls Ihr mich lieben würdet, würdet Ihr Euch jetzt mir hingeben, nicht wahr?«

Sie schluckte. »Ich … ich verstehe nichts von diesen Dingen, aber ja, vermutlich würde ich das tun.«

»Aber Ihr könnt es nicht, nicht wahr, Johanna? Ihr seid in immer währender Keuschheit gefangen.«

Sie zuckte zusammen. »Wenn Ihr damit sagen wollt,

dass ich eine … besondere Einstellung habe, was Unkeuschheit betrifft, so habt Ihr Recht. Ich habe nicht den Wunsch nach geschlechtlichem Umgang, weder mit Euch noch mit sonst einem Mann. Es ist widerlich.«

Nun, das bliebe abzuwarten.

»Lady«, sagte er sanft. »Die Zeit wird Eure Wunden heilen, das verspreche ich Euch. Aber wie auch immer, ich habe nicht von der Keuschheit Eures Denkens gesprochen, ich meinte die Keuschheit, die Euch aufgezwungen worden ist.«

Johanna sah ihn an, dann weiteten sich ihre Augen zornig. »Der Teufel soll Euch holen!«

»Ich denke, das wird er, Mylady. Euch und mich, uns beide.«

»Hast du es ihm gesagt, Agnes? Wenn du das getan hast, werde ich –«

»Nein«, fiel er ihr ins Wort, »Agnes hat Euch nicht verraten. Wenn irgendjemand das getan hat, dann war das Fulk.« Er erwärmte sich für seine Absicht. »Ein Florentiner Gürtel, Johanna? Ist es das, was dieses Ungeheuer Euch zu tragen zwingt?«

Johanna riss den Blick los, als Geraint sie ernst und eindringlich ansah. Tränen glitzerten in ihren Augen. »Ich kann ihn nicht ablegen, und er tut mir weh.«

Er wollte sie festhalten, um sie in die Arme zu nehmen, aber er wusste, dass sie wie ein scheues Tier war. Wenn der Zweig unter dem Fuß des Jägers brach, würde sie die Flucht ergreifen.

»Kann ich Euch helfen?« Seine Worte entsprangen tiefster Güte und Aufrichtigkeit.

Durch einen Tränenschleier hindurch sah Johanna ihn an. Gervase wirkte verschwommen, eher wie ein Engel denn wie ein Mann, und diese Änderung ihrer Sichtweise verringerte ihre Scham und spendete ihr zugleich auch Trost. Sie schloss die Augen und versuchte, ein Schluchzen zurückzuhalten. Verzweifelt schüttelte sie den Kopf.

»Sir, dieses … Gerät widersteht allem. Wäre es für einen Mann so einfach, das Schloss zu öffnen, gäbe es keinen Grund, Ehefrauen zu zwingen, diese Tortur zu ertragen. Dabei hätte er es gar nicht tun müssen.« Ihre Augen schimmerten von neuem in bitteren Tränen. »Nach allem, was er mir angetan hat, würde ich eher auf allen vieren nach Jerusalem kriechen, als mich noch einmal zu einem Mann zu legen.«

Geraint presste die Lippen zusammen. »Das mag schon stimmen, aber Ihr könnt nicht für den Rest Eures Lebens einen Keuschheitsgürtel tragen, meine Liebe. Ihr werdet sehr krank werden, wenn Ihr ihn nicht ablegt. Ich habe gesehen, was Eisenfesseln dem Körper zufügen können und …«, er deutete mit dem Blick auf ihre niederen Körperpartien, »… die Haut einer Frau ist empfindlich, besonders an diesen … intimen Stellen …«

Agnes unterdrückte ein Kichern, und Johanna zog indigniert eine Augenbraue hoch. Trotz ihrer schrecklichen Lage würde sie bei dem geringsten Anlass in ein hysterisches Lachen ausbrechen. Dieser emporgekommene Halunke, der da vor ihr stand, begab sich wahrhaft in tiefstes Wasser.

»Ihr habt sehr viel Erfahrung in … in diesen Bereichen?«, fragte sie ernst und wagte es nicht, Agnes dabei anzusehen.

»Ja«, knurrte er und runzelte die Stirn. »Ihr … Ihr müsst dieses Dilemma irgendwie lösen, Mylady.«

Johanna biss sich auf die Lippen. »Wir haben es versucht, aber mir scheint, Sir, dass das ganz allein mein Problem ist, und daher bitte ich Euch, Euch um Eure eigenen Angelegenheiten zu kümmern.«

»Ich verstehe, Mylady«, erwiderte er hochmütig. »Ihr habt vor, weiterhin zu hungern, damit Ihr es vielleicht in einem Jahr schafft, dieses Ding loszuwerden. Habt Ihr deswegen den Appetit eines … eines kranken Spatzen?« Eines verwöhnten Schoßhündchens hatte ihm auf der Zunge gelegen, aber glücklicherweise hatte er es nicht ausgesprochen. »Oder schwebt Euch eine andere Lösung vor? Erwartet Ihr für heute Nachmittag den Hufschmied? Das wird einen feinen Happen für die Gerüchteküche geben.«

»Ich werde mir etwas einfallen lassen«, murrte Johanna.

»*Wir* werden uns etwas einfallen lassen, und das sehr schnell, Lady, denn es geht auch mich etwas an.« Seine Finger legten sich um ihre Wangen, zwangen sie, ihn anzusehen. »Ihr habt nicht zu Ende gedacht, Johanna. Wenn Fulk dem Richter sagt, dass Ihr einen Keuschheitsgürtel tragt, dann wird es offensichtlich sein, dass wir unsere Wiedervereinigung nicht vollzogen haben. Denkt daran, was Stephen de Norwood gesagt hat. Wenn Ihr mir gehört, ist das ein unumstößliches Argument für die Gültigkeit unserer Heirat.«

Wenn sie ihm gehörte. Einen Augenblick lang flackerte in ihr etwas auf, das jenseits aller Kontrolle lag. Es entzündete eine Flamme, die ausreichte, ihre blassen Wangen mit einer feinen Röte zu überziehen.

Geraint spürte, dass sie zitterte, und er sah die zarte Schönheit, die zu ihr zurückgekommen war. Fürsorge und die Zeit hatten die äußeren Verletzungen heilen lassen. Nur noch dort, wo Fulk sie geschlagen hatte, schimmerte ihre Haut rot. Ob Johanna das, was sie nicht aussprechen konnte, fühlte? Hatte sie jemals Verlangen nach einem Mann empfunden? Er wollte von ihrer Unschuld kosten und sie in einen Pavillon irdischer Freuden entführen.

»Soll der Teufel Fulk rösten!« Johanna fluchte, und bebend vor Zorn machte sie sich von Geraint los.

»Agnes, ich werde Mylady in Augenschein nehmen, bevor du sie zum Abendessen ankleidest, und wir werden sehen, ob wir etwas tun können, um Euch aus dieser misslichen Lage zu befreien, Johanna.«

»Mich in Augenschein nehmen!«, schrie Johanna und fuhr mit geballten Fäusten zu ihm herum. »Ihr werdet mich nicht …« Sie senkte die Stimme, als ihr bewusst wurde, dass ihr Schreien über den ganzen Burghof zu hören sein musste, »… in Augenschein nehmen. Ihr werdet nicht einmal in meine Nähe kommen, Ihr Schuft.«

»Da ich meine Exkommunizierung und meine Ehre riskiere, um Euch zu retten, Ihr kleiner Zankteufel, werdet Ihr mir gehorchen. Zurzeit bin ich der Herr dieser Burg, und falls Ihr das bestreitet, werde ich Euch zu Fulk zurückschleifen und froh sein, Euch endlich los zu sein!«

»Ohhh!« Sie griff nach einem Hocker, um ihn auf ihn zu schleudern, und Geraint floh in weiser Voraussicht.

Für den Rest des Tages zog sich Johanna in ihr Turmgemach zurück. Sie befahl Agnes, es noch einmal mit Feilen und Drähten zu versuchen. Als die fahler werdende Sonne ihr goldenes Licht durch das Zimmer huschen ließ, fühlten beide Frauen sich so unzulänglich wie Eunuchen in einem Harem.

»Er kommt«, verkündete Agnes, die sich aus dem Turmfenster lehnte. »Und er sieht ziemlich mürrisch aus. Bei meiner Treu, Madam, ich könnte glauben, dass er vor dieser Begegnung genauso viel Angst hat wie Ihr.«

Geraint verharrte abrupt auf der Türschwelle. »Was zur Hölle soll das denn bedeuten!?«

Die Vorhänge von Johannas Bett waren halb zugezogen, und seine so genannte Ehefrau lag darauf, von den Zehen bis zur Taille mit einem Laken bedeckt. Ein zweites Betttuch, das quer über das Bett von einem Dachbalken herunterhing, verwehrte den Blick auf den Rest ihres Körpers. Neben den verhüllten Füßen ihrer Herrin stand Agnes und erwartete ihn.

»Ich verstehe«, murrte Geraint. »Jetzt bin ich auch noch so eine Art Medikus geworden, oder? Wollt Ihr, dass ich Euch auf Plattfüße untersuche oder auf andere interessante Schönheitsfehler, wenn mich die Lust dazu überkommt?«

Die Gestalt unter dem Laken zuckte zusammen.

»Mylady gestattet Euch, einen Blick auf den Gürtel zu werfen, aber sie wird nicht sprechen, während Ihr ihn Euch anseht.«

Wirklich schlau! Auf diese Weise nahm er nur einen unpersönlichen Gegenstand in Augenschein, keinen Menschen.

»Sehr gut, das scheint ein ausreichender Kompromiss zu sein«, erklärte er knapp. »Können wir anfangen?« Er gab Agnes mit einem Kopfnicken zu verstehen, dass sie das Laken zurückschlagen sollte. Auf die Scheußlichkeit, die sich seinen Augen bot, war er nicht gefasst gewesen.

Zwischen dem Vorhang und dem Laken, das ihre Beine verhüllte, wirkten die Eisenbänder, die Johannas schmalen Leib umschlossen, seltsam abstrakt und in ihrer Grobheit fast grausam. Es war eine höchst einfache Konstruktion. Sie bestand aus einem geschlossenen Metallring, der um die Taille saß. Daran war, jeweils in dessen Mitte vorne und hinten, ein zweites Metallband angeschmiedet worden, das ungefähr eine halbe Handbreit war und zwischen den Beinen verlief. Die Seitenverbindungen bestanden ebenfalls aus Metallstreifen, die zum Teil mit Leder überzogen waren. Unter diesen Seitenverbindungen zeigten sich neben den Rändern Hautrötungen. Der Himmel mochte wissen, wie wund die Haut darunter war.

»Schlag das Laken noch weiter zurück«, befahl Geraint. Er sah, dass Johanna sofort vor Angst zu zittern begann. »Agnes, lass uns zusammen beratschlagen. Du hast versucht, das Schloss mit einem Draht zu öffnen, und ich kann sehen, wo du gefeilt hast. Wie fest ist das hier?« Er ließ den Finger unter den Taillenring gleiten, um dessen Härte zu prüfen. Johanna zuckte bei dieser Berührung zusammen. »Ich bitte um Verzeihung, ich hätte meine Finger erst anwärmen sollen. Er sitzt zu eng, da gibt es kein Herauskommen.« Die Haut um ihre Taille war stark gerötet. Als Johanna zurückgezuckt war, hatte sich der Vorhang zur Seite geschoben und den Blick auf einen niedlichen Bauchnabel und perlmutterne Haut freigegeben. Geraint sprach ein Gebet zu St. Cuthbert, von dem man wusste, dass er als Buße dafür, mit einer Frau gesprochen zu haben, Stunden im Wasser der kalten Nordsee ausgehalten hatte. Geraint versuchte, sich zu konzentrieren.

Das Schloss war von ausgeklügelter Machart, und dessen Herstellung hatte viel Kunstfertigkeit verlangt. Er strich mit dem Finger über das Metallband, das über Johannas Bauch nach unten verlief. Er fand eine andere Stelle, an der die Frauen das Leder aufgeschnitten und versucht hatten, das Metall durchzufeilen.

»Sitzt es dort lockerer?« Er zeigte dorthin, wo das Band unter dem Laken verschwand. Johanna zitterte, und das Tuch, das Hüften und Oberschenkel verhüllte, rutschte tiefer. Einige dunkle, gelockte Haare lugten darunter hervor.

»Nein, Sir, auch wenn man das annehmen sollte. Aber dort unten ist ein Loch im Eisen. Auf dem Rand sitzen scharfe Spitzen, sodass – verzeiht mir, Sir, aber ich muss so offen sprechen –, der Mann sein Glied oder den Finger wohl hineinstecken, aber nicht ohne Verletzung wieder herausziehen kann. Und dann ist da auch noch eine Öffnung für Myladys andere Bedürfnisse.«

Hinter dem herabhängenden Vorhang schlug Johanna mit der Faust auf die Matratze, und der provisorische Vorhang drohte herabzufallen. Geraint presste den Handrücken vor den Mund, aber als er die Hautabschürfungen sah, die das Leder an den Innenseiten ihrer Schenkel verursacht hatte, verging ihm das Lachen wieder. Er ließ das Laken fallen und deckte Johanna zu. Er merkte, dass sie sich sofort entspannte.

»Sag deiner Mistress, dass wir sie von diesem Ungetüm befreien werden, und wenn ich die Schlüssel mit dem Schwert von Fulk holen muss. Hast du Salbe aufgetragen, um das Wundscheuern zu mindern?«

»Ich bin kein Schwachkopf, Sir«, erwiderte Agnes spröde, »aber das letzte Mal, als sie ihn getragen hat, war sie wund bis aufs Fleisch.«

»Wie lange liegt das zurück?«

»Das war drei Wochen vor Weihnachten. Er war fort nach London. Auch die Salbe hat da nichts mehr genützt.«

»Gott hab Erbarmen!«

Johanna hörte, dass die Tür aufgerissen und heftig zugeworfen wurde. Sie richtete sich auf und zerrte an den Laken. Sie verfluchte die Männer im Allgemeinen und Gervase im Besonderen, weil er darauf bestanden hatte, sie in dieser Hilflosigkeit zu sehen. Johanna schniefte unglücklich, doch Tränen kamen keine mehr, sie hatte sich leer geweint. Zu weinen war ohnehin so, als nähme man Deckel vom Kessel, der über dem Feuer hing. Etwas von dem kochenden Zorn entfloh, aber das Sieden im Kessel hörte dennoch nicht auf.

»Ihr habt das Richtige getan, Mylady.« Agnes musste sich Mühe geben, nicht zu lachen. »Oh, Ihr hättet sein Gesicht beim Anblick der Laken sehen müssen.«

Johanna versuchte, böse auszusehen, doch dann konnte auch sie sich nicht mehr beherrschen. »*Myladys andere Bedürfnisse!* Bei allen Heiligen, aber du bist niederträchtig, Agnes. Ich hätte dich erwürgen können. Ich hätte was darum gegeben, sein Gesicht zu sehen, als du das gesagt hast.«

»Wahrhaftig, Mylady, es war unbezahlbar.«

»Hilf mir mit meinem Hemd, Agnes. Himmel, Agnes, du glaubst doch nicht, dass er irgendeine Dummheit anstellt? Was, wenn der arme Mann denkt, er muss jetzt nach Enderby reiten und die Schlüssel verlangen?«

»Das tut er ganz bestimmt nicht im Dunkeln, Mylady.«

»Ich bezweifle, dass ihn das davon abhalten würde. O Agnes, ich weiß nicht, ob ich ihm beim Abendessen unter die Augen treten kann.«

»Nur Mut, Mylady. Wäre er wirklich Euer Ehemann, hätte er inzwischen ohnehin alles von Euch gesehen. Ich hätte nichts dagegen, wenn ich Ihr wäre. Ehrlich, Mylady, jede Frau wäre begeistert, wenn sie einen so gut aussehenden Mann an der Leine hätte.«

Der seltene Augenblick des Lachenkönnens war vorüber. »Bei mir ist das was anderes.«

Agnes schnürte ihrer Herrin mit mehr Nachdruck

als üblich das Kleid zu. »Nun, Mylady, es steht mir nicht zu, das zu sagen, aber ich würde das Heu einfahren, bevor es wieder zu regnen anfängt.«

Er wartete im Burghof auf sie, um sie in die große Halle zu führen. Geraint trug ein breites Grinsen zur Schau, neben dem das Portal einer Kathedrale schmal ausgesehen hätte.

»Wenn Ihr spottet, werde ich Euch nicht begleiten.«

»Nein, kommt zurück, ich stimme Euch ja zu, dass es nichts ist, worüber man lachen kann. Aber ich verspreche Euch, wir werden das Problem lösen.«

»Wir!«

»Und ich werde das nächste Mal meine Hände vorher anwärmen. Nein, Johanna, kommt zurück!«

Bei Tisch bestand er darauf, dass sie die ganze Mahlzeit aufass, sanft wies er sie darauf hin, dass sie eher tot als dünn genug sein würde, um sich aus ihrem Folterinstrument herauswinden zu können.

»Wie geht es Euch jetzt?«, fragte er, als sie später in dem Zimmer neben der Halle am Kamin standen. Der Spielmann saß zu Füßen ihrer Mutter und schlug leise die Laute, und Sir Geoffrey und Father Gilbert unterhielten sich über Pilgerfahrten.

»Nicht so gut, wie ich mich fühlen sollte, Sir. Mein Magen beklagt sich nach dieser Völlerei.« Sie seufzte tief und fuhr mit den Händen über den unter ihrem Kleid verborgenen Stahl, der sie gefangen hielt. »Ich hoffe, Ihr versteht das nicht als Herausforderung.«

»Gott behüte!«, knurrte er. »Ich werde ganz sicher nicht auf einem Schlachtross und mit gesenkter Lanze über die Zugbrücke von Enderby donnern. Hätten wir die Zeit, könnten wir Euch den Sommer über in einen Wassertrog setzen, bis der Gürtel durchgerostet ist.«

Zumindest brachte sie dies zum Lächeln, doch seine Stimme klang ernster, als er weitersprach. »Wenn der rachsüchtige Fulk darauf beharrt, dass Ihr untersucht werdet, und Euch und mich als Lügner entlarvt, Mylady, dann wird das Gericht annehmen, dass wir alles andere auch erlogen haben. Vergesst nicht, dass die Männer, die auf dem Richterstuhl sitzen, der Gesellschaft von Frauen entsagen.«

»Ach ja, Frauen vergiften die reine Luft des Geistes. Ich fürchte die Männer, die Examinator werden, Gervase. Sie sind von der Art, der es gefallen würde, Frauen als Hexen zu verbrennen oder zu Huren zu erklären und Buße tun zu lassen.«

»Männer, die ein ausgesprochenes Vergnügen an Daumenschrauben finden, hmm.« Stirnrunzelnd stützte er den Unterarm gegen den Kaminsims, und das Kinn sank ihm schwer auf die Brust, während er mit dem Daumen nachdenklich über das Heft seines Schwertes strich. »Ich könnte versuchen, den Hufschmied von Enderby zu entführen.«

»Der Mann ist während der Adventszeit an Lungenentzündung gestorben.«

Er richtete sich auf und nahm ihre Hand in seine. »Was habt Ihr getan, mein Liebling, habt Ihr Nadeln in das Bild dieses Mannes gesteckt?«

»Das ist nicht komisch«, brauste sie auf und zog ihre Hand zurück.

Beharrlich ergriff er sie ein zweites Mal und führte sie an seine Lippen. »Ich denke, ich kann das Schloss öffnen.« Wie ein warmer Atemhauch streiften seine Worte ihre Haut.

Ihre grünen Augen weiteten sich, entzückt öffnete sie den Mund. »Bei allen Heiligen! Wie?«

Eine andere Frau hätte sich ihm dafür wie eine Maigirlande um den Hals gehängt. Er spürte, dass Johanna es am liebsten auch getan hätte, aber noch fesselte die Angst ihre Seele. Sie konnte ihm nur Worte geben, aller anderen Möglichkeiten hatte man sie beraubt. Selbst Versprechen glaubte sie nicht mehr, dennoch wurde Geraint von einer unsinnigen Hoffnung erfüllt.

»Wie?« In seinen blauen Augen spiegelte sich die Freude an der Herausforderung. Doch dann lag ein Ausdruck von etwas Bedrohlichem und Härte darin. »Mylady, wie mutig seid Ihr?«

21

»Wie *mutig*?«

Wie eine Frühlingsflut sah Geraint die Hoffnung in ihren Augen aufspringen und verbarg seine eigene Besorgnis.

»Bist du auf die Fragen des Examinators vorbereitet?«, fragte Lady Constance und stellte irritiert fest, dass ihre Tochter unerwartet strahlend aussah.

»Wie eine gut gespannte Armbrust, Mutter? Ja.«

Father Gilbert, noch immer in das Gespräch mit dem Seneschall vertieft, fing Lady Constances besorgten Blick auf.

Geraint zeigte ein plötzliches Interesse an den Feuereisen. Johanna lächelte ihn strahlend an. Also hatten seine Andeutungen sie nicht sonderlich erschreckt.

»Kann ich Euch sprechen, meine Tochter?«, rief Father Gilbert.

»Ihr habt es mir noch nicht erklärt, Gervase«, flüsterte Johanna. Es widerstrebte ihr, ihren Ritter zu verlassen, auch wenn er eher einem heiligen Georg ähnelte, der sich erst noch reiflich überlegte, ob er gegen den Drachen kämpfen sollte.

»Später.« Geraint antwortete fast beiläufig. »Schließlich müssen wir nicht länger beaufsichtigt werden.« Ein jungfräuliches Rot färbte ihre Wangen noch dunkler, die bereits von der Hitze des Feuers rosig überhaucht waren. »Ihr werdet ganz sicher sein.« Sein Blick glitt langsam über sie hin. Auf den Zusatz

»jedenfalls im Augenblick« verzichtete er wohlweislich.

Johanna stockte der Atem. »Ich … ich denke auch.«

Falls Father Gilbert ihre unnatürliche Farbe auffiel, so machte er keine Bemerkung darüber. Er rückte zur Seite, um ihr neben sich auf der Fensterbank Platz zu machen. »Ihr seht heute Abend glücklich aus, meine Tochter.«

»Ich weiß auch nicht, warum«, antwortete sie und beobachtete Geraint, der sich zum Spielmann gesellte. »Keines meiner Probleme ist bis jetzt gelöst.«

»Er wird nachgiebiger. So junge Männer wie er entwickeln viel Energie, und diese muss wie das Blut in Bahnen gelenkt werden. Vielleicht sollte Sir Geoffrey morgen eine Jagd veranstalten, damit er ein wenig von seiner überschüssigen Kraft loswird.«

Johanna blickte den Priester wissend an. »Ihr macht Euch Sorgen um meine Tugend?«

»Ihr müsst vorsichtig sein, meine Tochter. Die Nähe Eures Schlafgemachs zu diesem jungen Mann ist verwegen.«

»Es gibt keinen Grund, sich zu sorgen, Hochwürden. Ich bin die letzte Frau auf Erden, die sich verführen lässt, und außerdem befolgen wir nur Stephen de Norwoods Rat.«

»Schon, aber trotz seiner heiligen Gelübde ist der Prokurator ein wohl eher weltlicher Mann, der kein anderes Ziel kennt, als den Prozess zu gewinnen. Sir Gervase hat ein gefälliges Äußeres, Mylady, und er ist sehr charmant. Ich denke, dass Ihr langsam in seinen Bann geratet.«

»Unsinn, Hochwürden, wir sind Freunde geworden, das ist alles.« Der bohrende Blick des Priesters schien ihre Seele fesseln zu wollen.

»Sünde – die Versuchung – trägt das Lächeln der

Freundschaft. Sein Blut wird heiß sein, Johanna. Gebt ihm einen Hufnagel, und er wird das ganze Pferd nehmen. Ihr wisst nichts über seine Vergangenheit.«

»Ihr denn?« Sein Schweigen war beredt. Als Priester durfte er die Wahrheit nicht leugnen. »Ist er denn verheiratet?«

»Warum diese Frage, meine Tochter? Warum fragt Ihr nicht, ob ich seinen richtigen Namen weiß? Wie Ihr seht, seid Ihr ganz unschuldig in die Falle der Wollust getappt.«

»Oh, schämt Euch. Also, wer ist er?«

»Das weiß ich nicht.«

»Ah ja, aber Ihr kennt einige seiner Freunde. Nun, ich auch.« Sie senkte die Stimme. »Er hat in Boroughbridge gekämpft. Er brauchte mich, um seine Verletzung neu zu verbinden. Nun, schließlich bin ich ja auch seine Frau.« Sie schloss den Mund mit einem hörbaren Schnappen, während sie dem allwissenden Blick des Geistlichen auswich. »Es hat sich nichts verändert, Hochwürden, und ich versichere Euch, dass ich immer noch vorhabe, Nonne zu werden. Die Vergnügungen des Fleisches – wenn es sie denn gibt – stellen für mich keine Verlockung dar.

Er lächelte traurig. »Ihr sprecht sehr tapfer, mein Kind, doch ich will nicht, dass Ihr wieder verletzt werdet. Ihr wisst, dass dieser junge Mann nicht hier bleiben und sich um Euch kümmern kann, wie Ihr es verdient hättet, weil er verfolgt wird. Wir alle riskieren den Zorn der heiligen Kirche, weil wir wollen, dass der Himmel für Euch nach allem, was Ihr erduldet habt, eine goldene Krone bereithält.«

Auch wenn sie es gern getan hätte, sie konnte ihrem Beichtvater schlecht ein spöttisches »ha« an den Kopf werfen. Sie war dankbar für seinen Beistand, aber er begriff nicht, wie viel ihr Gervases Freundschaft bedeutete. »Hmmm.« Johanna wackelte mit den Spitzen ihrer scharlachroten Schuhe. »Ich denke, irgendwie stehe ich am Ende der Warteschlange derjenigen, die sich um das himmlische Diadem bewerben. Ich fühle mich nicht geläutert durch meinen Kummer, ganz im Gegenteil. Und ebenso wenig empfinde ich Demut. Warum sollte ich einem solchen Untier wie Fulk vergeben? Meine Leiden waren nicht verdient.«

»Kind, Ihr dürft niemals Gottes Liebe für Euch anzweifeln. Ihr habt um göttlichen Beistand gebetet, und Eure Gebete sind erhört worden.«

»Ja«, pflichtete sie sanft bei, aber mit dem Fuß hatte sie ungeduldig zu wippen begonnen. Der Spielmann schlug einen Takt auf dem Tambourin, während Geraint der ausgeborgten Violine mit dem Bogen eine fröhliche Melodie entlockte. Sie lachten und unterhielten sich miteinander, während sie musizierten, und hier war sie, eine erwachsene Frau, die man misshandelt hatte.

»Johanna, seht mich an.« Die Miene des Priesters war ernst. »Frauen sind schwach und leicht in Versuchung geführt, so wie Euch jetzt geschieht. Ich denke, ihr solltet die Nacht mit Beten zubringen.«

»Nein, Hochwürden«, entgegnete sie und fragte sich, ob er Gervase auch auf die Seite nehmen und himmlische Belohnungen versprechen würde. »Vergebt mir, aber ich glaube nicht, dass das klug wäre. Mir war heute Morgen nicht wohl.«

»Und Ihr seid nicht in der Messe gewesen.«

»Ich brauchte Ruhe. Vielleicht werde ich morgen Abend in die Kapelle kommen.« In dem Versuch, ihn zu beruhigen, legte sie die Hand auf seinen Arm. »Bitte, versteht mich. Ich werde keine Torheit begehen, das schwöre ich, aber ich … ich muss vor dem Kirchengericht wie eine Frau auftreten, die sich vor zwei Jahren von ihrem Herzen und nicht von ihrem Verstand hat leiten lassen. Und es gibt noch einen Grund, den ich Euch ebenso erklären werde. Aber ich bin nicht in Sir Gervase vernarrt. Es gibt nichts, was Ihr befürchten müsstet.« Sie schaute noch einmal zu den beiden jungen Männern hinüber und fing Geraints Blick auf, der sie nachdenklich betrachtete. Er lächelte ihr rasch und verstehend zu, ehe er sich wieder auf die Griffleiste der Violine konzentrierte. »Er wird uns so schnell er kann verlassen, das verspreche ich Euch.«

»Ich habe Euch bei dieser Irreführung unterstützt, meine Tochter, aber ich warne Euch – Satan wird für Euch beide die Eisen glühend machen, wenn Ihr Euch der Lust hingebt.«

»Lust!« Ihre rebellische Seele protestierte. »Father, niemand weiß besser als ich, dass der Akt der Fortpflanzung alles andere als lustvoll ist. Bei meiner Seele, mir droht von Fulk größere Gefahr als von Gervase de Laval, und ich werde niemals die Freiheit haben, Nonne werden zu können, wenn ich nicht sein Vertrauen und seine Unterstützung während der Verhandlung habe. Das Letzte, was mir einfallen würde, ist, ihn wie die Wollust in Person zu behandeln.«

»Junge Männer sind ehrgeizig. Dieser war zerrissen und heruntergekommen, als ich ihn fand. Was ist, wenn er sich weigert, wieder zu gehen?«

»Zunächst einmal müsste er sich mit Fulk über meine Mitgift streiten. Der größte Teil besteht aus Geld und beweglichen Gütern, aber es geht auch um das Land, das mein Vater bis jetzt noch nicht überschrieben hat. Und Gervase würde ganz sicher nicht Conisthorpe erhalten, da es nur ein Lehen des Königs ist, und der Rest des Erbes geht an Miles, wobei mir einfällt …«, sie war bemüht, die Unterhaltung in ruhigeres Gewässer zu lenken, »… ich wünschte, meine Mutter und Ihr, Hochwürden, würdet Euch den Kleinen einmal vornehmen. Er ist außer Rand und Band.«

Der Geistliche ließ sich nicht ablenken. »Bedenkt meine Warnung. Dieses Leben ist nur ein Übergang, und weltliche Freuden werden Euch dem Teufel in die Arme treiben. Ich fürchte, Ihr wandelt in großer moralischer Gefahr, und ich werde für Euch beten.«

Vor der Halle kam Johanna auf Geraint zu und legte ihm die Hand auf den Arm. Er musste an einen Falken denken, der sich auf seine Beute stürzte. Er ging jede Wette darauf ein, dass sie neben ihm hergehüpft wäre, wenn sie keine Lady gewesen wäre – und nicht so schrecklich wund gescheuert.

»Wenn Ihr es mir nicht augenblicklich sagt …«, warnte sie ihn und lief schneller, um sich seinen großen Schritten anzupassen. Er bemerkte, dass sie ihm ohne Angst in sein Gemach folgte; ihre Zukunftsaussichten, so schien es, ließen ihre Seele sich wie eine Lerche in den Himmel emporschwingen.

»Es könnte seinen Preis haben, Johanna.« Würde sie ermessen können, wie viel es ihnen beiden abverlangen würde?

Das dämpfte ihren Optimisums. »I-ich verstehe«, sie versteifte sich und reckte das Kinn abweisend vor. Auf welchem gefährlichen Boden hatte ihre lebhafte Fantasie jetzt Fuß gefasst? Dass er dafür verlangte, bei ihr zu liegen? Er vermutete es. Der Geistliche hatte sie also an die Sünden des Fleisches erinnert.

»Oh, nicht das, Ihr Gänschen. Lieber Gott, Johanna,

müsst Ihr immer gleich denken, dass jeder Mann darauf aus ist, Euch auf den Rücken zu legen? Auch wenn es ein reizvoller Gedanke ist.« Er bedachte sie mit einem glühenden Blick, der sie sogleich wieder in Panik versetzte. Bei allen Heiligen, er konnte auf ihr wie auf der Viole spielen. War ihr denn nicht bewusst, wie berechenbar sie war?

»Vermutlich werdet Ihr mir alles noch erklären.« Sie knetete ihre Röcke, ein sicheres Zeichen ihrer Nervosität.

Geraint lehnte sich gegen die Wand und verschränkte die Arme. »Seid Ihr bereit, mir Euer Leben anzuvertrauen?«

»Mein Leben!« Das zarte Antlitz fuhr hoch, ihre Augen waren weit aufgerissen. Sie war wunderschön, wusste sie das? »Mein Leben«, wiederholte sie düster. »Wie ich Euch schon bei unserer ersten Begegnung sagte, ist mein Leben kein abgerissenes Blütenblatt mehr wert. Was schlagt Ihr also vor?«

»Mit dieser Antwort weicht Ihr mir aus, Lady.« Er ließ die Arme sinken und ging zu ihr. Eindringlich sah er sie an. »Glaubt Ihr, Ihr könnt Euren rebellischen Geist bezähmen und mir eine Stunde absoluten Gehorsam versprechen?«

»Was wollt Ihr tun?«

»Euch wehtun.« Er streckte die Hände aus und umspannte damit Johannas Hals, ohne sie zu berühren. »Habt Ihr den Mut, mir zu vertrauen und mir bedingungslos zu gehorchen? Anders kann ich Euch nicht helfen.«

»Es hört sich an, als legten wir ein Gelübde ab. Ja, ich vertraue Euch, wer immer Ihr auch seid.« Er spürte ihre Zerrissenheit, weil er von ihr Vertrauen forderte, ohne ihr das seine zu schenken. Aber dies war eine Abmachung zu seinen Bedingungen, nicht zu ihren.

»Ihr könnt mir vertrauen! Ich mache dieses Angebot nicht leichtfertig. Es wird für mich ebenso schwer werden wie für Euch, vielleicht noch schwerer.«

Sie runzelte die Stirn. »Ihr verlangt mein Vertrauen, ohne mir zu erklären, was Ihr vorhabt.«

»Ja. Ich könnte jetzt blasphemische Vergleiche anstellen. Wisst Ihr, ich habe immer mit dem ungläubigen Thomas sympathisiert, aber manchmal muss man eine Entscheidung treffen.«

Warum erwartete er so viel, fragte er sich. Warum war es plötzlich wichtig, dass er sie so prüfte, dass sie ihm ihr Vertrauen in ihn bewies? Weil er sie töten könnte? Aber ...

»Also gut«, unterbrach sie seine Gedanken. »Tut, was nötig ist.«

»Ausgezeichnet.« Er drückte ihre Unterarme in brüderlicher Geste. »So viel Klugheit. Ihr hättet als Kamel auf die Welt kommen sollen.« Er ließ sie los, sein Grinsen wirkte schurkisch. »Auch wenn die Sache im Handumdrehen erledigt sein sollte, vergesst nicht, dass Ihr mir auch für den Rest der Stunde Gehorsam geschworen habt.« Neckend zog er Johanna an den Zöpfen. Dieses Mal wurde sie nicht rot.

»I-ich habe gesagt, dass ich Euch vertraue«, erklärte Johanna würdevoll und ignorierte tapfer seine Unbeschwertheit. »Und jetzt sagt es mir endlich, *bitte*.«

»Morgen, Mylady.« Wenn er es ihr jetzt sagte, würde sie vermutlich in Ohnmacht fallen.

Bis in die frühen Morgenstunden lag Geraint wach. Er war aufgewühlt und sorgte sich über das, was er tun wollte. Er fluchte, weil er glaubte, noch immer Johannas Duft in seinem Schlafgemach wahrnehmen zu können. Es war zu lange her, seit er eine Frau besessen hatte, und die Einzige, für die sein Körper begonnen hatte, Verlangen zu empfinden, ertrug es nicht, wenn er sie berührte.

Falls sein Versuch, sie von dem Keuschheitsgürtel zu befreien, Erfolg hatte, was dann? Würde er des Nachts ruhig in diesem Schlafgemach liegen können, wenn er wusste, wie nah Johanna ihm war? War er fähig, sie in voller Absicht auszunutzen und ihr weiszumachen, dass es zu ihrem eigenen Besten war, wenn der eigentliche Beweggrund der war, dass er sie wollte? Er wollte seine Hände in ihrem Haar vergraben und ihren Körper reizen, bis sie sich unter ihm wand und bog und ihn anflehte, sie zu nehmen. Wie hatte Stephen de Norwood sie genannt? Ein Haus. Diese hübsche Höhle wartete auf eine Hand, die sich um sie kümmerte, und er würde von ihr Besitz ergreifen.

Aufstöhnend wälzte sich Geraint auf seinem Lager hin und her. Er hasste sich dafür, dass sein wollüstiges Verlangen seinem Ehrgefühl den Rang abzulaufen drohte. Wenn er darum betete, dass Gott ihn mit einem zerschmetternden Blitzschlag zur Besinnung bringen sollte, so würde der Himmel ihm nicht antworten.

Am nächsten Morgen erläuterte Geraint ihr behutsam seinen Plan.

Johanna, die ihm gerade einen neuen Schulterverband anlegte, schwankte leicht. Die Binde fiel ihr aus den Händen und entrollte sich zur Hälfte über sein Bett. Sie hatte nicht erwartet, dass die Wahrheit so hart sein würde.

»Lieber Gott«, flüsterte sie. »Ihr wollt das wirklich für mich tun? Ich mache mir keine Sorgen um mich, aber es könnte schief gehen, und man wird Euch wegen Mordes aufhängen.«

»Es ist Eure Entscheidung, Mylady. Wir sind verdammt, wenn wir es tun, und wir sind verdammt, wenn uns der Mut dazu fehlt. Aber wenn wir uns einig sind, dann muss es noch heute geschehen. Wer weiß, wann Fulk vom Gericht verlangen wird, dass Ihr untersucht werdet.«

Sie verzog das Gesicht und trat ans Fenster. Geraint legte sich den Verband ungeschickt selbst an. Er wusste, dass Johanna jetzt Zeit zum Nachdenken brauchte.

»Dann lasst es uns tun«, erklärte sie und presste die Handflächen aneinander. »Ich werde dafür sorgen, dass Agnes und meine Mutter ihre Rollen spielen.«

»Und bittet sie, nicht mehr als das Verlangte zu tun, Johanna. Es ist wie mit dem Brautbett – ich will keine Zuschauer bei meiner Vorstellung haben, besonders nicht Eure Mutter. Und jetzt«, seine Stimme klang rau, und ein Hauch von Traurigkeit schwang darin, »werde ich alles veranlassen und Euch dann in der Kapelle treffen. Wir brauchen beide Gottes Segen und Barmherzigkeit, Ihr versteht?«

Sie nickte, und ehe sie ging, knickste sie vor ihm, als wäre er ihr Lord.

»Betet tüchtig«, befahl er grimmig, als er später in der Kapelle mit ihr zusammentraf. »Wir brauchen allen Beistand, den Gott uns geben kann.«

Wie ein Bräutigam kniete er neben Johanna. Nachdenklich betrachtete er ihr Gesicht, auf dem das durch die Fenster hereinfallende Sonnenlicht ein Gitterwerk aus Rauten malte. Trotz ihrer Zerbrechlickeit erinnerte Johanna ihn an eine zähe kleine Löwin. Flehentlich schaute er auf Jesus Christus, der am Kreuz seine Leiden ertrug. *Hilf mir, mein Gott.* Dies würde nicht wie Boroughbridge sein, aber es würde seine mentalen Reserven bis an die Grenzen fordern. Es brauchte eine ruhige Hand. Er spürte, dass er es schaffen konnte, vorausgesetzt, Johanna hatte den Mut, ihren Teil beizutragen. Lieber Gott, der Gedanke an diese Tortur ließ ihm den Schweiß ausbrechen. Und falls er Johanna dabei tötete, würde für ihn die Hölle nicht erst nach diesem Leben beginnen, nein, er würde sie in jedem Augenblick für den Rest seines kurzen Lebens durchleiden.

Hand in Hand betraten sie die Schmiede – wie zwei Kinder, die sich vor dem dunklen Wald fürchteten, aus dem sie vielleicht nicht mehr zurückkehren würden. Geraint war mit jeder Schmiede vertraut. Während der letzten Jahre hatte er viel zu viele Stunden damit verbracht, auf das Beschlagen der Pferde zu warten. Er kannte die Werkzeuge, die in Barts Reich herumlagen – den schweren Eisenamboss, die Aufsteckdorne, die zum Formen von Reifen und Ringen benutzt wurden, die Setzhammer und die Streckhammer in verschiedenen Größen, die verschiedenen Zangen, den Eisenklotz mit der Spitze an der Seite, auf dem man die Hufeisen formte, die Ketten und den riesigen Blasebalg. Aber für die Lady an seiner Seite war es eine fremde Welt. Er spürte ihre Angst und drückte ihr aufmunternd die Hand.

In Wahrheit war Johanna ein wenig unsicher auf den Beinen. Auf Geraints Drängen hin hatte sie genügend Wein getrunken, um sich gelöst und entspannt zu fühlen, aber jetzt machte das ständige Schlagen der Hämmer auf den Eisenamboss sie zittern. Wäre sie nicht so verzweifelt gewesen, hätte sie sich die Ohren zugehalten und wäre geflohen.

Als Kind hatte sie die Schmiede verabscheut, sie

fühlte Mitleid mit den Pferden, wenn das Eisen in ihre Hufe geschlagen wurde. Sie hasste den Lärm und die Hitze, den atemraubenden Geruch der Pferdeausdünstungen und schweißnasser Haut und den beißenden Gestank glühend heißen Metalls.

Der Rauch des Feuers rief noch eine andere verhasste Erinnerung in ihr wach. Sie dachte an den Tag, an dem Fulk und sein Arzt sie gezwungen hatten, sich in einer engen Kammer mit gespreizten Oberschenkeln nackt über einen Dreifuß mit schwelenden Kräutern zu knien. Es geschah, um ihren ungehorsamen Schoß zu zähmen, hatte der Arzt gesagt, um sie von ihrer Unfruchtbarkeit zu heilen. In dieser entehrenden und demütigenden Haltung, die Ellbogen auf einen kleinen Tisch gestützt, ließ man sie fast zwei Stunden lang verharren. Immer wieder füllte der Arzt in dieser Zeit Kräuter nach, um sie zu verbrennen. Johanna wäre an dem Rauch und dem Gestank fast erstickt. Hinter einem Vorhang, unwissend, was sie erduldete, saß der Kaplan von Enderby, und las unterdessen aus der Heiligen Schrift. Darüber, wie Abrahams Frau Sarah schließlich doch noch empfangen hatte. Als Fulk dem Arzt dann endlich erlaubte, Johanna in Ruhe zu lassen, war sie vor Erschöpfung ganz schwach und von den Dämpfen fast besinnungslos gewesen. Ausräucherung hatten sie es genannt.

Sie musste bei dieser scheußlichen Erinnerung gewankt sein, denn Gervase tätschelte beruhigend ihren Arm. Lieber Gott, was verlangte sie da von ihm? Rasch verdrängte sie das Selbstmitleid und sah mit Bestürzung die Anspannung auf Gervases Gesicht. Kleine Schweißperlen schimmerten auf seiner Stirn. Er lächelte sie entschlossen an, ehe er ihre Hand losließ und mit dem Finger an der Innenseite seines Kragens entlangfuhr.

Bis jetzt ging alles nach Plan. Bart der Schmied arbeitete allein. Geraint hatte bereits Jankyn vorausgeschickt, um dessen Gehilfen unter einem Vorwand dazu zu bringen, die Schmiede zu verlassen.

Bart bedachte die beiden Eintretenden mit dem geringschätzigen Blick eines Knechts, der den Wert seiner Arbeit kennt. Dann ließ er den Hammer sinken und griff nach einem Tuchfetzen, der an der Wand an einem Nagel hing. Er fuhr sich damit über das Gesicht und die nackte Brust, ehe er bereit war, das zerbrochene Armband zu untersuchen, das Johanna aus der kleinen Gürteltasche hervorgeholt hatte.

Während Geraint dem Schmied den geringfügigen Auftrag erteilte, das Armband zu reparieren, beobachtete Johanna die Schweißtropfen, die dem Schmied über den breiten Rücken flossen und in dem Stoffstreifen versickerten, den er sich um die Taille geschlungen hatte, vermutlich um seine Hose zu schonen. Es musste die Hölle sein, stundenlang in dieser glühenden Hitze arbeiten zu müssen. Schon nach den wenigen schrecklichen Augenblicken in dieser rauchigen Wärme hatte sich Schweiß unter ihren Achseln gebildet, der in dünnen Rinnsalen ihren Körper hinablief. Ihre Handinnenflächen waren klitschnass. Die von Gervase auch, wie sie feststellte, denn er hielt noch immer wie ein liebevoller Ehemann ihre Hand.

Die Stundenglocke wurde gerade geläutet, als Agnes erschien und widerstrebend das raucherfüllte Innere der Schmiede betrat. »Mylady will dich sofort sprechen, Bart.«

Der Schmied sah aus, als wollte er fluchen, weil man ihm nun schon zum zweiten Mal seine Zeit stahl. Und er geriet in das Dilemma zu entscheiden, wem er gehorchte. Falls er zu Lady Constance eilte, beleidigte das vielleicht ihren Schwiegersohn.

Geraint entließ ihn großzügig. »Geh ruhig zu Mylady. Dieses Armband ist nicht so wichtig. Geh nur, ich werde für dich auf das Feuer aufpassen.«

»Ihr könntet mir inzwischen Hufeisen an meine Füße schlagen, Sir«, Johanna wedelte kokett mit ihren Röcken. Innerlich zerfloss sie vor Angst.

»Das ist sehr freundlich, Mylord.« Bart strich sich die Haare zurück und steckte seine mächtigen Arme rasch durch seinen abgetragenen Lederwams. Sie warteten und zählten, nachdem er gegangen war, bis zehn. Dann steckte Jankyn den Kopf zur Tür herein. »Jetzt?«

»Jetzt!«

Agnes schloss die Fensterläden, und Jankyn verschwand, um Posten zu beziehen.

»Hinaus mit dir, Agnes. Bleib aber in Rufweite.« Geraint verriegelte die Tür hinter ihr, nahm einen hässlichen, mit Stacheln besetzten Bolzen aus seiner Tasche und legte diesen in die Glut.

»Ich hoffe, es hält«, murmelte er, als er sich umdrehte, um die Stärke der hohen Pfosten zu prüfen, die den Bettrahmen mit der strohgefüllten Matratze des Schmieds trugen. Mit grimmigem Gesicht öffnete er die Lederflasche, die er von seinem Gürtel genommen hatte. Wie sie es abgesprochen hatten, trank Johanna einen großen Schluck daraus. »Legt Euch hin.« Er gab dem glühenden Holz einen Luftstoß aus dem Blasebalg, um die Glut anzufachen.

Johanna gehorchte ihm. Wie ein unterwürfiger Hund vor ihm auf dem Rücken zu liegen ging ihr gegen die Natur. Es brachte die Bilder zurück, die Bilder von Fulk, der sich auf ihren nackten Körper legte.

»Ich weiß, dass es unangenehm ist, aber ich werde so rasch machen wie ich kann. Und ich habe mir überlegt, dass es ratsamer ist, Eure Füße festzubinden. Wenn Ihr Euch im falschen Moment bewegt ...«

»Ja, vermutlich habt Ihr Recht.« Rasch band er ihre Knöchel zusammen und schlang den Ledergurt zur Sicherheit fest um die Pfosten.

»Lieber Gott, steh mir bei!«

»Breitet die Arme aus. Ich werde Eure Handgelenke an den Bettrahmen fesseln.«

Dass Johanna sich stocksteif machte, war ein Reflex, gegen den sie mühsam anzukämpfen versuchte. »Ich kann mich auch am Bett festhalten.«

»Anders ist es aber sicherer«, erwiderte Geraint kurz und ergriff ihre Handgelenke. »Ihr habt versprochen, mir zu vertrauen.«

Ihr Atem ging stoßweise. »I-ich kann es nicht ertragen, g-gefesselt zu sein.«

»Johanna, habt Vertrauen. Es ist keine Zeit für Diskussionen. Ihr werdet etwas brauchen, um darauf zu beißen.« Er hielt ein dickes Stück Leder bereit. »Werdet Ihr mich daran hindern, Lady?«

Ohne zu denken, öffnete sie den Mund. »N-nein!«

Geraint drückte ihr das Leder in den Mund. Sie schleuderte stumme Flüche gegen ihn, während ihr gesunder Menschenverstand ihr sagte, dass sie ruhig bleiben musste. Er ist nicht Fulk. Er wird mich nicht vergewaltigen. Ein schlechterer Mann hätte ihre Hilflosigkeit ausgenutzt, während ihr Tränen der Angst und der Wut über das Gesicht liefen. Gervase hatte ganz anderes zu tun. Sie beobachtete, wie er hin und her ging, noch einmal alles nachsah und bedachte, sie hörte das Zischen des glühenden Eisenstiftes, als Gervase dessen Farbe prüfte und den Zug des Blasebalgs, der das Feuer anfachte. Dann kam er zu ihr zurück.

»Ihr habt das Schaffell bereit?« Johanna hatte sich das Stück Fell unter den Taillenring des Keuschheitsgürtels gestopft, um ihre Haut vor der grausamen Hitze zu schützen. Sie nickte mit einem wütenden Stöhnen, und er begann, ihre Röcke hochzuheben. Lieber Himmel, es war schon schlimm genug, wie eine gefesselte Ziege dazuliegen, die als Drachenfutter dienen sollte, aber es war die unerträgliche Intimität, die Johanna als zutiefst demütigend empfand, auch wenn sie gewusst hatte, dass er ihre Kleider zurückschlagen musste.

Geraint zwängte die Finger unter das Schloss des Gürtels und ertastete den Abstand zwischen dem Metallband und dem Schaffell. Das Fell lag mit der haarigen Seite auf Johannas Bauch. Geraint zog ein dünnes Stück Holz, ungefähr eine Hand breit und zwei Handbreit lang, aus seiner Tunika hervor und legte es unter das Eisenband. Es saß sehr fest, aber das war nötig, um Johannas Bauch und ihre unteren Rippen zu schützen.

»Nicht mehr lange«, flüsterte er und streichelte ihre Wange. »Vielleicht sollte ich Euch noch mehr von diesem Gebräu geben, mein Liebes.«

Johanna stöhnte laut auf, als er den Hammer gegen den Bettrahmen lehnte. Unruhig bewegte sie sich. »Denkt daran, Ihr müsst still liegen, wenn es so weit ist«, ermahnte er sie. »Wenn Ihr zuckt, könnte ich Euch umbringen.« Er schaute auf die Glut. »Es ist fast so weit.« Dann hockte er sich neben sie. »Johanna, ich halte es für das Beste, Euch die Augen zu verbinden. Wenn Ihr Euch bewegt … versteht Ihr?«

Sie schüttelte verzweifelt den Kopf, aber er hielt schon ein schwarzes Tuch in der Hand. Mit einem beruhigenden Lächeln, welches den Druck seiner Finger Lügen strafte, verband er ihr die Augen.

Johanna hörte ihn ein rasches Gebet an St. Eligius murmeln, den Schutzheiligen der Hufschmiede, und dann das Geräusch von Zangen, als er den Bolzen aus dem Feuer holte – er musste jetzt weiß glühend sein.

Sie hörte das Zischen des Wassers, als Geraint ihn in den Wassereimer hielt.

»Wappnet Euch, Johanna. Atmet tief und ruhig.«

Geraint brachte sich in die richtige Stellung, und sein Gesicht spannte sich vor Konzentration an, als er den glühend roten Bolzen mit der Zange in das Schlüsselloch des Schlosses steckte.

»Haltet den Atem an, wenn ich ›jetzt‹ sage! JETZT!«

Dann schlug er mit dem Hammer zu.

»Großer Gott!«, rief Geraint. Er zitterte am ganzen Leib, als er den Hammer wegschleuderte und Bolzen und Zange in den Wassereimer warf. Das Schloss hatte nachgegeben. Aber was war mit Johanna? Hatte er sie getötet?

»Johanna!« Hastig befreite er sie von dem Knebel. Er fühlte mit einer Hand an ihrem Hals nach dem Puls, während er mit der anderen das zersplitterte Holz und das verbrannte Fell fortzog, um zu sehen, ob sie verletzt war. Das Schaffell hatte ihre Haut vor dem Verbrennen bewahrt.

Geraint tastete mit der rechten Hand ihren Leib ab, doch glücklicherweise schien sie vollkommen unverletzt. Mit einem Stoßgebet der Erleichterung zog er hastig die Röcke über den zerstörten Gürtel und ging zur Tür, um sie zu entriegeln.

»Sie ist ohnmächtig«, erklärte er und zog Agnes zum Bett. »Tu etwas!« Hektisch tätschelte Agnes die Wangen ihrer Herrin, während Geraint die Gurte zerschnitt, mit denen sie festgebunden war, und ihr die Augenbinde abnahm.

»Versuch, ihr Luft in den Mund zu pusten«, schlug Jankyn von der Tür her vor.

Geraint stieß Agnes zur Seite und presste die Lippen auf Johannas Mund. Er schmeckte die Trockenheit des Leders auf ihren ausgedörrten Lippen, als er tief Luft holte und ihr seinen Atem einhauchte.

»Legt das Tuch über ihre Nase, sonst kommt der Atem dort gleich wieder heraus«, drängte Jankyn, der jetzt neben ihm stand. »Ja, genau so. Macht weiter.«

»Ich fühle ihr Herz schlagen«, rief Agnes und zog ihre Hand unter Johannas Hemd hervor.

Geraint stand auf und stützte sich mit der Hand an der Wand ab. Die Erleichterung schien alle Kraft aus ihm gesaugt zu haben.

Jankyn sammelte die zerschnittenen Gurte von der Matratze und warf sie ins Feuer. Besorgt betrachtete er seinen Herrn. »Master!« Er zeigte auf den Beutel, den Geraint sich unter den Gürtel gestopft hatte. Vom Burghof her waren Stimmen zu hören, und der Narr lief an die Tür.

Geraint beeilte sich. Er zog den Beutel hervor und warf ihn Agnes zu: »Halte ihn auf!« Er griff unter Johannas Röcke, zerrte den zerstörten Gürtel über ihre Hüften und Beine und legte ihn in den Beutel, den Agnes ihm geöffnet hinhielt. Dann zog sie das Zugband zu.

Johanna regte sich, und er legte triumphierend den Arm um sie und stützte sie hoch.

»Keine Bange, mein Herz. Eure Mutter kommt.«

Lady Constance blieb auf der Türschwelle stehen und blinzelte bei der unerwarteten Dunkelheit. Agnes stieß die Fensterläden auf.

»Mylady ist durch die Hitze ohnmächtig geworden«, erklärte sie, während sie einen Knicks machte.

Johannas Mutter betrat zögernd die Schmiede. »Gervase?« Ihre Stimme klang unsicher und rau vor Angst.

»Es ist alles gut«, erwiderte er ruhig. Sein Lächeln

musste einfältig wirken, aber ihn erfüllte eine große reine Freude, die ihn bis in das Innerste seiner Seele berührte. Sollte er morgen von dieser Welt scheiden, so würde in Gottes Richterrolle auch ein Eintrag auf der rechten Seite seines Lebensbuches stehen.

22

Johanna legte die Arme um Geraints breite Schultern und schmiegte sich an ihn. Berauscht von der Erleichterung und dem starken Wein, wusste sie nicht, ob sie lachen oder weinen sollte. Noch nie in ihrem ganzen Leben hatte sie sich so geborgen gefühlt wie in diesem Augenblick, und sie wollte dieses Gefühl für alle Ewigkeit umarmen. Das Schreckliche, das Fulk ihr auferlegt hatte, war zerschlagen worden, und damit, so schien es, endete auch seine teuflische Macht über sie. Hatte sich so die Prinzessin gefühlt,nachdem der heilige Georg sie vor dem Drachen gerettet hatte? Oder ritt der Held davon, um noch mehr Jungfrauen zu retten und alle anderen Drachen der Welt zu schuppigem Brei zu schlagen? Sie kicherte und barg das Gesicht an Geraints Brust. Sie spürte, dass er einen Augenblick lang zögerte, doch dann fasste er sie fester und ging weiter.

Er trug sie nicht in ihr Schlafgemach hinauf, denn der Treppenaufgang war dazu zu schmal und gefährlich, sondern legte sie stattdessen auf sein Bett. Sie schlug die Augen auf und sah, dass ihre Mutter und Agnes sich besorgt über sie beugten.

Geraint hatte sich auf einen Schemel sinken lassen und die Hände gegen die Schläfen gepresst. »Gott bewahre, dass ich jemals wieder so etwas tun muss«, murmelte er, als Jankyn ihm einen Weinkrug in die Hand drückte.

»Ist jetzt alles in Ordnung?« Lady Constance sank in

einer Wolke aus Röcken auf das Bett und wiegte ihre in Tränen aufgelöste Tochter gegen ihren pelzgewandeten Leib, aber Johanna machte sich los – es war nicht das, wo sie sein wollte.

Als ob sie eher spürte als verstand, was in Johanna vorging, erhob sich ihre Mutter. »Jetzt musst du auch nicht mehr hungern. Warum hast du es mir nicht früher gesagt, du dummes Mädchen?«

Johanna wandte das Gesicht ab und drückte es in Geraints Kissen. »Ich dachte, ich könnte damit fertig werden.«

Ihre Mutter nickte. »Ruh dich jetzt aus. Ich weiß, du musst für morgen noch einige Vorbereitungen treffen. Gervase …« Er stand auf, als sie sich ihm zuwandte. »Danke für das, was Ihr getan habt.« Sie küsste ihn auf die Wange und schloss dann die anderen in ihr Lächeln ein. »Wenn Ihr morgen mit Worten genauso gut umgehen könnt …«

»Wir werden unser Bestes geben«, murmelte er und begleitete sie zur Tür. »Ich denke, Mylady sollte besser ein wenig schlafen, ehe wir das Ganze ein letztes Mal durchgehen.«

»Nein, bleibt, Sir.« Obwohl er erschöpft aussah, konnte Johanna ihn nicht mit den anderen gehen lassen.

»Möchtet Ihr, dass ich Euch in Euer Gemach hinaufhelfe?«, fragte Geraint heiser. Er wagte es nicht länger, sie anzusehen – das schwarze Haar lag wie ein Fächer ausgebreitet auf seinem Kopfkissen, und ihre roten Lippen waren leicht geöffnet. Es würde in der Tat ein Triumph sein, das zu rauben, was ihm nicht zustand.

»Ich sollte nicht mehr trinken, aber ich hätte gern noch etwas Wein, bitte.«

»Natürlich, was für ein Geizhals bin ich doch. Ich

hätte –« Warum zitterte seine Hand, die den glühenden Bolzen gehalten hatte, als er den Becher füllte? Ihre Verfügbarkeit verlockte ihn unerträglich. Er trat an das Bett und reichte ihr den Weinbecher. Sie reckte sich träge und stützte sich auf den Ellbogen auf. »Geht es Euch gut?«

Sich nicht bewusst, dass sie ihn noch mehr erregte, strich sie sich mit der Hand über den Bauch. »Es tut weh«, flüsterte sie. »Aber es ist wie die Befreiung nach einer Belagerung – die Freude, wieder essen zu können, und zu wissen, dass es ein Morgen gibt. Steht nicht so hölzern da, Gervase. Ich wette, Ihr seid jetzt verlegener, als ich es bin.«

»Ich bin nicht verlegen«, entgegnete er mit erstickter Stimme und wandte sich ab. Er hatte gewusst, dass die Versuchung kommen würde, aber nicht, dass es so bald geschah. Aber er würde nichts tun. Es konnte Monate dauern, bis sie bereit war, sich wieder von einem Mann berühren zu lassen, und er hatte ein anderes Leben. »Johanna, nicht!«

Schlanke weiche Arme legten sich um seine Taille, und sie schmiegte sich an ihn. »Ich möchte Euch Dank sagen. Was Ihr heute getan habt, war das Mutigste, was ich je gesehen habe. Und«, sie lehnte die Stirn gegen seinen Rücken, »ich entschuldige mich dafür, dass ich so … schwierig gewesen bin. Tief im Innern vertraute ich Euch, glaubt mir. Als Ihr mich festgebunden habt, es war … es war so wie …« Geraint nickte, machte aber keine Anstalten, sich umzudrehen oder sie in die Arme zu nehmen.

»Ihr hattet Angst?«

Sie versuchte, etwas zu sagen, um ihn zu halten, als ob sie fürchtete, er könnte sich zwischen ihren Fingern wie Rauch auflösen. »Ja.« Das Wort kam wie ein Atemhauch.

Geraint drehte sich abrupt um und packte sie an den Handgelenken. »Begreift Ihr, was Ihr mir antut?« Sein Gesicht war eine Maske der Selbstbeherrschung, doch seine Stimme klang zerrissen. Johanna schien in sich zusammenzusacken, ihre Lippen öffneten sich. Das Letzte, was sie jetzt wollte, war, ihm Kummer zu machen. »Ihr seid wunderschön, wisst Ihr das, Johanna? Als ich Euch eben auf meinem Bett liegen sah … ich wollte Euch.«

Er hatte die Überraschung in ihren Augen gesehen. Und die Furcht, denn er ließ sie los und starrte düster den Wandbehang an.

Johanna hatte geglaubt, dass eine Freundschaft mit ihm möglich wäre. »Oh, ich wünschte, die Hölle würde sich auftun und mich *jetzt* verschlingen!«, rief sie und ließ sich unglücklich auf sein Bett sinken.

Höfliches Erstaunen verdrängte die Qual von seinem Gesicht. Froh darüber, dass Gervase es wieder ertragen konnte, sie anzusehen, hob Johanna ratlos die Hände. »Warum muss das Leben so … so schwierig sein. Wo seid Ihr, Gervase?«

»Was meint Ihr, wo ich bin?«, fragte er verblüfft.

»Wo ist der Mann, der immer versucht, mich zum Lachen zu bringen? Ist das jetzt Euer wahres Ich, der Fremde, dem ich nie begegnet bin, der Mann mit dem anderen Namen?« Tränen hingen an ihren Wimpern und verschleierten ihren Blick. Sie ging zur Tür, aber nicht, um zu gehen, sondern um ihr Gesicht vor ihm zu verbergen.

»Johanna. Wir … wir haben heute Morgen gemeinsam etwas sehr Schweres durchgestanden. Vergesst, was ich gerade gesagt eben. Es ist eine Reaktion darauf, nicht mehr. Ihr müsst Euch nicht vor mir fürchten. Ich würde Euch nicht wehtun.«

»Glaubt Ihr nicht«, sagte Johanna, »dass ich Euch

belohnen würde, wenn ich es könnte? Glaubt Ihr, es gefällt mir, nur eine … halbe Frau zu sein? So anders zu sein?«

»Ihr seid nicht anders. Ich könnte Euch heilen.« Geraint wollte kein falsches Versprechen machen. Selbst wenn er bliebe, könnte diese Aufgabe seine Möglichkeiten überfordern. Ärgerlich über seine Schwäche trat er an den offenen Ausguck und betrachtete die sich zusammenballenden grauen Wolken. Eitelkeit oder Sündhaftigkeit? Er war in einem Durcheinander von Gefühlen verstrickt und verlor offensichtlich langsam seinen gesunden Menschenverstand.

»Dann … dann versucht es.«

»Was?« Er fuhr herum und starrte sie an.

Sie atmete heftig, ihre Gedanken wirbelten wild durcheinander. Ich muss wahnsinnig sein, dachte sie. Woher waren diese Worte gekommen? Aber sie hatte ihn gerade eben berührt, aus eigenem Entschluss. Es war ein Anfang. Und als er sie von der Schmiede hierher getragen hatte – gütiger Himmel, ihre Gefühle hatten gegen ihre Vernunft Krieg geführt.

Der Mann vor ihr, groß und stark wie ein Koloss, sah ungläubig auf sie herunter. »Ihr Gänschen, wisst Ihr eigentlich, was Ihr da sagt?«

»Nein«, stieß sie gereizt hervor und setzte sich wieder. »Ich bin hysterisch. Vergesst, was ich gesagt habe. Vielleicht war auch mein Verstand eingesperrt in diesem …« Sie konnte nicht weitersprechen, für sie gab es keine Worte, die Monstrosität zu beschreiben, die sie gefangen gehalten hatte.

Sie sah ihn verstohlen an. Er befand sich in mindestens ebenso großer Verwirrung wie sie. »Also gut, ich werde es versuchen.« Er schlug sich mit der Faust heftig gegen den Oberschenkel.

»W-was?«

Entschlossen setzte er sich neben sie. Es war nicht das Schwanken des Bettes unter seinem Gewicht, das ihr Innerstes zum Zittern brachte. »Aye, warum eigentlich nicht.«

»W-w-warum nicht! Weil … Ihr werdet nicht!« Er saß so nah bei ihr, er war so groß und männlich, so beherrschend – ihre alte Angst kehrte zurück.

»Johanna, ich habe viele Namen. Gervase de Laval ist nichts weiter als eine Illusion, aber für eine kurze Zeit werde ich der sein, der Euch gefällt. Falls ich Euch heilen kann, werdet Ihr mir dafür dankbar sein. Wenn ich Conisthorpe verlassen habe, sollte es Euch gelingen, jemanden zu finden, der Euch so zärtlich liebt, wie Ihr es verdient. Denkt darüber nach, wenn Ihr etwas ruhiger seid, und gebt mir dann Eure Antwort.«

Bedrückt stützte sie das Kinn auf die Hände, die Ellbogen auf die Knie. Was sie wollte, war Freundschaft, jemanden, der sie lehrte, wieder zu lachen, kein in ein Kettenhemd gehülltes Wesen, das sie tagsüber ignorierte, um nachts für einige Minuten in ihr Bett zu steigen und grunzend seinen Samen in sie zu pumpen. Irrte sie sich, waren alle Männer gleich? Scherzte und lachte Gervase, wenn er mit einer Frau zusammenlag?

Insgeheim betrachtete sie sein Profil. Ein Hengst mit goldfarbener Mähne wie aus einem Märchen. Mutig und edel? Oder war er in Wahrheit nur ein gerissener opportunistischer Schuft? »*Wer* seid Ihr?«, flehte Johanna wieder.

»Niemand von großer Bedeutung, Lady.« Geraint streckte die Hand aus und legte sie beruhigend auf ihre. »Aber ich habe Pläne, und ich bin nicht ohne Freunde.« Auch wenn die meisten von ihnen in Eisen gelegt im Kerker schmachteten.

»Ich wusste es.« Wie eine Kerzenflamme im Wind erlosch die Hoffnung in ihr. »Ihr müsst eine Erbin heiraten, um Euer Glück zu machen und weiterzukommen.« Dass er nicht widersprach, tat weh. Und ich habe keine großen Schätze, dachte sie. Aber warum mache ich mir darüber eigentlich Gedanken? Ich werde binnen einer gewissen Zeit Äbtissin werden können. Es ist seine Kameradschaft, die ich schätzenswert finde.

»Das ist der Lauf der Welt.« Er sah sie an, seine blauen Augen waren ihr ganz nah. Er hatte die Distanz zwischen ihnen überwunden, ehe Johanna Argwohn geschöpft hatte. Geraint legte die rechte Hand um ihren Hinterkopf, um zu verhindern, dass Johanna den Kopf wegdrehte, und küsste sie. Weich, innig, spielerisch. Dann zog er sich von ihr zurück.

»Ihr habt Euch nicht dagegen gewehrt.«

»Hmm, habt Ihr noch andere Küsse zur Auswahl, oder war es das?«

Geraint lachte. »Johanna, Ihr Katze! Aber wartet, Lady, ich werde Euch zum Schnurren bringen, das schwöre ich.«

»Schnurren?« Sie runzelte die Stirn. Es gelang ihr nicht, diesen Mann zu bändigen, der sich wie ein Wetterhahn in alle Richtungen drehte und so meisterhaft mit Worten umgehen konnte. Worte, die sie zuerst trösteten und dann in hellen Aufruhr versetzten. Und gerade in diesem Augenblick lächelte er sie vermutlich auf höchst gewissenlose Weise an. Was tat ein Mann, um eine Frau zum Schnurren zu bringen – kitzelte er sie hinter den Ohren, oder streichelte er sie nur zärtlich?

Sie errötete und erhob sich. Dabei strich sie die Falten ihres Kleides glatt. »Das werdet Ihr ganz sicher nicht tun. Ich bitte Euch als Ritter – nun, ich meine, wenn Ihr ein echter Ritter wärt –, diese Unterhaltung zu vergessen. Wir sollten jetzt wirklich zu Father Gilbert hinübergehen und dafür sorgen, dass die Aussagen der Zeugen mit unseren übereinstimmen.«

»Sehr gut«, erwiderte er und stand ebenfalls auf. Sein Ton klang ein wenig eingeschnappt. »Aber Ihr werdet begreifen müssen, dass die Nähe zu Euch, in der ich mich gezwungenermaßen hier aufhalte, eine große Belastung für mich ist.«

»Unsinn«, erwiderte sie brüsk. »Ihr müsst nur um die Kraft des Willens beten, das ist alles.«

»Mylady«, mit einem Seufzer öffnete er die Tür, »glaubt mir, ich wünschte, es wäre so einfach.«

23

Geraint hörte in der Nacht ihr Schreien und stürmte die mondbeschienene Treppe hinauf. Agnes stand mit einem Kerzenleuchter in der Hand über Johannas Bett gebeugt und summte leise eine Melodie, um ihre Herrin zu beruhigen.

»Ein Albtraum, Sir. Mylady träumt, dass sie noch auf Enderby ist.«

Johanna hatte sich aufgesetzt und hatte die linke Hand auf den Mund gepresst. Aber was Geraint Qualen verursachte, war ihre zersauste dunkle Haarmähne, die ihr bis weit über die nackten Schultern fiel. Als Johanna ihn sah, hielt sie sich in jungfräulicher Scheu das Betttuch vor ihre nackten Brüste. Sie sah ihn so vertrauensvoll an, dass Geraint begann, um seinen Seelenfrieden zu fürchten.

»Ich muss Euch geweckt haben, Sir. Vergebt mir, es ist, weil ich morgen auf die Klage dieses abscheulichen Teufels antworten muss.«

Agnes setzte den Kerzenleuchter ab. »Sir, kehrt in Euer Bett zurück. Ich werde Mylady beruhigen.«

Aber die dunkelhaarige Hexe, die ihn bis zur Schlaflosigkeit quälte, war nicht bereit, Gnade zu zeigen. »Nein, geht nicht, Sir«, flehte sie ihn an. Ihr Augenaufschlag war betörend unschuldig. »Erzählt mir etwas, irgendetwas, das meine Gedanken von morgen ablenkt. Das heißt, wenn es Euch nichts ausmacht.«

Es war gefährlich, ihn bleiben zu lassen. War ihr das bewusst? Aber schließlich war ja auch noch Agnes da, um ihn bei Verstand zu halten. Die Dienerin lächelte ihm zu, in ihren Wangen bildeten sich Grübchen.

»Ich glaube, das ist eine gute Idee, Sir.« Sie blinzelte ihm verschwörerisch zu und tappte, ohne eine Antwort abzuwarten, zu ihrem Strohsack zurück.

Geraint hatte sich nur das Hemd übergeworfen, bevor er zu Johanna gelaufen war. Jetzt war ihm kalt. Er hob Johannas Kleider vom Boden auf und legte sie sich wie einen Kragen um die Schultern. Auch wenn es lächerlich aussah, wenigstens wärmte es. Er setzte sich auf die Kleidertruhe, die in einem schicklichen Abstand zum Bett stand. *Es gab einmal einen Mann,* dachte er, *der schon bei einer weniger starken Versuchung schwach wurde.* Er wackelte mit den Zehen und starrte sie verdrießlich an. Was würde ihn zuerst in sein Bett zurücktreiben – die Kälte oder seine Wollust?

»Also.« Er räusperte sich. »Soll ich Euch ein Schlaflied vorpfeifen und die Hunde zum Jaulen bringen? Oder soll ich Euch die Geschichte von den drei Mäusen von Hinckley Ridge erzählen, die ihre Schwänze und ihre Tasthaare verloren haben. Sie ist wirklich komisch.«

»Der Himmel bewahre mich davor!«, wehrte Johanna ab. »Ihr habt versprochen, mir zu erzählen, warum der König Thomas von Lancaster hat köpfen lassen.«

»Jetzt?« Er sah sie an, als hätte das Mondlicht ihr den Verstand geraubt.

»Ja.«

Er atmete tief durch und sah sie so grollend an, als hätte sie ihm die Laune verdorben. »Frauen!« Aufseufzend strich er sich das Haar aus der Stirn und fragte sich, wo er beginnen sollte.

»Ihr könnt es in Versen vortragen«, bemerkte sie trocken und empfing als Vergeltung einen flammenden, aber dennoch vorwurfsvollen Blick, der verriet, dass er andere, angenehmere Gedanken im Kopf gehabt haben könnte.

»Ich werde Euch nur die nackten Knochen geben, nicht mehr.« Verärgert arrangierte er ihr Kleid um seinen Hals neu. »Ehe der alte König, Edward Longshanks, starb, verbannte er Piers Gaveston, den Freund seines Sohnes. Als Prinz Edward die Krone erbte, war das Erste, was er tat, Gaveston zurückzuholen und ihn mit Titeln und Geschenken zu überhäufen. Er machte ihn unter anderem zum Earl of Cornwall. Dieser Titel ist üblicherweise nur Männern von königlichem Geblüt vorbehalten, und daher stieß er mit dieser Geste viele seiner Verwandten vor den Kopf, besonders seinen Cousin Thomas von Lancaster. Der junge Edward begann, sich in allem fast völlig auf Gavestons Ratschläge zu verlassen und den Rat der anderen Lords zu ignorieren, unter denen sich auch Thomas befand. Dies erzürnte die Lords noch mehr, und nach einigen Jahren verbaler Zwistigkeiten begannen einige der einflussreichsten Pairs –«

»Warwick!«

»Ja«, bestätigte Geraint mit einem Seufzen, »er war einer von ihnen. Versucht, mich nicht zu unterbrechen, Mylady. Um diese frühe Morgenstunde befinde ich mich nicht gerade auf dem Zenit meiner intellektuellen Leistungsfähigkeit. Wo war ich stehen geblieben? Ach ja – wie Ihr wisst, gelang es den Pairs, Gaveston gefangen zu nehmen. Sie ließen ihn kurzerhand hinrichten. Lancaster war einer von den Verantwortlichen, und das hat der König ihm niemals vergeben.«

»Aber für kurze Zeit herrschte doch Frieden?«

»Ja, etwas Gutes hatte die Sache. Die Lords zwangen den König, die *Ordinances* zu akzeptieren und zum Gedeih des Königreiches durchzusetzen. Er tat es, wenn auch mit viel Widerwillen. Und dann fand er einen neuen Günstling.«

»Hugh Despenser den Jüngeren.«

Er runzelte die Stirn, als wäre ihm unbehaglich. »Ihr seid ihm begegnet, Mylady?«

»Nein, nur seinem Vater, erinnert Ihr euch?« Johanna legte sich auf die Seite und rollte sich zusammen. »Man hat mir erzählt, Hugh hätte Augen wie eine Katze.«

»Eine Katze!« Geraint verzog die Lippen. »So könnte man wohl sagen.«

»Dann habt Ihr ihn gesehen?« Sie legte das Kinn auf den Ellbogen. »Ist er ebenso gut aussehend, wie Gaveston es war?«

»Ich habe Gaveston nie gesehen. Hugh Despenser ist von mittlerer Größe, er trägt einen kleinen Bart und –«

»So wie Ihr ihn beschreibt, klingt er langweilig, dabei sagen doch alle, dass die Despensers sehr charmant sind. Sie sitzen mit Euch am Tisch und lächeln Euch an, während ihre Diener an den Beinen der Bank sägen, auf der Ihr sitzt.«

Sein Gesicht spannte sich an, er schien verärgert zu sein. »Erzähle ich oder erzählt Ihr? Ebenso wie Gaveston ist Hugh« – wieder diese spöttische Betonung des Namens – »im königlichen Haushalt als ein Freund des Prinzen aufgewachsen. Zunächst sympathisierte er mit der Gruppe um Thomas von Lancaster, aber zusammen mit seinem Vater strebte er danach, in der Gunst des Königs hoch aufzusteigen. Der alte Hugh war damals ein hoch angesehener Mann. Nachdem Gaveston tot war, ergriff Hugh der Jüngere die Gelegenheit, sich für König Edward unentbehrlich zu machen.«

»Ha! *Auf mancherlei Weise!* Der König hegte eine

unnatürliche Zuneigung für Gaveston, hat man mir erzählt. Ist das bei Sir Hugh auch der Fall?«

Geraint straffte hochmütig die Schultern. »Über diese Dinge sollte nicht diskutiert werden.«

Wie reizbar war er heute Nacht. Sie vermutete, dass er den jüngeren Despenser verachtete, weil dieser auf ganz besondere Weise dem König zu Diensten war. Stellte Hugh einen Affront für die Gemeinschaft der Ritter dar, oder versuchte Gervase, irgendeinen persönlichen Groll zu verstecken? »Warum sprecht Ihr plötzlich so schwülstig, Sir? Alle sagen, dass der König ein Sodomit ist.«

»Aber es ist *klüger,* es nicht laut zu sagen.«

»Außer für Euch.«

»Nicht einmal für mich! Ich gehe jetzt schlafen.«

»Was ist mit seiner Frau? Erzählt mir alles über seine Frau, bevor Ihr Euch schmollend zurückzieht. Ich könnte sonst in einer Stunde wieder einen Albtraum haben, der Euch aufweckt.«

»Ich schmolle nicht.« Geraint musterte Johanna stirnrunzelnd, während sie in demütigem Flehen die Hände faltete. »Ich werde mir das Fieber holen und morgen zu krank sein, um bei der Verhandlung zu erscheinen.«

»Ha! Erzählt mir von Despensers Frau.«

»Nell – Eleanor de Clare ist die Schwester des Earls of Gloucester. Nachdem Gilbert de Clare in der Schlacht bei Bannockburn umgekommen war, hatte man seinen Besitz zwischen seinen drei Schwestern aufgeteilt. Hugh Despenser war bereits mit der ältesten von ihnen, mit Eleanor, verheiratet, er hatte es also gut getroffen.«

»Gavestons Witwe war auch eine der Schwestern, nicht wahr?«, fragte Johanna, aber ihr Geschichtenerzähler war wieder nachdenklich geworden. »Ich habe gehört, dass Hugh Despensers Vater ebenso machthungrig und skrupellos wie sein … Sir?«

Geraint, tief in Gedanken versunken, hob den Kopf und kehrte widerstrebend zu seiner Geschichte zurück. Johannas Frage ignorierte er. »Was viele Leute nicht wissen, ist, dass zwischen den Despensers und dem Haus der Mortimers eine erbitterte Fehde herrscht. Sie brach aus, als ein Ahnherr der Despensers ermordet wurde, und sie dauert bis auf den heutigen Tag an.«

»Ist das der Grund, warum die Mortimers es nicht gern sehen, dass die Despensers mit dem König so vertraut sind?«

»Aye, es geht aber auch um Land. Hugh der Jüngere sollte in den Grenzgebieten zu Wales für den König Land in Besitz nehmen, und dadurch geriet er schnell in Feindschaft nicht nur zu dem Earl of Hereford und den Mortimers, die in jenen Gebieten großen Einfluss hatten, sondern er legte sich auch mit fast allen *Marcher Lords* an. Gemeinsam zwangen diese Lords den König, Hugh und seinen Vater ins Exil zu schicken. Sie sagten, die beiden entfremdeten König Edward seinen Leuten und maßten sich widerrechtlich seine Macht und Autorität an. Zu Beginn dieses Jahres ist es dem König jedoch gelungen, Sir Roger Mortimer gefangen zu nehmen und ihn in den Tower von London bringen zu lassen. Ich hoffe, dass er noch am Leben ist.« Er seufzte niedergeschlagen und starrte blicklos über Johannas Kopf hinweg die Wand an. »Deshalb konnte er nicht in Boroughbridge dabei sein.«

»Mortimer. Er soll so eine Art Halbgott sein, zu dem man aufschaut.« Sie betrachtete Geraint aufmerksam, der mit nackten Beinen dasaß, und verglich ihn in Gedanken mit dem gut aussehenden Roger.

»Das kommt darauf an«, knurrte Geraint, »wenn

man Haar mag, das die Farbe von Ohrenschmalz hat, und einen Blick, der ständig unruhig umherschweift.«

»Ohrenschmalz! Was für eine unglaublich neidische Beschreibung! Ich kann es kaum erwarten, ihm zu begegnen!« Sie warf ihm ein provozierendes Lächeln zu und beobachtete, wie ihr Geschichtenerzähler sich wand, als hätte er irgendein Geheimnis preisgegeben. Sie sollte aufhören, ihn zu necken, aber heute Nacht war es so leicht und einfach.

»Ich mache Spaß«, murrte er, als wäre es ihre Schuld gewesen, dass sie ihn missverstanden hatte. »Mortimer ist ein ehrenwerter und mutiger Mann. Hört auf, mich zu unterbrechen! Also, nach Mortimers Gefangennahme drängte der König die *Marcher Lords* und Thomas von Lancaster an den Trent zurück und trieb sie nach Norden. Earl Thomas versuchte, in seine Burg Dunstanburgh in Northumberland zu fliehen. Den Rest kennt Ihr bereits – den Offizieren des Königs gelang es, die Great North Road bei Boroughbridge zu blockieren. Und jetzt ist Lancaster geköpft worden.«

»Sir Ralph vermutete, dass Lancaster versuchen wollte, eine Übereinkunft mit den Schotten zu treffen.« Johanna legte sich bequemer zurecht. Das Laken verrutschte, und sie zog es wieder hoch, aber nur über eine Brust.

»Ja, und da war etwas Wahres daran«, erwiderte Geraint hastig und betrachtete wieder seine Füße. »Er hatte eine Zeit lang Kontakt zu ihnen, und für mein Empfinden war das nicht sehr ehrenhaft von ihm. Und jetzt«, ärgerlich hieb er auf die Truhe, auf der saß, »ist er plötzlich ein Märtyrer und ein Heiliger für die Leute. Hat Eure Mutter uns nicht gestern erzählt, es ginge das Gerücht um, an seinem Grab in Pomfret habe sich ein Wunder ereignet? Bedenkt, dass man von Gavestons Grab nicht solche Wundermärchen berichtet.

Wobei man nicht vergessen darf, dass der König ihn heimlich beerdigen ließ – in Langley, wo er um ihn trauern konnte, ohne dass die Welt ihm dabei zusah.« Geraint schien unbeschwert zu plaudern, doch sein Blick glitt immer wieder verstohlen zu Johanna hin. »Nein, Lancaster war kein Heiliger, ganz bestimmt nicht, auch wenn Jankyn das nicht wahrhaben will. Und obendrein ist Thomas' Frau dann auch noch mit de Warenne durchgebrannt, bei allen Heiligen.«

»Vielleicht war er ihr für ihren Geschmack *zu* heilig«, unterbrach Johanna.

Ihr vermeintlicher Ehemann blickte sie bei dieser Bemerkung überrascht an. »Zu heilig! Wie meint Ihr das denn? Ungeeignet, ihre Bedürfnisse zu befriedigen?« Johanna glaubte es kaum, aber seine Wangen röteten sich. »Nein, nicht er.« Er gab der Unterhaltung eine andere Richtung. »Wenn Ihr meine Meinung wissen wollt, ich würde sagen, Thomas gelüstete es nach der Krone.«

»Und dennoch habt Ihr für ihn gekämpft.« *Ob er mit mir liegen möchte?*, fragte sie sich. Schließlich versuchte er die ganze Zeit, sie nicht anzusehen.

»Nein, Mylady, ich war dort im Dienst eines anderen Lords, dessen Namen Euch zu nennen ich nicht die Absicht habe, also drängt nicht weiter in mich.«

Ein Lächeln auf den Lippen, lehnte Johanna sich in die Kissen zurück und schaute versonnen an die gewölbte Decke. »Also sind beide Despensers aus der Verbannung zurückgekehrt.«

Geraint erhob sich und ging wie ein Schulmeister im Gemach hin und her. »Der König ist nicht aus demselben Holz geschnitzt wie sein Vater. Er findet keinen Gefallen daran, ein Königreich zu regieren. Er zieht es vor, auf die Jagd zu gehen oder eine Ruderpartie zu unternehmen. Oder er unterhält sich mit einfachen Arbeitern und Handwerkern. Der junge Hugh Despenser ist trotz seiner vielen Fehler ein sehr fähiger Mann. Und deshalb ist er dem König unentbehrlich. Er ist damit zufrieden, den tagtäglichen Lauf des Königreiches zu lenken, während der König seinen Vergnügungen nachgeht.«

»Also sind wir wieder bei Hugh. Wenn er so fähig ist, Gervase, warum sind dann die Lords nicht damit zufrieden, dass er den König unterstützt?«

»Mylady, der König ist ein Mann, der sein ganzes Augenmerk immer auf einen einzigen Günstling richtet, das heißt, alle anderen schließt er damit aus. So war es mit Piers Gaveston, und so ist es mit Hugh. Die anderen Lords nehmen ihm das übel. Statt den Sitzungen des Kronrats beizuwohnen oder die Aufgaben und damit den Einfluss zu verteilen – oder auch selbst etwas von der Verantwortung zu übernehmen –, wälzt der König alles auf Hughs Schultern ab.«

Johanna drehte sich im Bett um. Sie zog das Laken hoch, um ihren entblößten Rücken zu wärmen.

Geraint starrte sie an. »Meine Füße sind eiskalt, Mylady. Habe ich Eure Erlaubnis, mich zurückzuziehen?«

Sehr schön, dachte Johanna schadenfroh. *Das ist die Strafe dafür, dass du letzte Woche davongelaufen bist.* Sie fühlte sich überlegen und seltsam scheu. Wie weit konnte sie gehen, wann stieß sie an seine Grenzen?

»Was sticht Euch denn plötzlich?« Ihre Stimme klang heiser, als sie zusah, wie er sich das Kleid von den Schultern nahm. Sie rutschte in ihrem Bett ein Stück tiefer und schmiegte den Kopf in die Kissen. »Ihr gehört doch dazu, zu dieser Welt aus Gönnerschaft und Sektierertum, aber es scheint mir eine sehr gefährliche Welt zu sein. Wenn Ihr versuchen würdet, in den

Dienst der Despensers zu treten, könntet Ihr vermutlich rasch aufsteigen.«

Seine Lippen verzogen sich bei dieser Bemerkung und der unbewussten Zweideutigkeit spöttisch. Aufsteigen! Von ihrem verführerischen Anblick gepeinigt, verbiss sich Geraint den obszönen Kommentar, der ihm auf der Zunge lag, stattdessen bemühte er sich um Höflichkeit. »Das könnte ich.« Was war los mit dieser Frau? Hielt sie ihn zum Narren, indem sie ihn in ihrem Schlafgemach festhielt, oder geschah dies ohne Absicht und in aller Unschuld? Wenn die Befreiung vom Keuschheitsgürtel ihre Moralvorstellungen gelockert hatte, wie weit würde er sich trauen, sein Glück bei ihr zu versuchen? Besser, er ging jetzt.

»Ihr habt das Pferd am Schwanz aufgezäumt, nicht wahr?«

Eine harmlose Äußerung, aber Johannas Wortwahl war unglücklich.

»Ja, Johanna«, erwiderte er matt. »Und jetzt seid Ihr still, oder ich werde Euch mit einem Gutenachtkuss zum Schweigen bringen.« Mit diesen Worten erhob er sich und begab sich zur Treppe, die ihm Sicherheit bot.

»Vielleicht solltet Ihr das tun.«

Abrupt fuhr er herum. Sie hatte den weiß schimmernden Arm ausgestreckt und hielt ihm die Hand zum Handkuss hin. Im Kerzenlicht funkelten ihre Augen katzengleich. Schweigen senkte sich zwischen sie; Geraint nahm plötzlich war, dass Agnes' Atemzüge regelmäßig und ruhig gingen.

»Ihr habt mich wie einen Hund behandelt, Madam«, erklärte er leise, sein Ton war kühl wie die weiß gekalkte Wand in seinem Rücken. »Aber ich habe Rückgrat und Zähne.«

»Rückgrat und Zähne und viele Worte«, konterte sie herablassend.

Er machte einen Schritt auf sie zu. »Ich werde von Euch bezahlt. Welchen Dienst kann ich Euch erweisen?« Wenn sein Ton grausam klang, dann, weil er sich benutzt fühlte.

»Ich weiß es nicht«, flüsterte Johanna. Sie schien seine Gefühllosigkeit nicht wahrzunehmen. Nahm sie seine Gefühle überhaupt ernst? »Seid bitte nicht so abweisend. Ich … habe eine Frage. I-ich muss es wissen, damit ich entscheiden kann, ob ich das heilige Gelübde ablegen soll. *Ist* es für eine Frau möglich, den Akt der Vereinigung zu genießen?«

»Der Teufel soll Euch holen, Johanna!« Aufstöhnend barg er das Gesicht in den Händen und setzte sich schwer neben sie auf das Bett. »Ich werde diesen Akt nicht mit Euch ausführen … auf Befehl. Mir ist kalt. Habt Ihr mich nur deswegen hier behalten und habt mich eine Gutenachtgeschichte über Hugh Despenser erzählen lassen? Habt Ihr deswegen Eure Nacktheit absichtlich zur Schau gestellt?«

Als sie schwieg, schaute er auf. Johanna sah ihn erstaunt an, er las die Verwirrung in ihren Augen. »Aber ich habe gar nichts getan. Ich habe auf jedes Wort geachtet, das Ihr gesagt habt.«

»Ja, und Ihr habt es sogar fertig gebracht, eine kluge Frage zu stellen, aber Ihr könnt nicht abstreiten, dass Ihr Euch vor mir zur Schau gestellt habt.« Geraint wusste, dass er jetzt aufstehen und gehen sollte, aber er konnte sich nicht bewegen. Ihre leicht geöffneten Lippen schimmerten feucht. Er brauchte nur die Hand auszustrecken, um ihre Brüste berühren zu können.

»Tue ich es jetzt auch?«

»Was?«

»Dieses … dieses Zurschaustellen.«

»Ja!«

»Aber ich tue doch gar nichts.«

»Um Gottes willen, Madam, das müsst Ihr auch nicht. Es reicht, dass Ihr ohne eine Faser am Leib im Bett liegt.«

»Oh!«

»Aber die Tatsache, dass Ihr dort liegt und mich gerade gebeten habt, Euch die Hand zu küssen, lässt die Vermutung zu, dass Ihr erfahren wollt, was unter solchen Umständen üblich ist.«

»Will ich das?«

»Ja, Ihr seid interessiert.«

»Woran?«

»Daran dass ich nur im Hemd auf Eurem Bett sitze. Ihr habt mich zum Bleiben ermutigt, und das zeigt zweifelsfrei, dass Ihr Euch auf dem Wege der Genesung befindet.«

Johanna zupfte an einem losen Faden in der Seidendecke und murmelte: »Ihr habt noch immer nicht meine Frage beantwortet.«

Sie drehte sich um und stützte sich auf die Ellbogen. Geraint konnte nicht anders, als in das schattige Tal zwischen ihren Brüsten zu starren. »Wie könnt Ihr sicher sein, ob einer Frau gefällt, was Ihr mit ihr tut?«

Mochte der Himmel ihn aus dieser misslichen Lage befreien! Zu welchem Heiligen sollte er beten? Zum heiligen Valentin oder zum heiligen Cuthbert?

»Sie macht einen Laut.«

»Wie bitte?« Sie riss den Kopf zu ihm herum, ihr Haar streifte seinen Arm. »Einen *Laut*? Das ist alles? Was für einen Laut?«

»Einen stöhnend-keuchenden … ja, es ist ein Keuchen, ein Seufzen der Lust.« Er straffte in eitler Selbstgefälligkeit die Schultern, während St. Valentin und St. Cuthbert sein Gebet gleichzeitig erhörten. »Ich könnte es Euch zeigen, ohne dass … ohne dass der Akt der Vereinigung stattfindet. Das heißt, wenn Ihr dazu nicht zu wund und wehe seid.«

Johanna hielt seinem Blick stand, während sie sich fragte, wie weit sie ihm vertrauen könnte. Lieber Gott, wenn er ihr beweisen könnte, dass es Zärtlichkeit und Wonne gab! »Könntet Ihr das? Auch – jetzt?«

Er nickte stolz und ernst. Wenn sie das vor dem Kloster bewahrte, sie heilte und es ihr möglich machte, einen Mann, einen besseren als ihn, zu heiraten, was konnte es schaden? Natürlich würde er sich sehr beherrschen müssen. *Bleib ruhig*, sagte sich Geraint. *Zeig keine Begeisterung. Ein falsches Wort, und sie wird sofort wieder ihre Stacheln aufrichten.*

»Beweist es!«

»Johanna!«

»Ja, jetzt sofort, ohne dass Ihr mit mir … Ihr wisst schon.«

»Aber es wäre eine Sünde.«

»Gervase.« Sie legte ihre schmale Hand auf seine. »Ich möchte es wissen. Bitte, als Freund …«

Sein Adamsapfel hüpfte heftig, als bereite ihm das Schlucken Schmerzen. »Also gut«, antwortete er rau, während er rasch zu Agnes hinüberschaute. Sie hatte ihnen den Rücken zugewandt. Geraint löste die Bettvorhänge und legte sich neben Johanna.

»Sie schläft. Zieht den Bettvorhang zu. Was tut Ihr als Erstes?«

»Ich unterrichte keinen Schwertkampf, Lady. Man kann es nicht nach Anweisung tun. Es braucht sehr viel … Fingerspitzengefühl.« Er drückte Johanna in die Kissen. »Zuerst muss ich Euch küssen.«

»Aber das haben wir schon ausprobiert, und es geht nicht.«

»Johanna, glaubt Ihr, Ihr könntet Euch hinlegen, ruhig sein und es mich machen lassen?«

»Aber wir sollten darüber re –«

Sein Mund legte sich auf ihre Lippen und unterband jedes weitere Wort. Geraint streckte sich lang neben ihr aus und stützte sich auf seinen linken Ellbogen. Es war nicht ideal, aber was war das Zwicken einer Wunde verglichen mit der Aufgabe, die auf ihn wartete?

Johanna dachte, dass sie sich daran gewöhnen könnte. Es war bemerkenswert, welche Gefühle ein Mann in das Küssen legen konnte. Geraints Mund war zärtlich und dennoch bezwingend, fordernd und dennoch nachgiebig. Wie von selbst öffneten sich ihre Lippen. Schließlich lachte Geraint und hob den Kopf. Dann küsste er ihren Nacken, ihren Hals, streichelte mit den Lippen ihre Haut. Es war ein interessantes Gefühl.

»Wollt Ihr, dass ich die Kerze lösche?« Seine Stimme war wie Samt, voll, weich und tief.

»Bitte«, wisperte sie.

Er küsste sie wieder.

»OHHHH!«

»Was ist?«

»Ich – Eure Hand ist kalt wie Eis.«

»Wärmt sie für mich an. Mit Eurem Atem.« Er hielt die Hand an ihre Lippen. Sie kam diesem Wunsch nach und hauchte darauf. Seine Mund verzog sich zu einem Lächeln. Als er sich wieder zu ihr neigte, drängte sein Mund sie, die Lippen für ihn zu öffnen. Er hatte die Hand auf ihre Brust gelegt und streichelte sie. Er packte nicht zu, wie Fulk es getan hatte. Die Berührung dieses Mannes war sanft, aufreizend, neckend.

Johanna begann, den Zauber zu fühlen. Sie versuchte zu ergründen, warum das Liebkosen ihrer Brustwarze ein Gefühl der Schwäche zwischen ihren Beinen entfesseln konnte. Dann vergaß sie das Denken und ergab sich den Gefühlen, die sie durchfluteten.

»Das ist wundervoll«, murmelte sie.

»Ihr mögt es? Das ist gut. Dann können wir weitergehen.«

Er fuhr mit dem Finger über ihren Bauch und zeichnete Schlachtpläne auf ihre Haut; Raubzüge und Eroberungen fanden statt.

»Hmm.« Wäre sie eine Katze gewesen, hätte sie geschnurrt. »Ich werde einschlafen, wenn Ihr das noch viel länger macht.« Seine Finger reizten wieder ihre Brust, und Johanna wand sich unter dem Ansturm der Gefühle.

»Der nächste Teil ist wichtig. Es kann eine Weile dauern, aber es wird Euch gefallen, das verspreche ich Euch. Liegt still.« Seine Finger glitten über das Haarnest zwischen ihren Beinen. Johanna spannte sich an, doch Geraint streichelte sanft über das Haar, ehe er die Hand zwischen ihre Schenkel gleiten ließ. Bei dieser besitzergreifenden Berührung empfand Johanna überraschenderweise das Gefühl der Bejahung. Sie hatte geschworen, dass nie wieder die Hand eines Mannes sie so berühren sollte, und jetzt staunte sie über ihre Reaktion. Geraint spreizte ihr die Beine und schob seine Finger in Johannas weiche Höhle, um sie zu erkunden.

Sofort spürte er ihre Abwehr.

»Nein, Ihr werdet zu intim«, protestierte sie und fasste nach seinem Handgelenk, um ihn aufzuhalten.

Der Einwand kam ziemlich spät, aber Geraint fügte sich. »Dann werdet Ihr es nie erfahren. Es ist Eure Entscheidung.«

»Also gut, dann noch ein wenig länger.«

»Versucht, ganz entspannt und ohne Angst zu sein. Ich werde Euch nur mit meinen Fingern berühren und Euch streicheln. Es gibt keine Gefahr, nichts zu fürchten. Schließt Eure Augen und fühlt, wie die winzigen Wellen der Lust stärker werden.«

Geraints Erfahrung war offensichtlich. Er nahm ihre Hand und legte sie an die Stelle, wo er sie berührt hatte. »Fühlt, wie feucht Ihr seid.«

Ihre Augen öffneten sich erstaunt; die dunklen, weit geöffneten Pupillen riefen ihn unbewusst, in sie einzudringen. »Das ist seltsam. Warum ist das so?«

»Euer Körper ist bereit für die Liebe. Schließt wieder die Augen.« Er küsste sie wieder, während seine sanften Finger Johanna weiter erregten.

»Dieser Master Vogelweide«, flüsterte sie gegen seine Lippen.

»Hmmm?«

»Er war wohl ein fahrender Händler in der Kunst der Liebe.«

»Das bezweifle ich.«

»Ohhh!«

»Dort ist es, ja?« Er beugte den Kopf und streichelte mit der Zunge ihre Brustwarze, während sein Finger sich zärtlich drängend in Johanna bewegte. Fulk hatte auch immer versucht, ihre Brust zu lecken, und es hatte Abscheu und Ekel in ihr ausgelöst, aber dieser Mann … Sie vergrub die Finger in seinem langen goldenen Haar, und er lachte. Ihr Körper wurde heiß, und sie wollte sich Geraint entgegenbiegen, sie keuchte, als seine Finger unnachgiebig zwischen ihren Schenkeln spielten.

»Ich will …«, keuchte sie.

»Was wollt Ihr?«

»Euch!« Eine weitere Welle der Wonne durchströmte sie und dann noch eine, die Unbeschreibliches in ihr weckte und sie an eine namenlose Küste trug. Mit einem Aufschrei ließ Johanna sich fallen.

Der Mann küsste sie auf die Stirn und stand auf. »Gute Nacht, Johanna.« Seine Lenden brannten wie Feuer. Draußen vor der Tür lehnte er sich mit der

Stirn gegen den kalten Stein, sein Atem ging stoßweise.

»Ho«, gluckste Jankyn, als Geraint einige Minuten später über seine Stiefel stolperte und nachhaltig fluchte, ehe er sein kaltes Bett erreichte.

»Nichts *ho*, Jankyn. Mylady wollte eine Gutenachtgeschichte über Hugh Despenser hören.«

»Wie er sich in einen wunderschönen Prinzen verliebt hat?« Der Ton des Narren war ein Seufzen. »Wer seid Ihr, Gervase?«

Statt einer Antwort breitete sich die Dunkelheit im Schlafgemach aus. Es blieb sein Geheimnis.

24

Wenn Katzen eine Seele hatten, konnte ein wilder Mäusejäger sich dann am nächsten Morgen daran erinnern, dass er sich in der Nacht an einer Schüssel mit verbotener Sahne gütlich getan hatte? Lag ihm der köstliche Geschmack dann noch auf der Zunge? Johanna versuchte sich angestrengt in Erinnerung zu rufen, wie dieses magische Gefühl sich angefühlt hatte, aber bloße Worte waren nutzlos. Die Verzauberung war verschwunden, aber sicher war, dass Fulk sie nicht so zerstört hatte, dass für sie keine Heilung mehr möglich wäre.

Und hier war jetzt ihre Sahneschüssel. Groß und zum Greifen nah stand Geraint am nächsten Tag bei der Verhandlung hinter ihr. Aber Schüsseln mit Sahne hatten keine Seele. Und er sah aus, als wäre seine Seele höchst zufrieden – der Hengst, der seinen Weg auf das nächste Feld des Spiels gefunden hatte.

»Wie fühlt Ihr Euch?« Er neigte den Kopf und küsste sie vor Fulks Augen auf den Nacken. Sie drehte sich um und griff nach seiner Hand, um sie an ihre Wange zu heben. Sie sah, wie Fulks spitzes Eidechsengesicht sich hässlich rot färbte. Er schien drauf und dran zu sein, durch das Mittelschiff zu stürmen und ihr seine gepanzerte Faust ins Gesicht zu schlagen. Mit einem Gebet zur Heiligen Jungfrau kreuzte Johanna schuldbewusst die in den Falten ihres Rockes verborgenen Finger. Nein, sie war noch nicht aus dem Wald heraus und auf sicherem Weideland. Es war nötig, wachsam zu sein und eine demütige Haltung zu zeigen; in der vergangenen Nacht hatte sie sich so schlecht wie ein aufsässiger Sünder benommen.

Am zweiten Tag der Gerichtsverhandlung waren weniger Zuschauer in der Kirche versammelt. Das allgemeine Interesse am Verfahren hatte sich gelegt – schließlich war die Saat auszubringen und Waren zu verkaufen. Sogar Fulks Männer benahmen sich heute gesitteter. Ihr übertriebenes Gähnen und das ständige Klirren und Rasseln ihrer Rüstungen, wenn sie sich bewegten, zeigten an, dass sie gelangweilt und missgestimmt waren. Nur Edgar de Laverton, der Johanna hinter dem Rücken seines Herrn schamlos schöne Augen machte, schien mit Begeisterung hierher gekommen zu sein.

Als sie aufgerufen wurde, sich zu den Klagen zu äußern, ließ Johanna ihre Antworten durch den Prokurator vorlegen. Da ein wenig von ihrem alten Mut zu ihr zurückgekehrt war, hatte sie einen Moment lang mit der Versuchung gespielt, eine mündliche Antwort zu geben, aber ihre Mutter und der Prokurator hatten ihr davon abgeraten; es wäre unpassend gewesen, sie war eine Lady. Es hatte ihrer Ehre und ihrem Ruf schon genug geschadet, dass sie ihre privatesten Angelegenheiten in einer öffentlichen Verhandlung auszubreiten gezwungen war – es schien ratsamer, das demütige Schaf zu spielen, nicht die anmaßende Xanthippe.

Das Gemurmel unter den Zuschauern, nachdem sie sich gesetzt hatte, bestürzte sie. Die öffentliche Meinung war selten aufseiten einer missbrauchten Ehefrau. Nur wenige Frauen, wohl nur die, die selbst in einer unglücklichen Ehe ausharrten, besaßen den Freimut zu applaudieren, wenn eine ihrer Geschlechtsgenossinnen ihre Freiheit zurückzugewinnen versuchte.

Die weitaus meisten Frauen fragten eher, warum sie nicht leiden sollte, wenn sie es auch taten.

»Der altersgraue Schuft dort drüben wird ein ganzes Arsenal an Waffen gegen uns auffahren«, murrte Geraint und durchbrach ihre angsterfüllten Gedanken. »Seht Euch Agnes an, Mesdames. Watkyn hat man gestern ein dicke Geldbörse angeboten.«

»Pah, Agnes ist so loyal wie ein Floh auf einem gesunden Hund«, flüsterte ihre Mutter. »Nein, Gervase, ich bin viel eher besorgt, welche niederträchtigen Frauenzimmer dieser Hurensohn bestochen hat, damit sie morgen für ihn aussagen. Denkt an meine Worte, ein halbes Dutzend von ihnen wird darauf brennen zu beschwören, dass Father Benedict an dem Tag, als Ihr Eurer Ehegelübde abgelegt habt, irgendwo anders war.«

»Mein Leben darauf«, stimmte Geraint leise zu, »und wenn er mich als ehrlosen Halunken hinstellen kann, dann wird er das tun. Er will mich hängen sehen.«

»Dann ist es umso besser, dass Ihr jetzt sehr beliebt in dieser Stadt seid. Man wird nicht vergessen, was Ihr für die Weber und die Fischer getan habt. Und der Richter hat die Jubelrufe von den Stadtleuten durchaus zur Kenntnis genommen, als Ihr am Montag die Kirche betreten habt.«

Johanna und Geraint verbrachten den Nachmittag in einem Frage-und-Antwort-Spiel mit Jankyn und Agnes. Wäre alles wirklich nur ein Spiel gewesen, hätte es amüsant sein können, aber nach dem Abendessen fand Aidan neben dem Futtertrog tote Ratten, und Johannas Schwein weigerte sich zu fressen. Es war offensichtlich, dass ein Giftmischer am Werke gewesen war.

An diesem Abend gingen alle früh schlafen, sie fühlten sich bedrückt und niedergeschlagen.

Der dritte Tag, der Tag der Bekehrung Maria Magdalenas und auch der Tag der Narren, begann mit der Benennung der Zeugen: ihre Mutter, Agnes und Watkyn aufseiten Geraints; Edyth, Father Gilbert und einige andere waren von Fulk als Zeugen für ihre wirkliche Eheschließung benannt worden. Johanna stellte mit Erleichterung fest, dass Edgar de Laverton heute nicht anwesend war, und auch von Fulks Gefolgsleuten befanden sich nur wenige in der Kirche. Worauf alle nicht vorbereitet waren, war die Ankündigung des Richters, dass Johanna ihre eidliche Aussage vor dem Examinator am Nachmittag auf Conisthorpe Castle machen sollte.

»Gott steh mir bei, Gervase. In meinem Kopf dreht sich alles.«

»Nur Mut, Johanna, Ihr werdet es schaffen. Denkt nur an das Hühnerblut.«

Der Examinator, Martin de Scruton, erwartete sie im großen Zimmer von Conisthorpe. Er trug ein dunkles Ornat und hatte ein würdevolles Gesicht aufgesetzt, beides Zeichen seines Berufes. Dieser Mann quält die Menschen nicht, rief sich Johanna in Erinnerung; dies ist ein Kirchengericht, dessen täglich Brot kleine Rechtsstreitigkeiten sind. Als sie eintrat, erhob er sich hinter dem schmalen, mit einem Tuch bedeckten Tisch, den man für ihn aufgestellt hatte, und bedeutete ihr, auf dem Hocker davor Platz zu nehmen.

An der Stirnseite des Tisches saß der Notar, den kahlen Schädel von einer Haube bedeckt, ein Bündel geschärfter Gänsekiele vor sich. Er rieb sich die Außenseite der Nase und musterte Johanna ohne jede Regung. Die große schwielige Stelle an seinem Mittelfinger drohte, ihre ganze Aufmerksamkeit in Anspruch zu nehmen, aber Johanna riss sich zusammen. Demütig schlug sie die Augen nieder, während sie die Blicke des Mannes auf ihrem Körper spürte. Er schien sich daran zu weiden und darauf zu hoffen, in Kürze einige pikante Happen aufschnappen zu können, damit ein wenig Würze in seine Amtsgeschäfte kam.

In dem hageren, unergründlichen Gesicht ihres Befragers jedoch war die Enthaltsamkeit von Jahren des Zölibats eingefroren. »Legt Eure Hand auf die heiligen Evangelien, Mylady, und schwört, dass Ihr die Wahrheit sagen werdet.«

Johanna legte die Hand flach auf den geprägten Einband und sprach dem Examinator die Eidesformel nach. Das Leder fühlte sich unter ihren Fingern tröstend an. Noch zürnte Gott nicht mit ihr. Himmlischer Vater, wandte sie sich im Stillen an ihn, ich werde so nah bei der Wahrheit bleiben, wie ich kann.

Stephen de Norwoods verklausuliert formulierte Fragen waren Johanna bekannt, sodass sie ihre Antworten parat hatte, aber schließlich gelangten sie zu den Fragen von Fulks Advokaten, und diese waren eine schwierigere Angelegenheit.

»Würdet Ihr sagen, dass Ihr Sir Fulk eine gehorsame Frau gewesen seid?«

»Nein, Sir, er hat von mir verlangt, seine Befehle genau zu befolgen. Ich konnte es ihm nie recht machen.«

»Aber wart Ihr nicht guten Willens?«

»Ich habe versucht, meine Pflicht zu erfüllen. Er hat mich jeden Tag geschlagen.«

»Weil Ihr eine schlechte Burgherrin gewesen seid?«

»Nein, weil ich ihm keinen Sohn geboren habe.«

»Ihr habt ihm Eure Gunst nicht freiwillig gewährt?«

»Es ist wahr, dass ich den Akt der Vereinigung als unangenehm empfunden habe. Trotz seiner Bemühungen empfing ich kein Kind. Darum hat er mich geschlagen – jeden Tag.«

»War er nüchtern, wenn er Euch schlug?«

»Immer.«

»Männern steht das Recht zu, ihr Eheweib zu züchtigen. Das Gesetz erlaubt es.«

»Wenn es verdient ist.«

»Habt Ihr einen in Essig getränkten Schwamm benutzt oder habt Ihr irgendwelche Mittel eingenommen, die eine Empfängnis verhindert hätten?«

»Nein, Sir.«

»War es Euer Wunsch, ihm ein Kind zu gebären?«

Sie zögerte. »Wenn dadurch die Schläge aufgehört hätten, ja.« Sie war versucht hinzuzufügen, dass sie es nur mit Gottes Beistand erduldet hatte, aber es hätte als anmaßend aufgefasst werden können.

»Würdet Ihr sagen, dass Ihr Euer Möglichstes getan habt, um seinen Befehlen nicht zu gehorchen?«

»Nein, Sir. Es hat ihm Freude bereitet, mich in unserem Schlafgemach zu demütigen. Das letzte Mal, als er mich geschlagen hat, konnte ich eine Woche lang kaum aus meinem linken Auge sehen. Es gibt dafür viele Zeugen.«

»Ist Gervase de Laval Euer Liebhaber?«

»Er ist mein rechtmäßiger Ehemann, aber nachdem er unser Ehegelübde vollzogen hat, habe ich ihn nicht mehr gesehen – bis zur letzten Woche, als er nach Conisthorpe kam und sein Recht auf mich geltend machte.«

»Was hat er während seiner Abwesenheit getan?«

»Darauf soll er Euch antworten, Sir. Ich könnte nur vom Hörensagen berichten.«

Der Examinator atmete tief ein, als müsste er diese geschickte Antwort erst einmal überdenken. Jedoch erhob er keine Einwände.

»Hattet Ihr geschlechtlichen Umgang mit einem Mann, bevor Eure Ehe mit Sir Fulk vollzogen wurde? Ihr steht unter Eid, denkt daran.«

»Nur mit meinem rechtmäßigen Ehemann, Gervase, an dem Tag, an dem Father Benedict uns getraut hat.«

»Sicherlich wird es Euch in den Sinn gekommen sein, dass Sir Fulk erzürnt sein würde, Euch berührt zu finden.«

»Ja. Deshalb hatte ich eine Phiole mit Hühnerblut. Ich täuschte ihn.« Sollte sie hinzufügen, dass Fulk es versäumt hatte, sie durch St. Wilfred's Needle in Ripon steigen zu lassen – dem Loch in der Mauer, das dafür bekannt war, dass jede Nichtjungfrau darin stecken blieb? Aber sie verwarf diesen Gedanken sofort wieder. »Ich … ich bekam auch den Ratschlag einer weisen Frau. Sie nannte mir eine Rezeptur, die in einer Abhandlung von Trotula erwähnt wird und die bewirkt, dass sich der … Zugang zu meinem Schoß zusammenzieht … Ich hatte nur einmal geschlechtlichen Umgang, und das war mit Sir Gervase, als wir das Ehegelübde vollzogen haben, und das war mindestens ein Jahr vorher. Ich war sehr naiv in solchen Dingen, Sir.«

»Ihr habt nicht erwogen, aufrichtig gegenüber Sir Fulk zu sein?«

»Ich hatte Angst vor ihm.«

»Sir Fulk hat unter Eid ausgesagt, dass er Euch *intacta* vorfand und dass das Blut auf dem Laken von Euch stammte.«

»Nein.«

»Ich werde Euch sagen, was mich beschäftigt, Mylady: Wenn Ihr Sir Fulk angelogen habt, könntet Ihr auch dazu fähig sein, dieses Gericht zu belügen.«

»Wenn ich ihn damals täuschte, so geschah das, um

mein Leben zu schützen und auf den Rat meiner Mutter hin. Ich bitte Euch, sie zu fragen. Sir Fulk hätte mich zu Tode gepeitscht, wenn er etwas vermutet hätte.«

»Aber als das Aufgebot angeschlagen war, hattet Ihr doch Gelegenheit, Eurem Vater den Beweis zu erbringen, dass es Gründe gab, die gegen die Heirat mir Sir Fulk sprachen.«

»Sir, zunächst einmal, seit er nach unserer Heirat fortgegangen war, hatte ich nichts mehr von Sir Gervase gehört. Zum Zweiten hätte es einen Skandal gegeben, und ich wollte keine Schande über meine Familie bringen, aber ich habe meinem Vater meinen Widerspruch unter vier Augen vorgetragen. Ich habe gesagt, ich sei bereits verheiratet und könne daher nicht mit Sir Fulk das Ehegelübde ablegen. Aber mein Vater wollte nichts davon hören. Er züchtigte mich und sagte, dass Sir Gervase mich zur Dirne gemacht hätte. Ich widersprach und wandte ein, dass Father Benedict und ich das Ehegelübde für bindend ansehen. ›Der Priester ist tot‹, erwiderte mein Vater, ›und dieser Gervase hat nie wieder von sich hören lassen. Er muss ein Betrüger sein, und ich werde dafür sorgen, dass du mir gehorchst.‹ Er sperrte mich ein, schlug mich mit der Knute und ließ mir nichts zu essen bringen – nur Brot und Wasser, bis ich einwilligte.«

»Ihr lebt mit Sir Gervase als dessen Eheweib in allen Bedeutungen des Wortes?«

»Ich verstehe, was Ihr meint, Sir. Ja, Sir Gervase hat … hat …«

»… hat geschlechtlichen Umgang mit Euch.«

Sie nickte, nervös knetete sie die Finger.

»Sir Fulk wendet ein, dass das nicht möglich ist. Er gibt an, dass er Euch eine Vorrichtung angelegt hat, die jedes unkeusche Verhalten unmöglich macht, während Ihr von ihm fort seid. Ist das richtig?«

»Ja.«

»Wie könnt Ihr dann Sir Gervase eine richtige Frau sein?«

»Sir Gervase hat das Schloss aufgebrochen, Sir.«

Die Feder des Notars rutschte ab und hinterließ eine Reihe von Tintenklecksen auf dem Pergament. Mit offenkundigem Interesse beugte sich der Examinator über den Tisch vor, die Hände aneinander gelegt, sein herablassendes und skeptisches Lächeln zeugte von männlicher Autorität.

»Und wie hat er das wohl gemacht?« Sein Blick glitt zum Notar, als teilten sie einen Scherz.

»Mylord hat einen glühend heißend Bolzen in das Schloss gesteckt und ihn mit einem Hammer hineingeschlagen.« Sie sah, wie Martin de Scruton die Kinnlade herunterklappte. Der Notar hatte die Gänsefeder aus der Hand gelegt und starrte Johanna an, als wären ihr plötzlich Elfenflügel gewachsen. »Ich möchte nicht, dass dies im Gericht verlesen wird«, fügte sie leise hinzu und nutzte die Überraschung zu ihrem Vorteil. »Es ist eine Demütigung gewesen, die ich für mich zu behalten wünsche.«

Wie tiefes Wasser war der Gesichtsausdruck des Examinators unergründlich und ließ keinerlei Rückschlüsse zu. Er stellte seine nächste Frage: »Wie oft ist Euch dieses Gerät angelegt worden?«

»Jedes Mal, wenn Sir Fulk von Enderby abwesend war.«

»Zeigt das nicht an, dass er Euch für nicht vertrauenswürdig gehalten hat und von lüsternem Wesen?«

»Sir, auf Enderby war ich recht froh über diese Vorrichtung, so wahr Gott mein Zeuge ist. Wenn Sir Fulk abwesend war, hatte ich immer Angst. Es gab dort viele Ritter und Söldner, bei deren Anblick ich mich unbehaglich fühlte.«

»Sir Fulk wusste das?«

»Er hat seine Männer verstanden. Er hat ihnen das Bier rationiert, wenn er anwesend war, aber manchmal, in seiner Abwesenheit, haben sie den Haushofmeister getäuscht.«

»Ich gratuliere Euch, Mylady, Ihr verteidigt Euch sehr geschickt und mit stichhaltigen Argumenten, aber trotzdem muss die Wahrheit von Sir Fulks Einlassung nachgeprüft werden. Er verlangt, dass Ihr gründlich untersucht werdet. Lasst es uns gleich tun.« Ohne ihre Antwort abzuwarten, klingelte er heftig die Handglocke, die vor ihm stand.

Erschreckt sprang Johanna auf.

»Ich protestiere! Das ist nicht nötig. *Sir Fulk verlangt es!*«, höhnte sie. »Und was verlangt der Richter? Ich habe angenommen, er führt diese Verhandlung. Nein, das schreibt Ihr nicht nieder!«, fuhr sie den Notar an und schlug mit der flachen Hand auf den Tisch, dass die Federn sprangen.

Martin de Scruton erhob sich und starrte auf sie hinunter. »Fasst Euch, Mylady! Lasst mich eines klarstellen: Der Advokat des Klägers verlangt, dass Ihr körperlich untersucht werdet.«

»Wollt Ihr Euch dann nicht auch gleich die Spuren der Misshandlungen ansehen?«

Nicht ein Muskel regte sich in dem Gesicht ihr gegenüber. »Nein, das wird nicht gewünscht«, erwiderte er leidenschaftslos.

Darauf wette ich, dass das nicht gewünscht wird, dachte Johanna wütend und hätte es fast laut ausgesprochen.

Adela Mercer, die Frau des Bürgermeisters, trat ein. Sie war blass im Gesicht. Offenkundig widerstrebte es ihr, diese Aufgabe erfüllen zu müssen. Sie war eine kleine, ältliche Frau von untadeliger Haltung. Sie wurde von der Frau eines der Stadträte, Margery Fuller, und Lady Constance begleitet.

Der Examinator neigte den Kopf, um die Damen zu begrüßen, ehe er sich wieder Johanna zuwandte. »Ich denke, es wird reichen, dass Ihr Euer Kleid bis über eine Hüfte hochhebt, Mylady.«

»Dann müsst Ihr Euch umdrehen«, entgegnete sie kalt.

Sein Lächeln war angespannt. »Nein, denn wir werden das Gemach selbstverständlich verlassen.« Der herablassende Ton deutete an, dass ihre unschickliche Vermutung, er und der Notar würden dabei anwesend sein, nach Obszönität und schlechter Erziehung roch.

Die Frau des Stadtrates versank in einem übertriebenen Knicks.

»O Mylady, wie schrecklich peinlich das ist. Wir sind höchst betrübt, dass wir Euch dieser schamvollen Prozedur unterziehen müssen, nicht wahr, Mistress Mercer?« Die ältere Frau, zart wie ein winziger Baumläufer und von eindeutig größerer Kultiviertheit und Vornehmheit, nickte zurückhaltend.

»Es ist nicht Eure Schuld, Mistress Fuller.« Lady Constance trat zwischen sie. »Ihr wisst, was meine Tochter bis jetzt hat durchmachen müssen, also lasst uns dies ohne langes Hin und Her hinter uns bringen.« Mit der Grandezza eines Turniermeisters zog sie sich auf die Seite des Gemachs zurück.

Johanna beugte sich seufzend vor und bückte sich nach dem Saum ihres Kleides. Sie zog es bis auf Oberschenkelhöhe hoch, enthüllte ihre bestrumpftes Bein und das einfache Strumpfband. Die wunden Stellen vom Keuschheitsgürtel waren an ihrem Bein deutlich sichtbar.

Adela Mercer betrachtete aus kurzsichtigen Augen diese Stellen. »Ich denke, es wäre besser, Ihr hebt es bis zur Taille hoch, Mylady.« Ihr Tonfall bat um Entschuldigung.

Johanna schäumte ob dieser Demütigung, aber mit äußerster Geduld hob sie ihre Röcke bis zur gewünschten Höhe hoch, wobei sie ihr Geschlecht sittsam bedeckt hielt. »Bis zu meinem Unterarm, Mistress Mercer, falls es verlangt wird.«

»Genug, Mylady.«

»Danke, Ihr guten Ladys.« Ihre Röcke fallen lassend, griff Johanna nach der Glocke und läutete sie heftig.

Der Examinator kehrte zurück, hinter ihm huschte rattengleich der Notar herein. Mit gerunzelter Stirn sah der Examinator die Frauen abwartend an.

Mistress Fuller befeuchtete sich die Lippen und trat an den Tisch vor. Langsam legte sie die Hand auf den Einband des Heiligen Buches. »Mylady trägt keine Kleidungsstücke unter ihren Röcken außer ihren Strümpfen und Strumpfbändern.«

Adela, deren Finger durch die Gicht schmerzhaft verkrümmt waren, tat es ihr nach und fügte hinzu: »Es liegt keine Wahrheit in der Behauptung, dass Lady Johanna FitzHenry in körperlicher Hinsicht durch eine Apparatur eingeschränkt ist, aber es gibt Spuren auf Myladys Haut, die anzeigen, dass ein solches Gerät kürzlich getragen worden sein könnte.«

Martin de Scruton nickte, zog eine Augenbraue hoch und sah Lady Constance an. »Mylady, bestätigt Ihr, dass diese Untersuchung mit Sorgfalt und ohne Voreingenommenheit erfolgt ist?« Ihre Antwort bestand in einem stummen Nicken. »Das Gericht dankt Euch, gute Frauen, und wird Eure Feststellungen bei der Verhandlung verkünden.« Er öffnete ihnen die Tür und wandte sich dann mit einer abrupten Bewegung zu Johanna um. Er forderte sie auf, wieder Platz zu nehmen. Also würde es eine weitere Befragung geben.

Einfache, nach außen harmlos erscheinende Fragen wurden ihr nun gestellt: Was hatte Gervase bei ihrem Treuegelübde getragen? Hatte er irgendwelche charakteristischen Merkmale an seinem Körper, die nur ihr bekannt sein konnten? Johanna dankte im Stillen allen Heiligen, dass sie Gervases Wunden versorgt hatte und jetzt in der Lage war, alle Fragen, ohne zu zögern und ohne rot zu werden, zu beantworten.

Martin de Scruton machte sich daran, weitere Löcher zu graben und Fallstricke auszulegen, ehe er Johanna schließlich entließ. Sie war müde und verwirrt. War sie nun schlauer gewesen als er? Hatte sie ihn täuschen können? Wenn sie es schon schwer gefunden hatte, wie würde es dann erst der armen Agnes ergehen?

Während die beiden Männer sich mit einem Imbiss stärkten, den Lady Constance ihnen nach der Befragung hatte bringen lassen, ließ Johanna Agnes zu sich rufen, um ihr rasch zu sagen, was sie erwartete. Aber als die Diener einer nach dem anderen zurückkehrten, nachdem sie im Wohnturm, in der Küche, in den Gärten, der neuen Halle und in jedem der anderen Türme nach dem Mädchen gesucht hatten, begriff Johanna, dass Agnes auf unerklärliche Weise verschwunden war, und ihr sank das Herz.

Ihre Mutter setzte Father Gilbert in Marsch, um die wachsende Ungeduld des Examinators zu beschwichtigen und diesem von Johannas Charakter und Frömmigkeit zu berichten, während in der Burg fieberhaft nach Agnes gesucht wurde.

Geraint, der damit beschäftigt war, den Männern der Garnison zu einer besseren Kampftechnik zu verhelfen, machte sich ebenfalls auf die Suche. Akribisch durchkämmte er jeden Winkel, obwohl er zu wissen glaubte, was geschehen war: Fulk hatte ihre Hauptzeugin geraubt. Das grausame Töten von Johannas Schoßhund, der Versuch, ihr Hätschel-Schwein zu vergiften, und jetzt Agnes' Entführung, ganz zu schweigen von den Schlägen, die er selbst von Fulk und dessen Männern hatte einstecken müssen, veranlassten Geraint dazu, im Stillen zu fluchen, während er den Turm ein weiteres Mal durchsuchte. Er brannte darauf, diesen Hurensohn mit seinem Schwert zu durchbohren, aber das würde ihn selbst unweigerlich an den Galgen bringen.

»O Gervase, das ist eine schreckliche Sache«, rief Lady Constance ihm zu. Sie stand im Torweg des Außenvorwerks und gab einem äußerst aufgeregten, verwirrten Sir Geoffrey Anweisungen. Es war erforderlich, die Stadt unauffällig zu durchsuchen. Aber dass sie das Mädchen dort fanden, war so wahrscheinlich, wie Hugh Despenser dazu überreden zu können, eines seiner neunundfünfzig Rittergüter zu verschenken. »Aber wenigstens ist dieser schreckliche Martin für heute gegangen, Gott sei Dank«, fuhr sie fort und hakte sich bei ihm unter, als sie in die Halle zurückgingen, »sonst hätten wir Euch als Nächsten hineinschicken müssen, und das wäre ungünstig gewesen, da Johanna keine Zeit geblieben wäre, Euch zu sagen, welche Fragen ihr gestellt worden sind.«

»Wie geht es ihr? Ist sie sehr durcheinander?« Er passte seine langen Schritte den kleineren Lady Constances an.

»Sie ist beim Färben«, antwortete Lady Constance. »Es ist ein Wunder, dass sie es nicht getan hat, als Cob starb … Die Färberei befindet sich neben der Küche.«

Johanna stand, bekleidet mit einem Gewand, das

nach dem bunten Durcheinander von Klecksen und Spritzern zu urteilen schon des Öfteren zu diesem Zweck benutzt worden war, vor einem brusthohen, mit Wasser gefüllten Zuber, in dem sie mit einem Holzstecken herumrührte. Die Zipfel ihrer Hängeärmel waren zu einem losen Knoten in ihrem Rücken zusammengebunden, und um den Kopf hatte sie sich ein Tuch geschlungen, um ihr Haar zu schützen. Winzige Schweißperlen hingen an den Spitzen ihrer Haare, die unter dem Tuch hervorlugten und ihr an den erhitzten, roten Wangen klebten.

Ein Diener, im verschwitzten Hemd und mit hochrotem Kopf, war dazu abgestellt, die Blasebälge zu bedienen, die das Feuer unter dem großen Bottich am Glühen hielten, während ein zweiter Mann, der eine große Flasche mit Wasser hielt, neben ihr stand. Ein flacher, mit Stoff ausgelegter und bis zum Rand mit rostigen Nägeln gefüllter Korb und zwei irdene Krüge mit einem weißlichen Pulver, vermutlich kostbares Alaun aus dem Yemen und einfaches Salz, flankierten ihre Füße.

Johannas Miene drückte märtyrerhaften Eifer aus, und sie war offensichtlich so konzentriert und verbissen damit beschäftigt, alles Denken zu verdrängen, dass Geraint sie klugerweise nicht ansprach und wortlos hereinschlenderte. Während er überlegte, wie er am geschicktesten mit Johanna umging, nahm er einen der Krüge vom Wandregal, hob dessen Deckel und schnupperte an dessen Inhalt. Es stank wie abgestandener Urin. Angeekelt stellte er den Krug zurück, ehe er sich zu Johanna umdrehte und sich fragte, ob diese exzessive Beschäftigung auch nur einem der Beteiligten gut tat.

Wenn sie Ablenkung wollte, würde er ihr welche bieten. »Kein besonders damenhafter Zeitvertreib,

Madam. Kümmert Ihr Euch immer höchstpersönlich darum?«

Johanna rührte mit dem Stecken heftig im Zuber herum.

»Die Farbe muss genau so werden, wie ich sie mir vorstelle. Mehr Wasser, Dickon!«

Geraint wartete, während Johanna das genaue Maß überwachte. Dann richtete er sich auf und brachte seine eigenen Befehle an. »Lasst uns allein. Ich will unter vier Augen mit Mylady sprechen. Es sei denn«, sagte er nachgiebig und deutete auf das teuflisch rote Gebräu, das zwischen ihnen im Zuber blubberte, »der Augenblick ist unpassend.«

Durch den feuchten Dampf starrten sie einander an. Man hätte sie für zwei enttäuschte Alchemisten halten können, die versuchten, Gold herzustellen.

Johanna dachte einige Sekunden lang über sein Ansinnen nach, rieb sich katzengleich mit dem Handrücken einen Farbspritzer von der Nasenspitze, und sagte: »Nur wenn Ihr bereit seid, dafür von Zeit zu Zeit einen Eimer hochzuheben und auszugießen, Sir.«

»Über Euch, Mylady?« Er hatte mit einer sanften Freundlichkeit gesprochen, über die die Diener sich noch amüsierten, als sie sich zurückzogen. Seine so genannte Frau verzog unheilverkündend die Lippen, während sie ihn betrachtete. Er fragte sich, ob sie kirschrot werden oder eher die Farbe von Zwiebelschalen annehmen würde, falls man sie zum Marinieren in dieses breiige Gebräu steckte.

»Hat man sie gefunden?« Ihr klangloser Ton zeugte von Resignation.

»Es gibt nichts Neues«, sagte er. Er sah, dass sie geweint hatte – und welchen geeigneteren Ort gab es dafür als die Färberei? Die Diener würden annehmen, die Tränen rührten von den Dämpfen her. »Es tut mir leid, dass Ihr diese zusätzliche Last auch noch tragen müsst.«

»Falls man Agnes nach Enderby gebracht hat, jemand könnte sie …« Ihre Lippen zitterten.

»Ich habe einen Mann in jeden der beiden Brunnen abseilen lassen, und wir haben die Gräben an den Stadtmauern und Zwischenmauern absuchen lassen. Ich wette, dass das Edgar war. Vermutlich heute Morgen, als wir die Kirche verlassen haben.«

»Man sollte meinen, dass irgendjemand etwas bemerkt haben müsste. Oh, jetzt seht mich nicht so missbilligend an. Agnes ist treu wie Gold. Sie würde mich nicht gerade jetzt allein lassen.«

»Kein Liebhaber in Enderby, um sie dorthin zurückzulocken?«

»Nein! Es ist aus, nicht wahr?«, rief sie und biss sich auf die Lippen, als sie den Stecken mit beiden Händen packte, um den Stoff im Zuber umzurühren. »Bei meinem Leben, wenn dieser Hurensohn zulässt, dass Agnes auch nur ein Haar gekrümmt wird, dann werde ich ihn vergiften, das schwöre ich. Ist die Stadt gründlich durchkämmt worden?«

»Aye«, antwortete Geraint müde, »so gründlich, dass sogar die Läuse befragt worden sind. Ich habe Eure Mutter gebeten, das Kirchengericht darüber zu informieren, dass unsere Hauptzeugin entführt worden ist.«

»Das wird auch gerade viel helfen. Selbst wenn William de Bedford uns glaubt, können wir nicht beweisen, dass Fulk dafür verantwortlich ist. Gott soll ihn verrotten lassen, er wird jeden schmutzigen Trick versuchen, der ihm in den Sinn kommt. Ich würde beschwören, dass er in genau diesem Augenblick mit dem Richter das Mittagsmahl einnimmt und ihn zu bestechen versucht.« Sie wischte sich die Stirn mit dem Ärmel, dann holte sie tief Luft, als hätte sie vor, eine

Proklamation zu verkünden. »Gervase, ich kann von Euch nicht erwarten, dass Ihr noch länger hier bleibt. Zum einen wäre es zu viel verlangt, und zum anderen will ich Euer Leben nicht in Gefahr bringen.« Sie blinzelte mühsam, als würden ihre Tränen gleich wieder zu fließen beginnen.

Sein Lächeln war wehmütig, als er sie ausschimpfte: »Ihr könnt jetzt nicht die weiße Schwanzfeder zeigen, mein kleiner Kampfvogel. Wollt Ihr Eure Sporen fortwerfen, nachdem Ihr schon so weit gekommen seid? Was ist mit Eurem Schwur, niemals zu Fulk zurückzugehen?«

Einen Augenblick lang starrte sie die Wand hinter ihm an, ehe sie sich wieder unter Kontrolle hatte. Als sie antwortete, schwang in ihrer Stimme ein Übermaß an Munterkeit mit. »Auch aus einer vertrackten Situation gibt es immer einen Ausweg, nicht wahr?« Sie fuhr sich mit der Zunge nervös über die Lippen. »Ich muss Euch etwas sagen. Es ist beschlossen, dass ich morgen beim ersten Morgenlicht nach Shaftesbury aufbreche. Mutter wird mir eine bewaffnete Eskorte bis zur Abtei mitgeben. Und wenn er es wünscht, wird auch Father Gilbert mich begleiten.« Sie sah ihn ängstlich an. Glaubte sie, er würde plötzlich explodieren? Nun, er hätte es am liebsten getan! »Kommt mit uns, ich bitte Euch«, fügte sie rasch hinzu, »ich werde Euren Schwertarm gut gebrauchen können.«

Die Geheimniskrämerei und die Entlassung taten ihm weh, aber was ihm am meisten missfiel, war ihr Entschluss, ins Kloster einzutreten. Oder wurde sie dazu gezwungen, den Schleier zu nehmen? »Shaftesbury! Um Gottes willen,Lady, das liegt in … in Dorset. Es wird Tage dauern, und Ihr seid viel zu wund, um so lange im Sattel zu sitzen. Warum ausgerechnet Shaftesbury?«

»Mutter kennt die Äbtissin, deshalb kann ich sicher sein, dass sie mich aufnehmen werden, bis irgendetwas für die Dauer für mich gefunden ist ...«

»Sir! Sir!« Jankyns Ruf schallte vom Hof herauf. Geraint schob Johanna zur Seite und lief die Stufen hinunter. Die Glocke von Conisthorpe begann, Alarm zu läuten, und plötzlich hörte man von überall lautes Rufen.

»Hat man Agnes gefunden, Jankyn?«

»Nein«, keuchte er atemlos.

»Gott beschütze uns, ein Überfall der Schotten!«, rief Johanna entsetzt, die Geraint gefolgt war.

»Nein.« Die Augen des Narren waren auf ihren Begleiter gerichtet; die Neuigkeiten waren für ihn bestimmt. »Mylord Despenser wird binnen einer Stunde in Conisthorpe eintreffen.«

25

Johanna sah, dass Geraint totenblass wurde.

»Gott hab Erbarmen!«, flüsterte sie. Johanna ergriff ihn an der Hand und führte ihn wie einen Blinden in die Halle. Er schien verstört, und er hatte wohl auch allen Grund dazu. Despenser musste die Rebellen aufgespürt haben.

In der Halle gab ihre Mutter Anweisungen. »In das große Gemach!«, rief sie, als sie der beiden ansichtig wurde. Geraint ignorierte sie, seine ganze Haltung drückte Widerstand aus. Kurz entschlossen drängte Sir Geoffrey ihn in das Gemach, wo Geraint sich breitbeinig auf die Sitzbank flegelte. Ein Benehmen, das die Autorität ihrer Mutter herausforderte.

Lady Constance schloss die Tür zur Halle und fluchte leise vor sich hin. »Steckt seine Nase in Sachen, die ihn nichts angehen. Gott verfluche diesen Mann! Und wir haben Fastenzeit!«

Johanna warf einen verstohlenen Blick auf Geraint und versuchte, die Situation mit Vernunft anzugehen. »Nun, Mutter, in den Teichen tummeln sich reichlich Fische, aber wir können dem illustren Hugh auch Stockfisch und harte Eier vorsetzen. Warum soll er nicht das Gleiche essen wie wir alle? Was erwartet dieser verfluchte Mann, wenn er so kurzfristig hier einfällt?«

»Oh, Johanna, begreifst du denn nicht? Ich muss ihn davon überzeugen, dass Conisthorpe gut verwaltet wird und dass dein Vater nur vorübergehend indisponiert ist. Die Pocken sollen Despenser heimsuchen! Und dann auch noch diese vermaledeite Verhandlung – als hätte ich nicht schon genug auszustehen! Und die arme Agnes ist immer noch verschwunden. Und es gibt so viel zu tun, das Bettleinen muss gelüftet werden – und dein Schwein könnte eine Wäsche vertragen. Und wer weiß, ob während der letzten Stunde nicht doch noch jemand vergiftet worden ist?«

Johanna hielt ihre Mutter am Arm fest, damit diese aufhörte, nervös hin und her zu laufen. »Wir werden es schon schaffen, Madam. Aber es gibt wichtigere Dinge. Was ist mit Gervases Sicherheit und der dieses anderen Mannes, den du versteckt hast? Und ich kann nicht verstehen, warum du es mir nicht gesagt hast. Wo ist er?«

»Oh, mach dir seinetwegen keine Sorgen.«

Sir Geoffrey räusperte sich. »Mylady, verzeiht, aber ich muss mich einmischen. Schließlich sprechen wir hier über Verrat.«

Father Gilbert trat neben ihn. »Madam, wir beherbergen Rebellen, und König Edwards rechte Hand ist auf dem Weg hierher. Der Mann hat im ganzen Königreich Verräter aufhängen lassen – und Ihr sagt, wir sollen uns keine Sorgen machen?«

»Nein, nein, Hochwürden, ich habe den anderen Burschen fortgeschickt, ehe die Verhandlung begann. Er ist gar nicht mehr in der Grafschaft, er ist bei Sir John.«

»Um Gottes willen!«, stieß Geraint hervor und erhob sich. »Wer zur Hölle ist jetzt noch in diese Sache mit hineingezogen worden?«

Johanna stellte sich zwischen die beiden. »Der Ehemann meiner Schwester Petronella in Lincolnshire. Nein, Euer Freund wird sicher sein, das verspreche ich Euch. Habt Ihr Nachricht von dort, *Maman*?«

»Ja, ja, man kümmert sich dort um ihn. Er erholt sich gut, obwohl er nie aufhört, sich über alles zu beklagen, wie Petronella schreibt.«

Bei ihren Worten schien sich Geraints Zorn ein wenig abzukühlen, aber er zog sich von den anderen zurück und lehnte sich gegen den Kaminsims.

»Wir müssen Euch verstecken.« Johanna legte die Hand auf seinen Arm.

Er schüttelte den Kopf. »Zu spät. Despenser wird von der Verhandlung und der Krankheit Eures Vaters gehört haben. Er hat überall seine Spione.«

»Wenn er es nicht sogar von Sir Fulk selbst erfahren hat«, bemerkte Sir Geoffrey. »Sie haben sich oft genug getroffen.«

Johanna fuhr zu ihm herum. »Ihr glaubt, dass Fulk ihn gerufen hat, um das Urteil zu beeinflussen?«

»Mach dich nicht lächerlich!«, rief ihre Mutter. »Despenser ist weitaus mächtiger als Fulk. Niemand außer König Edward kann ihn rufen lassen. Er kommt wegen Conisthorpe.«

»Mylady!« Der Haushofmeister stand in der Tür. Seine Stimme klang drängend.

»Agnes?«, wisperte Johanna, die ihn hereinwinkte.

»Nein, Mylady, aber ein weiterer Bote von Mylord Despenser ist gerade am Tor eingetroffen.«

»Ich werde gehen und nachsehen«, knurrte Geraint. »Kommt mit, Sir Geoffrey.«

»Wie kann er es wagen, hier Befehle zu geben!«, brauste Lady Constance auf und wandte sich an ihre Tochter. »Er muss mal wieder zurechtgestutzt werden. Was glaubt er denn, wer er ist!«

»Ja, Mutter, was glaubt er, wer er *ist*? Ihr habt also Gervase dazu gezwungen, meinen Ehemann zu spielen. Lieber Gott, das erklärt alles. Und dieser andere Mann, wer ist das?«

»Unbedeutend.«

»Wirklich?«, spottete sie und sah zu Father Gilbert, damit er sie unterstützte. »Und Hugh Despenser kommt hierher, um die Aussicht zu bewundern? Was für ein Zufall! Ich verstehe nicht, was hier vorgeht, aber die Sache gefällt mir nicht.«

Ihre Mutter zuckte die Schultern und weigerte sich zu antworten.

Johanna stand noch immer am Fenster, als die beiden Männer zurückkamen.

»Sir Geoffrey?« Ihre Mutter übersah Geraint geflissentlich.

»Nun, Mylady, es ist Folgendes: Lord Despenser hat seine Pläne geändert und begibt sich direkt zu Mylord Brittany nach Richmond. Man hat uns befohlen, uns dort mit ihm zu treffen. Alle Lords der Umgegend sind dorthin beordert worden.«

»Das sind wunderbare Neuigkeiten!«, rief Johanna. »Ihr könnt hier bleiben, Sir.«

Die Männer wechselten einen Blick miteinander.

»Mylady Johanna, Sir Gervase ist namentlich nach Richmond befohlen worden.«

Johanna sank auf den Hocker neben dem Kamin. »Das ist unglaublich. Hugh Despenser *weiß*, dass ich zwei Ehemänner habe?«

»Ja, er weiß es«, sagte Geraint, »und das ist erst der Anfang!«

Dick eingehüllt in ihre Tuniken und in mit Kaninchenpelz gefütterte Umhänge ritten sie in der Morgendämmerung nach Norden. Obwohl es schon April war, verhieß der eisige Wind Schnee. Sie sprachen wenig. Der Atem stand in kleinen Wölkchen in der frostigen Luft, und dicke Tücher bedeckten Hals und

Mund. Obwohl Sir Ralph de Middlesbrough sich ihnen mit seinen Reitern angeschlossen hatte, waren die Burgmannen von Conisthorpe wachsam. Man musste mit einem Überfall der Enderby-Männer rechnen. Sie kamen gut voran, da sie keine Sänften dabeihatten, und auf dem hart gefrorenen Boden konnten die Pferde weit ausgreifen.

In Thornleigh gewährte ihnen die Priorei von White Canons ein Unterkommen für die Nacht. Die Verpflegung dort war mager, seit der Prior nach Easeby Abbey fortgezogen und der Gastwirt durch eine Gelenkentzündung ans Bett gefesselt war. Und die Raubzüge der Schotten hatten die guten Brüder so gut wie alle Vorräte gekostet. Am nächsten Tag kamen sie noch schneller voran, aber es war keine unbeschwerte Reise. Wie das Schwert des Damokles schwebte eine unsichere Zukunft über ihren Köpfen.

Johanna empfand das Reiten als unangenehm. Der Sattel war hart und drückte sie, und Geraint war zu sehr in Gedanken vertieft, um sie aufzumuntern. Sie hatte Angst um Agnes und um ihn. Die einsame weite Landschaft, die grau und trüb vor ihnen lag, passte zu Johannas Traurigkeit. Wann immer sie die Zügel verhielten, um den Pferden eine Rast zu gönnen, brachte Geraint ihr wortlos einen Becher Wasser. Die Berührung seiner Hand war bitter und süß zugleich.

Geraint wahrte Distanz. Es war besser so. Er wollte Johanna nicht mehr verletzen als unvermeidlich war, und sein Leben währte vielleicht nur noch eine Hand voll Tage …

Nur ein Mitglied der Reisegruppe war fröhlich, und das war Miles. Lady Constance hatte Nachricht erhalten, dass er nach Helmsley zurückkehren könnte, und sie hoffte darauf, dass der Lord von Helmsley auch in Richmond weilte und ihren Sohn mit sich nehmen könnte. Es wäre zu gefährlich, ihn allein auf die Reise zu schicken, solange Fulk so rachsüchtig und unberechenbar war.

Johanna war froh, als sie wie einen Leitstern die kerzenerhellten Fenster von Richmond Castle hinter den grauen Hügeln auftauchen sah. Für sie war es eine Art Heimkehr, als sie den Swale überquerten und durch das Stadttor in Richmond einritten. Es war eine blühende Stadt, deren Geschichte Johanna gut kannte. Das Land war einst von Wilhelm dem Eroberer seinem Waffenkameraden Alan the Red zugesprochen worden. Hier in Richmond hatte Johanna einige glückliche Jahre im Haushalt Lord Richmonds verlebt. Sie hätte Gervase gern von dieser Zeit erzählt, aber er ritt stumm und finster an ihrer Seite, das Kinn tief auf die Brust gedrückt. Er hatte während der letzten Stunde kaum ein Dutzend Worte mit irgendjemandem gewechselt, und Johannas Zuversicht begann zu wanken. Plötzlich erschien ihr der vertraute Turm der Burg als drohend und unheilvoll, die hartnäckigen Marktleute, die an ihren Steigbügeln zerrten, waren eine Plage, und sie zitterte in dem bitterkalten Wind, der um das Marktkreuz pfiff.

Auf der Burgmauer wehte nur die Fahne der Despensers, silberne und rote Wappenfelder, die von einem schwarzen Streifen diagonal durchschnitten wurden. Geraint nahm es mit einem zynischen Hochziehen der Augenbraue zur Kenntnis.

»Sehen wir so aus, als würden wir vergessen, wem diese Burg gehört?«, knurrte er schließlich, nachdem er einen kurzen Blick auf das Wappen des Lords von Richmond geworfen hatte. Das blaugelbe Schachbrettmuster, flankiert von sich aufbäumenden goldenen Löwen, zeigte sich auf den flatternden Wimpeln, die das Torhaus schmückten.

Johanna lächelte angespannt. Vielleicht erinnerte John de Dreux, Duke of Brittany und Konnetabel von Richmond, auf diese feinsinnige Art den Favoriten des Königs daran, wer von ihnen blauen Blutes war.

»Wie ich sehe, redet Ihr also doch noch mit uns, Sir. Ich weiß, Ihr fürchtet Euch, so vielen edlen Lords und Ladys entgegenzutreten, aber versucht, von jetzt an etwas Heiterkeit vorzugeben.« Sie zuckte unter dem verächtlichen Blick zusammen, den er ihr zuwarf.

»Wir stehen im Mittelpunkt eines Skandals, wir sind Ehebrecher und Verräter, und Eure einzige Sorge ist, ich könnte mich linkisch benehmen?«

»Das wollte ich damit nicht sagen. Und ich bin sicher, ich kann irgendwo ein Versteck für Euch finden, falls Gefahr besteht. Ich habe von meinem achten bis zu meinem siebzehnten Jahr hier gelebt.« Lieber Gott, wie platt sich das anhörte.

»Wie beruhigend. Vielleicht hättet Ihr mir eine Kohleskizze mit den geheimen Ausgängen geben sollen. Sie sind alle versperrt? Dann vielen Dank, Johanna, Ihr seid nicht fähiger als alle Kreuzfahrer zusammengenommen. Kein Wunder, dass sie Jerusalem nie zurückerobert haben.«

»Es könnte mir gelingen herauszufinden, wer Ihr wirklich seid«, konterte sie und verfiel in ein Schweigen, das von winzigen Schnieflauten begleitet wurde.

Geraint bezähmte seine schlechte Laune und wurde etwas versöhnlicher, als ein Junge von nicht mehr als zehn Jahren über den Burghof gerannt kam und auf Miles losschoss. Es war einer der Pagen von Helmsley.

Ihre Mutter betrachtete wehmütig die beiden Jungen, die sich davontrollten und im Wohnturm verschwanden. »Ich werde ihn schmerzlich vermissen, wenn er nach Helmsley zurückkehrt. Aber er wird wertvolle Freunde gewinnen, und sie werden ihm Disziplin beibringen.«

»So lange, wie es nötig ist«, warf Geraint ein. Seine schmerzvollen Erinnerungen hatten ihn auf Schritt und Tritt durch das Moor begleitet und hatten seine Gedanken so bitter wie Galle werden lassen.

Darauf gefasst, als Willkommensgruß die Burgverliese gezeigt zu bekommen, war Geraint umso erleichterter, als er ungehindert die große Halle betreten konnte. Seine Erleichterung verbarg er allerdings hinter einer gereizten Stimmung, denn er sah sich unvermittelt einer geschwätzigen Ansammlung des Adels von Yorkshire gegenüber. Das Durcheinander war bedrückend, die Luft stickig. Die meisten Fensterläden waren geschlossen, und Rauch vernebelte das Dachgebälk. Auf Kinnhöhe wetteiferten die Gerüche von Lavendel, Moschus und Ambra erfolglos gegen den Mief von zu lange in Truhen verwahrter Eleganz und den Ausdünstungen der Mitmenschen, die es vorgezogen hatten, sich den Winter über nicht zu waschen. Hinzu kam, dass die Flaschen, die in der Menge weitergereicht wurden, von ihm wegwanderten und dass Sir Fulk bereits die Aufmerksamkeit des Ehrengastes für sich gewonnen hatte.

»Es scheint, wir werden heute Nacht in unseren Schuhen schlafen«, knurrte er unmutig.

»Aye, Sir«, witzelte ein in der Nähe stehender Ritter in golddurchwirktem Seidenstoff, der ein abscheuliches Übermaß an Pfauenfedern an seinem Hut trug, »aber die gute Kunde ist, dass Mylord Richmond mit dem Essen zwei Stunden zu spät dran ist, sodass wir wenigstens vorher abgefüttert werden.«

Der Mann hätte sich auch weiterhin freundlich mit ihnen unterhalten, hätte seine Frau ihn nicht in die Rippen gestoßen und ihm hinter vorgehaltener Hand etwas zugeflüstert. Sie war nicht die einzige Edelfrau, die ihre Röcke auffällig zur Seite raffte, als wären Geraint und die Damen von Conisthorpe mit den Pocken behaftet. Doch als der höfliche Lord von Richmond Johanna mit einem Kuss auf jede Wange begrüßte und Geraint die Hand schüttelte, begann Yorkshires bessere Gesellschaft rasch aufzutauen, nein, fast schon zu triefen.

Johanna bemerkte hier ein kokettes Lächeln und dort einen kecken Blick, mit dem ihr angeheuerter Ehemann quer durch die Halle bedacht wurde, hier wurde auf Lippen gebissen, damit sie röter schimmerten, dort wurde wohl überlegt ein Ausschnitt zurechtgezupft, aber Gervase, den Heiligen sei Dank, war weit mehr an den Lords interessiert. Als befände er sich auf der Jagd, redete er selbst wenig und hörte den anderen aufmerksam zu.

Es war unangenehm, im Mittelpunkt der Aufmerksamkeit zu stehen. Sie fand nie heraus, welcher ältliche Baron ihr dumm kam, und sie schaffte es, einen Strich durch die Rechnung der Klatschmäuler zu machen und denen den Wind aus den Segeln zu nehmen, die versuchten, Johanna so zu dirigieren, dass sie Fulk von Angesicht zu Angesicht gegenüberstehen würde. Sie würde diesen Leuten kein Schauspiel bieten.

Geraint schien es genauso zu halten. Weder stürzten sich bewaffnete Soldaten auf ihn, um ihn fortzuzerren, noch begrüßte ihn irgendjemand als lang verlorenen Bastard. Und als es Sir Ralph gefiel, Geraint dem Lord High Sheriff, Sir Roger de Somerville, vorzustellen, geschah es nur, um seinen Witz über den Iren, den Waliser und den Schotten zum Besten zu geben.

Sie war ausgehungert, als es endlich Zeit war, an der Tafel Platz zu nehmen. Die Ritter saßen entlang der einen Seite der Halle, die Ladys auf der gegenüberliegenden. Johanna beglückwünschte sich, denn sie hatte einen guten Blick auf den hohen Tisch und besonders auf Hugh Despenser den Jüngeren.

Dass sie seinen Ruf kannte, beeinträchtigte ihre Urteilsfähigkeit. Sie hatte für die bedauernswerte Königin Sympathie empfunden, von der man sagte, sie sei die schönste Frau Englands. Isabella war unglücklich, denn sie war an einen König gebunden, dem sie gleichgültig war. Der sich wegen eines Mannes von ihr fern hielt, der Mitte dreißig war und der nicht einmal sonderlich gut aussah.

O ja, er trug das hellbraune, kinnlange Haar der Mode entsprechend in der Mitte gescheitelt, aber was ihr missfiel, war die Form seines kleinen Bartes. Zusammen mit den mandelförmigen Augen verlieh dieser ihm ein blasiertes Aussehen. Er schien von durchschnittlicher Statur zu sein, eher hager im Vergleich zu dem hoch gewachsenen, schlanken Lord von Richmond zu seiner Rechten. Er neigte höflich den Kopf, während er Lord John zuhörte, aber sein unsteter Blick schweifte überall hin. Einen Augenblick lang spiegelte er Johannas Blick wider. Erschreckt errötete sie und beschäftigte sich mit ihrem Essen, ehe sie wieder aufzusehen wagte, um verstohlen die höfische Pracht zu bewundern, die er präsentierte. Ein Teil von ihr wünschte, sie könnte die Stickmotive auf seinen Ärmeln näher in Augenschein nehmen und herausfinden, welche Stiche verwandt worden waren. Der andere Teil jedoch fragte sich, wie dieser Mann nachts noch ruhig schlafen konnte. Es wurde allgemein erzählt, dass er eine junge Witwe durch Folter dazu gebracht hatte, ihre Ländereien aufzugeben – und es gab noch mehr solcher Geschichten.

Ihrer aufkeimenden Angst wurde gnädigerweise

Einhalt geboten, als eine der Ladys de Scriven aus Knaresborough sich vorbeugte und sich an Lady Constance vorbei an Johanna wandte. »Ist das sizilianischer Brokat, den Ihr tragt, Lady Johanna? Was für ein erlesenes Blau …« Das Gespräch über Mode lockerte die angespannte Haltung ihrer Mutter, und als Geraint später herüberschlenderte und seine Hand auf Johannas Schulter legte, sprachen die älteren Ladys gerade über die Schäden, die die Flut angerichtet hatte. Es würde nicht mehr lange dauern, und sie würden sich gegenseitig mit ihren Mutmaßungen darüber beunruhigen, welche Besitztümer die Schotten wohl in diesem Sommer überfallen würden.

Johannas angeblicher Ehemann wirkte entspannt, und er lächelte.

»Was habt Ihr erfahren?«, fragte sie, als er sie von der Tafel wegführte.

»Es gibt nichts Neues, aber viel Gerede. Fulk hat den ganzen Abend versucht, *le beau* Despenser etwas ins Ohr zu flüstern, das heißt, wann immer es ihm zuvor gelungen ist, der Aufmerksamkeit von Maud de Roos zu entgehen. Sie nimmt ungewöhnlich stark Anteil an unserer kleinen Angelegenheit. Ach ja, und Sybilla de Wysham möchte wissen, wo Ihr diese Knöpfe aufgetrieben habt.« Er schnippte gegen einen der kobaltblauen Glasknöpfe, die sein Wams schmückten. »Aye, und Alice de Raby liebt die Eichenblattstickereien auf meinem Kragen. Sie hat ihn äußerst nah in Augenschein genommen. Eine stattliche Demoiselle, nicht wahr? Es ist die mit der Brosche zwischen ihren – autsch! Wollt Ihr mir meine Schuhe ruinieren?«

»Aber es hat Euch niemand herausgefordert?«

Geraint lächelte nur, hob beruhigend ihre Fingerspitzen an seine Lippen und betrachtete ihr mit Edelsteinen besetztes Haarnetz, in dem sich das Kerzenlicht brach. Heute Abend konnte man in ihren Augen ihre Seele sehen. Ihr Liebreiz erweckte den Dichter in ihm. Der gemusterte Brokat ihres Kleides formte ihre süßen Brüste nach, und ihre schlanken Hüften wurden von einem Gürtel aus golddurchwirktem Sammet betont. Auf den Gürtel waren kleine Pferde gestickt.

Ihre Finger bewegten sich unruhig, als sie die Hand auf seinen Arm legte. »Würdet Ihr mit mir tanzen? *Bitte.*«

»Das wird Euch aber etwas extra kosten«, entgegnete er mit spöttischer Würde. Die Musik war bis jetzt kaum zu hören gewesen, weil die Diener mit viel Lärm die Tische abbauten und an die Seite trugen.

»Ich habe nicht mehr getanzt, seit ich das letzte Mal in Skipton gewesen bin. Wie waren zu einem Fest eingeladen«, erklärte Johanna glücklich und verdrängte für einen wunderbaren Augenblick jeden Gedanken an Gefahr. Um ihren gut aussehenden Ehemann beneidete sie jede der anwesenden Frauen – auch wenn er nur gekauft war. Wenn alles andere schief ging, würde sie diese Erinnerung lebendig halten, bis man ihr das Totenhemd anzog. Für einen kurzen Augenblick gehörte er ihr, ihr ganz allein.

Geraint ließ sich mitreißen. Sein Instinkt sagte ihm: Welche Gefahr auch immer ihm drohte, sie würde aus dem Hinterhalt kommen, nicht offen und vor aller Augen. Er wusste, dass Johannas Lebhaftigkeit Aufmerksamkeit erregte, aber wollte nachsichtig gegen sie sein. Sie hatte ihr hohlwangiges Aussehen verloren und bezauberte ihn mit ihren mutwilligen grünen Augen, als sie sich an die Hand nahmen und zu den Musikanten gingen. Er wünschte sich nichts sehnlicher, als ihre Zöpfe zu lösen und ihren süßen geschmeidigen Körper hart an sich zu ziehen, sie so lange zu streicheln, bis sie vor Leidenschaft für ihn brannte. Und wo waren sie?

Im verfluchten Richmond, und der einzige Platz zum Schlafen fand sich auf einem Hund – wenn man das Glück hatte, ein Floh zu sein.

Johanna war verwirrt, als er plötzlich seine große Hand an ihre Wange legte, nachdem die Musik verstummt war.

»Ich will Euch.«

Das Stimmengemurmel schien seltsam unwirklich zu werden, und die Zeit stand still.

»Es liegt an der Gefahr«, erklärte sie atemlos. »Sie verändert die Menschen. Ihr denkt, dies könnte Eure letzte Nacht auf Erden sein und –«

»Das könnte sie sein.« Er fasste nach ihrer Hand und zog Johanna in eine der schattigen Nischen. Dort legte er die Arme um sie und zog sie eng an sich. »Würde es nicht schneien«, murmelte er an ihrem goldenen Haarnetz, »würde ich Euch hinaus in den Burggarten tragen und Euch dort lieben.«

»Schön, aber es schneit nun einmal, und außerdem ist es närrisch. Die Münze, die Ihr anbietet, ist zu kostspielig für mich. Ich kann sie mir nicht leisten.«

»Zankteufel! Ihr wollt wohl mit einem Eimer voller Worte ein hell loderndes Feuer löschen.« Im Dämmerlicht sah Johanna eine Spur von Bitterkeit in seinem gewinnenden Lächeln, als hätte er im Ernst gesprochen, doch er ließ sie nicht los. »Sollten wir nicht aus jedem kostbaren Augenblick das Beste machen? Ich weiß, dass in Euch ein unerfülltes Verlangen schlummert.« Er sprach mit neckender Leichtigkeit, doch er wusste, dass Johanna hinter ihrer Munterkeit die Angst verbarg, die Angst um ihn und um Agnes. Worte mussten genügen, es war zu gefährlich, sich weiter vorzuwagen.

»Ich weiß überhaupt nichts von Euch, außer dass Ihr wie eine Zwiebel seid, Sir.

»Eine Zwiebel?«

Sie fühlte sein herzliches Lachen. »Ja, genau so – der wirkliche Mann verbirgt sich unter den vielen Schalen.«

»Da bin ich nicht so sicher. Vielleicht sollte Gervase de Laval all diese anderen Namen auslöschen und nur für den Augenblick leben.«

»Du lieber Gott! Wie viele habt Ihr denn?«

Johanna versteckte sich hinter einem Schild aus Worten, denn sie hatte gesehen, wie sehr Gervase sie begehrte. Wann immer Fulk sie so angesehen hatte, hatte sie zu zittern begonnen und sich gefragt, was er heute von ihr verlangen würde. Aber dieser Mann machte, dass sie sich so kostbar wie ein Juwel fühlte, das er mit sich in sein Schlafgemach nehmen wollte.

»Wenn ich Euch verspreche, Eure schönen Stickereien nicht zu zerdrücken, würdet Ihr mit mir in den Garten gehen? Ich brauche angenehmere Luft.«

Irgendwie fanden sie unter den vielen anderen ihren Umhang. Er legte ihn ihr um die Schultern und setzte ihr die pelzgefütterte Kapuze auf. Dann folgte er ihr nach draußen.

»Ich zeige Euch jetzt eine Möglichkeit, dem Wetter zu trotzen.« Er nahm sie in die Arme und drehte sie so, dass sie sehen konnte, wer den Garten betrat. Sicherlich würde der Graf nicht wollen, dass sein Blut über die Rosensträucher spritzte und sein Körper den Lavendel abbrach – falls man ihn hier draußen gefangen nehmen wollte.

Johanna lachte. Sie hatte keine Angst vor ihm, sie legte die Arme um seinen Hals, und er vergrub seine Hände in ihren Hängeärmel. Er nahm den zarten süßen Duft wahr, der von ihr ausging.

»War Eure Verkleidung als Student nur dazu gedacht, Eure Verfolger abzuschütteln, oder ist das auch eines Eurer Gesichter?« *Heute Abend wird er mir vielleicht sagen, wer er ist.*

»Diese Art von Student war ich nicht. Kommt, Mylady, Ihr wisst doch, was mit den jüngeren Söhnen geschieht. Die armen Wichte sind von dem Augenblick an als Kirchenfutter gebrandmarkt, in dem sie ihren ersten Atemzug tun. Mein Vater hat mich zu den Benediktinern geschickt, aber dort gab es einen Mönch, der mir das Leben … unerträglich gemacht hat. Ich lief davon und brachte so Schande über meine Familie. Seitdem habe ich mir meinen Lebensunterhalt als Knappe verdient.«

»Ha, dort habt Ihr also das Schreiben und Lesen gelernt. Aber warum wart Ihr angezogen wie ein armer Student, als Father Gilbert Euch fand – um den Häschern zu entgehen?«

»Das ist eine blutige Geschichte.«

Sie schüttelte ihn. »Trotzdem, erzählt sie mir.«

»Hier? Ist Euch nicht kalt?«

Die Wahrheit zu erfahren war es wert, kalte Füße zu bekommen. Einen Moment lang dachte sie, er würde vor dem Erzählen zurückschrecken, doch er zog nur seinen Pelzkragen enger und suchte nach dem richtigen Anfang.

»Meine Kameraden«, begann er schließlich, »ungefähr ein halbes Dutzend von uns, entkamen in der Nacht aus Boroughbridge, bevor Thomas von Lancaster sich ergab. Wir stießen unterwegs auf einen Mann, der tot neben einem kleinen Feuer lag. Der Kleidung nach zu urteilen musste es ein Student sein. Seine Börse war zerschnitten – und ebenso seine Kehle, armer Kerl. Wir kamen überein, dass ich sein Gewand anlegen sollte, so wie es war. Nein, schaut nicht so misstrauisch drein, es war nicht blutbefleckt. Es wurde beschlossen, dass ich in der Abenddämmerung in den nächsten Ort gehen sollte – ich war nicht ganz sicher, wo wir uns befanden, vielleicht irgendwo in der Nähe von Markington –, um mich nach Neuigkeiten umzuhören. Ich war auf der Straße, als ein Dutzend Reiter an mir vorbeiritt. Sie würdigten mich keines zweiten Blickes, Gott sei Dank, aber es lag auf der Hand, dass sie unseren Spuren folgten. Ich rannte zurück, aber es war schon alles vorbei, als ich bei meinen Kameraden ankam. Die Häscher, der Teufel soll sie holen, zogen gerade die Toten aus und ließen die Leichen wie faules Fleisch liegen. Ich wollte mich verstecken, aber die Hurensöhne hörten mich. Sie zerrten mich aus dem Gebüsch und nahmen mir meine Börse ab. Ich wusste, dass es das Ende des Weges für mich bedeutete, das kann ich Euch versichern, aber sie nahmen mir meine Geschichte ab, dass ich darauf gewartet hätte, welche Habseligkeiten sie zurücklassen würden, um mich dann auch zu bedienen. Sie glaubten mir, dass ich ein Student bin, auch wenn mein Haar nicht kurz gestutzt war.«

»Warum haben sie nicht Eure Stiefel mitgenommen?«

»Ihr würdet einen guten Examinator abgeben, Mylady. Der Witz dabei war, dass sie meine Stiefel zusammen mit meiner Rüstung gefunden haben. ›Hier‹, sagten sie in einem Anfall von Großzügigkeit, ›die würden dir passen! Wir werden schwerlich einen Mann mit so großen Füßen finden, der sie uns abkauft. Behalt sie!‹ Dann beluden sie unsere Pferde mit der Beute und ließen mich bei den Leichen zurück. Ich hatte keine Schaufel, um meine Freunde zu begraben, Gott gebe ihren Seelen Frieden, gar nichts. Es war ein Bild aus der Hölle. Sie waren alle tot bis auf ...«

»Euren Freund Edmund.«

»Aye, sie hatten jeden Teil seiner Rüstung geraubt,

und er lag dort, sein Hemd blutbesudelt, aber er lebte noch. Ich hatte noch meinen Umhang, also wickelte ich ihn darin ein und trug ihn auf meiner unverletzten Schulter bis zur Hauptstraße. Eine Stunde später entdeckte uns ein Fuhrmann. Er hielt uns beide für arme Studenten, die einen über den Durst getrunken hatten, und er brachte uns in den Wald in der Nähe von Conisthorpe.«

Sie ließ die Arme heruntergleiten und legte die Hände auf seine Brust, aber dieses Mal nicht, um ihn abzuwehren. »Und dann haben Euch zwei Frauen dazu gezwungen, einen Ehemann zu spielen. Meine Probleme müssen Euch so banal vorgekommen sein.«

»Nein, niemals banal, Johanna, aber ich wollte nichts damit zu tun haben. Ihr mögt mich als Feigling verflucht haben, als ich vor Euch geflohen bin, aber ich wollte versuchen, zu Edmunds Familie zu gelangen, damit sie ihn bei Eurer Mutter auslösen und nach Irland oder nach Frankreich schicken könnten. Seine Sicherheit war wichtiger als meine.«

Johanna gab weder ein Urteil ab, noch fragte sie ihn nach Edmund. »Und dort wollt Ihr auch hingehen?«

»Nach Frankreich, so Gott will.« Er seufzte.

Ihre Finger berührten seine Wange, und sie lächelte versonnen über die Schneeflocken, die seinen Hut weiß sprenkelten.

»Bei allen Heiligen, Lady, Eure Finger sind wie Eiszapfen! Wir müssen zurückgehen.« An den Stufen zögerte er. »Johanna, falls mir heute Nacht irgendetwas zustößt, dürft Ihr Euch keine Sorgen machen. Ich habe keine Angst.«

Ehe sie antworten konnte, torkelten zwei sturzbetrunkene, krakeelende Lords aus der Halle, rülpsten und erleichterten sich auf den Fußweg.

Es waren noch viel zu viele Stunden bis zum Morgen.

Alle Schlafräume waren von Despensers Höflingen belegt, sodass die übrigen Burggäste in den Gängen und Nischen schliefen oder, wenn sie Glück hatten, in der Halle. Eingewickelt in ihren Umhang und von Ängsten geplagt lag Johanna zwischen ihrer Mutter und Geraint. Als er den Arm um sie legte und an sich zog, protestierte sie nicht, sondern legte ihre Füße gegen seinen warmen Körper und schlief ein.

Es war nach Mitternacht, als sie von einem Geräusch geweckt wurde. Es war das leise Knarren von Leder. Als sie aufschaute, sah sie zwei Paar Beine vor sich stehen. Zwei Männer zogen Geraint auf die Füße. Sie holten ihn von ihr fort! Johanna wollte schreien, aber er beugte sich rasch zu ihr hinunter und legte ihr die Hand auf den Mund.

»Ich werde zurückkommen, ich schwöre es. Schlaft weiter.«

Es konnte ein falsches Versprechen gewesen sein.

Hugh Despenser der Jüngere öffnete träge die Augen. Auf seinem Badewasser trieben Rosenblätter, hin und wieder stieß eines davon gegen sein nasses Brusthaar.

»Sieh mal an, zweimal so groß und doppelt so kräftig, aber immer noch mit dieser ehrlichen sauberen Ausstrahlung, die mir immer so gut an dir gefallen hat. Und keinen Bart, mein Lieber. Wie viele Jahre ist es her?« Er hob die nasse Hand aus dem Wasser, und mit einem Wink des tröpfelnden Zeigefingers entließ er die Diener – bis auf seinen jungen gut aussehenden Pagen. »Mehr heißes Wasser!«

Geraint hob wortlos die Hände, drei Finger bog er herunter.

»Sieben Jahre! War ich nicht dreißig, als wir uns zuletzt begegnet sind? Schon allein durch diese Unterhaltung fange ich an, mich älter zu fühlen.« Das heiße Wasser ergoss sich in einer Kaskade aus dem Eimer in den kleinen See zwischen Despensers Knien und seinem Bauch. Die Rosenblätter verschwanden unter dem Wasserfall, und Dampf stieg auf. »Setz dich.«

»Ich stehe lieber. Wird es lange dauern?« Geraints Ton klang lässig. Dieser seidenweiche prüfende Blick, diese mit katzengleicher Freundlichkeit gesprochenen Worte, all das erinnerte ihn zu sehr an das erste Mal, als er dem Novizenmeister gegenüber gestanden hatte und dessen lüsterne Musterung hatte erdulden müssen, bei der es ihm kalt den Rücken heruntergelaufen war.

»Das hängt ganz von dir ab, mein lieber *Gervase de Laval*.«

»Hast du was dagegen?« Geraint zeigte auf den Weinkrug. Es war nur eine höfliche Floskel, dass er fragte. Als es ihm erlaubt wurde, schenkte er sich großzügig einen Becher von dem Wein ein und war froh. Es war etwas zum Festhalten, und es war eine Stärkung für diese ungewollte Audienz.

»Es ist die Frau in Blau mit den gestickten Pferden auf ihrem Gürtel?«

»Ja, die Lady hat es selbst gestickt. Johanna, Fulk de Enderbys Frau.«

»Aber auch die deine, hörte ich.«

Geraint hob Despensers mit Goldfäden durchwirkten schweren Seidenmantel auf und fuhr mit dem Daumen über das feste Gewebe. »Sie hat mir befohlen, mir deine Drachen genau anzusehen«, schwindelte er.

»Sei ehrlich zu mir, Geraint. Was bedeutet dir diese Frau? Sie besitzt kein Land außer dem, um das sie sich streitet, und ihre Fruchtbarkeit ist fraglich.«

Die Unterhaltung begann Geraint Spaß zu machen. Er warf den Mantel zur Seite und griff wieder nach dem Weinbecher. Über dessen Rand hinweg betrachtete er Despenser. »Es ist ein zeitweiliges Arrangement.«

Hugh drückte die kostbare Seife, sodass sie in die Luft schoss und wieder ins Wasser fiel. »Ich bin erleichtert, das zu hören. Du musst dich nach etwas Lohnenderem umsehen … und vielleicht will ich dich auch wieder hier haben, wo ich deine Talente nutzen kann – um es einmal so auszudrücken.«

Geraint hob den Becher und genoss den Wein. »Ich verstehe«, erwiderte er bedächtig. »Ich habe gesehen, dass Sir Fulk es geschafft hat, mit dir zu reden. Hat er dich genauestens darüber aufgeklärt, was in Bannockburn geschehen ist?« Diese Frage rief ein wütendes Zischen hervor.

»Ich kann Leute nicht ertragen, denen es Spaß macht, mir zu erzählen, dass sie Pferdepisse getrunken haben. Hast du gehört, dass ich jetzt auch Pirat bin?«

»Das warst du doch schon immer, Hugh.«

»Ich glaube, mir gefällt diese muskulösere Ausgabe von dir, Geraint. Dein Fell scheint dicker geworden zu sein, aber schließlich zahlt jeder im Leben drauf. Und jeder hat seinen Preis, und ich kenne deinen. Schenk mir ein, mein Lieber.« Hugh hielt ihm seinen Becher hin.

Nur mühsam seinen Unwillen bezähmend, griff Geraint nach dem eleganten Krug und ging zu Hugh hinüber. Als er einschenkte, griff Despenser nach seinem Handgelenk. »Er wird seine Klage zurückziehen.«

Der Bordeaux verfehlte den Becher und färbte das

Wasser für einen kurzen Augenblick rot. Der überraschend harte Griff zwang Geraint, in die Knie zu gehen, und er spürte Hughs weinparfümierten Atem auf seinem Gesicht. Die Mundwinkel seines Gegenübers verzogen sich zu dem leichten Lächeln, dessen Spott Geraint immer verunsichert hatte. Despenser war wie das Licht einer Kerze, das unachtsame Motten in den Untergang lockte.

Es musste eine Falle sein. Warum sollte der alte Haudegen Fulk plötzlich einlenken, zumal er Agnes als Geisel festhielt?

Die nassen Finger ließen Geraint los.

»Ich konnte schon immer in dir lesen, Geraint. Das hast du nicht erwartet?«

»Sondern?«, erwiderte dieser kühl und richtete sich, so würdevoll er konnte, wieder auf.

»Das jedenfalls nicht.« Hugh nippte genüsslich an seinem Wein. Sein Schweigen sollte provozieren. »*Aber*«, fuhr er schließlich fort, »das alte Schlachtross will Conisburgh – nein, das liegt ja weiter südlich.«

»Conisthorpe.« Geraint versuchte, sich nicht zu bewegen, außer seiner Überraschung keine Spur von Gefühl zu verraten. »Sir Fulk will Conisthorpe?«

»Er wünscht, zum Konnetabel gemacht zu werden.« Hugh reichte dem Pagen seinen Becher und beugte sich vor. Zwischen ihnen musste ein stilles Einverständnis herrschen, denn der Junge begann, Hugh die Schultern zu waschen. »Klär mich darüber auf, warum Lord Alan nicht hier ist, um Handküsse zu verteilen – und bleib bei der Wahrheit, Geraint. Wie du weißt, bereitet es mir ein großes Vergnügen herauszufinden, ob jemand mich angelogen hat.«

Wie unter einem Bann wandte Geraint mühsam den Blick ab und starrte auf den mit Quasten geschmückten Wandbehang an der gegenüberliegenden Wand.

Letztlich würde die Wahrheit Hugh doch zu Ohren kommen.

»Der alte Lord ist vom Schlag getroffen worden, er ist auf einer Seite gelähmt und kann nicht sprechen. Seine Frau, Lady Constance, hat dies geheim gehalten, weil sie nicht von Conisthorpe vertrieben werden will, und ich vermute, sie glaubt, dass Lord Alan sich wieder erholt. Aber es war eine Strafe Gottes. Ich bezweifle, dass FitzHenry den Sommer überleben wird, und der Mangel an Bewegung wird ihn zusätzlich schwächen.« Er zuckte die Schultern. »Die Burg wird gegenwärtig jedoch gut geführt, das steht außer Frage. Der König würde weder an Lady Constances Verwaltung noch an ihrer Loyalität etwas auszusetzen haben.«

»Außer, dass sie einem Rebellen Unterschlupf gewährt hat. War das deine Notlösung? Dass du dort den zurückgekehrten Liebhaber gespielt hast, um ein Versteck zu haben?«

»Du hast auf den alten Fulk gehört. Was will er denn noch – meinen Kopf auf seiner Schwertspitze?«

Hughs Unterlippe verzog sich. Er begann, den Kopf zu schütteln, und lächelte dann. »Oh, ich vergaß«, er hob den Zeigefinger, »er will, dass seine Schwester Edyth einen Posten im Haushalt der Königin erhält.«

Geraint lachte plötzlich zynisch. »Ich hätte gedacht, dass sogar du –«

Verärgert legte Hugh Despenser den Finger an die Lippen, um Geraint zum Schweigen zu bringen. »O ja, ich kann sogar das arrangieren.«

Langsamer, verspottender Applaus von Geraint brach das Schweigen zwischen ihnen. »Du bist sehr mächtig geworden«, höhnte er und verbarg seine Verachtung über Despenser nicht länger, der sich für die königliche Macht prostituierte. »Kannst du auch das Kirchenrecht beugen, großer Lord? Ja, vermutlich kannst du das – eine großzügige Gabe hier, ein Bistum dort, eine Brieftaube an den Heiligen Vater. *Jeder hat seinen Preis* –«

»Ich will dir nicht schaden, Geraint. Können wir nicht die alten Zwistigkeiten vergessen und noch einmal neu anfangen?«

Geraint legte die Hand auf den Kaminsims und schaute mürrisch auf die glühenden Holzscheite.

»Also, wo waren wir stehen geblieben?«, verfolgte ihn jene klare, volle Stimme, die er so gut kannte. »Dieser Fulk sichert zu, seine Klage zurückzuziehen, und eure Zeugin – der alte Plagegeist hat sehr selbstgefällig darüber geplaudert – wird zurückgebracht, und das entlässt dich dort aus deinen Pflichten, meine Lieber. Außerdem habe ich Pläne mit dir.«

Also war alles geregelt. Und der Preis? Nichts war umsonst. Geraint vermutete, er würde Conisthorpe jetzt innerhalb von wenigen Tagen verlassen. Und was würde mit Johanna geschehen? Musste sie das Kloster akzeptieren und der weltlichen Welt entsagen? Aber er hatte einen eigenen Würfel, um ihn ins Spiel zu werfen.

»Da du den Haushalt der Königin befehlen kannst, Hugh, sorg dafür, dass man auch Lady Johanna einen Platz dort gibt. Lass sie davon in Kenntnis setzen, wenn die Gerichtsverhandlung vorbei ist.« Er drehte sich zu Despenser um.

Dieser pfiff überrascht und schüttelte die Finger, als hätte er sie sich verbrannt. »Autsch! Zwei Posten, mein Lieber? Ein wenig delikat. Unsere wunderschöne Isabella wird sich dagegen sträuben, besonders da wir ihr geraten haben, etwas sparsamer zu sein. Noch mehr heißes Wasser!«

»Aber ich dachte, *du* regierst England, Hugh«, forderte Geraint ihn heraus. Dabei beobachtete er das

Gesicht des ergebenen Pagen, doch darauf zeigte sich keinerlei Regung. »Und was noch wichtiger ist, Lady Johannas Brautland muss zurückgegeben werden.« Er beobachtete, wie Hugh widerwillig den Mund zur Form einer Rosenknospe spitzte, und um ihn noch weiter zu reizen, fügte er hinzu: »Und Fulk soll den Jungen Barnabas freigeben, lebend und gesund, damit dieser in den Haushalt der FitzHenrys aufgenommen werden kann.«

»Was bedeutet dir dieser Junge?« Despensers unverhohlenes Interesse stieß Geraint ab. Jetzt wünschte er, er hätte nichts gesagt.

»Ich habe ihn nie gesehen. Es ist nichts als eine Geste, um die Lady zu erfreuen. Sei froh, dass ich dich nicht um Schweine und Schoßhunde bitte.«

»Ich verzichte darauf, mich zu erkundigen, was du damit meinst.« Mit einem anmutigen Schulterzucken und als ob er spürte, dass er geködert worden war, verfiel Hugh in ein kurzes schmollendes Schweigen. »Ohne Zweifel könnte all das arrangiert werden«, erklärte er schließlich. Als begänne die Angelegenheit ihn zu langweilen, fügte er eine Einschränkung hinzu: »Vorausgesetzt, ich bekomme dich zurück.«

»Bist du sicher, dass du das willst?« Geraints Gesichtsausdruck war nicht besonders freundlich. »Ich billige deine Methoden nicht. Das habe ich nie getan.«

»Aber sieh mich doch jetzt an, Geraint. *Ich* regiere England. Der König braucht mich. Ich habe meine Vorzüge, auch wenn Männer wie du sehr schnell dabei sind, mich zu verfluchen. Du mit deinen Muskeln und deiner ritterlichen Integrität – welchen Nutzen hat das für das Wohlergehen dieses Königreiches? Wenn du willst, verachte mich dafür, dass ich mir mein Nest auspolstere, aber ich erweise England einen großen

Dienst. Das musst du mir erst einmal nachmachen, liebes Herz. Auf *meinen* Rat hin handelt der König im Sinne der *Ordinances,* auch wenn es ihn ärgert. Ich habe vor, die Macht der Pairs zu beschneiden, indem ich dafür sorge, dass alle Gesetzesvorlagen im Parlament diskutiert werden müssen, ehe sie als Gesetz verabschiedet werden können. Und was noch wichtiger ist, ich habe eine vollständige Revision des gesamten Finanzwesens veranlasst. Walter Stapleton wird innerhalb der nächsten drei Jahre einen Plan über die Staatsfinanzen erstellen.«

»Falls es den Schotten bis dahin nicht gelingt, einen Pfeil in dich zu versenken.«

»Ach, Krieg, das bodenlose Grab, in das wir Geld und Leichen werfen. Mich schert es einen Mauseköttel, auf welcher Seite der Grenze Berwick aufhört. Wir brauchen einen Waffenstillstand und keinen verdammten Waffengang in diesem Sommer, aber nein, der König kratzt sich noch die Narben von Bannockburn. Hitzige Leute, diese Engländer, immer müssen sie gegen irgendwen kämpfen. Der Krieg ist es, der die Wirtschaft ruiniert.«

»Es sei denn, man steht auf der Gewinnerseite. Aber das tust du ja immer, nicht wahr, Mylord – selbst wenn man dich in die Verbannung schickt. *Daemon ut ante fuit.* Was berechnen dir deine italienischen Bankiers dafür, dass sie dein Vermögen jenseits von Englands Grenzen verwalten?«

»Viel, mein Lieber, und, ja, ich kenne das Sprichwort. Ich bin immer ein Dämon gewesen.« Hugh antwortete aalglatt. Er schoss das Stück Seife geradewegs in das Herz des Feuers. Das Gesicht seines Besuchers verhärtete sich angesichts dieser Verschwendung. Ein Bauer hätte seine Familie einen ganzen Monat von dem ernähren können, was der Verkauf dieses benutzten Stückes gebracht hätte. »Und jetzt, mein lieber Junge, zu unserem kleinen Arrangement ...«

Despenser stand auf und griff nach der Hand seines Pagen, um sich beim Ausstieg aus dem Zuber helfen zu lassen. Tropfnass stand er vor dem Kaminfeuer. Geraint wich zur Seite, als fürchtete er, durch die Berührung der Haut die Lepra zu bekommen, aber dennoch wurde sein Blick mottengleich von der Schönheit des Mannes angezogen. Auch in der Vergangenheit war es ihm stets so ergangen. Der Feuerschein tanzte auf Hughs schimmernder makelloser Haut, während das Wasser von ihm abperlte. Der junge Page kniete sich hin und tupfte die Beine seines Herrn trocken.

»Du bist einverstanden?« Die blauen Augen, hart wie Saphire, musterten ihn abschätzend.

»Welche Wahl hätte ich?«

»Keine.« Die nasse Hand legte sich auf Geraints Schulter. »Ich würde nicht gerne hören müssen, dass man dich an irgendeinem kleinen Marktflecken wie einen gemeinen Verbrecher aufgehängt hat. Rechtzeitig zu dem Waffengang im Sommer musst du bei mir sein. Gilt der Handel?«

Geraint nickte. Er war sich der Manipulation bewusst.

»Dann geh – ungehindert. Und, Geraint?« An der Tür drehte Geraint sich widerstrebend um. »Diese Johanna – kennt sie die Wahrheit? Weiß sie, was wir einmal füreinander gewesen sind und vielleicht wieder sein werden?«

Geraint verzog den Mund zu einem geringschätzigen Lächeln und schüttelte den Kopf.

»Dann kannst du kein Taschentuch mit einem Drachen für sie mitnehmen?«

»Nein.« Mit einem spöttischen Lächeln brachte er

einen Witz auf Hughs Kosten zustande. »Wie du bemerkt hast, zieht die Lady Pferde vor.«

Geraint bewahrte bei seiner Rückkehr sowohl Lady Constance wie auch Johanna gegenüber Stillschweigen. Er wusste, hätte er sie gelassen, hätte Johanna ihn am liebsten in eine stille Ecke gezogen und einem hochnotpeinlichen Verhör unterzogen, und dann hätte er in einem Abort enden können. Deshalb sagte er nur, die Offiziere Lord Richmonds hätten ihm einige Fragen gestellt, und schlief ein.

Wie Geraint erwartet hatte, erhielt Lady Constance am nächsten Morgen die Aufforderung, zu Hugh Despenser zu kommen. Johanna nahm das Unvermeidliche, dass ihr Vater seines Postens enthoben werden würde, eher gleichmütig hin. Sie saß am Tisch der Frauen und beobachtete ihren Bruder. Miles hatte den Platz bei seinen Mitpagen verlassen und nahm sein Essen neben einem gut gelaunten Geraint ein. Vielleicht glaubte ihr Bruder, etwas von der Erfahrung und Mannhaftigkeit des Ritters könnte auf ihn abfärben und wie Blütenstaub an ihm haften bleiben. Die anderen Helmsley-Pagen rückten ebenfalls näher an ihn heran. Dieses Bild, Geraint wie ein Onkel umringt von den Jungen, entzückte Johanna, machte sie aber auch traurig. Besonders, als er zu ihr hinüberschaute und ihr eine herzerwärmende Grimasse schnitt. Derart ermutigt erhob sie sich und durchquerte die Halle, um sich hinter ihn zu stellen.

Er zersauste ihrem Bruder das Haar und brachte es in eine Unordnung, die ihre Mutter geärgert hätte. »Ganz sicher werden wir noch vor dem Mittagsmahl aufbrechen, Miles.«

»Aye, ich weiß. Ich wünsche dir alles Gute für die Verhandlung, Schwester«, wandte er sich an Johanna. »Ich bin richtig froh, dass Gervase deine Pobacken breit genug findet. Ich glaube, mir würde es gefallen, vor dem nächsten Frühjahr einen Neffen zu bekommen. Isobel Cliffords Hinterteil ist noch ziemlich mager. Aber Mutter wird diese Absprache ohnehin rückgängig machen, wenn sie kann, weil die Cliffords – aua!«

»Oh, entschuldige, Miles, war das etwa dein Fuß?« Den Blick angelegentlich auf die Dachbalken gerichtet, erhob sich Geraint. »Wolltest du mir nicht den Turnierplatz zeigen, bevor wir aufbrechen?«

»Pobacken?« Johanna stieß das Wort hervor.

»Aye«, rief ihr Bruder, der von seinem Platz aufgesprungen war und Johanna jetzt einmal umrundete, als wollte er den anderen Jungen eine neue Zuchtrasse vorführen. »Es ist von gewaltiger Wichtigkeit, dass der Schoß einer künftigen Ehefrau breit genug ist, weil sie dann leichter trächtig wird. Seht mal her, bei meiner Schwester ist – Was tut Ihr denn, Sir?«

Geraint hatte ihn am Schlafittchen gepackt und außerhalb von Johannas Reichweite wieder abgesetzt. »Dich und mich vor Ärger bewahren, Miles.«

»Leichter trächtig werden!«, zischte Johanna. »Die Hälfte der Christenheit besteht aus Frauen! Ohne uns wäre doch keiner von euch auf der Welt, und dennoch verwehrt man uns die Priesterwürde, eine Schulbildung und den Zugang zu einem politischen Amt. Eines sage ich dir, Miles, wäre es dein Schoß, der trächtig werden könnte, dann wäre unsere Mutter der Konnetabel von Conisthorpe und ich der nächste.« Genau genommen wäre es – um dem juristischen Aspekt Genüge zu tun – ihre Schwester Petronella, weil diese die Älteste war.

»Mylady –« Ihr so genannter Ehemann sah aus, als wollte er jeden Augenblick die Flucht ergreifen.

»Aber, Madam«, wandte einer der Pagen nachdenklich ein, »Euer Geschlecht hat nicht die Kraft, eine Rüstung zu tragen und die nördlichen Grafschaften gegen die Schotten zu schützen.«

»Schützen! Ha, wie oft seit Bannockburn sind die Schotten über uns hergefallen?« Sie geriet auf sumpfigen Boden und fing Geraints warnendes Stirnrunzeln auf. Einige der Anwesenden hatten jetzt den Kopf in ihre Richtung gewandt. »I-ich will damit nur sagen, den Feind zu schlagen, ist keine Garantie für den Sieg. Im Gegenteil, das nährt die Fehde noch. Es bedeutet keinen Gesichtsverlust, keine Verletzung der Ehre, wenn man sich zusammen an einen Tisch setzt und die Sache bespricht. Ganz egal, ob es dabei um zwei Königreiche geht, um Vater und Sohn oder um einen Ehemann und eine Ehefrau, die sich uneins sind.«

Einen Augenblick lang herrschte verlegenes Schweigen, dann klatschte jemand. Es war der Sheriff von Carlisle, Sir Andrew de Harca, der einige Schritte von ihr entfernt saß, ihr applaudierte und zu ihr herübergrüßte.

»Ihr habt diesem Tag seinen Sonnenglanz gegeben, rabenhaariger Schatz«, rief er. Das Kompliment über ihr Haar ließ sein Lob ziemlich verblassen, aber das war egal.

»Und außerdem«, sagte Johanna kurz entschlossen, während sie Miles an den Schultern packte, sich den drei interessierten kleinen Gesichtern zuwandte und so laut sprach, dass es jeder hörte, »ist es einer Schwester erlaubt, ihrem kleinen Bruder an jedem Namenstag eines Heiligen *seine* Pobacken zu versohlen.«

»Aber das ist ja jeder Tag!«, rief einer der anderen Pagen und versetzte Miles dabei einen Schlag auf den Rücken, während man sich in der Halle wieder dem Essen zuwandte.

»Verzeiht«, raunte sie Geraint zu. »Ich hätte die Aufmerksamkeit nicht auf uns lenken sollen.«

»Das macht nichts. Aber Eure Mutter kommt mit schlechten Neuigkeiten, fürchte ich. Was haltet Ihr von etwas Privatheit?« Er griff sich Miles, schickte die anderen fort und schlug den Weg in den Garten ein.

Lady Constances parfümierte Haut ist offenbar dicker, als ich vermutet habe, dachte Geraint, als sie ihren Kindern in einem abgeschiedenen Winkel des Lustgartens die Neuigkeiten mitteilte. Ein Gärtner war ihnen bis hierher gefolgt und hatte begonnen, unter den Spalierrosen und den schottischen Zaunrosen mit einer Hacke und einer Harke den Boden zu bearbeiten.

Vorgewarnt wappnete sich Geraint gegen weibliche Tränen und jungenhafte Wutanfälle, aber bei Johanna und Miles schien bereits ein gewisses Maß an Akzeptanz vorhanden zu sein. Schließlich war es unausweichlich gewesen, dass sie Conisthorpe verlassen mussten, und Lady Constance, vorausplanend wie stets, wartete schon mit einer Rückzugsstrategie auf. Sie hatte Land aus ihrer Mitgift, und Lord Alan besaß Güter in Yorkshire und eine Burg in Herefordshire. Es war Johanna, die Geraint leidtat. Mit bleichem Gesicht saß sie da, voller Angst vor dem, was ihre Mutter noch zu sagen hatte.

»Es ist also schon entschieden, wer Conisthorpe bekommen wird?« Ihr Stimme klang matt.

Lady Constances sonst so stahlharter Mund zitterte. »Lord Despenser und der Lord of Richmond sind übereingekommen, dass Fulk anstelle deines Vaters zum Konnetabel ernannt werden soll.«

»Gott soll sie verrotten lassen!«, rief Johanna und sprang auf. »Das ist intolerabel.«

»Setzt Euch, Mylady!«, befahl Geraint, der bemerkt

hatte, dass der Gärtner ihr Verhalten mit ungewöhnlichem Interesse beobachtete. Johanna zog ihren pelzgefütterten Umhang fester um sich und nahm mürrisch auf einer Steinbank Platz.

»Sozusagen als Gegenleistung dafür«, fuhr Lady Constance fort, »wird Fulk dir Agnes zurückschicken und seine Gegenklage vor dem Kirchengericht zurückziehen. *Johanna*?«

Die jüngere Frau starrte wütend vor sich hin. »Ihr meint, Madam, dass Fulk, obwohl er zugibt, Agnes entführt zu haben, unbestraft bleibt? Und dass Mylord Despenser dafür sorgen wird, dass das Urteil zu unseren Gunsten manipuliert wird? Sieht so die Gerechtigkeit des Königs aus?« Sie streifte die Hand ab, die Geraint warnend auf ihre Schulter gelegt hatte.

»Der König hat mit dieser Sache nichts zu tun, Madam. Es ist eine Angelegenheit des kanonischen Rechts.«

»Verschont mich mit Eurer männlichen Pedanterie, Sir. Des Königs Parlament, des Archidiakons Gericht, spielt das denn überhaupt eine Rolle?«

Lady Constance sah es pragmatischer. »Um Gottes gesegneten Willen, Johanna, was willst du? Willst du mit dem Hasen gehetzt werden, oder willst du mit der Meute heulen? Das heißt doch für dich, dass Fulk deine Ehe mit Gervase nicht mehr infrage stellt! Aber das Gericht wird nach wie vor von dir Beweise dafür verlangen, dass deine frühere Heirat mit Gervase gesetzmäßig ist.«

»Ich verstehe. Ihr sagt mir also, dass die Schäfchen noch immer nicht auf dem Trockenen sind. Ha, ich bin doch nicht dumm. Ganz sicher wird auch das Gericht nach der Pfeife eines gewissen einflussreichen Lords tanzen.«

»Nach der des einen oder der eines anderen.« Lady

Constance zupfte am losen Ende des Fadens, mit dem der Kaninchenfellbesatz an ihr Obergewand genäht war.

»Gott beschütze uns, Madam«, flüsterte Johanna. »Denn auf diese Weise wäscht in diesem Königreich eine schmutzige Hand die andere. Nun, ich wollte, ich hätte die Macht, denn ich würde Männer von Ehre berufen, keine bestechlichen feigen Heimtücker.« Johanna hatte sich in eisigen Zorn geredet, aufgebracht stand sie auf und begann, hin und her zu gehen. »Was habt Ihr sonst noch ausgehandelt, Mutter? Eine andere Erbin für Miles? Jetzt, da es nicht länger opportun erscheint, Cliffords Nichte zu kennen?«

»Ja, genau das, Johanna. Zieh die Stirn nicht so kraus. Man muss aus diesen Umständen das Beste machen. Lord Richmond hat Margaret de Beaumont erwähnt.«

»Ich habe es gewusst!«

»Dann achtet darauf, dass es nicht die Tochter ist, die schielt, Madam«, warf Geraint trocken ein. »Und falls du noch mal Pobacken erwähnst, Miles …« Mahnend hob er seinen Handschuh.

Der Junge war niedergeschlagen. »Ihr könnt wohl Späße machen, Sir. Es ist nicht Euer Vater, der seinen Posten verloren hat.«

»Je größer der Mann, umso tiefer der Fall«, erwiderte Geraint rätselhaft. Seine Haut prickelte. Stand jemand hinter den geschlossenen Fensterläden des Turms und beobachtete sie? Er schlug die Handschuhe gegen seinen Handinnenfläche. »Miles, es tut mir sehr leid, aber ich schlage vor, recht bald aufzubrechen. Sei gewissenhaft in Helmsley.«

»Ich gehe nicht nach Helmsley. Mylord Despenser hat mich gefragt, ob es mir gefallen würde, in seinen Haushalt nach Caerphilly zu gehen.«

»Nein!«, riefen die Erwachsenen unisono. Ihr Ausruf klang wie eine Explosion. Der Gärtner entschied sich daraufhin, die Hecken in ihrer unmittelbaren Nähe zu beschneiden.

Geraint fasste sich als Erster. »Wenn du dem zugestimmt hast, werde ich –«

»Nein, Sir, wenn Ihr mich ausreden lasst …«, protestierte Miles. »Ich habe Mylord Despenser erklärt, dass ich schon Mylord Richmond gebeten habe, das Einverständnis des Königs zu erbitten, dass er die Vormundschaft über mich bekommt. Mylord Despenser war nicht besonders erfreut, das zu hören, das versichere ich Euch.« Der Junge richtete sich auf, und Stolz schwang in seinen Worten mit: »Da mein Vater nicht dazu in der Lage ist, muss ich mich selbst um meine Interessen kümmern.« Er bemerkte, dass seine Mutter tief Luft holte, und sah Geraint Hilfe suchend an.

Erleichtert legte Geraint dem Jungen den Arm um die Schultern. »Das hast du gut gemacht, Miles, und du hast sehr klug gehandelt. Mylord Richmond ist ein höchst ehrenwerter Mann.«

Ein verlegenes Rosa überzog das Gesicht des Jungen, und er trat gegen die Steinumrandung der Rabatte. »Nun, Johanna hat immer gesagt, dies wäre ein guter Haushalt, um darin zu dienen, und Mylord ist bei unserem König gut angeschrieben.«

Das ist Hugh Despenser auch, dachte Geraint und fragte sich, wie weit er als Schwager des Jungen würde gehen müssen, um dessen kindliche Unschuld zu schützen. Er grinste Miles aufmunternd an und bedauerte es im Stillen, dass keine Zeit war, den Jungen zur Seite zu nehmen und ihn über die menschlichen Gefahren aufzuklären, die sich ihm noch in den Weg stellen konnten, ehe er zum Mann herangewachsen sein würde.

Johannas Gedanken waren derweil einen ganz anderen Gang gegangen. »Um es also zusammenzufassen: Fulk de Enderby wird mit Conisthorpe belohnt, mein Vater hat sein Bündel zu schnüren, und man entledigt sich seiner. Miles' Interessen sind geregelt, vorausgesetzt, er lernt es, vor den Despensers zu katzbuckeln, und Ihr bekommt Euren Lo –« Sich an Miles' Anwesenheit erinnernd, verstummte sie und begegnete Geraints spöttischem Lächeln.

»Und ich bekomme Euch«, beendete Geraint den Satz für sie.

26

Es gibt vieles an Gottes Methode, die Dinge zu lenken, was ich nicht verstehe – oder an Gervase, dachte Johanna, als sie drei Tage später im Schlafgemach ihres Vaters saß. Kritisch begutachtete sie den Entwurf für eine neue Stickerei, den sie gerade mit einem Kohlestift zu Papier gebracht hatte. Mit der einen Hand befreite der Allmächtige sie von Fulk; aber mit der anderen belohnte Er diesen grausamen Teufel mit Conisthorpe.

Was Gervase betraf, so hatte dieser verfluchte Mann nichts über die mitternächtliche Befragung in Richmond preisgegeben. Er hatte auf dem Rückweg ohnehin kaum ein Wort gesprochen, und fast schien es ihr, als bereitete er sich in Gedanken schon auf seinen Fortgang von Conisthorpe vor. Und in ein paar Tagen würde er frei sein zu gehen, es sei denn …

Entweder alles gewinnen oder alles verlieren! Johanna zeichnete Tannennadeln als Hintergrund für den Tannenzapfen und begriff, was sie zu tun hatte. Die Johanna, die mit Gervases Hilfe aus dem Inferno gekrochen war, um einen Blick in das Paradies zu werfen – nun, nicht gerade das Paradies, denn er hatte durchaus seine Fehler –, war entschlossen, die Sache anzupacken. Auch wenn ihr Verstand gegen das sich Fügen in die Pflicht eines Eheweibes rebellierte, so war es doch die einzige Waffe, die ihr blieb. Wenn ihr Leib Fulks nächtlichen Übergriff hatte aushalten können, würde das Geschenk für Gervase, das ihn für seine Freundlichkeit ihr gegenüber entschädigen sollte, auch erträglich sein. Und darin würde keine Demütigung liegen. Es geschah aus ihrem freien Willen. Und, ja, sie musste ihn noch einmal fragen, was in Richmond vorgefallen war.

»Habt Ihr etwas dagegen, wenn ich stehe?« Geraint erhob sich, ohne die Erlaubnis abzuwarten. Im Vergleich zu seiner hohen Gestalt wirkten der Examinator und der Notar klein und unbedeutend. Der Examinator runzelte die Stirn, verkniff sich aber jeden Kommentar. »Dann beginnt«, verlangte Geraint. »Tragt Eure Fragen vor.«

Der Examinator ordnete bedächtig seine Unterlagen; es war der einzige Hinweis auf seine Verärgerung. »Sir Gervase, aus welchem Grund seid Ihr erst nach so langer Zeit zurückgekehrt und habt Anspruch auf Euer Weib erhoben?«

»Ich habe Ritterdienste in der Gascogne geleistet. Ich warnte Lady Johanna, dass es mir eine Zeit lang unmöglich sein könnte, zurückzukehren. Nicht, ehe ich nicht Land erworben hatte und offen vor ihren Vater hintreten und sie von ihm fordern konnte.«

»Gibt es jemanden, der dies unter Eid beschwören würde?«

»Hier in Yorkshire nicht. Aber ich habe veranlasst, dass meine Angaben schriftlich bestätigt werden. Ich bitte zu entschuldigen, dass es durch die Umstände noch nicht möglich war, einen solchen Beweis vorzulegen. Wie Ihr sicher wisst, gab es außer der Überschwemmung und der Anwesenheit eines weiteren Ehemannes, den ich nicht erwartet hatte und der sich äußerst feindselig verhält, den Befehl, Lord Despenser meine Aufwartung zu machen. Für den Augenblick müsst Ihr mit meinem Wort vorlieb nehmen.«

»Als Ihr Euer Gelübde abgelegt habt, welche Worte hat Father Benedict Euch geraten zu sprechen?«

»Ego volo habere te pro uxore mea quantum vita mea durare poterit.« Es sprach so fließend, dass der Notar überrascht die Lippen spitzte.

»Ihr sprecht Latein?«

»Ja, ich schreibe es auch. Lady Johanna kann es natürlich nicht, aber sie kann ein wenig lesen und schreiben. Ihr saht den Brief, den ich ihr schickte.«

Der Examinator nickte.

»Ich sollte Priester werden«, führte Geraint aus. »Es besteht kein Grund, das niederzuschreiben, Mann«, wies er den Notar gereizt zurecht und forderte Martin de Scruton heraus, zu widersprechen, aber stattdessen war der Mann neugierig.

»Was hat Euch denn zu Eurem Sinneswandel veranlasst, Sir? Die Versuchungen des Fleisches?«

»Nein«, entgegnete Geraint. »Ich fühlte mich eingeengt. Wie Ihr seht, hat Gott mich mit körperlicher Stärke ausgestattet. Ich hätte im Weinberg einer Abtei arbeiten können, aber es gibt andere Wege, Gott zu dienen.«

»Würdet Ihr das Kreuz nehmen, falls man es Euch anböte?«

Geraint warf dem Mann einen nachdenklichen Blick zu. »Um Jerusalem zu retten? Wenn es einen fähigen Anführer gibt, ja, vielleicht – und wenn ich vom Erfolg einer solchen Unternehmung überzeugt wäre. Master Examinator, ich würde auf der Durchführung dieses Prozesses nicht beharren, wären meine Einlassungen nicht aufrichtig und wahr. Ich brauche einen Erben.«

Der Examinator bewegte sich unruhig. Einen Moment lang war der Faden der Befragung abgerissen und ihm das Heft aus der Hand genommen worden.

»Ihr hattet die ehrliche Absicht, zu Lady Johanna zurückzukehren?«

»Ist meine Anwesenheit nicht Beweis genug?«

»War es nicht unziemlich der Lady gegenüber, sie zu verleiten, das Ehegelübde mit Euch zu vollziehen, wenn Ihr es nicht wagtet, ihrem Vater gegenüberzutreten, und nicht in der Lage wart, sie für Euch zu fordern?«

»Zu der Zeit schien es das Vernünftigste zu sein. Im Rückblick – ja, es war eine grausame Entscheidung und Lady Johanna gegenüber höchst unfair. Wie der Lauf der Entwicklung dann auch bewiesen hat.«

»Liebtet Ihr die Lady und liebte sie Euch?«

»Ich war berauscht von ihr. Was ihre Gefühle betrifft, so kann ich nicht für sie antworten. Hätte ich sie nicht geliebt und verehrt, wäre ich sonst zurückgekehrt?«

»Ihr seid Euch zum ersten Mal im Wald begegnet?«

»Nein, in Bristol im Haus des Earls of Winchester, und ich war so sehr von ihr betört, dass ich ihr nachgereist bin.«

Geraint genoss diesen Auftritt. Während der nächsten halben Stunde legte er Zeugnis ab: über seinen gesellschaftlichen Rang, seinen Glauben, seine Größe und seine Kenntnis darüber, dass Hugh Despenser bereits seinen Finger durch die Kruste der Pastete gestoßen hatte. Als dem Examinator die Fragen ausgingen und er Geraint aus dem Verhör entlassen wollte, legte dieser seine großen Hände auf den Tisch und ergriff nochmals das Wort.

»Als ich in der vergangenen Woche nach Conisthorpe zurückkehrte, fand ich meine wunderschöne Lady Johanna voller Narben vor. Narben, die dieser

Fulk ihr zugefügt hatte. Der Schuft trachtete mir nach dem Leben, entführte die Dienerin meiner Frau, die eine unserer Zeuginnen war, und tötete einen kleinen Hund, an dem meine Frau sehr hing. Jetzt hat er seine Klage zurückgezogen, die belegen sollte, welches sein Recht an ihr wäre. Und man kann nur von Glück sagen, dass er das getan hat. Denn sollte irgendjemand geglaubt haben, ich würde Lady Johanna in ein Leben voller Erniedrigungen und Schläge zurückgehen lassen, dann hätte er sich gründlich geirrt.«

»Ich verstehe, was Ihr meint, Sir. Das Urteil wird bald verkündet werden.«

Beim Abendessen war Johannas angeblicher Ehemann tief in Gedanken versunken. Schweigend kaute er vor sich hin. Wobei die Themen, um die sich die Gespräche drehten – das Räuchern von Speck und ob sie morgen den Sattler aus der Stadt kommen lassen sollten, um das Zaumzeug und das Geschirr der Pferde nachsehen zu lassen – zugegebenermaßen auch nicht sonderlich spannend waren. Seit ihrer Rückkehr auf die Burg war Gervases Unterhaltung ungefähr so anregend gewesen wie das Mittagsmahl bei einem Schweigeorden.

»Einen Silberpenny!«

Johanna schaute erleichtert auf die silberne Münze auf dem Tischtuch. Es gab den alten Gervase also noch. Sie betrachtete einmal mehr das hellgoldene Haar, das ihm in die kluge Stirn fiel, den intelligenten Mund, die aristokratische Nase, die ihn auswies, der Bastard eines Edelmannes zu sein. Sie warf ihm einen bewundernden Blick zu, und ihre Lippen öffneten sich einladend. Sie wollte diesen Mann für immer an ihrer

Seite haben. Ohne ihn würde es der Welt an Glanz und Würze fehlen.

»Ist das ein Bestechungsgeld?«, fragte sie. »Oder die jährliche Pfefferkorn-Abgabe?«

»Nein, ein Silberpenny für Eure Gedanken.«

»Ich denke daran, dass ich Euch verliere.« Zuschlagen und schmieden, solange das Eisen noch erreichbar war, um nicht zu sagen heiß. Sie musste ihm ihren Namen in sein Herz brennen.

»Runzelt nicht so die Stirn, mein süßes Herz. Eure Zehen haben bis jetzt kaum das Wasser berührt. Aber bei der Seele meines Vaters, viel tiefer solltet Ihr auch nicht hineinwaten.« Er warnte sie also – mit leicht dahingesagten Worten. Begehren, aber keine Liebe; Freundschaft, aber keine Verpflichtung; Freundlichkeit, aber keine Leidenschaft.

»Gervase, es kann in einem Wimpernschlag geschehen. Ein Kind kann im Bruchteil eines Augenblicks ertrinken, wenn gerade niemand hinschaut, und was mich angeht – ich kann nicht schwimmen.«

Seine blauen Augen waren tief wie das Meer. Ein Meer aus Mitgefühl, um darin unterzugehen. Aber es lag auch Wachsamkeit darin. »Muss ich Euch auch das lehren, Johanna?«

Gott allein wusste, was sie ihm geantwortet hätte, wäre der Haushofmeister nicht in die Halle gelaufen gekommen, alle seine Würde vergessend.

»Madam! Sir! Die Enderby-Männer haben Agnes zurückgebracht!«

Während alle Mitglieder des Haushalts in der Halle feierten, saß Johanna im Südturm und wiegte die schluchzende Agnes in ihren Armen. Die beiden Frauen würden ab jetzt die Tage zählen.

Johanna hatte Geraint hinausgeschickt, trotzdem kehrte er kurze Zeit später in ihr Schlafgemach zurück. Mit Jankyn und dem Spielmann auf den Fersen. Sie starrte das Trio in hilflosem Zorn an, aber ihre in Tränen aufgelöste Agnes richtete sich in ihren Armen auf und wurde ein wenig munterer. Also gestattete Johanna es den Männern, zu bleiben. Jankyn war der arme Singvogel gewesen, den Martin de Scruton nach dem Mittagsmahl mit seinen Krallen gepackt hatte, doch nichtsdestoweniger freute er sich wie ein Hund, der einen Knochen gestohlen hatte, und prahlte damit, dass selbst Stephen de Norwood keine besseren Antworten hätte geben können.

Ein Blick von Johanna brachte ihn zum Schweigen, und gutmütig setzte er sich zu Agnes' Füßen nieder. Die drei Männer bestritten die Unterhaltung und taten, als wäre das Leben zur Normalität zurückgekehrt. Sie machten das Gemach zur Taverne, in der Musik erschallte, zu der die Frauen im Takt mit den Füßen wippten oder die sie zu Tränen rührte. Sie sangen für Agnes, bis Father Gilbert aus seiner Kammer herübermarschiert kam und rief, dies sei der heilige Tag, an dem der gesegnete Erlöser die Geldverleiher aus dem Tempel vertrieben hätte.

»Steht auch in den Evangelien, dass unser Herr und Retter die Musikanten daraus vertrieben hat?«, fragte Geraint seine Gefährten. Aber die Musik verstummte.

Es dauerte Stunden, all ihren Mut zusammenzunehmen und an Geraints Tür zu klopfen. Die gemurmelte Antwort konnte kaum als Erlaubnis gelten, dennoch hob Johanna den Riegel leise hoch. Ein Paar Stiefel, das im Weg lag und über das sie stolperte, verdarben ihr den geplanten leisen Einzug in sein Schlafgemach.

Ein kurzer, derber Fluch von Geraint war zu hören, Johanna rappelte sich hoch und schrie auf, als sie sich den Kopf stieß.

»Johanna? Höllenfeuer!«

Starke Hände tasteten nach ihren Armen, um sie hochzuziehen. Aber ihr Hemdsaum hatte sich unter ihren Füßen verfangen, und Geraint musste sie festhalten.

»Könntet Ihr eine Kerze anzünden, bitte?«

»Wenn Ihr es wünscht. Vielleicht würdet Ihr Euch die Mühe machen zu erklären, warum Ihr hier seid?«

Er ließ sie los und hielt einen Docht in das Feuer. Er erhellte mehr, als Johanna erwartet hatte.

»Ohhh!«

Geraint war völlig nackt. Der Pelz der dunkelblonden Haare, der seine breite Brust bedeckte – oh, das hatte sie schon vorher gesehen. Aber sie konnte nicht anders und musste dem Verlauf der Haare mit ihrem Blick folgen – bis dorthin, wo die Haarlinie zwischen seinen schmalen Oberschenkeln verschwand. *Du musst versuchen, Fulk zu vergessen*, mahnte ihre innere Stimme eindringlich, *oder du wirst nie genesen*. Sie unterdrückte ihr gottgegebenes Schamgefühl und beschloss, sich wie eine erfahrene Frau zu benehmen.

Seine Haut war nicht so bleich wie die des alten Fulk. Im Kerzenschein schimmerte sie wie Gold, und Johanna sah die Narben, die sich hell davon abhoben. *Denk dir, du bist ein Maler*. Ja, das half. Er hätte für den David am Hofe König Sauls im heiligen Jerusalem Modell stehen und dafür eine Bezahlung verlangen können. Nein, David musste magerer gewesen sein. Ihre Gedanken wandten sich weltlichen Gestalten zu – eher ein nackter Lancelot? Nun, das passte.

»Soll ich mich für Euch einmal drehen?« Geraint versuchte, nicht zu lachen. Johannas Gedanken spiegelten sich auf ihrem Gesicht wider wie die Wellen auf einem windgepeitschten See. Überraschung und Panik waren aus ihrem Blick gewichen und hatte einer fast schon wissenschaftlichen Betrachtung Platz gemacht. Ob sie vielleicht Augenmaß für einen Lendenschurz nahm?

»I-ich … verzeiht.« Errötend wandte sie den Blick ab und schaute auf den leeren Strohsack. »I-ich wusste nicht, dass Ihr schon zu Bett gegangen seid«, entschuldigte sie sich. Ihre Stimme klang belegt.

Unbekümmert ob seiner Nacktheit zuckte Geraint die Schultern. »Jankyn bechert noch mit dem Haushofmeister – er schläft nie vernünftig.« Sein Ton war spöttelnd und dazu gedacht, Johanna herauszufordern, ihn anzusehen.

»Könntet Ihr Euch bedecken – geht in Euer Bett zurück. Euch ist sicherlich kalt. Ich bin gekommen, um Euch etwas zu fragen – aus Freundschaft, möchte ich hinzufügen –, also versteht es bitte nicht falsch.«

Er machte keine Anstalten, ihr zu gehorchen. Entspannt stand er vor dem erlöschenden Kaminfeuer. »Warum hat die Angelegenheit nicht Zeit bis zum Morgen?« Seine Frage klang herablassend.

Er soll verflucht sein, schäumte Johanna. Diese Pose war kalkuliert! Schamlos gab er ihr die Möglichkeit, seinen gut gebauten Körper mit sündigem Blick zu betrachten.

»Ihr seid eitel«, flüsterte sie.

»Nein, ich habe andere Gründe, aber ich kann Euch einen Eimer holen, falls Ihr glaubt, dass Euch schlecht wird.«

»Mir wird nicht – oh, um Himmels willen, Gervase.«

»Es ist kalt, Mylady. Dauert die Einleitung noch länger, oder würde es Euch etwas ausmachen, zum Anlass Eures nächtlichen Besuches zu kommen?«

»B-bitte, würdet Ihr damit aufhören, so ... so kalt zu sein.«

»Ich kann mir denken, was Euch hierher geführt hat. Wollt Ihr endlich zur Sache kommen?«

Ja, sie hatte sich ihre Rede zurechtgelegt, aber für Eventualitäten wie diese hatte sie keine alternative Version parat. Sollte er die Pocken kriegen! »Ihr werdet bald fortgehen, und wir werden uns wahrscheinlich nie wiedersehen.«

»Immer langsam mit den jungen Pferden, meine Süße. Ich hatte eigentlich nicht vor, ohne mein Morgenmahl zu gehen.«

»Seid still – bitte. Ich möchte ein Kind haben.«

Das vertrieb das Lächeln von seinem – nun, von seinem Rücken, den er hatte sich abrupt abgewandt. Jede Faser in ihm spannte sich an, und ein ärgerlicher Fluch lag ihm auf der Zunge, aber dann lachte er.

»Eure Bitte verwundert mich, denn sie sieht Euch ganz und gar nicht ähnlich. Die Sterne müssen gerade in einer seltsamen Konstellation stehen.«

Geraints Worte straften seinen inneren Aufruhr Lügen. Blicklos starrte er an die Decke und kämpfte gegen das Verlangen an, Johanna in die Arme zu nehmen und in ein falsches Paradies zu führen. Er hatte diesen Moment gefürchtet, seit er beobachtete, wie sie Stück für Stück und Tag für Tag ihren Mut zurückerobert und gelernt hatte, wieder zu vertrauen. Und dass er sie von dem Keuschheitsgürtel befreit hatte und ihr mit Freundlichkeit begegnet war, hatte unausweichlich dazu geführt, dass diese eben flügge gewordene Liebe versuchte, sich an ihn zu binden.

Ein Kind? O nein, das war nur der mit Worten verbrämte Ausdruck dessen, was sie wirklich wollte. Sie versuchte, ihn festzuhalten. Sie wollte ihn mit einem Netz aus Verlangen und Liebe fangen und an sie fesseln. Und es wäre so einfach, sie zu lieben. Mit seinem Verstand und mit seinem Körper.

Über die Schulter warf er einen Blick auf Johanna. Seine abweisende Haltung hatte sie getroffen, denn sie hielt den Kopf gesenkt. Er empfand Mitleid mit ihr – aber auch für sich. Er brauchte Zeit zum Nachdenken.

»Ich habe auf dem Rückweg von Richmond viel darüber nachgedacht.« Johanna hatte unverwandt auf ihre verschränkten Hände geschaut und sah jetzt auf. Geraint wandte sich ihr wieder zu und betrachtete sie mit gerunzelter Stirn.

»Ich verstehe.« Geraint ging zum Bett, griff nach der Überdecke und warf sie sich um die Schultern. In dem dunkelbraunen Umhang stand er wie ein Druidengott vor ihr. »Ihr wollt, dass ich mit Euch liege.«

»Nun … ja … wenn Ihr mögt.«

»Aber, Johanna, heißt es nicht, dass Frauen nur empfangen können, wenn sie Lust empfinden? Und habt Ihr mir nicht des Öfteren gesagt, dass ihr den geschlechtlichen Akt ekelerregend findet?« Lachte er sie aus? Verbarg er seinen Spott hinter diesen berechtigten Einwänden?

»Nun, ich dachte, wenn ich versuche, nicht daran zu denken, oder …«

Sein Kinn straffte sich bei ihren ungeschickten Worten.

»Dies ist nicht leicht für mich, Gervase, aber i-ich … ich möchte etwas behalten, das ich lieben kann. Ich weiß, dass wir uns kaum kennen, aber …«

»Der Erfolg dieses … Vorganges wird von verschiedenen Dingen beeinflusst, Johanna. Er hängt von der Mondphase ab, und von Eurer Fruchtbarkeit« – er spuckte dieses Wort aus, als sei es giftig –, »und auch von Eurer Unsicherheit, ob Ihr es wirklich wollt. Es kann nötig sein, den Akt einige Male zu wiederholen. Und selbst dann kann es erfolglos sein.«

Wie ein Advokat trug er seine Argumente vor, und Johanna, die den ganzen Tag und den Schutz der Dunkelheit gebraucht hatte, diesen Entschluss zu fassen und in die Tat umzusetzen, stand nur da und war den Tränen nahe. Sie fühlte sich wie ein Käfer, der von Gervase mit dem Absatz zertreten wurde.

Bleibe fest, sagte sie sich, *lass nicht zu, dass er dich reizt.*

»Sir, ich bin gekommen, um Euch aus Freundschaft darum zu bitten.«

»Freundschaft.« Er wägte das Wort mit bitterer Zärtlichkeit ab. »Was Ihr wollt, hat andere Namen.«

Sie zitterte unter seinem dunklen Blick, aber nicht vor Angst. »Es wäre ein Leichtes für Euch.«

»Nein.« Seine Stimme klang müde. Er wandte sich ab, und diese Geste war ebenso abweisend wie seine Worte. »Ich kann nicht über meine Gefühle gebieten, wie es Euch gefällt.«

»Aber ich –«

Sie sah nicht, dass seine Hand zitterte, als er sie gegen die geschlossenen Augen presste. »Mylady«, selbst seine Stimme musste er beherrschen, damit ihm nicht ungewollte Worte über die Lippen kamen. »Johanna, Ihr bietet mir ein Geschenk an, das ich nicht annehmen kann.«

»Aber Ihr werdet darüber nachdenken«, sagte sie, als Geraint zur Tür ging und sie ihr aufhielt. Sein Gesicht war undurchdringlich.

»Wie könnte ich das nicht«, erwiderte er dunkel und schloss die Tür hinter ihr.

27

Am nächsten Morgen schien es Johanna sicherer, in ihrem Schlafgemach zu bleiben und sich die Wunden zu lecken. Gervase hatte Recht daran getan, sie abzuweisen.

»Mylady!« Das Pfeifen vor der Tür kam von Jankyn. Johanna lächelte über Agnes, die noch auf ihrer Strohmatte schlief, und entriegelte selbst die Tür.

»Mein Herr sagt, Ihr sollt ihn auf die Falkenjagd begleiten. Es ist so ein schöner Tag.«

»Sag ihm, er soll von mir aus hängen, Jankyn!«

»Meine süße Lady, in den letzten drei Wochen haben die Schlüsselblumen ihre Röckchen entrollt, und sie wollen bewundert werden, ehe sie verwelken. Die Feldlerchen schmettern eine Hymne auf die aufgehende Sonne, und Ihr brütet hier – ich bitte um Verzeihung –, aber Ihr brütet hier dumpf vor Euch hin, wie ein Zecher, der in der letzten Nacht zu tief in den Becher geschaut hat und den jetzt das Kopfweh plagt. Ihr verschwendet kostbare Stunden!«

»Pack dich, Jankyn. Ich bin böse mit deinem Herrn.«

»Aber er ist auch Euer Herr, oder zumindest soll die Welt es so sehen. Er sagt, wenn Ihr nicht kommt, dann wird er Euch holen, und wenn es sein muss, quer über seinen Sattel werfen.«

Agnes war aufgewacht auf und blinzelte. »Er ist Euer Gemahl, Mylady, und es ist ein wunderschöner Morgen.«

»Ihr werdet bitte tun, was ich sage.« Geraint, die Satteltasche über die Schulter gelegt, blieb vor ihrer Tür stehen. Als Antwort erhielt er ein Schulterzucken. »Also gut, Madam. Ich befehle es Euch nicht, ich *bitte* Euch um Eure Begleitung, und ich werde es sehr übel nehmen, wenn Ihr auf meine kurzlebige Demut mit weniger als weiblicher Höflichkeit antwortet.«

Der April war sanft geworden. Der Wind wehte leicht von Westen her, und obwohl der Himmel von Wolken getupft war, ballten diese sich nicht trotzig zusammen. Wie ein Ritter und seine Dame ritten sie mit ihrer Eskorte und Sir Geoffrey an deren Spitze durch die Felder. Es ging über steinige Wege in das Hochland, auf dem die Schafe frei umherstreiften. Es war zu vollkommen. Ein Hirtenjunge blies eine heitere Melodie auf seiner Rohrflöte, als sie vorbeiritten, und Geraints Dank flog ihm in Form eines blanken Silberpennys zu.

Es war unübersehbar, dass der Frühling seinen Einzug gehalten hatte, und Johanna, die es gleich zu welcher Jahreszeit genoss, sich in den Tälern aufzuhalten, war stolz auf die Schönheit der Landschaft. Der Schlehdorn schmückte sich mit zarten weißen Blüten und säumte die Ränder der gepflügten Felder, und dichtes Weißdorn- und Brombeergesträuch an den Wegen wich dunklen Eiben, die am Fuß des Hügels standen. Dort, wo das Moor begann, wuchsen Stechginster und Farnkraut, das durch den Winterschnee braun und vertrocknet flach den Boden bedeckte. Der Südhang des Hügels, der sich bis zu einer Kirche und einer Ansammlung von Hütten, Pferchen und Ställen sanft herunterschwang, war von unzähligen Schafen gesprenkelt.

Geraint hatte den Merlin Lady Constances auf die

Jagd mitgenommen, und Sir Geoffrey probierte zum ersten Mal seinen jungen Falken aus. Als die Sonne fast im Zenit stand, holten die Männer Lederflaschen, weiches Weißbrot und reifen Käse aus den Satteltaschen hervor. Johanna, die sich glücklich und heiter fühlte, wurde eingeladen, auf einem abgeschnallten Packsattel Platz zu nehmen. Die Burgmannen hatten ihre Umhänge ins Gras gelegt und sich darauf zum Essen niedergelassen. Die satten Vögel dösten, den Kopf unter der mit kleinen Quasten verzierten Haube, auf ihren Sitzstangen. Das Moos unter Johannas Füßen fühlte sich wunderbar samtig und weicher als jeder Teppich an. Verführt von dessen Weichheit zog sie ihren Handschuh aus und strich darüber. Sie staunte, wie tief sich das Moos unter ihren Fingerspitzen erst duckte und dann anschmiegte.

Geraint lag auf dem Rücken ausgestreckt zu ihren Füßen und hatte sich einen Arm über das Gesicht gelegt. Johanna schaute auf ihn hinunter, und trotz der Zurückweisung in der vergangenen Nacht empfand sie einen so überwältigenden Gefühlsansturm, dass sie Mühe hatte, die Tränen zurückzuhalten. Es waren nicht nur Freudentränen über diesen schönen Tag, sondern auch Tränen der Trauer, dass die Freude, die sie in seiner Gegenwart spürte, so vergänglich sein musste. Dieser Falke würde davonfliegen, und sie besaß weder Land, um ihn zu locken, noch irgendeine andere Fessel, die stark genug war, ihn zu halten.

Jetzt setzte er sich auf und sprach mit Sir Geoffrey. Der Wind spielte in seinem Haar. »Mylady und ich werden später nachkommen. Wir treffen uns dann an der vereinbarten Stelle.«

Sir Geoffrey hob in freundlichem Gruß die Hand. Seine Miene drückte Nachsicht, aber auch eine Spur von Wachsamkeit aus. Johanna war überzeugt, dass er noch mehr Anweisungen von Gervase bekommen hatte. Sie dachte darüber nach, während die Männer aufstanden und zu ihren Pferden gingen.

»Kommt.« Geraints Schatten fiel auf ihr Gesicht, aber es war Sir Geoffrey, der ihr beim Aufstehen half und sie dann mit Geraint allein ließ. Mit fast väterlichem Instinkt schien er zu spüren, dass die beiden etwas zu bereden hatten.

Johanna war aufgebracht, dass Gervase über sie verfügte, ohne nach ihren Wünschen zu fragen. Dann schoss ihr die Frage durch den Kopf, ob eine Entschuldigung anstand, und sie beschloss, ihn ein wenig zappeln zu lassen. Er fasste nach ihrer behandschuhten Hand, aber Johanna verweigerte sie ihm und ging einige Schritte von ihm fort. Was hatte Gervase vor? Er musste wissen, dass sie sich in seiner Gegenwart unbehaglich fühlte. Glaubte er, die bezaubernde Lieblichkeit dieser Landschaft würde den Schmerz über seine demütigende Zurückweisung mildern? Oder begann er, Abschied zu nehmen?

Statt ihr zu folgen, ergriff Geraint die Pferde bei den Zügeln. Johanna biss sich auf die Lippen und blieb stehen, um zu warten, dass er sich ihr anschloss. Als er ihr den Zügel ihres Pferdes reichte, fragte sie: »Ist dieser Ausflug ein in Honig getauchter Happen, der Euren bevorstehenden Weggang versüßen soll?«

Er lächelte und hob widersprechend die Hand. »Nein, wir suchen nach Brachvögeln, und jedes Mal, wenn Ihr einen hört, werde ich Euch küssen.«

Sie wünschte, sie hätte es heute Nacht fertig gebracht, ihn zu treten. »Vielleicht wären Kaninchen die sicherere Wahl. Ich bin durch die Höhenluft ziemlich taub geworden.«

Der traurige Ruf drang an ihr Ohr, und ein

schwarz-weißer Vogel erhob sich schwerfällig von der Hügelkuppe. »Das war ein Kiebitz«, erklärte Johanna ernst.

Geraint zuckte die Achseln und ging voran, sodass sie gezwungen war, ihre Röcke zu raffen und ihm über das reiche, dunkle Braun des engen Saumpfades hinterher zu laufen.

Die Hände in die Hüften gestützt, die Beine gespreizt und mit einem amüsierten Lächeln um den Mund wartete er auf sie. Der Wind spielte sanft mit seinem Umhang. »Ich könnte Euch zu einem Wettkugeln den Hügel hinunter herausfordern, aber das würde Eure Eskorte schockieren und die Pferde scheu machen«, rief er ihr zu und ging dann weiter, als wüsste er, dass sie ihm wie Eurydike bis in eine andere Welt folgen würde.

Eine kleine Gruppe von Schafen floh vor ihnen, nur ein kleines Lamm, das noch keine Furcht kannte, blieb stehen. Es stand vor dem hoch gewachsenen Mann und blökte ihn an, ehe es sich trollte, um den anderen zu folgen.

Auch wenn Johanna Widerspenstigkeit vorgab, so genoss sie im Stillen diesen seltenen Ausflug. Alles erregte ihre Aufmerksamkeit und Bewunderung. Sogar ein abgestorbener Baum, dessen Wurzeln mit Geröll bedeckt waren, war in seiner Ausgezehrtheit überwältigend schön. Beim Anblick eines verwitterten Kaninchenschädels wurde sie traurig, und sie wandte den Blick davon ab. Alle ihre Sinne richtete sie auf den Mann, der neben ihr stand.

Er führte sie hinauf bis zu einem Einschnitt im geschwungenen Hügelrücken, von wo aus sie weit in das Land hineinschauen konnten. Johanna fühlte seine Hände auf ihren Armen, als er dicht hinter ihr stand, und wünschte sich, dass von nun an jeder Tag so wie dieser sein würde. Er schlug ihren Schleier zurück, schob ihren Zopf zu Seite und küsste ihre Schulter.

Ein Vogelruf erscholl.

»Das war ein Brachvogel.« Geraint lachte, drehte Johanna zu sich um und fasste sie um die Taille. Als spürte er ihr leises Sträuben, hauchte er nur einen leichten freundschaftlichen Kuss auf ihre Lippen. Dann nahm er sie bei der Hand und führte sie von der Hügelkuppe herunter. Der Wind zerrte am langen Hutschwanz seiner Haube und spähte neugierig unter Johannas Röcke, die er wie stolze Segel blähte.

Sie war froh, als sie an eine windgeschützte Senke kamen und sie wieder die Sonnenwärme spürte. Geraint ließ den Zügel seines Pferdes fallen und legte sein Wehrgehenk ab. Seinen Dolch legte er in Reichweite neben sich, als er sich in das Moos setzte.

Geraint schien ihre Schüchternheit nicht zu bemerken. Er lächelte sie an, ehe er sich zurücklehnte, die Hände hinter dem Kopf verschränkte und die Augen schloss. »Es ist zu schön hier, um schon zurückzugehen«, meinte er und ließ Johanna keine andere Wahl, als ihren Umhang neben ihm auszubreiten und sich zu setzen. Er legte den Arm um sie und küsste sie zärtlich.

»Ich schwöre Euch eines, Mylady«, sagte er ernst, nachdem er tief Luft geholt hatte, »es wird Euch besser gefallen, als es einer tugendhaften Frau gefallen sollte.«

Geraint sah, wie ihre schönen Augen vor Überraschung strahlend hell wurden. Wie ein erstauntes scheues Waldgeschöpf sah sie für ihn aus.

Geraint streifte ihr das Hemd über die Schultern und enthüllte eine ihre Brüste. Mit dem Zeigefinger strich er über den dunklen Hof ihrer Brustwarze, bis er wusste, dass Johanna ihn voller Verlangen ansah, dass sie sich danach sehnte, dass er die Spitze berührte, doch es war sein Mund, der davon Besitz ergriff.

»Warum jetzt, Gervase? Gestern Nacht habt Ihr mich noch abgewiesen.«

Er hob den Kopf. »Ich bin ein Freigeist, mein Liebling, kein Deckhengst, der von der Stute zur Zucht geführt wird.« Sein Gesicht spannte sich an, und als er Johanna ansah, empfand er ein Gefühl, das so alt wie das Paradies war. Er ließ die Hand unter ihren Rock gleiten, und mit dem Geschick des in der Liebe Erfahrenen teilte er ihre Beine und suchte nach der Antwort, die er schon einmal gefunden hatte.

»Ohh.«

Mit Befriedigung sah er, wie ihre schönen Brüste sich hoben und senkten, als Johannas Atem schneller wurde. Er wusste, dass er sie gewonnen hatte, und sprach ein stummes Dankgebet …

»Ich wünschte …«, murmelte sie später und verstummte. Sich etwas zu wünschen hätte den Zauber zerstört. Sie strich ihm das zerzauste Haar aus der Stirn.

Er zog sie hoch. Sie richteten ihre Kleider, dann legte er sich das Wehrgehenk um und pfiff nach den Pferden, dass sie ihm folgten. Als er Johanna in das offene Grasland hinausführte, legte er den Arm um ihre Taille. Vielleicht, dachte sie, ist dies ein Anfang.

»Wie lange werdet Ihr nach der Urteilsverkündung bleiben – wenn das Urteil nicht gegen uns ist?«

»So lange, wie es angebracht ist. Vielleicht eine Woche. Ich will fort sein, ehe dieser Hundesohn Fulk kommt, um wie ein schlecht gelaunter Verwalter ans Tor von Conisthorpe zu klopfen.«

Eine Woche, nur eine Woche!

Johanna wollte ihm sagen, dass sie ihn liebte und dass sie vergehen und sterben würde, wenn er sie verließ. Aber er gehörte ihr nicht; er hatte ihr nie gehört. Gott hatte ihn für eine kurze Zeit zu ihr geschickt. Gervase war ehrlich gewesen, er hatte nie ein Geheimnis aus seiner Absicht gemacht, fortzugehen, sobald er konnte. Würde er sie lieben, würde er jetzt nicht einen solchen Eifer zeigen zu gehen. Nein, sie musste aus diesem einen Augenblick das Beste machen.

Geraint spürte, wie sehr sie ihre innere Kraft zusammennehmen musste, um sich gegen den unvermeidlichen Abschied zu wappnen. Er hob ihre Hand an seine Lippen.

»Ihr seid genesen, Mylady, und Ihr werdet von Euren beiden langweiligen Ehemännern frei sein. Ich werde Euch eines fernen Tages die Nachricht senden, dass es Gervase de Laval nicht mehr gibt. Vielleicht werden die Schotten ihn mit einem Dolch massakriert haben, vielleicht wird er schimpflich an der Ruhr krepiert sein.«

»Bitte, sprecht nicht so.« *Nicht nach dem, was wir gerade miteinander geteilt haben.*

»Ihr werdet Euch in irgendeinen Lord aus der Umgebung verlieben.«

»Mit Eurem Kind in mir.«

»Das bezweifle ich, Lady. Eine Vereinigung macht noch kein Kind.«

Und dennoch hatte er sie heute bewusst dieser Möglichkeit ausgesetzt. Gestern Nacht war er wütend gewesen, heute war er dazu bereit gewesen.

»Falls … falls Ihr mich geschwängert habt, dürfte ich für diesen Fall nach dem Namen des Kindsvaters fragen?«

»Nun, Gervase de Laval.« Die Antwort kam sehr schnell.

Geraint würde Gervase töten, um Johanna von ihm zu befreien. Irgendein elender, weit gereister Brief würde sie erreichen, absichtlich in irgendeinen ausländischen Hafen geschickt mit dem Auftrag, ihn zurückzusenden. So würde niemand dessen Authentizität anzweifeln können. Seine Gründe mussten egoistisch sein, wohlriechend nach süß duftender Selbstlosigkeit; er musste sie befreien, um selbst frei bleiben zu können.

»Soll ich Euch tragen? Ich hätte nicht gedacht, dass der Weg so uneben sein würde.«

Das untere Tal hatte sich stark verengt, und der Pfad war übersät von heruntergefallenen Steinen und von Schafsdung. Stein lag an Stein, und Johanna, die nur dünnsohlige Schuhe trug, fiel das Gehen zunehmend schwerer. Vorsichtig trat sie von einem Stein auf den nächsten, stets auf der Hut, um sich nicht den Knöchel zu verdrehen. Die Klamm war jetzt so eng, dass sie den Fels rechts und links mit den Händen berühren konnte.

»Das ist Kalkstein«, erklärte Geraint, als sie mit den Fingerspitzen die Oberfläche befühlte. »Seht dort oben, wie die Baumwurzeln in die Platten hineingewachsen sind und den Stein aufgesplittert … haben.« Das letzte Wort sprach er zögernd aus, sein ganzes Verhalten veränderte sich. Er erstarrte und hielt warnend die Hand hoch und bedeutete Johanna, still zu sein.

Sie dachte, es wäre irgendein wildes Tier, doch dann zog Geraint leise sein Schwert, nahm langsam das schmalere Wehrgehenk von seiner Schulter und band das Signalhorn los, um es Johanna zu geben.

Mit angehaltenem Atem nahm sie es. Er gab ihr durch Gesten zu verstehen, dass sie auf sein Zeichen hin das Horn blasen und aufs Pferd steigen sollte.

Dann ließ er die Hand sinken und stürmte um die Biegung der Klamm.

Johanna blies so kräftig sie konnte und schrie auf, als ein Soldat sich vom Abhang herunterfallen ließ und ihr den Weg zu den Pferden abschnitt. Sie rannte Geraint hinterher, so schnell es das Geröll zuließ. Er stand mit dem Rücken zur Felswand und wurde von zwei Rittern attackiert. Einen dritten Mann hatte er bereits ins Jenseits geschickt.

Johanna setzte wieder das Horn an die Lippen, aber der Soldat, der ihr gefolgt war, stieß es zur Seite und packte sie an den Zöpfen. Sie machte sich schwer in seinen Armen, und trat und schlug um sich und brachte ihn dadurch aus dem Gleichgewicht. Er lockerte den Griff, um seinen Sturz abzufangen. Ehe er sie wieder richtig packen konnte, griff sie sich einen Stein und schlug ihm damit ins Gesicht. Der Mann schrie auf, hielt sich die Hände vor die Nase und taumelte zurück. Zwischen seinen Panzerhandschuhen quoll in kleinen Rinnsalen Blut hervor.

»Packt sie!«, schrie Edgar de Laverton. Er zog seine Klinge gegen Geraint. Ein zweiter Ritter kam auf Johanna zu, seine Schwertspitze war blutig. Zur Seite springend geriet Johanna ins Stolpern, verlor den Halt und fiel auf Knie und Hände. Sie mühte sich ab, auf die Beine zu kommen, doch ihre langen Röcke behinderten sie. Mit beiden Händen griff sie sich Steine und schleuderte diese gegen die Schienbeine ihres Angreifers. Hinter sich hörte sie das angestrengte Keuchen der Kämpfenden und jeden klirrenden Schlag, der fehlgegangen war und die Felswand getroffen hatte. Sie durfte sich jetzt nicht umdrehen.

Geraint reizte Edgar. »Und sagt Eurem widerlichen Herrn, dass ich gerade mit meiner Lady im Gras gelegen habe und wir viel Spaß miteinander hatten.«

Edgar stieß ein zischendes Lachen aus. »Dann sollte ich Euch besser kastrieren, bevor Ihr es noch einmal tut!« Mit diesen Worten stürzte er vor und zielte mit dem Schwert auf Geraints Unterleib, aber der Angegriffene sprang zur Seite. Er hatte seinen Umhang als provisorischen Schild mehrmals um seinen linken Arm geschlungen.

Johannas Angreifer hatte sich inzwischen gefangen und kam wieder auf sie zu. Er trat ihr mit dem Stiefel in den Bauch, sodass sie mit einem Aufschrei hintenüberfiel. Er kniete sich über sie und legte ihr sein Schwert quer über den Hals.

»Ergebt Euch, oder er wird ihr die Kehle durchschneiden«, knurrte Edgar de Laverton. Geraint sprang zurück. Er schien unentschlossen, als er seinen Gegner beobachtete.

»Was denn? Die Lady von Enderby ermorden? Dann werdet Ihr gewiss hängen!«

»Ich dachte, Ihr wollt mich lebend, Edgar«, gurrte Johanna.

»Haltet sie fest!«, keuchte ihr alter Feind und packte sein Schwert fester.

»Lasst sie los!« Sir Geoffrey stand mit gezogenem Schwert oberhalb der Klamm. Von jeder Seite her kamen die Conisthorpe-Männer herbeigelaufen.

Johanna, die von der scharfen Klinge noch immer auf den Boden gedrückt wurde, empfand plötzlich wahre Angst. Sie war der Talisman für die Freiheit.

Edgar zog sich zurück, bis er neben ihr stand. »Dort drüben hin – alle!«

Die Conisthorpe-Männer sammelten sich langsam auf der einen Seite der Klamm, und Edgar, der Geraint nicht aus den Augen ließ, hielt auf den engen Durchlass zu. Sein Gefährte, der Johanna hochgerissen hatte und ihr noch immer sein Schwert vor die Kehle hielt, tastete sich rückwärts Schritt für Schritt den Weg entlang und zerrte sie mit sich.

»Vielleicht wollt Ihr statt ihrer lieber mich als Geisel?« Geraint warf sein Schwert fort.

»Nein, mit dir würden wir nicht so viel Spaß haben wie mit ihr, obwohl wir es versuchen könnten«, schnaubte der Mann. In diesem Augenblick wagte Sir Geoffrey das Risiko: Er schleuderte einen Stein und traf damit den Nacken von Johannas Angreifer. Der Schwertarm des Mannes zuckte nach vorn. Blitzschnell sprang Geraint vor, versetzte Edgar einen Fußtritt und schlug dem so Überraschten das Schwert aus der Hand. Johanna, selbst erstaunt über ihre rasche Reaktion, hob die rechte Hand und versetzte ihrem Peiniger einen Handkantenschlag auf das Nasenbein. Er stieß einen Schmerzensschrei aus, und helles Blut sprudelte aus seiner Nase, trotzdem versuchte er, sie weiterhin festzuhalten. Doch jetzt gelang es Johanna, sich seinem Griff zu entwinden. Sie keuchte vor Anstrengung, während die Soldaten ihrer Mutter den Berghang herunterkamen.

Unter Siegesgebrüll trieben die Conisthorpe-Männer ihre Gefangenen den Weg entlang. Auf dem Feld hinter der Kirche gab Geraint ihnen das Zeichen zum Anhalten.

»Gebt ihm sein Schwert. Ich will ihn töten.«

»Nein!«, rief Johanna und versuchte, sich zwischen sie zu werfen, aber Sir Geoffrey hielt sie zurück.

Sie waren sich ebenbürtig; während Geraint der Überlegene war an Größe und Kraft, so war Edgar de Laverton agiler und leichtfüßiger, er umtänzelte seinen Gegenspieler und zeigte jetzt, da sie auf ebenem Boden kämpften, sein ganzes Kampfgeschick. Johanna barg das Gesicht an Sir Geoffreys Schulter; sie konnte es nicht ertragen, zuzusehen.

»Bringt sie in die Kirche!«, hörte sie Geraint rufen, aber sie würde sich nicht wegführen lassen. Jedes Klirren von Stahl auf Stahl sandte ihr Angstschauder den Rücken herunter. Die Rufe und Schreie der Conisthorpe-Männer und deren Schweigen verrieten ihr, wie der Zweikampf verlief. Lieber Gott, wenn Edgar Geraint tötete, dann würde das Licht, das ihre Welt erhellte, für immer erloschen sein. Wenn Edgar gewann, würde das Kirchengericht sie dazu verurteilen, zu Fulk zurückzugehen. Er würde sie in ihrem Bett festbinden und er würde -

Um sie herum brüllten die Männer wie im Blutrausch – und dann war es vorbei. Sie schaute auf und sah Geraint. Er konnte sich kaum auf den Beinen halten, und über seine Wange lief Blut, aber er lebte. Er warf sein blutiges Schwert fort und ließ sich auf den Boden sinken, keuchend rang er um Luft.

»Es ist alles in Ordnung, Mädchen.« Sir Geoffrey stützte Johanna, als sie unsicher auf Geraint zuging. Neben ihm sank sie auf die Knie und nahm ihn in die Arme. »O mein Geliebter, meine Liebe.«

Es war nur gut, dass Agnes inzwischen wieder nach Conisthorpe zurückgekehrt war, sonst hätte man ihr als Rache für Edgar de Lavertons Tod vermutlich die Kehle durchgeschnitten. Geraint war aufrichtig froh, dass es auf beiden Seiten genügend Zeugen gegeben hatte, die bestätigten, dass es ein fairer Kampf gewesen war.

»Das war ungefähr so klug, wie in Grimsby ohne Dolch in ein Hurenhaus zu gehen«, murrte Sir Geoffrey, als die Männer später bei einem Fass Bier im Wohnturm zusammensaßen. »Wenn ich und meine Kerle nicht zur Stelle gewesen wären …«

»Aber Ihr wart da, Sir, wenn auch ein wenig spät.«

»Schweinekotze«, erklärte der ältere Mann mit zurückhaltender Liebenswürdigkeit. »Ich wundere mich über Euch, mein Junge, ich wundere mich wirklich. Lady Johanna –«

»– hat eine gute Kampftechnik. Ich habe schon daran gedacht, ihr ein wenig Unterricht zu geben. Wenn diese Neuigkeit Robert the Bruce zu Ohren kommt, wird er sofort den Waffenstillstand erklären, und König Edward wird sie zum Ritter schlagen müssen«, erklärte Geraint grinsend.

»Ihr«, knurrte Sir Geoffrey, »seid eine Bedrohung für meinen Seelenfrieden, genauso wie Euer rotbäckiger Knappe.«

Weil sich das ganze Königreich und besonders die heilige Kirche auf das wichtigste Fest des Jahres vorbereitete, gestaltete sich Agnes' Vernehmung am folgenden Tag nur kurz. Anschließend zog sich der Examinator zurück, um sich mit dem Richter zu beraten. Währenddessen erhielt Geraint die Nachricht von Sir Ralph, dass dieser einen von Fulks Männern einer Befragung unterzogen und der Mann eingestanden hatte, welche Rolle Edgar bei Agnes' Entführung gespielt hatte. Richter William de Bedfort schien sich weit weg von Conisthorpe zu wünschen. Schon nach einer Stunde Beratung verkündete er, dass er alle eidlichen Zeugenaussagen gelesen habe und dass er, da der Fall durch Fulks Klagerücknahme nicht länger kontrovers sei, sein Urteil verkünden werde. Unverzüglich wurde ein Bote zur Burg hinaufgeschickt, um die Prozessbeteiligten einzubestellen, und als die Conisthorpe-Gesellschaft eintraf, war die Kirche mit Zuschauern voll besetzt. Von den Enderby-Leuten war dankenswerterweise niemand erschienen, und auch Lady Maud fehlte.

Richter William de Bedford sah säuerlich aus wie ein Holzapfel, und als er sich an die Beteiligten wandte, war sein Ton so scharf wie das Messer eines Schlachters.

»Die Entscheidung dieses Gerichts lautet, dass die Heirat von Gervase de Laval und Johanna FitzHenry rechtmäßig ist.« Die besagte Lady bemühte sich, würdevoll und gefasst auszusehen, aber am liebsten hätte sie ihre Freude laut herausgeschrien. Entsprechend seiner Rolle legte Geraint den Arm um Johanna und küsste sie auf die Wange. Seine Erleichterung war nicht gespielt. Er fühlte den Wunsch, Stephen de Norwood triumphierend zuzuwinken. *Drei Jahre! Wie sehr du dich geirrt hast!* Aber der gottesfürchtige Richter William war noch nicht mit ihnen fertig.

»Da jedoch der besagte Mann und die besagte Frau wie Mann und Frau miteinander leben und um irgendwelchen weiteren Ansprüchen gegen die besagte Beklagte vorzubeugen, wird hiermit angeordnet, dass der Kläger und die Beklagte vor Zeugen an der Kirchentür unverzüglich noch einmal das Ehegelübde ablegen werden und dass diese Ehe sofort vollzogen werden soll.«

»Oh, du lieber Gott«, flüsterte Lady Constance und presste sich den Handschuh vor den Mund.

Es war die Rache des Gerichts für Hugh Despensers Einmischung. Es hatte getan, was verlangt worden war, aber die Kirchenmänner hatten sich einen Rest von Macht bewahrt und bestanden darauf, dass die Gesetze der heiligen Kirche befolgt wurden. Wenn Gervase de Laval darauf klagte, dass seine geltend gemachte Ehe aufrechterhalten werden sollte, dann war das hier die Antwort für ihn. Die Gerechtigkeit war ihm auf einem Tablett serviert worden – nur dass dieses nicht aus Silber, sondern aus Rache geschmiedet war.

»Ich widerspreche!« Father Gilbert war vorgetreten, sein Ornat flatterte, als er heftig gestikulierte. Das Gericht hatte ihn einer Seele beraubt, die sich Gott hatte weihen wollen. Dann sah er Johannas entsetztes Gesicht, und er gab ihrem stummen Flehen nach. Wodurch er in die schwierige Lage geriet, eine Erklärung für seinen Einspruch geben zu müssen, ohne Argwohn zu erregen. Setzte er das Gericht über die Wahrheit in Kenntis, würde man ihn für mindestens drei Jahre vom Priesteramt ausschließen – oder sogar exkommunizieren. »I-ich widerspreche mit allem Respekt, dass Father Peter die Zeremonie durchführt. Als Lady Johannas Priester und als ihr Beichtvater bitte ich um die Erlaubnis, die Gelübde anzuhören.«

Johanna hörte, dass ihre Mutter hinter ihr erleichtert aufatmete. »Um Himmels willen, Gervase, macht gute Miene dazu«, flehte sie ihren zukünftigen Schwiegersohn an, als die beiden Priester vor den Richtertisch traten und unter den Zuhörern ein aufgeregtes Getuschel einsetzte.

»Ich bin verrückt vor Glück.« Geraint lächelte mit zusammengebissenen Zähnen. Es gab nichts, was er tun konnte, außer zu versuchen, so auszusehen, als sei heute sein Namenstag und man hätte ihm deshalb eine Karrenladung Gold geschenkt.

Richter William wandte sich an die Zuhörer. »Father Gilberts Bitte sei gewährt. Dieses Gericht wird nach der Osterzeit wieder tagen.«

»Madam!« Mit einem kühl-spöttischen Blick verbeugte sich Geraint übertrieben tief vor Johanna und bot ihr seinen Arm. Johanna fühlte sich, als würde ihr das Herz brechen. Nie hätte sie sich träumen lassen, dass der Prozess so ausgehen würde.

»Ihr müsst glücklicher aussehen, alle beide«, mahnte Lady Constance.

Geraint führte Johanna hinaus auf den Kirchhof. Dort ging er um sie herum an ihre andere Seite, legte die Hand an die Taille und verbeugte sich derart überschwänglich vor ihr, dass ihm die langen Ärmel flatterten. Dann bot er ihr wieder die Hand, und gemeinsam traten sie vor das Kirchenportal. Dort wartete bereits Father Gilbert auf sie, in geliehenen Kleidern und von Messgehilfen flankiert.

»Es ist nicht mein Fehler.« Fast unhörbar formte Johannas Mund diese Worte. Sie war erschreckt über die Wut, die sie hinter seiner lässig-gefassten Haltung ahnte. Ob er entgegen seinen Versicherungen schon verheiratet war? Oder gab es irgendwo eine Verlobte und die Chance auf die Heirat mit einer reichen Erbin, die nun durch diese aufgezwungene Ehe zunichte gemacht wurde?

»Sie heiratet Gervase de Laval«, sagte Lady Constance leise, als sie sich zwischen die beiden stellte. »Ihr könnt doch bestimmt seinen Tod arrangieren?«

»Gewiss kann ich das.« Geraints Ton hätte eine Eiche umsäbeln können. Trotzig warf er den Kopf zurück, als er auf das Hinterteil von William de Bedfords Pferd starrte, als dieses mit seinem tugendhaften Reiter davongaloppierte. »Falls ich jemals an diesen Sohn einer Hündin Hand anlege, dann …«

»Aber er glaubt, dass es das Richtige ist. Und wenn wir nicht als Lügner dastehen wollen, dann ist es das ja auch.«

»Davon war in unserer Absprache niemals die Rede.«

Linkisch wie zwei Karrenpferde, die aus dem Tritt gekommen waren, traten sie zusammen vor. Für Johanna war es das zweite Mal, dass sie mit wehem Herzen niederkniete, um mit leiser Stimme ein Ehegelübde abzulegen. Sie sollte Freude empfinden, aber ihr Freund war verschwunden, stattdessen kniete ein abweisender, gleichgültiger Mann neben ihr. Würde auch seine reiche Erbin ihn so erleben? Als einen nüchtern-sachlichen Bräutigam, der diesen Bund nicht aus Zuneigung schloss?

»Die Ehe soll noch in dieser Stunde vollzogen werden«, erklärte Sir Ralph, als er die Braut auf beide Wangen küsste und das glückliche Paar in den Sonnenschein hinausdirigierte. »Schließlich ist das ja nicht etwas, was ein junges Ehepaar wie Ihr nicht schon längst hinter sich gebracht hätte.«

Der Bürgermeister hatte bereits die Stadtmusikanten rufen lassen, und im feierlichen Geleit wurden Johanna und Geraint zur Burg hinaufgeführt. Inzwischen erteilte ihre Mutter Befehle, das große Bett zu richten und mit frischen Laken zu bespannen. Yolonya ließ es sich nicht nehmen, Kräuter darauf zu verteilen, die die Fruchtbarkeit fördern sollten. Sie war noch damit beschäftigt, als die Brautgesellschaft das Schlafgemach betrat.

»Bringt sie zu Bett«, befahl Sir Ralph. »Ich bin froh wie nie in meinem Leben, das glückliche Ende dieser Angelegenheit zu erleben. Bringt sie zu Bett, und alles wird geregelt und rechtens sein.«

Die Frauen bereiteten Johanna vor, indem sie sie entkleideten und ihr Haar lösten. Sie warf Geraint einen flehenden Blick zu, der ihn drängte, alle fortzuschicken, aber es schien, als sei er aus gefühllosem Stein gemacht. Sir Geoffrey und Sir Ralph gingen ihm zur Hand. Sie zogen ihm die Tunika aus, die Johanna für ihn bestickt hatte, und streiften ihm die Beinlinge ab. Sicherlich würde Gervase ihnen gleich Einhalt gebieten, ehe der Deputy Sheriff die verräterischen Narben sehen würde, aber er stand da wie eine willenlose Statue und ließ alles mit sich geschehen. Als die gezackten Ränder seiner Wunden entblößt waren, keuchte Sir Ralph unterdrückt. Gleichmütig begegnete Geraint seinem Blick.

»Ihr seid also Soldat«, stellte er fest. »Nun, ich denke, Ihr *werdet* nach Norden gegen die Schotten ziehen.«

»Da der Prozess jetzt vorbei ist – warum nicht? Können wir das hier jetzt hinter uns bringen?«

Sie zogen sich von Geraint zurück, und er stand Johanna gegenüber, gegen seinen Willen dazu gezwungen, sie anzusehen. Sicherlich verachtete er sie hierfür. Auch wenn sie diese erzwungene Verbindung mit dem Menschen einging, den sie mehr als alle anderen verehrte, selbst wenn er hinter seiner starren Miene ihre Verlegenheit teilte, den allgemeinen Blicken ausgesetzt zu sein, so stand sie doch ganz allein. Der schützende Mantel ihrer vollen Haare gewährte ihr etwas Schamgefühl, aber es war nicht lang genug, um ihr Geschlecht zu bedecken oder ihre Brüste ganz und gar zu verhüllen. Die Erniedrigung dieser öffentlichen Vereinigung war entsetzlich, aber noch schlimmer war die Gleichgültigkeit in seinen Augen.

Sie spürte den bewundernden Blick Sir Ralphs, hörte das wollüstige Schlucken des Bürgermeisters. Father Gilbert räusperte sich und erbat Gottes Segen für Johannas Fruchtbarkeit, nicht für ihr Glück.

Die Bettvorhänge wurden zurückgezogen, und sie wurden jeder zu einer Seite des Bettes geführt und aufgefordert, sich hinzulegen.

»Ihr werdet Euer Bein gegen das Eures Weibes legen«, wies der Bürgermeister sie an, und Johanna fühlte Geraints kühle Haut an ihrem Oberschenkel. Es war der Ritus, mit dem eine Prinzessin ihrem entfernt lebenden Bräutigam versprochen wurde. Der Stellvertreter des künftigen Ehemannes legte sein nacktes Bein gegen das der Braut, und die Heirat galt als unlösbar.

»Das dürfte genügen!«, dröhnte Sir Ralph und wandte sich an Lady Constance: »Das muss für alle auf Conisthorpe eine Erleichterung sein.«

»Das würde ich auch sagen«, stimmte Sir Geoffrey nachdrücklich zu und machte damit Father Gilberts säuerliches Benehmen wett.

Geraint griff nach der Bettdecke und zog sie hoch, um Johanna und sich damit zu bedecken. »Vielleicht solltet Ihr uns jetzt verlassen, damit wir diese lustvolle Gelegenheit zu einem, soll ich sagen – fruchtbaren? – Ende bringen.«

Johanna wartete, bis die Tür sich hinter Yolonya geschlossen hatte. Dann versetzte sie Geraint einen Hieb.

»Ich halte nichts von Gewalt«, sagte sie entschlossen, stieg aus dem Bett und griff nach dem Weinkrug, »aber das war jetzt fällig.« Sie schenkte sich viel zu viel von dem Wein ein, drehte sich zu Geraint um und trank ihm zu. Sie hatte den Becher zur Hälfte geleert, als er ihn ihr wegnahm. Selbstbewusst stand er vor ihr und legte ihr die kalten Hände auf den Po.

»Vielleicht könnte ich dieser Sache auch ein wenig Spaß abgewinnen«, sagte er herablassend.

»Nein, nichts da«, protestierte sie und schlug seine Hände weg. »Ihr habt mich behandelt, als wäre diese gerichtliche Anordnung meine Schuld. Nun, es tut mir sehr leid für Euch, aber dafür könnt Ihr mich nicht verantwortlich machen.« Sie stand vor dem

Fenster, vor dem sich langsam die Dämmerung herabsenkte, und wandte Geraint den Rücken zu, hin und wieder nippte sie von dem Wein. »Ist sie schön, Eure Erbin, oder hört Ihr nur die Münzen klimpern, anstatt dass Euch lüstern der Speichel aus dem Mund tropft?«

»Johanna!« Es war ein geflüsterter Protest, ein schwaches Rütteln an der Tür, die zwischen ihnen zugefallen war. Als sie den Kopf wandte, sah sie, dass etwas Menschlichkeit in seine blauen Augen zurückzukehren begann. Sie waren nicht länger kalt und ausdruckslos wie die Augen einer Marmorstatue. In ihrer Tiefe verbarg sich eine Seele.

Johanna betrachtete Geraint ungeniert, wobei sie sich fragte, ob ihr Ekel zurückkehren würde, wenn er jetzt grob zu ihr wäre. Sie war unter seiner Anleitung weit gegangen, aber dieser Mann konnte ihr zerbrechliches Selbstbewusstsein in kleine Stücke zertreten, wenn er es wollte.

Geraint seufzte. Es verlangte ihn danach, die Faust in Hughs Mandelaugen zu schlagen und den Richter so lange zu würgen, bis ihm die Augen aus den Höhlen treten würden. Und er hatte den Wunsch zu fluchen und zu fluchen, bis der Teufel sich aus Gewissheit über den Sieg über eine weitere Seele die Hände rieb.

Wenigstens konnte Johanna vom Gesetz her nicht mehr dazu gezwungen werden, wieder Fulks Bett zu teilen. Aber was ihm missfiel, das war diese angeordnete Vollziehung der Ehe. Und das selbstgefällige Grinsen William de Bedfords.

Johanna stand vor dem Fenster und schien ihre Nacktheit vergessen zu haben. Sie war die Verkörperung der Versuchung schlechthin, das Dämmerlicht ließ ihre Haut wie makellosen Alabaster schimmern. Und nach dem Gesetz war sie sein, ob er es wollte oder nicht, um zum Höhepunkt der Lust getragen und um behütet zu werden. Aber nicht von ihm.

»Glaubst du an die Hölle?« Es dauerte einen Augenblick, ehe Johannas Frage seine Gedanken durchdrang.

»Wenn es das Gute gibt, dann muss es auch das Böse geben«, erwiderte er heiser, als sie ihm das Gesicht zuwandte. Fest und verlockend ragten ihre Brüste aus der seidigen Flut ihrer Haare hervor. War diese schwarzhaarige Verführerin seine Johanna?

»Warum?« Sie wandte sich zur Seite und warf die dunklen Locken über die nackte Schulter zurück.

»Nun, wenn Gott existiert, kann es der Teufel wahrscheinlich auch.«

»Aber in jedem von uns steckt Gut und Böse, also sind Gott und Luzifer vielleicht auch Teil derselben Ganzheit.« Ihre Augen waren durchscheinend wie Edelsteine, sie schimmerten geheimnisvoll, als sie Geraint ansah und sich wünschte, dass er zu ihr kam. Das Spiel war so alt wie die Welt.

»Ihr seid jetzt frei«, sagte er und wandte ihr den Rücken zu, als er sich die Unterhosen wieder anzog. Hoffte er, deren weiches Leinen könnte seine wachsende Glut in Zaum halten? Er wollte Johanna, aber es war eine Frage des Prinzips. Wenn er sie jetzt zu ihren Bedingungen nahm, würde er ihr willfähriger Liebhaber werden, und das Fortgehen würde umso schwerer fallen. Fulk würde an die Tore hämmern, um ihn gewaltsam zu vertreiben, und auf keinen Fall konnte er sie mit sich nach Hause nehmen. Sein Zuhause – das war genau genommen dort, wo er seit Jahren nicht mehr gewesen war.

Er setzte sich auf das Bett, aber er hatte nicht mit Johannas Schnelligkeit gerechnet, das Erlernte dann anzuwenden, wann es *ihr* passte. Sie kniete sich hinter ihn, und ihre seidenweichen Oberschenkel umschlossen ihn. Wie die Flügel eines Schmetterlings streifte ihre Wange seine Schulter, als sie die Arme um ihn legte.

»Ich liebe dich«, flüsterte sie. »Du musst gehen, und ich werde dich gehen lassen, aber gib mir diese wenigen Tage, um mein Herz gegen die Kälte des Winters zu wärmen. Um es für die Zeit der Witwenschaft zu wappnen.«

Er hätte sich von ihr losgemacht und wäre einfach aufgestanden, aber ihre Finger stahlen sich unter die weichen Stofffalten zwischen seinen Beinen.

»Lady«, knurrte er. »Hört auf damit.«

»Ihr findet es unangenehm, Sir?«

Er konnte nicht länger denken, das unbändige Verlangen in seinen Lenden brauchte Erfüllung. Sie hatte seine Hose geöffnet, und ihre Fingerspitzen reizten ihn, fuhren langsam über seine empfindsame Haut. Sie zog ihn auf das Bett zurück und begann, für ihn und sich einen Traum aus Liebe und Leidenschaft zu weben.

Geraint ließ sich von ihr verführen. Er verstand, dass es dies war, was Johanna brauchte – einmal die Befehlsgewalt über das Universum zu haben, und er spürte, dass es ihn nicht störte. Es gab auch keine Sünde mehr, denn sie vollzogen ihre Ehe, und wenn daraus ein Kind entstand, so wäre das der sichtbare Segen dieser Vereinigung.

Mit gespreizten Beinen kniete sie sich über ihn und nahm ihn in sich auf. Er umfasste ihre Brüste, und Johanna ergab sich ihm ebenso, wie sie Hingabe von ihm forderte. Als die Lust ihn überwältigte, riss ein Strom nie geahnter Gefühle Johanna und ihn mit sich fort.

Als der Sturm der Leidenschaft vorüber war, hob er sie herunter und legte sie an seine Seite. Er hüllte sie in das Laken und zog sie an sich. Johanna schmiegte sich in die Wölbung seines Körpers.

»Mein geliebter Liebling«, flüsterte er und küsste sie auf die Schulter.

»Hast du mir verziehen?«, wisperte sie.

»Nein, noch nicht, oder besser gesagt, das Verzeihen ist noch nicht vollständig. Dazu braucht es einige Tage der Lust, Mylady – auch wenn Osterzeit ist. Ich denke, wir werden noch für vieles um Vergebung zu bitten haben, bevor ich fortgehe.«

28

Geraint blieb noch eine weitere Woche auf Conisthorpe. Er hatte zugestimmt, die Damen und deren Hab und Gut bis nach Blessington in der Nähe von Ludlow zu begleiten, wo Lord Alans Besitzungen lagen. Es gab gute Neuigkeiten. Edmund schrieb, dass er, sobald es für ihn sicher genug wäre, mit dem Schiff nach Frankreich reisen würde. Was Geraint die Möglichkeit gab, zu tun und zu lassen, was er wollte.

Agnes bekam ihre monatliche Blutung und blühte auf. Und schließlich entschloss sich Dame Christiana, mit dem Haushalt in den Süden gehen; Fulk gehörte zu der Sorte Mann, dem ihr Ruf als Heilerin höchst gleichgültig war und der sie wegen ihrer angeblichen Hexenkräfte anklagen würde. Sie hatte nicht den Wunsch, zusammengeschnürt wie ein Huhn am Bratspieß in den Fluss geworfen zu werden.

Johanna, die Geraint jetzt mit Fug und Recht seine Frau nennen konnte, hatte versucht, ein fröhliches Gesicht zu zeigen. Sie hatte überraschend die Order erhalten, sich dem Haushalt der Königin anzuschließen, und irgendwie hatte sie das von dem bevorstehenden Abschied abgelenkt. Andererseits war es offensichtlich, dass sie darauf gehofft hatte, Geraint würde bei ihr in Blessington bleiben oder sie auf seine Reisen mitnehmen. Es war schwer, ihr gegenüber unaufrichtig zu sein, ihr zu sagen, dass ihre Ängste grundlos waren, er wäre einer anderen Frau versprochen, aber er hatte nicht den Mut, sich noch stärker in ihrer Liebe zu verstricken. Auf Johanna wartete jetzt eine neue Zukunft. Es war das Beste, was er für sie tun konnte.

Was Johanna betraf, so hätte sie frohen Herzens die Möglichkeit ausgeschlagen, Königin Isabella zu dienen, solange sie nur mir ihrem Mann zusammen sein konnte. Und das trotz der Tatsache, dass ihre Bewunderung für die Königin sehr groß war.

»Widme dich dem Dienst für die Königin, Johanna«, belehrte Geraint sie auf der langen Reise zu ihrem Ziel westlich von Manchester. »Sie wird eine Frau zu schätzen wissen, die weiß, wie sehr man leiden kann.«

»Ha!« Johanna dachte dabei nicht nur an Fulk.

»Johanna, ich kann nicht für dich sorgen. Ich habe weder Land noch Einkommen, und ich habe einen Schwur abgelegt, den ich erfüllen muss. Man erwartet von mir, dass ich im Herbst am Waffengang gegen die Schotten teilnehme, aber bis dahin erwarten die Menschen meine Dienste, die mir nach meiner Flucht aus dem Kloster Schutz und Anstellung gegeben haben.«

»Und was machst du hinterher? Nachdem die Schotten euch wie eine Schweineherde schmachvoll zurückgetrieben haben?«

»Du wirst zu respektlos, Johanna. Ich werde nicht eher ruhen, bis das Königreich von einer armseligen Regierung befreit ist.«

»Wie edelmütig!«, schnaubte sie. »Du willst es also höchstpersönlich mit den Despensers aufnehmen? Ich denke mir, das Vermögen einer Erbin wird dir dabei den Rücken stärken. Das ist es, was du beabsichtigst.«

»Johanna«, er umschloss ihr Gesicht mit seinen großen Händen. »Bei Hofe wirst du lernen, dass deine kleine Welt in Yorkshire nicht mehr war als ein Bruchteil des Königreiches. Mit der Zeit wirst du es verstehen.«

Johanna hatte zu viel Zeit zum Nachdenken. Weil sie

in Klöstern und Abteien übernachteten, schlief sie allein, des Trostes und der Freude beraubt, die seine Nähe und sein Körper ihr gaben. Als sie Chester erreichten, hatte Johanna den Entschluss gefasst, alles über die Gepflogenheiten des königlichen Hofes zu lernen. Auf diese Weise könnte sie Gervase ebenbürtig werden und seine Helferin auf diesem politischen Feldzug werden, den er zu führen schien. Und es würde eine Möglichkeit sein herauszubekommen, wer Gervase war und welchen Mahlstein er an seinem Packgurt mit sich herumschleppte. Der Bastard irgendeines Adligen, vermutete sie.

Als sie Shrewsbury erreichten, verließ ihre Zuversicht sie wieder, und wie ein Krebs zog sie sich in ihren Panzer zurück, denn Ludlow lag jetzt nur noch drei Tagesritte weit entfernt.

Geraint plante, in Sugwas, etwas außerhalb von Hereford, einige persönliche Dinge zu erledigen. Er wollte den Mann aufsuchen, der ihn einst im Haushalt der Mortimers untergebracht hatte – Adam Orleton, den Bischof von Hereford. An dem Morgen, als sie Church Stretton passierten, gab Geraint seinen Entschluss bekannt, die Reisegesellschaft hier zu verlassen. Sie befanden sich jetzt einige Meilen südlich von Ludlow, das zu Sir Roger Mortimers Besitz gehörte. Geraint lief Gefahr, dass man ihn dort erkannte. Für ihn war es daher sicherer, einen Umweg einzuschlagen.

Seine Ankündigung traf Johanna unvorbereitet. Sie hatte gehofft, wenigstens eine letzte Nacht mit ihm verbringen zu können. Stattdessen musste sie es nun hinnehmen, dass er ihr Pferd am Zügel griff und es ein wenig abseits führte, fort von neugierigen Zuhörern und dem halben Dutzend Karren, die mit dem Hausrat von Conisthorpe beladen waren. Ohne Zweifel würde er ihr jetzt seine eingeübten Abschiedsworte sagen wollen, als sie abstiegen und nebeneinander unter einer in hellgrünem Laub gewandeten Eiche standen. Sie betrachtete den im Westen gelegenen, baumlosen Horizont, den die Leute hier den Long Mynd nannten. Die schieferfarbenen Wolken kündigten einen heftigen Regenschauer an, und Johanna nahm dies als böses Omen für die liebeleeren Jahre, die vor ihr lagen. Und daran änderte auch der Sonnenstrahl nichts, dessen Licht für kurze Zeit den Berghang erhellte. Für Johanna gab es keine Heiterkeit und keine Schönheit mehr.

»Ich werde dir jedes Jahr zur Zeit der Ernte eine weiße Rose senden, so wirst du wissen, dass ich lebe.« Es war nur ein Brosamen für Johannas Hunger nach Liebe.

Teil 2
1326
Vier Jahre später

29

1. September 1326, Tag des heiligen Giles

»Du wirst nicht gehen, Liebes!« Lady Constance legte die Gänseblumen aus der Hand, die sie in ihrem Garten in Blessington geschnitten hatte, um sie auf Father Gilberts Grab zu legen. »Die Straßen sind unsicher, weil Krieg bevorsteht, und ich bezweifle aufrichtig, dass die Königin irgendeine Chance hat, die Despensers zu entmachten.«

Johanna las den königlichen Brief noch einmal. Isabella teilte aus Hainault mit, dass man ihr Waffen und Soldaten versprochen hatte und dass sie binnen eines Monats nach Suffolk segeln würde.

»Aber ich schulde ihr so viel, *Maman*.«

Das tat sie wirklich. Das Vertrauen Königin Isabellas in sie und ihr Bedürfnis nach Beistand hatte Johanna geholfen, einen neuen Lebensinhalt zu finden. Es stimmte, die ersten Monate im ständig umherziehenden Haushalt der Königin waren eine Nervenprobe gewesen; nicht nur, dass sie den Verlust Gervases betrauert hatte, sondern auch Edyth hatte es ihr schwer gemacht. Noch bevor Johanna überhaupt einen Fuß in die Nähe der Königin gesetzt hatte, versuchte Fulks Schwester, Johanna in Verruf zu bringen. Sie ging dabei äußerst geschickt zu Werke, und es brauchte Monate, bis Isabella Johannas wahren Charakter erkannte. Ihre Kunstfertigkeit im Sticken und ihr Talent, durch die Änderung einer einzigen Naht einem Kleid

Form und Raffinesse geben zu können, verschaffte ihr die Anerkennung der anderen Edelfrauen. In der kärglich bemessenen freien Zeit, die ihr blieb, verbesserte Johanna ihre Kenntnisse im Lesen und Schreiben, wodurch sie für die Königin zur unentbehrlichen Sekretärin wurde. Hinzu kam, dass Johanna ein Netzwerk von Informanten aufgebaut hatte, für das sie sich der Zunft der Schneider bedient hatte, die in jeder adligen Familie ein und aus gingen. Durch diese Spitzel erfuhr die Königin stets die neuesten Gerüchte und war, was den Hofklatsch anging, stets auf dem Laufenden. Vor allem aber hatte Johanna sich als mitfühlende Freundin für Isabella erwiesen, einer vernachlässigten, wunderschönen Frau, die in einer trostlosen Ehe gefangen war.

»Ich weiß, dass du das Leben am Hof vermisst und die Aufregungen, die damit verbunden sind«, murrte Lady Constance, »aber es ist jetzt zwei Jahre her, seid die Despensers dich aus dem königlichen Haushalt entlassen haben, und ich denke nicht, dass du die Rückkehr in die Höhle des Löwen riskieren solltest. Nicht, bevor der Frieden zwischen König Edward und der Königin wiederhergestellt ist.«

»Aber, *Maman*, ich hatte Hilfe von Euch und von Gervase, als ich sie verzweifelt brauchte. Wir können der Königin nicht unsere Unterstützung verweigern, nicht jetzt, wenn sie alles wagt, um das Königreich zu befreien! Bitte, lasst mich ihr so viele Männer bringen, wie Ihr entbehren könnt. Die Ernte ist doch jetzt eingebracht.«

Lady Constance runzelte die Stirn. »Es geht dir nicht nur um die Königin, nicht wahr? Du hoffst, dass diese Rebellion *ihn* nach Hause bringt. Wenn ihm an dir etwas gelegen ist, dann wird er dich ausfindig machen, wenn dieses ganze Durcheinander vorbei ist –

das heißt, wenn die Königin erfolgreich ist. Aber ich vermute, sie hat Sir Roger Mortimer an ihrer Seite, der sie unterstützt. O Liebes, du hast mir versprochen, dich von den Despensers fern zu halten. Ich werde einige bewaffnete Männer nach Suffolk schicken, aber du musst hier bleiben. Armeelager sind kein passender Ort für Edelfrauen.«

Was durchaus richtig war, aber zu dem Gefühl, ihre Pflicht erfüllen zu müssen, gesellte sich der Sog des Schicksals, den Johanna zu spüren vermeinte. Sie würde darauf achten, so viel Abstand wie möglich zwischen sich und den Despensers zu wahren.

Kommt mir nie wieder unter die Augen, hatte der alte Earl zu ihr gesagt. Das war vor zwei Jahren gewesen, am Tag des heiligen Bartholomew. Sie hatten sich im Westminster Palast gegenübergestanden, in einem Zimmer, das an die Gemächer des Königs grenzte.

Johanna konnte sich an jede Einzelheit des Zusammentreffens erinnern: Despenser der Jüngere, hingefläzt auf den Stuhl, der eigentlich dem König vorbehalten war, die Füße auf dem Tisch, in der Hand einen Brief. Auf dem Tisch fehlten die üblichen Schreibutensilien. Nur eine mit Eisen beschlagene Holzschatulle stand dort in unübersehbarer Präsenz. Sie hatte ungefähr die Länge des Unterarms eines Mannes.

Die Wachen, die Johanna zu Hugh Despenser geführt hatte, zogen sich zurück, wobei sie die Enden ihrer Hellebarden auf den Boden stießen. Ein bedrohender Gleichklang, bei dem Johanna erschreckt zusammenzuckte. Wenn der Günstling des Königs dich ruft, dann gnade Gott deiner armen Seele. Ob irgendetwas Schlimmes mit Gervase geschehen war … aber er war doch noch in Frankreich?

»Guten Morgen, Mylord«, brachte sie mutig hervor und versuchte sich zu benehmen, als hätte er sie hierher gebeten, um ihr die kostbaren Tapisserien zu zeigen. Sie wusste, dass er nur vorgab, den Brief zu lesen.

»Lady Johanna.« Er lächelte mokant.

Hugh Despenser warf den Brief auf den Tisch, als langweile ihn dieser plötzlich. »Ihr wisst, dass ich Euch der Königin empfohlen habe?«

»I-ich habe es schließlich herausgefunden, Mylord, ich danke Euch dafür.« Sie hatte nie herausgefunden, warum er so großzügig zu ihr gewesen war.

»Man hat mir berichtet, dass Ihr in den ersten Monaten am Hof einen schweren Stand hattet, aber inzwischen zu Isabellas Vertrauter geworden seid.« Eisige Furcht lief ihr den Rücken herunter. Hatten seine Spitzel ihre Ränke aufgedeckt, mit denen sie die Stellung der Königin stärken wollte? Würde er sie zwingen, gegen ihre königliche Mistress Zeugnis abzulegen? Alle Welt wusste, dass Hugh Despenser Isabella von aller Macht abschneiden wollte. Gott schütze sie, dieses Ungeheuer konnte befehlen, dass man ihr die Glieder brach, eines nach dem anderen.

»Wenn Ihr mich gerufen habt, damit ich Euch über meine Herrin berichte, dann spart Euren Atem, Mylord. Ich habe keine Angst vor Euch.«

Die polierten Stiefelabsätze wurden vom Tisch genommen und auf den kostbaren Teppich unter seinem Stuhl gestellt. Despenser beugte sich über den Tisch vor und stützte das Kinn auf die verschränkten Hände. »Nein? Bei meiner Seele, ich glaube, ich hätte besser erst meinen Spiegel befragt und dann mein Gesicht verändert, denn Ihr seid die einzige Person in England, die mich nicht fürchtet.« Er löste den Schlüsselbund, der an seinem Gürtel hing, und warf ihn auf den Tisch.

Sein Blick sprang an ihr herauf wie ein Tier mit ausgefahrenen Krallen. »Warum habt Ihr *keine* Angst?«

»Ich habe weder Besitz, nach dem es Euch gelüsten könnte, noch irgendwelche Informationen, die Euch interessieren könnten.« *Sieh nicht weg*, sagte ihr Verstand, *sieh ihn an, bis er den Blick senkt.* Sie schluckte und fügte hinzu: »Ich respektiere, dass viele der Änderungen, die Ihr im Königreich eingeführt habt, zu dessem Besten sind, und meine Intuition sagt mir, dass Ihr mir keinen Schaden zufügen wollt.« Das war ein gezielter Faustschlag ins Dunkel.

Er schien unerklärlich berührt von ihrem Lob, und Johanna bedauerte es nicht zum ersten Mal, dass ein so intelligenter und fähiger Mann seine edle Natur durch Machtgier und Habsucht verdarb.

Er betrachtete sie aus zusammengekniffenen Augen. »Bei meiner Seele, ich bin nicht sicher, ob ich mit einer gerissenen Füchsin rede oder mit – ah, tretet näher, Mylord.«

Sie hörte die Tür hinter sich knarren und zitterte, als sie sich ungläubig fragte, ob es der König von England war, der dort stand und sie ansah. Aber der sportliche Edward würde vom Treppensteigen nicht so kurzatmig sein.

»Mylord Vater.« Hugh räumte seinen Platz für den hoch gewachsenen Mann, dessen Figur durch übermäßiges Essen und Trinken ihre Form verloren hatte. Der alte Despenser war unter dem Türsturz stehen geblieben.

»Das ist Johanna FitzHenry?« In der Stimme des Earl of Winchester schwang kein drohender Unterton mit, als sie würdevoll vor ihm knickste.

»Ja, Mylord, das ist sie. Ich habe gerade versucht, ihr einen Schrecken einzujagen.«

Mit einem Ächzen ließ sich der Earl nieder und legte die Hände, die so groß waren wie die von Gervase, auf den Tisch. »Ist es ihm gelungen, Mylady?« Der ältere Mann sah sie wohlwollend an. »Hast du es ihr schon gezeigt?«

»Noch nicht.« Sein Sohn beugte sich vor und öffnete den Deckel der Holzschatulle. Auf deren Samtfutter lagen zwei Rollen aus weißem Stoff. Hugh nahm die vordere Rolle mit auffälliger Behutsamkeit heraus, legte sie vor Johanna hin und schlug den Stoff auseinander.

Ungewollt entrang sich Johanna ein Keuchen. Es waren zwei grotesk aussehende Wachsfiguren. Sie hatten das Weiß von Stechpalmenbeeren und sahen wie geschundene Opfer aus. In den Köpfen, Leibern und Genitalien steckten Nadeln. Auf dem Kopf der einen waren kleine Büschel aus menschlichem Haar befestigt, der anderen war ein abgeschnittener Fingernagel in die Brust gestoßen worden. Er sah aus wie das halb herausgezogene Blatt einer Sichel.

»Gott im Himmel«, flüsterte sie und bekreuzigte sich. »Ihr glaubt, dass ich das getan habe, Mylords? Ich mag eine unwissende, dumme Frau sein, aber ich bin kein Dorftrottel.«

»Ihr erkennt sie?« Es war der Earl, der das fragte, in seine Stimme versteckte sich Angst. Er sah die schrecklichen Monstrositäten nicht an.

Johanna zwang sich, die Figuren noch einmal genau zu betrachten. »Ist eine davon der König?« Nein, es war kein goldblondes Haar. Ihr Blick glitt über die wenigen hellbraunen Strähnen im Bart des Earls und dann weiter zu dem nussbraunen Haar, das das spitze Kinn seines Sohnes zierte. Sie schaute wieder die erste, rundlichere Puppe an.

»Ihr, Mylords? Sie sind … w-widerwärtig.« Sie schluckte. Ihre Neugier besiegte ihre Diskretion – auch wenn es missverstanden werden konnte. »Hat … hat irgendetwas davon gewirkt?«

»Nein!« Der alte Earl schlug auf den Tisch.

»Das ist wunderbar zu wissen«, plapperte sie rasch weiter, ihre aufsteigende Furcht war zu groß, um daran zu ersticken. »Ihr … Ihr solltet wirklich allen sagen, dass es Unsinn ist. Dann werden diese dummen Menschen solche bösen Dinge nicht mehr tun.«

»Es allen sagen?« Hughs Hohn wandelte sich in einem Zischen zu einem bitteren Lachen, als er um den Tisch herumging und zu ihr kam.

Die Lippen des alten Earls verzogen sich leicht. »Wir sind schon einmal mit einem Fall von schwarzer Magie fertig geworden.« Ja, Johanna wusste davon – zwei Männer in Coventry waren es gewesen, sie hatte davon gehört. Die beiden waren hingerichtet worden, nachdem man sie gefoltert und sie ihre Untat gestanden hatten.

Angsterfüllt eilten ihre Gedanken durch ein ganzes Buch von Möglichkeiten, ehe sie das Kinn reckte und Hugh ansah. »Lieber Gott, Mylords, ich hoffe, Ihr denkt nicht, dass die Königin –«

»Nein! Seht her!« Der ältere Mann nahm mit zitternden Fingern die zweite Stoffrolle aus dem Kasten. Er enthüllte zwei ähnliche Figuren, nur dass die eine davon ganz offensichtlich eine Frau war. Beiden Figuren waren Nadeln in die abstrus großen Genitalien gestoßen worden. Am Kopf der Frauenfigur klebte eine schwarze Haarlocke; in den Wachskopf der männlichen Figur, die größer als die drei anderen Puppen war, hatte man winzige Haarstoppeln gedrückt, die möglicherweise von einem Rasiermesser abgesammelt worden waren.

»Ihr gestattet.« Hugh Despenser streckte die Hand aus und schlug Johannas Schleier zurück. Wortlos hob sie die weibliche Puppe und hielt sie gegen ihr geflochtenes Haar.

»Seht, Vater, genau, was ich mir dachte.« Um Gottes willen, die andere Puppe war Gervase. Johanna musste geschwankt haben, denn Hugh schob rasch einen Stuhl hinter sie und drückte sie sanft darauf nieder. »Helft uns.«

Sie konnte den Hass in den Händen spüren, die diese Figuren geformt hatten, und wusste, dass es nur eine Antwort gab. *Edyth*.

»Lasst mich diese Angelegenheit regeln«, flüsterte sie.

»Ihr? Hier geht es nicht um harmlose Narreteien. Wir können alle dabei sterben.«

»Nur, wenn Ihr daran glaubt, Mylord.« Aber das silberne Kreuz lag warm in ihrer Hand. »Tut Ihr es?«

Der Earl schob die Puppen auseinander. »Diese hier von Euch ist aus persönlichen Gründen gemacht worden, Mylady, aber unsere«, er starrte sie an, »könnten in jemandes Auftrag entstanden sein.«

»Nein«, rief Johanna, die die Schlussfolgerung dieser Auslegung empörend fand. »Die Königin würde so etwas nicht tun.«

Hugh nahm die Kette ab, die seine Schultern schmückte. Die von Amethysten und Perlen funkelnde Reliquie lag schwer in seiner Hand. »Mylady, ich halte Euch nicht nur für jemanden, der sehr schnell dabei ist, einen Eid abzulegen, sondern auch für eine verdammenswerte Meineiderin. Ich schwöre bei der Seele dessen, der mir diese Kette von einem Kreuzzug nach Jerusalem mitgebracht und sie mir verkauft hat, dass es ein Splitter aus dem Kreuz des Erlösers ist. Schwört beim lebendigen Gott, dass Ihr glaubt, dass Eure Herrin hierbei nicht ihre Hand im Spiel hat.«

Ohne Zögern streckte Johanna die Hand aus. »Das schwöre ich.«

»Würde Fulk de Enderbys Schwester dies aus eigenem Antrieb getan haben?«

Also hatte man die Figuren in Edyths Besitz gefunden worden. Hinter ihrer Stirn hämmerte es. Sie ließen ihr keine Zeit zum Nachdenken. »J-ja, ich bin dessen sicher. Seid gnädig, Mylords. Lasst mich mit dieser närrischen Kreatur reden, dass sie ihre Boshaftigkeit ablegen und um Gottes Vergebung flehen muss.«

Hugh Despenser schüttelte den Kopf.

Johanna erstarrte. »Was werdet Ihr unternehmen?«

»Ich nichts.«

»Eure Männer dann, Mylord?«

Er antwortete nach einem Augenblick des Nachdenkens. »Der Dame Edyth wird befohlen werden, sich nach Conisthorpe zu begeben. Bei Borehamwood werden Räuber ihre Reisegesellschaft überfallen.«

»Möge Gott ihr vergeben.«

Wenn sie die Augen schloss, würden sie dann verschwinden, bitte Gott, würden sie verschwinden? Aber die Despensers beobachteten sie noch immer, und die Puppen lagen noch immer zwischen ihnen, bösartig und bedrohlich wie Dämonen. »W-was werdet Ihr damit machen?«, fragte sie schließlich.

»Ich denke, jeder sollte für sich eine Entscheidung treffen«, erwiderte der Earl, der sein Abbild in die Hand genommen hatte und es mit vor Abscheu verzerrtem Gesicht ansah.

»Wenn wir sie mit einem Gebet ins Feuer werfen, wird das den Bann zerstören?«, fragte sie.

In den Augen des Earls of Winchester spiegelte sich die Angst wider. »Nein, ich fürchte nicht. Hugh?« Sein Sohn zuckte die Achseln und trat ans Fenster, wo er stehen blieb und die Hände in seinen Gürtel steckte.

»Soll ich auch eine Entscheidung für meinen Gemahl treffen?«

Der Earl schaute erst auf Hughs starre Schultern, ehe er Johanna ansah. »Ja, vielleicht solltet Ihr das tun.«

»Dann sollen seine und meine tief im Boden begraben werden, denn das wird eines Tages mit uns allen geschehen.« Sie legte die beiden Figuren Gesicht an Gesicht zusammen und rollte sie wieder in ihre Stoffhülle ein.

In Winchesters Augen erkannte Johanna eine Vertrautheit, die ihr wohl tat. »Aye, so soll es sein und amen.«

Hugh wandte sich um. »Was mich angeht, so werde ich mir mit Gold weder die Gewogenheit der See noch die des Windes erkaufen können, aber ich kann dieses alte Weib verfluchen.« Er nahm die Puppe in die Hand, die ihn darstellen sollte. »Ein Fluch über die, die das getan hat! Soll ihre Seele durch alle Höllenfeuer gehen. Ich glaube nicht, dass sie über böse Kräfte verfügt, nur über abgrundtiefe Boshaftigkeit.« Er riss die Haare heraus, bis keines mehr übrig war, entfernte die Nadeln, zerbrach die Puppe in vier Teile und warf sie in das Kohlebecken. »Es schadet nur, wenn wir daran glauben«, sagte er fest. »Vater?«

»Lass mich meine auch vergraben.« Der Earl legte die Stoffrolle mit dem entsetzlichen Inhalt in die Kassette zurück. Er drehte den Schlüssel im Schloss um, zog ihn ab und warf ihn in die Schatulle. Dann klappte er deren Deckel zu. Seine Brust hob sich schwer. »König Edward hat angeordnet, dass der größte Teil des Haushalts der Königin aus dem Dienst entlassen werden soll, Euch eingeschlossen.«

»Nein, Mylords, das ist ungerecht!«

Der Earl stellte sich vor sie. »Ihr habt Euch zu sehr engagiert, junge Frau. Und außerdem – wenn Eure Anwesenheit meinen Tod bedeuten könnte, wegen dem da«, er stieß mit dem Finger auf die Kassette, »werde ich das nicht in Kauf nehmen. Ich will, dass Ihr aus Westminster verschwunden seid, bevor heute die Sonne untergeht. Widersprecht mir noch einmal, Johanna FitzHenry, und ich werde Eure Familie das Fürchten lehren. Kommt mir nie wieder unter die Augen!«

Und das hatte sie auch nicht getan. Johanna war mit einer Eskorte nach Blessington zurückgebracht worden, und dort war sie noch immer. Aber jetzt brauchte die Königin sie. Es war an der Zeit, zu gehen.

30. September 1326, der Tag des heiligen Jerome

»Ma brave! Bienvenue!«

Schlammbespritzt von der Reise über Suffolks Straßen, kniete Johanna in der Halle von Walton Manor vor der Königin nieder. Sie staunte über die Veränderung, die mit ihrer königlichen Herrin vorgegangen war. Isabellas Lebensgeister waren auf einem Tiefpunkt gewesen, als sie vor zwei Jahren Abschied voneinander genommen hatten – ihre französischen Diener waren nach Frankreich zurückgeschickt und fast ihr gesamter Haushalt war entlassen worden. Hugh Despenser hatte die frankreichfeindliche Stimmung im Land gegen Isabella geschickt gegen sie ausgenutzt. Aber jetzt zeugte alles an der Königin von Entschlossenheit und Zielstrebigkeit.

»Mylady, es ist eine Freude, Euch so frohen Mutes zu sehen. Ich bringe Euch, was ich an bewaffneten Männern habe. Ich wünschte, es wären mehr.«

Sir Geoffrey und ein Dutzend Fußsoldaten knieten im Kielwasser von Johannas Sohlen. Ebenso wie Agnes, die darauf bestanden hatte, ihre Herrin zu begleiten – besonders weil ihr Mann Matthew, der blonde Stallbursche, hinter dem sie lange her gewesen war, jetzt einer der Soldaten war.

Der Pariser Akzent Königin Isabellas war stärker als zuvor. »Meine Freunde, Wir heißen Euch von ganzem Herzen willkommen, weil Ihr Uns helfen wollt, jene zu besiegen, die Uns und Unseren lieben Sohn vernichten wollen.« Wie ein schimmernder Vogelflügel fing ihr azurblauer Ärmel das helle Licht auf, und ihr hagerer Sohn trat pflichtschuldig vor. Johanna hatte den Jungen immer gemocht; in den Augen des Prinzen von Wales las man Aufrichtigkeit und Ehrlichkeit. Jetzt lächelte er Johanna und ihren Soldaten zu, als freute er sich wirklich über ihr Kommen.

»Lady Johanna, Sirs, Ihr seid Uns willkommen, und Wir danken Euch, dass Ihr für Unsere Sache bereit seid zu kämpfen.« Die Stimme des Dreizehnjährigen klang rau, nicht mehr wie das schwache Zirpen eines Kindes.

Unsere Sache. Johannas Blick begegnete dem Isabellas, und beide Frauen lächelten in gegenseitigem Verstehen. König Edward und die Despensers waren ausmanövriert worden. Sie hatten den Fehler gemacht, den Prinzen zu König Charles von Frankreich zu schicken, damit er dort seine Honneurs wegen der umstrittenen Gebiete der Gascogne und von Ponthieu machte. Während dadurch womöglich ein lästiger Krieg zwischen den beiden Königreichen abgewendet worden war, gab es der Königin – die bereits als Unterhändlerin für eine entsprechende Vereinbarung in Frankreich weilte – ganz sicher einen unschätzbaren Vorteil in die Hand. Isabella begab sich nach Hainhault und erklärte dem Grafen, wenn er ihr zehn Schiffe und eine Truppe von Söldnern zur Verfügung stellte, würde seine Tochter Phillippa die nächste Königin von England werden. Solche Angebote waren in Hainhault selten, und der Graf hatte nicht gezögert, in den Handel einzuwilligen.

»*Mignonne*, ich habe Euch vermisst.« Die Königin fasste Johanna an den Unterarmen und zog sie in ihre Arme. »Seht, Mortimer, das ist meine Johanna, die jetzt zu mir zurückgekehrt ist.«

»Mylady.« Das musste der berühmte Sir Roger Mortimer sein, dem das Unglaubliche gelungen war – die Flucht aus dem Tower von London. Er neigte den Kopf und legte die behandschuhte Hand in einer höflichen, wenn auch sehr flüchtigen Geste an seine Brust. Es war nicht sehr christlich, voreilig ein Urteil zu fällen, aber wenn Johanna je eine in allen Regenbogenfarben schillernde Blase gesehen hatte, die vor Eitelkeit fast platzte, dann stand jetzt eine vor ihr. Weder gefiel ihr Roger Mortimers wasserblauer Blick unter dem Schlag der hellbraunen Wimpern, noch entzündeten sein Grinsen und seine fast makellosen Zähne eine Kerze in ihrem Herzen. *Haare von der Farbe von Ohrenschmalz*, hatte Gervase gesagt.

Isabella drehte sie zur Seite. »*Viens!* Lasst mich Euch anschauen. Noch immer kein Baby?«, neckte sie Johanna und klopfte mit der Hand auf deren flachen Bauch. »Noch immer keine Nachricht von diesem *méchant* Ehemann?«

»Ich verstand, dass Ihr meiner Lehnsherrin viele Dienste erwiesen habt«, unterbrach Roger Mortimer sie, der, einen Becher in jeder Hand, ungeduldig ihrer Aufmerksamkeit harrte. Möglicherweise fühlte er sich ausgeschlossen, denn Isabella hielt Johannas Hand wie eine liebende Schwester. Der Anblick der beiden, wie sie ihre Köpfe zusammensteckten, schimmerndes Schwarz und glänzendes Gold, war ergreifend.

Johanna bezog ihn taktvoll mit ein, als sie den angebotenen Wein nahm. »Und das werde ich wieder tun, Mylord. Ich wünschte nur, ich wäre ein Mann, dann könnte ich meine Kompanie selbst anführen.«

»Meint Ihr nicht auch, dass wir in Brustpanzern überwältigend aussehen würden, Roger?« Die Königin drückte ihre Schultern zurück.

»Madam, Ihr bringt mich in Verlegenheit.« Er schaute sich um, machte sich einen Spaß daraus, Unsicherheit vorzugeben, ehe er den Blick wieder auf Isabella und die schimmernde Perle auf ihrem großzügigen Dekolleté richtete. »Kann ich nein sagen? Der Feind wäre von solch schönen Schätzen so abgelenkt, dass wir unwürdigen Gefolgsleute uns unbemerkt anschleichen und ihnen die Hälse umdrehen könnten.« Er war während dieser Worte hinter die Königin getreten, seine Finger strichen über ihren Hals, ehe er ihr die Hände auf die Schultern legte. Offensichtlich waren seine Hände in privaterer Umgebung schon viel weiter vorgedrungen.

»Seht, wie sehr ich bewundert werde«, gurrte Isabella.

Es war nicht so, dass Johanna es nicht sehen wollte, auch wenn das Glück der beiden ihr bewusst machte, was ihr fehlte, aber sie hatte gar keine Wahl. Was sie bestürzte, das war die Intimität dieser Beziehung, von der jede ihrer Gesten zeugte. Wenn Isabella jetzt ihre Erfüllung als Frau gefunden hatte, dann war sie dem Anschein nach in den gut aussehenden Mortimer nicht weniger vernarrt als ihr Mann in Hugh Despenser.

»Madam, der Earl of Kent trifft gerade ein.«

Isabella schüttelte lachend Mortimers Hände ab und lief an das geöffnete Fenster.

»Sind wir uns wirklich noch nie begegnet?«, fragte Mortimer.

»Nein, Mylord.« Sie trat einen kleinen Schritt zurück, um Distanz zu wahren.

»Und Ihr seid verwitwet, wie ich verstanden habe?«

Auch wenn sie nicht darauf vorbereitet gewesen war, darüber Auskunft zu geben, ging ihr die übliche Lüge leicht von der Zunge. »Ich weiß es nicht, Mylord. Mein Gemahl kämpfte vor vier Jahren beim Waffengang gegen die Schotten mit, aber seitdem habe ich nichts mehr von ihm gehört.« Außer einer Rose jedes Jahr zur Zeit des Erntefestes und dem Brief vor drei Jahren.

»Aber Ihr habt doch bestimmt Nachforschungen angestellt?« Die erwartete herablassende Vermutung, dass der Verstand einer Frau nicht schneller arbeitete als eine Schnecke kroch.

»O ja, innerhalb meiner beschränkten Möglichkeiten.«

»Hmm, wir werden entscheiden müssen, was da am besten für Euch getan werden kann.«

Wir! Als ob er und Isabella ein Ehepaar wären. Sie musste bei diesem Mann doppelt vorsichtig sein.

»Mortimer! Kommt her, lasst uns meinen lieben Schwager begrüßen.«

Johanna atmete erleichtert auf, als er sie verließ, um schwanzwedelnd dem Befehl einer Herrin zu gehorchen. Sie hatte vergessen, wie tückisch der Treibsand am Hofe sein konnte.

War Gervase hier? Jetzt war der Fall eingetreten, den er herbeigesehnt hatte. Angespannt ließ sie den Blick über die Gesichter der Anwesenden schweifen und staunte.

»Ich höre, Ihr werdet uns wieder Gesellschaft leisten?« Celia de Leygrave, eine der wenigen Ladys, die noch im Dienst der Königin standen, hakte sich bei Johanna ein und führte sie zu einer jungen Frau, die sie ihr vorstellen wollte. Sie war gerade eingetroffen und wartete darauf, Isabella ihre Aufwartung machen zu können. Ihr Name war Elizabeth Baddlesmere.

Baddlesmere! Johanna starrte auf Sommersprossen, gelocktes zimtfarbenes Haar und eine von einem Sommerschnupfen gerötete Nase. War es nicht Elizabeths Vater gewesen, den man in den Nachwehen des königlichen Sieges bei Boroughbridge so grausam hingerichtet hatte?

»Ich hatte gehofft, mein Ehemann wäre mit der Königin gesegelt.« Elizabeth schickte einen Seitenblick auf die Ritter, die sich in der Halle eingefunden hatten.

»Ehemann?«

»Sir Edmund Mortimer. Sein Sohn.« Sie wies mit dem Kinn auf Sir Roger Mortimer. »Aber man sagt, dass einige der Exilisten noch nicht in See gestochen sind.«

Johanna spannte sich an. *Edmund Mortimer!* Der Hammer traf den Amboss.

Elizabeth starrte sie gereizt an.

»I-ihr seid Bartholomews Tochter?«, brachte Johanna hervor.

»Ja«, bestätigte Elizabeth, offensichtlich mit ihrer Geduld für die Menschen zu Ende, die versuchten, besonders feinfühlig zu sein. »Es steht jemand hinter Euch. Kennt Ihr ihn?«

Ein spitzer Finger stach Johanna in die Rippen.

»Miles!«

»Wo ist Eure Uniform, Captain Jo? Wie ich sehe, hast du den alten Geoffrey auf Trab gebracht. Ist der alte Trunkenbold nicht langsam zu alt für dieses Geschäft?« Sein Ton klang liebevoll.

»Ja, auch ich bin glücklich, dich wiederzusehen, kleiner Bruder, und nein, Sir Geoffrey muss seine Hufeisen noch lange nicht an den Nagel hängen«, erklärte sie trocken und küsste ihren Bruder auf seine picklige Wange. Er verzog das Gesicht und rieb sich den Kuss ab.

»Es hat mir sehr leidgetan, von dem armen alten Father Gilbert zu hören. Möge seine Seele in Frieden ruhen. Mutter hat mir geschrieben, dass er an einer Lungenentzündung gestorben ist. Stimmt das?«

Johanna nickte traurig. Seit dem Tod des Priesters war etwas mehr als ein Monat vergangen, und der Haushalt war ohne ihn nicht mehr derselbe. Er hatte Johanna vergeben, dass sie den Schleier nicht genommen hatte, aber sie wusste, dass ihre Entscheidung, statt Gott lieber der Königin zu dienen, ihn sehr enttäuscht hatte.

»Dann ist also auch Lord Richmond aus dem Süden hierher gekommen, um dem Banner der Königin zu folgen«, sagte sie und lenkte die Unterhaltung auf festeren Boden. »O Miles, lass dich erst einmal richtig anschauen.«

Er überragte sie inzwischen um Haupteslänge und war, wenn man von den Pickeln absah, die davon Zeugnis ablegten, dass er in seinem vierzehnten Lebensjahr stand, mit den dunklen Locken und den fröhlichen Augen von einnehmendem Aussehen. Aber er hörte auf zu lächeln, nachdem Elizabeth sie allein gelassen hatte.

»Es missfällt mir, dass du gekommen bist. Dies ist keine Frauen-Wallfahrt. Bei meiner Seele, du hoffst doch wohl nicht darauf, dass Gervase de Laval hier auftauchen wird, oder? Das würde ein schönes Schauspiel geben, weil Lord Richmond davon Kunde bekommen hat, dass Fulk die Seiten gewechselt hat und jetzt auf dem Weg hierher ist, um sich uns anzuschließen. Und ich habe nicht die Möglichkeit, für deine Sicherheit zu sorgen, wenn er deinetwegen Schwierigkeiten macht. Ich nehme an, du hast inzwischen nichts von Gervase gehört. Ich weiß, dass du immer noch Zuneigung für ihn empfindest, Schwester, wie ich auch, aber wir müssen auf die neue Ordnung der Dinge sehen. Unsere Familie muss wieder ihr altes Ansehen zurückgewinnen. Du solltest dir einen passenden Ehemann aussuchen. Bei meiner Seele, Jo, es sollte hier doch einen Ritter mit einem entsprechenden Einkommen geben, der dich nehmen würde.«

Sie sagte ihm nicht, dass sie vor drei Jahren einen vielgereisten Brief bekommen hatte, in dem ihr der Tod von Gervase de Laval mitgeteilt wurde, um sie beide frei zu machen. Sie hatte es niemandem gesagt.

»Ah, Johanna«, rief Isabella und ließ sich tiefer in das heiße Badewasser gleiten. Seit drei Tagen hielten sie sich jetzt in der Priorei von Barnwell auf. »Zwischen Euch und mir ist es wie in alten Zeiten, außer, dass ich nicht mehr *triste* bin. Ihr runzelt die Stirn, *ma brave*. Wenn der König sich jahrelang mit Gaveston vergnügt und jetzt mit diesem *malin* Despenser herumspielt, warum darf ich mir dann nicht ein kleines Vergnügen mit Mortimer gönnen? *Tiens!* Ich bin einunddreißig und habe England zwei gesunde Prinzen geschenkt.«

Johanna seufzte. Da sie von den anderen Damen der Königin gehört werden konnten, war es nötig, eine taktvolle Antwort zu geben. »Natürlich, meine liebste Lady, Ihr verdient das Glücklichsein. Es ist nur, dass ich, wäre ich an Eurer Stelle, nicht so klug wie Ihr sein würde und mich sicherlich dabei ertappen würde, dieselben Fehler wie der König zu machen: Ich würde Gefahr laufen, meine anderen edlen Ratgeber eifersüchtig zu machen.«

Die Königin verzog den Mund zu einer kleinen, blütengleichen Rosette, aber dann entspannte sie sich wieder und schlug gut gelaunt auf das Badewasser, um ihre Freundin nass zu spritzen.

Die Liebe macht große Narren aus uns, stellte Johanna im Stillen fest und schalt sich gleich darauf aus, weil sie sich noch immer von ihren Erinnerungen übertölpeln ließ. Selbst wenn Gervase hierher kommen würde, er würde nicht mit ihr in Verbindung gebracht werden wollen. Sie durfte sich keinen falschen Hoffnungen hingeben; die Rose, die sie zu jedem Erntefest bekommen hatte, war ein Zeichen der Freundschaft gewesen, nicht mehr.

Das anhaltende Klopfen an der Tür des Badehauses riss sie aus ihrer Träumerei. »Mylady, Mylord Mortimers Sohn ist eingetroffen.«

»*Dis-donc*, ich muss gehen und den Dummkopf begrüßen«, murrte Isabella, »aber vermutlich ist es gut, dass Sir Edmund seiner *maman* nachschlägt; zwei vom Schlage Rogers würde die Welt gar nicht aushalten können.«

Nicht einmal den einen, dachte Johanna beklommen, als sie Isabella beim Ankleiden half. Wenn Mortimers Sohn derselbe Edmund war, der aus Boroughbridge geflohen war, könnte das Warten ein Ende haben.

Eine Schar von Neuankömmlingen hatte sich im Gästehaus der Priorei um die Königin versammelt, als sich Johanna, nachdem sie sich angekleidet hatte, zu der Menge gesellte. Isabellas entzückte Aufschreie, die ihrer formellen Begrüßung folgten, verrieten, dass sie mit den Neuankömmlingen gut bekannt war.

Der grobschlächtige Edmund Mortimer war so linkisch, wie die Königin ihn beschrieben hatte. Der andere Ritter, der jetzt vortrat, um die ausgestreckte Hand der Königin zu ergreifen, wirkte im Vergleich zu Edmunds Behäbigkeit wie ein edles Streitross. Er hatte breite Schultern, eine schmale Taille und – allmächtiger Gott! Johanna taumelte zurück und stieß dabei das königliche Schachbrett um. Gervase!

Einen Augenblick lang wandte ihr Mann den Kopf. Ein gleichgültiger Blick streifte sie, ehe er den Blick wieder ergeben auf die Königin richtete, die ihre Begeisterung so laut äußerte, dass niemand Johannas Verwirrung bemerkte. Es war Elizabeth Baddlesmere, die Johanna vor einem Sturz bewahrte. Sie war verärgert, dass ihr Mann sie bisher ignoriert hatte. Gemeinsam bückten sie sich, um die Figuren des Spiels aufzusammeln. Johanna versuchte, Gervase nicht anzustarren, aber genauso gut hätte man die Wellen daran hindern wollen, nicht mehr an die Küste zu schlagen.

Er beugte das Knie, seine Lippen berührten Isabellas parfümierte Hand. Sein Lächeln hätte den Raureif auf den Hecken zum Schmelzen bringen können, während Johannas Gedanken um die schmerzvolle Erkenntnis kreisten, dass er sie nicht als seine Ehefrau anerkennen würde.

Dem Schicksal trotzend, lächelte sie Elizabeth tapfer zu, während sich die Zeit ins Unendliche zu dehnen schien. Als lautes Lachen um sie herum aufbrandete, stand sie wie auf einem winzigen, aus dem Wasser hervorragenden Felsen unsicher da und kämpfte um ihr emotionales Gleichgewicht. Oh, ein Dutzend Mal und mehr hatte sie sich in ihrer Fantasie dieses Wiedersehen vorgestellt, und kein einziges Mal hatte sie sich ein glückliches Ende gestattet – aber jetzt, nach vier Jahren der Sehnsucht, traf die Realität sie wie ein stechender, unerträglicher Schmerz.

»Vermutlich muss ich warten, bis ich an die Reihe komme«, murrte Elizabeth unwillig, als die Neuankömmlinge aufgefordert wurden, es sich auf den Hockern bequem zu machen, die man vor dem Stuhl der Königin aufgestellt hatte. »Aber es ist einfach ungerecht. Ich habe meinen Mann fast fünf Jahre nicht gesehen. Und jetzt bemerkt er mich nicht einmal.«

»Habt noch ein wenig länger Geduld«, tröstete Johanna sie und versuchte, den eigenen Schmerz und die eigene Enttäuschung nicht übermächtig werden zu lassen.

»Welches Parfüm benutzt sie? Ich meine … nun ja, sie ist wunderschön, aber in ihrem Alter …« Elizabeth starrte neidisch zu Isabella hinüber. Die beiden Männer beantworteten jetzt die Fragen der Königin, ihre Blicke vergötterten sie. »Sie sind sich nicht sehr ähnlich, die beiden Mortimers, nicht wahr?«, fügte die junge Frau verbittert hinzu, als argwöhnte sie, dass jeder ihren Schwiegervater bewunderte und ihren Mann mit Geringschätzung behandelte. Johanna schaute gehorsam auf, aber wie ein Magnet zog Gervase ihren Blick an. Dann bemerkte Johanna, dass Roger Mortimer, der wie immer in Positur hinter dem Stuhl der Königin stand, sie beobachtete. In seinen Augen lag kein neugieriges Wohlwollen, sondern kaum verhülltes Interesse. Unbehaglich und errötend wandte Johanna sich ab. Sie betete, dass er nicht das Verlangen in ihren Augen gesehen hatte.

»Na, endlich!«, fauchte Elizabeth und mäßigte rasch ihren harschen Ton. Als sie ihren Mann begrüßte, klang ihre Stimme demütig und ergeben, wie es sich für eine Ehefrau geziemte. »Gott grüße Euch, Sir. Ich hoffe, Ihr hattet eine gute Überfahrt.«

Johanna bekam weder die formelle Aussöhnung mit,

noch hörte sie zu, als Sir Edmund von der Seekrankheit berichtete, die ihn geplagt hatte.

»Stell uns einander vor«, sagte ihr Ehemann, und Edmund Mortimer schob ihn vor Elizabeth hin. »Madam, das ist mein einstiger Knappe und jetziger Waffenbruder, Sir Geraint de Velindre. Und das?« Edmund sah Johanna ausdruckslos an. Konnte das der Mann sein, den ihre Mutter zu Petronella geschickt hatte, um ihn in Sicherheit zu wissen?

Sie wartete Edmunds täppischen Versuch, ihren Namen zu erfahren, nicht ab, sondern bot Geraint huldvoll die Hand. »Velindre, liegt das nicht in Laval?« Koketterie schwang in ihrer Stimme mit. Herausfordernd musterte sie ihn von Kopf bis Fuß. Mit leicht geöffneten Lippen hielt sie seinem frostigen Blick stand. Seine Augen funkelten sie warnend an.

»Nein«, Edmund lachte schallend. »In Wales!«

»Ein ungewöhnlicher Name, *Geraint*. Wales, hmm. Dann müsst Ihr die Despensers gut kennen.«

Ihr Ehemann ließ ihre Hand fallen, als hätte er sich daran verbrannt. Sein Gesichtsausdruck verurteilte sie als einen hohlköpfigen Idioten. »Natürlich kenne ich sie gut, Mylady«, erwiderte er spöttisch. »So wie jeder andere hier auch. Ich würde wohl kaum mein Schwert gegen sie erheben, wenn dem nicht so wäre. Euer Diener, Mesdames.« Mit einem Zusammenschlagen der Sporen verbeugte er sich knapp und ging auf Miles zu, zweifellos um ihn ebenso zum Schweigen zu verdammen wie sie.

Johanna schüttelte sich innerlich.

Sir Edmund schnitt eine Grimasse. »Verzeiht ihm, Mylady. Er reagiert immer so, wenn jemand die Despensers erwähnt. Hat irgendeine persönliche Fehde mit ihnen. Er würde aber niemals sagen, warum. Vielleicht geht es um Land? Vielleicht hat er als Knabe von

Hugh Despenser einen unsittlichen Antrag bekommen – wer weiß das schon?«

»Entschuldigt mich.« Johanna entzog sich dieser geschmacklosen Taktlosigkeit. Ein Meer von Gesichtern tanzte um sie herum, und die stickige Luft des Raumes drohte ihr den Atem zu nehmen. Sie empfand das gurrende Lachen der Königin als bedrückend. Johanna konnte Isabella jetzt nicht gegenübertreten. Sich ohne Erlaubnis zurückzuziehen war nicht ratsam. Doch das war Johanna gleichgültig, als sie sich in die Kapelle flüchtete.

Bis auf einen jungen pockennarbigen Mönch, der die Kerzen hütete, war die Kapelle der Priorei wie ein ruhiger Schoß, der Johannas verletzter Seele Kraft spendete. Sie kniete nieder. Noch immer hatte sie vor Augen, mit welcher Abscheu über ihre Frivolität Gervase sie angesehen hatte. Johanna versuchte, die Verbitterung über seine Zurückweisung von sich abgleiten zu lassen. Als die Tränen sie zu überwältigen drohten, bemühte sie sich, das Weinen zu unterdrücken, denn selbst hier gab es keinen Raum für ihren Kummer. Der junge Mönch kam mit großen Schritten und der Entschlossenheit eines Hundes, der einen Knochen gewittert hatte, zu ihr. Höflich, aber auch voller Zorn, zog Johanna sich zurück. Gab es denn nirgendwo einen Ort, an dem eine Frau in ihrer Einsamkeit allein sein konnte? Verzweifelt blieb sie vor der Kapelle stehen. Es war Nacht geworden, die im Dunkel liegenden Kreuzgänge könnten ihr die ersehnte Abgeschiedenheit bieten, aber ihr Instinkt verriet Johanna, dass sie nicht allein war. Sie machte einige Schritte von der Tür der Kapelle weg und hielt dann zögernd inne. Die Wandfackeln, die ihren Weg erhellt hatten, waren verloschen.

Die plötzliche Bewegung in der Dunkelheit ließ sie

hoffen, dass es Gervase war, der auf sie wartete. Aber es war Sir Roger Mortimer, der sie mit beiden Händen festhielt. Sie erkannte das weiche, säuselnde Lachen.

»Ihr fasziniert mich, Johanna FitzHenry. Ihr habt einen verlockenden Körper und das Gebaren einer Nonne. Ihr habt Euch mit Eurem Angebot sehr lange zurückgehalten.« Er legte die Hand um ihren Nacken, sein Daumen presste sich auf ihren Mund. »Ich habe vorhin das Verlangen in Euren Augen gesehen.«

Gott mochte ihr beistehen! Er hatte die Sehnsucht erkannt, die sie zu verbergen versucht hatte. Und er hatte geglaubt, es gelte ihm.

»Mylord, ich fürchte, Ihr –«

»Ihr liebt das Necken, nicht wahr?«

»Nein. Ihr irrt Euch, Mylord, und jetzt geht.«

»Nur einen Kuss, kleine Verführerin, und ich werde Euch loslassen.« Es war ein Fehler zuzulassen, dass sich sein Mund auf ihren senkte. Sie zeigte keinerlei Regung und hoffte, ihm so ihre Abneigung zeigen zu können, aber unglücklicherweise nahm er ihre Gleichgültigkeit als Herausforderung.

»Nein, Mylord, bitte nicht …« Sie brauchte beide Hände, um diese beharrlichen Finger auf ihrem Körper abzuwehren.

»Oh, ich habe die Zeichen also missverstanden? Wollt ihr mich zum Narren halten?«

»Es ist ein Missverständnis, ich versichere es Euch.«

»Ein böses Wort oder auch zwei in das Ohr der Königin geflüstert, und Ihr werdet die Gunst verlieren, die Ihr Euch so eifrig erworben habt.«

»Dann lasst mich fortgehen, Mylord.«

»Dafür ist es zu spät, du Weibsstück!« Er packte ihre Hand und presste sie auf sein angeschwollenes Glied.

»Mylord, die Königin … ich will ihr Vertrauen nicht verraten.«

Aber er war schon dabei, seine Hose zu öffnen. »Sei still! Wenn du dich mir fügst, muss ich dir nicht wehtun.« Er befeuchtete seinen Finger und strich damit über ihre Lippen. Johanna riss den Kopf zurück, aber Mauersteine pressten sich gegen ihren Rücken und verhinderten jeden Rückzug. Als sein Zeigefinger von ihrem Mund über ihre Brüste zu ihrem Bauch herunterstrich, wo er sie festhielt, um ihr zwischen die Beine zu greifen, drohte die alte Angst Johanna zu lähmen. Doch sie zwang sie nieder. Warte, sagte sie sich, warte noch, und dann stoß ihm die Finger in die Augen oder in seine Nasenlöcher.

»Ich will dich, Weib, und was Roger Mortimer will, bekommt er auch.« Sein hartes Glied stieß gegen ihren Bauch, und sein Mund kam unbarmherzig näher, während er ihre Röcke hochzerrte.

»Vater?« Eine unbekannte Stimme rief vom oberen Ende des Kreuzganges.

»Scher dich weg, verdammt noch mal!«

»Vater, die Königin fragt nach Euch.«

»Sag ihr, ich werde gleich bei ihr sein, Edmund.« Johanna fühlte sein zynisches Lachen an ihrem Mund. »Sag der Königin, ich komme gleich.«

Doch die Tür wurde noch weiter aufgestoßen, zwei dunkle Silhouetten zeichneten sich vor dem hellen Rechteck ab. Der Lichtstreifen fiel auf Mortimers Stiefel. Der Liebhaber der Königin ließ Johanna mit einem unterdrückten Fluch rasch los und drückte ihr warnend die Hand auf den Mund, ehe er sie in den verhüllenden Schatten zurückstieß.

»Ja, ja, geh schon vor, Junge. Ich werde gleich bei ihr sein.«

Er ordnete seine Kleider und ging auf die Tür zu,

die sich knarrend hinter ihm schloss. Johanna blieb in gnädiger Dunkelheit zurück.

»Seid Ihr die einzige Konkubine außer der Königin, oder arbeitet er eine Liste ab?« Die Stimme erklang hinter der Säule, die Johanna am nächsten war. Hätte sie Gervases Stimme nicht gekannt, hätte sie den spröden Ton für Erheiterung halten können.

»Gott ist mein Zeuge, es ist nicht das, was Ihr denkt.«

»Was ich denke, ist nicht mehr wichtig.«

Nach all dem Warten war es nun so weit gekommen. Johanna wünschte, sie könnte sein Gesicht sehen, auch wenn sie wusste, dass das Urteil über sie bereits gefällt worden war.

»Du liebe Güte«, fuhr er fort, und seine geliebte Stimme triefte vor Sarkasmus, »haben Gott und seine Engel schon wieder geschlafen? Sind die schlimmen Zeiten von König Stephen und der Kaiserin Maud wieder eingekehrt, um England Ärger zu bereiten?« Er schien eine Antwort zu erwarten, und als keine kam, fügte er rau hinzu: »Suffolk war voll von Klagen über Übergriffe auf Ehefrauen und Besitztümer. Es scheint, dass wir den König und seinen alternden Lustknaben gegen eine Hure und ihren alten Liebhaber eintauschen werden. Ist er nicht eine riskante Wahl, wenn man bedenkt, dass er bereits eine Frau hat – oh, ehe ich es vergesse – und eine wunderschöne Königin als Bettgespielin?«

Johannas Antwort klang zittrig, als hätte sie sich nicht länger in der Gewalt. »Ich …« Sie schluckte, »ich h-hatte einmal einen Maßstab, aber der ist seit langem verloren. Gervase –«

Er trat hinter der Säule hervor, und seine hohe Gestalt zeichnete sich dunkel vor dem Nachthimmel ab. Nach den langen Jahren der Sehnsucht nach seiner

Nähe war er ihr jetzt zum Greifen nah. »De Laval? Nein, nicht mehr«, erwiderte er mit frostkalter Stimme. »Geraint wird genügen.«

Es war nur eine dürftige Rüstung, mit der sie sich gegen ihn wappnen konnte, und es kostete sie alle Anstrengung, diese anzulegen. Johanna versuchte, ihm die Stirn zu bieten.

»Ihr habt Euch in der Gascogne mit den Franzosen gerauft, Sir?«

»Ah, Ihr wollt also über den erlauchten Mortimer nicht sprechen.«

»Mit Euch? Habe ich Euch denn gefragt, mit wie vielen Frauen Ihr Euch vergnügt habt, wie viele Herzen ihr am nächsten Morgen gebrochen auf den Steinen habt liegen lassen?« Er antwortete nicht. »I-ich kann nicht glauben, dass ausgerechnet Ihr mich verdammen wollt, ohne mich anzuhören, aber da Ihr es getan habt, lasst meinen Ruf nur unbesorgt als Scherbenhaufen liegen.«

Ein tiefer Seufzer drang an ihr Ohr. »Sei's drum, Mylady. Dieser Krieg wird uns allen Schlimmeres antun.« Die Bitterkeit in seiner Stimme war nicht zu überhören. Schweigen breitete sich zwischen ihnen aus, und es war Geraint, der es schließlich brach. Als er sprach, klang es, als handelte er eine Liste von Gesprächspunkten ab.

»Miles hat mir von Father Gilbert erzählt. Es tut mir leid. Eure Mutter ist trotzdem wohlauf?«

»Sie ist damit beschäftigt, ihre zahlreichen Verehrer abzuwehren. Aber ich denke, sie wird einen von ihnen bald zum Mann nehmen. Habt Ihr noch mehr Fragen, Sir? Wünscht Ihr, dass ich aufzähle, wer zurzeit zu unserem Haushalt gehört?«

»Das wird nicht nötig sein«, erwiderte er kalt. »Habt Ihr die Rosen bekommen?«

»Ja, alle vier. Ich danke Euch dafür.« Zum Teufel mit dieser Förmlichkeit! Wer immer er auch war, sollte er doch zu Hölle fahren und dort schmoren!

»Und den Brief auch?«

»Ich habe den Inhalt des Briefes nicht bekannt gemacht.« Johannas Ton wurde mit jedem Atemzug rauer. Sie begriff, dass er sie dazu bringen wollte, ihn zu hassen. Das würde es leichter machen, das letzte Band zwischen ihnen zu durchtrennen und sie endgültig aus seinem Leben zu verbannen. Aber warum jetzt, da Aussicht darauf bestand, dass der Aufstand gegen den König erfolgreich sein würde?

»Ich verstehe.« Brauchte es nur diese beiden wütend hervorgestoßenen Worte, um all ihre Hoffnung auf Glück zu zerstören? O ja, sie hatte recht getan, das Wiedersehen mit ihm zu fürchten. Auf sie wartete kein mit Gold gefüllter Krug am Ende des Regenbogens.

Geraint war mit seiner Liste noch nicht am Ende. »Vielleicht solltet Ihr mir sagen, was Ihr den Leuten zuletzt über Gervase de Laval berichtet habt.«

Sie wünschte sich den Mut, im Schutz der Dunkelheit nach seiner linken Hand zu tasten und zu fühlen, ob ein fremder Ring an seinem Finger steckte. Sie könnte es akzeptieren, dass er an eine andere Frau gebunden war, auch dann, wenn diese Wahrheit ihr das Herz brechen würde. Aber wenn der Schuft sie ohne triftigen Grund aus seinem Leben strich, dann wäre das eine entsetzliche Demütigung.

Es fiel Johanna zunehmend schwerer, ihre Stimme unter Kontrolle zu halten. »Ich … ich habe auf Fragen immer geantwortet, dass die Nachforschungen nach Gervase de Laval erfolglos waren. Aber seid versichert, morgen werde ich allen mitteilen, dass die Schotten ihn freigelassen haben, um die Engländer zu ärgern, und dass er sich auf eine Wallfahrt nach Jerusalem begeben hat, um Gott so seine Dankbarkeit für seine Freilassung zu bezeugen. Auf der Rückreise werde ich ihn von einem Bären fressen lassen.«

»Danke.« Sie hatte nicht gedacht, dass so viel Schwere in diesem kurzen Wort liegen könnte. »Es scheint, dass Ihr letztendlich eine bequeme Lösung gefunden habt. Und so empfindsam und umsichtig.«

»Ja.« Sie musste dieses Wort herauswürgen.

»Ist das die Absolution?« Er klang zu eifrig.

Mit einem Seufzer gab Johanna ihm die Antwort, von der sie glaubte, er wollte sie hören. »Es ist so, wie immer Ihr es wollt, Sir.«

Es tat viel zu weh. Nur ein Wortwechsel, und Gott hatte sie gepackt und alles Glück aus ihr herausgewrungen. Geschunden und gemartert, fahl und kalt fühlte sich ihre Seele. Ohne Hoffnung war sie ein Nichts. Und noch immer traf es sie zutiefst, dass sie auf Geraints Waagschalen gewogen und zu leicht befunden worden war.

»Ich werde Euch in keiner Weise in Verlegenheit bringen, Sir – unter einer Bedingung.«

»Nur eine?« Sein weiches Lachen schnitt ihr ins Herz.»Ihr wollt also einen Handel. Nur zu, sagt es.«

»Ihr müsst mir glauben, dass ich nichts mit Mortimer zu tun habe. Er hat mir eben wie ein Straßenräuber aufgelauert.« Sein Schweigen quälte sie. »Ich schwöre es, bei sechs Wagenladungen voll mit Heiligen-Gebeinen.«

»Da wir beide verdammte Meineider sind, Johanna, kann ich das wohl kaum akzeptieren.« Er wandte sich von ihr ab. Sein Profil wirkte kalt und abweisend wie das eines Feindes. Seine Worte waren wie ein Seufzen im Wind. »Ist es denn so wichtig für Euch, was ich glaube?«

Eine Verzweiflung, so schrecklich, dass sie aus der Hölle kommen musste, stieg in ihr auf.

»Das war es … *gestern*«, erwiderte Johanna leise.

Geraint ließ sie gehen. Er hörte das leise Rascheln ihrer Röcke, dann war es still. Der Duft ihres Parfüms schwebte noch für wenige Augenblicke in der Luft. Dann trieb der ruhelose Wind ihn fort, der auf dem Weg zur Kapelle geschäftig das Laub zusammentrieb. Voller Selbstverachtung lehnte sich Geraint gegen die Steinsäule des Kreuzganges. Er verbannte die Erinnerungen, die seinen Entschluss ins Wanken zu bringen drohten. Er hatte es tun müssen. Wenn alles vorbei war, wenn er es überlebte, dann könnte er versuchen, es ungeschehen zu machen. Vorausgesetzt, Johanna konnte ihm verzeihen. Aber besser, sie hasste ihn *jetzt* – für den Fall, dass man ihn vom Pferd zerren und aufhängen würde. Sein Schmerz war so unerträglich groß, dass er sich in Tränen Bahn brach. Geraint weinte – und er verfluchte seinen Namen.

30

Am nächsten Tag war es nicht schwer, Johanna aus dem Weg zu gehen. Sie waren in südwestlicher Richtung nach Dunstable geritten, die Truppe inzwischen groß genug, um gegen London zu reiten. Doch dann erhielten sie die Nachricht, dass der königliche Fuchs auf die Besitzungen der Despensers in Wales geflohen war.

»Nun, das ist ein erhebender Anblick für einen müden Mann. Ihr seht so glücklich aus wie eine glatzköpfige Medusa.«

Ein heftiger Faustschlag traf Geraint beim Abendessen am Lagerfeuer unerwartet zwischen die Schulterblätter, sodass das Bier in seinem Becher überschwappte. Unwillkürlich ballte er die Faust, doch dann sah er die kleine, schlanke Gestalt, die hinter ihm stand und die Arme in die Seiten gestemmt hatte. Im ersten Augenblick hielt Geraint den Mann für einen der Pferdeknechte, doch dann klärte sich sein umnebelter Verstand. Dieser Mann hatte Glöckchen an die drei Hutschwänze seiner Gugel genäht, und sein engsitzendes Wams und die Beinlinge leuchteten so kräftig in bunt geschecktem Scharlachrot und Gelb, dass man ihn des Tags als Leuchtturm auf eine Klippe stellen könnte.

»Jankyn!« Geraint schwenkte den Narren durch die Luft. Seine Glocken klirrten ärgerlich.

»Nay, behandelt mich gefälligst etwas respektvoller als eine dahergelaufene Hure, Ihr großer Flegel.«

Schmollend wie eine aufgebrachte alte Jungfer ordnete er seine Kleider, nachdem Geraint ihn wieder heruntergelassen hatte.

»Jankyn, ich kann es kaum glauben! Woher kommst du?«

»Mit Mylord Henry, dem Earl of Leicester – und von Lancaster, sollte ich wohl sagen, wenn es auf der Welt mit rechten Dingen zugeht.«

»Nun, das sind wundervolle Neuigkeiten. Hier.« Sein einstiger Herr füllte den Becher aus der Lederflasche, die er aus seiner Satteltasche hervorgeholt hatte, und legte den Arm um die Schultern des Narren, um ihn ein Stück weit weg vom Lagerfeuer zu führen.

Earl Henrys Eintreffen war jeden Tag erwartet worden, denn die Königin war seine Nichte, und wie allgemein bekannt, war er darüber erbost, dass der König ihm nicht gestattet hatte, nach dem Tod seines Bruders dessen Titel als Earl of Lancaster anzunehmen.

»Noch immer auf der Hut, was?«, kicherte Jankyn, als sie ohne Ohrenzeugen waren. »Seit Euer mächtiger König Mylord Thomas einen Kopf kürzer machen ließ und das meiste von dessen Land den Despensers gegeben hat, plagen Lord Henrys Gewissen keine Probleme mehr. Von Euch kann man das wohl kaum sagen. Ich habe schon Aussätzige gesehen, die fröhlicher waren, als Ihr es seid. Seid Ihr wieder mit Lady Johanna vereint?«

»Ja, aber …«

»Aber? Was heißt denn da aber, großer Meister? Was ist los? Gehört ihr Herz einem andern? Oder das Eure einer andern? Sind ihr ein Buckel und eine gespaltene Zunge gewachsen?

»Ich kann es nicht erklären.«

»Ihr wollt nicht, meint Ihr.«

»Aye, frag mich nicht weiter, Jankyn.«

»Puh, ich würde lieber bei einer pockennarbigen Hure liegen als versuchen, etwas Verstand in den Hohlraum zwischen Euren Ohren zu schaufeln.« Er deutete mit dem Kopf zu den Zelten hinüber, die aufgestellt worden waren. »Hört Euch das betrunkene Grölen an. Mylord of Leicester bewirtet die Königin und den Prinzen. Ihr verachtet die Fröhlichkeit, großer Meister?«

»Aye, das tue ich. Solltest du nicht dort sein, um deinen Teil zu deren Unterhaltung beizusteuern, oder haben die Narren heutzutage Gehilfen, die ihnen die Arbeit abnehmen?«

»Ich wünschte, es wäre so! Bleibt unbesorgt, ich werde meiner Pflicht in Kürze nachkommen. Mylord Henry ist guter Laune. Wie das Glück es wollte, haben wir die letzte Nacht in der Abtei von Leicester verbracht, und was meint Ihr, auf wen wir dort gestoßen sind? Auf John Vaux, eine Kreatur der Despensers, der die Schätze von Hugh dem Älteren transportierte.«

Geraint verzog den Mund. »Noch mehr Siegesbeute für Isabella und Mortimer.«

»Oje, oje, Ihr seid ja ein arger Griesgram geworden.« Er stieß sein Narrenzepter in Geraints Bauch.

»Jankyn …«

»Nein, spuckt es nur aus, lieber Kuckuck. Es gibt einen Wurm in der Spucke, die Euer Schnabel ausgespieen hat. Ich kann den Mönch spielen und Euch haufenweise Ave-Marias für Eure Sünden herbeten lassen.«

»Glaubt du, dass die Dinge sich zum Besseren entwickeln? Was werden wir tun, falls uns der König in die Falle geht? Ihn dazu zwingen, noch mehr Versprechen zu geben, die er nicht halten wird?« Er wandte den Blick ab und starrte in den Himmel, als stünde dort die

Antwort geschrieben. »Die Despensers töten? Und was geschieht danach? Oh, Jankyn«, er sah den Narren offen an, »seit Boroughbridge habe ich auf eine Zeit wie diese gewartet.« Sein Blick streifte über die flackernden Lagerfeuer. »Aber die Wirklichkeit ...« Er schüttelte den Kopf. »Als ich als Knappe in Mortimers Haushalt diente, dachte ich, er sei die Sonne und der Mond, aber das hier ...«, spöttisch wies er auf Leicesters Zelt, aus dem lautes Gelächter dröhnte. »Ich bin enttäuscht. Je besser ich ihn in Frankreich kennen lernte, desto stärker erkannte ich, dass er nicht der Mann ist, um dieses Königreich zu führen. Despenser hat eine starke, fähige Hand, was die Verwaltung des Reiches angeht, aber Mortimer ist nichts weiter als ein Opportunist. Er nimmt jeden Tag so, wie er kommt. Sie alle tun das. Alle, bis auf Bischof Orleton. Er versucht jetzt, sie zu führen, aber werden sie auf ihn hören? Ja, es ist leicht, Fehler an ihnen zu entdecken, aber ich möchte nicht für alles Geld in Despensers Schatullen an deren Stelle sein, denn ...« Eine weitere Welle von Gelächter brandete auf. »Denn leere Töpfe machen den meisten Lärm.«

»Was haltet Ihr vom Prinzen?«

»Ich mag den Jungen, Jankyn. Er prahlt nicht so wie Miles FitzHenry oder die anderen Burschen in seinem Alter. Er tut nicht so, als wüsste er schon alles. Stattdessen hört und sieht er genau hin, behält aber seine Meinung für sich.«

»Es gibt also eine Hoffnung.«

»Sicher, aber wann? Er wird im kommenden November vierzehn, und König Edward ist noch bei guter Gesundheit und kann steinalt werden.«

»Sir, wenn man die Flut nicht aufhalten kann, wäre es ausgesprochen dumm, gegenan zu schwimmen. Habt Geduld.«

»Ich weiß, aber wenn man um sich herum nur Machtgier erlebt, und niemanden, der auch nur einen Gedanken an etwas anderes als seinen eigenen Vorteil verschwendet – das ist hart.«

»Das ist Euer Exerzitium, Bursche. Das lehrt Euch, die heidnische Welt von der Rückseite des Spiegels aus zu betrachten. He, da kommt die heilige Kirche in einem flatternden Gewand, um uns Absolution zu erteilen. Oder ist vielleicht seine Heiligkeit an die große Kanzel im Himmel berufen worden und Ihr werdet nach Rom befohlen …, Mylord Bischof, einen guten Abend wünsche ich Euch.«

Seine Verbeugung war unterwürfig, aber Bischof Orleton bedachte den Narren nur mit einem flüchtigen Kopfnicken. »Hier draußen benimmt man sich anscheinend besser, Gott sei Dank«, stellte er fest, als er die dunklen, in sich zusammengesunkenen Gestalten an den Lagerfeuern betrachtete.

»Das kommt daher, dass ihnen die Schädel jetzt schon brummen«, knurrte Geraint. »Habt Ihr genug von der plump-vertraulichen Verbrüderung, Mylord?«

Adam Orleton strich sich das silberfarbene Haar aus der Stirn. Der große Ring des Bischofs von Hereford fing den Widerschein der Feuer ein. »Ihr denkt daran, zu fliehen? Oh, ich spiele den Boten. Die Königin wünscht, dass Ihr für sie singt.«

»Muss ich das, Mylord?«, knurrte Geraint. »Diese Sauferei dreht mir den Magen um. Wir stehen kurz vor einem blutigen Bürgerkrieg, und die Königin wünscht ein Lied zu hören. Außerdem bin ich feige geworden. Meine im Stich gelassene Ehefrau wird mich mit ihren Fingernägeln in Stücke reißen.«

Jankyns kummerfaltiges Gesicht leuchtete vor Feierlichkeit. »Dann trällert bei der rabenschwarzhaarigen Johanna um Vergebung. Musik besänftigt die Seele. O weh, verzeiht, hochwürdiger Bischof, ich vagabundiere in Eurer Zuständigkeit.«

Der ältere Mann richtete einen scharfen Blick auf Jankyn, doch seine Antwort klang friedfertig. »Der Narr hat Recht. Singt ihnen ein Lied, um sie für das Morgen nüchtern zu machen, Geraint. Werdet Ihr es tun?«

Also musste er seinen Dämonen gegenübertreten, um ihnen seine Wertschätzung auszudrücken. »Habe ich Euren Rat jemals ignoriert, Mylord?« Er sah den Mann an, der sein Leben gelenkt hatte, seit die Barrister ihn als aufsässigen Novizen vor den Bischof gezerrt hatten, der aus dem Kloster davongelaufen war. Er verdankte diesem Mann alles. Es war Adam Orleton gewesen, der Sir Roger Mortimer vor vielen Jahren gebeten hatte, Geraint als Knappen bei sich aufzunehmen. Es war Orleton gewesen, der ihn während der Zeit seines Exils in Frankreich unterstützt hatte, und als Gegenleistung hatte er dem Bischof Informationen zukommen lassen und die Ergebenheit eines liebenden Sohnes. Sie verstanden einander sehr gut.

Der schwerlidrige Blick schweifte über sie beide hin und blieb dann prüfend am Narren hängen. »Es hätte mir gefallen, Euch als Knappen zu sehen, Master Jankyn, aber wie ich hörte, habt Ihr Euch als unfähig darin erwiesen, Ladys zu berauben.«

Geraint sah, wie die Kinnlade des Narren nach unten klappte.

»Und wer war dieser Gerüchte-Hausierer?«, erwiderte Jankyn scharf und bemerkte das Stirnrunzeln seines hoch gewachsenen Freundes. »Ihr wart das, Ihr Schuft, oder legt die liebliche Johanna ihre Beichte neuerdings bei einem Bischof ab! Schuldig!« Anklagend schüttelte er das Zepter seiner Zunft.

Das grölendes Lachen des Earls of Kent drang zu ihnen.

»Lieder können Steinmauern besser überwinden als griechisches Feuer«, meinte der Bischof nachdenklich und machte sich auf den Rückweg, sein weißes Ornat flatterte wie das Gewand eines Geistes.

Jankyn grinste ihm hinterher und wandte sich dann um. »*Geraint* also? Darf ich es wagen, noch einmal zu fragen, wie Euer richtiger Name lautet? Stammt Ihr aus Wales, oder hat Eure blondhaarige Mutter sich in einen dieser diebischen Waliser verliebt?«

»Ich wurde auf den Namen Geraint getauft, geboren wurde ich östlich der *Welsh Marches*. Gib dich damit zufrieden.« Er nahm die Flasche von seinem Gürtel ab. »Hier, trink das aus und schwöre, dass du Lady Johanna nichts davon sagen wirst. Lass sie glauben, dass Gervase de Laval der größte Hurensohn der Christenheit ist. Eines Tages wird sie darüber froh sein.«

In dem Zelt aus zinnoberroter Seite, schimmernd und schillernd wie eine riesengroße Blase, mischten sich die säuerlich riechenden Ausdünstungen der Tuniken der Soldaten mit dem Geruch von heißem Kerzenwachs und dem von Moschus und Ambra. Das Zelt war zum Bersten voll mit beschwipsten, aufständischen Adeligen, die bis zum Kragen mit Bordeaux und Bier abgefüllt waren. Königin Isabella, die Füße auf einen mit Quasten verzierten Fußschemel gelagert und einen juwelenbesetzten Trinkbecher in den Händen haltend, streckte Geraint jetzt eine Hand entgegen, um seinen Handkuss entgegenzunehmen. Für den Bruchteil eines Augenblicks verlor er sich in dem betörenden Vergissmeinnichtblau ihrer Augen. Zu Füßen der Königin, halb verborgen hinter wertvollem französischen Sammet und den safrangelben Taftärmeln, die von den königlichen Ellbogen herabhingen, saß Johanna. Geraint konnte ihre Verärgerung spüren, als sie sich wie eine Giftschlange auf ihrem Kissen aufrichtete.

Von allen Seiten hatte er nur Gutes über sie gehört, war in höchsten Lobestönen von ihr gesprochen worden – die klügste der Hofdamen der Königin, die Frau, die die Angehörigen der Gilden in ganz England dafür gewonnen hatte, Klatsch, Tratsch und Gerüchte niederzuschreiben und ihre Mitteilungen zwischen langweiligen Listen gelieferter Waren zu verstecken, damit sie die Königin über das Neueste informieren und über die Aktivitäten ihrer Feinde auf dem Laufenden halten konnte. Die Lady, die den Zorn der Despensers riskiert und stets der Königin geraten hatte, abzuwarten und sich in Geduld zu üben, bis die Zeit zur Opposition reif sei.

Königin Isabella unterbrach seine Überlegungen.

»Ich habe Eure bezaubernde Stimme vermisst, lieber Geraint. Singt jetzt für uns.«

Er zwang sich zu einem Lächeln für die Königin. »Ich fürchte, ich bin zu melancholisch, Mylady.«

»Unsinn, solch eine Bescheidenheit bei jemandem von Eurer Größe«, verkündete Johanna gnadenlos und erhob sich von ihrem Kissen. Sie hielt ihm ein Psalterium hin. »Die Königin wünscht, dass Ihr spielt, Sir.«

Gut, dann würde er spielen – und sie zum Weinen bringen.

Einer der Pagen stellte einen Klappstuhl vor ihn hin. Mit gespielt linkischem Gehabe prüfte er dessen Standfestigkeit und erntete dafür einige Lacher von seinem Publikum. Er machte es sich auf dem Stuhl bequem und setzte sich so, dass er das Gesicht seiner Frau beobachten konnte. Dann streckte er ein seidenbestrumpftes Bein aus und legte das dreieckige Instrument so, dass dessen schmale Seite auf seinen Beinen lag.

»Dieses Lied«, sagte er und begann, an den Saiten zu zupfen, während die Königin in die Hände klatschte und Aufmerksamkeit gebot, »ist einer Lady gewidmet …«, er ließ den Blick über die Gesichter der Frauen gleiten, »… die Zweifel an sich und an ihrem Geliebten hat.«

»Gibt es sie wirklich, diese Lady?« Es war Edmund, noch nüchtern und jetzt einfältig grinsend, der das fragte. Verdammt sollte er sein. »Denn wissen wir nicht alle, wie sehr die Frauen unserer Versicherung bedürfen, dass wir sie schätzen?«

»Ich nehme es an, Sir Edmund. Es ist ein Lied, das einer solchen Lady sagen soll, dass sie ihre Seele vor den Augen der Männer versteckt, wenn sie die Stirn runzelt.«

Geraint sang von der Sehnsucht nach Liebe und der Erfüllung, die sie geben konnte, aber auch von Misstrauen, Eifersucht und Schmerz.

Geraints Mund verzog sich zu einem Lächeln, als er geendet hatte, und er schaute hinüber zu Johanna. O ja, er hatte sie bis in ihre Seele getroffen. Er war gestern Abend gnadenlos und unbarmherzig zu ihr gewesen, und jetzt fürchtete er, dass es für eine Wiedergutmachung zu spät war.

Im Zelt herrschte einen Augenblick lang Stille, ehe die Königin zu applaudieren begann und sich vorbeugte, um ihm die Hand zu reichen. Johanna stand mit jetzt unbewegter Miene neben ihr.

»Euer Lied, so scheint mir, erzählt von einer unerwiderten Liebe«, neckte Isabella ihn.

»Natürlich, Mylady, von Dutzenden sogar.« Sein Lächeln wirkte ein wenig angespannt.

Mortimer fasste nach der Hand der Königin. »Oh, aber er liebt, nicht wahr, Edmund, mein Sohn? Was ist mit dieser Geschichte, die Sir Geraint dir erzählt hat, als er betrunken war? Dass er sich als erster Ehemann einer jungen Frau ausgegeben hat, damit sie sich ihres alten zweiten Ehemannes entledigen konnte?«

Verdammter Edmund, er sollte zur Hölle fahren! Der Schuft hatte versprochen, niemandem davon zu erzählen. Geraint wagte es nicht, Johanna anzusehen. Hätte sie ein Katapult zur Hand gehabt, hätte sie jetzt einen Felsen von der Größe des Turmes von Conisthorpe darin eingespannt, davon war er überzeugt.

Mit übergroßer Bedachtsamkeit legte er das Pasalterium aus der Hand. »Nein, Mylord, das war nur eine Geschichte, die ich irgendwo gehört hatte.«

»Erzählt sie noch einmal, Sir Geraint«, mischte sich Johanna in das Gespräch ein, »denn ich habe auch von einer solchen Narretei gehört und würde gern wissen, ob es sich um dieselbe Geschichte handelt.«

Mochten tausend Drachen sie packen und zum Teufel zerren, damit der seine Freude an ihr hatte!

»Ich denke, meine ist eine andere.« Er warf seiner Mistress einen warnenden Blick zu, der sie zum Schweigen bringen sollte. In Conisthorpe hatte er damit immer Erfolg gehabt, aber das Fell seiner kleinen Lady war inzwischen offensichtlich dicker geworden.

»Was ist dann so besonders an der Euren?«, gurrte sie und lenkte seine Aufmerksamkeit mit einem leichten Schulterzucken auf ihren tiefen Ausschnitt. Sie legte es darauf an, ihn herauszufordern, wohl wissend, dass er seine Wut beherrschen musste. Und es funktionierte. Geraint missfiel es, wenn sie sich störrisch und zügellos benahm. Hinter einer Maske nachsichtiger Amüsiertheit hielt er seine wahren Gefühle verborgen.

»Wunderschöne Sirene, ich behalte mir meine Version für eine private Erzählstunde vor.«

»Woohooooo«, brüllten ihre Zuhörer, die dieses Wortduell genossen.

Mortimer trat, wie vorherzusehen war, auf den Plan und stellte sich auf die Seite der Dame. »Ja, weil es Euch selbst widerfahren ist, mein Junge. Ihr wart der Bube in diesem Spiel. Leugnet es, wenn Ihr könnt. Edmund sagt, Ihr seid mit der Frau eines anderen herumgehüpft und habt den alten Menelaus zum Hahnrei gemacht.«

Geraint zuckte die Schultern und dankte im Stillen allen Heiligen, dass der gute alte Fulk bis jetzt noch nicht eingetroffen war, um ihm seinen Spieß in die Eingeweide zu stechen. Er grinste die Mortimers an. »Um der Wahrheit die Ehre zu geben – ich habe die Tugend meiner Helena geachtet.«

»Ahhhh«, riefen seine Zuhörer im Chor.

»Was denn, Ihr habt nie bei ihr gelegen?«, lachte der Herzog Earl of Norfolk.

»O doch, ich habe bei ihr gelegen.« Mit wohldosierter Selbstgefälligkeit senkte er den Blick.

»Dann habt Ihr sie nicht geachtet.« Elizabeth Badlesmere errötete, als er aufsah; sie hatte nicht erwartet, dass er die Bemerkung hören könnte.

»Und habt Ihr ein Kuckucksei in ihrem Nestchen zurückgelassen?«, gluckste Mortimer.

Geraint stand da, schüttelte den Kopf. Jetzt erhob sich Königin Isabella und stellte sich vor ihn hin. Die Arme vor der Brust verschränkt, klopfte sie mit den Fingern ungeduldig auf ihre blauen Samtärmel. »In der Geschichte, die Lady Johanna und ich gehört haben, hat die heilige Kirche die Heirat der beiden Liebenden anerkannt. Was ist in Eurer Geschichte aus den beiden geworden?«

»Das Ende habe ich nie gehört.« Gott schütze ihn! Hatte Johanna die Königin ins Vertrauen gezogen? Wie viele Klatschmäuler kannten diese Geschichte sonst noch? »Gestattet mir, dass ich mich zurückziehe, Mylady.«

Der königliche Mund verzog sich mutwillig. Stirnrunzelnd umkreiste sie ihr Opfer, dann blieb sie nachdenklich vor ihm stehen, die Fingerspitzen aneinander gelegt.

»Ich sehe den Splitter in meinen Augen sich in Euren widerspiegeln, Sir. Ich kann nicht über Euch urteilen, aber da Euer Lied uns ausgesprochen gut unterhalten hat, singt uns noch etwas vor. Danach dürft Ihr Euch zurückziehen.« Gebieterisch streckte sie die Hand nach dem Instrument aus, aber Johanna verharrte dickköpfig und rührte sich nicht. Es war Elizabeth, die der Königin das Psalterium reichte. »Hier, spielt für die, mit der Ihr ein falsches Spiel getrieben habt.«

»Gut, für sie. Mögen Weisheit und Vergebenkönnen ihre Bettgenossen sein.«

»Und Ihr nicht, Sir?«, spottete Johanna, aber hinter dem herausfordernden Glitzern in ihren Augen erkannte er ihren Schmerz.

»Nicht, wenn sie klug ist, Herzblatt.«

Nachdem er ihr diesen Stich versetzt hatte, sah Johanna ihn einen Moment lang an, ehe sie tief durchatmete. Eine Schönheit in scharlachroter Samtrüstung, bereit, anzugreifen und zu zerstören und zu vernichten. Sag nichts mehr, warnte sein rascher Blick sie, den niemand außer ihr sah. Und er entwaffnete sie, zwang sie zur Aufgabe.

Demonstrativ wandte Geraint sich von ihr ab und richtete seine Aufmerksamkeit einer willigeren Beute zu, den zusammengepfercht stehenden Zuhörern, die auf ein weiteres Lied warteten. Sie wollten mehr liebeskrankes Geträllere hören, etwas, was leicht zu verdauen war. Geraint sah Adam Orletons aufmunterndes Nicken und wusste, dass er jetzt gut sein musste, nein, es musste das Beste sein, was er bieten konnte.

Seine Finger zupften eine weiche Kadenz, die üblicherweise zu einem Vers über eine unglückliche Liebe Zuflucht nahm, aber unter seinen raschen Fingergriffen gingen die Töne in eine Melodie über, die bislang nur dort gehört worden war, wo des Königs verschworene Freunde zusammensaßen. Edward hatte den Urheber des Liedes wegen Aufwiegelei hängen lassen.

Er sah, dass er die Aufmerksamkeit der Männer weckte, die die verbotenen Akkorde erkannten.

Hört vier weiser Männer Klagegesang,
warum England anheim fällt dem Untergang.

Nicht weit entfernt von seiner Mutter stand der Sohn des Königs. Er hatte eine schnelle Auffassungsgabe, und er runzelte die Stirn, als er die Worte vernahm, denen vermutlich gefährlichere, subversivere folgen würden. Ja, mein Junge, dachte Geraint, es ist ein Lied gegen deinen Vater und seine Günstlingswirtschaft und eine Lektion für deine Mutter und ihren Liebhaber!

Beredtes Schweigen herrschte im Zelt, als der letzte Ton verklang. Erleichtert, mithilfe der Musik einmal die bitteren Worte kundgetan zu haben, die auszusprechen politisch unklug war, schaute Geraint überrascht auf, als eine männliche Altstimme die Stille durchdrang.

Und dann spricht ein Prinz
aus der Kraft seines Herzens:
Mit Gottes gütiger Gnade
werde ich meinen Teil leisten.
Das Recht wird die Macht sein,
Das Denken des Weisen wird frei sein,
Das Licht wird hell wie die Sonne sein.
Das Recht wird die Macht sein,
und die Gerechtigkeit siegt zum Wohle Englands.
Das Denken des Weisen wird frei sein,
und Freiheit des Gedankens siegt zum Wohle Englands.
Das Licht wird hell sein wie die Sonne,
und die Sonne wird nie untergehen – zum Wohle Englands.

Nicht ein Atemzug war von den Anwesenden zu hören, während Jankyn ganz und gar in seinem Element war. Mit einem kurzen frohlockenden Blick fing er Geraints lautlosen, mit den Lippen geformten Glückwunsch auf. Der Narr hielt jeden von ihnen wie federleichten Samen in seiner Hand. Neugierig und wie gebannt sahen sie, wie er die rechte Hand krümmte und wie er eine Walnussschalenhälfte über die Innenfläche seiner linken legte. Mit Magieraugen fixierte er seine Hände, und voller Spannung warteten alle mit ihm, welchen Schatz er hervorzaubern würde. Geheimnisvoll zog er die rechte Hand fort und hob langsam die linke empor. Dann blies er mit einem kräftigen Atemstoß die unsichtbaren Samen fort, stieß einen anarchischen Freudenschrei aus und durchquerte purzelbaumschlagend das Zelt, um wie ein Ball vor den Füßen des überraschten Prinzen von Wales zu landen. Dann sprang er auf, machte einen Kniefall und verbeugte sich tief.

Die Stille war wie die Ruhe vor einem Gewittersturm. Als Erster applaudierte Adam Orleton, der sich umwandte und Geraint zulächelte, als die Menge in Beifallsstürme ausbrach.

Der Faltstuhl stürzte hinter Geraint um, als dieser aufstand. Er fühlte sich wie im Traum. Um ihn herum drehten sich glitzernde Brustpanzer und juwelenbehangene Dekolletés wie in einem Mahlstrom im Kreis, wirbelten Farben durcheinander. Er taumelte, als er die sinnenverwirrende Ungeheuerlichkeit dessen begriff, was gerade geschehen war. Macht den Prinzen zum König und zwingt Edward de Caernarvon zur Abdankung? Nein, selbst Orleton würde sich das nicht trauen! Es gab keinen vergleichbaren Fall. Hatte Jankyn das beabsichtigt?

Es schien so zu sein. Der Narr, der noch immer vor dem wie betäubt dastehenden Prinzen kniete, neigte sich vor und küsste dessen rechte Schuhspitze. Dann, ehe der entwaffnete Junge ihn loben oder verfluchen konnte, warf der Narr sich behände nach hinten, schlug, die Hände voran, einen Purzelbaum wie ein Akrobat, und kam vor Königin Isabellas pelzverbrämtem Rocksaum zum Stehen. Er drückte auch auf deren Schuh einen Kuss, ehe er seinen neuen Herrn, den Lord of Leicester, an dessen Stirnlocke zupfte und in hochmütigem Erstaunen die Augenbrauen hochzog, als er Geraint ansah, der immer noch mit dem Psalterium in den Händen dastand.

»Jankyn!« Earl Henry kicherte, als er vortrat, um seinem Narren auf die Schulter zu klopfen.

»Mein Sekretär soll diesen Vers niederschreiben«, erklärte die Königin rau, während ihr Blick auf dem Prinzen ruhte. »Ich will, dass er von jetzt an im ganzen Königreich gesungen wird.«

Orleton hatte den Arm um die Schultern des Prinzen gelegt und führte diesen zu Isabella. Und Roger Mortimer, um nicht abseits zu stehen, trat vor und stellte sich an die rechte Seite des Jungen. Kirche und Staat lächelten sich in gegenseitigem Einverständnis zu.

Geraint drückte Lady Elizabeth das Psalterium in die Hände, packte Jankyn an den Unterarmen und hob ihn hoch. Er setzte ihn sich auf die Schultern, damit er von dort oben weitere Jubelrufe entgegennehmen konnte.

»Gut gemacht!« Die langen bischöflichen Finger zupften Jankyn am Ärmel, damit er sich herunterbeugte. In Anbetracht des Tumults konnte Orleton ihm unbesorgt zuflüstern: »Ich denke, wir haben gerade den Kurs von Englands Geschichte geändert.«

Die Königin küsste ihren Sohn auf beide Wangen und richtete sich dann mit strahlender Miene auf, um sich dem immer noch anhaltenden Beifall anzuschließen. Leicht irritiert schaute sie zu Jankyn hinauf.

In seinem Überschwang beging Geraint schließlich den Fehler, sich suchend nach seiner von ihm getrennten Frau umzusehen und sie dann befremdet und verzweifelt anzustarren. Und Johanna, deren Emotionen wie bei jedem anderen Kapriolen schlugen, kämpfte um ihre Fassung, während sie Jankyn mit einem herzlichen Lächeln bedachte und Geraint mit wütender Verletztheit ansah. Der Kreis war geschlossen, und die Königin hatte es gesehen.

»Dies gebe ich Euch als Dank für Eure Loyalität«, sagte Isabella am nächsten Morgen zu Johanna und drückte ihre Petschaft in das orangefarbene Siegelwachs des mit Bändern geschmückten Pergaments.

Mortimer, der in die Privatheit der beiden hereingeplatzt und geblieben war – wie ein unangenehmer Geruch, der in der Luft hängen bleibt – rümpfte die Nase.

Die Königin schaute hoch. »Es missfällt Euch, Sir?«

»Aye, Madam, es ist unklug, Land zu versprechen, das Ihr nicht besitzt.«

»Es sind Güter der Despensers, und wenn Gott gerecht ist, werden sie bald unter unser Verfügungsrecht fallen. Es wäre Euch lieber, wir würden sie Euch geben, Mylord?«

»Gott bewahre, Madam, es wird genug für uns alle da sein. Ohne diese junge Lady beleidigen zu wollen, aber Ihr habt eine Armee hinter Euch, Madam, Lords, die meilenweit geritten sind, um Euch zu folgen. Und es sind noch mehr Adlige auf dem Wege zu Euch. Seid Ihr nicht ein wenig vorschnell damit?« Er fegte das Pergament vom Tisch. »Einem der Männer dort draußen mag dieses Gut einst gehört haben, und außerdem hat diese Lady keinen Ehemann, der ihr Land gebührend verteidigen kann. Glaubt mir, Lady Johanna, ich stelle damit nicht Eure Ehre infrage« – die Mutmaßung bewies Scharfsichtigkeit – »aber ich glaube, Ihr seid auf einen Schwerenöter hereingefallen. Ich habe noch nie von diesem Gervase de Laval gehört.«

Aber er hat Euch gedient, und vielleicht hat er Eurem Sohn das Leben gerettet. Die Versuchung, mit dieser Wahrheit herauszuplatzen, lockte sie wie der Teufel. Aber was nützte es? Sich einem Mann aufhalsen, dem sie gleichgültig war?

Isabella ersparte ihr eine Antwort. »Aber ich. Wollt Ihr mein Urteilsvermögen infrage stellen, Roger? Wollt Ihr das?«

Respektvoll legte Johanna die Hand auf den Arm der Königin. »Mylady, ich möchte nicht der Knochen sein, über den Ihr Euch streitet. Fragt Lancasters Narren. Er war einmal der Knappe meines Mannes.«

»Ein Narr«, höhnte Mortimer. »Bei meinem Wort, dieser Geschichte werden noch Hörner und ein langer Schwanz wachsen. Welcher vernünftige Ritter nimmt einen Narren als Knappen in seinen Dienst?«

Die Königin schob ihren Stuhl zurück und erhob sich. »Ich will kein Gezänk mehr haben. Gebt Ihr die Urkunde!«

Johanna bemerkte den Groll in den Augen des Grafen und zweifelte nicht daran, dass er diese Schlacht mit Isabella fortsetzen würde, dann aber im Privaten und mit subtileren Mitteln.

Mit einer übertriebenen Verbeugung überreichte er Johanna das Pergament. »Ihr werdet dadurch zu einer reichen Frau, Mylady. Ich gratuliere Euch.« Er schlug die Hacken zusammen und verbeugte sich mit kühler Arroganz vor Isabella. »Mit Eurer Erlaubnis, Madam.«

Isabella beschäftigte sich damit, Briefe zu ordnen, aber sie verfolgte seinen Abgang nachdenklich. »Lasst Euch nicht von ihm ärgern, Johanna. Er liebt es, von Zeit zu Zeit seine Zähne zu zeigen, um mich daran zu erinnern, dass auch ich nur eine Frau bin.«

»Vielleicht hat er wegen der Schenkung Recht, Mylady. Seid Ihr sicher, dass Ihr es nicht noch einmal zu überdenken wünscht, wenn der Waffengang zu Ende ist?«

»Nein«, erwiderte Isabella fest. »Und lasst Euch von Mortimer nicht unterkriegen. Ihr habt lange und hart für meine Sache gearbeitet, bei der Heiligen Jungfrau, und ich sehe nicht ein, warum Ihr weniger verdient als andere. Behaltet es. Manchmal muss er daran erinnert werden, dass ich die Herrschaft über Frankreich haben könnte, und das trotz meines Geschlechts.« Mit einem Seufzer sank sie auf ihren Stuhl zurück. »Aber ich liebe ihn nun mal, Johanna. Ich weiß, ich treibe Unzucht oder welche anderen schmutzigen Etikette die heilige Kirche mir sonst noch anheften kann, aber ich brauche ihn, und er setzt für meine Sache sein Leben aufs Spiel.«

»Es ist eine gerechte Sache, Mylady, und niemand verachtet Euch. Bis auf Walter Stapleton sind alle Bischöfe gekommen, um Euch die Ehre zu erweisen. Sie respektieren Euch als ihre souveräne Herrscherin.«

»Aber nur, weil ich für sie von Nutzen bin. Ich weiß, ich sollte mein Bett nicht mit Mortimer teilen, aber genug jetzt davon. Lasst uns jetzt fröhlich sein. Lest die Urkunde.« Sie zwickte Johanna in die Wange. »Ich möchte Euch lächeln sehen, *ma petite*.« Sie nahm sich einen Brief vom Stapel, der unterzeichnet werden musste.

»Mylady, das ist zu viel.« Johanna standen Glückstränen in den Augen, als sie aufschaute.

»*Attention*, kleines Schäfchen, Ihr werdet noch alles verwischen.«

Johanna schüttelte den Kopf. »Eure Freundlichkeit ist größer als jeder Dank, den ich Euch sagen kann.«

Die Königin stützte das Kinn auf die Hand. »Es war dieser Gervase de Laval, der gestern Abend gesungen hat, *oui?* Gervase und Geraint sind ein und derselbe Mann. Warum will er Euch nicht als seine Lady haben? Gibt es etwas oder jemanden, den er fürchtet?«

Freudlos starrte Johanna auf den Wandbehang, auf dem dargestellt war, wie Jesus auf der Straße von Jericho einen Blinden heilte. Sie empfand es als Erleichterung, über ihren Schmerz zu sprechen. »Es ist, als ob irgendein Geschwür an ihm nagt.«

Unglücklicherweise nahm die Königin ihre Äußerung wörtlich. »*Quel horreur! Bah, non!* Er scheint mir eigentlich ganz gesund. Er sieht weder schwindsüchtig aus, noch zeigt er irgendwelche äußeren Anzeichen für eine Krankheit. Keinen Ausschlag, keinen Aussatz – nichts.«

»Nein, Madam, ich wollte sagen, dass seine Seele verbittert ist.«

»Ah. Nun, vielleicht wird er wieder fröhlich, wenn er hört, dass Ihr reich sein werdet, wenn *le mauvais* Hugh und sein widerwärtiger Vater in ihren Särgen liegen.«

Johanna verzog das Gesicht. Es war nicht angenehm daran zu denken, dass ihr künftiger Wohlstand von Hugh Despensers Tod abhing, und wenn die Königin meinte, Gervases Liebe könnte mit Gütern erkauft werden, dann tat sie es, weil sie den Mann nicht kannte. Aber schließlich, dachte Johanna traurig, kenne ich ihn ja auch nicht. Nicht einmal seinen wahren Namen.

31

Der Aufenthalt der Königin in Gloucester war aus zwei Gründen denkwürdig. Zum einen, weil ihr der Kopf des Bischofs Walter Stapleton in einem zugebundenen Leinensack überbracht wurde, und zum anderen, weil sie die Nachricht erhielt, dass der König weitergeflohen war. Er hielt sich jetzt auf Hugh Despensers Burg in Chepstow auf und hatte allen loyalen Truppen Befehl gegeben, sich in Bristol zu sammeln und sich dort unter das Kommando von Hugh Despenser dem Älteren, dem Earl of Winchester, zu begeben. Isabellas Soldaten brannten darauf, endlich in die Schlacht zu ziehen, als Isabella Berkeley Castle wieder in Besitz nahm. Auf den Rat Mortimers und Leicesters hin beschloss sie, ihre Armee am nächsten Morgen nach Bristol in Gang zu setzen.

Der Aufbruch vergrößerte Johannas Ungeduld. Es war nicht nur das ständige Umherreisen, das sie störte, sondern auch der Umstand, dass Roger Mortimer seinem klatschsüchtigen Sohn von der Landschenkung durch die Königin erzählt hatte. Seitdem wurde sie von einem Schwarm landgieriger Glücksritter bedrängt, die sich keinen Deut um ihre Gefühle oder um ihre Meinung scherten. Jedes Mal, wenn sie einen Blick auf Geraints azurblauen, federgeschmückten Helm erhaschte, während er mit der Kompanie Bischofs Orletons ritt, flammte ihre schlechte Laune von neuem auf.

Der Gedanke, wie es hätte sein können, wenn Geraint nicht so kaltherzig wäre, drohte sie fast zu ersticken. Wenn sie sich doch nicht ständig über den Weg laufen würden! Die Atmosphäre zwischen ihnen war aufgeladen wie bei einem brodelnden Gewittersturm, und die zornblitzenden Blicke, die sie ihm dann und wann zuwarf, wurden in vollem Maße zurückgegeben. Was war nur mit diesem Mann los?

»Macht ihn eifersüchtig«, schlug Isabella vor. Man rüstete sich, Berkeley zu verlassen, und sie verschloss gerade ihren Schmuck in einer kleinen Reisetruhe. »Ich sehe Euch dann gleich unten im Burghof.«

»Das kann ich nicht«, erwiderte Johanna. Sie packte die Ringgriffe der Kiste, die die Parfüms und Cremes der Königin enthielten, und war auf halbem Weg die Wendeltreppe herunter, als einer der Ritter in voller Rüstung die Treppe hinaufstolperte. Im letzten Moment bewahrte er sie beide davor, die Stufen herunterzupurzeln.

»Oh, Ihr seid es«, murrte sie. Gervase, Geraint – wie immer er sich verdammterweise auch nannte – versperrte ihr wie ein lästiger Steinschlag den Weg. Es gab keine Wandnische, um ihn vorbeizulassen, deshalb wandte sie sich mit einem Fluch um und begann, die Stufen wieder hinaufzusteigen. Plötzlich lag sein Arm um ihre Taille und er drehte sie zu sich herum.

»Steht still, es sei denn, Ihr wollt uns beide zu Fall bringen.«

»Eine ausgezeichnete Idee!«

»Johanna.«

»Ich kenne Euch nicht, Sir. Lasst mich los!« Kurz entschlossen drückte sie die kleine Holztruhe zwischen sich und ihn.

Sein Blick suchte ihr Gesicht. »Ich liebe Euch.«

»Ihr liebt mich!«, rief Johanna, fast versucht, ihm und ihr Isabellas kostbare Düfte auf die Füße zu werfen. »Ihr liebt mich! Gott helfe uns, Sir, Eure Krankheit bricht zu spät aus. Sie hat nicht zufällig etwas mit der Epidemie zu tun, die Landschenkung heißt, oder?«

»Wovon, in Gottes Namen, sprecht Ihr überhaupt?«

»Der Teufel soll Euch holen! Ha, Ihr kommt, um Euch schnüffelnd an meine Fersen zu heften und winselt etwas von Liebe, weil Euer kostbarer Mortimer ausgeplaudert hat, dass ich Landgüter in Hülle und Fülle besitzen werde. Eure bedauernswerte arme Frau, die Ihr verspottet habt, Gervase de Laval – oder welchen verdammten Namen Eure Mutter Euch auch immer gegeben haben mag!«

»Um Gottes willen, glaubt Ihr etwa, ich gebe einen Deut darauf, wie wohlhabend Ihr seid?«

»Ja, Ihr Lügenhund! Oder wechselt Eure Gesinnung so rasch wie der Wind? ›Ich glaube, heute werde ich meine Frau lieben‹«, mokierte sie sich boshaft. »Ach, verschwindet! Von mir aus soll man Euch aufhängen!«

»Sehr gut, dasselbe wünsche ich Euch!«

Als Johanna den Burghof betrat, auf dem reges Treiben herrschte, stellte sie fest, dass ein Kontingent an verschwitzten Rittern und Pferden neu eingetroffen war und das allgemeine Durcheinander noch vergrößert hatte. Die Luft schwirrte von Flüchen, wie man sie in Northumbrian und in Yorkshire zu Ohren bekam – und mittendrin die Stimme, die sie nie wieder hatte hören wollen. Sie hatte tausend Kerzen angezündet und tausend Gebete gesprochen, um sie nie wieder hören zu müssen: die von Fulk de Enderby, der seinen Männer Befehle erteilte.

Die Stadtväter Bristols befanden sich, ebenso wie die in London, in dem Zwiespalt, entweder den befehlenden Lord der Stadtfestung zu unterstützen oder ihrem Instinkt zu folgen und die Gewinnerseite zu wählen. Als die Armee der Königin vor den Mauern auftauchte, ritten der Bürgermeister und seine Stadträte zum Tor hinaus, um Isabella der Unterstützung durch die Stadt zu versichern. Unterdessen stand Hugh Despenser der Ältere auf der Brustwehr der Burg und weigerte sich, sich zu ergeben. Die Königin samt ihren Truppen schlug ihre Zelte unterhalb der Burg auf und bereitete sich auf eine Belagerung vor. Sie ließ Triboks, Steinschleudern und Belagerungstürme aufstellen. Kriegsbaumeister und solche, die Erfahrungen im Bergbau hatten, wurden zu ihr gerufen, um zu beraten, wie die Burgmauern am ehesten durchbrochen werden konnten.

In voller Rüstung stürmte Geraint in Edmunds Zelt. Die Sache hatte ihm seit Berkeley wie ein lästiger Stein im Schuh zu schaffen gemacht.

»Ich habe mit dir zu reden!«

Edmund befand sich im Nachteil. Er hockte auf einem Schemel, und einer seiner Knappen umwickelte seine Beine mit Stoffstreifen.

»Bist du noch sauer, weil ich dir vorgeschlagen habe, die Tochter des Torwächters von Berkeley zu beschlafen?«

»Johanna FitzHenry hat mir berichtet, dass du Gerüchte in die Welt setzt, sie würde in Kürze eine reiche Erbin sein.«

Edmund runzelte die Stirn. »Das ist kein Gerücht, Geraint. Mein Vater war dabei, als die Königin ihr die Urkunde gegeben hat, in der ihr ein Teil des Despenser-Besitzes in den Grenzgebieten versprochen wird. Er hält es auch für ziemlich dumm, die Güter einer schutzlosen Witwe zu geben. Aber was kümmert dich das?« Da Geraint schwieg, schaute Edmund auf. »Ach, ich verstehe, du spekulierst darauf, dass dort deine Antwort liegt – eine reiche Frau, eh? Gut, dann geh und schwarwenzle wie die anderen um ihre Röcke herum. Ist aber aussichtslos, schätze ich. Das Weibsbild behauptet noch immer, ihr Mann ist –«

Der unheilverkündende Ausdruck auf Geraints Gesicht musste ihn verraten haben, denn Edmund, sonst nicht gerade schnell im Begreifen solcher Dinge, fing an zusammenzuzählen, was er wusste. »Bei der Seele meines Vaters, es ist Lady Johanna! Sie ist deine ...« Mit einem einzigen Schritt war Geraint bei ihm und hatte ihn beim Hemd gepackt.

»... Stickerin«, krächzte Edmund versöhnlich.

»Sirs!«, rief der Knappe, der sich auf allen vieren zwischen den beiden Rittern hervorzukämpfen versuchte.

»Raus!«, fuhr Geraint den jungen Mann an. »Edmund, du Hurensohn, ganz egal, um was es geht, aber wenn du es wagst, noch ein weiteres Wort über Johanna in Umlauf zu setzen, dann –«

»He, Mann! Dann ist sie also wirklich deine –«

»Ich hab dir gesagt, du sollst deinen Mund halten!«

»Jetzt gehst du zu weit. Vergiss nicht, wer ich bin, Geraint de Velindre. Meine Familie hat dir auf Bischof Orletons Bitte hin Essen und Unterkunft gegeben, sonst wärst du verhungert. Und mein Vater jagt die verdammten Despensers zum Teufel, oder hast du das vergessen!« Er strich sich das Hemd glatt, als Geraint ihn losließ. »Was ist denn los mit dir, Mann? Seit wir aus Frankreich zurückgekommen sind, schleppst du irgendwas mit dir herum. Ist es diese Johanna? Sie steht bei der Königin in höherer Gunst als meine Elizabeth, wahrscheinlich beklagt sie sich auch weniger. Warum also nimmst du sie nicht einfach zurück, und die Sache ist erledigt? Besonders, wenn sie bald reich sein wird. Jetzt halt mir nicht wieder eine deiner Predigten, und ich – autsch!« Geraint hatte ihn am Handgelenk gepackt.

»Das geht nicht mehr, Edmund, weil du dich eingemischt hast. Sie denkt, dass ich sie nur wegen ihres Geldes haben will.«

»Nun, noch hat sie es nicht.«

»Das ist nicht der Punkt.«

»Sirs!« Der Knappe kam in das Zelt zurückgelaufen. »Ratet, was im Gange ist! Der alte Hugh hat sich ergeben. Die Garnison von Bristol hat ihm den Befehl verweigert.«

Edmund stieß einen Freudenschrei aus, befreite sich von seinem überraschten Angreifer, versetzte dem Knappen einen Faustschlag und stürmte aus dem Zelt. Im Laufen wickelten sich die Stoffstreifen von seinen Beinen, was ihn ein wenig lächerlich wirken ließ.

Geraint schlug die Zeltplane zurück und fluchte, als er die Soldaten sah, die sich jubelnd gegenseitig auf den Rücken schlugen, als hätten sie einen großen Sieg errungen. *Geraint de Velindre.* Dieser Name bedeutete nicht mehr als de Laval oder irgendeiner der anderen Namen, die er benutzt hatte. Eine Verwünschung ausstoßend schloss er die Zeltplane wieder. Statt mit den anderen zu feiern, bediente er sich ausgiebig von Edmunds Weinvorräten.

Nach dem Abendessen bat Johanna die Königin um Erlaubnis, sich zurückzuziehen. Vor dem Zelt blieb sie zwischen den Spannleinen stehen. Morgen würden sie triumphierend in Bristol Castle einreiten, und Mortimer, Leicester und William Trussell, auch einer der Rebellen von Boroughbridge, würden über den alten Hugh zu Gericht sitzen. Es waren Trussells blutrünstige Schilderungen dessen, was er mit den Despensers anstellen würde, die Johanna aus dem Zelt der Königin getrieben hatten.

»Sieh an, sieh an.«

Ihr ehemaliger Ehemann – grauer und älter als früher, aber noch ebenso furchteinflößend – stand zwischen ihr und dem Zelteingang. In den vergangenen vier Jahren waren Johannas Narben der Erinnerung verblasst. Sie hatte Sir Fulk nicht vergeben, aber die Frau, die ihm jetzt gegenüberstand, war eine andere geworden – selbstbewusster, besonnener, lebenserfahrener. Johanna war selbst über die Milde überrascht, die sie für ihn fühlte.

»Es tat mir leid, von Edyths Tod zu hören. Ein solch grausames Schicksal hatte sie nicht verdient.«

Einen Augenblick lang schwieg Fulk zu diesen Worten, dann stieß er hervor: »Heuchlerin! Ihr habt ihr doch den Tod gewünscht!«

»Nein, das ist nicht wahr, Sir«, erwiderte sie aufrichtig. Sie hatte Kerzen für Edyths Erlösung angezündet – aus Schuldgefühl und aus Mitleid. Aber warum sollte sie sich vor diesem Tier in Menschengestalt rechtfertigen? »Habt Ihr die arme Maud auch schon beerdigt?« Die reiche Witwe hatte sich Fulk wenige Monate nach der Gerichtsverhandlung geangelt.

Fulk sah sie mit abfällig-höhnischem Blick an. »Nein, sie ist zu Hause bei unserem Sohn.«

Es war tollkühn, aber Johanna musste es sagen. »*Euer* Sohn, Fulk?«

»Sch-schlag sie, du Sch-schinder, und ich wer-werde dich t-töten! Sch-schert Euch weg, Mallet.«

War der Tag des Jüngsten Gerichts gekommen? Als

sei die Welt im Begriff, sich in Nebel aufzulösen, griff Johanna Halt suchend nach der Zeltleine. Die Zeit musste rückwärts laufen – es sei denn, ihr jetziger Ehemann schwankte.

»Und das bevorzugt Ihr wohl für mich, wie?«, höhnte Fulk. »Ich werde mich nicht mit einem Trunkenbold einlassen, aber Eure Zeit wird kommen, Bursche. Ich werde noch mit Euch abrechnen, verlasst Euch darauf.« Sein Lächeln für Johanna war so tückisch wie eine vergiftete Pfeilspitze. »Noch immer unfruchtbar, wie ich höre?« Er richtete den Helm, den er in der Armbeuge trug. »Ihr bedauernswerte Dirne, aber wenn man sich zwischen zwei Stühle setzt, fällt man auf den Boden.« Mit diesen Worten spuckte er vor ihr aus und ging davon.

Johanna holte tief Luft und seufzte. »Bei meiner Seele«, flüsterte sie, als Geraint schwerfällig zurückwankte. Weil die Zeltwand ihm keinen Halt bot, ließ er sich ächzend auf den Boden nieder. Als er versuchte, sein Kinn auf die Hand zu stützen, klappte sein Panzerhandschuh zurück. Geraint fluchte.

»Ihr seht scheußlich aus. Habt Ihr ein ganzes Fass leergetrunken?«

Geraint grunzte und rieb sich das schmerzende Kinn. »Das ist keine gute Frage an einen Betrunkenen, Mylady.« Er war überzeugt, noch ziemlich nüchtern zu sein, besonders, wenn er so nah wie möglich in Bodennähe blieb. »Aye, aber Ihr habt Recht, Johanna. Ich brauche eine Rasur, und mein Mund ist so trocken wie die Straße nach Jerusalem.«

Er blinzelte zu ihr hoch. Das ersterbende blutrote Licht der Sonne spiegelte sich in dem Silberkreuz um ihren Hals und brachte das Gelb ihres Kleides zum Leuchten. Ein Steinmonument, seine Johanna. Nein, nicht seine. Sie schaute auf ihn herunter wie auf einen

Schiffbrüchigen, der gleich an den Felsen zerschellen würde.

»Meint Ihr … meint Ihr, Ihr könntet Euch für einen Moment zu mir herunterbeugen?« Überraschenderweise ließ sie sich neben ihn in das Oktobergras sinken. Ihre Zugänglichkeit brachte ihn aus der Fassung. Merkwürdig, aber sie schien ihn lieber zu mögen, wenn er mit zerrissenem Segel und voller Verzweiflung über das nebelverhüllte Meer dahintrieb.

Einen Augenblick lang beobachteten sie ein paar Möwen, die über sie hinwegflogen. »W-was h-haltet Ihr von den Neuigkeiten?« Klang seine Stimme so schwach, wie er sich fühlte?

»Ich bin ihm nur einmal begegnet. Dem alten Despenser«, erklärte sie, unbeeindruckt von seinem finsteren Stirnrunzeln. »Das war vor zwei Jahren. Edyth – jemand hatte …« Sie musste ihm seine Verwirrung angesehen haben, denn sie hob die Hände, als wollte sie die Worte verscheuchen. »Nun, um es kurz zu machen, er und sein Sohn haben mich eindringlich davor gewarnt, weiterhin gegen sie zu arbeiten.«

»H-habt Ihr damit aufgehört?«

»Da sie mir gedroht haben, nicht nur meiner Mutter und Miles zu schaden, sondern auch Euch, habe ich mich gefügt. Warum lächelt Ihr?«

»Lächeln, Johanna? Nein.« Er verbarg einen Moment lang das Gesicht in den Händen und nahm seinen Mut zusammen. »Meine Liebe, ich habe kein Recht, Euch um irgendetwas zu bitten, aber –«

»Nein, das habt Ihr nicht!« Aus klugen grünen Augen sah Johanna ihn abschätzend an, ehe sie sich schließlich erhob. Es war taktvoll und notwendig, auf den eigenen Füßen zu stehen und festen Boden unter sich zu spüren. Denn ihre Gedanken waren seinem umnebelten Verstand vorausgeeilt. »Ich vermute, Ihr wollt noch immer, dass ich allen sage, dass Ihr tot seid, Sir.«

Er könnte es genauso gut sein.

»Wie Ihr wollt, aber …« Vielleicht sollte er den letzten armseligen Rest von Autorität hervorkehren. Er umklammerte die Zeltleine, hielt es dann aber für besser, sich nicht daran hochzuziehen, um das Zelt nicht zum Einsturz zu bringen. Schwerfällig und mühsam rappelte Geraint sich auf. Der Boden schwankte noch immer unter seinen Sohlen. »Ich … ich will, dass Ihr fortgeht. Beim ersten Morgenlicht. Nennt irgendeinen Vorwand. Geht zurück nach B-Blessington. Ich werde mit Bischof Orleton sprechen, dass er Euch eine Eskorte mitgibt.«

Er musste einige Herzschläge lang warten, ehe sie antwortete.

»Warum? Wegen Fulk?«

»Nein. Ich werde … ich will nicht, dass Ihr widersprecht, Lady. Es werden Dinge geschehen, die keine Frau mit ansehen sollte. Ich …« Er rieb sich den Nasenrücken und versuchte, einen klaren Kopf zu bekommen. »Glaubt mir, Johanna, Ihr habt keine Vorstellung von dem, was Männer einander antun können.« Gequält schloss er die Augen; das Sonnenlicht blendete ihn.

»Glaubt Ihr, ich würde nicht liebend gern von hier fortgehen? Glaubt Ihr, dieses dauernde Umherziehen macht mir Spaß? Wisst Ihr, was ich möchte? Ganz bestimmt nicht zu meiner Mutter zurückgehen. Nein, ich möchte einen Herd und eine Halle mein Eigen nennen können, und ich möchte ein Baby in einer Wiege und ich … aber das werdet Ihr nicht verstehen. Gute Nacht, Gervase.«

»*Geraint*, Johanna, mein Name ist Geraint.«

Sie wandte sich um. »Ja, Geraint aus irgendeinem

kleinen obskuren Dorf in Wales, und Bischof Orleton ist Euer Vater. Es ist zu spät für die Wahrheit.« Diese Worte, kalt und unerbittlich wie der Winter, erforderten keine Antwort. »Ich verstehe, warum Ihr mir nicht vertrauen könnt, aber es gibt andere, die das tun. Mein Platz ist bei der Königin, und ich werde sie jetzt nicht verlassen. Sie wenigstens braucht mich.«

War es so bei Lancasters Prozess in Pomfrey gewesen? Hatten sich die Römer auch die Lippen geleckt und sich bei Sonnenaufgang angestellt, um zuzusehen, wie die Christen von den Löwen gefressen wurden? Die Menge der gaffenden Gesichter, die Gier der Menschen nach barbarischer Unterhaltung, die von sich behaupteten, an die Vergebung Gottes zu glauben, entsetzte Johanna.

Hugh der Ältere sah eher aus wie achtzig als wie vierundsechzig, als man ihn in die Halle von Bristol Castle führte. Unrasiert und mit blutunterlaufenen Augen, das strähnige silbergraue Haar ungekämmt und die Schultern vornübergebeugt, schwere Fesseln an Händen und Füßen, war er die Verkörperung des Besiegten – ein müder Offizier der Regierung, der Komplize seines machtgierigen Sohnes. Ein Sündenbock beinahe. Warum war er so töricht gewesen, in Bristol zu bleiben, während sein Sohn und der König sich in Sicherheit gebracht hatten? Er musste doch von der Stimmung unter seinen Männern gewusst haben, und davon, dass die Stadt und die Garnison keine Gegenwehr leisten würden? Johanna runzelte die Stirn, als ihr die Erkenntnis dämmerte. Großer Gott im Himmel! Der alte Graf verschaffte den beiden anderen Zeit.

Einen Augenblick lang schien es ihr, als würde der

Gefangene sie erkennen, als sie hinter dem Stuhl der Königin stand. Die Wachspuppen! Bei ihrer Seele, es war nicht ihr Fehler, dass er hier in Ketten stand. Hierzu hatten weder Edyth noch sie beigetragen. Auf dem Gesicht des Earls lag nichts als kalte Akzeptanz, als er den Männern zuhörte, die Ankläger und Richter in einer Person waren. Wie die Erzengel am Tag des Jüngsten Gerichts saßen sie ihm auf der anderen Seite der hohen Tisches gegenüber.

»Ihr habt dem König geraten, die Gesetze dieses Landes zu missachten«, donnerte Mortimer, »und Ihr habt die heilige Kirche ihrer Rechte enthoben.«

Der Earl of Leicester klang traurig und ernst in seiner Äußerung: »Ihr habt meinen teuren Bruder Thomas, den Earl of Lancaster, ohne Gerichtsverfahren und ohne triftigen Grund hinrichten lassen.«

»Ihr habt Räubereien und Plünderungen begangen«, schrie Trussell mit hochrotem Gesicht, seine Speicheltropfen sprühten stäubchengleich in den Strahlen der Morgensonne, die durch die Fenster hereinfielen.

Sie gestatteten dem alten Mann keine Verteidigung. Er verdiente keine; er hatte Thomas von Lancaster auch kein Recht auf eine Erklärung zugestanden.

»Seid Ihr zu einem Urteil gelangt?«, fragte die Königin, die hinter den Richtern auf ihrem erhöht stehenden Stuhl thronte.

»Madam«, verneigte sich Mortimer. »Wir befinden ihn für schuldig.« Er überreichte ihr das Urteil.

Das Rascheln des Pergaments, als Isabella von Frankreich es entrollte, klang überlaut in der Stille, die sich herabgesenkt hatte. Johanna streckte die Hand aus, um sich am Rücken des königlichen Stuhles abzustützen.

Isabella erhob sich. »Hugh Despenser der Ältere,

der Ihr Euch selbst Earl of Winchester nennt, Ihr seid für schuldig befunden und werdet verurteilt wie folgt: Ihr werdet gestreckt für den Hochverrat, gehängt für Räuberei, gevierteilt für die Verbrechen, die Ihr gegen die heilige Kirche begangen habt, und Euer Kopf wird nach Winchester gebracht werden.«

Der alte Hugh Despenser schien einen tiefen Seufzer auszustoßen.

»Steht der Galgen bereit?«, fragte die Königin.

»Ja, Madam«, bellte Trussell.

»Dann sollen sich alle im Hof versammeln und zusehen, wie der Gerechtigkeit Genüge getan wird. Der Gefangene wird beim nächsten Glockenschlag hingerichtet werden.«

Ein vielstimmiges Begeisterungsgeschrei erhob sich, und die Menge verhöhnte und bespuckte den alten Mann, als man ihn aus der Halle stieß und zerrte.

Isabellas Gesicht war wie versteinert. »Und den Rest dieser unseligen Dreieinigkeit werde ich auch noch bekommen.«

Johanna weigerte sich, der Exekution beizuwohnen.

»Was ist los?«, rief Isabella und sah sie mit einem mahnenden Seitenblick auf den Prinzen an. »Ich werde kein Mitleid mit irgendeinem der Despensers haben.«

»Nein, Madam, der Mann ist schuldig, aber ich halte die Strafe für barbarisch.«

Elizabeth Baddlesmere nickte. »Die Despensers und der König haben meinem Vater das Gleiche angetan, aber ich bin einer Meinung mit Johanna: Ich würde dies keinem Mann wünschen.«

»Ich will, dass diese Vollstreckung zu einer Lektion wird, Mesdames. Es wird keine Gavestons, Despensers oder Thomas von Lancasters mehr geben.« Sie deutete mit dem Finger zur Halle, in der sich die Edlen versammelt hatten und von wo das laute Lachen Roger Mortimers zu hören war. »Das soll jeder von denen begreifen. Sollte irgendeiner von ihnen es wagen, sich die Macht eines Königs anzueignen, wird er einen schrecklichen und blutigen Tod sterben.«

»Ohne Ausnahme, Mutter?« Die Stimme des Prinzen von Wales zitterte, angespannt hatte er dem Disput der Frauen gelauscht.

»Ohne Ausnahme. Vergiss das nie, mein Sohn.«

»Ich werde daran denken.«

Johanna hörte das Grölen des Mobs und wusste, dass es jeden schrecklichen Schritt des Sterbens des alten Mannes begleitete. Elizabeth war es von den Mortimers befohlen worden, der Exekution zuzusehen. Vom königlichen Haushalt war nur Agnes bei Johanna im Turm geblieben. Schweigend saßen die Frauen beieinander. War sie ein Feigling? Waren ihre Prinzipien ein Zeichen ihrer Vernunft, oder war es ihre Unfähigkeit zu akzeptieren, dass Menschen einem anderen solche Leiden zufügten? Selbst im Turmzimmer der Burg konnte sie den Rauch riechen – oder war es nur ihre Einbildung, die den Reiz auslöste, sich übergeben zu müssen.

Eine Stunde später kehrten die anderen in die Halle zurück. Isabella und die anderen Frauen hatten kalkweiße Gesichter, sie waren still und ernst. Der Prinz von Wales, ganz grün im Gesicht, erklärte, dass er nicht am Mittagsmahl teilnehmen könnte. Mortimer brauste auf und tadelte den Jungen, doch der bot ihm die Stirn: »Mylord, ich möchte nichts essen, und dabei bleibt es.«

In der Halle wurde es still, verlegen und unschlüssig wartete man den Fortgang dieses Disputs ab. Mortimer, nicht weniger erstaunt als die anderen, dass an seiner Würde gekratzt worden war, verneigte sich. »Wie es dem Prinzen gefällt.«

Ein Page zupfte Johanna am Ärmel. »Mylady, Mylords Leicesters Narr wartet draußen vor der Halle und bittet Euch, zu ihm zu kommen und ihn anzuhören.«

Jankyn, dieses Mal ohne das gewohnte Lächeln, verbeugte sich vor Johanna und nahm ihre Hand. »Kommt.«

Sie und Agnes folgten ihm, während er sie über den Burghof führte, wobei er den Lachen von Bier, Urin und Erbrochenem auswich, den Überresten des Schauspiels, das hier stattgefunden hatte. Er führte sie in einen der Türme und dessen Wendeltreppe hinauf zur Brustwehr.

»Jankyn! Wohin –?«

Er legte den Finger an den Mund. »›Je voller der Becher, desto vorsichtiger muss man ihn tragen.‹ Geht dort entlang, Mylady. Komm, schöne Agnes, wir beide müssen die Wachtposten spielen, denn das Paradies ist wie ein alter Mantel gewendet worden.«

Im ersten Augenblick hatte Johanna den auf dem Boden liegenden Mann nicht gesehen, weil er hinter der Turmrundung verborgen war. Er hatte das Gesicht in den Armen vergraben.

»Gerv – Geraint?« *Ein voller Becher?* War er wieder betrunken? Ihretwegen? Nein, bestimmt war …

»Sir, habt Ihr nach mir geschickt?«

»Johanna.« Es war ein einziges Flehen.

»Seid Ihr verletzt?« Sie beugte sich zu ihm hinunter und streckte die Hand aus, um das zersauste Haar zur Seite zu streichen und ihn anzusehen.

»Jo… i-ich …« Er stützte sich mühsam auf die Ellbogen, seine Wangen waren tränennass. Er schluckte und brachte kein Wort heraus.

Erschreckt raffte sie ihre Röcke zusammen und kniete sich neben ihn. Sie wartete, bis er seine Stimme wieder gefunden hatte.

»D-Despenser? Hast du es gesehen?« War es das, was ihn so quälte? Abscheu und Ekel vor den Menschen?

»Nein«, erklärte sie fest, »ich weigere mich aus Prinzip, dabei zuzusehen, wenn Menschen sich wie Wilde aufführen.«

»Oh, lieber Gott, Johanna.« Er versuchte zu lachen und wischte die Tränen fort, aber sein Panzerhandschuh behinderte ihn dabei. »Nur du kannst so … ich liebe dich so sehr.«

»Hier«, sie zog ihren Schleier nach vorn. Aber bevor sie sich hinunterneigen konnte, um ihm die Wangen zu trocknen, barg er mit einem qualvollen Schluchzen sein Gesicht in ihrem Schoß, seine Schultern bebten.

Johanna nahm ihren unerforschlichen Ehemann in die Arme und wiegte ihn wie das Kind, das sie nie gehabt hatte, streichelte sein Haar, während seine Tränen ihr Mieder durchnässten. Dieser Kummer war nicht die Ernte unerwiderter Liebe. Hatte die Hinrichtung die bösen Geister geweckt, mit denen er sich plagte? »Schhhhh, schhh, mein Liebling, mein geliebter Lord, alles wird wieder gut werden.«

»Nein! Nein, das kann es nicht! Ich hätte nicht nach dir schicken dürfen.« Er schüttelte heftig den Kopf.

»Gerv– Geraint«, rief Johanna und packte ihn an den Schultern. »Willst du mir nicht endlich sagen, was dich so peinigt? Es ist an der Zeit, dass du mir vertraust! Begreif das doch endlich!« Sie schüttelte ihn, um sicher zu gehen, dass er ihr zuhörte. »Ich bin deine Frau. Ich will deine Freude und dein Leid mit dir teilen. Vertrau mir doch.«

»Lady, ich habe Angst, es zu tun. Du wirst mich hassen.«

»Natürlich werde ich das nicht.«

»Johanna, es ist mein Vater …«

»Ja, Orleton. Das habe ich vermutet.«

»Nein!« Er machte sich von ihr los und wischte sich zornig die salzigen Tränen von der Unterlippe. »Es ist mein Vater, den sie da unten in Stücke gerissen und den Hunden zum Fraß vorgeworfen haben.« Er zeigte über die Mauer, seine Hand zitterte.

Die Hand vor den Mund gepresst, starrte Johanna ihn erschreckt an. Er wandte den Blick ab und schlug mit der Faust gegen die Mauer, als ob der Schmerz verdrängen könnte, was immer er an Schuldgefühlen oder Kummer mit sich herumtrug.

»Siehst du, jetzt hasst du mich.« Das Gesicht gegen den harten Stein gepresst, versteckte er sich vor ihr.

Sie berührte seine Wange und strich ihm das feuchte blonde Haar hinter das Ohr zurück. »Warum sollte ich dich hassen, wenn ich dich mehr liebe als alles andere auf der Welt?«

Sie wartete. Hatte er sie gehört? Oder war er zu tief in sein Leid verstrickt, um noch den sicheren Boden erreichen zu können, den sie ihm anbot? Aber er wandte sich ihr zu.

»O meine Johanna«, er umschloss ihre Hand. »Wie kannst du mich lieben, da ich so gefühllos gegen dich gewesen bin und dich allein gelassen habe? Ich habe dich nicht beschützt und mich nicht zu dir bekannt, wie es ein Ehemann tun sollte. Aber ich habe dich immer geliebt. Verstehst du nun, warum ich nicht offen sein konnte?«

»Nein, das verstehe ich nicht. Ich verstehe nicht,

warum es für uns einen Unterschied machen soll, dass du der Bastard des Earls of Winchester bist.«

»Ich bin nicht sein Bastard.«

»Aber …«

»Ich bin sein jüngster Sohn, Johanna. Ich bin Geraint Despenser.«

32

Voller Verzweiflung starrte er sie an und wartete angespannt auf ihre Reaktion.

»Geraint.« Sie sprach so leise und tröstend, wie man mit einem Geschöpf sprach, das an seinem Schmerz zu zerbrechen drohte. »Es ist ein guter Name.«

»Und der andere Name? Die Menschen speien auf ihn. Mein Bruder ist der am meisten verachtete Mann in England, seit König Harolds Hinterbliebene William den Bastard verflucht haben.«

»Dann …« Johanna wählte ihre Worte behutsam. Auf der einen Seite lag der Sumpf des Mitleids, auf der anderen das Lachen der Irrsinns. *Despenser! Sie hatte in die Familie der Despensers eingeheiratet!* »Dann hast du dich von deiner Familie losgesagt?«

»Mein Vater hat sich von mir losgesagt, als ich mich geweigert habe, ins Kloster zurückzugehen. Du musst annehmen, dass ich immer davonlaufe. Auch vor dir bin ich einmal geflohen, nicht war, liebes Herz?«

»Mit gutem Grund. Vielleicht ist es ebenso gut, dass du die Kirche verlassen hast. Du hättest einen höchst rebellischen Bischof abgegeben. Und ich habe dich für ein illegitimes Kind gehalten.«

Geraints Gesicht erhellte sich. »Für das von Adam Orleton? Nein.« Der Schmerz hatte nachgelassen, und Geraint lehnte sich gegen die Mauer. Besitzergreifend zog er Johanna in seinen Arm. »Ich hätte im Kloster bleiben können. Wie ich dir einmal gesagt habe, hat mir das Lernen großen Spaß gemacht. Der Grund für mein Davonlaufen war der Novizenmeister. Du hättest sehen müssen, auf welche Weise er die kleinen Jungen angeschaut hat, Johanna. Es hätte dir eine Gänsehaut verursacht. Ich habe mich geweigert, bei seinen unheiligen, seinen widernatürlichen Spielen mitzumachen. Die Pest über ihn! Hätte ich einen Silberpenny für jedes Mal bekommen, das er mich ausgepeitscht hat … Ich habe meiner Familie davon geschrieben, und Hugh, mein prächtiger Bruder, den ich immer bewundert habe und der immer mein großes Vorbild war, kam auf dem Rückweg von einem Besuch am Hofe ins Kloster, um mich zu besuchen. Er brachte die Sache beim Abt zur Sprache. Natürlich waren sie eifrig bemüht, eine solch ernste Anklage zu widerlegen, und weil ein wohlhabender Despenser ein lohnender Erwerb für diese Abtei war, hatten sie natürlich kein Interesse daran, mich zu verlieren.« Er seufzte und schaute zu den Wolken hinauf. »Um es kurz zu machen, Hugh stellte sich auf ihre Seite. Er sagte mir, ich müsste mich um mich selbst kümmern. Nach ein paar Wochen lief ich schließlich davon.

Sie setzten den Barrister auf mich an, der mich in Hereford erwischte. Der Fall wurde dem neuen Bischof Orleton vorgetragen, und er ließ mich nach Sugwas kommen und über mehrere Stunden ausfragen.«

»Wusste er, wer du warst?«

»Ich habe damit nicht hinter dem Berg gehalten. Er lieh mir Pergament, damit ich meinem Vater schreiben konnte, und nahm mich in seinem Haushalt auf, bis die Antwort kam. Mein Vater schrieb, er würde mich verstoßen, wenn ich nicht ins Kloster zurückginge. Doch ich weigerte mich.«

»Das war ein mutiger Schritt von dir.«

»Meine verfluchte Familie stand bereits in dem schlimmen Ruf, andere auszunutzen und nach irdischen Reichtümern zu streben. Das war mir im Kloster klar geworden. Bischof Orleton schlug mir vor, ganz neu zu beginnen, mich anders zu nennen und mich von meiner Sippe loszusagen. Die Mortimers schuldeten ihm einen Gefallen, also schrieb er ihnen nach Ludlow, gab mich als sein Protegé aus und bat sie darum, mir einen Platz in ihrem Haushalt zu geben. Ich hielt es für einen großen Spaß, eine perfekte Rache an meiner Familie.«

»Wegen der Fehde zwischen euren Familien. Und wissen die Mortimers, wer du wirklich bist?«

»Bei meiner Seele, nein! Aber ich wünschte, ich hätte ihnen vor Jahren reinen Wein eingeschenkt. Aber wie auch immer, ich wurde Edmunds Knappe. Er ist einige Jahre jünger als ich. Zuerst fiel es mir sehr schwer, besonders weil ich älter und größer als die anderen Knappen war. Wie eine große Hummel.« Er lächelte Johanna ein wenig verzerrt an. »Ist das deine hinterhältige Methode, mich zu beruhigen? Mich wie ein tratschendes Marktweib zum Plaudern zu bringen?«

»Nein«, erklärte Johanna freimütig und schmiegte sich enger an seine Schulter. »Es ist eine Erklärung, die seit langem überfällig ist. Dann war es also dein eigener Bruder, der dich in Richmond rufen ließ?«

»Ja, er hätte meinem Leben ein Ende setzen können, aber er wollte, dass ich in den Schoß der Familie zurückkehre. Wir schlossen einen Handel. Als Gegenleistung für deine Scheidung und Anstellung im Haushalt der Königin erklärte ich mich damit einverstanden, ihm im Waffengang gegen die Schotten zu dienen. Du hast zwei Fliegen mit einer Klappe geschlagen, Johanna.«

Sie presste die Lippen aufeinander. Also war es Geraint gewesen, der ihre Zukunft arrangiert hatte.

»Den Rest kannst du vielleicht vermuten. Der Feldzug war ein Fehler, und wir haben uns wieder gestritten. Er wollte, dass ich für ihn arbeitete, seine Methoden anwandte – drohen, zwingen und quälen. Und das alles für die kurze Zeit der Macht. Er verlangte von mir, Orleton für ihn auszuspionieren, ein doppeltes Spiel zu treiben, doch ich weigerte mich. Für mich war mein Teil des Handels erfüllt. Ich ging, um meinen Schwur zu erfüllen: Ich wollte meinen früheren Herrn, Roger Mortimer, befreien. Ich verhalf ihm zur Flucht und ging mit ihm nach Frankreich. Du weißt wohl, dass es Edmund Mortimer war, mit dem deine Mutter mich dazu brachte, deinen Ehemann zu spielen?«

»Warum hast du mir all das nicht schon in Conisthorpe anvertraut?«

»Lady, ich war knapp einen Monat mit dir zusammen. Meine Zukunft stand in den Sternen. Außerdem – macht das irgendeinen Unterschied? Wenn du mir geraten hättest, mich auf Gedeih und Verderb mit meinem Bruder zusammenzutun, könnte ich inzwischen ein reicher Pair sein – oder auch so schlimm dran sein wie er, von allen gejagt und mit dem Tod vor Augen.« Er nahm den Arm von ihrer Schulter und beugte sich vor. »Du siehst, warum ich mich nicht zu dir bekennen kann, ehe nicht all das Entsetzliche vorbei ist und die Menschen wieder bei Verstand sind. Wenn sie herausfinden, dass ich ein Despenser bin …«

Sie legte die Wange gegen seinen Rücken. »Sei vernünftig, Geraint. Du hast dir doch nichts zu Schulden kommen lassen.«

»Sag das dem Pöbel. Bei dem sitzt doch der Verstand im Hintern.« Mit versteinertem Blick starrte er vor sich hin.

»Dann schweig darüber.« Sie kniete sich neben ihn, ihre Hände legten sich tröstend auf seine Schulter.

»Dann muss ich es ertragen, dich nicht in den Armen halten, dich nicht berühren zu dürfen. Du bist mein, Johanna, ich werde dich nicht gehen lassen. Du bist mein Trost und meine Freude.«

»Dann spiel meinen Freier. Kannst du deinen Kummer verstecken und diese Rolle spielen?«

Der leuchtende blaue Blick segnete sie. »Ich bin vielleicht ein wenig eingerostet, aber, ob du es glaubst oder nicht, mir ist so etwas schon einmal widerfahren, als ich …«

Es war ein Segen, den Gestank Bristols und deren geifernde Hunde verlassen zu können. Geraint war mit der Erlaubnis Sir Roger Mortimers mit den Truppen Leicesters und John of Hainhaults nach Wales gezogen, um dort die Verfolgung des Königs aufzunehmen. Es war besser so. Auch um Johannas willen konnte er nicht heiter und unbeschwert tun, während sie wie die Jagdhunde die Spur seines Bruders verfolgten. Die Königin und der Rest der Streitmacht wandten sich unter Roger Mortimers Führung nach Norden. Sie zogen in Hereford ein, um im Schatten seiner Kathedrale bei Bischof Orleton Quartier zu beziehen.

Johanna, allein und von Geraint noch immer nicht als seine Ehefrau anerkannt, wenn auch aus Gründen, die sie jetzt verstand, zählte die Tage, während der Wind die Blätter von den Bäumen rund um den Bischofspalast riss, in dem die Damen der Königin bequem wohnten. Hätte sie es gewünscht, hätte sie um Adam Orletons Erlaubnis ersuchen können, die schöne Bibliothek zu besuchen. Gestern hatte sie mit Elizabeth vor der wunderbaren Mappa Mundi gestanden und über die vielen Königreiche gestaunt, die dort aufgeführt waren. Aber wie bei allem, was sie tat, wanderten ihre Gedanken bald wieder zu dem Mann, der ihre eigene kleine Welt ausfüllte. Und so ging sie stattdessen in die Kathedrale, um am Schrein des heiligen Ethelbert Kerzen zu entzünden und für Geraints Seele zu beten. Sie schloss auch die Seelen ihrer neuen Verwandten mit ein, die zu entmachten auch sie mitgeholfen hatte.

Und wenn die Männer der Königin Hugh Despenser gefangen nahmen? Was dann? Würde Geraint versuchen, ihn zu retten, und in demselben Netz gefangen werden, oder würde er abseits stehen und mit ansehen müssen, wie die Pairs ihn töteten? Hoffte er, Hugh würde entkommen? Oder würde er mit den Jägern jubeln, weil er den unbezähmbaren Machthunger seines Bruders kannte und den unverminderten Hass sah, den alle für ihn empfanden?

Nach vier Jahren ihren verlorenen Geliebten in den Armen gehalten zu haben, nur um ihn wieder gehen zu lassen, war eine Qual für Johanna. Jede ihrer Ängste schien unüberwindbar. Angenommen, König Edward bot genügend walisische Gefolgsleute auf, um sich gegen seine Feinde zu wenden? Würde Hugh seinen Bruder wegen Verrat töten?

Das Warten schien endlos. Es waren fast zwei lange Wochen vergangen, als Leicesters Sendbote mit beruhigenden Neuigkeiten durch das Stadttor galoppierte. Gottes Hand hatte sich gegen den König gewandt. Er und sein Günstling hatten zwei Wochen lang versucht, zur Isle of Lundy zu segeln, die Despenser gehörte, aber der Wind hatte sich geweigert, in die richtige Richtung zu wehen. Jeden Tag war ihr Schiff weiter zum Land zurückgedrängt worden. An der Küste waren sie dann von Abtei zu Abtei gezogen, um dort Asyl zu fordern, bis sie bei Neath gefangen genommen worden waren. Mylord Leicester hatte den König auf Monmouth Castle in sicheren Gewahrsam genommen, Hugh Despenser hingegen schickte er an Isabella.

Fünf Tage später hörte Johanna die Hörner erschallen und wusste, dass die Soldaten Hugh durch die von jubelnden Menschen überfüllten Straßen nach Hereford Castle führten. Wo war Geraint? Würde er bei seinen Männern sein? Mit den Ellbogen bahnte sie sich den Weg durch die wogende Menge der Schaulustigen, die sich auf dem alten normannischen Burghof eingefunden hatte. Leicesters Männer stiegen gerade von ihren Pferden.

»Sir.« Sie musste gegen Geraints Rückenpanzer klopfen, um sich bemerkbar zu machen. Er wirkte hager und abgespannt, unter seinen Augen lagen tiefe Schatten, und ein Stoppelbart bedeckte sein Kinn.

»Nein, mein Liebes.« Er hielt sie davon zurück, die Arme um seinen Hals zu legen. »Ich stinke wie eine Londoner Kloake.« Schmerz, so hauchfein wie Spinnenweben, lag auf seinem Gesicht. Hinter dem Torhaus schwoll das Schreien der Menge an, und die Menschen um sie herum nahmen wie eine Hundemeute das Geheul auf und setzten es fort, als der Karren durch den Torweg rumpelte.

»Allmächtiger Gott!«, stieß Johanna hervor, die an Geraint vorbeispähte.

Zwei Gefangene befanden sich auf dem Karren. Sie waren mit eisernen Fußketten gefesselt, die in den Boden des Gefährts eingelassen waren. Despensers Lieutenant, Simon de Reading, dessen kahler Kopf von Schmutz und Exkrementen besudelt war, stand aufrecht da. Der andere Mann, schlanker und jünger, war totenblass und hatte die Augen geschlossen. Nur die

Fesseln um seine Handgelenke, mit denen er am Gelände des Karrens angebunden war, hielten ihn aufrecht.

War das des Königs Ratgeber, den sie das letzte Mal in Sammet und Pelzwerk mit Gold und Edelsteinen an seinen Händen gesehen hatte? Das einst feine Hemd hing halb aus der Hose heraus, die voller Flecken und über den Beinlingen zerrissen war. Speichelkleckse übersäten seine Kleidung, und Reste von Straßenkot klebten an ihm. Das braune Haar triefte von frischem Urin und hing ihm über die Stirn. Er konnte sich nicht einmal den menschlichen Dung fortwischen, der ihm über die Augen lief, über die unrasierten Wangen und in den Mund.

»Er hat weder Nahrung noch Wasser zu sich genommen, seit sie ihn gefangen haben.« Geraints Stimme klang angespannt, als er Johannas Hände ergriff und auf seine Schultern legte.

»Die Königin will ihn nach London bringen lassen, um ihm in Westminster den Prozess machen zu lassen.«

»Daraus wird nichts, meine Liebe. Morgen wird alles vorbei sein, glaub mir.«

Später standen sie in der Dämmerung im Kräutergarten Bischof Adams. Eine Nachtigall sang und lieferte die Gegenstimme zu dem Lärm, der aus der Halle zu ihnen drang. Die Fluten des Wye leckten hungrig an dessen Ufern, als ein Fischerboot vorbeiruderte.

Johanna lehnte sich mit dem Rücken gegen eine Eiche und verschränkte die Arme vor der Brust, als versuche sie, alles Unglück von sich abzuwehren. Einige kostbare Augenblicke mit ihm allein sein zu können war eine ungenügende Belohnung für die Sehnsucht, die ihr Bettgenosse gewesen war, und jetzt musste sie ihn schon wieder fortschicken – zu seinem eigenen Besten. »Warum gehst du nicht noch heute Nacht?«, wiederholte sie drängend. »Du kannst dir das doch nicht mit ansehen wollen.« Sie erzählte ihm nichts von Edyths Wachspuppen.

Geraint stand da, den Ellbogen auf den angewinkelten Arm gestützt, und fuhr sich mit dem Finger nachdenklich über die Unterlippe. »Das würde nur Argwohn erregen. Ausgerechnet der verfluchte Fulk hat mich mit Hugh reden sehen. Ein paar mitleidige Worte nur, aber … er hat gesehen, dass ich meine Hand auf Hughs Arm gelegt habe.«

»Verzeih mir, ich sollte darüber nicht urteilen, aber das war tollkühn von dir.«

»Ja, ein schlimmer Fehler. Ich habe mich nicht geändert, nicht wahr? Zu impulsiv, als dass es gut für mich wäre.« Er stöhnte, legte die Hände ins Kreuz und reckte sich. »Müssen wir alles von der Warte des Selbstinteresses aus einschätzen, Johanna? Denkst du, ich sollte kein Mitgefühl mit meinem eigenen Bruder zeigen?«

Sie schürzte die Lippen und versuchte, die richtigen Worte zu finden. »Doch, natürlich sollst du das, aber du setzt damit unsere Zukunft aufs Spiel. Seine kannst du nicht ändern.«

Sein Lächeln war nicht sonderlich überzeugend. »Meine pragmatisch denkende kluge Frau.«

Die Worte trennten ihn von ihr. Gab es für sie überhaupt ein gemeinsames Morgen?

»Hattest du Zeit, deinen Frieden mit ihm zu machen?«

»Ich habe ihn um Vergebung gebeten, ja.«

»*Du* hast darum gebeten?« Hatte sie richtig gehört?

»Ich weiß, du wirst mich dafür verachten, wenn ich das frage – aber warum?«

»Weil wir von einem Blut sind.« Seine Augen blickten ernst. »Du hältst das für falsch?«

»Nein, aber …«

»Ja, ich habe gegen ihn gekämpft, aber ich hasse ihn nicht.«

»Du hast mich missverstanden«, erklärte sie ihm sanft. »Ich … ich verabscheue ihn nicht. Er hat Charme.« Sie wandte sich ab. »Was rede ich denn da? Die Schlange, die sich um den Baum der Erkenntnis gewunden hat, war auch betörend, und der Teufel, so sagt man, ist es auch.«

»Sicher, er ist charmant. Aber halt der armen Nell de Clare ein Messer an die Kehle, Johanna, und sie wird dir schwören, dass sie ihn noch immer liebt.«

»Tust du es?«

»Mein Bruder ist ein habgieriger Geizkragen, Johanna, Tausende schwer – und alles gehortet bei seinen italienischen Bankiers, und nicht einen Penny davon hat er an die Armen gegeben. Ich verachte ihn, aber ich empfinde auch noch etwas für ihn. Auch wenn seine Seele so schwarz ist wie die Hölle.«

Johanna lehnte den Kopf an seinen Rücken. »Es ist zu traurig. Er hat seine Fähigkeiten für die falsche Sache eingesetzt.«

»Unzucht und Erpressung. Was für eine Grabinschrift. Dieser Idiot! Er dachte, wenn die Pairs sich gegen ihn erheben, brauchte er sich nur auf irgendein Schiff zu begeben, das ihn nach Frankreich oder Irland bringt. Er dachte, er könnte alles beeinflussen.«

»Bis auf den Wind.«

»Ja.« Sein Lachen klang bitter.

»Und was kommt nach morgen?«

»Du sprichst immer von der Zukunft, Herzliebes. Was, wenn es keine gibt?«

Sie zog ihn herum, dass er sie ansehen musste. »Du warst ein Rebell aus Boroughbridge, denk daran. Wir alle wissen, dass Kent und Norfolk gegen ihren Bruder, den König, gekämpft haben, und sie zerfleischen sich nicht die Brust vor Gewissensbissen.«

»Aber nur deshalb nicht, weil sie nicht einmal das Wort buchstabieren können.« Er schob sie ein Stück von sich fort. »Verstehst du es denn nicht? Ich kann keine Versprechen geben.«

»Aber ich werde Einkommen haben. Komm mit mir nach –« Du lieber Himmel, das zu sagen war genau das falsche. Ihr Wohlstand hing von Hughs Hinrichtung ab. »Verzeihung, ich …«

Geraints Hand umfing ihr Kinn. »Ich denke, die Ironie liegt darin, dass es in gewisser Weise *mein* Erbe ist, und wenn ich es haben will, dann muss ich nach deiner Melodie tanzen.«

Johanna wandte sich abrupt ab. »Wie schrecklich für Euch, Mylord. Vermutlich würdet Ihr es vorziehen, als Turnierreiter durch die Lande zu ziehen, bis ihr so klapprig wie ein räudiger Hund seid und es damit endet, dass man Euch eine Lanze durch Euer Visier sticht und dann …«, sie hauchte gegen ihre Finger, »… dann erlischt die Kerze, und was bleibt übrig? Nichts?« Sie umfasste seine Hände. »Komm zu mir heute Nacht. Ich will, dass du mich in deinen Armen hältst und mit mir ein Kind zeugst. Unser Kind.«

»Du liebst mich also, Johanna, trotz allem?«

Sie fühlte die raue Haut seiner Hände, die sich um ihren Nacken legten.

»Nein, ich hasse dich von ganzem Herzen.« Sie schlang die Arme um seinen Hals und wünschte sich, es wäre heller Tag, damit sie sein Gesicht sehen könnte. Er zog sie mit sich auf die raue Erde, und sein Kuss forderte von ihr, sich ihm zu ergeben.

»Ich will dich, Johanna. Wir haben kein Bett, keinen Ort für uns allein. Soll ich dich hier auf der nackten Erde nehmen, schamlos wie ein Tier?«

Mindestens ein halbes Dutzend Eicheln drückten sich in Johanna Rücken, aber es machte ihr nichts aus. Sie wollte ihn besitzen, wollte wissen, dass er ihr gehörte. Sie spürte seinen Mund auf ihrem Hals und seine Hand auf ihrer Brust.

»Jede Nacht, die ich in Frankreich verbracht habe, habe ich brennend vor Verlangen nach dir wach gelegen.«

»Lügner«, flüsterte sie. »Falschschwörer.«

»Soll das heißen nein?«

»Ja.«

»Falschschwörerin. Ich bin dein Mann. Das Gesetz verlangt, dass gewisse Pflichten erfüllt werden.«

»Ha!«

Die Hinrichtung wurde zu einem entsetzlichen Albtraum für Johanna, und sie war dankbar, Geraint an ihrer Seite zu haben.

»Meine süße, sanfte Johanna.«

Starke, beschützende Arme legten sich um sie, und sie verbarg ihr Gesicht an der Schulter ihres Mannes.

Johanna wie einen Talisman zu halten, wie ein Kreuz gegen das Grauen, gab Geraint die Kraft, die Todesqualen seines Bruders auszuhalten. Er küsste sie auf den Scheitel und streichelte unter dem weichen Schleier ihren Hals, wie ein vom Geschehen um ihn herum abgelenkter Vater sein Kind trösten mochte, denn sein Blick war auf Hughs Gesicht gerichtet, damit er wissen würde, wann diese gemarterte Seele endlich erlöst und frei war. Konnte es so lange dauern? Tränen verschleierten seinen Blick, und das Wissen um das, was hätte sein können, verbitterte ihn. Die Vergeudung solcher Fähigkeit. Sein Bruder hätte der größte Berater sein können, den ein König je gehabt hatte, wäre seine verhängnisvolle Liebe zu Geld und Macht nicht gewesen. *Du Narr, Hugh!* Einige Jahre des Luxus erkauft mit der Ewigkeit der Hölle.

»Sieh mich an, Johanna.« Sie war sein Halt, um nicht den Verstand zu verlieren.

»Ist es vorbei?«

»Noch nicht, aber er lebt nicht mehr. Halt meinen Blick fest, mein Liebling. Lass mich nicht länger dem zusehen.«

»Ich liebe dich«, flüsterte sie und sah ihm in die Augen. Ihre behandschuhten Finger berührten seine Wange. »Ich könnte nie aufhören, dich zu lieben.« Das Gelächter, das schreckliche Gelächter ließ Geraint aufschauen – sie rissen Hughs Körper in vier Teile –, aber ihre Hände packten ihn. »Fulk weiß, wer du bist. Du musst Hereford verlassen.«

»Fulk hat Conisthorpe an mich verloren.« Er teilte ihr diese Neuigkeit jetzt mit und versuchte, sich nicht vorzustellen, was sie mit der Leiche seines Bruders taten.

»Großer Gott! Sieh mich an! Du meinst –?«

»Ich habe Lord Richmond aufgesucht, auf Miles' Vorschlag hin. Ich habe ihm alles erzählt – von unserer Heirat und der Entfremdung von meinem Vater. Fulk ist seines Postens enthoben worden. Ich bin der neue Konnetabel, und ich werde dich nach Hause bringen.«

Eine der Frauen in der Menge stieß einen schrillen Schrei aus, und Johanna spürte, wie sein Körper bebte.

»Bei meiner Seele, Geraint, dann ist es kein Wunder, dass Fulk nach deinem Blut schreit. Wenn die Königin mir die Erlaubnis dazu gibt, müssen wir noch heute von hier fort.«

»Mein Liebling, Fulk ist ein Nichts. Ich habe Orleton, der für meine Loyalität bürgt.«

»Nein, glaub mir doch, dieses Ungeheuer ist wie eine verheerende Krankheit, die darauf wartet, uns zu vernichten.«

Geraint starrte über ihren Kopf hinweg auf die blutbesudelten Steine und den Karren mit seiner grauenhaften Fracht. Johanna sah, wie der Scharfrichter und seine Gehilfen ihre blutbespritzten Lederschürzen und ihre Messer und Beile reinigten.

Ihre blassen Lippen murmelten die Worte, als wäre sie durch einen Zauber in Trance versetzt worden. »Gott steh uns bei! Die Wachspuppen! Ich habe selbst gesehen, wie er sie zerrissen hat.«

Geraint hatte keine Ahnung, wovon sie sprach, aber er hielt sie noch fester. Das Gesicht in ihr duftendes Haar gedrückt, versuchte er, den Geruch des Blutes seines Bruders nicht einzuatmen. Er kämpfte darum, die Menschen nicht wahrnehmen zu müssen, die sich darum balgten, Stofffetzen in die Blutlachen zu tauchen, um sie als Erinnerungsstücke aufzubewahren.

»Geraint, hör mir zu! Ich habe es nicht über mich gebracht, dir früher davon zu erzählen. Edyth hat Wachspuppen gemacht, von ihm und seinem … eurem Vater, und Hugh hat seine zerrissen und ins Feuer geworfen, genau wie …«

Sie schüttelte sich vor Grauen über das, was ihnen beiden widerfahren könnte. Starr blickte sie Geraint in die Augen.

Seine Hände auf ihren Unterarmen hielten sie aufrecht. »Das bedeutet gar nichts. Glaub mir, mein Lieb, der Grund dafür war nicht, dass er diese Puppe zerrissen hat, sondern die Taten, die er begangen hat, lange bevor du mit ihm aneinander geraten bist.«

»Aber sie beide sind jetzt nicht mehr am Leben, Hugh und dein Vater.«

»Das war Gottes Wille, Johanna.«

»Aber ich habe es dir nie gesagt. Es gab noch zwei andere Puppen. *Von dir und von mir.*«

Sekundenlang starrte Geraint sie an.

»Es war Edyths Werk. Dein Bruder hat sie dafür töten lassen.«

Er ließ Johannas Arm los und bekreuzigte sich. Wird es denn nie aufhören, dachte er. Eine weitere Sünde, mit der er zurechtkommen musste; noch ein Grund mehr für Fulk, ihn zum Blutgerüst schleifen zu lassen.

»Johanna, du glaubst doch wohl nicht an solchen Unsinn!«

»Ich versuche, es nicht zu tun.« Ihre Unterlippe zitterte.

»Vertrau auf Gott, Liebste.« Einmal mehr zog er sie an sein Herz, während die Menge um sie herum sich aufzulösen begann. »Schwört deine Mutter immer noch steif und fest, dass Gott mich zu dir und nach Conisthorpe geführt hat?« Er sah, wie Johanna Tränen fortwischte und nickte. »Dann hab keine Angst mehr, mein Lieb.«

Flüche von närrischen Wachspuppen flößten ihm keine Furcht ein, aber Wahnsinn war eine andere Sache. Denn er sah Fulk, der sie beobachtete, und er las den brennenden, krankhaften Hass in den Augen des alten Mannes.

In dieser Nacht allein schlafen zu müssen wäre unerträglich gewesen. Zu schrecklich waren die Bilder von Hughs Tod, die sie noch vor Augen hatten, zu stark bedrückte sie die Angst um ihre gemeinsame Zukunft. Geraint mietete für sie eine Kammer im Hause eines Kaufmannes in der George Street, das ganz in der Nähe des Bischofspalastes lag. Das Wohnhaus grenzte rückseitig an eine Schänke, aber nicht einmal das Grölen der Betrunkenen im Hof konnte sie wach halten.

Agnes' Schrei weckte sie beide auf. »Es ist Sir Fulk, Mylord!« Das Mädchen kam in ihr Zimmer gelaufen und mühte sich, die Tür zu versperren.

Auch wenn Geraint mit einer Attacke gerechnet hatte, dass sie so bald geschah, überraschte ihn. Noch während er aus dem Bett sprang, zog er sein Schwert. Johanna eilte Agnes zu Hilfe, aber ein halbes Dutzend Soldaten drückte die Tür auf. Ein Mob von Neugierigen folgte ihnen auf dem Fuße, der erschreckte Kaufmann und seine Frau mittendrin.

Fulk drängte sich mit gezogenem Schwert vor. »Das ist er! Das ist Despensers Bruder! Bringt auch seine Hure her. Wir werden sie beide aufhängen.«

»Aus dem Fenster!«, schrie Geraint Johanna zu und schlug den ihm am nächsten stehenden Angreifer nieder. Agnes stieß Johanna zur Fensternische. »Schnell, Madam!«

Es war die einzige Möglichkeit, Hilfe zu holen. Johanna stieß die Fensterläden auf, quetschte sich durch die schmale Öffnung und sprang hinaus. Sie landete auf einem strohgedeckten Schuppen. Agnes war ihr nachgesprungen, und durch den Aufprall rutschten sie beide vom Dach herunter in den matschigen Innenhof. Irgendwo wurde ein Horn geblasen.

Johanna rappelte sich hoch. »Hol Bischof Orleton, Agnes! Ich laufe zur Königin. Beeil dich!«

»Aber, Mylady –«

»Lauf!«

Johanna kümmerte es nicht, wie sie aussah. Mit

Strohresten in den Haaren und im schmutzstarrenden Hemd lief sie barfuß über den Hof und versteckte sich rasch hinter einer Mauer, als man den sich heftig wehrenden Geraint aus dem Haus zerrte. Es waren an die zwanzig Männer.

Sie rannte die Straße entlang, die zum Bischofspalast führte. Einer von Fulks Soldaten bemerkte sie und machte sich an ihre Verfolgung.

»Ihr könnt hier nicht hinein!«, rief einer der überraschten königlichen Wachtposten, der Johanna nicht erkannte.

»Ergreift sie! Sie ist irre geworden!«, schrie ihr Verfolger. Der Wachtsoldat senkte seine Hellebarde, um Johanna zurückzuhalten, doch sie duckte sich und schlüpfte unten durch.

»Wo ist die Königin?« Sie war in die königlichen Gemächer gestürmt und schüttelte Elizabeth an den Schultern, die auf ihrer Schlafmatte lag und schlummerte. »Ist sie schon in der Messe?«

Verschlafen blinzelte Elizabeth sie an.

»Sie ist noch im Bett, aber –«

»Holt Sir Edmund!«, rief Johanna und riss ihr die Bettdecken weg. »Der Pöbel hat sich meinen Mann gegriffen!«

»Aber –«

Johanna zerrte sie hoch und warf ihr einen Umhang zu. »Er hat Eurem Mann das Leben gerettet! Sagt Edmund, der Mob will Geraint aufhängen – oder Gervase –, aber um Gottes willen, holt ihn!«

Sie lief zur Tür von Isabellas Schlafgemach und klopfte heftig mit dem eisernen Ring. Cecilia versuchte, sie wegzuziehen.

»Da ist sie! Verhaftet sie!«, brüllte der Soldat, der Johanna in das Zimmer gefolgt war.

Kräftige Arme packten sie um die Taille und rissen

sie von der Tür weg. »Sie ist verrückt geworden. Bringt ein Seil!«

Johanna kämpfte. Ihr Hemd zerriss unter dem harten Griff des Mannes, fast nackt ergriff sie erneut die Flucht. Geschickt den tentakelgleichen Armen ausweichend, die sie zu halten versuchten, zerrte sie eine Decke von einem der Betten und lief zur Seitentür hinaus, hinter der eine Treppe lag. Gut, dass sie den Weg zu den Räumlichkeiten des Bischofs kannte.

Orleton! Er würde Geraint retten. Aber sie mussten sie für verrückt halten. Eine Edelfrau mit Stroh in den Haaren und ohne Hemd.

In der Halle hielt der Sekretär des Bischofs sie an den Unterarmen fest.

»Lady Johanna, um Gottes willen, was ist geschehen?« Er hob die Hand, um die Soldaten zurückzuhalten.

»Hochwürden – der Pöbelhaufen – sie haben meinen Ehemann ... Geraint ... Gervase. Er ist ein Mann des Bischofs.«

»Ja, ich kenne ihn. Aber der Bischof ist in der Kathedrale und liest die Messe. Das habe ich der anderen Demoiselle aber auch schon gesagt.«

»Dann wird auch einer seiner Offiziere genügen – helft mir, ich flehe Euch an.«

»Sie sind alle in der Frühmesse. Kommt, meine Tochter, wir werden auch hingehen.« Er wandte sich an die Soldaten. »Ihr wartet hier! Ich werde mich um diese Sache kümmern«, befahl er ihnen. Doch als sie über den kopfsteingepflasterten Hof zur Kathedrale liefen, folgten ihnen einer von Fulks Männern, drei Gefolgsleute der Mortimers und vier mit Hellebarden bewaffnete Soldaten.

»Sie halten mich für verrückt.«

»Mylord ist auf der Kanzel, wir können den Gottesdienst jetzt nicht unterbrechen. Wartet hier draußen«, wies der Sekretär sie an. »Ich werde sehen, was ich tun kann.«

Johanna konnte das Geschrei der Menge in der Broad Street hören. »Mein Mann wird sterben!«

»Ich kann den Gottesdienst nicht stören. Habt Vertrauen!« Er ließ sie zitternd am Portal stehen.

»Holt sie euch!«, rief einer der Mortimer-Männer. Sie hatten sie bis an das Kirchenportal verfolgt. Johanna hatte keine andere Wahl mehr, als die Flucht in die Kathedrale anzutreten. Sie schlüpfte hinein, der ihr am nächsten stehende Gläubige zischte ihr zu, still zu sein.

»Bist du eine reumütige Hure, die Buße tun will?« Einer der Barrister, der im Hintergrund gestanden hatte, war vorgekommen und hatte Johanna an den Schultern gepackt. »Dann solltest du aber auch eine Kerze haben.«

»Ich bin Kammerfrau der Königin. Das Leben meines Mannes ist in –«

»O ja, Weib, und ich bin der römische Kaiser und das dort ist seine Heiligkeit der Papst. Ergreift sie – verdammt, das riecht nach Ärger!«

Drei von Mortimers Gefolgsleuten hatten die Kathedrale betreten und steckten pflichtbewusst ihre Schwerter weg.

»Diese Verrückte hat versucht, sich Zutritt zum Schlafgemach der Königin zu verschaffen!«, rief einer von ihnen.

»Verrückt, eh? Bedient euch!«

Johanna stieß einen Schrei aus, der quer durch die römisch-katholische Kirche gellte und hoch droben im normannischen Mittelschiff widerhallte »Ist denn niemand da, der meinen Mann rettet?« Einen Herzschlag lang zögerte der Priester.

»Aye, wenn sie denn einen hat. Die Hinrichtungen gestern müssen ihr den Verstand geraubt haben.« Der größte der Soldaten beugte sich zu Johanna hinunter, er sprach mit ihr wie mit einem verstörten Kind. »Wer hat Euren Mann, Lady?«

»Fulk – Fulk de Enderby. Sie werden ihn töten.«

»Wen, Fulk?«

»Nein, du Dummkopf. Ger–«

Eine Hand legte sich von hinten über ihren Mund, und ehe sie protestieren konnte, wurde ihr ein Stofffetzen zwischen die Lippen gestopft. »Kein Geschrei mehr, Herzchen. Fesselt sie, damit sie sich nicht selbst was antut.«

»Sollen wir sie gleich ins Irrenhaus bringen?«

»Aye, und dann sprecht Ihr am besten mit seiner Lordschaft.« Sie drängten sie hinaus. Man hatte ihr die Hände gefesselt, sodass sie ihre Blößen nicht bedecken konnte.

»Aye, sie ist wahnsinnig«, knurrte einer von ihnen bewundernd. »Wir könnten uns ein wenig Spaß gönnen, ehe wir sie abliefern.«

Johanna versetzte ihm einen Tritt vors Schienbein. Sie aufs übelste verfluchend, trieb er seinen Stiefel in ihre Kniekehlen. Sie fiel auf die Knie, er packte sie an den Haaren und riss ihren Kopf zurück.

»Benimm dich, Liebchen!«

»Lasst sie los!«

Wie eine Furie stürzte sich Agnes auf den Mann und fuhr ihm mit den Fingernägeln in die Augen. Plötzlich waren überall um sie herum Menschen.

Er hatte erwartet, dass Fulk Vergeltung üben würde, aber dies hier übertraf seine blutigsten Albträume. Die Männer waren dabei, ihn an den Ort zu zerren, an dem man seinen Bruder gehängt hatte. In den Häusern wurden die Fensterläden aufgestoßen, und die Leute schauten heraus, um den Grund für den Tumult zu erfahren. Geraint rief um Hilfe, als er einige Männer erkannte, die die Livree Leicesters trugen, und er wehrte sich so heftig, dass es ein Dutzend von diesen Hurensöhnen brauchte, ihn festzuhalten. Am Ende der Broad Street trugen sie ihn hochgestemmt über ihren Köpfen, wie Abfall trieb Geraint auf einem Menschenstrom dahin.

Er betete, als ein Holzstaken quer in seinen Weg ragte, an dem ein Ladenschild befestigt war. Instinktiv griff Geraint danach. Seine Kraft reichte, sich auf den Holzbalken zu schwingen, von dort griff er nach dem Fensterflügel und fand sich über den Köpfen des verblüfften Mobs wieder. Innerhalb eines Augenblicks rammten seine Verfolger die Vordertür ein und riefen nach Leitern. Wenn er sie nur hinhalten konnte, bis irgendeine Hilfe eintraf. Bitte Gott, lass Leicesters Männer rechtzeitig und mit Verstärkung zurückkommen!

»Ich habe keinen Streit mit irgendeinem von euch bis auf den da!« Er zeigte mit dem Finger auf Fulk. »Es ist ein privater Streit, und ich werde im Zweikampf gegen ihn antreten.«

»Er ist ein Despenser! Leugnet es beim Kreuz!«, schrie Fulk.

Bretter wackelten hinter Geraints Rücken. Die Leute versuchten, die Fensterläden mit Gewalt aufzustoßen.

»Ich diene den Mortimers.«

»Ein Spion in deren Haushalt.«

»Schickt nach Sir Roger Mortimer und fragt ihn.«

Geraint konnte drei Reiter sehen und eine Gruppe von gut und gern zwanzig bewaffneten Soldaten, die die Broad Street heraufkamen.

»Schieß ihn herunter!«, knurrte Fulk, und der Soldat neben ihm spannte seine Armbrust.

»Geraint!«

Jankyn war am Rand der Menge aufgetaucht und warf sein Messer samt Scheide durch die Luft in den Fensterladen. Geraint riss das Messer aus seiner Umhüllung und schwang sich auf die eine Seite des Fensterladens. Sie trieben eine Klinge zwischen die Bretter, um ihn von dem hölzernen Fensterbrett in den Mob hinunterzuzwingen.

»Packt ihn!« Als Fulk sich umdrehte, um seinen Männern zu befehlen, Jankyn zu greifen, warf sich Geraint auf die Schultern seines Feindes und riss ihn mit sich auf das Kopfsteinpflaster. Es bestand das Risiko, dass sie ihn wieder packten und weiterzerrten, ehe Hilfe kam. Doch die Menge – die meisten der Neugierigen hatten die Nacht durchgezecht und ihre fünf Sinne nicht mehr recht beisammen – wich zurück, als die beiden Männer sich in unerbittlichem, stummen Ringen auf der Straße wälzten.

Fulk hatte seinen Dolch gezogen. Trotz seines Alters war er in guter Kondition, und Hass und Zorn verliehen ihm zusätzliche Kräfte. Er spucke Geraint in die Augen und versuchte, zuzustoßen, solange dieser geblendet war. Durch sein dünnes Leinenhemd drückten sich die Steine schmerzhaft in Geraints Rücken, und Fulk trat ihm mit seinen Panzerschuhen immer wieder gegen das Schienbein, aber Schritt für Schritt zwang Geraint den bewaffneten Gegner auf den Rücken und drückte das Messer nieder.

Jetzt ohne ihren Wortführer, zögerte die Menge einzugreifen, und dann war es zu spät, Geraint zu packen und zum Galgen zu zerren. Henry, Lord of Leicester, zügelte sein Pferd, und seine Männer trieben den Mob auseinander.

Geraint zog Jankyn an seine Brust, seine Augen waren feucht.

»Ich hatte so etwas erwartet, aber nicht auf diese Art und Weise. Ist Johanna in Sicherheit?«

Ein samtener Umhang, dessen Falten nach Moschus dufteten, hüllte Johanna ein, während Elizabeth sie vom Knebel befreite.

»Agnes, wo ist mein Mann?«

»Still, Mylady, lasst Euch erst einmal losbinden.«

Johanna starrte auf den Kreis von Menschen, der um sie herum anwuchs. Orleton, die Mitra auf dem Kopf und prächtig anzuschauen, war mit einem halben Dutzend Klerikern an den Fersen aufgetaucht. Die Königin, einen Pelzumhang über ihr Seidenhemd geworfen, war vom Bischofspalast herübergehastet. Ihr folgte, so schnell er es in seinen Pantoffeln vermochte, Roger Mortimer.

Menschen strömten von der Broad Street herein. Soldaten in der Uniform des Lords of Richmond trugen einen schweren, großen Körper herein, der in ein schmutziges Leinentuch gehüllt war.

»Nein!« Johanna sprang auf und lief den Soldaten entgegen. Als sie ihre Last ablegten, sank Johanna vor Entsetzen auf die Knie. Tränenblind streckte sie die Hand aus, um das Gesicht des Mannes zu enthüllen, den sie liebte. Aber es war Fulk de Enderbys Leichnam, der vor ihr lag, den Mund aufgerissen, die Augen blicklos gen Himmel gerichtet, aus dem Messerstich in seiner Kehle quoll noch Blut hervor.

»Johanna.«

Geraint stand auf dem Weg, flankiert von Miles und Jankyn, und streckte die Arme nach ihr aus. Einen Augenblick lang stand sie wie erstarrt, als ginge es über ihren Verstand, dass er in Sicherheit und wohlauf war. Dann rannte sie mit einem Schluchzen auf ihn zu. Er fing sie auf, hob sie hoch und wirbelte sie herum.

»Alles ist gut, mein Lieb. Es ist alles vorüber.« Er zog sie an sich, während er den anderen Arm um Jankyns Schultern legte, um diesen aufs Neue zu umarmen.

»Geraint, was in Gottes Namen ist denn?« Sir Edmund Mortimer kam herbeigelaufen. Atemlos und erstaunt sah er die Edlen an, die sich um seinen einstigen Knappen versammelt hatten.

»Wollt Ihr es ihm sagen, Mylord Bischof?«

Orleton nickte, und Geraint, der Johanna nicht mehr loslassen wollte, zog sie mit sich, als er sich neben seinen Beschützer stellte.

»Mylady, ich stelle Euch Euren loyalsten Diener mit seinem richtigen Namen vor: Geraint Despenser, der jüngste Sohn des Hugh Despenser, der sich selbst Earl of Winchester nannte und zum Verräter wurde.«

Ein befremdetes Raunen ging durch die Menge, als Geraint vor Isabella niederkniete. Johanna ließ sich neben ihn auf die Knie sinken.

»*Ihr* seid ein Despenser?« Isabella blieb vor Überraschung der Mund offen stehen.

»Ja, Madam, auch wenn ich gegen meine Familie oft genug gekämpft habe, wofür Mylord Bischof Zeugnis ablegen wird.«

»Ich fordere weitere Erklärungen von Euch, Sir«, erklärte Isabella scharf. »Warum habt Ihr Uns die Wahrheit vorenthalten?«

»Mylady, vergebt mir, dass ich Euch getäuscht habe. Heute Morgen bin ich nur knapp dem Mob entkommen, der mich wegen meines verachteten Namens aufknüpfen wollte.«

Der nachdenkliche Blick der Königin fiel auf ihre

Kammerfrau. »Und Ihr erkennt Lady Johanna als Eure Frau an?«

»Ja, Madam, und es gibt noch mehr, was ich sagen möchte. Habe ich Eure Erlaubnis, mich an Sir Roger zu wenden?« Nachdem er die Erlaubnis bekommen hatte, erhob sich Geraint, um dem Mann gegenüberzutreten, in dessen Haushalt er gedient hatte. Der Earl sah ebenso überrascht aus wie Edmund. »Mylord Mortimer, wollt Ihr die Fehde zwischen Eurer Sippe und meiner Familie begraben, oder wollt Ihr mich dafür gehängt sehen?« Er deutete auf Fulks Leichnam und sah dann seine Zuhörerschaft an. »Ist es jetzt vorüber? Seid Ihr großen *Marcher Lords* nun zufrieden, oder wird dieser Streit auch bis in die nächste Generation fortgesetzt werden? Muss Hughs Sohn mit deinem Krieg führen, Edmund? Müssen meine Kinder mit deinen im Krieg leben, bis in die soundsovielte Generation?«

Johanna zupfte warnend an seinem Ärmel. Seine gebieterische Art, mit der er die Pairs herausforderte, war gefährlich, dennoch liebte sie ihn dafür umso mehr.

Edmund besaß schließlich die Größe, beschämt auszusehen und den Kopf zu schütteln, aber sein Vater war offensichtlich über Geraints Irreführung zutiefst verärgert.

»Glaubt nicht, irgendetwas vom Land Eurer Sippe zurückzubekommen. Der Besitz Eures Vaters und Eures Bruders ist eingezogen worden«, knurrte Mortimer.

»Nein, mein guter Lord, ich werde Euch gegenüber keine Ansprüche erheben. Bin ich davon freigesprochen, diesen Mann getötet zu haben?«

»Er hat mein Leben gerettet, Vater«, wandte Edmund ein, »und das Eure auch, indem er Euch zur

Flucht aus dem Tower verholfen hat. Das Töten soll jetzt ein Ende haben.«

»Ich werde für ihn bürgen«, erklärte der Bischof. »Er ist immer wie ein Sohn für mich gewesen.«

John, Lord of Richmond, hüstelte und beugte sich hinunter zu Fulks Leichnam. »*Mea culpa*, Madam, Gott vergebe mir, aber ich glaube, ich habe diese Tötung herbeigeführt. Sir Fulks Witwe Maud hat mich gewarnt, dass er nicht mehr ganz bei Verstand sei, und ich hielt es für das Beste, ihn als Konnetabel von Conisthorpe abzulösen. Er wollte Sir Gervase, ich bitte um Verzeihung, Sir Geraint Despenser, aus vielen Gründen tot sehen. Mag seine Seele in Frieden ruhen.«

Die Königin räusperte sich. »Also sagen wir amen zu dem, was geschehen ist. *Dis-donc!* Sind wir Narren, dass wir hier im kalten Novemberwind herumstehen? Legt den Leichnam in einen Sarg und bringt ihn zu seiner Witwe nach Enderby. Kümmert Euch darum, Mylord!« Der neue Lord of Conisthorpe verneigte sich, die Hand auf dem Herzen, und das königliche Gefolge beeilte sich, in den Bischofspalast zurückzukehren, um sich dort die Hände am Kaminfeuer zu wärmen.

Geraint sah, dass seine Frau zum Sprechen ansetzen wollte. Er berührte mit den Fingerspitzen ihre Lippen, damit sie schwieg.

»Ja, ich weiß. Es hätte böse enden können.«

»Aye«, erklärte Jankyn. »Die Narren auf dieser Welt werden nie aussterben, tandaradam, tandaradei.«

»O Jankyn«, rief Johanna und streckte die Arme nach ihm aus. »Vergiss die Tandaradams und Tandaradeis.«

Er kicherte und zog ihre Hand an seine Lippen. »Aber gerade die sind es doch, die dafür sorgen, dass es mit dieser Welt weitergeht. Nun geht schon, Mylord, sonst bekommen die Füße Eurer Lady noch die Farbe von Färberwaid.« Und um dem vorzubeugen, fand sich Johanna kurze Zeit später in dem Bett in ihrer gemieteten Kammer wieder. Vor ihr stand ein Servierbrett mit einer Schale heißer Suppe.

Neben ihr, die Hände hinter dem Kopf verschränkt, lag Geraint und gähnte herzhaft. »Ich glaube nicht, dass ich es lange als Lord von Conisthorpe aushalten werde oder mir der Sinn danach stehen wird, mich mit all den Landgütern herumzuschlagen, die dir jetzt in den Grenzgebieten gehören. Ich bin viel zu sehr daran gewöhnt, ein Rebell zu sein.«

»Pfui, du erzählst mir Märchen«, widersprach Johanna. Nachdenklich leckte sie den Löffel ab. Geraint hatte sein ganzes Leben damit verbracht, zu rebellieren – gegen seine Familie, gegen die Kirche und gegen den König.

»Das kann schon sein.« Geraint nahm Johanna die leere Schale aus den Händen und stellte das Tablett auf den Boden. »Aber eines sage ich dir, Weib, ich brauche einen Erben. Was meinst du, wollen wir die Behauptung der berühmten Hildegard von Bingen nachprüfen, dass zwei sich liebende Eltern einen wunderbaren Sohn zeugen können?«

»Da du ein Rebell bist, widersprichst du ihr darin sicherlich.«

»Johanna, ich gebe es nur äußerst ungern zu, aber ich könnte damit Unrecht haben.« Sein liebevoller Blick umfing sie. »Hast du Lust, es herauszufinden?«

Anmerkungen

Für einige der historischen Personen, die in diese Geschichte eingebunden wurden, ergaben sich entscheidende Veränderungen. Edward II. wurde zur Abdankung gezwungen, und im Februar 1327 wurde der Prinz von Wales als Edward III. gekrönt. Bis zur Mündigkeit des jungen Königs wurde das Reich von einem Rat unter dem Vorsitz Henry von Leicesters regiert. Der entthronte König starb auf Berkeley Castle. Die Vermutung, dass er auf Isabellas und Mortimers Geheiß hin mit einem glühenden Schürhaken ermordet wurde, ist nicht erwiesen.

Wegen seiner intimen Beziehung zur Königin genoss Roger Mortimer große Macht und starken Einfluss, wobei er sich jedoch durch seine Machtgier und Selbstherrlichkeit immer mehr Feinde schuf. Dass er in einem als schändlich empfundenen Vertrag die Unabhängigkeit Schottlands anerkannte, kostete ihn weitere Popularität. Mortimers Aufsässigkeit und Opposition gegen den regierenden Rat veranlasste schließlich Edward III. dazu, inzwischen 18 Jahre alt und selbst Vater, den Liebhaber seiner Mutter in einem Handstreich gefangen zu nehmen. Der Earl wurde vor das Parlament gestellt, des Verrats für schuldig befunden und gehängt. Vom Hof verbannt, lebte Königin Isabella bis zu ihrem Tod im Jahr 1358 behaglich auf Castle Rising in Norfolk.

Geraints Freund Sir Edmund Mortimer starb 1331, aber sein Sohn, den er mit Elizabeth Baddlesmere hatte, stellte die Familienehre wieder her und wurde einer der ersten Ritter des Hosenbandordens.

Die Recherchen für diesen Roman führten mich nach Yorkshire, und Richmond Castle, Bolton Priory, Knaresborough, Boroughbridge und das Moor bei Conistone gaben mir viele Anregungen. In Boroughbridge kann man bei der Stadtbrücke die alte *Great North Road* verlassen und am Fluss Ure entlangschlendern bis hin zu der Furt, an der Lancasters Männer 1322 zurückgedrängt worden waren. Von der großen Halle von Richmond Castle blieb nur eine schweigende Ruinenhülle, doch der Blick von den Burgmauern ist zauberhaft. Der große Wohnturm hingegen steht noch heute. Im nahe bei Conistone gelegenen Moor, von dem aus man die engen Wege überschauen kann, fällt es nicht schwer, sich Reiter vorzustellen, die sich gegen den Horizont abheben.

Was den Gebrauch der Familiennamen zur Zeit der Handlung angeht, so wurden die meisten Adligen im Allgemeinen nach ihrem Geburtsort genannt. So war zum Beispiel König Edward II. auch als Edward von Caernarvon bekannt. Handwerkern hingegen wurde oft der Name gegeben, der ihr Gewerbe anzeigte, zum Beispiel Peter Weaver (*weaver* = Weber). Hugh Despenser war eigentlich als Hugh Le Despenser bekannt, um aber Formulierungen wie »die Le Despensers« zu vermeiden, habe ich das »Le« wegfallen lassen.

Die meisten zeithistorischen Aufzeichnungen wurden in anglisiertem Französisch verfasst, wobei das »de« ohne Apostroph gebraucht wurde. Deshalb wird in dieser Geschichte Sir Fulk de Enderbys Name als »de Enderby« geschrieben. Verheiratete Frauen führten nicht den Namen ihres Ehemannes; die Frau Hugh Despensers wird bei ihrem Mädchennamen Eleanor de Clare genannt.

Dank

Die Anregung für diese mittelalterliche *Green-Card*-Geschichte gab ein Gespräch mit Carol Cusack, einer Lehrbeauftragten an der Universität von Sidney. Wir unterhielten uns über den Status, den die Frauen innehatten, und sie erzählte mir von einem mittelalterlichen Scheidungsprozess. Der Gerichtsfall hat von seinem Ursprung bis zu der im Roman geschilderten Form eine umfassende Wandlung durchgemacht, aber trotzdem – hier ist er, Carol, und danke.

Die Entwicklung in der Sozialgeschichte und in der Geschichtsforschung über Frauen hat seit den 1970er-Jahren eine Fülle an Informationen erbracht, die in Büchern und Zeitschriften publiziert worden sind. Die Recherchen über mittelalterliches Scheidungsrecht sind von daher weitaus einfacher durchzuführen gewesen, als es noch vor dreißig Jahren der Fall gewesen sein mag. Mein besonderer Dank gilt den Historikern R. H. Helmholz, Universität von Chicago, und Jeremy Goldberg, Universität von York, die mir so bereitwillig meine Fragen über die Handhabung von Ehezwistigkeiten in dieser früheren Zeit beantwortet haben.

Es war von großer Wichtigkeit, das Schlachtfeld von Boroughbridge aufzusuchen und sich eingehend zu beraten, wo Conisthorpe angesiedelt werden sollte. Alison Hodgson, eine Freundin aus Studententagen, und ihr Ehemann Bill verwöhnten uns nicht nur mit ihrer großzügigen Gastfreundschaft, sondern sie zeigten uns auch Durham und Richmond und unternahmen mit uns einen wundervollen Ausflug in das *Swale Valley*. Dann möchte ich Pam Robbins erwähnen, die Museumsdirektorin von Pontefract, die so freundlich war, uns an einem kalten, trüben Tag die Ausstellungsräume der Burg aufzuschließen. Und Jill Fulford, die mir all ihre Bücher über die Grafschaft zur Verfügung stellte.

Wie immer waren mir meine Schriftstellerkollegen eine große Hilfe. Mein Dank gilt Elizabeth Lhuede für ihre konstruktiven Bemerkungen zum fertigen Manuskript; Chris Stinson, die freundlicherweise immer das Französisch in meinen Romanen nachsieht und mir auch sonst mit nützlichem Rat zur Seite steht; und Delamere Usher für ihren höchst erstaunlichen Hinweis über das Aufbrechen von Schlössern. Im Laufe der Jahre haben ich vonseiten australischer Autoren in großem Maße Unterstützung erfahren können, und ich bin stolz, einen Platz unter ihnen zu haben.

Mein Dank gilt: Anne Phillips und Angela Iliff für die Benutzung ihrer »Bibliotheken« und dafür, dass sie stets zur Stelle waren, wenn es etwas zu bereden galt; Michael Spencer aus Berowra, Sidney, der als Fachmann für Heraldik die Wappen für Geraint, Johanna und Fulk erdacht hat; Peter Davies, MD, der mir mit Begeisterung sein Wissen über Abszesse, Schlaganfälle und gebrochene Rippen vermittelte; Paul West aus St. Albans (Großbritannien) und Emma Tolhurst aus Bristol für ihre Hilfe bei den Recherchen; meinem Vater, der Yorkshire als den passendsten Handlungsort vorschlug; meiner Mutter und meiner Tochter für ihre hilfreichen Anmerkungen. Dank auch an die Lektorin Amanda O'Connell. Und einmal mehr meinen tiefen Dank an Fiona Henderson und das wunderbare Team von Transworld Publishers Division of Random House, Australien.

Zu guter Letzt: Ohne die stete Ermunterung meines Ehemannes wäre dieses Buch nicht fertig geworden. Darüber hinaus bestand sein Beitrag nicht nur darin, mit mir über die Schlachtfelder und von Burg zu Burg zu ziehen, sondern auch darin, die nötigen Mittel für die häufigen Stippvisiten verdient zu haben, die es möglich machten, einen sehr schönen, milden Frühling in England zu erleben.

Isolde Martyn
Sidney, Australien

Weil Edward IV. sie verführt hatte, war die junge Margery in ein Kloster verbannt worden. Aber kaum hat sie die Freiheit wiedergewonnen, wird sie entführt. Sie ahnt nicht, daß der König dahintersteckt, denn er will sie im Kampf gegen seine Feinde als Köder benutzen. Sie ist sich auch nicht bewußt, daß ihr herrischer, gutaussehender Entführer ihr noch mehr als nur die gerade erst wiedergewonnene Freiheit geraubt hat, denn sie hat ihr Herz an ihn verloren. Lange wehrt sie sich dagegen, einen Mann zu lieben, den sie eigentlich hassen sollte ...

ISBN 3-304-18233-2

BASTEI LÜBBE

Nach ihrer Scheidung schwört sich Sheridan Kinmont, sich nie wieder zu verlieben. Sie bricht ihre Zelte in Baltimore ab und nimmt eine Stelle als Ärztin in einem kleinen Ort in Texas an. Nie hätte Sheridan gedacht, dass sie in dieser abgelegenen kleinen Stadt Schwierigkeiten haben würde, ihren Schwur zu halten – bis sie Shay Bannigan trifft.
Shay ist entsetzt, als er feststellen muss, dass Sheridan eine Frau ist. Seit seine Schwester unter den Händen einer Ärztin gestorben ist, traut er keiner Frau in diesem Beruf mehr. Trotzdem zieht Sheridan ihn magisch an und lässt ihn schließlich all seine Vorurteile vergessen. Aber wird Sheridan seine Gefühle erwidern?

3–404–18277-4

BASTEI LÜBBE

Rein zufällig erfährt die temperamentvolle Lark Mandeville, dass ein Edelmann ermordet werden soll. Als die Attentäter sich auf den Weg machen, folgt sie ihnen, um den Lord zu warnen. Doch im Handgemenge hält er sie für einen seiner Angreifer und nimmt sie gefangen.
Entschlossen, dem gut aussehenden Mann zu entkommen, stellt Lark fest, dass er Stoke de Bracy ist – der Mann, den ihre Schwester heiraten soll. Ein guter Grund, um sich nicht zu ihm hingezogen zu fühlen. Aber seine Berührung weckt ein Feuer in ihr, das sie nicht ersticken kann …

3–404–18275-8

BASTEI LÜBBE

Jessica hat noch nie mit ihrer Meinung hinter dem Berg gehalten und damit bisher jeden potentiellen Heiratskandidaten verscheucht. Sie selbst findet das gar nicht so schlimm, obwohl sie inzwischen längst als alte Jungfer gilt.
Aber dann begegnet sie Gage Calloway. Es macht Gage rasend, wie sie stets seine Entscheidungen als Bürgermeister kritisiert. Wenn er sie jedoch vor sich sieht, möchte er sie am liebsten so lange küssen, bis sie in seinen Armen dahinschmilzt. Eines Tages geraten sie beide in einen Blizzard – doch der ist ein laues Lüftchen im Vergleich zu dem Sturm der Gefühle, der sie alles um sie herum vergessen lässt …

3-404-18274-X

BASTEI LÜBBE

Die Feinde, die ihre Festung belagern, sind in der Übermacht. Siobhan O'Rourke will nicht, daß ihr Volk im Krieg vernichtet wird, und so ist sie bereit, sich selbst zu opfern, um den Clan zu retten.
Gaelan PenDragon verlangt von ihr vollkommene Unterwerfung. Siobhan schenkt ihm ihren Körper, doch ihr Herz wird er niemals erobern. Gaelan ist da ganz anderer Ansicht – noch nie hat er eine Niederlage erlitten, und schon gar nicht bei einer Frau. Und so beginnt er einen leidenschaftlichen Feldzug gegen die störrische Prinzessin, die all seine Sinne entflammt hat ...

ISBN 3-404-18273-1

BASTEI LÜBBE